D1718880

Gisela Frey

NIE WIEDER SOLL MASADA FALLEN

Roman

Dieses Buch ist meinen Kindern und Enkelkindern gewidmet. Ihnen die Liebe zu Gottes Volk und seine Geschichte lieb zu machen, war die Idee. Viele Reisen nach Israel haben diesen Wunsch immer klarer werden lassen. Mein Dank gilt denen, die mich immer wieder ermutigt haben, das Werk nicht liegen zu lassen.

Impressum
NIE WIEDER SOLL MASADA FALLEN
© by GISELA FREY, 2014, 3. korrigierte Auflage 2018
und Verlag Eberhard Platte, Wuppertal
ISBN: 978-3-9814165-9-6
Satz und Gesamtgestaltung: Eberhard Platte
Internet: www.wachsen-im-glauben.de
Druck: ScandinavianBook.de
Printed in Danmark

Inhalt

Prolog

Heiß *brennt die Sonne vom wolkenlosen Himmel. Kein Lüftchen bringt Abkühlung. Am Fuß des Felsen Masada spucken Busse junge Menschen aus. Olivgrün setzt sich die Masse in Richtung Felsmassiv in Bewegung. Wie ein Lindwurm steigen sie nacheinander den schmalen Pfad, den man wegen seiner Windungen Schlangenpfad nennt, den Berg hinauf. Von oben sieht es aus, wie eine Ameisenstrasse, die in flottem Tempo den Gipfel erklimmt. 450 Meter sind zu überwinden, einige machen sich einen Spaß daraus, die Zeit von Vorgängern zu unterbieten. Es sind Rekruten der Zahal, jung und voller Tatendrang.*

Ihre Angehörigen fahren mit der Seilbahn auf das Hochplateau. Sie dürfen dem feierlichen Gelöbnis ihrer Kinder beiwohnen. Auch Ester und Uriel begleiten ihren Erstgeborenen zu dieser Zeremonie. Sie haben auf der Tribüne, die extra aufgestellt wurde, Platz genommen. Die warme Abendluft liegt wie Blei über dem Plateau. Ester schiebt ihren Arm unter Uriels Jacke. Sie fröstelt bei dem Gedanken, dass nun wieder ein neuer Lebensabschnitt für Michael begonnen hat, ein Abschnitt, bei dem ihr Gottvertrauen mehr denn je gefragt ist.

Ester lässt ihren Blick über die Reste, der einmal so stattlichen Festung schweifen. So hoch über dem Toten Meer, eine uneinnehmbare Bastion, zusätzlich mit Mauern und Türmen gesichert, und doch ist sie vor fast 2000 Jahren gefallen. Herodes der Große hatte sie aus Angst vor seinem eigenen Volk angelegt. Er wusste, dass er durch seine edomitische Herkunft im israelitischen Volk nicht wohl gelitten war. Später hatten die Zeloten die Festung für sich eingenommen und hatten sich hierhin zurückgezogen, als Jerusalem gefallen war.

Aber die Römer waren auch hierher gekommen und hatten nach drei Jahren Belagerung die Zeloten in die Knie gezwungen.

Was würde ihrem Michael in der Zukunft blühen? Ester wollte sich jetzt nicht ihre Ängste ins Gedächtnis rufen, ihre Ängste vor Krieg und Terror, dem dieses kleine Land so häufig ausgesetzt ist. In ihren schlimmsten Träumen hatte sie sich immer wieder ausgemalt, wie es ist, wenn ihr Sohn an einem der vielen Checkpoints im Land Dienst tun musste. Würde Michael richtig reagieren? Die Aufgabe, die Grenzübertritte der Palästinenser zu kontrollieren, war äußerst riskant und gefährlich. Wie häufig hatte sie gelesen, dass ein junger Soldat erschossen worden war, weil er nicht rechtzeitig sich selbst verteidigt hatte.

Aber auch umgekehrt, hatte ein Soldat zu früh geschossen, wurde er vor ein Militärgericht gestellt, wenn der Palästinenser in guter oder harmloser Absicht sich dem Grenzposten genähert hatte. Wie schwer war es zu unterscheiden, ob ein Palästinenser mit guten oder bösen Absichten kam, wie häufig wurden die jungen Leute durch Tarnung getäuscht.

Energisch schiebt Ester die Gedanken beiseite. Nein, sie hat einen Gott, an den sie sich wenden kann. Unwillkürlich ballt sie die Hand, so dass Uriel sie ansieht.

„Na, was ist?", fragt er besorgt. Er kennt die Sorgen seiner Frau. „Mach dir nicht so viel Gedanken, was sein könnte, wenn. Gott weiß dies alles schon. Schau mal da drüben, das Tote Meer liegt wie ein Spiegel da. Ach, und sieh, da kommen die ersten schon herauf. Michael ist mit dabei. Nun geht es bald los".

Er drückt Esters Hand. Die Kapelle nimmt Aufstellung und spielt die Hatikwa, die israelische Nationalhymne. Sie wird von den meisten mitgesungen. Dann führt eine Offizierin die Rekruten zu ihren

8

Plätzen, wo sie Aufstellung nehmen. Alles läuft reibungslos.

Der General hält eine Ansprache über die Wichtigkeit des Dienstes für Volk und Vaterland.

Die israelische Fahne, blau-weiß mit dem Davidstern in der Mitte wird gehisst. Schlaff hängt sie am Fahnenmast.

Die Rekruten sprechen gemeinsam den Eid, dass sie mit ganzer Hingabe und Kraft dem Volk und Vaterland dienen wollen. Die Schlussformel des Eides wird voller Überzeugung, wie eine Kampfansage gesprochen: „Nie wieder soll Masada fallen!"

Ein plötzlicher Windstoß vom Süden strafft die Fahne, wie auf ein Zeichen einer guten Inszenierung.

Ein Raunen der Verwunderung geht durch die Menge der Zuschauer. Hat hier der Allmächtige soeben seine Zustimmung zu diesem Satz gegeben?

Ester kommen die Tränen. Was haben sie schon alles investiert in dieses kleine Land, das Gott seinem Volk einstmals versprochen hatte. Ihre Eltern waren rechtzeitig dem Holocaust entronnen. Sie hatten unter größten Entbehrungen in Galiläa gelebt, einen Kibbuz mit gegründet, die Felder bewirtschaftet, obwohl ihr Vater als Arzt diese Arbeit nicht gewohnt gewesen war. Später hatte er dann im Kibbuz durchaus als Arzt wirken können, und Esters Mutter hatte ihm zur Seite gestanden.

Uriels Vater war aus dem Warschauer Ghetto entkommen, wo seine ganze Familie umgekommen war. Er hatte sich nach Israel durchgeschlagen und in dem Lager auf Zypern, wohin die Engländer die Einwanderer hin verbannten, seine Frau, Uriels Mutter kennen gelernt. Uriels Vater pflegte nicht viel zu erzählen. Er war ein einsilbiger Mann. Nur wenn Uriel ihn gezielt fragte, bekam er kurze Antworten. Zu schwer war die Erinnerung an die Tage des Krieges nach der Unabhängigkeit, als alle umliegenden Staaten über das kleine Pflänzchen Israel herfielen, um es zu zertreten. Aber Gott hatte seine Zusage wahr gemacht. Das vor 5.000 Jahren verheißene Land sollte wieder Israel zum Eigentum gegeben werden. Lange Zeit musste das Volk zerstreut in aller Welt leben. Aber nun war die Zeit gekommen, in der

Israel wieder ein Volk in einem Land, in dem verheißenen Land sein durfte. Mit welchem Anfang! Welche Entbehrungen, wie viel Blutvergießen. Ester wünschte sich nichts sehnlicher, als dass dies alles der Vergangenheit angehörte. Aber sie wusste, dass noch Schweres auf sie zukommen würde, denn die Schriften sprachen davon.

In Ester klangen die Worte nach: „Nie wieder soll Masada fallen".

War es denn gefallen? Hatten denn nicht die Zeloten Unerhörtes getan? Sie nahm sich vor, mit Uriel und ihren beiden Töchtern noch einmal Masada zu besuchen und sich die Geschichte bewusst zu machen.

ÜBERSICHTSKARTE SÜDLICHES ISRAEL

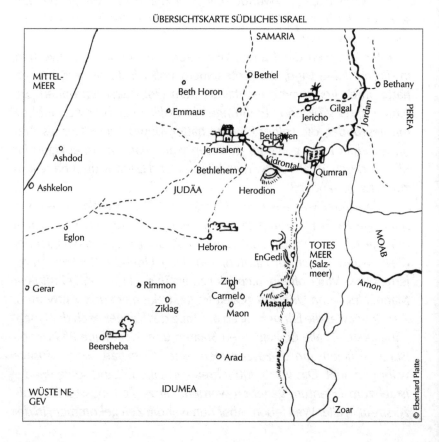

Die Flucht

Jerusalem 69 n.Chr.

„Orly!", hallte es über den Innenhof, „Orly, komm doch bitte!" Abigail hastete nervös von einem Zimmer zum anderen ihres vornehmen Anwesens, raffte hier ein paar Kleidungsstücke zusammen und steckte sie in einen ledernen Sack. Der neunarmige Leuchter für das Chanukkafest? Unentschlossen hielt Abigail ihn eine Weile in der Hand, war er nötig für die Flucht? Aber etwas wollte sie auch mitnehmen, das sie an die schönen Zeiten in Jerusalem erinnerte. Abigail hielt einen Moment inne, sah in dem Innenhof, wie ihre Kinder Mirjam und Joram miteinander spielten. Mirjam war ein hübsches Mädchen von bald neun Jahren. Sie war noch in Jotapata geboren worden. Bald danach war ihr Mann Jochanan mit ihrem Bruder Eleazar Ben Yair ausgezogen, um die Zeloten zu sammeln und für einen Kampf gegen die Römer zu motivieren. Die Streitigkeiten hatten im ganzen Land zugenommen. Während die Juden sich immer heftiger gegen die römische Herrschaft wehrten, zogen die Römer die Schlingen immer fester zu. Jotapata, die Heimatstadt von Abigail, war diesen Kämpfen zum Opfer gefallen. Zum Glück hatten Eleazar und Jochanan ihre Familien rechtzeitig aus der umkämpften Stadt herausgeholt und hierher nach Jerusalem gebracht. Reiche Juden hatten schon früh die Stadt und das Land verlassen und waren nach Rom ausgewandert. So konnten die Zeloten ihre Häuser in Besitz nehmen. Hier wurde auch ihr kleiner Sohn Joram geboren. Das war nun auch schon drei Jahre her. Sie hing an ihm, weil er ihrem Jochanan so ähnlich sah.

Abigail band die langen, schwarzen Haare zu einem losen Knoten in dem Nacken zusammen. Sie schüttelte den Kopf, als wollte sie die Gedanken loswerden. Jetzt war keine Zeit für Träumereien. Eleazar hatte befohlen, wenn die Lage brenzlig würde, sollten die Familien in kleinen Trupps nach Masada gehen. Aber Abigail hatte ein ungutes Gefühl. Sie wollte ihren Mann hier nicht allein lassen. Wenn er mal nach Haus kam, erzählte er nicht viel von den Kämpfen, die um die Stadt tobten. Abigail musste sich die Neuigkeiten von ihren Nachbarinnen holen, deren Männer etwas redseliger waren. So hatte sie gehört, dass Titus, der Befehlshaber der römischen Truppen, ein äußerst schlauer und mutiger Soldat war. Immer wieder hatten die Zeloten einen Ausfall versucht, mal mit Erfolg, aber immer öfter waren sie zurückgeschlagen worden. Die Römer hatten versucht, das Kidrontal, das zwischen dem Ölberg und dem Tempelberg lag, aufzuschütten, was gründlich misslang. Nun hatten sie vom Skopusberg her im Norden der Stadt, einen Wall aufgeschüttet, um ihre Belagerungstürme und Rammen an die Tore und Mauern heran zu bringen. Der Tempel war in Gefahr, ganz zu schweigen von der Davidstadt und dem Königspalast. Sie hatte auch gehört, dass noch nicht einmal die Juden sich untereinander einig waren. Es gab drei Parteiungen. Während Joannas und Simeon das jüdische Volk unterdrückten, wollten die Zeloten das Heiligtum um jeden Preis verteidigen. Josephus Flavius, der mit einem üblen Trick die Eroberung Jotapatas überlebt hatte, war zu den Römern übergelaufen. Diesen Verrat verziehen ihm die Zeloten nicht, erst recht nicht, als er versuchte, zwischen den kämpfenden Parteien zu vermitteln. Dieser Mensch verdiente ihre ganze Verachtung.

Abigail ließ den Leuchter, den sie in der Hand hielt, sinken. Wann würde wieder dieses Freudenfest in ihrem Volk aufleuchten?

„Ima, ist schon Chanukka?", rief Joram, als er seine Mutter so stehen sah. Abigail schüttelte den Kopf und versuchte gleichzeitig ihre düsteren Gedanken weg zu schieben.

„Nein, mein Kleiner", Abigail lächelte, „aber ich packe ihn ein, vielleicht brauchen wir ihn dieses Jahr."

Wo blieb nur Orly? Orly, ihre Schwester, war zwei Jahre älter als sie, aber sie war unverheiratet, denn ihre Eltern hatten sie seit ihrem vierten Lebensjahr in einem Hinterzimmer versteckt gehalten. Orly war in ihrer Kindheit ein brennendes Holzscheit auf den Kopf gefallen und ihre linke Gesichtshälfte war durch Brandnarben sehr entstellt. Nur durch das schnelle Eingreifen ihres Bruders Eleazar, der sie einfach kopfüber in einen Wasserzuber gesteckt hatte, war sie nicht zur lebenden Fackel geworden. Aber dieses Erlebnis und die jahrelange Abgeschiedenheit in dem Hinterzimmer hatte sie scheu und fast lebensuntüchtig gemacht. Was sollte nur aus ihr werden, wenn die Eltern nicht mehr lebten? Abigail hatte auch nie verstanden, warum ihre Mutter so hart mit Orly umging. Sie liebte ihre Schwester. Mit ihr konnte sie über so vieles reden. Sie selbst hatte sich von ihrem Bruder die Buchstaben zeigen lassen und hatte selbst das Lesen und Schreiben gelernt. Da Orly sehr wissbegierig war, hatte Abigail auch ihr diese Kunst, die sonst nur den Männern vorbehalten war, beigebracht. Aber Orly konnte auch wunderbar weben, nähen und sticken. Vielleicht hatte sie wieder solch eine Arbeit vor sich und hörte sie nicht. Sie wollte gerade nach ihr sehen, da kam Orly herbei, das rosa Kleid hing ihr lose um den ausgezehrten Körper, in der Hand hielt sie einen Schleier.

„Du hast mich gerufen, Abbi, entschuldige bitte, aber mir war gerade ein Stein aus der Schlaufe vom Kettfaden gerutscht, den musste ich schnell befestigen", sagte sie mit leiser sanfter Stimme.

„Ach, lass das jetzt. Eleazar hat bestimmt, dass wir Jerusalem verlassen sollen. Du weißt, wir haben kürzlich darüber gesprochen. Ich bin dabei, ein paar Sachen zusammenzupacken. Du könntest inzwischen zu meiner Freundin Tabita in die Korngasse gehen und sie um etwas Brot und Früchte bitten."

Orly erschrak: „Ich soll auf die Gasse gehen? Und du weißt doch, dass in ganz Jerusalem fast nichts zu essen zu finden ist."

„Sei ganz beruhigt, Tabita hat mir kürzlich erst verraten, dass sie noch einiges zurückgelegt hat für die Reise. Bitte, Orly, es ist doch gar nicht weit." Abigails Stimme hörte sich gereizt an.

„Ist irgendetwas? Du bist irgendwie so gereizt", behauptete Orly.

„Ja, es tut mir Leid. Ich bin heute Morgen schon mit einer solchen Spannung aufgewacht. Mein Herz ist ganz verzagt."

Orly machte einen Schritt auf ihre Schwester zu und wollte sie in die Arme nehmen. Aber Abigail wehrte ab: „Vielleicht kommt ein Hamsin und da bin ich immer überempfindlich. Es wäre so gut, wenn Jochanan nach Hause käme, um uns auf dem Weg zu begleiten, oder wenigstens mir zu sagen, dass alles in Ordnung ist." Abigail wusste, dass das nur ihre Hoffnung war. Jochanan würde niemals die Kämpfer im Stich lassen. Orly hob hilflos die Schultern.

„Geh jetzt bitte und komm schnell wieder!" Abigail schob Orly zur Tür und setzte ihren Rundgang durch das Haus fort.

Orly hatte den Schleier über das Gesicht gezogen und beeilte sich, so schnell wie möglich um die nächste Ecke in die Korngasse zu kommen. Jerusalem, die liebliche Stadt, versank in Schutt und Chaos. Die ersten Horden von brandschatzenden Römern durchzogen die Gassen. Plötzlich stand ein einfacher, römischer Soldat vor ihr, der Brustpanzer glänzte in der Sonne, der Helm mit den ledernen Seitenklappen umrahmte ein rasiertes, kantiges Gesicht, in dem Bartstoppeln zu sprießen begannen. Orly versuchte auszuweichen, aber der Soldat packte sie am Handgelenk, dass sie aufschrie.

„Her mit dir, du Hure", schrie er und riss ihr den Schleier vom Kopf.

Auf der oberen Gasse hörte man das Gegröle seiner nachstürmenden Kameraden. „Ho ho, seht her, der Justus hat sich ein Flattergerippe gegriffen!"

Brüllendes Gelächter. Die Soldaten schlugen mit den Kurzschwertern an ihre Schilde und machten Anstalten, sich um ihren

Kameraden und Orly herum aufzubauen um einem Schauspiel zuzusehen.

Orly hob den Arm, um ihr Gesicht zu schützen. Ihr Herz raste, als wäre sie die Treppen zum Tempel im Dauerlauf hinaufgelaufen. Aber der Soldat ließ sie sogleich unsanft wieder los, dass sie das Gleichgewicht verlor und auf die Erde stürzte, die mit Trümmern übersät war.

„Hach, hier laufen ja Monster herum", rief er, spuckte ihr ins Gesicht und drehte sich um. Unter grölendem Gelächter und anzüglichen Zurufen lief die Horde die Gasse hinunter.

Orly wischte sich mit dem Zipfel des Schleiers das Gesicht ab. Ihr Herz pochte wild bis zum Hals, die Worte Hure und Monster fielen wie Hammerschläge auf sie. Hatte ihr narbiges Gesicht sie jetzt vor dem Zugriff des Römers bewahrt? Das wäre das erste Mal, dass ihr diese Tatsache zum Vorteil gewesen wäre. Oder hatte der Ewige sie beschützt? Sie konnte es kaum glauben. Wie sollte sie nur jetzt hier heraus kommen? Waren diese römischen Barbaren, wie ihr Bruder sie nannte, immer noch in der Nähe?

Orly drückte sich tiefer in den Staub, um nicht gesehen zu werden. Sie kauerte zwischen den Trümmern, ihr Schleier und Kleid, eigentlich von zartem rosa, waren so grau von dem Staub, dass man sie ebenso gut für einen Stein halten konnte. Ihre Gestalt wirkte noch zierlicher durch ihren ausgezehrten Körper, der allerdings von dem Schleier und dem Umhang verhüllt wurde. Es herrschten nicht nur Krieg und Chaos in Jerusalem, sondern auch eine große Hungersnot. Sie besann sich, dass ihre Schwester sie ja zu der Freundin geschickt hatte. Angst wollte ihr die Kehle zuschnüren. Wie oft hatte sie gehört, dass die Mädchen einfach so auf der Straße vergewaltigt wurden, und jetzt wäre das beinahe ihr passiert.

Orly nahm allen Mut zusammen, als sie merkte, dass es auf der Gasse ruhig geworden war. Sie rappelte sich auf und schüttelte den Staub etwas ab. Dort drüben musste das Haus sein. Orly huschte schnell hinüber und klopfte atemlos an die Tür. Sie wurde nur einen Spalt breit geöffnet.

„Ich bin Orly, die Schwester von Abigail." Weiter kam sie nicht. Tabita machte den Spalt gerade so weit auf, dass Orly hineinschlüpfen konnte. „Man darf hier niemandem mehr trauen", sagte sie, als sie die Tür verschlossen und den Riegel vorgeschoben hatte.

Orly hatte in der Aufregung ganz vergessen, ihren Schleier wieder aufzuziehen und versuchte schnell ihr Gesicht zu bedecken.

„Lass nur", sagte Tabita und schaute Orly unverwandt an, „Abigail hat mir von dir erzählt."

Orly, von dem gerade erlebten Schock noch etwas verstört, fing an zu stottern: „Ich, ähm, ich soll, Abigail schickt mich, ob du ihr, das heißt mir, etwas zu essen mitgeben könntest. Sicher seid auch ihr dabei aufzubrechen."

Tabitas Gesicht verfinsterte sich: „So, etwas zu essen wollt ihr. Ich habe auch vier Mäuler zu stopfen. Aufbrechen, wer redet von aufbrechen? Wohin sollen wir denn gehen? Hat nicht der saubere Eleazar uns diese Lage eingebrockt und nun fragt seine Schwester nach etwas zu essen? Verhungern müssen wir alle!" Tabitas Stimme wurde schrill.

Orly hob hilflos abwehrend die Hände: „Ich dachte ... Abigail hatte mir nur gesagt, dass du noch ein paar Vorräte hättest, und dass du sicher etwas abgeben könntest. Ich wusste doch nicht ..."

„Was wusstest du nicht, dass ich Kinder habe?"

„Nein, dass du nicht zu den Zeloten gehörst."

„Wer sagt dir das denn?"

„ Abigail hat mir nur gesagt, dass ich zu ihrer Freundin gehen soll. Und das in dieser Zeit, fast hätte mich ein römischer Soldat vergewaltigt."

„Na, dann hättest du ja wohl das erste Mal erfahren, wie es ist, wenn ein Mann über einen herfällt." Orly hob erschrocken die Hand vor den Mund und bekam runde Augen, die sich mit Tränen zu füllen drohten. Im gleichen Moment wurde Tabita sanfter: „Entschuldige, das habe ich nicht so gemeint. Ach ich bin ja ganz durcheinander. Macht das der Krieg oder der Hamsin?" Als wollte sie ihren Ausbruch wieder gut machen, zog sie Orly in die Küche, hob einen Teppich. Darunter befand sich eine Falltür, die in den Fußboden eingelassen war. Tabita stieg eine kurze Treppe hinab und Orly hörte, wie sie von diesem und jenem Krug den Deckel abhob. Sie kam mit einem Körbchen wieder zum Vorschein, in dem sich ein paar Feigen, Rosinen und zwei Brotfladen befanden. Sie gab Orly das Körbchen

„So, mehr kann ich nicht entbehren", sagte sie. „Jeder versucht sein Fell ins Trockene zu bringen. Ich werde wohl auch gehen müssen. Leb wohl und grüß deine Schwester! Vielleicht sehen wir uns auf Masada wieder!" Damit schob sie Orly wieder auf die Gasse, die jetzt trügerisch ruhig dalag.

Eine Weile blieb Orly unter dem Torbogen stehen und drückte sich an die Tür. Was war das für eine Welt, zuerst das Erlebnis mit dem Soldaten, nun dieses merkwürdige Treffen mit Tabita? Orly war ganz verwirrt. Gehörte Tabita nun zu den Zeloten? Was hatte dieser Ausbruch zu bedeuten? Orly, die es nicht gewohnt war, mit Menschen umzugehen, war erschrocken von der Bosheit der Welt.

Sie sah in ihr Körbchen. Wenigstens hatte sie ein bisschen für die Reise bekommen. Wenn auch ihr Bruder der Anführer der Zeloten war, so war er doch nicht für die gerechte Verteilung der Lebensmittel zuständig, und seine Familie blieb genauso wenig von der Knappheit verschont. Abigail würde nicht glücklich sein. Aber auch sie wusste ja, wie die Lage in Jerusalem war.

Orly machte sich von der Hauswand los. Würde sie jetzt unbehelligt bis zu ihrem Haus zurück kommen? Orly sehnte sich nach ihrer Heimatstadt Jotapata, nach dem Hinterstübchen, wo sie abgeschirmt von allen Ereignissen, friedlich ihrer Arbeit nachgegangen war. Wie oft hatte sie, gebeugt über ihre Arbeit, den Gesprächen im Nebenzimmer gelauscht, wo sich Eleazar und Jochanan trafen und ihre Unternehmungen besprachen. Die beiden waren von Kind auf dicke Freunde und heckten in jungen Jahren manchen Streich aus. Später drehten sich ihre Gespräche um die beängstigende Lage durch die Römer. Sie schmiedeten Pläne, was sie unternehmen könnten, um das Joch abzuschütteln. Orly liebte Jochanans Stimme, dass ihr das Herz schneller schlug, wenn sie hörte, dass er wieder bei ihrem Bruder war. Sie verlor sich in ihren Träumen und stellte sich vor, mit Jochanan verheiratet zu sein, ihm Kinder zu schenken und ihn glücklich zu machen. Als Orly vierzehn Jahre alt wurde, und die Mutter sie nach ihrer ersten Regel mit in das Mikweh nahm, bei Nacht, damit niemand sie sehen sollte, dachte sie, dass sie nun Jochanan verlobt würde. Sie kannte ja sonst niemanden. Aber ihre Mutter dachte nicht daran, Orly zu verheiraten. Sie hielt Orly an, recht fleißig zu sein, damit sie mit ihrer Arbeit etwas zum Unterhalt beitragen konnte. Orly wagte nicht zu widersprechen. Aber ihre Sehnsucht durfte sie niemandem zeigen, noch nicht einmal Abigail ihrer Schwester, sagte sie etwas davon.

Eines Tages kam Abigail zu ihr ins Hinterzimmer. Bedrückt erzählte sie Orly, dass ihre Eltern beschlossen hatten, sie mit Jochanan zu verloben. Für Orly brach eine Welt zusammen. Abigail hatte gar keine Lust zu heiraten. Sie wollte lieber die Thora studieren. Orly hatte sie nur ungläubig angestarrt.

Mühsam hatte sie ihrer Schwester dann zugeredet und ihr gestanden, dass sie gern verheiratet wäre. Sie wäre gern aus dem Hinterstübchen heraus gekommen. Aber nach der Erfahrung hier in Jerusalem wollte sie doch lieber wieder dort in Jotapata sein. Aber Jotapata existierte nicht mehr. Abigail hatte geheiratet und bald wurde ihre Tochter Mirjam geboren. Orly hatte ihre Sehnsüchte begraben. Sie hatte sich doch nur in eine Stimme verliebt! Nur wenn Abigail von Jochanan erzählte, wie tapfer und gut aussehend er war, gab es ihr noch einen Stich ins Herz.

Dann begannen die Römer, das Land und eine Stadt nach der anderen zu belagern und einzunehmen.

Ihr Bruder Eleazar Ben Yair hatte die Lage schon frühzeitig durchschaut und hatte die Familie heimlich aus Jotapata heraus gebracht. Jetzt meinte Eleazar, den Ruf zu haben, der neue jüdische Anführer zu sein. Wenn schon kein Messias auftauchte, musste eben das jüdische Volk selbst die Dinge in die Hand nehmen und Israel von der römischen Herrschaft befreien. Orly liebte ihren Bruder, bewunderte seine Tatkraft und Sicherheit. Aber dass jetzt die Lage in Jerusalem solch ein Ausmaß angenommen hatte, nahm sie ihm persönlich übel.

Die Familie hatte eine Pilgerreise zum großen Fest der ungesäuerten Brote nach Jerusalem vorgetäuscht. Außer der Liebe zu Jochanan war Orly's Traum Jerusalem gewesen. Aber wie das Eine schien auch das Andere für sie unerreichbar. Wie glücklich war sie, als die ganze Familie zum Passahfest nach Jerusalem pilgerte. Aber die Ereignisse hatten sie dann überrollt. Die Meldung vom Untergang Jotapatas erreichte sie, als sie noch in der heiligen Stadt waren. Lea und Yair, ihre Eltern, wohnten dann bei Eleazar und seiner Familie.

Auch ihr Vater Yair fühlte sich noch stark genug, seinen Sohn zu unterstützen. Nur dass die Ereignisse sich hier so dramatisierten, war nicht vorauszusehen gewesen. Die Belagerung der Stadt nahm immer beängstigendere Formen an. Die Bewohner wurden von allen Seiten bedrängt. Die Hohenpriester wollten, dass sich die Stadt ergibt, um das Heiligtum zu retten. Auch Josephus Flavius versuchte seine Landsleute zu einer Übergabe an die Römer zu überreden. Aber die Zeloten wollten sich von diesem Verräter erst recht nichts sagen lassen, denn sie meinten, dass sie dazu ausersehen waren, den Tempel zu verteidigen, und die Römer zu vertreiben, wie es damals Judas Makkabäus getan hatte.

Orly horchte in die Gasse. Es schien, dass die Horden vorbei waren. Ihre Schwester Abigail würde schon auf sie warten. Eleazar hatte bestimmt, dass der Zeitpunkt gekommen war, dass die Zeloten sich auf die Festung Masada zurückziehen sollten. Orly musste sich beeilen.

Orly hatte ihr Körbchen vorsorglich unter ihrem Überwurf versteckt. Sie versuchte sich zu orientieren, musste sehen, dass sie zu dem Haus ihrer Schwester kam. Sie hörte schon den Vorwurf ihrer Schwester, dass sie so lange gebraucht hatte. Würde Abigail ihr glauben, dass ein römischer Soldat sich über sie hatte hermachen wollen? Orly erwartete nichts weiter als den üblichen Spott, denn je länger die Kämpfe dauerten, umso gereizter wurde auch ihre Schwester, wohl auch weil ihr Mann Jochanan sich so wenig blicken liess. Orly konnte es gut verstehen, denn so sehr sich Orly fürchtete, Jochanan zu begegnen, so sehr liebte sie es immer noch, seine Stimme im Haus zu hören.

Orly versuchte, ein anderes Ende des Schleiers über ihr Gesicht zu ziehen. Ihr ekelte vor dem Speichel, mit dem der Soldat sie bespuckt hatte, und den sie sich mit dem Schleier abgewischt hatte. Eigentlich war es ja egal, wenn sie jemand sah. Jeder achtete doch nur auf sich selbst.

Orly huschte schnell in einen Hofeingang, denn wieder stürmten römische Soldaten die Gasse entlang., den Schild vor sich haltend, die Schwerter hoch erhoben, grölend als hätten sie den Sieg schon errungen.

„Zum Palast, zum Tempel, das Gold", hörte sie die Schreie.

War es schon so weit, dass das Heiligtum der Juden gestürmt wurde? Dieses herrliche Bauwerk, wo von der südlichen Zinne das Schofarhorn allabendlich geblasen wurde, die wunderbaren Zinnen und Säulen, die kühlen Hallen der Ställe Salomos, ganz zu schweigen von dem Allerheiligsten, wo der Ewige seine Wohnung hatte. Orly hatte sie nur aus der Ferne erahnen können, denn sie durfte nur bis in den Frauenhof. Aber die Zeloten würden nicht zulassen, dass der Tempel zerstört wird. Sie standen auf den Mauern zum Äußersten bereit.

Orly dachte an Jochanan und an ihren Bruder. Nein, das waren tapfere Männer und doch krampfte sich ihr Herz bei dem Anblick der blutrünstigen römischen Soldaten zusammen.

Als die stampfenden, eilenden Tritte vorüber waren, wagte Orly einen Blick auf die Gasse. Sie war mit Trümmern übersät und auch Tote lagen da. Nein, sie durfte sich jetzt nicht aufhalten lassen.

„Schwester, Schwester", hörte sie eine Stimme von einem Verwundeten. Sie sah sich danach um.

Da lag ein Jude in seinem Blut, er hatte nur noch den linken Arm, der rechte, wo war er?

Orly wurde es übel, der Geruch von Blut und Exkrementen, der Geruch des Todes, Leichen, die keiner beerdigen konnte, lag in der Luft.

Nein, sie musste weiter, eine Biegung, sie glitt aus und raffte sich schnell wieder auf, um ja diesem Anblick zu entfliehen.

Da, das Haus ihrer Schwester. Orly sehnte sich nach dem kühlen Innenhof und nach Sicherheit.

Aber was war das? Entsetzen wollte ihr die Kehle zuschnüren. Das Anwesen stand in hellen Flammen. Wo war ihre Schwester, wo die Kinder? Orly zögerte, gab sich dann einen Ruck in den Hof zu rennen. Die Flammen leckten an den Holzbalken empor. Sofort kamen Orly die Erinnerungen. Sie wollte umkehren, davonrennen. Aber wohin? Mit panischer Stimme rief sie:

„Abigail, wo bist du, Mirjam, Joram." Das Knistern des Feuers übertönte ihre gellenden Rufe.

Dieses Feuer, diese Hitze, sie konnte es fast nicht ertragen. Ihre Brandnarben schmerzten wie Höllenqualen. Aber ihre Hilflosigkeit und die Angst um die Schwester und die Kinder waren größer als der Schmerz.

Da kam Mirjam aus der hintersten Ecke. Auf dem Arm hielt sie ihren Bruder Joram.

„Tante Orly, Tante Orly", schluchzte sie und stürzte Orly in die Arme, „römische Soldaten kamen, ich hatte solche Angst. Ima war auf einmal nicht mehr da. Da hab ich mich schnell in der Wäsche-truhe versteckt. Sie suchten Papa. Wo ist nur Ima?"

Mirjams Blicke gingen wild hin und her. Immer wieder wurde sie von tiefen Schluchzern unterbrochen.

Mirjam hielt ihren Bruder ganz fest, der sich strampelnd befreien wollte.

„Wo ist meine Ima?", schrie Joram. „Ich will zu meiner Ima!"

„Weiß ich doch nicht! Sie haben hier alles in Brand gesteckt", schluchzte Mirjam.

„Komm, wir müssen hier weg", Orly war klar, dass sie keine Sekunde länger bleiben durften.

„Wohin, wo ist Ima", jammerte Joram und wollte sich losreißen.

„Joram stark, Joram sucht Ima."

„Nein, nein, mein Kleiner, komm her, wir suchen Ima gemeinsam". Energisch nahm Orly den Kleinen auf den Arm und suchte den Ausgang. Inzwischen hatte sich beißender Rauch breit gemacht, so dass das Atmen schwer wurde.

Mirjam versuchte sich an Orlys Rock festzuhalten. Sie fing an zu husten.

„Ich kann kaum was sehen", rief sie.

„Lass nur nicht los, wir bleiben zusammen", ermahnte sie Orly und hastete auf die Gasse. Sie dachte nicht an sich selbst, nur an die Kinder.

Wohin? Nicht nur dieses Haus brannte. Auch die Nachbarhäuser standen in Flammen, was nicht verwunderlich war, denn die Häuser in der Davidstadt standen dicht aneinander.

Ein Junge rannte Orly fast um.

„Entschuldigung", rief er im Laufen und wandte sich halb um.

„Jaakov", rief Mirjam. Es war der Sohn von Eleazar.

Der Junge blieb abrupt stehen: „Mirjam!"

„Jaakov, unsere Ima ist weg, unser Haus brennt. Wohin sollen wir gehen?"

„Kommt mit, ich zeig euch einen Weg zum unterirdischen Gang. Ich kenn mich aus!"

Der Junge, nicht viel älter als Mirjam, setzte seinen Lauf fort. Die Drei hatten Mühe hinterherzukommen, zumal überall Trümmer oder tote Kämpfer auf der Strasse lagen. Jaakov führte sie in die Unterstadt und verschwand in einem Mauerspalt, der von außen nicht als eine Öffnung zu erkennen war. Hier blieb er kurz stehen.

„Geht nur hier hinunter, nach einer Biegung geradeaus. Ich muss noch nach Großmutter sehen." Und weg war er wieder.

Mirjam zitterte am ganzen Leib und klammerte sich noch fester an Orly.

„Ist Ima hier?", wollte Joram wissen.

„Vielleicht", raunte Orly

Sie waren nicht allein, Stimmen waren weiter drinnen zu hören, Man konnte aber niemanden sehen. Orly tastete sich mit der einen Hand an der kühlen Felswand entlang, mit der anderen hielt sie Joram fest. Wieder kamen einige Leute durch den Spalt. War dies der Gang, den König Hiskia vor über 700 Jahren in den Felsen, auf dem die Stadt gebaut war, hatte schlagen lassen? Orly wusste, dass die Stadt mit mehreren unterirdischen Gängen durchzogen war. Es gab zwei Tunnel, einen, der das Wasser von der Gihonquelle außerhalb der Stadtmauer zum Siloahteich führte. Jedes Jahr zum Ende des Laubhüttenfestes wurde im Siloahteich Wasser für das Trankopfer im Tempel geschöpft. Der andere Tunnel führte ebenfalls außerhalb der Stadtmauer ins Kidrontal. Da Orly nichts Feuchtes an den Füßen spürte, musste dies der trockene, wesentlich kürzere Tunnel sein.

Die kühle Luft befreite aber die Lungen. Orly wunderte sich, woher ihr die nötige Kraft kam. Aber sie hatte keine Zeit, darüber nachzudenken.

Bald kam sie nicht weiter, denn noch andere hatten diesen Fluchtweg genommen, und es ging nur langsam vorwärts. Würden sie am anderen Ende von den Römern in Empfang genommen und einfach abgeschlachtet? Oder hatten die Besatzer diesen Fluchtweg noch nicht entdeckt?

Plötzlich standen sie wieder draußen in der gleißenden Sonne die allerdings von Rauchschwaden verdunkelt wurde.

Wohin sollte sie jetzt gehen? Wie aus dem Nichts stand wieder Jaakov vor ihnen. Er hatte seine kleine Schwester Rahel an der Hand. Neben ihm stand Lea, die Großmutter, aufrecht hager, streng, das Schultertuch fest umgewickelt, ein weißes Tuch um die grauen Haare geschlungen, ein Bündel in der Hand.

„Mutter", sagte Orly, „Abigail ist verschwunden."

„Ich hab es gehört. Der Ewige wird sie behüten. Sie ist ein Kämpfertyp, im Gegensatz zu dir", sagte die Frau kalt.

Orly schwieg. Es war so verletzend, dass ihr selbst in dieser Situation von ihrer Mutter solch eine Kälte entgegenschlug. Sie hatte den Eindruck, dass es ihrer Mutter lieber gewesen wäre, wenn sie, statt Abigail verschwunden wäre. Aber jetzt fühlte sie sich verantwortlich für Abigails Kinder. Waren es doch auch Jochanans Kinder.

Streng blickte Lea auf die kleine Gruppe, wie es schien äußerst missbilligend.

„Wir sollten zu mehreren gehen, dann können wir uns besser verteidigen", meinte sie.

„Nein, Großmutter, Vater hat mir gesagt, dass wir in kleinen Gruppen nach Masada gehen sollen", erwiderte Jaakov.

„Was?", grummelte die alte Frau. „Da kann ich gleich hier bei den Kämpfern bleiben. Wer weiß, was alles auf den Weg passiert. Und überhaupt, weißt du den Weg?"

„Papa hat jemanden bestellt, der sich auskennt und uns führen soll."

„Ach ja, Ben Eleazar, mein Sohn, hat das Kommando. Es ist besser, ich füge mich."

Lärm war hinter ihnen im Tunnel zu hören. Menschen in panischer Angst kamen stolpernd und hastend heraus.

„Schnell die Römer haben den oberen Eingang entdeckt.

Jaakov übernahm die Initiative. Er hob Rahel schnell auf den Arm und fasste Mirjam an die Hand.

„Ein kleines Stück von hier ist das Absalom-Grabmal. Dort werden wir jemanden treffen hat Vater gesagt. Der wird mit uns gehen."

Orly gefiel der Junge, der trotzt seines Alters so selbstbewusst auftrat. Der Sohn Eleazars Ben Yair, des Anführers der Zeloten, ihres Bruders: Jaakov schien aus gleichem Holz geschnitzt.

Der Auftrag

Herr weise mir deinen Weg

Das kleine Öllämpchen warf unwirkliche Schatten an die steinerne Wand. Es hüpfte hierhin und dorthin, erleuchtete nur schemenhaft den kleinen Raum, in dem sich nur ein Bettgestell mit einer Matratze und einem wackeligen Tisch befand.

Simon saß auf der Bettkante und stützte den Kopf in die Hand. Seine Gestalt war hager und sein Haupthaar grau und schütter. Nur der Bart fiel noch voll auf seine Brust. Zum wiederholten Mal nahm er sein kleines Krummschwert in die Hand und ließ es wieder neben sich auf das Bett gleiten. Nie hatte er es abgelegt. Selbst in der bittersten Stunde, als die Schergen des Hohenpriesters kamen, um seinen Herrn, Jeshua, gefangen zu nehmen. Er hätte es gezogen, um ihn zu verteidigen. Aber Simon Petrus war schneller gewesen und hatte dem Knecht des Hohenpriesters ein Ohr abgehauen.

Der Meister hatte nur die Hand ausgestreckt und das Ohr geheilt und gesagt: „Stecke das Schwert weg, denn wer das Schwert nimmt, soll durch das Schwert umkommen."

Wie liebte er den Herrn für seine Demut und doch Überlegenheit. Alles hatte er hingegeben, damit durch seinen Tod, durch sein Blut am Kreuz, der Vater im Himmel versöhnt wurde. Jeder der an ihn als Sohn Gottes glaubt, soll errettet werden, so hatte es sein Herr zugesagt, und Simon glaubte an ihn.

Von Geburt war Simon Zelot. Sein Vater war einer der führenden Männer gewesen. Er war aber in jungen Jahren Jeshua begegnet und hatte erkannt, dass sein bisheriges Leben Gott nicht gefallen konnte. Räubereien und kleinere Scharmützel, die Reichen ausrauben, das war das Leben der Zeloten. Die Begegnung mit Jeshua hatte aus ihm einen anderen Menschen gemacht. Er sehnte sich danach, seinem Herrn gehorsam zu sein, auch wenn er ihn physisch nicht sehen konnte, wusste er doch, dass er lebt und auch für ihn, Simon, den Zeloten, einen Auftrag hatte. Und darauf wartete er. Dennoch, die Lage in Jerusalem spitzte sich immer mehr zu. Es wurde Zeit, dass er sich entschied. Johannes war in Ephesus. Er hatte zwar gesagt, dass Simon zu ihm kommen solle. Aber eigentlich war hier in Jerusalem sein Platz. Die Glaubensbrüder hatten sich längst nach Pella oder Antiochia abgesetzt. Schlimme Zeiten hatten sie schon erlebt. Die junge Christengemeinde war häufig im Blickfeld der römischen Machthaber. Sie wurden in Stadien wilden Tieren vorgeworfen und der Pöbel hatte seine Lust an dem Schauspiel. Als sie alle noch zusammen waren, hatten sie sich täglich im Tempel oder in dem Obergemach, wo sie mit ihrem Rabbi das letzte Pessahmahl gefeiert hatten, getroffen. „Gehet hin in alle Welt", hatte Jeshua ihnen befohlen, und er war immer noch hier. Simon fragte sich, wo sein Auftrag war. Hatte er das Reden Jeshuas überhört, hatte er etwas übersehen?

Simon sah sich das Öllämpchen an. Lange würde es nicht mehr brennen. Sein eigener Schatten malte sich überdimensional an die Wand. Worauf wartete er nur? Sollte er sich auf den Weg machen? Wohin? Vielleicht zu den Nabatäern?

Plötzlich wurde er aus seinen Gedanken gerissen. Etwas hatte sich draußen verändert.

Es war nicht mehr der Lärm der Soldaten, das Schreien und Stöhnen. Stimmen waren zu hören, jemand kam die Treppe herunter gepoltert, stieß die Tür auf, sodass der Luftzug das Licht flackern ließ und fast zum Erlöschen brachte. Unwillkürlich fasste Simon sein Schwert und fuhr hoch.

„Hab ich dich endlich!", keuchte der Mann, der den Türrahmen ausfüllte. „Alle Zeloten stehen zusammen, kämpfen gegen die verhassten Römer, und du versteckst dich hier?"

Der Mann trat auf Simon zu, so nah, dass er den Atem des Eindringlings unangenehm in seinem Gesicht spürte.

„Bist ein erbärmlicher Feigling geworden. Dein Vater würde sich im Grab umdrehen, wenn er dich so sähe."

Dunkel kam es Simon in den Sinn, dass dies Dan, einer der Mitstreiter von Eleazar sein musste.

„Was willst du?", fragte er. „Ich greife nicht zu den Waffen. Meine Waffe ist das Gebet."

„So?", kam es höhnisch, „na dann kannst du bald dein Kaddish beten."

Dan trat noch näher an ihn heran.

„Aber ich habe von Eleazar einen Auftrag für dich. Feiglinge wie dich kann man im Kampf sowieso nicht gebrauchen. Aber mit deinem Wanderprediger bist du ja viel unterwegs gewesen."

Er machte eine bedeutsame Pause.

Simon überlegte, was die Zeloten sich für ihn ausgedacht hatten. Dass sie ihn nicht zum Kampf brauchen konnten, tat ihm richtig gut. Dennoch spürte er sehr wohl die Verachtung, die ihm von Dan entgegenschlug.

Simon blieb ruhig. Früher hätte er sicherlich seinem Gegenüber einen ordentlichen Schlag versetzt. Er hatte bei Jeshua Sanftmütigkeit gelernt.

„Du wirst ...", knurrte Dan und Simon merkte, die Verachtung in seinen Worten, „... du wirst Weiber und Kinder nach Masada führen."

Simon hob die Augenbrauen und wandte sich um, um dem üblen Geruch des Boten zu entgehen. Nach Masada, überlegte er. Er war dort noch nie gewesen, aber den Weg nach Jericho kannte er. Von da war es sicherlich leicht bis ans Salzmeer zu kommen und Masada zu erreichen. Außerdem war das schon der halbe Weg nach Nabatäa.

Dan erwartete, dass Simon entrüstet ablehnen würde. Stattdessen sagte er ganz ruhig: „Ich muss erst mit meinem Herrn darüber reden."

„So? Wir haben aber keine Zeit für große Expeditionen. Wo ist er denn, dein Herr? Ab, du gehst jetzt", damit packte er Simon am Arm und wollte ihn zur Treppe schieben

„Nein", entgegnete Simon bestimmt, „ich will erst beten."

„Ach du liebe Zeit, wir haben keine Zeit zu verlieren. Du kannst nicht erst noch in den Tempel hinauf. Außerdem, wenn wir uns nicht beeilen, steht der Tempel in Flammen. Genug der Diskussion. Du gehst jetzt auf der Stelle. Das ist ein Befehl von Eleazar Ben Yair! Im Kidrontal bei dem Grabmal des Absalom, da findest du die Frauen mit den Kindern. Jaakov, der Sohn Eleazars kennt dich. Er wird dich dort treffen!"

Damit packte er Simon wieder am Obergewand und schob ihn die Treppe hinauf. Simon hielt es für richtiger, sich diesem rohen Zugriff zu entziehen und dem Befehl zu folgen.

Beißender Rauch lag über der Stadt. Die Sonne hatte den Zenit schon überschritten, stand aber noch über dem südlichen Gebirgszug. Dennoch verdunkelten die Rauchschwaden den Himmel. Simon fing gleich an zu husten und der Rauch trieb ihm die Tränen in die Augen.

„Los, los, alte Memme, beweg dich, sonst haben die Römer deinen Auftrag erledigt und Eleazar wird ihr Blut von deinen Händen fordern. Es sind nämlich seine Kinder"

Simon schickte ein Stoßgebet zum Himmel.

„Du gehst jetzt da lang", befahl Dan. „Wenn wir unseren Auftrag erledigt haben, sehen wir uns vielleicht in Masada." Damit stieß er Simon in die Gasse und verschwand selbst in die andere Richtung.

Simon hatte begriffen. Der Herr hatte seine Fragen beantwortet. Im Stillen fragte er seinen Herrn, ob er nicht zu alt für solch ein Unterfangen sei. Wo sollte er so schnell Proviant für die Reise herbekommen? Aber dann dachte er daran, dass sein Herr sie auf allen Wanderungen immer versorgt hatte, einmal hatte er sogar 5.000 Menschen zu essen gegeben. Dann aber dachte er doch darüber nach, was für eine enorme Wegstrecke das sein musste. Er war das Laufen gewohnt, aber Frauen und Kinder? Er kannte sie noch nicht einmal. War das denn wirklich ein Auftrag von Jeshua? Aber er hatte keine Zeit mehr für weitere Überlegungen.

Simons spärliche Unterkunft hatte in dem Viertel der Essener am Zionsberg gelegen.

Simon eilte so schnell er konnte in südliche Richtung durch das Käsemachertal in die Davidstadt hinunter. Dabei musste er immer wieder über Trümmer klettern und über leblose Körper steigen, die scheußlich zugerichtet waren. Ab und zu lag auch ein römischer Soldat dazwischen, dem die Juden schon die Waffen abgenommen hatten.

Wer würde diese Menschen begraben? Er war sich bewusst, dass er sich nach jüdischem Gesetz verunreinigte. Aber wer würde überhaupt in diesen Unruhen das Abendopfer im Tempel zelebrieren? So lange er in Jerusalem war, war er mit den Mitbrüdern im Tempel gewesen, hatte dem Ewigen die Ehre gegeben in Lobpreis und Anbetung. Aber wie lange würden die Juden, die sich im Tempel verschanzt hatten, dem Ansturm der Römer noch standhalten können?

Simon fand den Weg durch das Wassertor ins Kidrontal. Hier hatten sich viele Juden gesammelt und er musste sich einen Weg durch die Menschenmenge bahnen. Dahinten war das Grabmal des Absalom. Es stand am Fuß des Ölbergs, ein Monument, aus einem Stein gehauen mit einer turmähnlichen Spitze. Eine Menschentraube stand davor. Wie sollte er Jaakov nur finden?

Er betete: „Herr, wenn du mir jetzt diesen Auftrag gegeben hast, bitte hilf mir, ihn auch auszuführen."

Plötzlich zupfte ihn ein Junge am Ärmel. Er hatte dunkle, wache Augen. Er mochte etwa zehn oder elf Jahre alt sein.

„Du bist der, der uns nach Masada begleiten soll", sagte er bestimmt.

Simon meinte, den Jungen schon gesehen zu haben.

„So? dann bist du Jaakov Ben Eleazar!"

„Scht, nicht so laut. Die Leute brauchen nicht zu wissen, wer ich bin", flüsterte der Knabe. Etwas altklug, dachte Simon, da fuhr der Junge fort: „Ich könnte ja allein mit meinen Leuten nach Masada gehen. Aber Vater bestand darauf, dass wir nicht ohne Schutz gehen sollten."

Er sah Simon aufmerksam an.

„Na ja, ob du uns beschützen kannst, wird sich zeigen. Aber ich bin stark und habe eine Waffe", damit holte Jaakov einen Krummdolch aus seinem Ärmel hervor.

„Da muss man auch mit umgehen können", raunte Simon. „Aber lass uns gehen. Wo sind die anderen?"

„Komm!", Jaakov führte Simon hinter das Grabmal, wo zwei Frauen und drei Kinder auf einem Stein hockten.

Das kleine Mädchen sprang sofort auf: „Jaakov!", und fiel dem Jungen um den Hals.

„Dies ist Rahel, meine Schwester", stellte Jaakov das Mädchen vor. Wie er, hatte sie dunkle wache Augen. Ihre schwarzen, langen Haare waren zu zwei festen Zöpfen geflochten. Ihr rotes Kleidchen passte nicht zu der Umgebung.

„Dies ist meine Großmutter", Jaakov ging zu der alten Frau hinüber.

Bis auf ein dünnes „Shalom" kam nichts über ihre schmalen Lippen. Simon spürte, wie eine Eiseskälte von ihr ausging.

Orly war aufgestanden und wandte sich Simon zu.

„Ich bin Orly, die Schwester von Eleazar und Abigail, der Frau von Jochanan."

Simon schaute sich die Gestalt an, die da voll verschleiert vor ihm stand. Was war mit ihr? War sie aussätzig? Dann dürfte sie nicht in Gesellschaft von anderen sein und müsste von ferne „Unrein, unrein" rufen. Aber die Stimme war jung und sympathisch. Bei ihr waren zwei Kinder, ein Mädchen von etwa 10 Jahren und ein Junge von etwa 3 Jahren. Beide hatten dunkle lockige Haare, die wie ein

Kranz um ihre schmalen Gesichter standen. Sie waren sehr verängstigt und hielten sich an der Verschleierten fest. Ob es ihre Kinder waren?

Joram hatte Tränen verschmierte Augen: „Hast du meine Ima gesehen?" Erwartungsvoll sah er Simon an.

„Ist das nicht deine Ima?", wollte Simon wissen und zeigte auf Orly.

„Nein, das ist doch Tante Orly". Joram wandte sich enttäuscht ab.

„Ich kenn doch deine Ima gar nicht", sagte Simon mitleidig. „Vielleicht sagst du mir, wie deine Ima aussieht, dann helfe ich dir suchen." In den Wirren der Stadt war wohl seine Mutter verloren gegangen. Er nahm sich vor, eine Beziehung zu dem Jungen zu suchen.

Inzwischen war die Sonne hinter der Bergkuppe verschwunden. Schnell wurde es auch dunkel. Simon überlegte, ob sie jetzt noch hier bleiben sollten. Aber der Ort hinter dem Grabmal war wirklich nicht geeignet für Kinder, um hier die Nacht zu verbringen.

Simon ergriff die Initiative.

„Gehen wir, wie du vorgeschlagen hast", sagte er zu Jaakov.

Es war leichter, im Dunkeln zu gehen. Sie gingen ostwärts durch das Kidrontal. Das Tal hatte Simon mit den Jüngern des Herrn hunderte Male durchschritten. Hier kannte er jeden Stein und jeden Baum. Am Garten Gethsemane zögerte er, konnte man hier die Nacht verbringen und morgen weiter gehen? Er verwarf den Gedanken gleich wieder, zu schmerzlich war ihm die Erinnerung. Auch wenn sie schon fast 40 Jahre her waren, standen ihm der Verrat und alle Ereignisse, die danach folgten, vor Augen, als sei es erst gestern geschehen.

Simon schlug den Weg zwischen den Ölbäumen ein: „Lass uns hier gehen", sagte er, „hier sind wir sicherer als auf dem offiziellen Weg."

Jaakov war beruhigt. Der alte Mann wusste offensichtlich doch Bescheid.

Auf halber Höhe, bei der Ölpresse, mussten sie einen Augenblick stehen bleiben, weil Joram jammerte.

„Sieh nicht zurück", sagte Jaakov zu seiner Großmutter.

Welche Weisheit hatte dieser Junge, dachte Simon und nahm Joram auf die Schulter.

Hatte nicht auch der Engel Lot und seiner Familie gesagt, nicht zurückzuschauen, damit sie die Zerstörung Sodoms und Gomorrahs nicht sehen sollten? Und doch hatte Lots Frau den Blick gewagt und war zur Salzsäule erstarrt.

Jaakov hatte auch seine Schwester auf den Arm genommen. Sie schritten zügig den Berg zwischen den Olivenbäumen hinauf.

Orly dachte an ihre Schwester. Wo mochte Abigail sein? Würde sie sie wiedersehen?

Und die Kinder, sie fühlte sich verantwortlich. Was hätte sie nur anderes tun sollen? Hätte sie nicht erst Abigail suchen müssen? Sie kam sich so hilflos vor. Sie konnte doch die Kinder nicht in dem brennenden Hof lassen. Wie gern hätte Orly ihrer Mutter ihre Ängste mitgeteilt. Aber der sehr aufrechte Gang der alten Frau hatte etwas so Abweisendes. Orly nahm sich vor, die eisigen Blicke ihrer Mutter nicht zu bemerken. Sie war es gewohnt, von ihr mit Nichtachtung bedacht zu werden. Orly wollte sich der Kinder annehmen. Sie spürte, wie verängstigt Mirjam war. Sie klammerte sich an Orlys Hand wie eine Ertrinkende. Sie stiegen den Ölberg hinauf.

Simon führte sie auf Wegen, die wohl nur ihm bekannt waren. Auf der Anhöhe blieb er stehen. Hier auf dem Ölberg hatten sie zusammen mit Jeshua gestanden. Er hatte ihnen den Auftrag gegeben, alle Menschen zu Jüngern zu machen. Dann war eine Wolke gekommen und der Meister war nicht mehr da gewesen. Aber es wurde ihnen die Zusage gegeben, dass er auf die gleiche Weise wieder kommen würde. Das hatten auch schon die Propheten geweissagt, dass der Messias hier erscheinen würde. Könnte es sein, dass er jetzt gerade käme? Wo doch sein Volk in so großer Bedrängnis war? Auf einmal fiel es Simon wie Schuppen von den Augen, dass sein Verweilen in der Stadt eigentlich nur mit seiner Erwartung, dass der Herr wiederkommt, zu erklären war. Aber nun hatte er einen Auftrag.

„Herr, lass mich zu Deiner Wiederkunft wieder hier sein, aber sei jetzt bei mir und bei denen, die du mir anvertraut hast", betete er halblaut und schritt entschlossen voran.

Die Herberge

Im Schatten des Allmächtigen

Nach einer Weile erreichten sie Bethanien. An einem Gehöft hielt Simon. „Wartet mal hier", sagte er. „Hier wohnten mal Freunde meines Herrn."

Er ging um die Einfriedungsmauer herum, suchte den Eingang. Von innen waren Stimmen zu hören. Es waren also Leute da. Hier wohnte einmal Lazarus, den Jeshua von den Toten auferweckt hatte. Damit hatte das ganze Unglück angefangen, dass die Priester und Hohenpriester alles daran setzten, um Jeshua zu töten.

Simon betete: „Herr, wenn du Gnade zu meiner Reise gegeben hast, dann schenke, dass wir hier die Nacht bleiben können und wir auch etwas zu essen bekommen."

Simon fand das kleine Türchen, das in der hinteren Mauer eingelassen war. Wer mochte jetzt hier wohnen? Er drückte die Klinke herunter. Das Tor war unverschlossen.

Ungehindert konnte er durch den Garten auf das Haus zugehen. Er klopfte und hörte bald darauf schlurfende Schritte in dem Gang.

„Jetro, bist du das, warum klopfst du?", war eine helle Stimme zu hören.

„Nein, ich bin Simon. Ich suche für zwei Frauen und vier Kinder ein Nachtquartier", erklärte Simon.

„Was, wer ist da?", die Tür wurde aufgerissen, „Simon Petrus?"

„Nein, Simon, der Zelot, aber ich bin auch ein Jünger von Jeshua!"

Eine alte Frau hob das Öllämpchen und blinzelte Simon an. Sollte dies Marta sein?

„Bist du Marta?", fragte Simon unsicher.

„Nein, ich bin Maria. Marta ist vor zwei Jahren gestorben. Dies ist eine Bleibe für Aussätzige, nichts für Frauen und Kinder. Ansonsten bin ich allein mit meinem Knecht Jetro und vielen Kranken, die wir versorgen. Jetro wollte nur eben in den Stall. Wir haben nur noch eine Ziege und die gibt kaum Milch. Aber um des Namens Jeshuas willen, komm herein. Wo sind denn deine Frauen und Kinder?"

„Es sind nicht meine. Aber ich hole sie. Der Herr vergelte deine Wohltat."

Simon machte kehrt und wäre fast mit Jetro, dem Knecht, zusammengestoßen.

„Pass doch auf, fast hätte ich das bisschen Milch verschüttet", grummelte er. Sein eisgrauer Bart ging ihm bis auf die Brust, und seine Kleidung war die eines Knechtes.

„Tut mir Leid", beeilte sich Simon und lief nach draußen.

„Wer war das?", wollte Jetro wissen. „Es läuft so viel Gesindel herum."

„Es war Simon, einer von Jeshuas Leuten."

„Jeshua, Jeshua, immer noch höre ich diesen Namen von dir. Er ist tot und wir sind auch bald tot, wenn wir uns nicht vor solchen Leuten schützen. Kennst du ihn?"

„Jeshua ist nicht tot, er lebt". Die alte Frau schlurfte den Gang in die Küche. Ihre gebeugte hagere Gestalt wurde von einem dunkelroten Umschlagtuch umhüllt.

„Jetro, stell die Milch dahin und schau im Keller, was wir noch an Essbarem haben. Simon hat Frauen und Kinder bei sich."

„So, wo kommen die denn her? Hat der auch noch Frauen und Kinder mit, wird für uns nichts bleiben."

„Tu, was ich dir sage. Der Herr hat immer für uns gesorgt. Er wird es auch weiter tun."

Inzwischen war Simon durch den Hof zum Tor gelaufen. Jaakov kam ihm schon entgegen.

„Komm", rief Simon ihm entgegen, „wir können hier über Nacht bleiben."

Orly hatte sich an der Mauer niedergelassen und hielt Joram auf dem Schoss.

Sie hob ihn auf und ging hinter Simon her. Mirjam folgte ihr.

Lea hielt Jaakov zurück.

„Dein Vater hat uns befohlen, nach Masada zu gehen. Wir halten uns nur unnötig auf."

„Aber Großmutter, Vater hat uns auch diesen Simon geschickt. Er wird schon wissen, was er tut."

„Ich weiß nicht. Der Simon kommt mir nicht koscher vor. Ich glaube, er gehört zu dieser Sekte, die nur Unruhe in die Stadt gebracht hat", nörgelte die Großmutter.

Jaakov wurde unruhig: „Du kannst ihn dir ja vornehmen und ihn ausfragen, wenn wir auf dem Weg sind. Komm jetzt."

Simon hatte Orly und die drei Kinder ins Haus geführt. Maria hatte sich zur Aufgabe gemacht, Aussätzige bei sich aufzunehmen und zu versorgen. So kam es, dass hier die Horden der rivalisierenden Juden noch nicht eingefallen waren und auch die Römer an dem Hof vorbeigegangen waren.

Maria nahm die Kinder an die Hand und führte sie in die Küche.

„Setzt euch", ermunterte sie ihre Gäste, „Wo kommt ihr her?"

Mirjam fasste Vertrauen zu der freundlichen alten Frau. Sie ließ sich willig in die Küche führen. „Wir kommen aus Jerusalem. Unser Haus steht in Flammen, und meine Mutter ist verschwunden. Mein Vater steht auf der Mauer des Tempels und verteidigt das Heiligtum".

Plötzlich kam ihr die ganze Reichweite dessen, was sie gesagt hatte, zum Bewusstsein Sie blieb stehen, sah Maria ins Gesicht und dicke Tränen rannen ihr über die Wangen.

„Es ist alles so schrecklich", schluchzte sie und Maria zog sie an sich, strich ihr über das Haar.

„Unser Vater im Himmel weiß doch, was wir brauchen. Er wird uns nicht mehr aufladen, als wir tragen können, dessen bin ich sicher", versuchte sie Mirjam zu beruhigen, „komm setz dich und trink ein wenig Milch, das wird dir gut tun."

Mirjam setzte sich auf die Bank, und Orly setzte sich neben sie, legte den Arm um ihre Schulter. Joram kuschelte sich schnell an Orlys andere Seite.

Maria setzte sich den beiden gegenüber. Die Verschleierte war ihr unheimlich, aber sie überwand sich. Vielleicht war sie auch aussätzig. Aber dann hätte sie nicht mit den anderen, schon lange nicht mit den Kindern zusammen sein dürfen. Aber Maria hätte auch sie bei sich aufgenommen. So fragte sie nur:

„Sieht es so schlimm aus in Jerusalem?"

„Überall auf den Straßen liegen Tote und Verwundete", Simon war hinzugetreten. „Man ist an keinem Ort sicher. Ich habe den Auftrag, die Frauen mit den Kindern zur Festung Masada zu bringen", erklärte er.

Jetro kam aus dem Keller mit einer Hand voll Rosinenbrot, Feigen und Datteln.

„Masada? Habe ich recht gehört?", schaltete er sich ein. „Das ist doch die Festung, die sich die Zeloten unter den Nagel gerissen haben. Also seid ihr Zeloten!"

„Ja", bestätigte Simon „auch ich war einer und bin durch die Gnade unseres Herrn und Messias einer, der zu Jeshua gehört, so wie Maria hier."

Inzwischen war auch Lea mit Jaakov und Rahel in die Küche getreten.

„Dachte ich es mir doch", rief Lea „ dass dieser Simon dieser neuen Lehre anhängt. Unser Vater ist Abraham und wir leben nach den Gesetzen Mose und ich will mit diesem da nichts zu tun haben!"

„Komm Rahel, komm Jaakov!" Damit nahm sie Rahel fest an die Hand, drehte sich um und ging steif und festen Schrittes hinaus.

„Großmutter, wo willst du hin?", rief Jaakov und rannte hinter ihr her.

„Ich gehe nach Masada, und ich als eure Großmutter habe jetzt die Verantwortung für die Kinder von Eleazar und Abigail. Lieber übernachte ich in einer Höhle als in einem solchen Haus. Und du Orly", wandte sie sich noch einmal um, „solltest mit mir kommen!"

Sie hob Rahel auf den Arm, die sich wehrte und zu weinen anfing.

„Ich habe Hunger und Durst, und ich bin müde", protestierte die Kleine. Aber es half ihr nichts, die Großmutter ging und da sie nicht auch Joram auf den Arm nehmen konnte, rief sie nur: „Los, Jaakov komm! Orly komm!"

Jaakov fühlte sich hin und her gerissen, folgte dann aber seiner Großmutter.

Orly starrte tief betroffen ihrer Mutter und den Kindern hinterher. Auch Maria und Simon waren bestürzt.

„Was nun, wenn sie den Weg verfehlen? Wenn sie einem wilden Tier zum Opfer fallen", fragte Orly ängstlich.

„In der Dunkelheit lauern so manche Gefahren", gab auch Maria zu Bedenken.

„Ich fühle mich verantwortlich. Ich muss sie suchen", Simon wollte schon zur Tür hinaus, da sprang Orly auf: „Dann komme ich mit!"

„Nein", sagte Simon sehr bestimmt, „das hat keinen Zweck. Wir verirren uns allesamt."

Inzwischen hatte Joram ein Rosinenbrot in den Händen, und Mirjam trank begierig den Becher Milch, den ihr Jetro vorgesetzt hatte.

Orly lehnte die Milch ab, die ihr angeboten wurde: „Gib es den Kindern", sagte sie, „ein Schluck Wasser würde mir genügen."

Der Knecht schenkte ihr aus einem Krug Wasser ein und sie empfand das kühle Nass als die schönste Erfrischung, die ihr je gereicht wurde.

Simon war hinaus vor das Tor gelaufen, aber die kleine Gruppe der Großmutter mit den beiden Kindern war wie von der Dunkelheit verschluckt. Tief bedrückt kehrte er in die Küche zurück.

„Komm, Simon", Maria nahm ihn an dem Arm etwas beiseite, „wir werden es Jeshua sagen."

Beide knieten nieder und beteten.

„Herr, unser Gott, du siehst jetzt die Großmutter mit den Kindern. Sende deine Engel aus und beschütze sie und lass uns im Frieden hier die Nacht verbringen. Leite mich mit den mir Anvertrauten morgen in der Helligkeit, dass wir sie wieder finden und bewahrt in Masada ankommen, im Namen von Jeshua HaMashiach, Amen!"

Als sie sich erhoben, sahen sie, dass Joram und Mirjam eingeschlafen waren. Mirjam hatte sich an Orly angelehnt, Jorams Köpfchen lag auf Orlys Schoß. Orly starrte in das Licht des Öllämpchens. Was sollte nur werden? Wie sollten sie die Großmutter mit den Kindern wiederfinden. War es nicht genug, dass Abigail schon verschwunden war? Konnte sie diesem Simon trauen? In ihrer Familie war immer wieder von der neuen Lehre gesprochen worden, aber dass ihre Mutter solch eine Ablehnung gegenüber einem Menschen hatte, den doch ihr Sohn ausgesucht hatte. Er hatte doch sicher gewusst, was das für ein Mann war. Als sie ihn mit der alten Frau knien und beten sah, hatte sie trotzt aller Ängste ein Gefühl der Geborgenheit.

Maria setze sich zu Orly.

„Wenn du müde bist", sagte Maria, „lehn dich ein wenig an die Wand." Orly schüttelte den Kopf.

„Nimm doch den Schleier ab", begann Maria wieder. „Hier bist du sicher!"

Orly wandte sich Maria zu. Maria hat so eine sanfte Stimme, dachte sie.

„Es ist nicht wegen der Sicherheit. Nicht wie du denkst", stieß sie hervor.

Maria streckte vorsichtig die Hand aus.

„Ich weiß nicht, wer du bist. Aber du bist mit einem Freund gekommen. Weil ich ihm vertraue, vertraue ich auch dir."

„Ich kenne ihn gar nicht", murmelte Orly.

„Was, du kennst nicht einmal den Mann?"

„Nein, Eleazar Ben Yair, hat ihn ausgesucht und uns geschickt."

„Was, Eleazar Ben Yair?"

„Ja, er ist mein Bruder."

„Oh", Maria war sich sicher, dass der Anführer der Zeloten seine Familie in Sicherheit bringen wollte.

„Steht es so schlimm um Jerusalem?", fragte sie und beugte sich etwas vor.

Plötzlich wurde Orly von einem heftigen Schluchzen geschüttelt. Die ganze Tragweite der Situation, in der sie sich befand, die Trostlosigkeit und auch Hilflosigkeit kam ihr zum Bewusstsein. Allein mit zwei Kindern, einem fremden Mann und hier mit einer ihr fremden Frau, was tat sie hier nur? Sie hätte mit ihrer Mutter und Jaakov und Rahel mitgehen sollen. Irgendwo in die Finsternis. Zum wiederholten Mal wünschte sie sich zu sterben.

Maria nahm ihre Hand und versuchte sie zu trösten.

„Um deiner Kinder willen, schöpfe neuen Mut", versuchte sie Orly zu beruhigen.

Orly hob den Schleier.

Maria fuhr zurück. Diesen Anblick hatte sie nicht erwartet.

Orly wischte sich die Tränen mit dem Ärmel ab.

„Siehst du, du bist erschreckt über mein Aussehen. Ich wusste es. Und außerdem, das sind nicht meine Kinder. Es sind die meiner Schwester, und die ist verschwunden."

Die flackernde Öllampe ließ ihr Gesicht noch gespenstischer erscheinen.

„Das tut mir Leid", stammelte Maria, „wie ist das passiert? Ich meine das mit deinem Gesicht."

Orly spürte echte Anteilnahme in Marias Fragen und begann, ihre ganze Kindheits- und Leidensgeschichte zu erzählen. Sie schilderte den Unfall und wie ihr Bruder Eleazar sie in den Wassereimer gesteckt hatte, die Torturen der Schmerzen und die Nichtachtung, die ihr von ihrer Mutter entgegen gebracht wurde, ihre Sehnsüchte und auch Hoffnungslosigkeit, und schließlich die Ereignisse in Jerusalem.

„Ja, und nun bin ich hier mit den Kindern meiner Schwester Abigail", wieder rang sich ein Seufzer aus ihrer Brust.

„Masada, wie weit ist das eigentlich?"

„Ich weiß nicht, aber zu Fuß sicher ein paar Tage", meinte Maria.

„Wenn nur nicht Ima und den Kindern etwas passiert ist", machte sich Orly neue Sorgen.

„Weißt du", beruhigte sie Maria, „es gibt einen Vater im Himmel, auf den können wir uns verlassen. Er wird seine Engel aussenden und auf deine Mutter und die Kinder aufpassen."

„Wie kannst du da nur so sicher sein?", wandte Orly ein.

„Weißt du, ich kenne Jeshua. Er ist der Sohn Gottes. Er hat gesagt, dass wir nur bitten und glauben müssen, dass es geschieht. Der himmlische Vater will uns alles geben, was wir brauchen."

„Und das glaubst du? Kanntest du Jeshua persönlich?", in Orlys Stimme schwang Unglaube mit.

„Ja, ich kenne ihn, denn er lebt."

„Wie, ich habe gehört, dass er gekreuzigt wurde. Dann wurde er begraben und es wird gesagt, dass die Jünger ihn dann gestohlen hätten und dann behaupteten, er wäre wieder lebendig. Stimmt das denn nicht?"

„Ja, es stimmt, er wurde gekreuzigt als Opfer für unsere Sünden. Er ist auch begraben worden. Aber am dritten Tag hat Gott ihn wieder auferweckt. Ich war dabei, als ich mit einigen anderen Frauen ihn am Morgen nach dem Sabbat am Grab salben wollte. Er war nicht da, das Grab war leer. Aber es stand jemand bei dem Grab. Wir dachten, es wäre der Gärtner, aber es war der Herr. Und später kam er zu uns ins Zimmer, sogar als wir mit 500 Menschen zusammen waren. Da stand er auch auf einmal mitten unter uns."

Maria schien aufgeregt, als erlebte sie alle diese Begegnungen noch einmal. Sie machte eine Pause und ihr Blick ging in die Ferne.

„Und nun, wo ist er jetzt?", Orly konnte nicht aufhören zu staunen. Sie wollte immer mehr wissen.

„Er ist nach 40 Tagen zurück zu seinem Vater in den Himmel gegangen. Wir waren zusammen auf dem Ölberg. Eine Wolke war da auf einmal und hat ihn weggenommen, und eine Stimme hat gesprochen, dass er so wiederkommen würde, wie er gegangen ist."

Orly war auf einmal gar nicht mehr müde. Sie beugte sich vor.

„Bitte Maria, erzähl mir mehr von diesem Jeshua. Wie hast du ihn kennengelernt und woher kennst du Simon?"

Maria lehnte sich zurück. War es doch ihr größtes Anliegen, von Jeshua und von ihrer Liebe zu ihm zu erzählen. Ein feines Lächeln lag auf ihrem faltigen Gesicht und es schien ein warmes Strahlen aus ihren Augen. Wie war es gewesen?

Maria stand auf und füllte das Öllämpchen auf. Ihre Hand zitterte ein wenig, dass ein wenig Öl auf den Tisch tropfte.

„Lass mich doch machen!", Orly wollte aufspringen, aber die schlafenden Kinder holte sie in die Wirklichkeit zurück.

„Lass nur", wehrte Maria ab. „Ich dachte nicht, dass die Geschichte mich immer noch so bewegt."

Sie setzte sich wieder.

Orly sah Maria gespannt an. Eine Weile musste Maria ihre Gedanken sortieren, dann fuhr sie fort:

„Dies hier, das ist mein Elternhaus. Meine Schwester Marta hatte Jeshua mit seinen Jüngern zu uns eingeladen. Mein Bruder Lazarus, wohnte auch bei uns hier."

„Jeshua war dann häufig Gast in diesem Haus?"

Orly sah sich um, als könnte sie noch jetzt Jeshua entdecken. Aber das kleine Öllämpchen malte nur dunkle Schatten an die Wände, von denen Orly noch nicht einmal sagen konnte, dass sie nur mit Lehm bestrichen oder vielleicht mit Holz verkleidet wären.

„Marta war dann ordentlich beschäftigt, denn Jeshua brachte meistens seine zwölf Jünger mit."

„Wie, Marta war beschäftigt?", fiel ihr Orly ins Wort, „Was hast du denn gemacht?"

„Ich habe einfach bei Jeshua gesessen und habe ihm zugehört, was er seinen Jüngern und besonders auch Lazarus zu sagen hatte, denn Lazarus hatte viele Fragen."

Sie sagte das so versonnen, als säße sie immer noch da und hörte auf seine Worte.

„Warum hast du Marta nicht geholfen. War sie nicht ärgerlich über dich?", wollte Orly wissen. Orly dachte daran, dass ihre Mutter immer sehr ärgerlich reagierte, wenn sie nicht sofort ihr zur Hand ging, natürlich alles schön im Hintergrund. Sie durfte sich ja nicht blicken lassen.

„Und wie sie ärgerlich war. Aber Jeshua hat gemeint, dass Marta doch etwas Einfaches auf den Tisch bringen könnte. Ich sollte jedenfalls weiter zuhören dürfen."

„Gab es da nicht Spannung zwischen dir und deiner Schwester?"

„Am Anfang schon. Nachher hat sie verstanden, dass es Wichtigeres gibt, als Essen zu kochen. Sie hatte dann ein richtig gutes Verhältnis zu Jeshua, besonders als er unseren Bruder Lazarus wieder ins Leben zurückholte."

„Was, euer Bruder war richtig gestorben, und wurde wieder lebendig?" Orly konnte gar nicht glauben, was sie da hörte.

„Ja, er war tot und schon vier Tage im Grab, als Jeshua kam und ihn wieder lebendig machte. Erst war ich so enttäuscht, dass er nicht gleich zu uns gekommen war, als wir ihn riefen und ihm mitteilten, dass Lazarus krank sei. Er hatte ja schon so viele Kranke geheilt. Ich war sicher, dass er auch meinen Bruder gesund machen würde. Als er dann endlich kam, hatten wir schon eine große Trauergemeinde im Haus. Marta war ihm entgegen gegangen. Ich hatte das gar nicht bemerkt. Als man mir dann sagte, dass der Meister gekommen sei, bin auch ich hinausgelaufen. Und dann mussten wir den Stein vor dem Grab wegrollen, stell dir vor, nach vier Tagen! Aber Jeshua hat Lazarus gerufen und er kam, umwickelt mit den Leintüchern, aus dem Grab heraus."

Orly schüttelte den Kopf. Wenn Jeshua solche Macht hatte, hätte er sicher auch ihr helfen können. Mit ihrem Aussehen hatte sie sich ja einigermaßen abgefunden, aber die Schmerzen, die sie besonders bei Sonneneinstrahlung und bei Hitze hatte, waren häufig unerträglich.

„Ach", seufzte sie, „Jeshua muss ein wunderbarer Mensch gewesen sein. Ich wollte, ich hätte ihn kennen gelernt."

„Du kannst ihn kennen lernen!", Maria beugte sich vor: „Er war richtig Mensch, hat geweint, als er von Lazarus Tod hörte. Er konnte mit uns mitfühlen. Und doch ist er der wahre Gott."

„Ganz kann ich das nicht verstehen", Orly überlegte, „warum lässt er denn das Chaos in Jerusalem jetzt zu? Ich meine, wenn er Gott ist ...!"

„Meine Liebe, wir müssen Gott vertrauen. Das, was zählt, ist sein Sohn Jeshua. Wer ihn in seinem Herzen hat, der hat das Leben. Denn das jetzige Leben ist ja nur ein Wimpernschlag gegenüber dem ewigen Leben, das eben ewig dauert. Wenn wir Jeshua lieben und ihm nachfolgen, werden wir ewig bei ihm sein in der Herrlichkeit. Oder glaubst du nicht an die Auferstehung?"

„Ach weißt du, ich habe ja so gut wie nie mit irgendjemandem sprechen können. Alles, was ich weiß, habe ich aus der Thora. Mit meiner Schwester Abigail habe ich sie gelesen, wir haben uns unsere eigene Weisheit zusammengereimt. Aber von Jeshua hat sie nie gesprochen. Einmal, so hat sie mir erzählt, wollte sie von unserer Mutter mehr darüber wissen. Aber sie hat Abigail nur zurechtgewiesen. Von dem brauchte sie nichts zu wissen. Das wäre ein Gotteslästerer gewesen und sie wünschte, dass dieser Name nicht in ihrem Haus genannt würde."

„Siehst du, das ist die Verstocktheit der Pharisäer, die meinen, Gott besser zu kennen. Aber Jeshua kam von seinem Vater und er hat nur das getan, wozu sein Vater, nämlich Gott, ihn fähig gemacht hat."

Orly sah Maria unverwandt an. Dieses faltige Gesicht mit den warmen Augen, Orly fühlte sich auf unerklärliche Weise zu Maria hingezogen. Was war es nur? Sie seufzte tief.

„Könnte ich doch mehr von Jeshua hören."

Maria legte die Hand auf Orlys Arm. „Du gehst doch mit Simon, er kann dir noch viel mehr erzählen".

Ein Poltern war zu hören. Jetro kam in die Stube. Schnell zog Orly wieder den Schleier über ihr Gesicht.

„Herrin, Gefahr! Ein römischer Trupp kam vorbei. Sie suchen den Sohn von dem Anführer der Zeloten."

„Jaakov", Orly sprang auf, voller Sorge und Angst, dass Mirjam und Joram vom Schlaf auffuhren.

„Was ist los", greinte Joram, „Ima, wo ist Ima?"

Orly beeilte sich, ihn zu beruhigen, und nahm ihn auf den Schoß.

Nun kam auch Simon herein, der mit Jetro im Stall gewesen war, um mit ihm die Route zu besprechen, die sie gehen könnten.

Der Klang von Pferdehufen entfernte sich schnell vom Hof.

„Es waren nur ein römischer Zenturio und ein junger Soldat", erklärte Simon.

„Sie wären in geheimer Mission und suchten den Sohn des Eleazar, wohl um ihn als Unterpfand für Verhandlungen mitzunehmen. Ich habe sie in Richtung Jericho geschickt. Nun müssen wir einen andern Weg gehen. Hoffentlich ist Lea mit den Kindern auch eine andere Richtung gegangen."

Schon wollte Orly die Angst wieder die Kehle zuschnüren. Die Zeit mit Maria hatte sie alles vergessen lassen. Jeshua, er war nicht da und konnte jetzt auch nicht helfen.

„Hab keine Angst", versuchte Maria sie zu beruhigen, „Jeshua wird mit euch gehen, ich werde hier für euch beten. Ihr könnt meinen Esel mitnehmen, dann kommt ihr schneller voran."

„Aber du brauchst doch sicher den Esel", wandte Orly ein.

„Ach was, was brauche ich noch."

„Danke Maria", Simon wandte sich Jetro zu: „Du wirst auf deine Herrin gut aufpassen müssen, denn ich hörte, wie der Hauptmann zu seinem Begleiter sagte: ‚Wenn wir den Knaben gefunden haben, kehren wir hierhin zurück. Hier ist noch was zu holen'."

Orly erschrak: „Maria willst du nicht mit uns kommen?"

„Nein, nein", wehrte Maria ab, „lass sie nur kommen. Ich werde sie mit dem bewirten, was ich noch habe. Und das ist nicht viel."

„Wenn sie nun dir etwas antun, dich umbringen, weil du ihnen nicht genug geben kannst ...?"

„Dann freue ich mich, denn dann werde ich bei Jeshua sein.

Außerdem bin ich alt, meine Tage sind sowieso gezählt."

Orly sah sie verständnislos an. Maria war so anders, so gelassen, obwohl doch von allen Seiten Gefahr drohte.

„Wir müssen uns jetzt wirklich auf den Weg machen", drängte Simon.

Jetro stapfte in den Stall, um den Esel zu zäumen.

Simon ging nach draußen, um sich zu vergewissern, dass keine neue Gefahr drohte.

„Kommt", rief er ins Haus hinein, über dem Gebirge Moab zieht schon der neue Tag herauf."

Maria begleitete Orly zum Hoftor. Sie hatte Joram noch auf dem Arm. Mirjam folgte noch etwas schlaftrunken hinter ihr her.

Jetro führte den Esel heraus, und Orly setzte Joram darauf. Der jauchzte begeistert.

„Jetzt kann ich reiten und suche meine Ima!"

„Hast du einen Wasserschlauch und etwas zu essen in die Satteltaschen getan?", fragte Maria Jetro.

„Ja sicher", brummte er und zu Simon gewandt: „Sie gibt sowieso das Letzte noch an die, die vorbeikommen. Aber besser euch, als den unbeschnittenen Römern!"

Maria umarmte Orly: „Shalom, leb wohl und wenn du in Not bist, so rufe den Namen Jeshuas an. Er wird dir helfen. Vertraue ihm!"

Simon wunderte sich, dass Maria in der kurzen Zeit solch einen Zugang zu der Verschleierten gefunden hatte. Aber er hatte Maria als eine Frau kennen gelernt, die ihre Liebe zu Jeshua an andere weitergeben konnte.

„Danke Maria, für alles, was du mir erzählt hast. Hätten wir nur Zeit, dass du mir mehr erzählen könntest." Orly erwiderte Marias Umarmung.

„Frage Simon. Er hat alles miterlebt. Ihr werdet sicher genug Zeit haben."

Maria sah Orly lächelnd nach. Das Schultertuch hatte sie fest umschlungen. Sie hob die Hand.

„Werde ich dich wieder sehen?", rief Orly über die Schulter zurück und hob ebenfalls die Hand: „Shalom, shalom."

„Wende dich an Jeshua, dann sehen wir uns in der Ewigkeit!"

Maria ging mit Jetro ins Haus zurück.

„Jetzt bereiten wir uns auf die letzte Reise vor, Jetro", Maria seufzte, „Jeshua, komme bald, bewahre unsere Gäste und lass sie dich finden".

Die Wüste

Lea war in die Nacht davon gestürzt. Nein, nein, und nochmals nein, ein Haus, in dem die Leute des Irrweges zu Hause sind, da durfte sie nicht bleiben. Diese Lehre war vom Bösen, nahm sie doch immer mehr Menschen in ihren Bann. Einem Menschen, der Gott sein wollte, liefen sie hinterher, verbreiteten Lügen, dass er lebe, so ein Unsinn. Der Hohepriester hatte Recht, wenn er vor dieser Lehre warnte.

Lea zog Rahel an der Hand hinter sich her. Rahel hörte nicht auf zu greinen.

„Safta, ich bin müde, ich habe Hunger. Ich will zu essen. Gib mir etwas zu trinken."

„Sei jetzt endlich still", fuhr Lea sie an, „sonst finden uns die wilden Tiere. Dann haben die was zu fressen."

Augenblicklich war Rahel still. „Ich will mit Jaakov gehen", sagte sie nach einer Weile und machte sich von der Hand der Großmutter los.

Jaakov war nur widerwillig den Beiden gefolgt. Er fragte sich, warum die Großmutter so reagiert hatte. Seine Augen hatten sich an die Dunkelheit gewöhnt. Dennoch gingen sie langsam, um nicht über Steine oder in Löcher zu stolpern.

Jaakov nahm seine Schwester an die Hand.

„Schau mal was ich habe", flüsterte er und streckte Rahel eine Feige hin.

„Oh, woher hast du die?", fragte sie

„Vorhin auf dem Grundstück, wo wir waren, stand ein Feigenbaum. Da habe ich noch ein paar gefunden."

Dankbar sah Rahel zu Jaakov auf. Genüsslich nahm sie die Feige und aß sie in ganz kleinen Stücken. Ihr großer Bruder hatte doch immer noch etwas Gutes für sie. Sie bewunderte ihn.

„Jaakov, sind hier wirklich wilde Tiere?", wagte sie flüsternd zu fragen.

„Ja, das kann schon sein. Ich war noch nie hier", bestätigte Jaakov.

„Wenn du hier noch nicht warst, woher weißt du dann den Weg, oder weiß die Großmutter, wohin wir gehen?"

„Das weiß ich nicht. Aber Gott hat die Sterne an den Himmel gesetzt. Danach können wir uns richten. Und morgen früh, da wo die Sonne aufgeht, in die Richtung müssen wir gehen. Später, wenn wir bei Jericho sind, gehen wir in die Richtung, wo die Sonne am Mittag steht."

„Kommt die Sonne bald?", wollte die Kleine wissen.

„Nein, die Nacht hat gerade erst angefangen."

„Jaakov, ich bin müde. Ich kann nicht mehr laufen", jammerte sie wieder nach einer Weile.

„Ach, mein Flöckchen", sagte Jaakov und nahm Rahel auf den Arm. „Wir suchen uns jetzt ein Plätzchen, wo du schlafen kannst." Manchmal nannte er seine Schwester Flöckchen, weil sie zart war, wie ein Wolleflöckchen, und Rahel liebte es. Er ging etwas schneller um die Großmutter einzuholen.

„Großmutter, wir müssen ein wenig rasten. Die Gefahr ist zu groß und außerdem ist Rahel müde und ich eigentlich auch", sagte er.

Lea blieb stehen. Sie sah in Rahels Gesichtchen, das sich an Jaakovs Schulter schmiegte.

„Du hast Recht, so geht es nicht. Vielleicht gibt es hier eine Höhle, wo wir über Nacht bleiben können."

Lea sah sich um, aber sie konnte nicht viel erkennen.

„Wenn wir nur eine Fackel dabei hätten. Schau mal da drüben ist ein Steinhaufen. Dahinter können wir uns lagern."

Sie gingen auf den Steinhaufen zu, dahinter breitete sich eine kleine Mulde aus.

„Hier können wir bleiben, bis es hell wird." Lea breitete ihr Schultertuch aus und Jaakov legte Rahel darauf, die gleich fest eingeschlafen war.

„Großmutter", wagte Jaakov zu fragen, „was ist mit den Leuten, dass du so fluchtartig das Haus in Bethanien verlassen hast? Waren die aussätzig?"

„So etwas ähnliches", antwortete Lea schroff.

Jaakov spürte, dass die Großmutter ihm keine weitere Auskunft geben wollte. Er biss sich auf die Unterlippe und überlegte angestrengt, wie er mehr erfahren könnte.

„Vater wird nicht begeistert sein, wenn er erfährt, dass wir uns von Simon getrennt haben."

„Glaub mir, deine Großmutter kennt deinen Vater besser. Er mag es, wenn wir selbständig sind", behauptete Lea.

„Aber Tante Orly, Mirjam und Joram, was denkst du, was mit ihnen wird?"

„Mein Junge, du stellst zu viele Fragen. Sieh zu, dass du auch ein wenig schläfst."

Damit war für Lea die Diskussion beendet. Bei sich selbst machte sie sich schon Gedanken, mehr über die Kinder als über ihre Tochter Orly. Und was mochte nur mit Abigail geschehen sein? Lea machte sich Vorwürfe, dass sie nicht darauf bestanden hatte, in Jerusalem zu bleiben, bis sie wussten, was mit Abigail geschehen war. War sie zu Jochanan ins Lager gelaufen? Nein, sie hätte niemals die Kinder allein gelassen. Das Haus hatte gebrannt, vielleicht hatte Abigail versucht, Leute zu finden, die ihr halfen zu löschen? Aber in dieser Zeit dachte doch jeder nur an sich selbst. Lea nahm sich vor, Mirjam noch einmal zu befragen. Ach ja, sie war ja gar nicht bei ihnen. Sie ärgerte sich, dass sie nicht energischer darauf bestanden hatte, Mirjam und Joram mitzunehmen. Noch mehr ärgerte sie sich über Orly, die ihr nicht gefolgt war, dann wären auch die Kinder mitgekommen. Sollte doch dieser selbstgemachte Prophet allein durch die Wüste stapfen! Dabei fiel es Lea nicht ein, dass sie es war, die davon gelaufen war und jetzt allein durch die Wüste wanderte, ohne zu wissen, wie sie nach Masada kommen sollte.

Eleazar hatte mal davon gesprochen, dass die Zeloten sich nach Masada zurückziehen wollten, wenn die Lage in Jerusalem eng wurde. Lea hatte ihren Sohn Eleazar tagelang schon nicht mehr zu Gesicht bekommen. Eleazars Frau war vor einem Jahr im Kindbett gestorben. Seither hatte Lea sich um den Haushalt gekümmert. Aber seine Sorgen teilte ihr Sohn nicht mit ihr, eher mit seinem Vater Yair. Mit ihren 59 Jahren fühlte sich Lea noch sehr rüstig, aber ein richtiges Gegenüber konnte sie weder ihrem Mann und schon gar nicht ihrem Sohn sein. Lea bemühte sich, die Ordnungen der Thora zu befolgen und war deshalb sich selbst gegenüber sehr streng und genau, was sie auch von den Enkelkindern erwartete. Gern hätte sie es auch gesehen, wenn auch ihr Sohn dieses Verlangen gehabt hätte, das zu tun, was die Priester sagten, so wie es Abigail tat. Stand es denn nicht in den Schriften, dass der Messias kommen sollte, wenn die Juden die Gesetze befolgten und ganz besonders den Shabbat hielten? Aber davon war ihr Sohn weit entfernt, und Jaakov schien ihm genau nachzufolgen. Jaakov war ein lieber Junge, aber für Leas Geschmack zu selbständig und zu neugierig. Es machte ihr immer Angst; wenn Jaakov erzählte, wie er hinter die Linien der Römer geschlichen war, Gespräche belauschte, wofür er sogar ihre Sprache gelernt hatte. Und doch war sie auch ein wenig stolz auf ihren Enkel.

Lea beschloss mit einem Willensakt, die Sorgen auf den nächsten Tag zu verschieben. Sie setzte sich auf ihr Bündel, das sie mitgenommen hatte und lehnte sich an den Steinhaufen und ohne es zu wollen, waren auch ihr die Augen zugefallen.

Aus dem Osten dämmerte schon der neue Tag herauf, als Lea aufwachte. Sie war erstaunt und ein wenig erschrocken, dass sie so fest geschlafen hatte. Sie erhob sich etwas steif und reckte die Glieder. Sie musste sich den gestrigen Tag erst wieder in Erinnerung rufen, um zu begreifen, warum sie hier in dieser öden Gegend an einen Steinhaufen gelehnt, die Nacht verbracht hatte. Sie sah auf die schlafenden Kinder und die Sorgen und Nöte ihrer Flucht wollten sie neu erdrücken. Lea sah sich um und musste feststellen, dass sie sich wohl mitten in der judäischen Wüste befanden. Kahl und trostlos starrten sie die Berge an, zerfurcht von Wadis, ausgetreten in Terrassen von den Ziegenherden der Nomaden. Bei diesem Gedanken fiel ihr noch schwerer auf das Herz, dass sie keine Nahrung und auch kein Wasser bei sich hatten. Das konnte in der Tageshitze zu einem Problem werden.

Jaakov blinzelte unter seinem Arm hervor, den er um seine Schwester gelegt hatte. Er erhob sich, als er merkte, dass die Großmutter aufgestanden war.

„Großmutter, du bist schon wach? Oder hast du gar nicht geschlafen?", fragte er und ging zu ihr hinüber.

„Doch, doch, ich habe geschlafen, danke mein Junge. Es war nur eben kein komfortables Bett. Aber wer weiß, was uns auf Masada erwartet." Lea strich Jaakov über die Locken, die wirr um sein Gesicht standen.

„Ja, Großmutter", nickte er, „ich wünschte nur, dass Simon, Orly und die anderen bei uns wären. Außerdem haben wir nichts zu essen und zu trinken. Ich meine nicht wegen mir, aber Rahel ..." Er sah auf seine kleine Schwester, die immer noch friedlich schlummernd dalag. Jaakov sah sich nach allen Richtungen um.

„Die Gegend ist ja wirklich öde", stellte er fest. „Hier wächst ja gar nichts, und Wasser gibt es sicher auch nicht."

„Komm, Jaakov", ermunterte ihn die Großmutter, „wir gehen einfach weiter. Es geht ja immer bergab, und in Jericho gibt es eine Oase, das weiß ich."

Jaakov nickte und beugte sich zu Rahel hinunter, strich ihr über die Wange und rüttelte sanft an ihrer Schulter: „Rahel, Flöckchen, komm wir müssen weiter!"

Rahel schlug erstaunt die Augen auf, richtete sich auf: „Wo sind wir?", fragte sie mit schläfriger Stimme.

„Du hast so fest geschlafen, als hättest du in deinem Bettchen in Jerusalem gelegen. Wir sind hier irgendwo in der Wüste und wenn wir nicht verdursten wollen, müssen wir jetzt weiter gehen", sagte Jaakov bestimmt und zog Rahel hoch.

„Ich hab aber Durst", jammerte sie, „gib mir zu trinken."

„Wir haben nichts und nun komm, wir müssen eben etwas suchen."

Rahel wollte anfangen zu weinen. Aber Jaakov hob sie hoch und setzte sie sich auf die Schultern.

„Komm, mein Flöckchen, ich bin dein Esel, dann geht es schneller und du kannst von oben sehen, wenn du etwas entdeckst", ermunterte er seine Schwester.

Lea legte ihr Schultertuch um, nahm ihr Bündel, worauf sie einen Teil der Nacht gesessen hatte und ging voran. Jaakov hatte es ungleich schwerer, denn wenn auch Rahel klein und zart war, so war doch auch Jaakov noch ein Knabe. Es ging tatsächlich immer bergab.

Sie waren eine ganze Weile gegangen, als Rahel rief: „Da vorne, da kommt jemand. Ich sehe eine Staubwolke. Vielleicht ist es ja ein Esel oder ein Kamel. Lass mich runter."

Jaakov ließ sie auf den Boden. Tatsächlich kam eine feine Staubwolke auf sie zu, die immer größer wurde. Schließlich erkannten sie, dass es ein Hirte mit einer Herde Ziegen war.

„Shalom", rief Jaakov, „gibt es hier irgendwo Wasser?"

Der Hirte blieb stehen und die Ziegen umringten die kleine Gruppe.

„Was macht ihr hier in der Wüste?", wollte er wissen. „Wisst ihr auch wo ihr hin wollt?"

Das faltige Gesicht des Hirten war dunkel gegerbt von der Sonne, und die freundlichen Augen wurden von buschigen Brauen überschattet. Er hatte den Hirtenstab in der Hand und wehrte die Ziegen ein wenig ab, die sich allzu neugierig an Lea und Rahel drängelten. Rahel quietschte vor Vergnügen, aber Lea gefiel diese Begegnung überhaupt nicht, und sie suchte sich aus der Herde zu befreien.

„Wir sind auf dem Weg nach Masada", gab Jaakov Auskunft, „aber wir haben keinen Wasserschlauch und nichts zu trinken. Wie weit ist es bis Jericho?"

„Junge, Junge, nach Masada! Das ist ja nicht so ohne! Ihr solltet nicht allein durch die Wüste gehen und dann noch ohne Wasser. Es gibt überall Gefahren. Aber hier ist mein Wasserschlauch, damit die Kleine nicht verdurstet."

Der alte Hirte hatte offensichtlich Gefallen an Rahel, die mitten unter den Ziegen stand und ihren Durst ganz vergessen hatte. Sie streichelte hier die Schwarze, und dort die Fleckige und die Tiere spürten ihre Zutraulichkeit und leckten an ihren Händen.

„Rahel, komm da weg!", wollte Lea sie zurückrufen.

„Ach, die sind ja zu süß, ich möchte auch eine Ziege haben", rief Rahel.

„Na, das wäre noch schöner, nein, nein, komm jetzt", Lea wurde ärgerlich. Was Kinder doch für Ideen haben. Sie zog Rahel an der Hand aus der Herde heraus. Sie hatte gar nicht bemerkt, dass der Hirte Jaakov seinen Wasserschlauch gegeben hatte. Sie zog nur Rahel weiter, die sich mit flehendem Blick umsah. Jaakov bedankte sich bei dem Hirten.

„Du kannst der Kleinen ruhig ein Zicklein mitnehmen. Ich schenk es euch."

„Nein danke", wehrte Jaakov ab, „es würde uns vielleicht auf dem Weg hinderlich sein. Es ist sicher besser bei der Herde aufgehoben. Vielen Dank für deine Freundlichkeit, der Ewige möge es dir vergelten."

Damit nahm er den Schlauch auf die Schulter. Der Hirte nahm auch seine Tasche und reichte sie Jaakov. „Hier, damit ihr etwas zu essen habt!", sagte er schlicht. Jaakov wollte abwehren. „Das kann ich doch nicht annehmen", meinte er.

„Doch doch, nimm schon", drängte der freundliche Hirte. „Ich bin hinter den Hügeln zu Hause." Damit hängte er Jaakov die Tasche um.

„Pass auf deine Schwester auf!", sagte der Hirte noch und trieb seine Ziegen weiter.

Jaakov folgte Lea und Rahel. Jaakov wunderte sich. Woher wusste der Hirte, dass dies seine Schwester war und wie kam er dazu, ihm das Wasser und die Tasche zu geben?

Als er Lea und Rahel eingeholt hatte, zeigte er Lea den Schlauch: „Schau mal, der Hirte hat uns seinen Wasserschlauch geschenkt, und auch seine Tasche mit Proviant."

„Oh, lass mich trinken", Rahel blieb stehen und Jaakov hielt ihr den Schlauch so, dass sie trinken konnte. Dann sahen sie in die Tasche und fanden Brot und Ziegenkäse darin.

„Nicht wahr", sagte Rahel treuherzig, „das war ein Engel!"

„Ganz bestimmt", stimmte Jaakov zu und riss ein Stück von dem Fladenbrot ab und gab es Rahel.

Lea sah sich nach dem Hirten um, aber er war nicht mehr zu sehen. Sie wunderte sich, dass er mit der Herde so schnell verschwunden war und noch nicht einmal eine Staubwolke zu sehen war. Sie nahm auch einen kräftigen Schluck aus dem Wasserschlauch und ein Stück von dem Brot, das ihr Jaakov hinhielt.

„Du solltest nicht so vertrauensselig sein", tadelte sie Jaakov. „Es muss nicht jeder wissen wer wir sind, und wo wir hingehen."

„Aber der Hirte war doch ganz freundlich!", wehrte sich Jaakov.

„Trotzdem, wir sollten niemandem trauen."

Rahel hatte in der einen Hand ein Stück Brot und in der anderen Hand ein Stück Käse. Ihre Augen leuchteten.

„Nun kann Rahel wieder laufen", stellte die Kleine fest. Jaakov lächelte sie an und nahm sie an die Hand. Konnte denn jemand, der ohne, dass er gebeten wurde, etwas verschenkte, ein böser Mensch sein? Jaakov konnte sich das nicht vorstellen. Und was hatte der Hirte damit gemeint, er solle auf seine Schwester aufpassen? Wenn der Hirte gleich hier zu Hause war, hätte Jaakov ihn doch noch nach dem genauen Weg fragen sollen. Er hielt die Bedenken der Großmutter für unbegründet.

Die Sonne war schon hoch hinauf gestiegen. Sie aber gingen mehr die Berge hinab und je tiefer sie kamen, umso heißer wurde es. Sie mussten auf die Steine und Löcher achten. Über ihnen kreiste ein großer Vogel. Sie rasteten nur kurz, aber Rahel wurde immer langsamer. Die Hitze und der Staub machten ihnen zu schaffen. Ohne den Wasserschlauch hätten sie sicher nur die Hälfte des Weges zurückgelegt. Abweisend starrten sie die kahlen Berge an. Die Kuppen waren sanft und doch so hoch und als sich endlich die gleißende Sonne hinter der Bergkette verkroch, hatten die Drei das Gefühl, kaum eine Strecke gegangen zu sein.

„Ach, warum müssen wir denn immer laufen?", weinte Rahel. „Können wir nicht hier einfach bleiben. Ich kann nicht mehr!"

„Du hast Recht", pflichtete ihr Jaakov bei, „deine Beinchen sind müde. Wir suchen uns jetzt ein Plätzchen, ja?"

„So kommen wir ja nie an", grummelte Lea, „aber diese langsame Schleicherei bringt uns auch nicht viel weiter. Also gut, dort drüben scheint so etwas wie eine Höhle zu sein. König David hat in dieser Gegend auch Höhlen aufgesucht. Das ist zwar schon hunderte von Jahren her. Dennoch wollen wir mal da drüben sehen, wie die aussieht."

Im Todestal

Es zeigte sich, dass die Höhle einen guten Schutz bot, so dass sie hier die Nacht verbringen konnten. Rahel und Jaakov schliefen sofort ein. Lea massierte ihre Füße.

Sie gestand sich nur ungern ein, dass sie diese Pause selber brauchte, und dass ihr Magen sich unangenehm bemerkbar machte. Wie gut, dass der Hirte sie mit Brot und Käse versorgt hatte. Sicherlich wären sie sonst vor Hunger schon längst irgendwo liegen geblieben. Ach, wie war die Gegend doch so öde. Lea versuchte ihre Gedanken auf etwas anderes zu richten, aber ihr fielen nur die Umstände in Jerusalem, Abigails Verschwinden und der Ungehorsam von Orly ein. Lea knirschte mit den Zähnen, schloss die Augen und ihre Phantasie gaukelte ihr verschiedene Bilder vor, die ihr große Angst einflößten. Sie riss die Augen wieder auf, und versuchte das Dunkel zu durchdringen.

Lea stand auf, um ihre Glieder nicht ganz steif werden zu lassen. Sie sah auf die schlafenden Kinder und die ganze Schwere der Verantwortung fiel auf sie und wollte sie erdrücken. Sie kniff die Lippen fest zusammen und schaute zum Himmel. ‚Kannst du die Sterne zählen' hatte der Ewige einmal zu Abraham gesagt, ‚so zahlreich wie die Sterne soll deine Nachkommenschaft sein'. Aber jetzt, sollte jetzt Gottes Volk ausgelöscht werden? Nein, das durfte nicht sein. Sie war eine Zelotin, eine

Kämpferin, auf keinen Fall wollte sie den Kindern gegenüber Schwäche zeigen. Sie würde überwinden.

Tief sog sie die nächtliche Luft ein. Unaufhörlich hörte sie den eintönigen Gesang der Zikaden. Ein unbestimmter Geruch stieg ihr in die Nase, den sie nicht erkennen konnte. Lauerte Gefahr? Aber woher? Und was war es? Lea wusste, dass es in der Jordansenke Löwen gab. Sollte sie die Kinder wecken? David hatte schon als junger Hirtenknabe mit Löwen gekämpft. Ob Jaakov das auch könnte? Lea fröstelte, obwohl die Luft voll gesogen war, von der Hitze des Tages. Lea versuchte das Dunkel mit den Augen zu durchdringen. Hatte vielleicht ihre Sehkraft nachgelassen? Sie schaute noch einmal zum Himmel hinauf. Nein, sie konnte die Sterne in ihrer Vielfalt noch sehr gut erkennen.

Jaakov erwachte: „Großmutter?" Er stützte sich auf den Ellbogen.

„Safta, bist du noch da?", fragte er in das Dunkel.

„Ja, ich bin hier", flüsterte Lea.

„Warum stehst du? Ist etwas?"

„Ich musste mir die Beine vertreten, meine Füße wurden steif." Dabei stampfte sie ein wenig mit den Füßen auf.

Etwas raschelte. Unwillkürlich fasste Lea Jaakovs Arm, der jetzt neben ihr stand.

In der Ferne heulte ein Kojote.

„Das war weit weg!", stellte Jaakov fest.

Wie eine schmale Sichel lag der Mond am Horizont über dem judäischen Gebirge.

Rahel schrie auf einmal auf.

Jaakov beugte sich zu ihr hinunter. Wieder war da das Rascheln, als wenn sich etwas fortbewegte.

„Rahel, mein Flöckchen, hast du geträumt?"

„Aua", weinte Rahel.

„Wo ist auau, was ist passiert?"

Lea trat hinzu: „Was gibt es denn? Könnt ihr nicht still sein?"

Jaakov nahm Rahel in den Arm, die herzzerreißend anfing zu jammern. Dabei merkte er, dass sie sich krümmte und ihr kleiner Körper verkrampfte.

„Ganz ruhig mein Flöckchen", Jaakov streichelte über ihre Stirn und merkte, dass sie heiß und nass war.

„Was tut weh?", fragte er. Aber er bekam keine Antwort. Der kleine Körper wurde von Krämpfen geschüttelt, so dass Jaakov alle Mühe hatte, sie fest zu halten. Er zog Rahel fest an sich, wiegte sie hin und her und versuchte ganz leise ein Psalmlied zu singen.

„Sei still", zischte Lea

Jaakov sang ruhig weiter. „Ich glaube Rahel ist von einer Schlange gebissen worden ..."

„Was?", nun war es Lea, die übermäßig laut schrie. Das konnte doch nicht sein. Sie hatte sich auf diese gefährliche Wanderung gemacht, ohne Rücksicht auf die Kinder. Sie wusste, dass ein Schlangenbiss tödlich sein konnte. War das also das merkwürdige Geräusch gewesen?

Lea sank auf ihre Knie neben Jaakov. „Bitte", sagte sie mit fast erstickender Stimme, „das kann doch nicht sein, dass unser kleines Täubchen hier stirbt. Das wird der Ewige doch nicht zulassen."

Jaakov spürte, wie der kleine Körper seiner Schwester schwer wurde und die Krämpfe nachließen.

„Rahel, meine Kleine, was soll ich ohne dich?", schluchzte er. Ganz behutsam legte er den kleinen Körper auf das ausgebreitete Umschlagtuch.

„Komm doch wieder zu dir. Ich hab auch noch eine Feige für dich", Tränen flossen ihm über die Wangen. „Bitte, wach auf mein Schwesterchen, wach doch auf." Ein Seufzer entrang sich aus Rahels Brust und das Köpfchen fiel zur Seite.

„Sie ist tot!", Jaakov zerriss sein Hemd und schlug mit der Faust auf die Erde, als wollte er sie spalten. Sein Herz wollte in seiner Brust zerspringen. Die Worte des Hirten fielen ihm wieder ein ‚Pass auf deine Schwester auf'. Aber wie sollte er denn aufpassen, wenn hier giftige Schlangen waren?

„Sie ist tot, sie ist tot", wiederholte er immer wieder.

„Ach was", sagte Lea ärgerlich, „du wirst doch nicht etwa hysterisch!"

„Schau doch nur Großmutter", jammerte Jaakov und hob Rachel Händchen, das schlaff wieder herunterfiel.

Lea kniete sich neben Jaakov, fasste Rahels Hand und fühlte nach dem Puls.

„Du hast recht", flüsterte sie tonlos, „das ist nur die Schuld von diesem Simon", versuchte sie sich zu rechtfertigen, obwohl ihr sehr wohl bewusst war, dass sie diejenige gewesen war, die weggelaufen war. Aber den Gedanken daran schob sie von sich.

Noch einmal tastete sie nach der Hand des Kindes. Sie war doch noch warm.

„Rahel, Kleines, komm, es ist jetzt keine Zeit für Theater", Sie schüttelte den leblosen Körper. Dann wurde ihr die ganze Tragweite bewusst und nun zerriss auch sie ihr Kleid am Halssaum. Aber ein lautes Weinen verbot sie sich selbst.

Lea setzte sich neben den leblosen Körper der kleinen Rachel. Sie biss sich auf die Lippen. Was würde ihr Sohn sagen? Es brauchte kein Morgen mehr zu kommen. Sollten doch die Römer kommen oder wilde Tiere sie fressen. Warum hatte die Schlange nicht sie gebissen? Aber sie hatte schon zu viele Schicksalsschläge erlebt, zwei Söhne hatte der Krieg schon gefressen, das jüngste Enkelkind schon im zarten Kindesalter gestorben, die Tochter verbrannt und entstellt, und Abigail plötzlich verschwunden. Lea straffte sich, der Ewige führte eben manchmal raue Wege.

Das Gebet eines Gerechten

Simon führte den Esel an dem Zaumzeug, das ihm Jetro um Maul und Kopf gelegt hatte. Joram war zuerst begeistert, auf dem Grautier zu reiten. Aber bald wurde ihm die Reise zu langweilig und er wollte lieber hierhin und dorthin laufen, um unter einen Stein zu schauen, oder eine Pflanze zu betrachten, die er nicht kannte. Mirjam hatte alle Mühe, ihn immer wieder einzufangen.

„Werden wir hier auf diesem Weg Jaakov, Rahel und meine Mutter wiederfinden?", fragte Orly zweifelnd Simon.

Aber Simon mochte darauf keine Antwort geben. Er zuckte nur die Schulter. „Jeshua weiß den Weg. Er wird uns so führen, dass wir die Drei wiederfinden."

„Jeshua? Maria hat mir auch gesagt, dass er lebt. Aber wie kann er dir hier in der Wüste etwas sagen?", Orly wollte mehr über Jeshua hören. „Du bist eine lange Zeit mit ihm zusammen gewesen. Erzähl mir doch davon."

Simon wandte sich zu Orly um. War es für sie nur ein Gesprächsthema oder war sie wirklich interessiert. Wenn nur nicht dieser Schleier wäre. Es redete sich nicht so gut mit jemandem, dem man nicht ins Gesicht sehen konnte. In dem Moment fasste ein plötzlicher Windstoss Orlys Schleier, so dass sie sich umdrehen musste, um ihn nicht ganz fortwehen zu lassen. Simon sah sie an und ihn erfasste tiefes Mitleid mit der jungen Frau. Orly bemühte sich schnell, ihr Gesicht wieder zu bedecken.

„Du hast sicher gedacht, ich sei aussätzig. So ähnlich war es eigentlich auch. Meine Familie hielt mich versteckt und eigentlich bin ich das erste Mal meiner Mutter ungehorsam, weil ich ihr nicht gefolgt bin, wie sie es gestern Abend gewünscht hatte. Dafür plagt mich das Gewissen und doch bin ich so froh, in der Nacht von Maria über Jeshua gehört zu haben. Du hast nun gesehen, dass ich ein abschreckendes Aussehen habe, in meiner Kindheit hat mich ein brennendes Holzscheit getroffen und es ist eigentlich ein Wunder, dass ich lebe."

„Das tut mir Leid", beeilte sich Simon, „aber so abschreckend ist es gar nicht. Als ich mit Jeshua unterwegs war, habe ich viel Abschreckenderes gesehen. Der Hochmut, die Sünde, die Habgier, der Neid, das sind Dinge, die von Gott trennen, und das ist viel schlimmer als ein verbranntes Gesicht. Manchmal führt uns Gott auch Wege und wir müssen Dinge aushalten, von denen wir meinen, dass er sie auch ändern könnte. Ich kenne da einen, der ein großer Lehrer unter den Nationen ist. Der hat ein schweres Augenleiden. Ich weiß, dass er oft gebetet hat, Jeshua möchte ihm das doch wegnehmen. Aber das ist nicht geschehen. Trotzdem hat er schon viele Heiden bekehrt und neue Gemeinden in Asien gegründet."

„Ach, ist das wahr? Ich habe mich immer gefragt, warum der Ewige mir diese Last aufgelegt hat. Ich möchte so gern Jeshua begegnen. Nicht, dass er mir ein makelloses Gesicht gibt. Das ist mir inzwischen egal. Aber in dieser Hitze habe ich ungeheure Schmerzen, so als brennte mir wieder ein Scheit auf der Haut. Ja, und du weißt, wie wir Frauen in unserem Volk angesehen werden, wenn wir unverheiratet sind und keine Kinder haben. Ich bin ein Nichts, ich existiere eigentlich gar nicht, jedenfalls in den Augen meiner Mutter. Ich gebe zu, dass, wenn ich an sie denke, nur Hass in mir aufsteigt. Ich weiß, dass der Ewige uns das Gebot gegeben hat, wir sollen Vater und Mutter ehren. Ich möchte es gerne, aber ich kann es nicht."

Orly war stehen geblieben und sah Simon an. Sie erwartete ein hartes Urteil.

Simon ging aber weiter, als hätte ihn diese Rede gar nicht besonders berührt.

Orly hielt ihn am Gewand fest: „Hast du nicht gehört, was ich gesagt habe? Ich hasse meine Mutter!" Sie schrie es fast in die Wüste, die aber keine Antwort gab. Sie war erschrocken über ihren Ausbruch und sah sich nach den Kindern um, die aber in einiger Entfernung von ihnen folgten.

„Wem machst du Vorwürfe?", sagte Simon ruhig. „Willst du deine Mutter dafür verantwortlich machen? Eigentlich klagst du Gott an, oder?"

Orly überlegte. Ja, es stimmte, sie machte Gott Vorwürfe und ihrer Mutter, die sie jahrelang eingesperrt, versteckt hatte, ihr keinen Mann gegeben hatte. Sie hätte ja irgendeinen genommen, nur dass sie heraus gekommen wäre aus dem Gefängnis. Und nun war sie heraus, durch die Umstände, die ihr auch nicht gefielen. Orly wusste nicht mehr, was sie denken sollte.

„Du bist gefangen in dir selbst", bemerkte Simon. „Finde zu Jeshua und er macht dich frei."

Ach, wie wünschte sich Orly wirklich frei zu sein. „Wie, bitte sage mir, wie finde ich Jeshua?"

Nun war Simon stehen geblieben. Der Esel mochte auch eine Pause.

„Es ist ganz einfach. Sprich mir nach: Jeshua HaMashiach, bitte komm in mein Herz und heile mich, nimm mir die Last meiner Sünde. Ich kann sie nicht mehr tragen. Nimm mir das steinerne Herz, wie du es zugesagt hast, und gib mir ein fleischernes Herz."

Orly senkte den Kopf und sprach die Worte nach, die Simon ihr vorsprach, flüsternd nur, aber von ganzem Herzen wollte sie zu Jeshua gehören. Als sie die letzten Worte aussprach, durchströmte sie eine unglaublich wohltuende Wärme. Sie konnte ihrer Mutter vergeben und wünschte sich nichts sehnlicher, als sie zu sehen und ihr zu sagen, dass sie sie liebte. Dankbarkeit und Wohligkeit durchströmte sie und sie wollte nur noch einen Lobpsalm singen.

Mirjam kam herbei. „Tante Orly", sagte sie nur, „wie kann man hier in dieser öden Wildnis nur so glücklich aussehen?"

„Später, Mirjam, später, ich werde dir alles erklären!", Orly umarmte ihre Nichte, „Aber nun müssen wir Safta, Jaakov und Rahel wieder finden."

Orly war wie beflügelt und doch mussten sie mitten in der Wüste einen Platz suchen, wo sie die Nacht verbringen konnten. Aber Orly hatte keine Angst. Sie fühlte sich in Jeshuas Armen geborgen.

Jaakov lehnte sich mit der Stirn an den Steinhaufen. Unaufhörlich rannen die Tränen über sein Gesicht. Seine kleine süße Schwester, wie hatte er sie gehütet, und nun sollte ein einziger Schlangenbiss mitten in der Wüste das Ende sein? Pass auf deine Schwester auf, hatte der Hirte gesagt, wie hätte er nur aufpassen sollen? Jaakov wusste zu wenig von den Gefahren der Wüste. Kojoten, Hyänen, Löwen, dies alles hätte er als Bedrohung erwartet, aber eine Schlange?! War nicht der Urmutter Eva eine Schlange schon zum Verhängnis geworden? Jaakov trommelte auf seine Brust, es tat so weh da drinnen, so weh! All das Gemetzel, das Blut und die Toten in Jerusalem, was war das gegen den Tod seiner kleinen Schwester. Immer wieder warf er sich über sie, als könne er sie wieder zum Leben erwecken.

Lea starrte verbissen vor sich hin. Sie erinnerte sich, wie der Ewige und Allmächtige in der Geschichte des Volkes geholfen hatte. Ja, als das Volk aus Ägypten ausgewandert war, da gab es doch auch so eine Geschichte? Sie konnte sich entsinnen: Das Volk war ungehorsam gewesen – war sie nicht auch ungehorsam gewesen? – da schickte Gott Schlangen in das Lager der Israeliten. Und dann hatte Mose auf Gottes Anweisung eine Schlange aus Bronze anfertigen lassen. Die Israeliten, die gebissen worden waren, sollten die eherne Schlange anschauen und wurden dann gesund. Aber die eherne Schlange gab es nicht mehr.

Allmählich versiegten die Tränen bei Lea und der alte zelotische Trotz kam auf. Was sollte es noch? War es vielleicht besser, nach Jerusalem zurückzukehren und zu kämpfen. Als hätte Jaakov ihre Gedanken erraten sagte er: „Safta, gehen wir doch zurück nach Jerusalem und kämpfen um die heilige Stätte!"

Nach einem tiefen Seufzer sagte sie nur: „Ja mein Junge, es ist besser im Kampf zu sterben als hier so elendig in der Wüste."

„Wenn es hell ist, werde ich hier ein Grab für Rahel graben und diesen Steinhaufen darüber errichten", schlug Jaakov vor.

Jaakov stand auf.

„Über dem Gebirge dort zieht schon der neue Tag herauf", bemerkte er. „Ich sehe einen schmalen Streifen am Horizont"

Lea war ebenfalls aufgestanden. „Ja, das ist das Gebirge Moab. Dann muss dort Jerusalem liegen."

Sie wandte sich halb nach links.

„Vielleicht liegt es aber auch hinter uns", meinte Jaakov und sah sich um. Er konnte nicht feststellen, aus welcher Richtung sie gekommen waren. Im ersten Morgendämmer konnte er die Gegend besser erkennen, das Gebirge Juda, die Tamarisken und Schirmakazien, die vereinzelt hier und dort standen, die Ödnis, die wenigen Grasbüschelchen und den Steinhaufen, wo seine Schwester nun begraben werden sollte.

Lea beugte sich noch einmal über den Leichnam. Eigentlich sieht sie nur aus, als ob sie schliefe, dachte Lea. Das erste Morgenlicht ließ das kleine Gesichtchen, wie das eines Engels erscheinen. Der Morgenwind spielte leicht mit den schwarzen Löckchen, was ihr eine gewisse Lebendigkeit verlieh.

Aber Lea musste sich entscheiden zwischen vorwärts und rückwärts.

„Safta", rief auf einmal Jaakov aufgeregt, „da kommen Leute!"

„Wo?", Lea stand auf und sah in die Richtung in die Jaakov zeigte. „Ich sehe nichts."

„Sie sind vielleicht hinter dem Hügel."

„Wer mag das sein? Hast du gesehen, wie viele es waren?"

„Nein, sie hatten aber einen Esel dabei."

„Ach", Lea setzte sich enttäuscht wieder in den Eingang der Höhle. Insgeheim hatte sie gehofft, dass es doch Orly mit den Kindern sein könnte. Jetzt, wo die eine Enkeltochter ihr genommen war, wollte sie wenigstens die anderen beiden bei sich haben.

„Kommen sie denn in unsere Richtung?", fragte sie matt.

„Ja! Ja, Safta, jetzt tauchen sie wieder auf. Es ist Orly, ich erkenne sie an dem Kleid. Der Mann dabei muss Simon sein. Mirjam geht neben einem Esel, aber wo ist Joram? Ich kann ihn nicht sehen!"

Jaakov war ganz aufgeregt. Er rannte der kleinen Gruppe ein Stück entgegen und hob die Hand. Dann hielt er inne. Was sollte er sagen? Sie würden es ja doch erfahren. Langsam fiel seine Hand wieder herunter. So blieb Jaakov stehen, sah den Herannahenden mit gesenktem Blick entgegen.

Bald hatte auch die kleine Gruppe Jaakov entdeckt.

„Jaakov!", rief Mirjam und lief auf ihn zu, „haben wir euch endlich gefunden. Welch ein Glück! Gelobt sei der Ewige! Ich kann es kaum glauben."

Sie bemerkte das bedrückte Gesicht ihres Cousins.

„Freust du dich nicht? Ist etwas passiert? Was ist dir?"

Nun waren auch Orly, Simon und der Esel bei ihnen. Jetzt konnte Jaakov sehen, dass Joram mehr auf dem Tier hing, als dass er darauf saß. Als er aber hörte, dass sie die Großmutter, Jaakov und Rahel wieder gefunden hatten, jauchzte er begeistert und saß stramm auf dem Grautier.

„Nun finden wir auch Ima!", war er fest überzeugt, „Ich will runter!", forderte er.

Simon hob den Jungen in den Sand und führte den Esel weiter bis zu der Höhle, wo nun auch Lea sich erhob.

„Dem Herrn sei Dank!", sagte Simon schlicht, „er hat uns den richtigen Weg zu euch geführt."

Lea wandte sich ab, um ihr verweintes Gesicht zu verbergen. Mirjam beugte sich zu Rahel.

„Ach du liebe Zeit, sie schläft ja noch! Aber ...", sie stutzte, sah zu

Lea: „Was ist mit ihr? Sie ist ja ganz steif und kalt!"

Nun beugte sich auch Orly über das kleine Mädchen. „Sie ist ja tot ...".

„Ja, sie ist tot", sagte Lea scharf, „Jetzt haben wir Hilfe, um das Grab zu schaufeln!"

Simon kniete sich neben Rahel. „Was ist passiert?", fragte er.

„Eine Schlange hat sie gebissen", beeilte sich Jaakov.

Böse Worte lagen Lea auf den Lippen, gern hätte sie Simon die Schuld gegeben. Aber in ihrem Innern wusste sie, dass sie selbst durch ihr Fortlaufen die Schuld traf. Sie wandte sich ab, ging ein paar Schritte weiter und starrte in die aufgehende Sonne.

Orly krampfte sich das Herz zusammen. Dies kleine, hübsche Mädelchen, was konnte sie dafür, dass die Welt verrückt ist. Hätte sie denn nicht ein Recht darauf gehabt, zu leben? In den Gesprächen mit Simon hatte sie aber die Gewissheit erfahren, dass Gott keinen Fehler macht. Im ersten Moment dachte sie, dass doch ihre Mutter es hätte treffen müssen, die mit ihrer Kälte und Ablehnung alles vergiftete. Aber sofort verbot sie sich diesen Gedanken. Ach, wenn sie so dachte, wäre sie ja wieder schuldig. Sie wollte doch der Mutter vergeben.

Orly stand auf und ging zu ihrer Mutter. „Mutter", begann sie, „ich weiß, du machst dir Vorwürfe."

„Was weißt du denn schon!", erwiderte Lea scharf.

Aber Orly ließ sich nicht einschüchtern: „Mutter, ich kann mir vorstellen, wie du dich fühlst. Aber Gott macht keine Fehler, glaube mir, er hat die kleine Rahel lieb und hat sie zu sich geholt."

Lea wandte sich ihrer Tochter zu: „Orly, was redest du nur? Rahel wird hier in der Wüste begraben und Jaakov und ich haben beschlossen, zurück nach Jerusalem zu gehen. Es ist besser dort zu sterben und die Heilige Stadt verteidigt zu haben, als hier jämmerlich zugrunde zu gehen."

Inzwischen hatte Simon den Esel etwas weiter abseits an eine Tamariske gebunden.

„Geht mal zu dem Esel", forderte er die Kinder auf. „In der

Satteltasche ist etwas zu essen. Bringt es her und auch den Wasserschlauch."

Mirjam und Jaakov sprangen sofort auf. Joram, der die Situation gar nicht begriffen hatte, lief ihnen vorweg.

Simon kniete neben Rahel. Er war sich sicher, dass er jetzt einen Auftrag von Jeshua hatte. Hatte der Meister sie nicht damals losgeschickt, Kranke zu heilen, böse Geister auszutreiben und Tote aufzuwecken? Ganz klar spürte Simon, was jetzt zu tun war.

„Jeshua, mein Heiland und Erlöser", betete er halblaut, „du hast mir diesen Auftrag gegeben, dass ich diese Menschen nach Masada führen soll. Bitte Herr, gib der kleinen Rahel ihren Geist zurück. Rühre du sie an mit deiner Heilungskraft."

Orly hatte sich zu Simon gewandt und schaute gespannt auf Rahel blasses Gesichtchen. Hatte Maria ihr nicht von Lazarus erzählt, den Jeshua wieder lebendig gemacht hatte? Aber damals war Jeshua selber da. Würde er auch jetzt handeln? Aber Rahel lag weiter erstarrt da.

Erneut flehte Simon: „Vater im Himmel, in Jeshuas Namen bitte ich dich, gib Rahel ihren Geist zurück." Er legte sein bärtiges Gesicht an Rahels Wange. Aber sie blieb bewegungslos. Orly betete selbst: „Jeshua, wenn es dich gibt und du lebst, so lass doch Rahel auch leben!"

Simeon betete zum dritten Mal inbrünstiger: „Jeshua, oh Ewiger, höre mein Flehen, gib Rahel ihren Geist zurück, bitte, erweise dich als der, der du bist, der Arzt, der Heilung schenkt, damit diese mir Anvertrauten erkennen, dass du auch heute noch mächtig handelst. Ich segne dich kleines Mädel in Jeshuas Namen!"

Orly sah zu Simon und dann auf Rahel und sie traute ihren Augen nicht. „Sie bewegt sich!", flüsterte Orly aufgeregt, „Sie schlägt die Augen auf!"

Auch Lea, die bis dahin angestrengt zu den Bergen hinüber geschaut hatte, drehte sich abrupt um. Langsam bewegte sie sich auf die am Boden Knienden und Rahel zu.

Rahel lächelte und sah in die Ferne. Ihre Wangen röteten sich.

Lea wollte Rahel in die Arme nehmen, welcher Dämon hatte denn hier diesem Simon die Macht gegeben? Das konnte doch nicht sein. Aber es war offensichtlich, Rahel lebte. Lea nahm Rahels Hand und sie spürte, wie die Wärme in das Kind zurückkam.

„Gepriesen sei der Ewige", murmelte Lea und schlang ihre Arme um Rahel und drückte sie fest an sich.

Orly sah ihre Mutter an. Sie hatte Freudentränen erwartet. Ein Wunder war geschehen, und ihre Mutter hatte nur diese paar Worte, wie eine Formel. Sie hätte ebenso gut ,Guten Morgen' sagen können.

Orly rief lauthals: „Der Herr hat ein Wunder getan! Wir dürfen fröhlich sein!"

Jaakov kam herbei gerannt: „Rahel, mein Flöckchen, was ist geschehen?"

„Gebt ihr erst einmal etwas zu trinken und etwas zu essen", schlug Simon vor.

„Was ist geschehen?", wollte Jaakov wissen.

„Simon hat gebetet", erklärte Orly „und da ist sie aufgewacht."

„Simon, danke, danke", Jaakov wollte ihm um den Hals fallen.

„Dankt Jeshua, er ist derjenige, der dieses Wunder geschenkt hat."

Schon wieder dieser verhasste Name, dachte Lea. Aber sie hielt ihre kleine Enkelin in den Armen. War es möglich, dass Gott gehandelt hatte? War es möglich, dass dieser Jeshua wirklich der Messias ist, der Heilung bringt? Lea fühlte sich völlig zwiespältig.

Mirjam kam mit einigen Feigen und Rosinenbroten. Jaakov hielt Rahel den Wasserschlauch an den Mund. Sie trank gierig und lächelte ihren Bruder an.

„Jaakov", flüsterte sie nur und hatte ein Strahlen auf dem Gesicht, dass es Jaakov ganz warm wurde.

„Jaakov, ich war im Himmel!", flüsterte Rahel, nahe an Jaakovs Ohr.

„Ja, ja mein Flöckchen", Jaakov dachte, dass sie noch etwas durcheinander war.

„Oh, weißt du, das war so schön, überall war Licht und jemand kam auf mich zu, es war nur hell um ihn. Das war nicht Papa und auch sonst niemand, den ich kenne, einfach schön. Jaakov", flüsterte sie noch leiser, „ich habe Ima gesehen!"

Jaakov streichelte ihre Wange. Konnte es sein, dass es noch eine andere schöne Welt gab? Ja, hier war nur Krieg und Unfrieden, Flucht und wie oft Verzweiflung. Lea holte ihn zurück in die Wirklichkeit.

„Wo habt ihr den Esel her und die Rosinenkuchen?", wollte Lea wissen.

„Maria hat uns versorgt", sagte Orly schlicht. „Sie ist auch eine Jüngerin Jeshuas. Eine wahre Wohltäterin."

Lea biss sich auf die Lippen. Hatte sie doch die Situation in der Hütte falsch eingeschätzt?

War es nicht ein Wunder, dass ihre kleine Reisegruppe wieder zusammengeführt worden war? Sollte der Schlangenbiss und der Tod der kleinen Rahel ein Zeichen Gottes für sie gewesen sein? Lea schob den Gedanken wieder von sich.

Unbemerkt war Simon aufgestanden und ein Stück weiter gegangen, wo er auf die Knie fiel. Er hob seine Hände auf und betete: „Ich preise dich, du mein Gott, mein Helfer, und Jeshua, meinen Heiland. Du hast mir ein Wunder geschenkt. Nun bitte ich dich, dass diese Menschen dich erkennen, dich annehmen, als ihren persönlichen Heiland. Gepriesen sei dein Name ewiglich." Anbetend blieb er noch eine Weile so liegen. Orly sah sich nach ihm um. Sie hätte sich gern an seine Seite gestellt und ein Loblied angestimmt.

Inzwischen war die Sonne höher gestiegen. Simon kehrte zu der Gruppe zurück und mahnte zum Aufbruch. Jetzt, am hellen Tag war es einfacher zu wandern, zumal Joram und Rahel auf dem Esel reiten konnten. Durch die Stärkung, die Maria ihnen eingepackt hatte, hatten sie genügend Kraft, um bis zum Mittag ein gutes Stück voran zu kommen.

Orly überlegte, wie sie unauffällig ein Stück Wegs an Simons Seite gehen konnte. Sie hatte noch so viele Fragen. Aber Mirjam wich nicht von ihrer Seite. So tröstete sie sich damit, dass sicherlich noch die Zeit kommen würde, um Antworten zu erhalten.

Simon hatte den Esel am Zügel genommen und schritt zügig aus. Die Erlebnisse der letzten Stunden hatten ihn neu beflügelt und ihm war so leicht ums Herz, dass er ununterbrochen Psalmen hätte singen können. Er war auch nicht überrascht, als auf einmal Lea an seiner Seite ging.

„Ich danke dir", begann sie zögernd.

Er wandte sich halb zu ihr um: „Danke nicht mir, danke dem großen Gott und Vater und seinem Sohn Jeshua!"

„Ja, ich danke Jahwe, aber das mit dem Sohn, das stimmt doch gar nicht?"

„Warum denkst du, dass das nicht stimmt? Du hast doch gesehen, dass allein durch Jeshuas Namen das Wunder geschehen ist!"

„Jahwe, der Ewige, ist so erhaben und so groß. Kein Mensch kann ihn sehen, kein Mensch darf ihm nahen. Die Rabbiner sagen, dass es nicht sein kann, dass Gott einen Sohn hat."

Simon blieb stehen und sah Lea an. Sie wusste viel und war doch gefangen in den Aussagen der Priester.

Simon schüttelte den Kopf: „Ja, es stimmt, es ist wirklich ein Geheimnis. Aber kein Mensch hat diese Vollmacht wie Jeshua. Er ist die Erfüllung des Gesetzes und der Propheten. Was hat denn wohl der Prophet Jesaja damit gemeint, als er sagte: ‚Lahme gehen, Blinde sehen und Gefangene werden frei', alles Tatsachen, die geschehen sind durch Jeshua."

„Aber er sollte doch ein Friedensreich aufrichten. Wo ist es nun? Wir haben mehr Unfrieden, Streit und Morden als jemals zuvor!", wandte Lea ein.

„In dieser Beziehung hast du Recht. Ist es denn nicht auch eine Strafe, weil sein Volk, das ihm gehört, nichts von ihm wissen wollte, ja ihn zum Tode am Kreuz verurteilen ließ? Auch hat Jeshua immer davon gesprochen, dass sein Reich nicht von dieser Welt ist, und dass er wiederkommen wird und dann sein Friedensreich aufrichten wird."

„Ach, immer wird man vertröstet auf etwas, was noch kommen soll. Und was ist mit dem Elia, der vorher kommen sollte und die Ankunft des Messias ankündigt?"

„Der Prophet Maleachi hat gesagt, dass vor dem Kommen des Messias einer kommen soll, im Geist des Elia. Wie stellt ihr euch Elia vor? Hat ihn jemand persönlich gesehen? Nein. Der Geist des Elia ist da nun entscheidend, und diesen besaß Johannes der Täufer. Dies hat übrigens Jeshua selbst so gesagt. Ich kann es bestätigen, denn ich war dabei!"

Lea schwieg eine Weile. Sie musste das alles erst einmal in sich aufnehmen, konnte nicht gleich ihre Gedanken, die so lange von rabbinischem Denken geprägt war, in eine andere Richtung bringen. Dennoch sagte ihr Inneres, dass sie heute der Wahrheit begegnet war.

„Ich habe mich falsch verhalten", fing sie wieder an, „das tut mir leid."

„Wir hatten auch echt Sorge um euch, die nachher leider berechtigt war!"

„Ja, das tut mir besonders leid, aber dein Wunder hat uns ja unsere kleine Prinzessin wiedergegeben."

„Ich bitte dich herzlich, dieses nicht mein Wunder zu nennen. Ich bin Jeshua sehr dankbar, dass er aus allem Gutes gemacht hat. Ja, er hatte es uns Jüngern auch verheißen, dass er, wenn er in den Himmel zurückkehren würde, uns den Heiligen Geist senden würde und wir noch größere Dinge tun würden, als er getan hat."

Schweigend ging die kleine Gruppe eine Weile vor sich hin. Jeder hing auf andere Art und Weise ihren Gedanken nach. Die Sonne brannte immer heißer, und Orly litt unendlich und sehnte sich nach einer Pause unter einem schattigen Baum.

Simon spürte, dass eine Rast von Nöten sei und wies auf die

Schirmakazie vor ihnen: „Wir könnten hier eine Rast einlegen", rief er.

Lea bedauerte diese Unterbrechung ihrer Gedanken und fragte nur: „Wie kann ich Jeshua finden?"

Simon blieb stehen und sah Lea durchdringend an: „Glaube, dass er der Sohn Jahwes ist. Er hat sein Blut am Kreuz auch für dich geopfert, damit du von aller Schuld frei bist und ewiges Leben hast."

Das war für Lea noch zu unverständlich, aber sie wagte nicht, weiter zu fragen.

Sie lagerten sich an einen schattigen Platz unter dem Baum, der seine Äste, wie einen Schirm ausbreitete. Die Hitze hatte seine Blätter noch nicht verdorrt, so dass sie ausreichend vor der Sonne geschützt waren.

Lea war von der fast durchwachten Nacht völlig erschöpft. Aber die Gedanken um Jeshua wollten sie nicht loslassen. Es waren noch zu viele Fragen offen. Sollten denn die Opferdienste im Tempel nichts gewesen sein? Ein einmaliges Opfer, das Blut Jeshuas? Der Heilige Geist, was hatte das alles zu bedeuten? Lea meinte in einem Strudel fortgerissen zu werden. Sie wurde heruntergezogen und alle Dinge ihres Lebens schienen vor ihren Augen zu tanzen, ihre Ungerechtigkeit gegenüber Orly, ihrer verbrannten Tochter, die sie zu hassen geglaubt hatte. Hätte sie nicht Jochanan Orly zuerst zur Frau geben müssen, wie damals ihre Namensschwester Lea Jakob zuerst verheiratet wurde, statt Rahel, die er geliebt hatte. Hatte sie, Lea, vielleicht Schuld daran, dass ihre Schwiegertochter im Kindbett gestorben war, weil sie nicht bereit gewesen war, rechtzeitig die Hebamme zu rufen. Und nun war sie schuld daran gewesen, dass Rahel von der Schlange gebissen worden war, weil sie nicht in dem Haus dieser Maria bleiben wollte, sich überhaupt nicht diesem Simon unterordnen wollte. Sie war schuld, schuldig, schuldig! Ihr Stolz wollte sich aufbäumen, aber das ‚Schuldig' drückte sie herunter. Lea fiel in einen unruhigen Schlaf.

Jaakov saß neben Rahel, die fröhlich an einer Feige kaute. Mirjam und Joram hatten sich Jaakov gegenüber gesetzt.

Orly näherte sich Simon, der sich an dem Geschirr des Esels zu schaffen machte.

„Meinst du, es wird noch weit sein?", begann sie zögernd das Gespräch.

„Wir werden bald Qumran erreicht haben."

„Was ist das?", fragte Orly interessiert.

„Dort in Qumran leben die Essener. Ich hoffe, sie können uns mit Proviant versorgen!", erwiderte Simon.

„Ist das nicht auch so eine Sekte? Ich habe davon gehört, dass sie von Frauen nicht viel halten und ganz abgeschieden leben."

„Ja, das ist richtig. Ich war noch nicht bei ihnen. Aber ich glaube, dass ein alter Freund von mir bei ihnen ist. Wir können natürlich gleich weitergehen, wenn unsere Kräfte es erlauben."

„Von dort, hat mir Jetro gesagt, sind es noch zwei Tage zu gehen."

Orly seufzte.

„Was wird uns dort erwarten?"

„Das weiß ich leider auch nicht", erwiderte Simon.

„Wirst du bei uns bleiben?"

„Nein, ich glaube nicht. Ich hatte nur den Auftrag, euch nach Masada zu begleiten. Aber ich werde das tun, was mir Jeshua aufträgt."

Orly hatte den langen ersten Tag genutzt, um noch mehr über Jeshua zu erfahren. Simon hatte ihr so viele Begebenheiten erzählen können, dass ihr Jeshua schon ganz vertraut war. Für sie war es schon kein Wunder mehr, dass Simon die kleine Rahel durch den Namen Jeshuas wieder zum Leben erweckt hatte. Sie traute ihm das zu. Wenn sie doch nur selbst ihre Leiden erträglicher gemacht bekäme. Aber die Hitze und besonders die Sonne machte ihr große Schmerzen und sie musste sich in den Schatten setzen.

„Ich muss in den Schatten", sagte sie. „Meinst du, dass Jeshua auch mich heilen kann?"

„Ich werde auch für dich beten", versicherte Simon.

Simon sah ihr nach. Sie hat einen jugendlichen Gang, dachte er, und wie sie mit den Kindern umgeht, so umsichtig und liebevoll und doch waren es nicht ihre eigenen, wie er herausgehört hatte, sondern die ihrer Schwester. Merkwürdig. Hatte sie keine, vielleicht auch keinen Mann? Und diese ältere Frau soll ihre Mutter sein? Liebevoll ging diese aber nicht mit ihr um. Simon schob die Gedanken beiseite. Er wollte sich darauf konzentrieren, seinen Auftrag zu erfüllen. Der Herr hatte ihm ja schon ein besonderes Geschenk gemacht. Simon hatte von Petrus und Paulus gehört, dass sie solche Gaben geschenkt bekommen hatten. Ja, dass sogar nur ein Schweißtuch von ihnen solche heilende Wirkung hatte. Für sich selbst hatte er solche Taten nie für möglich gehalten. Ja, bei dem Wunder zu Pfingsten, hatte ihm der Herr eine Sprache geschenkt, die er jetzt gern benutzte, wenn er mit Jeshua redete. Aber er hatte nie gelernt, sich richtig auszudrücken. Er hatte nicht die Gabe, vor anderen zu reden.

„Simon", rief da Jaakov, „komm doch zu uns!"

„Ja, ja, ich komme gleich", gab Simon zurück.

Er prüfte noch einmal den Sattel des Esels, der geduldig darauf wartete, dass die Reise weiterging. Simon hielt ihm ein paar Körner hin und riss ein paar Blätter von dem Baum.

„Hier, du Guter", sprach er, „hast zu allen Zeiten gute Dienste getan. Ein Füllen deiner Sippe hat meinen Herrn nach Jerusalem hineingetragen und alle riefen ‚Gelobt sei der, der da kommt im Namen des Herrn!'"

Der Esel drehte ihm den Kopf zu, stellte die Ohren auf und nickte. Simon kraulte ihn hinter den Ohren, was ihm zu gefallen schien.

Dankbar dachte er an Maria. Dann setzte er sich zu den Kindern.

„Hat der Esel mit dir gesprochen?", wollte Joram wissen.

„Nein", sagte Simon.

„Hat aber so ausgesehen", gab Joram zurück.

„Ach was", meinte Jaakov, „Esel können doch nicht sprechen."

„Ich kenn aber eine Geschichte, wo der Esel gesprochen hat," meinte Mirjam.

„So? Dann erzähl sie doch", forderte Simon sie auf.

„Das war, als unser Volk noch durch die Wüste zog und durch das Land der Kanaaniter gehen wollte", begann Mirjam.

„Nein, sie wollten durch das Land der Moabiter ziehen", verbesserte Jaakov sie.

„Ja, gut, sie kamen aus Ägypten, waren ganz lange in der Wüste herumgezogen und mussten nun durch das eine oder andere Land gehen, um eben nach Kanaan zu kommen, dem Land, dass der Ewige, gelobt sei er, unserem Volk versprochen hatte. Und der König von Moab, wie hieß der noch mal?", fragte sie Jaakov.

„Barak, oder Balak oder so ähnlich", antwortete Jaakov.

„Ja also, der König von Moab hatte Angst, weil die vorherigen Könige von Og und so weiter besiegt worden waren, stimmt das so?" Simon nickte.

„Also dann hatte er den Seher Bileam gerufen, der sollte für viel Geld unser Volk verfluchen."

Mirjam machte eine Pause und Jaakov fuhr fort.

„Der ist aber nicht gleich mitgegangen. Erst als die Abgesandten von Balak das zweite Mal mit noch mehr Geld kamen, ist er mitgegangen."

„Ja, aber wo ist denn jetzt das mit dem Esel?", fragte Joram ungeduldig und stocherte mit einem Stock im Sand.

„Kommt ja jetzt", beruhigte ihn Mirjam und erzählte weiter: „Der Bileam ging also mit den Abgesandten von Balak, das heißt, er ritt auf einem Esel."

„Na und, da ist doch nichts Aufregendes dran", maulte Joram.

„Wart doch mal, die Geschichte ist ja noch nicht zu Ende. Plötzlich stand nämlich ein Engel auf dem Weg und hatte das Schwert erhoben."

Joram rückte näher: „Gibt es wirklich Engel?" Er sah sich um und erwartete, dass auch bei ihnen ein Engel stehen müsste.

„Ja klar, die gibt es, oder was meinst du Simon?", wandte sich Jaakov an Simon, der dabei saß und sich freute, wie die Kinder die Geschichte aus der Thora behalten hatten.

Er nickte bedächtig, strich sich über den Bart, beugte sich ein wenig vor, „sicher, sicher, zu jeder Zeit sind die Engel Gottes um uns herum. Aber man bekommt sie nur ganz selten zu sehen."

„Erzähl doch lieber weiter", bettelte Rahel, die sich bei Jaakov angelehnt hatte.

Mirjam fuhr fort: „Also der Engel stand plötzlich auf dem Weg und der Esel, oder war es eine Eselin?"

„Es war, glaube ich, eine Eselin", bestätigte Simon. „Aber das tut ja gar nichts zur Sache."

„Also gut, die Eselin wich auf das Feld aus. Da hat der Bileam sie geschlagen."

„Oh das find ich aber gemein", entrüstete sich Rahel.

„Sie ritten aber weiter und nach einer Weile kamen sie in einen Hohlweg."

„Was ist ein Hohlweg?" wollte Joram wissen.

„Das ist ein Weg wo rechts und links hohe Felsen oder Mauern sind, wo man nicht ausweichen kann", erklärte Simon.

„Ja und da stand dann wieder der Engel mit dem Schwert in der Hand. Aber nur die Eselin konnte den Engel sehen. Sie drückte sich ganz eng an die Wand und quetschte dem Bileam den Fuß ein."

„Bileam hat dann wieder die Eselin geschlagen. Ein Stück weiter wurde dann der Weg so eng, und der Engel mit dem gezückten Schwert stand wieder da und die Eselin konnte nicht ausweichen, sie fürchtete sich nämlich vor dem Engel, da hat sie sich einfach auf die Erde gelegt und wollte nicht weiter gehen." Mirjam machte eine Pause. „Erzähl weiter, was passierte dann?", wollte Joram wissen.

„Der Bileam hat sie wieder geschlagen, bestimmt war er ganz wütend. Da fing die Eselin an zu sprechen und sagte: Was habe ich dir getan, dass du mich nun schon dreimal geschlagen hast" ergänzte Jaakov.

„Da war der Bileam wohl platt!", meinte Joram

„Das könnte ich mir denken. Jedenfalls war er ja zuerst wütend und hat dann nur gerufen, du hältst mich ja die ganze Zeit zum Narren."

„Und die Eselin, hat sie dann noch was gesagt?"

„Ja, sie hat dann gesagt, dass sie ja so viele Jahre den Bileam treu gedient hätte, und dass sie diese Schläge nicht verdient hätte. Ja, und dann hat Gott dem Bileam die Augen geöffnet, so dass er den Engel mit dem Schwert sehen konnte."

„Hat der dann ordentlich mit dem Bileam geschimpft?", wollte Rahel wissen.

„Das denke ich doch. Wäre die Eselin nicht ausgewichen, hätte der Engel den Bileam erschlagen, denn eigentlich wollte Gott nicht, dass Bileam zu dem König von Moab geht. Aber dann hat er ihn doch dorthin gehen lassen und ihm gesagt, dass er nur das sagen dürfte, was der Allmächtige ihm aufträgt. Sicherlich hatte er nun die nötige Gottesfurcht." Simon hatte die Geschichte zu Ende erzählt „Trotzdem hatte er dann später den Moabitern einen bösen Plan vorgelegt, aber davon erzähl ich euch später mal. Ich glaube, wir müssen weiter. Die Großmutter ist aufgewacht."

Lea hatte tief und fest geschlafen. Nun fühlte sie sich erfrischt. Doch als sie Simon sah, kamen ihr wieder Schuldgefühle, die sich weiter verstärkten, als sie auf Rahel blickte. Sie versuchte die Gedanken zu verscheuchen. Nein, jetzt wollte sie diese Gedanken nicht zulassen.

„Gibt es noch etwas zu trinken?", fragte sie nur, ohne Simon anzusehen, „Ich habe Durst."

Jaakov lief zu dem Esel, um den Wasserschlauch zu holen. Er hob ihn an, aber er war leer.

„Er ist leer", rief er entsetzt und hielt den Schlauch hoch. Aus einem ganz winzigen Loch tropfte es noch und er hielt schnell die Zunge darunter.

„Du liebe Zeit, was machen wir denn jetzt?", fragte Orly.

„Ja, nun bleibt uns nichts anderes übrig, als wirklich in Qumran anzuklopfen" meinte Simon. „Da sollten wir nun zügig gehen, denn da herrschen strenge Regeln und nach Sonnenuntergang wird das Tor nicht mehr aufgemacht."

„Woher weißt du das?", wollte Jaakov wissen, während die kleine

Gruppe sich in Bewegung setzte, „warst du schon mal dort?"

„Nein das nicht, aber ich habe davon gehört. Hier in der Provianttasche sind noch ein paar Datteln. Ich schlage vor, dass jeder eine Dattel isst und den Kern im Mund behält. Dann bekommt man nicht so einen trockenen Mund und der Durst ist nicht so schlimm."

Die nächsten Stunden gingen sie schweigend miteinander. Simon beobachtete, dass Orly anfing zu hinken. Er wunderte sich sowieso, dass diese zarte Person diese lange Wanderung so durchhielt. Nach einer Weile blieb er stehen und wandte sich ihr zu.

„Was ist mit dir?", fragte er sie besorgt.

„Ach, es ist nichts", erwiderte sie tapfer und biss die Zähne zusammen. Sie wollte nicht zugeben, dass ihr die Füße so weh taten, dass sie meinte, keinen Schritt mehr gehen zu können. Aber Simon insistierte: „Da ist doch irgend etwas?" Aber Orly fürchtete noch mehr die Zurechtweisung ihrer Mutter und schwieg. Nach einer Weile blieb sie aber doch stehen.

„Ich glaube, ich kann nicht weiter", flüsterte sie kleinlaut. „Meine Füße ..."

Simon war auch stehen geblieben und sah auf ihre Füße und sah, dass eine Blase schon blutig gelaufen war.

„Oh, das sieht aber nicht gut aus", sagte er. „Komm, der Esel kann dich eine Weile mittragen."

Orly wollte protestieren. Aber Simon hob sie einfach auf den Esel hinter Rahel und Joram. Joram streckte ihm die Arme entgegen „Joram stark, Joram will laufen!", verkündete er, und Simon hob ihn herunter. Lea bedachte Orly mit einem geringschätzigen Blick, aber sie sagte nichts.

Die Landschaft hatte sich etwas verändert. Die sanften kahlen Bergkuppen waren schroffen Felsen gewichen. Vor ihnen lag ein weites Tal, in dem man den silbernen Spiegel des Salzmeeres erblicken konnte. Auf der anderen Seite erhoben sich erneut Bergkuppen. Die Sonne stand sehr tief hinter den judäischen Bergen, als sie Qumran erreichten.

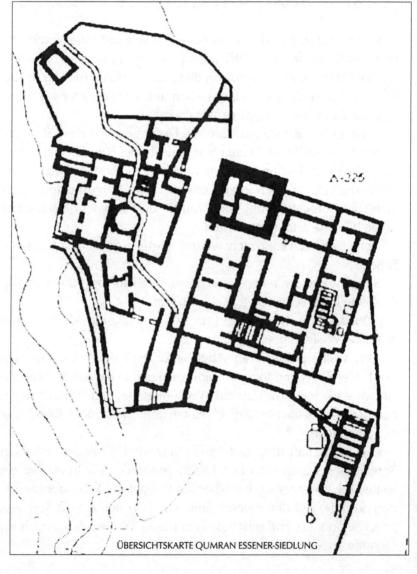

ÜBERSICHTSKARTE QUMRAN ESSENER-SIEDLUNG

Die Gemeinschaft der Lichtkinder

Auf der Anhöhe konnten sie eine befestigte Siedlung erkennen. Beim Näherkommen entdeckten sie einen Wachturm, der die Mauer überragte. Diese schien nicht sehr hoch und umschloss die Siedlung.

Die kleine Gruppe stieg die Anhöhe hinauf und erreichte das Haupttor.

„Meinst du, dass man uns Einlass gewährt?", fragte Orly unsicher.

„Wir werden sehen", erwiderte Simon. Er dachte an seinen Freund aus der Jugendzeit, von dem er gehört hatte, dass er zu den Essenern gegangen war. Vielleicht war er noch hier. Er vertraute auf Jeshuas Weisung.

Lea stand etwas reserviert abseits. Sie kannte die Essener. Mit Frauen wollten sie nichts zu tun haben, weshalb sie sehr skeptisch war, ob sie überhaupt Einlass bekämen. Aber wohltätig waren die Essener von ihrer Grundeinstellung, das hatte sie auch gehört, und so würde man ihnen sicher den Schlauch Wasser nicht verwehren.

Simon klopfte an das Tor. Vom Wachturm über ihnen kam ein Kopf aus dem Fenster.

„Wer da?", rief der Wächter von oben herunter.

„Shalom!", rief Simon hinauf „Wir sind Zeloten auf dem Weg nach Masada. Wir bitten um ein Nachtlager und etwas Wasser."

„Wie viel seid ihr?", kam die Frage zurück, „und woher kommt ihr?"

„Mit mir sind zwei Frauen und vier Kinder. Wir kommen aus der heiligen Stadt Jerusalem. Wir haben kein Wasser mehr und sind auch sonst sehr erschöpft."

„Wartet!", und der Kopf des Wächters verschwand.

Es dauerte eine ganze Weile. Orly war von dem Esel herunter geglitten und hatte sich auf einen Stein gesetzt. Jaakov hatte auch Rahel herunter genommen. Sie freute sich an den flachen Kieselsteinchen. Lea sah besorgt zu den hohen Felsen hinauf, die sich hinter der Siedlung auftürmten. Solch eine öde Gegend, dachte sie. Sie wandte sich um und konnte den glatten, bleiernen Spiegel des Salzmeeres ausmachen, auf dessen anderen Seite sich die Berge von Moab im dunkler werdenden Dämmer verloren.

„Bald wird es ganz dunkel sein", sagte sie mürrisch. „Wir können ja unser Lager hier unter der Mauer aufschlagen."

„Ja", bestätigte Simon, „das ist immer noch besser als draußen in der Wildnis."

Es schien ihnen wie eine Ewigkeit, als sie Schritte hinter dem Tor hörten und mit einem Schlüssel das Schloss knarrend aufgeschlossen wurde.

„Seid willkommen", sagte der Wächter, ein fröhlicher Jüngling mit einem wuscheligen Lockenkopf, „ich bin Bruder Tobias Ben Achan."

Die kleine Gruppe wurde in den Vorhof geführt, und sofort wurde wieder hinter ihr abgeschlossen.

„Die Frauen und Kinder sind in dem Gästeteil der Anlage untergebracht. Wir haben da eine strikte Trennung. Wenn du hier warten willst, ich bringe die Frauen und Kinder zu dem Haus, wo sie sich erfrischen können. Willst du mit mir gehen?"

Damit nahm er Joram an die Hand, der sofort Vertrauen zu dem freundlichen Bruder fand. „Ist meine Ima hier?", fragte er und blickte erwartungsvoll in jede Ecke.

„Wer ist denn deine Ima? Ist sie nicht bei euch?"

„Nein, meine Ima ist weg, Haus brennt und Ima ist weg!"

„So, euer Haus hat gebrannt?"

„Ja, das Haus brannte und viele sind geflohen", erläuterte Orly.

Da Lea nicht wollte, dass Orly hier das Wort führte, schaltete sie sich ein: „Ich bin die Mutter von seiner Ima und dies ist meine zweite Tochter. Mein Sohn ist Eleazar Ben Yair". Sie schob sich vor und nahm Rahel an die Hand.

Tobias hätte gern gefragt, warum die eine Frau einen Schleier trug. Dies schickte sich aber nicht, und so sah er nur verstohlen zu Orly hinüber. Lea bemerkte seinen Blick und erklärte: „Sie ist nicht aussätzig, sie hat nur ein Gelübde getan." Orly war es recht, dass sie keine Erklärungen abgeben musste.

Tobias war mit der Antwort zufrieden. Er führte die Frauen und die Kinder an das angrenzende Haus, wo sie von einer älteren Frau empfangen wurden. Sie hatte ein Kopftuch umgeschlungen und nur hier und da lugte eine graue Strähne hervor. Ihr Gesicht war von der Sonne braun gegerbt, aber die Fältchen in ihren Augenwinkeln wirkten freundlich.

„Ich bin Zippora", stellte sie sich vor. „Hier seid ihr sicher und könnt euch ausruhen. Ich zeige euch die Schlafstelle und wo ihr euch waschen könnt. Zur Abendvesper hole ich euch ab." Damit verschwand sie. Die kleine Gruppe sah sich in dem Raum um.

Joram legte sich gleich auf die niedrigen Polster, die an der Wand aufgereiht waren. In einer Ecke stand eine Schüssel und ein Krug mit Wasser.

Orly nahm den Schleier ab, und wollte sich erfrischen.

„Orly", kam es scharf hinter ihr.

Sie drehte sich um. Ihre Mutter hatte auf einem der Polster Platz genommen und blickte Orly missbilligend an. „Du wirst zuerst uns die Füße waschen, dann magst du dich waschen. Und leg den Schleier an, damit die Kinder sich nicht ängstigen vor deinem Anblick."

Orly gehorchte. Die Gesetze waren auch hier die gleichen. Sie hauchte ein leises: „Bitte um Vergebung" und brachte die Waschschüssel zu ihrer Mutter, um ihr die Füße zu waschen.

Mirjam sprang auf: „Orly ist genauso viel gelaufen wie wir, und dann noch immer unter dem Schleier! Das ist doch furchtbar. Wir kennen dich auch ohne Schleier", sagte sie.

Aber ihre Großmutter wies sie zurecht: „Es könnte jemand herein kommen", gab sie zu Bedenken.

„Dann helfe ich dir eben!", Mirjam kniete neben Orly, und gemeinsam hatten sie bald die Füße von Lea, den kleinen Kindern und auch von Jaakov gewaschen.

„Nun bist du dran", sagte Mirjam und forderte Orly auf, sich hinzusetzen. Orly wehrte sich.

„Das mach ich schon allein."

„Nein, das mache ich jetzt", beharrte Mirjam und Orly blieb nichts anderes übrig, als sich von Mirjam die Füße waschen zu lassen.

„Wie hast du nur so lange laufen können, deine Füße sind ja ganz blutig!", rief Mirjam. „Vielleicht gibt es hier ein wenig Öl."

„Lass nur", wehrte Orly ab, „das kühle Nass tut schon gut."

Nachdem sich alle ein wenig erfrischt hatten, ruhten sie auf den Polstern aus.

Inzwischen war Tobias zu Simon zurückgekehrt.

„Den Esel können wir eben hinten in den Hof stellen", meinte er und nahm das Grautier an dem Zaumzeug. Sie gingen zwischen niedrigen Häusern hindurch zu einem Pferch, wo auch Schafe und Ziegen untergebracht waren. In einer weiteren Umzäunung standen noch zwei Esel, die den Neuankömmling neugierig beäugten.

„Ich hatte mal einen Jugendfreund", begann Simon vorsichtig „Ich habe gehört, dass er zu dieser Gemeinschaft hier gegangen ist. Aber ich bin mir nicht sicher."

„So, wie heißt er denn?", wollte Tobias wissen.

„Er heißt Nathan Ben Zacharias. Ich weiß noch nicht einmal, ob er noch lebt."

„Doch, einen Nathan haben wir hier. Er ist sogar einer der leitenden Brüder, aber ob es der ist, den du suchst ...?"

„Wo kann ich ihn treffen?"

„Vielleicht später. Aber jetzt muss ich dir doch einige Dinge erklären: „Wir haben hier strenge Klosterregeln", erläuterte Tobias weiter. „Es ist uns nicht erlaubt, viel zu reden. Wir leben nach den Reinheitsgesetzen, wie sie uns die Thora vorschreibt."

„Oh, da wäre es mir sehr angenehm, wenn ich mich entsprechend reinigen könnte. Jerusalem steht Kopf und bei meinem Fortgang musste ich über Tote hinwegsteigen."

„Ist es so schlimm? Ich hoffe unser Vorsteher gibt dir die Möglichkeit zu berichten."

Inzwischen waren sie bei einer Mikweh angekommen.

„Dieses Bad darfst du benutzen", erklärte Tobias. „Es ist für die Novizen und eben auch für Gäste, die sich in den Schriften auskennen. Die Mitglieder benutzen eigene Mikwehs, sie würden sich sonst verunreinigen."

„So streng seid ihr? Das wusste ich ja gar nicht", Simon zögerte.

„Ich gebe dir ein frisches Oberkleid und hier ist ein Schurz. Du siehst nicht aus, als gehörtest du zu den Zeloten."

„Nein, ich gehöre zu den Leuten des Weges, ich gehöre zu Jeshua HaMashiach."

„Ach, den sie gekreuzigt haben?"

„Ja, aber er ist auferstanden und lebt!"

„Hast du ihn gesehen?"

„Ja, ich durfte drei Jahre ganz in seiner Nähe sein. Ich war einer seiner zwölf Jünger."

Tobias blieb stehen und sah Simon an.

„Schon immer habe ich mir gewünscht, Simon, den man auch den Fels nennt, zu begegnen. Nun kommst du hierher. Aber der bist du nicht, oder? Ich bin ganz gespannt, ob du auch darüber etwas in unserer Versammlung sagen darfst."

Das Wasser floss durch die Mikweh, wie aus einer Quelle gespeist.

„Gibt es hier so viel Wasser, mitten in der Wüste?", staunte Simon.
„Ja, wir haben fünf große Zisternen, die bei den Regenfällen im Winter gefüllt werden."

Simon fragte nicht weiter, entledigte sich seiner staubigen Kleider, legte schnell den Schurz an, dabei legte er den Gürtel mit dem Kurzschwert und eine Hacke daneben. Erst stieg er in ein kleines Becken neben dem Mikweh, um sich den Staub der Wüste abzuwaschen. Dann stieg er die Treppe zum Mikweh auf der rechten Seite hinunter in das kühle Nass, tauchte unter, um auf der anderen linken Seite der Treppe wieder hinaufzusteigen. Er hob seine Augen zum Himmel und sprach ein kurzes Dankgebet, das ihm aus vollem Herzen kam. Tobias, der sich abgewandt hatte, reichte ihm nun ein frisches weißes Obergewand, und den Gürtel.

„Das Schwert ist gut für die Reise, das brauchst du hier in unserer Gemeinschaft nicht. Aber wie ich sehe, bist du mit der Hacke für die Notdurft ausgerüstet."

„Ja, ich bin mit meinem Herrn und elf weiteren Jüngern viel gewandert."

„Wer in unseren Orden eintreten möchte, bekommt als erstes ein weißes Gewand, einen Schurz und diese Hacke", erklärte Tobias.

Simon sah an sich herunter: „Schön, aber ich wollte eigentlich nicht bei euch eintreten."

„Nun, das findet sich", beendete Tobias die Überlegungen. „Ich bin auch gerade erst eingetreten und habe meine Zeit als Novize noch nicht beendet."

Ein dünnes Glockenläuten war über der Klosteranlage zu hören.

„Komm mit", forderte Tobias Simon auf, „es ist Zeit für das Nachtessen. Es ist zwar sehr einfach, wir kennen keinen Luxus. Aber ich bitte dich, rede nur, wenn du dazu aufgefordert wirst!"

Simon folgte dem jungen Bruder in den Speisesaal, der sich zu füllen begann. Man nahm rundherum auf kühlen Steinbänken Platz. Es waren ungefähr 70 Brüder, alle in weißen Obergewändern. Es schien eine gewisse Rang und Sitzordnung zu geben. Die älteren nahmen weiter oben ihre Plätze ein. Ein sehr ehrwürdig aussehender alter Rabbi, mit langem, weißen Bart und freundlichen Augen unter dünnen Brauen und spärlichen Haaren, nahm an der Stirnseite Platz. Nur ganz verschämt wagte manch ein jüngerer Bruder einen erstaunten Blick zu Simon, der an der Seite von Tobias saß. Neben ihnen saßen noch zwei andere Jungbrüder, die, wie es schien, wie Tobias noch Novizen waren. Der vorsitzende Rabbi hob die Hand zum Zeichen des Beginnens. Es wurde ein Psalmlied gesungen und der Vorsitzende sprach ein Gebet. Dann wurden irdene Schüsseln durch drei Brüder an jeden ausgeteilt, beginnend mit dem Vorsitzenden und weiter zu den Ältesten. Zum Schluss bekamen die Novizen, und auch Simon nahm seine Schüssel mit Reis und Gemüse, dazu frisches Wasser, in Empfang. Simon aß mit besonderer Andacht. Als alle die Mahlzeit schweigend beendet hatten, wurde das Danklied gesungen.

Alle blieben aber auf ihren Plätzen und warteten auf das Zeichen des Vorsitzenden.

Dieser hob den weißhaarigen Kopf, schaute in die Richtung von Simon und sprach ihn freundlich an: „ Wir haben einen Gast bei uns. Sei uns willkommen! Es ist eigentlich nicht üblich, dass die Gäste in unserer Gesellschaft die Mahlzeit einnehmen. Wir haben heute eine Ausnahme gemacht, weil wir gehört haben, dass du aus Jerusalem gekommen bist. Willst du dich vorstellen? Wie sieht es aus in Jerusalem, und was führt dich in diese Gegend?"

Simon erhob sich und verbeugte sich in Richtung des Rabbis.

„Ich möchte danken, ehrwürdiger Rabbi, dass ich mit meiner kleinen Gruppe hier Rast machen darf", begann Simon. „Mein Name ist Simon. Ich bin mit der Mutter und zwei Kindern von Eleazar Ben Yair auf dem Weg von Jerusalem nach Masada. Es ist noch eine weitere Verwandte mit zwei Kindern dabei."

Simon machte eine Pause, um zu sehen, ob diese Mitteilung Unmut hervorrief. Aber der Vorsitzende nickte nur und sah Simon erwartungsvoll an.

„Es herrscht Hunger und Zerstörung, Raub und Feuersbrunst. Es ist ein Morden und Zerfleischen. Jerusalem, die Liebliche, sie wird fallen, weil die Kräfte der Juden sich nicht zu ihrem Schutz bündeln lassen. Nein, die Parteien streiten auch noch gegeneinander, anstatt einmütig gegen die Römer zu kämpfen. Dabei habe ich gehört, dass die Römer nicht die Absicht haben, den Tempel zu zerstören. Es ist, wie zur Zeit Nebukadnezars. Die Partei von Joannas kämpft gegen die Partei von Simon, und die Zeloten bilden eine dritte Partei. Wenn sie nur zusammen halten würden. Jeder übertrifft den anderen an Tapferkeit und Wagemut, und auf Verhandlungen mit den Römern wird gar nicht eingegangen. Es steht nicht zum Guten mit Jerusalem, weshalb sich die Zeloten nach Masada zurückziehen wollen."

„Und wie kommst du zu diesem Auftrag?", warf der Vorsitzende ein. „Die Sikarier, die ja auch dazu gehören, haben sich hier in der Gegend nicht sehr beliebt gemacht. Sie rauben ihre Landsleute aus und tun sich nicht mit Gerechtigkeit und Menschenfreundlichkeit hervor."

„Einstmals gehörte ich auch zu den Zeloten. Aber die Fügung ließ mich auf den Messias Jeshua HaMashiach stoßen, der mich in den engeren Kreis seiner Jünger aufnahm."

Bei dem Namen Jeshua ruckten einige Köpfe erstaunt hoch. Simon erwartete, dass er unterbrochen würde. Aber der Vorsitzende hob die Hand zum Zeichen, dass er fortfahren sollte: „Wir haben die Regel, dass jeder ausreden darf und niemandem dem anderen ins Wort fällt. Also rede weiter!", forderte ihn der Rabbi auf.

„Ich durfte drei Jahre mit Jeshua unterwegs sein. Ich habe miterlebt, wie er einmal 5.000 Männer gespeist hat und ein anderes Mal waren es 4.000. Er hat Kranke geheilt, Blinde wurden sehend, Lahme konnten gehen und überall hat er die frohe Botschaft von dem Nahen des Reiches Gottes gepredigt. Der Neid und die Selbstsucht der Pharisäer haben ihn schließlich ans Kreuz gebracht. So, wie es der Prophet Jesaja verkündet hatte, so hat er für uns gelitten, für unsere Sünden bezahlt, weil Jahwe es so wollte. Aber am dritten Tag ist er auferstanden. Er lebt, und er hat uns versprochen, bei uns zu sein. Das kann ich selbst bezeugen."

„Wie willst du das bezeugen?", fragte der Rabbi unsicher.

„Ich war mit meiner kleinen Gruppe in der Wüste. Kurze Zeit hatten wir uns getrennt, weil die Mutter von Eleazar, eine streng gläubige Frau, mich als ihren Führer nicht anerkennen konnte. Sie ging also mit den beiden Kindern von Eleazar voraus, aber es war stockfinstere Nacht. Ich blieb mit meiner Gruppe in Bethanien. Am nächsten Tag führte uns der Geist des Herrn gerade auf die Route, die die anderen gegangen waren. Was soll ich sagen, wir fanden sie in unbeschreiblicher Trauer und Not. Das kleine Mädchen, von etwa drei Jahren, war im Schlaf von einer Schlange gebissen worden, und war gestorben. Da redete der Herr zu mir und ich durfte sie durch seinen Geist wieder ins Leben zurückrufen, Ehre sei dem Vater allen Lebens!"

Ein verwundertes Gemurmel ging durch die Reihen, was aber der Rabbi sofort durch Klopfen auf den Tisch beendete.

„Du sagst, dass diese neue Lehre den Messias bezeugt, auf den unser Volk seit tausenden Jahren wartet?"

„Ich kann nur das berichten, was ich selbst erlebt habe", bestätigte Simon. „Er verstand es, den Pharisäern die Schriften zu erklären. Er redete viel zu den Leuten in Gleichnissen, aber wir durften ihn fragen und er gab uns die Erklärung."

„Nun, wenn der Messias kommt, soll doch nach den Propheten das Friedensreich Gottes beginnen, Wie kommt es, dass noch immer Krieg herrscht, wenn Du sagst, dass Jeshua der verheißene Messias ist!" Der Rabbi sah Simon durchdringend an. Die Spannung in der Versammlung knisterte förmlich.

„Alle Verheißungen, die in den Schriften genannt werden, treffen auf Jeshua zu. Zum Schluss, als wir auf dem Ölberg standen und unser Herr in einer Wolke vor unseren Augen in den Himmel aufgenommen wurde, standen da auf einmal zwei Männer in weißen Kleidern und haben uns versichert, dass Jeshua so wiederkommen wird, wie er jetzt gegangen ist. Auf dieses Wiederkommen warten wir nun schon fast 40 Jahre. Die Zeit ist wirklich nahe. Dann wird er sein Friedensreich aufrichten."

Der Rabbi stützte den Kopf in die Hand. Nachdenklich sah er

zu Boden. Dann erhob er sich. „Wir haben da eine etwas andere Auffassung. Dennoch, ich hoffe du bleibst noch eine Weile, damit wir mehr hören können", sagte er. „Vorerst haben wir genug gehört. Wer wird unserem Gast ein Nachtlager anbieten?"

Er sah in die Runde und konnte aus allen Gesichtern die Bereitschaft lesen.

„Wenn mir eine Bitte erlaubt ist", sagte Simon.

„Ja, sprich."

„Wie ich hörte, ist Nathan Ben Zacharias einer der Euren. Ich kenne ihn aus meiner Jugendzeit. Aber jetzt habe ich ihn hier nicht gesehen."

„Ja richtig", bestätigte der Rabbi, „er gehörte auch zu den Zeloten. Er ist aber schon sehr lange ein Mitglied unserer Gemeinschaft. Tobias wird wissen, wo du ihn findest."

„Geht im Frieden des Herrn!", sagte der Rabbi und erhob sich. Auch die übrigen standen von ihren Sitzen auf. Gemeinsam sangen sie:

Am Abend sollen sie lobpreisen,
Gelobt sei der Gott Israels
Du hast uns kundgetan die Lobgesänge
deiner Herrlichkeit
Zu allen Stunden der Nacht
*Friede sei dir Israel. ***

Dann löste sich die Versammlung auf.

Draußen war es dunkel geworden. Simon hob den Blick zum Himmel, der sich wie ein Samtvorhang über ihnen wölbte und über und über mit Diamanten besetzt war. Er sog tief die Luft in seine Lungen und konnte nur ehrfürchtig anbeten. Er blieb stehen, um nicht zu stolpern. Tobias war ebenfalls neben ihm stehen geblieben und sah hinauf.

„Wer kann nur solche Herrlichkeiten schaffen?!", flüsterte er.

„Ja, wir haben einen großen Schöpfer", bestätigte Simon.

---

*) aus: „Psalmen aus Qumran" von Klaus Berger, Quell-Verlag

Tobias ging auf ein Gebäude zu, vor dessen Eingang fünf Säulen zu sehen waren.

„Hier ist die Synagoge. Nathan ist meistens hier zu finden. Er studiert Tag und Nacht die Schriften und kommt nur zu der Morgenmahlzeit."

Sie betraten den kühlen Raum. Simon konnte erst nichts erkennen. Dann sah er eine Gestalt über Rollen gebeugt, sich langsam im Gebet wiegend, den Tallith über den Kopf gezogen. Eine kleine Weile standen die Beiden in einiger Entfernung. Vor dem Betenden flackerte eine kleine Öllampe. Sie hörten ihn beten:

Und ich verstehe
Und den, der nicht versteht, werde ich lehren
Und ich fürchte dich
Und ich will mich reinigen,
von den Gräueln, auf die ich mich einließ.
Und ich beuge mich vor dir.
Die Gegner luden zahlreiche Sünden auf sich,
und sie werden etwas aushecken gegen mich,
um mich zum Schweigen zu bringen.
Aber ich vertraue auf dich.
Zerre mich nicht vor Gericht, mein Gott.
Die sich gegen mich verschwören
Reden betrügerisch mit leichtfertiger Zunge. *

Er hielt inne und sah erschreckt auf. Die Tiffilin machte unter dem Gebetsschal eine Beule, dass es wie ein Horn aussah. Die Augen unter den dünnen Brauen waren zusammengekniffen und der Bart zitterte noch vor Erschrecken.

„Wer ist da?", fragte die brüchige Stimme

„Bruder Nathan, ich bringe dir einen Gast, der gerade aus Jerusalem gekommen ist", erklärte Tobias.

„So, so, aus Jerusalem. Wer ist es denn, mein Junge?"

„Vielleicht erinnerst du dich nicht an mich. Aber ich bin Simon,

---

*) aus: „Psalmen aus Qumran" von Klaus Berger, Quell-Verlag

der Sohn des Josef. Unsere Väter haben zusammen gekämpft. Wir waren zusammen ..."

„Erinnere mich nicht", unterbrach ihn unfreundlich der Alte. „Ich habe abgeschlossen mit dem Zelotendasein. Überhaupt mit den Zeloten. Ich will davon nichts mehr wissen."

Nathan machte eine wegwerfende Handbewegung, als wolle er das Gespräch beenden und den Eindringling wie eine lästige Fliege verscheuchen.

„Lieber Freund", versuchte es Simon noch einmal, „ich habe den Zeloten abgeschworen so wie du. Ich habe das Heil gefunden."

Nathan sah den Besucher neugierig an: „Das Heil gefunden? Ich suche es, seit ich hier bin. Ich studiere die Schriften. In meiner besseren Zeit habe ich sie abgeschrieben, hunderte Male. Jetzt kann ich nicht mehr, meine Hand ist zittrig geworden und meine Augen müde. Das Heil finden wir nur, wenn der Messias kommt."

„Du hast Recht. Ich habe den Messias gefunden!"

Nathan erhob sich und sah Simon ungläubig an: „Das musst du mir erklären!"

„Ich begegnete dem Messias am Jordan. Alle Welt lief dorthin, weil dort ein Prophet die Leute zur Umkehr und Buße aufrief. Ich wollte wissen, was es damit auf sich hat. Er hieß Johannes und alle glaubten, dass er der verheißene Messias ist. Aber er sagte von sich selbst, er sei nur einer, der den Weg bereitet. Ein anderer käme und sei schon da, der größer sei als er. Johannes sei selbst zu gering, um ihm die Sandalen zu lösen. Dann kam er, und Johannes zeigte auf ihn und sagte: „Seht das Lamm Gottes". Und da bin ich ihm nachgefolgt. Er kannte die Schriften, wie nur die alten Schriftgelehrten sie kennen können. Er hatte eine liebevolle Art, mit den Menschen zu reden, ich fühlte mich zu ihm hingezogen. Es waren noch etliche mit ihm unterwegs und eines Tages hat er zwölf auserwählt, und ich war einer von den Zwölf."

Nathan begann zu zittern. „Simon", stammelte er, „bitte erzähl mir mehr davon. Hast du ein Quartier für die Nacht? Mein Lager ist sehr einfach und es liegt in einer Höhle. Aber ich möchte, dass du mein Gast bist. Lass uns nicht von den alten Zeiten sprechen, aber von dem, was uns zu einem neuen Leben gebracht hat, ja?!"

„Ja gern, deshalb bin ich hier und wollte dich sehen", stimmte Simon zu.

„Komm", forderte er Simon auf. Mit großer Ehrfurcht rollte er die Schriftrolle zusammen, und steckte sie in einen Tonkrug, der an der Seitenwand stand.

„Soll ich euch auf dem Weg leuchten?", erbot sich Tobias, der die ganze Zeit mit offenem Mund der Unterhaltung gefolgt war. Er kannte Nathan nur in den Schriften lesend oder betend.

„Ja, danke, ich kenne zwar jeden Stein, aber für meinen Gast ist die Gegend doch ziemlich ungewohnt."

Sie gingen zum Wachturm, wo Tobias eine Fackel aus der Halterung an der Wand nahm und den beiden alten Männer auf dem Weg leuchtete. Durch ein kleines Tor an der westlichen Seite der Mauer verließen sie die gesicherte Siedlung. Der Weg führte etwas bergan. Im fahlen Mondlicht konnte Simon die schroffen Felsen der judäischen Berge ausmachen. Sollten hier Höhlen sein?

Tobias ging mit der Fackel voraus, leuchtete immer wieder Simon auf dem Weg. Das letzte Stück ging es steiler, was aber Nathan nichts auszumachen schien. Simon spürte, dass er zwei Nächte nicht geschlafen hatte. Dennoch ließ er sich nichts anmerken, fühlte sich mit seinem Herrn verbunden, indem er ununterbrochen in seinem Herzen seinen Namen pries. Vor einer steilen Wand blieben sie stehen. Simon wunderte sich.

„So da sind wir", meinte Nathan zufrieden. Tobias holte aus einer Spalte eine Leiter und stellte sie an die Felswand. Er entzündete einen kleinen Span an der Fackel und hielt sie Nathan hin.

„Ich gehe mal voraus", erklärte Nathan. Er schürzte sein Oberkleid mit dem Gürtel hoch und stieg, den brennenden Span in der linken Hand, die Leiter hinauf.

Simon sah ihm nach. In etwa zwei Meter Höhe entdeckte er ein schwarzes Loch.

Tobias wartete mit der Fackel bis auch Simon hinaufgeklettert war. Nathan winkte ihm und zog die Leiter nach oben. Simon blieb stehen, denn seine Augen mussten sich erst an das Dunkel gewöhnen. Nathan entzündete ein kleines Öllämpchen, das gleich einen warmen Schein in die Höhle verbreitete. In einer Ecke war ein Lager aus Lammfellen, groß genug, dass auch zwei darauf Platz hatten. Ein einfacher Holztisch und zwei Hocker waren die ganze Einrichtung. Aber weiter hinten schien die Höhle noch tiefer in den Felsen hinein zu gehen.

„Alles sehr einfach", entschuldigte sich Nathan, „aber für mich ist das genug. Ich habe nicht mehr verdient."

„Wie kommst du darauf. Weißt du, dass ich weniges und gar nichts hatte und doch ein Königskind bin?"

„Wie meinst du das?"

„Ich gehöre zum König Messias. Er hat mir alle meine Schuld vergeben. Jeder, der zu ihm gehört, ist ein Kind des Allerhöchsten und wird einmal mit ihm in seinem Reich mitregieren."

„Wie soll ich das verstehen? Kann er Sünden vergeben? Das kann doch nur der Allerhöchste, sein Name sei gepriesen, selbst?!"

„Er, der Messias, er ist Gottes Sohn. Jahwe hat ihm die Macht gegeben, Sünden zu vergeben oder zu belassen!"

„Bitte erkläre mir das jetzt. Kann auch ich endlich meine Sünden ablegen?"

Die Beiden setzten sich auf das niedrige Lager. Simon überlegte eine Weile. Dann begann er: „Du studierst doch die Schriften, habe ich gesehen."

Nathan nickte eifrig.

„Da hast du doch sicher bei Mose gelesen, dass einmal ein Prophet wie Mose kommen sollte, auf den Israel hören soll".

„Ja, ja, ich weiß, dass der Messias kommen soll. Aber das kann doch unmöglich dieser Mann gewesen sein, den Pontius Pilatus zum Tod am Kreuz verurteilt hat!"

„Doch, der ist es, und nicht Pilatus war derjenige, der ihn ans Kreuz bringen ließ. Der hat nur ausführen lassen, wozu die Hohenpriester und das Volk ihn gezwungen haben. Und das war in Gottes

Plan sogar vorgesehen."

„Das musst du mir aber nun erklären."

„Du kennst das Kapitel aus Jesaja, wo von einem leidenden Gottesknecht die Rede ist."

„Selbstverständlich kenne ich diese Stelle". Nathan sprang auf. Aus einem hinteren Winkel holte er einen Tonkrug und zog eine Schriftrolle daraus hervor.

„Hier, ich habe das Buch gerade fertig abgeschrieben. Es ist mein Lieblingstext. Aber ich verstehe so vieles nicht, obwohl mir so einiges darin so viel Hoffnung gibt."

Sie entfalteten die Rolle auf dem Tisch. Ehrfürchtig beugten sich die beiden Männer darüber. Nathan atmete tief, und auch Simon konnte eine leise Erregung nicht verstecken. „Herr gib mir die richtigen Worte und Nathan das nötige Verstehen", betete er bei sich.

Mit dem Lesefinger, den Nathan ihm reichte, fuhr er über die Zeilen, bis er die Stelle gefunden hatte.

„Hier", sagte er, „hier steht es: ‚Wie ein kümmerlicher Spross wuchs er vor ihm auf, wie ein Trieb aus dürrem Boden. Er war weder stattlich noch schön. Er war unansehnlich und er gefiel uns nicht. Er wurde verachtet und alle mieden ihn. Er war voller Schmerzen und mit Leiden vertraut, wie einer, dessen Anblick man nicht mehr erträgt. Er wurde verabscheut, und auch wir verachteten ihn. Doch unsere Krankheit, er hat sie getragen, und unsere Schmerzen, er lud sie auf sich. Wir dachten, er wäre von Gott gestraft, von ihm geschlagen und niedergebeugt. Doch man hat ihn durchbohrt wegen unserer Schuld, ihn wegen unserer Sünden gequält. Für unseren Frieden ertrug er den Schmerz, und wir sind durch seine Striemen geheilt. Wie Schafe hatten wir uns verirrt, jeder ging seinen eigenen Weg. Doch ihm lud Jahwe unsere ganze Schuld auf.'" *

Simon machte eine Pause. Er sah Nathan an. Dieser sah mit einem starren Blick in das kleine Flämmchen der Öllampe.

---

*) aus: „NeÜ - Bibel heute" von K.-H. Vanheiden, Christl. Verlagsgesellschaft Dillenburg

„Wie oft habe ich schon diese Zeilen abgeschrieben. Wir beschäftigen uns ja mit nichts anderem, als die Thora abzuschreiben. Aber zum ersten Mal sprechen diese Worte direkt zu mir. Ich bin verzweifelt, weil meine Schuld mich Tag und Nacht niederdrückt. Ich dachte durch die Gemeinschaft mit den Brüdern hier, das Studieren und Schreiben der heiligen Schriften würde ich Ruhe finden. Jetzt erkenne ich, dass ich nur versucht habe, mich selbst zu beruhigen. Du kennst diesen Leidensmann, der die Schuld auf sich genommen hat?"

„Ja, ich bin drei Jahre an seiner Seite gegangen. Ich habe alles miterlebt, wie er Kranke heilte, wie Blinde sehend wurden und Lahme wieder gehen konnten. Tausende hat er satt gemacht, und sogar Tote wurden zum Leben erweckt."

„Warum haben ihn denn die Schriftgelehrten, wie du gesagt hast, ans Kreuz geliefert?"

„Das weiß ich nicht. Jedenfalls hat einer von uns, Judas der Sikarier, ihn an die Schergen der Hohenpriester verraten. Die haben ihn dann angeklagt wegen Volksverhetzung und weil er behauptete, dass er Gottes Sohn sei. Und das ist Gotteslästerung."

Nathan fuhr sich über die Augen. Dann sah er Simon an.

„Und du, was hast du dabei getan?"

„Das ist auch für mich eine ganz schlimme Sache. Wir elf sind alle weggelaufen. Petrus hatte noch ein Schwert. Ich hätte ja Jeshua verteidigt, aber Petrus war schneller. Aber der Herr wollte es nicht. Er sagte nur, dass Petrus sein Schwert wegstecken soll und hat das Ohr von dem Soldaten des Hohenpriesters, das Ohr, das Petrus ihm abgehauen hatte, wieder geheilt."

„Ja und dann, Jeshua ist doch am Kreuz gestorben."

„Ja so ist es. Eine große Finsternis war von der dritten bis fünften Stunde. Dann starb er und zur gleichen Zeit ist im Tempel der Vorhang zum Allerheiligsten von oben nach unten entzwei gerissen."

„Tatsächlich?", ungläubig sah Nathan Simon an. Der nickte ernsthaft und fuhr wieder mit dem Lesefinger über die Zeilen der Rolle „Hier steht es: Bei Gottlosen sollte er liegen im Tod, doch ins Steingrab eines Reichen kam er, weil er kein Unrecht beging und kein unwahres Wort über seine Lippen kam. Doch Jahwe wollte ihn zerschlagen. So ist es wirklich gewesen. Josef von Arimathia hat ihn von Pilatus erbeten und in ein Grab gelegt, das er für sich selbst gekauft hatte."

Simon blickte auf. Nathan seufzte: „Wie konnte ich das nur die ganze Zeit übersehen!"

Simon legte die Hand auf Nathans Arm: „Mein Freund, es ist doch noch nicht zu spät. Jeshua lebt, ich weiß es. Ich habe ihn selber lebendig gesehen."

„Ist er nicht gestorben?", fragte Nathan unsicher.

„Doch, er ist gestorben und begraben. Aber am dritten Tag ist er auferstanden, so wie es in den Schriften steht. Er hat uns, bevor er in den Himmel auffuhr, den Auftrag gegeben, allen die frohe Botschaft von der Erlösung zu sagen und alle zu Jüngern zu machen. Ich bin da bislang kein großer Held gewesen. Aber dir darf ich sagen, glaube an Jeshua HaMashiah, dass er der Sohn Gottes ist, und bereue deine Sünden, und er wird dich erretten und du wirst ewiges Leben haben."

Nathan rannen die Tränen in den Bart und kniete vor Simon nieder.

„Nicht so", wehrte dieser ab und glitt ebenfalls auf die Knie.

„Ich glaube, dass Jeshua Gottes Sohn ist, und ich bitte um Vergebung meiner Sünden, dass ich in meiner Jugend Menschen umgebracht habe, sie bestohlen habe, nur weil wir Zeloten uns als bessere Menschen empfanden. Ich bekenne, dass ich oft neidisch auf Brüder bin, die besser und schöner schreiben können, dass ich mich selbst rechtfertigen wollte mit meiner Askese. Herr vergib mir. Gib mir ein neues Herz."

Simon legte seine Hand auf Nathans Kopf: „Im Namen Jeshua darf ich dir sagen, deine Sünden sind im tiefsten Meer versenkt und Jahwe wird nicht mehr an sie denken."

Nathan hob den Kopf und sah Simon an. Simon umarmte den alten Freund herzlich. Dann erhoben sie sich.

„Wir sollten noch ein wenig schlafen", schlug Simon vor. „Der neue Tag kommt bald herauf, und ich habe die letzten Nächte nicht viel ruhen können."

„Ja, du hast recht", stimmte Nathan zu. „Hoffentlich kannst du noch ein wenig bleiben. Ich habe doch noch so viele Fragen."

„Das wird sicher nicht gehen. Ich möchte meinen Auftrag, die Frauen mit den Kindern nach Masada zu führen, so schnell wie möglich hinter mich bringen."

„Das kann ich verstehen", bestätigte Nathan. „Du könntest ja auf der Rückreise wieder hier vorbeikommen. Du gehst doch wieder nach Jerusalem?"

Simon schüttelte den Kopf: „Nein, ich glaube nicht. In Jerusalem fließt Blut. Es sieht nicht gut aus für unser jüdisches Volk. Vielleicht habe ich doch morgen noch Gelegenheit, dir und der Gemeinschaft davon zu berichten."

„Doch nun lass uns ein wenig schlafen."

Die beiden alten Männer streckten sich auf dem Lager aus. Simon war sofort in einen tiefen Erschöpfungsschlaf gefallen. Nathan musste immer wieder an die Schriften im Jesajabuch denken. So viele Jahre hatte er Angst, dass der Heilige ihn verurteilen würde. Nun war diese Angst merkwürdigerweise einem großen Frieden gewichen. Ich habe Frieden gefunden, dachte er, und er nahm sich vor, die Schriften noch einmal ganz neu zu studieren, vor allem die Aussagen über den Messias.

Der Herr hilft den Seinen

Lea hatte gar nicht bemerkt, dass Orly sich leise stöhnend auf das Lager gelegt hatte. Sie war in Gedanken damit beschäftigt, wie ihre Reise weiter gehen sollte. War es wirklich richtig, hier noch einmal Station gemacht zu haben? Dennoch steckte ihr der Schrecken der Nacht, als Rahel von der Schlange gebissen worden war, in den Gliedern. Lea sah zu Rahel hinüber, wie sie sich in Jaakovs Arme kuschelte. Der große Bruder genoss die Vertrautheit mit seiner kleinen Schwester, kringelte ihre Löckchen um den Finger, streichelte ihr Gesicht und schaute sie unverwandt liebevoll an. Rahel flüsterte unaufhörlich und Jaakov lächelte. Lea ärgerte sich, dass sie nicht hören konnte, was die beiden Geheimnisvolles zu tuscheln hatten. Aber sie sahen sehr glücklich aus.

Wie gut, dachte Lea, dass Rahel lebte. In all dem Unglück und Durcheinander, war sie ein Lichtblick. Aber dass dieser Simon mit welcher Macht auch immer, sie wieder zum Leben erweckt haben sollte, das ging ihr gegen den Strich.

Es klopfte und Zippora steckte den Kopf durch die Tür.

„Es ist Zeit für das Nachtmahl, wollt ihr mitkommen?", rief sie.

„Ja, danke", Lea erhob sich und auch die Kinder standen auf.

„Los Orly, steh auf", befahl sie barsch.

„Bitte lasst mich hier", bat Orly, „ich kann nicht gehen."

„Was soll das jetzt wieder für ein Unsinn sein? Du kommst mit", herrschte Lea sie an.

„Bitte, ich habe keinen Hunger."

„Du musst essen, oder sollen wir dich nach Masada schleppen. Das fehlte mir noch!"

Mirjam sprang Orly zur Seite: „Lass sie bitte, Großmutter. Ihre Füße müssen sich erholen. Sie sind ganz wund." Sie wandte sich zu Orly. „Ich bringe dir etwas mit", versprach sie.

„Wir haben keine großen Güter und nur wenig Möglichkeiten. Aber die Brüder wollen, dass allen Barmherzigkeit gezeigt wird", erklärte Zippora, indem sie der kleinen Gruppe voranging.

Sie kamen in einen größeren Raum, wo einige Frauen auf einfachen Holzbänken an blank gescheuerten Tischen versammelt waren. Auch ein paar Kinder saßen dazwischen und sahen die Neuankömmlinge mit neugierigen Augen an.

„Dies sind einige Durchreisende aus Jerusalem. Sie wollen nach Masada und haben um Quartier gebeten", erklärte Zippora in die Runde.

„So, Zeloten, was?", kam es von einer jungen Frau.

„Ja, wir sind Zeloten", bestätigte Lea stolz. „Unsere Männer versuchen das Heiligtum gegen die Barbaren zu schützen. Aber sie sind in der Überzahl. Deshalb sollen die Frauen und Kinder nach Masada, damit sie vor den Übergriffen geschützt und versorgt sind."

Zippora schlug mit dem Löffel an ihre Schüssel.

„Wir wollen beginnen. Fragen könnt ihr später stellen."

Sie sangen gemeinsam einen Dankpsalm und eine der Frauen füllte die irdenen Schüsseln, die an jedem Platz standen, mit einer heißen Suppe. Das Brot wurde in Körben herumgereicht. Es wurde schweigend gegessen. Man hörte nur das Kratzen der Löffel an den Schüsselrändern.

Joram schielte von einer Frau zur anderen. Nein, seine Ima war nicht hier. Er schlug die Augen nieder und wollte anfangen zu weinen. Mirjam hatte ihn beobachtet und zog ihn schnell an sich heran, was den kleinen Kerl sichtlich beruhigte. Die heiße Suppe tat ihr gut, sie spürte neue Kräfte. Sie sah zu Joram hinunter, lächelte ihm aufmunternd zu, dass auch er die Suppe löffelte. Mirjam steckte sich heimlich ein paar Brotstücke in die Rocktasche. Aber Zippora hatte es bemerkt.

Als alle gegessen hatten, wurde ein Dankgebet gesprochen und Zippora forderte Lea auf: „Erzähl uns doch, wie steht es in Jerusalem?"

„Jerusalem liegt bald ganz in Trümmern, wenn der Allmächtige nicht eingreift. Es gibt kaum noch etwas zu essen und die Bewohner sind der Willkür ausgesetzt", erklärte Lea.

Zippora nickte. „Es sind böse Zeiten", bestätigte sie.

„Darf ich auch etwas fragen?", begann Lea.

„Ja, nur zu!", ermunterte Zippora sie.

„Ich habe gehört, dass die Essener keine Frauen haben. Sie sagen doch, dass dadurch nur aller Streit und Neid in die Welt kommt."

„Das ist richtig", bestätigte Zippora. „Aber ab und zu heiraten sie auch, um Nachwuchs zu haben, denn so hat es der Allmächtige in seinem Wort befohlen. Aber wir haben sonst keine Gemeinschaft mit ihnen. Wir sind ihre Frauen, gebären ihre Kinder und wir werden versorgt. Wir sind zufrieden mit der Situation."

Die Frauen in der Runde nickten bestätigend. Man sah ihnen an, dass sie zufrieden waren.

Die Kinder wurden unruhig, und Zippora erlaubte ihnen aufzustehen. Schnell waren sie aufgesprungen und umringten Rahel und Joram. Aber die beiden drückten sich noch fester an ihre großen Geschwister. Scheu beäugten die anderen Kinder die Neuankömmlinge. Aber schnell wandten sie sich ab, liefen hinaus und bald hörte man fröhliches Lachen von draußen herüber schallen.

Mirjam stand auf. „Ich gehe mal zu Orly, entschuldigt mich bitte", sagte sie und nahm Joram an die Hand, der seine große Schwester nicht losließ.

Orly wälzte sich auf dem Lager. Sie hatte schon viel Schmerzen aushalten müssen. Jetzt wusste sie nicht, was schlimmer für sie war, der Hunger oder die wunden Füße oder doch die alten Brandnarben. Sie weinte leise, biss die Zähne zusammen, krallte die Hände in das Laken. Oh, wie fühlte sie sich einsam und allein gelassen. Könnte sie doch nur bei Maria sein und ihren wunderbaren Berichten über den Messias zuhören. Das hatte sie so getröstet. Wie sollte das nur auf Masada werden? Vor allen Dingen, wie sollte sie da überhaupt hinkommen. Sie meinte, keinen Schritt mehr gehen zu können. Sollte sie mal ihre Füße in die Waschschüssel stellen? In der Kanne war noch kaltes Wasser. Aber sie fürchtete, dass die Mutter jeden Moment wieder herein kommen könnte. Und sie wusste, welchen Beschimpfungen sie dann ausgesetzt war. Orly horchte. Waren da Schritte? Ja, die Tür wurde aufgerissen und Joram kam hereingestürmt.

„Tante Orly, Mirjam hat dir etwas mitgebracht", rief er.

Orly sah ihn liebevoll an. Der kleine Mann hatte gegessen und gleich kam sein ungestümes Temperament wieder zutage.

Mirjam kam zu Orly und hielt ihr das Stück Brot hin, das sie in die Rocktasche gesteckt hatte. Orly nahm es mit dankbarem Blick.

„Danke Mirjam", flüsterte sie und hielt es in der Hand.

„Du musst es auch essen, damit du zu Kräften kommst. Ich bringe dir einen Becher Wasser. Von der Suppe konnte ich dir schlecht etwas mitbringen."

„Es ist schon gut so, Das war sehr lieb von dir", sagte Orly sanft und riss ein Stück von dem Brot ab, um es in den Mund zu stecken.

Mirjam füllte einen Becher mit Wasser und brachte ihn zu Orly. Orly nahm ihn und trank in kleinen Schlucken.

„Wie geht es dir?", fragte Mirjam besorgt. „Du bist ja ganz heiß!"

„Ja", erwiderte Orly schwach, „es ist heiß hier im Raum". Sie ließ sich wieder auf das Lager zurückfallen. Wenn doch ihre Mutter nur halb so besorgt um sie wäre, wie dieses junge Mädchen, dachte sie. Wo waren die anderen eigentlich? Aber sie hatte es noch nicht zu Ende gedacht, da kamen sie auch schon in das Zimmer.

„Na, immer noch müßig?", fragte Lea missmutig, ohne Orly wirklich anzublicken.

„Orly ist krank, sie ist ganz heiß. Bestimmt hat sie Fieber", sagte Mirjam.

„Ach, das gibt sich wieder. Lasst uns schlafen, morgen sehen wir weiter. Dann gehen wir nach Masada, da brauchen wir alle Kräfte." Damit war für Lea das Thema beendet.

Sie nahm Rahel auf den Arm, legte sie auf das andere Lager und forderte auch Jaakov auf, sich dazu zu legen.

„Ich leg mich auf den Boden", protestierte er. „Du kannst mit Rahel dort schlafen."

Da nur zwei Lagerstätten in dem Raum waren, forderte Lea Joram auf, sich zu Rahel zu legen. Mirjam legte sich an Orlys Seite und bald waren alle vor Erschöpfung eingeschlafen.

Orly wagte nicht, sich zu rühren. Sie hatte Angst, Mirjam aufzuwecken. Aber sie hatte das Gefühl, ihre Füße in einen brennenden Ofen zu halten. Sie atmete flach und fiel in einen unruhigen Fieberschlaf. Im Traum sah sie eine Feuerwand auf sich zukommen. Sie wollte weglaufen, aber ihre Füße steckten in glühenden Kohlen, woraus sie sich nicht befreien konnte. Es überkam sie ein Gefühl der Ohnmacht. Mitten aus der Feuerwand kam eine Gestalt auf sie zu. Aber merkwürdiger Weise hatte sie keine Angst vor diesem Wesen. Ein übernatürliches Licht umgab die Erscheinung, die wie ein Priester gekleidet war. Sie streckte ihm ihre Hände entgegen, wollte sie fassen, aber sie griff ins Leere. Aber die Gestalt kam ihr näher, berührte ganz sachte ihr Gesicht und dann ihre Füße. Dann war sie plötzlich verschwunden und die Feuerwalze wollte über sie hergehen und durch das Feuer kam ihre Mutter auf sie zu. Sie schrie auf und erwachte.

Mirjam fuhr ebenfalls hoch. „Was ist dir?", fragte sie besorgt.

„Entschuldige, ich habe geträumt. Es tut mir leid, dich geweckt zu haben", erwiderte Orly leise.

Auch Jaakov war aufgewacht und stand nun neben Orly. Er fasste ihre Hand.

„Du bist ja ganz heiß. Ich muss Simon finden", flüsterte er.

„Nein", protestierte Orly, „bleib hier."

Aber Jaakov war schon hinausgeschlichen. Wo sollte er hingehen? Dort drüben war der Wachturm. Vor dem Hintergrund des Nachthimmels hob er sich deutlich ab. Sollte er dorthin gehen? Ob jemand dort war? Der junge Wächter kam ihm so vertrauensvoll vor.

Jaakov schlich sich um das Haus. Er hörte nur seine Schritte auf dem Kies. Dort drüben in dem Haus brannte noch Licht. Sollte er dorthin gehen? Er huschte hinüber und wollte durch den Fensterschlitz einen Blick in den Raum erhaschen. Aber er war zu klein, die Scharte zu hoch. Er zog sich an dem Sims etwas hoch, seine Sandalen fanden einen Vorsprung an der Mauer und er konnte sich bis in die Öffnung hochziehen. Seine angeborene Neugier ließ ihn die Ohren spitzen. Konnte er die Stimme von Simon heraushören? War er da drinnen? Viel sehen konnte er nicht, nur zwei der Brüder, die miteinander sprachen. Aber es mussten mehr in dem Raum sein, denn als der eine gesprochen hatte, erhob sich ein Gemurmel von mehreren Stimmen. Er konnte nicht verstehen was gesprochen wurde. Aber es hörte sich sehr nach einer Auseinandersetzung an. Waren sie hier nicht willkommen?

Deutlich hörte er, wie einer laut rief: „Die Zeloten und Sikarier, das ist doch dasselbe! Sie berauben unsere Nachbarn und führen sich doch so auf, als wären sie die Herren!"

Jaakov versuchte mehr zu verstehen und drückte sein Gesicht in die schmale Fensterspalte.

„Na, was machst du denn hier draußen? Komm sofort da runter?", kam auf einmal eine scharfe Stimme aus dem Dunkel.

Jaakov fuhr herum und sprang von dem Fenstersims. Sein

erster Impuls war fortzulaufen. Aber die Stimme kam ihm bekannt vor. Es war Zippora. Sie hielt eine Fackel in der Hand, mit der sie dem Jungen ins Gesicht leuchtete.

„Du bist doch einer von der Zelotengruppe? Du solltest nicht im Dunkeln hier draußen herumspionieren", sagte sie vorwurfsvoll.

„Entschuldigung", Jaakov war etwas verwirrt. „Ich spioniere nicht. Ich, ich ..."

„Na, was ist denn das, was du da machst, belauscht die Besprechung der Brüder?!" Sie zog ihn vom Fenster weg und versuchte ihn wieder in die Richtung des Hauses zu ziehen, wo sie untergebracht waren.

„Ich bin hier nur so vorbeigekommen. Ich weiß gar nicht, was da los ist, ehrlich!"

„Und was hast du überhaupt hier draußen zu suchen? Reicht es nicht, dass man euch ein Bett und zu essen gibt. Du bist mir vorhin schon mit deinem kecken Blick aufgefallen", Zippora fasste Jaakov nicht gerade sanft am Arm.

„Bitte lass mich los, ich muss Simon finden. Er ist mit uns hier- -her gekommen. Er sollte uns führen. Mein Vater hat ihn ausgesucht."

„So, und da dachtest du, dein Simon ist da drinnen?"

„Ja, nein, ich weiß nicht, wo er ist. Vielleicht weiß es ja der junge Mann, der uns das Tor aufgemacht hat."

„Wozu musst du denn unbedingt diesen Simon finden?"

„Simon, hat meine Schwester wieder lebendig gemacht, als sie von einer Schlange gebissen worden war. Sie war tot."

„Junge, das gibt es nicht. Jetzt merke ich, dass du eine rege Phantasie hast. Also schnell zu deinen Leuten und versuch zu schlafen, ehe wir euch alle vor das Tor setzen." Zippora wurde ärgerlich. Dieser Bursche hatte zu viel Unsinn in seinem Kopf.

„Bitte Zippora", bettelte Jaakov, „glaube mir. Es ist wirklich so, wie ich gesagt habe. Und nun liegt meine Tante im Fieber und ich muss unbedingt Simon finden, vielleicht kann er auch ihr helfen."

„So, deine Tante? Ich dachte, das wäre deine Großmutter"

„Nein die andere, die mit dem Schleier. Sie war zum Essen gar nicht mitgekommen."

Jaakov hatte Angst, dass er ganz unverrichteter Dinge wieder in das Zimmer zurückgeschickt wurde. Aber Zippora merkte, dass es dem Jungen ernst war und blieb stehen, um Jaakov ins Gesicht zu leuchten.

„Was ist denn mit deiner Tante?", fragte sie.

Jaakov schöpfte neue Hoffnung „Sie ist ganz heiß und fantasiert und stöhnt so sehr."

Zippora wurde weich. „Soll ich mal nach ihr sehen?", bot sie sich an.

„Ich weiß nicht, ob du ihr helfen kannst", Jaakov sah zweifelnd zu der Frau.

„Komm, schauen wir mal, was zu machen ist."

„Aber die anderen schlafen", wagte Jaakov noch einen Einwand.

„Wenn es deiner Tante so schlecht geht, müssen wir sie eben woanders hinbringen, damit die anderen schlafen können."

Zippora nahm Jaakov resolut an die Hand und ging in das Zimmer, wo die kleine Gruppe sich zur Nachtruhe hingelegt hatte.

Orly hatte sich halb aufgerichtet.

„Jaakov", flüsterte sie, „ich hab dir doch gesagt, du sollst nicht allein hier herumgeistern."

„Psst, Zippora hat mich gefunden und ist mitgekommen, um nach dir zu sehen."

„Ach, das ist doch nicht nötig. Gib mir einen Schluck Wasser."

Jaakov brachte ihr einen Becher Wasser. Zippora trat zu ihr an das Lager und fasste ihre Hand.

„Ja wirklich, der Junge hatte Recht. Kannst du aufstehen? Wir gehen in mein Zimmer, da kann ich mich um dich kümmern", sagte Zippora.

„Nein, nein, das geht nicht", protestierte Orly. „Morgen müssen wir weiter und ich muss bei den Kindern bleiben, meine

Schwester ..." sie ließ sich stöhnend wieder auf das Lager fallen, „meine Füße, wenn ich nur laufen könnte!"

„Was ist mit den Füßen?", wollte Zippora wissen.

„Die sind ganz wund", Mirjam war aufgewacht. „Ich hab vorhin schon gesehen, dass ihre Füße nicht gut aussehen. Wir sind solche Wege nicht so gewohnt."

Inzwischen wachte auch Lea auf.

„Was macht ihr denn hier für einen Lärm. Die Kinder brauchen den Schlaf. Orly halt endlich Ruhe!", zischte sie scharf.

„Ich nehme die junge Frau mit zu mir, dann könnt ihr weiter schlafen", versuchte Zippora sie zu beruhigen.

„Ja, nimm sie nur mit. Es ist besser, wir gehen allein nach Masada", grummelte Lea.

Zippora war froh, dass die Kleinen zu erschöpft waren, um aufzuwachen.

„Komm", forderte sie Jaakov auf, „hilf mir, deine Tante zu mir zu bringen".

Jaakov legte Orlys Arm über seine Schulter und schlang seinen Arm um ihre Hüfte, Zippora tat dies von der anderen Seite. „So jetzt ganz vorsichtig, stütz dich nur auf mich", sagte sie sanft. So kamen sie aus dem Zimmer, ein kleines Stück ging es den Gang entlang. Dann öffnete Zippora eine Kammer, die aber genauso spartanisch eingerichtet war, wie das Gästezimmer. Sie brachten Orly zu dem Lager. Mit leisem Stöhnen ließ Orly sich darauf fallen. Zippora steckte die Fackel auf eine Hülse an der Wand.

„Soll ich nicht doch Simon holen?", fragte Jaakov.

„Das kannst du morgen noch tun, wenn mein Wissen nicht weiter hilft. Geh du jetzt schlafen."

Zippora hatte das so bestimmt gesagt, dass der Junge gehorchte und die Tür hinter sich zuzog. Er versuchte sich in dem dunklen Gang zu orientieren und sich die Tür zu merken.

Simon hätte helfen können, dessen war er sich sicher. Wieso war er sich eigentlich so sicher? Jaakov überlegte. War es, weil er seine kleine Schwester wieder lebendig gemacht hatte? Ja, aber es war noch etwas anderes. Von Simon ging eine strahlende Ruhe aus. Er hatte etwas, was sie alle nicht hatten. Jaakov beschloss, der Sache auf den Grund zu gehen. Morgen würde er Simon fragen. Entschlossen ging er in das Gästezimmer. Alle waren wieder eingeschlafen und Jaakov legte sich zu Rahel, die im Schlaf ihr Händchen nach ihm ausstreckte, seufzte, aber weiterschlief.

Zippora beugte sich über Orlys Füße. „Ja, die sehen ja wirklich schlimm aus. Damit kann man nicht weiterwandern", stellte sie fest.

„Aber wir müssen doch morgen weiter", protestiert Orly.

„Nun warte erst einmal ab. Ich habe hier eine Salbe. Ich mische sie selbst mit Kräutern und Salzen aus dem Meer hier."

Orly war zu erschöpft, um sich zu wehren. Sie ließ es geschehen, dass Zippora ihre Füße wusch und sie dann mit einer Salbe behandelte. Orly spürte die Hände der Frau an ihren Füßen und dachte über ihren Traum nach. Ja. Das Gefühl war das Gleiche, wie sie es im Traum erlebt hatte. Konnte es sein, dass diese Erscheinung ihr zeigen wollte, dass ihr geholfen würde? Sie dachte an die hässlichen Worte ihrer Mutter. Sie spürte eine starke Abneigung gegen ihre Mutter und sofort verschwand das Wohltuende der Berührung durch die fremde Frau. Orly hatte keine Erklärung dafür. Könnte sie doch nur Maria fragen. Ob diese Frau wohl verstehen würde, was sie im Traum erlebt hatte? Es tat ihr einfach gut, dass diese, für sie fremde Frau, ihr so liebevoll begegnete.

Zippora stand auf und braute einen Tee, den sie Orly dann zu trinken gab.

Orly zog ein Gesicht, als sie den ersten Schluck nahm.

„Keine Angst, ich vergifte dich nicht. Der Tee wird dir helfen die Entzündung zu nehmen und auch das Fieber zu senken".

Zippora tauchte noch ein Tuch in kaltes Wasser und legte es um Orlys Beine.

„Dank für deine Mühe", sagte Orly schwach.

„Versuch, ein wenig zu schlafen. Du wirst sehen, morgen ist alles schon ganz anders."

Zippora löschte die Fackel und legte sich auf ein Schaffell auf der anderen Seite des Raumes.

Orly versuchte die Augen zu schließen und die Gedanken auf Psalmen zu konzentrieren. Trotzdem gingen ihre Gedanken immer wieder zu den Ereignissen des Tages. Wie konnte es sein, dass Rahel wieder lebendig wurde, obwohl sie doch offensichtlich tot war? Ihr Herz krampfte sich zusammen, wenn sie an die Kälte ihrer Mutter dachte. Wieso war diese ihr unbekannte Zippora so freundlich, dabei fiel ihr jetzt auf, dass ihr Schleier in dem anderen Zimmer liegen geblieben war. Zippora hatte aber nicht eine Bemerkung über Orlys Aussehen gemacht, ja sie hatte ihr ins Gesicht gesehen und mit keiner Faser bekundet, dass hier ein entstellter Mensch vor ihr war. Orly konnte sich nur wundern. Waren hier die Menschen so anders? Sie versuchte zu schlafen.

Sturm und Stille

Am nächsten Morgen hatte sich die Welt verändert. Ein heftiger Sturm war aufgekommen und trieb gelbe Sandwolken durch das Tal. Es schien, dass die Sonne nicht aufgehen wollte, denn es blieb dunkel.

Nathan hatte schon in der Nacht das Kommen des Unwetters bemerkt und hatte eine Kuhhaut vor den Höhleneingang gehängt. Als Simon aufwachte, hörte er das Heulen des Sturms. Er hatte den Eindruck auf Sand zu kauen. Nathan saß auf einem kleinen Schemel der zugehängten Öffnung gegenüber und hatte die Gebetsriemen angelegt, den Tallith über das Gesicht gezogen und bewegte sich rythmisch im Gebet.

Simon erhob sich ebenfalls von seinem Lager, hatte er so lange geschlafen? Er dachte an seinen Auftrag, wollte aber auch seinen Freund nicht stören. Daher versuchte er so leise wie möglich zum Eingang der Höhle zu kommen.

„Lass den Vorhang zu", kam eine Stimme von hinten.

Simon drehte sich um. Nathan hatte doch bemerkt, dass Simon aufgestanden war.

„Was ist los?", wollte Simon wissen.

„Kannst ja durch den Spalt da rechts hinausschauen. Wirst schon sehen, was los ist", erwiderte Nathan.

Simon spähte durch den Spalt, zog seinen Kopf aber gleich wieder zurück. Gelbe Sandwolken wälzten sich von Süden nach Norden, und schon durch den kleinen Spalt war ihm der Sand in die Augen gedrungen, dass ihm die Tränen kamen.

„Ui", stieß er hervor. „Was machen wir denn jetzt? Da kann ja kein Mensch hinaus, geschweige denn, nach Masada wandern."

„Tja, da wirst du wohl noch ein wenig hier bleiben müssen. Das ist gut. So kannst du mir noch mehr von dem Messias erzählen."

Simon runzelte die Stirn. So gern er von seinem Herrn und Heiland erzählte, so wollte er doch seinen Auftrag zu Ende bringen. Er hatte in Jerusalem schon einmal einen Sandsturm erlebt. Aber das war mit dem, was sich hier abspielte, nicht zu vergleichen.

„Komm, setz dich", forderte Nathan ihn auf. „Das geht, wie es kommt. Da kann man jetzt nicht raus. Wir sind keine Kamele, die Augen und Nase zu machen können. Außerdem ist der Sand so scharf, dass bald dein ganzes Gesicht zerschnitten ist. Ich mach uns einen Tee. Hier gibt es auch noch einen Fladen Brot. Gut, dass ich gestern Abend etwas eingesteckt hatte. Ich dachte, du hättest in der Nacht noch Hunger." Nathan rieb einen Stab auf einem Stein. Er hatte trockenes Reisig drum herum gelegt, das sich schnell entzündete als ein paar Funken aufstieben. Er hängte einen Kessel mit Wasser an ein Gestell, so dass er über dem Feuer hing, das bald anheimelnd prasselte.

Simon setzte sich auf den Schemel nahe dem Feuer. Er stützte den Kopf in die Hand, strich sich über den Bart und starrte in die Flamme. Eine Böe stieß heftig an die Kuhhaut, dass sie sich bedrohlich nach innen blähte und durch den Spalt an der Seite eine ganze Ladung Sand herein wehte.

„Ich möchte wissen, wozu dieser Sturm jetzt gut sein soll."

„Ja, das wissen wir nicht", erwiderte Nathan und streute Minzblätter in den Kessel, wo das Wasser schon zu sieden begann.

„Für irgendetwas wird es gut sein."

„Na sicher. Hier, nimm das Brot und den Tee." Simon sprach den Segen über das Brot und den Tee und biss ein ordentliches Stück ab.

„Du isst ja gar nichts. Hast du keinen Hunger?", fragte er und hielt Nathan das Brot hin.

„Nein danke", wehrte dieser ab, „uns ist es nicht erlaubt, einfach so zu essen. Wir essen immer in Gemeinschaft und reinigen uns vorher im Mikweh."

„Ach ja, das wusste ich nicht. Ich weiß überhaupt nicht so viel von eurer Gemeinschaft hier. Da könntest du mir ja ein wenig drüber erzählen."

„Ja, weißt du, wir sind eine Gemeinschaft die weitgehend unverheiratet hier lebt."

„Weitgehend, was soll das heißen?"

„Also ein paar Frauen leben hier, allerdings abgetrennt, das heißt, nicht mit den Brüdern zusammen, mit denen sie verheiratet sind."

„Ach, einige Brüder sind verheiratet? Waren sie das vorher schon, bevor sie hierher kamen? Unser Mitbruder Simon Petrus war schon verheiratet und hat dann alles stehen und liegen lassen, um mit dem Rabbi zu gehen. Das habe ich mitbekommen als wir in Kapernaum in dem Haus von Simon Petrus waren. Seine Schwiegermutter war krank und der Rabbi hat sie gesund gemacht."

„Er hat sie gesund gemacht? Ich habe davon gehört, dass zu der Zeit viele Menschen geheilt wurden, sogar Aussätzige."

„Ja, das stimmt. Auch in dieser Beziehung habe ich wirklich viel erlebt. Einmal kamen zehn Aussätzige auf uns zu. Sie blieben natürlich weit von uns entfernt stehen und riefen nur: ‚Herr, erbarme dich unser.'" Simon machte eine Pause und starrte in das Feuer.

Simon hatte das Bild der jammernswerten Männer noch vor Augen, die wohl da in der Gegend von Samaria und Galiläa in irgendwelchen Höhlen hausten, fern von ihren Familien und sonstigen Menschen. Wie hatten sie es gehört, dass hier der Meister vorbeikommen könnte? Oder war es einfach göttliche Fügung gewesen?

„Und ... was geschah dann?", drängte Nathan.

„Der Rabbi hat einfach nur gesagt, zeigt euch den Priestern, nichts weiter", fuhr Simon fort.

„Dazu gehörte ja auch viel Mut, oder Vertrauen, oder? Und die Zehn wurden wirklich geheilt?"

„Ja, so genau weiß ich das nicht, aber ich nehme es an. Jedenfalls ist nur einer zu uns gekommen und hat dem Herrn gedankt. Der Rabbi war sehr erstaunt, dass nur einer kam, denn er sagte noch ,Sind nicht Zehn geheilt worden, wo sind die anderen?' Aber ich denke, dass dieser Eine einen besonderen Segen erfahren hat."

„Ja, das glaube ich auch. Du, dabei muss ich feststellen, dass auch mir vergeben wurde und ich in meinem Herzen doch so froh geworden bin. Ich will Jeshua noch einmal dafür danken." Nathan erhob sich, um sich in Richtung Osten dem Aufgang der Sonne zu verneigen. Auch Simon hatte sich erhoben.

„Wir verehren das Licht der Sonne, die uns dem Licht des Höchsten am nächsten erscheint", erläuterte Nathan. „Du weißt ja, wir nennen uns auch Kinder des Lichts!"

„Weißt du, es ist jetzt egal, ob du dich in Richtung der Sonne verneigst oder sonst wohin. Wenn du erkannt hast, dass Jeshua Gottes Sohn ist – du hast ihm deine Sünden bekannt – dann wohnt er in deinem Herzen", erklärte Simon.

„Ach weißt du, das ist jetzt so meine Gewohnheit", erwiderte Nathan, legte sich den Tallith über und verneigte sich tief: „Danke Jeshua, dass du mich gefunden hast, ich preise dich, du Sohn Gottes, der auch mir Hilfe und Heilung geschenkt hat. Ich will dich loben und anbeten, dein Heil und deine Hilfe verkünden, auch unter meinen Brüdern." Nathan hob die Hände und Tränen strömten über die Furchen seines Gesichts in seinen Bart. Immer wieder rief er: „Danke Vater, dass du mir das gezeigt hast, ich preise und lobe dich. Du bist mein Heil, Jeshua, Sohn des Höchsten."

Auch Simon war neben Nathan getreten und hielt die Hände in die Höhe und vereinte sich mit seinem Freund in der Anbetung.

„Hallo, hallo", hörten sie eine Stimme. Aber sie waren so vertieft, dass sie dachten, es käme als Antwort ihrer Gebete.

„Hallo, ist da jemand!", reif es wieder, diesmal lauter.

Simon hielt inne. War da jemand? Er ging zum Eingang der Höhle und zog die Kuhhaut ein kleines Stück beiseite, in der Annahme, dass ihm gleich wieder ein Böe Sand in die Augen wehen würde. Aber der Sturm hatte sich gelegt und auf der gegenüber liegenden Seite des Tals konnte er noch ganz schemenhaft die Umrisse der moabitischen Berge im Licht der Morgensonne erkennen. Unten stand Tobias und sah angestrengt nach oben. Simon versuchte das Fell beiseite zu schieben.

„Was gibt es?", rief er hinunter.

„Wir dachten, es ist euch etwas geschehen", rief Tobias hinauf. „Es waren irgend welche wilde Tiere in der Nacht in unserer Herde und haben etliche Tiere gerissen. Und Nathan ist nicht zur Morgenvesper gekommen. Da haben mich die Brüder beauftragt, nach euch zu sehen."

Nathan war inzwischen zu Simon getreten: „Es war solch ein Sandsturm, dass wir nicht herunterkommen konnten. Aber wir sind gleich unten!", rief er und stellte die Leiter an den Eingang.

„Du kannst schon mal hinuntersteigen", forderte er Simon auf.

Mit einer Kelle Wasser löschte er das Feuer, band sich den Gürtel um, an dem die Hacke angehängt war, und folgte Simon. Dieser war schon die Leiter hinuntergeklettert und stand nun neben Tobias.

„Jetzt sind wir wohl zu spät, um noch weiter zu wandern. Weißt du etwas von den Frauen und Kindern, die du dort im Haus untergebracht hast?"

„Um nach Masada in einem Tag zu gelangen, denke ich auch, dass es zu spät ist. Aber da gibt es wohl noch ein anderes Problem", erklärte Tobias.

Simon zog die Augenbrauen hoch: „Nun, was gibt es noch?"

„Wie ich hörte, hat die eine Frau, die bei dir war, ein Problem mit den Füßen. Auf jeden Fall wäre es gut, wenn ihr ein wenig Pause macht", erwiderte Tobias.

„Lass uns gehen", schlug Nathan vor. Er versteckte die Leiter in dem Spalt in dem Felsen und zu dritt gingen sie den Pfad hinunter, der zu dem Klosteranwesen führte.

Jaakov wachte auf, weil ihm Sand ins Gesicht geweht wurde. Er versuchte sich zu orientieren. Was war das für ein Sand, so fein und wo kam er her? Rahel hatte sich früher schon mal ein Spaß daraus gemacht, Jaakov mit Sand zu bestreuen, Jaakov wischte sich mit der Hand über die Augen. Richtig, sie waren gestern Abend hier bei den freundlichen Leuten von Qumran gelandet und aufgenommen worden. Sie hatten einen Schlafplatz, zu Essen und zu Trinken bekommen. Und dann war Orly krank geworden, und er war auf der Suche nach Simon gewesen. Und dann war Zippora gekommen und hatte Orly mitgenommen. Jaakov setzte sich auf. Wieder kam eine Sandwolke durch die Ritze unter der Tür. Was war das nur? Er stand auf und wollte die Tür aufmachen aber eine Böe fegte ihm sofort eine Ladung Sand entgegen und ins Zimmer hinein.

Lea wachte auf und setzte sich mit einem Ruck auf.

„Was ist denn hier los, mach sofort die Tür zu, Jaakov", rief sie leise.

Aber Jaakov hatte die Tür gleich wieder geschlossen. „Es ist ein Wüstensandsturm", erklärte er, „Ich wollte doch nur mal sehen ...!"

„Es ist doch noch Nacht", schimpfte Lea. „Wenn du nicht schlafen kannst, lass wenigstens die Kleinen schlafen!"

„Ich glaube, dass die Sonne schon aufgegangen ist", entgegnete Jaakov kleinlaut.

„Woher willst du das wissen. Es ist noch ganz finster"

„Aber ich höre Gesang." Jaakov war sich sicher, dass es schon Morgen war. Außerdem war er ausgeschlafen und hatte Lust, endlich Masada zu ersteigen. Jetzt konnte der Felsen doch nicht mehr weit sein. Was hatte ihm sein Vater nicht alles schon davon erzählt: die Paläste, die Herodes der Große dort gebaut hatte, die Mauern und Türme und erst die Wasserleitung. Das alles wollte er erkunden. In Jaakov begann die Abenteuerlust groß zu werden.

„Jaakov", hörte er wieder seine Großmutter. „Siehst du, du träumst ja noch. Leg dich noch einmal hin, wir haben einen anstrengenden Tag vor uns."

Jaakov schob seine Träumereien beiseite und sah zu Mirjam hinüber. Sie war auch inzwischen wach geworden.

„Was ist denn das für ein Geheule hier und dieser Sand, wo kommt der her?", wollte sie wissen.

„Es ist draußen ein Sandsturm, und der Sand kam hier durch die Türritze. Ich hab ihn direkt abbekommen", erläuterte Jaakov. „Schläft Joram noch?"

„Nein", kam vom Fußende des Lagers. „Joram steht jetzt auf und geht Ima suchen. Ich habe geträumt, dass sie in einer Burg ist. Hier ist doch so was wie eine Burg." Damit warf er die Decke, die man ihm übergelegt hatte, weg und sprang auf den Boden.

„Oh, es ist überall Sand", rief er und krallte seine nackten Füßchen, um etwas von dem feinen Sand zusammen zu bringen.

Entschlossen stapfte er zur Tür und wollte sie aufmachen. Eine Windböe riss ihm die Tür aus der Hand und eine Wolke Sand wirbelte durch das Zimmer. Schnell war Jaakov aufgesprungen und hatte die Tür wieder zugedrückt.

„Wir können nicht raus", sagte er. Mirjam war nun auch an der Tür, hob Joram auf und setzte ihn wieder auf das Bett.

„Wir müssen wohl warten, bis der Sturm sich legt". Sie streichelte Joram über die Wange.

„Wir werden Ima schon noch finden, mein Kleiner", Mirjam zog Joram auf ihren Schoß und wollte ihn ein wenig schaukeln. Aber der Kleine wehrte sich.

„Wo ist denn Tante Orly? Ist die nun auch weg?" Er sah sich in dem Zimmer um, hob die Decke an, um darunter zu schauen.

„Ja wirklich, Tante Orly ist ja auch nicht mehr da!", rief Mirjam. „Weißt du, wo sie ist, Jaakov?"

„Bestimmt ganz in unserer Nähe. Es ging ihr doch gestern Abend nicht so gut. Da hat Zippora sie mit in ihr Zimmer genommen, glaube ich", erklärte Jaakov.

„Können wir nicht mal nach ihr sehen?", der kleine Joram fühlte sich noch verlassener.

„Mirjam, Joram bange", Er setzte sich noch näher zu seiner großen Schwester.

116

„Unsinn", beruhigte ihn Mirjam. „Schau mal, Safta ist hier, Jaakov und Rahel und ich auch. Und wenn der Sturm vorbei ist, gehen wir Tante Orly suchen, einverstanden!"

„Und Ima!"

„Ja, und Ima!"

„Wann ist denn der Sturm vorbei?"

„Das weiß nur der Ewige", ließ sich nun Lea hören. „Habe Geduld und hör auf zu fragen."

Joram schielte zu der Großmutter hinüber, die kerzengerade auf der Bettkante saß. Nur Rahel schien noch zu schlafen.

Mirjam wiegte Joram hin und her und sang leise vor sich hin.

Jaakov lauschte angestrengt nach draußen. Wann würde der Sturm aufhören? Wie gut, dass sie nicht draußen in der Wüste waren. Jaakov hatte das Gefühl einer schützenden Mauer um sie herum.

Orly fuhr mit einem Ruck von ihrem Lager auf. Wo war sie? Sie sah sich in dem Raum um, konnte aber nur schemenhaft einige Möbelstücke, zwei Stühle einen Tisch und einen Schrank ausmachen. Auf der anderen Seite des Raumes entdeckte sie etwas an der Wand, was ihr bekannt schien. Oben an der Wand war auf einem Stock ein Stück Leinwand befestigt. Die Kettfäden hingen herunter und waren unten mit Steinen, die Löcher hatten, beschwert. Solch einen Webstuhl hatte sie doch auch gehabt! Das Webstück war aus weißer Leinwand und wie es Orly schien, fast fertig.

Eine Frau kam auf Orly zu. Jetzt erinnerte sie sich, dass am gestrigen Abend diese freundliche Frau ihr die Füße gewaschen und balsamiert hatte. Richtig, Orly hatte unglaubliche Schmerzen in den Füßen gehabt und jetzt. Orly schwang die Beine über die Bettkante und wollte auf den Boden springen.

„Bleib ruhig noch liegen", sagte die Frau. „Ich bin Zippora. Du hattest ganz wunde Füße, so hättest du nicht weiterlaufen können. Hast du gut geschlafen?"

Orly hatte fest geschlafen. Der Tee, den Zippora ihr in der Nacht noch gebraut hatte, hatte ihr ruhigen Schlaf geschenkt.

„Ja, danke", erwiderte sie, „aber ich muss aufstehen. Wo sind die anderen? Wir müssen weiter nach Masada."

„Es wäre aber gut, wenn du noch einen Tag Ruhe hättest", wandte Zippora ein. „Und sieh, der Ewige schickt uns einen ordentlichen Sandsturm. Da kann sowieso keiner nach draußen."

„Ist das wahr? Ja, ich höre das Heulen des Windes." Orly ließ sich wieder auf das Lager fallen und begann heftig zu weinen. Zippora trat zu ihr, strich ihr über das Haar.

„Nun, das ist alles zu viel für dich. Du hast ein wenig im Traum geredet. Es muss schlimm sein in Jerusalem."

Orly brauchte eine Weile, bis sie sich beruhigt hatte. Wie kam es nur, dass diese fremde Frau so freundlich zu ihr war? Und sie machte keine Bemerkung zu ihrem entstellten Aussehen, eine Tatsache, die ihre Mutter ihr bei jeder Gelegenheit bewusst machte.

„Wo sind die anderen? Sind sie schon aufgebrochen?" Eine unbestimmte Angst wollte Orly die Kehle zuschnüren.

„Nein, sie sind noch alle hier. Der Sturm begann schon in der Nacht. Du hast nur fest geschlafen. Das hat dir sicher gut getan. Jetzt möchte ich mir deine Füße ansehen."

Zippora wickelte den Verband ab, mit dem sie Orlys Füße umwickelt hatte.

„Na, das sieht ja sehr gut aus", stellte sie fest. „Ich werde noch einmal Salbe auftragen und du wirst sehen, morgen kannst du wieder wandern."

„Ich weiß gar nicht, wie ich dir danken soll, Zippora", hauchte Orly.

„Das brauchst du auch nicht", erwiderte Zippora. „Ich denke, du hast Hunger. Ich habe hier noch einen Tee und etwas Brot". Zippora hielt ihr ein Fladenbrot und einen Becher hin.

Orly richtete sich auf. Dankbar nahm sie beides entgegen, senkte den Kopf und sprach leise den Segen. Sie aß das Brot mit großem Appetit und spürte langsam ihre Kräfte zurückkehren. Sie musste an

Mirjam und Joram denken, würden auch sie gut versorgt? Die Schmerzen gestern Abend hatten ihr sämtliche Fürsorgegedanken genommen. Nun konnte sie wieder klarer denken. Sie dachte noch einmal an die Ereignisse der letzten zwei Tage. Es kam ihr vor, als wären schon Wochen vergangen, seit sie aus Jerusalem fort gegangen waren. Die Begegnung mit Maria in Bethanien ging ihr noch einmal durch den Kopf. Dabei musste sie lächeln.

„Du lächelst ja", stellte Zippora fest.

„Ich musste an eine Begegnung mit einer Frau denken, die den Messias gekannt hat. Sie war so gütig wie du", Orly sah Zippora an und nickte.

Zippora war verunsichert: „Wie, den Messias gekannt."

„Ja, sie hat mir von ihren Begegnungen mit ihm erzählt. Und auch Simon, unser Begleiter gehörte zu seinem Jüngerkreis. Er hat sogar ganz besondere Fähigkeiten. In der vorherigen Nacht hat eine Schlange unsere kleine Rahel gebissen und sie war tot. Aber Simon hat sie wieder lebendig gemacht."

„Dasselbe hatte gestern Abend schon der Junge, der Jaakov heißt, erzählt. Und ich dachte, er wollte mir einen Bären aufbinden!"

„Nein, wirklich. Rahel war tot. Simon hat dann über ihr gebetet, wie damals Elia über dem Sohn der Witwe von Zarpat gebetet hat."

„Du kennst die Schriften aber gut!", wunderte sich Zippora.

„Ach ja, meine Mutter wollte nicht, dass ich unter die Leute gehe. Ich hatte ein Zimmer, in dem ich sein musste. Da hab ich mich gern mit den Schriften beschäftigt. Nebenbei hab ich viel gewebt und gestickt."

„Du kannst weben? Schau hier, ich habe auch einen Webstuhl. Wir weben hier die weißen Leinen für die Obergewänder der Brüder."

Es war heller geworden und das Brausen des Windes hatte nachgelassen.

„Ich würde doch gern wissen, wie es den Kindern geht!" Orly versuchte aufzustehen. Aber Zippora ließ es nicht zu.

„Du ruhst dich noch aus und bleibst hier. Ich sehe nach ihnen und

119

werde ihnen klar machen, dass du noch einen Ruhetag brauchst!", Zippora sagte das so bestimmt, dass Orly keine Widerrede wagte. Sie ließ sich wieder auf das Lager fallen.

Zippora öffnete die Tür: „Tatsächlich der Sturm hat nachgelassen. Aber hier liegt ein kleiner Sandberg vor der Tür". Sie wandte sich noch einmal um: „Ich komme gleich wieder", und schloss die Tür.

Zippora ging zu dem Zimmer, das sie ihren Gästen zur Verfügung gestellt hatte. Sie überlegte angestrengt, wie sie den Mitreisenden klarmachen konnte, dass Orly noch einen Tag Ruhe brauchte. Da wurde die Tür aufgerissen und ein kleiner Junge lief ihr direkt in die Arme. „Juhu, es ist gar kein Sturm mehr!", rief er.

„Wo willst du denn hin?", fragte Zippora

„Ich suche Ima und dann Tante Orly und dann gehen wir zu der Burg", verkündete Joram.

„So so. Willst du nicht erst etwas essen?", erkundigte sich Zippora

Joram blieb stehen. Das hatte er noch nicht bedacht. Er kam zurück und schaute Zippora vertrauensvoll an: „Hast du denn was zu essen?"

„Komm, wir wollen erst sehen, wie es deiner Familie geht."

Damit trat Zippora in das Zimmer. Lea saß kerzengerade auf dem Bett. Sie stand auf und wollte ihr Bündel nehmen. „Können wir weiter gehen?"

Zippora überhörte die Ungeduld der alten Frau: „Wenn ich euch zu einem Frühstück einladen darf. Durch den Sturm ist alles ein wenig durcheinander geraten. Es ist schon späterer Morgen und es wäre ratsam, einen Tag Ruhe einzulegen. Bis Masada ist es bestimmt noch mehr als eine gute Tagesreise. Ihr würdet erst sehr spät am Abend oder sogar erst in der Nacht ankommen, und da ist es nicht mehr ratsam, den Schlangenpfad hinaufzusteigen. Der ist nämlich sehr schmal und äußerst gefährlich." Zippora vermied es, Orly als wahren Grund der Verzögerung zu nennen.

Joram war auch gleich einverstanden.

„Wir müssen doch erst mit Simon reden", warf Jaakov ein.

„Das ist richtig", stimmte Zippora zu. „Ich werde gleich versuchen, mit ihm zu reden. Aber nun kommt erst einmal."

Mirjam hatte Rahel inzwischen die Zöpfe neu geflochten und nahm sie an die Hand. Jaakov, der neue Kräfte in sich spürte, nahm Joram auf die Schulter: „Komm wir reiten zum Frühstück und dann entdecken wir die Burg!"

Joram jauchzte auf. Missmutig ging Lea hinter ihnen her. Wo ihre Tochter Orly geblieben war, interessierte sie eigentlich nicht so sehr.

Mirjam war es, die ihre Tante vermisste. „Bitte, wo ist unsere Tante Orly?", fragte sie Zippora, die voran gegangen war. „Was ist mit ihr, ist sie krank?"

„Nein, nein", beruhigte Zippora das Mädchen. „Es geht ihr schon viel besser. Aber sie sollte noch einen Tag ausruhen und sich schonen, bevor sie weitergehen kann!"

Erst jetzt auf dem Weg zu dem Kloster bemerkte Simon die Schönheit der Landschaft. Am Abend zuvor hatte er nur den Felsen gesehen, in der die Höhle, Nathans Nachtquartier, gelegen war. Nun konnte man mehrere Höhlen erkennen. Der Weg hinunter war jetzt mit dem gelben Staub, der von der Wüste herübergeweht war, bedeckt. Auf der rechten Seite zeichnete sich eine tiefe Schlucht ab, die von den Wassern, die in der Winterzeit den Wadi heruntergestürzt kamen, ausgewaschen war. Jetzt lag der Wadi trocken und man konnte sich nicht vorstellen, dass hier solche Wasserkraft in den Wintermonaten am Werk waren. Das Gestein schimmerte weiß herüber, die in vielen Absätzen über Jahre entstanden.

„Wir müssen uns jetzt trennen", begann Nathan, dem es schwer fiel, seinen Freund von sich zu lassen. „Es ist uns nicht erlaubt, so engen Kontakt zu Menschen zu haben, die nicht zu unserer Gemeinschaft gehören. Ich werde die rituelle Waschung vornehmen und das tun, was in unseren Gesetzen vorgeschrieben ist. Aber ich danke dir, dass du mir den Blick für den Messias unseres Volkes geöffnet hast. Wirst du jetzt weiterziehen?"

Simon blieb stehen. Er vermied es, Nathan zu umarmen, obwohl er sich sehr danach sehnte, seinen wiedergefunden Freund aus der Jugend in den Arm zu nehmen.

„Dir fehlt noch so viel", sagte er nur schlicht „ich wünsche dir, dass du die persönliche Beziehung zu Jeshua, die du gestern begonnen hast, nicht wieder verlierst."

„Warum meinst du das? Ich bin zu alt, um mich neu zu orientieren", auch Nathan war stehen geblieben.

„Jeshua gibt dir neues Leben, egal, wie alt du bist. Du hast doch gestern selbst erkannt, dass die Schriften in ihm, dem Sohn Josefs, den verheißenen Messias bestätigen. Warst du nicht darüber froh geworden?"

„Ja, schon, aber ich brauche hier den geordneten Ablauf, die rituellen Waschungen, das gemeinsame Mahl, das Studium der Schriften. Alles hat seine Ordnung. Verstehst du mich? Ich weiß, wo ich hingehöre."

Simon nickte. Langsam schritt er weiter. Er dachte an das Wort, das Jeshua ihm gesagt hatte, als er nach seiner Wohnung gefragt hatte: ‚Die Vögel haben Nester und die Füchse haben Höhlen, aber der Menschensohn hat nichts, wo er sein Haupt hinlegt.' Eigentlich hatte sich Simon auch nach solch einem sicheren Hafen gesehnt. Aber im gleichen Moment wurde ihm bewusst, dass er den sicheren Hafen in sich selbst trug, indem er Jeshua ganz vertraute.

„Wir werden wohl heute weiter gehen", stellte er nur fest.

Tobias, der die beiden begleitet hatte, schaltete sich ein: „Ich sagte ja, dass eine der Frauen krank ist, und es besser ist, wenn ihr noch einen Tag bei uns bleibt. Außerdem möchte dich der Lehrer der Gerechtigkeit noch einmal sprechen. Ich soll dich zu ihm führen."

„Ja, danke Tobias. Aber zuerst muss ich mich nach dem Ergehen meiner Gruppe erkundigen."

„Der Lehrer bittet dich zu ihm, wenn die Sonne über der Tamariske dort drüben steht."

Simon blickte in die Richtung, die Tobias wies und nickte.

„Wie komme ich jetzt zu meinen Leuten?", fragte er.

„Ich werde dich führen", bot Tobias sich an.

Währenddessen hatten sie das Kloster erreicht. Nathan verbeugte sich leicht und sagte nur: „Wenn du noch eine Nacht bleibst, würde ich mich freuen, wenn du noch einmal bei mir in der Höhle oben übernachtest. Ansonsten, hoffe ich, dass ich dich vielleicht auf dem Rückweg wieder sehen kann. Gott segne dich und sei mit dir mein Freund." Damit entfernte er sich in Richtung der Synagoge. Simon sah ihm nach. Hatte er wirklich das Heil gefunden?

Tobias zupfte Simon am Ärmel: „Warte hier, ich hole Zippora."

Simon blieb unschlüssig stehen. Jetzt konnte er die Anlage ein wenig überblicken. Dort war das Mikweh, in dem er gestern sich so herrlich erfrischt hatte. Er konnte die Wasserleitung sehen und das Wasser lief an anderer Stelle wieder hinaus in ein Gebäude. Was mochte da drinnen sein? Simon ging einige Schritte auf das Gebäude zu und konnte durch einen Fensterspalt sehen, wie der Töpfer an einer Scheibe saß und irdene Gefäße anfertigte, wie sie am gestrigen Abend bei der Mahlzeit gereicht worden waren. Tobias kam zurück und trat hinter Simon. „Ja, da ist unsere Töpferei", erklärte er. „Wenn es dich interessiert, kann ich dir auch gern die Schriftstube zeigen. Aber zuerst komm einfach mit dort drüben rüber!"

Simon fühlte sich ertappt und sagte nur: „Ich bitte um Vergebung. Mein Auftrag gilt natürlich erst den mir anvertrauten Leuten."

Er folgte Tobias. Da kam ihnen auch schon Zippora entgegen.

„Du bist Simon. Das freut mich", aber sie streckte Simon nicht die Hand entgegen.

„Deiner Gruppe geht es gut", begann Zippora.

„Ich habe gehört, dass es jemandem nicht gut geht?", antwortete Simon

„Ja, in der Nacht hatte die Frau, die Orly genannt wird, starkes Fieber und ihre Füße waren ganz wund. Aber ich habe sie mit einer besonderen Salbe behandelt, die wir hier herstellen aus den Heilmitteln, die wir aus dem Salzmeer und den Pflanzen hier in der

Wüste gewinnen. Daher geht es ihr schon wesentlich besser. Aber ein Tag der Ruhe täte ihr wirklich gut."

Simon sah die Frau vor ihm verwirrt an. Er fragte sich innerlich, was ihm sein Herr damit sagen wollte. Er fragte nur: „Was machen denn die Kinder?"

„Der Junge wollte dich in der Nacht suchen", erklärte Zippora. „Er behauptete, dass du heilen könntest. Du hättest sogar das kleine Mädchen von den Toten auferweckt. Ich hielt das doch für etwas übertrieben. Na ja, so kleine Jungen haben schon viel Phantasie."

„Da hast du Recht. Das kleine Mädchen wurde allerdings von Jeshua wieder zum Leben erweckt. Er hat mich nur gebraucht. Aber das heißt ja nicht, dass ich nun die Kraft zum Heilen hätte. Jeshua hat nur am Ende seiner Zeit gesagt, dass wir Glauben haben sollen und es wird geschehen, um was wir bitten. Darauf darf ich mich verlassen."

Zippora sah Simon groß an: „So ist es wahr? So bist du ein Prophet?"

„Nein, das bin ich nicht. Ich gehöre nur zu Jeshua, nichts weiter."

Zippora sah Simon durchdringend an. Sie konnte mit dieser Erklärung nicht so viel anfangen. Sie sah durch Simon hindurch und meinte eine andere Gestalt hinter ihm zu sehen.

„Kann ich zu meinen Leuten, ich möchte mit ihnen reden?", fragte Simon.

Zippora schüttelte den Kopf, als wollte sie etwas abwehren. „Nein, das geht nicht, das Gästehaus liegt in dem Frauentrakt und das darf kein Mann betreten."

„Aber", Simon sah Tobias fragend an.

„Keine Sorge, Tobias ist Novize und er ist mein Sohn", erklärte Zippora.

„Aber der Junge, der Jaakov heißt, der kann doch sicher einmal herauskommen. Ich möchte wenigstens mit ihm reden."

„Ja, sicher, ich werde ihn holen", bestätigte Zippora und drehte sich um, um Jaakov zu holen.

Simon lehnte sich an die Hausmauer und sah Zippora hinterher.

Er hatte den Eindruck, dass diese Frau ihm nicht glaubte. Sie war sicherlich gefangen in den Gesetzmäßigkeiten dieser Gemeinschaft. Simon hatte sich eigentlich nicht so sehr mit ihren Regeln und Ritualen beschäftigt. Er nahm sich vor, wenn sich die Gelegenheit ergab, den Rabbi später zu fragen. Simon fiel die Verabredung wieder ein. Er versuchte die Tamariske zu erspähen. Tobias folgte seinem Blick und bestätigte: „Viel Zeit ist nicht, die Sonne steht bald über dem Baum. Es schickt sich nicht, den Lehrer warten zu lassen."

Mithin kam Jaakov um die Ecke gerannt. Völlig außer Atem blieb er vor Simon stehen.

„Shalom", rief er, „ich bin mit Joram, Rahel und Mirjam bei den Eseln, und da gibt es Schafe und Ziegen."

Simon musste lächeln. Kinder wussten sich immer zu beschäftigen und hatten schnell die Strapazen der Wanderung und das Erleben des Feuers in Jerusalem vergessen.

„Nun, dann ist es ja gut!", sagte er und strich Jaakov über die erhitzte Wange. „Ich hörte, dass es Tante Orly nicht so gut ging. Es ist auch schon ziemlich spät, um jetzt noch den Weg nach Masada anzutreten. Aber morgen früh haltet euch bereit, ja, ich warte auf euch dann am Tor."

„Ja Vater", rief Jaakov und schon war er wieder davon. Simon musste lächeln. War der Junge am Anfang der Begegnung so überlegen und bestimmend, war er jetzt doch, wie ein Junge in dem Alter eben war, begeistert von der Welt der Schöpfung, wie sie sich ihm auftat.

Simon wandte sich Tobias zu und nickte ihm zu: „Gehen wir."

Tobias wies nach links: „Dort entlang. Hier ist das Skriptorium. Hier sitzen die Schreiber, die die Thora abschreiben". Simon warf einen Blick in den Raum. An langen Tischen saßen an die zehn Brüder. Das Kratzen der Federn über dem Pergament war das einzige Geräusch, das hier zu hören war. Ab und zu trat leise ein anderer Bruder hinzu, den Simon als Novizen erkannte, der die Federn zuspitzte oder frische Tinte an die Schreibplätze stellte. Simon wagte nicht zu fragen. So leise wie möglich schlich er weiter, was gar nicht so einfach war, denn der Kies knirschte unter seinen Sandalen. Tobias war schon weitergegangen. An einer Tür blieb er stehen, sah in den Raum und winkte Simon: „Komm, der Lehrer wartet schon auf dich."

Simon trat in den Raum, der an das Skriptorium angrenzte. Er verbeugte sich vor dem ehrwürdigen alten Rabbi, der an einen Tisch gelehnt einige Papyrusseiten vor sich liegen hatte und angestrengt darauf schaute.

„Ah, unser Gast", rief er erfreut.

„Ich bitte um Vergebung, wenn ich zu spät bin", begann Simon.

Der Rabbi winkte ab: „Nein, es ist alles gut. Ich freue mich, dass du gekommen bist. Ich bat dich, weil ich aus erster Hand einiges wissen möchte, was nicht vor alle Ohren kommen muss."

Simon war in einiger Entfernung stehen geblieben. Hatte er doch noch im Ohr, dass ihm Nathan gesagt hatte, dass die ganz strengen Regeln keinen Kontakt mit Fremden erlaubte.

Aber der Lehrer forderte ihn auf: „Komm doch näher. Setz dich."

„Ich dachte, eure Klosterregeln sind so streng ...", entschuldigte sich Simon.

Der Lehrer lächelte: „Ja, sieh, wir brauchen strenge Ordnungen, das ist richtig. Das menschliche Herz ist etwas Merkwürdiges. Zu schnell lassen wir uns verführen. Ordnungen sind wie die Gesetze Gottes. Wer sich daran hält, kann nicht so leicht in Sünde fallen. Hier", damit wies er auf die Pergamentseiten vor sich auf dem Tisch, „hier haben wir die Regeln alle aufgeschrieben. Wir arbeiten immer daran, sie zu verbessern."

„Woran wird denn jetzt dort im Skriptorium geschrieben. Ich dachte die Brüder schreiben die Thora ab", Simon war sichtlich beeindruckt.

„Ja, aber nicht alle. Da braucht es eine besondere Konzentration, denn es darf kein Fehler passieren. Manches darf ausgebessert werden. Aber der Name des Ewigen natürlich nicht. Ist da ein Jota verrutscht oder die Feder war unsauber, dann muss die Seite neu geschrieben werden."

„Oh, das ist hart", bestätigte Simon.

„Deshalb sind eben nur ausgewählte Brüder mit dieser Aufgabe betraut. Sie sitzen auch etwas abseits von den anderen. Die Jüngeren haben tagsüber ihre Arbeit in der Dattelplantage, auf dem Feld oder was hier im Haus zu tun ist. Abends nach der Reinigung sitzen sie noch hier und schreiben die Hymnenbücher ab oder unsere Gemeinschaftsregeln. Die Arbeit ist vielfältig!"

Der Rabbi hielt inne, sah Simon durchdringend an. Simon hob gespannt den Kopf, was würde jetzt auf ihn zukommen?

„Wie siehst du die Lage in Jerusalem? Ich habe gehört, dass es Unfrieden gibt unter den Juden? Nun bist du hier mit den Verwandten von diesem Eleazar Ben Yair. Kannst du das verantworten? Du warst früher auch einer von ihnen?"

„Ja, das ist richtig", Simon nickte. „Aber als ich Jeshua begegnete, wurde alles anders. Ich war so angezogen von seinen Worten. Sie waren so vollmächtig, dass ich sein Schüler wurde und schließlich hat er mich in seinen engeren Kreis berufen. Seither bin ich auf dieses Schwert hier", er zeigte auf das Schwert an seinem Gürtel, „seither bin ich darauf nicht mehr angewiesen."

„So? Dann kannst du es ja weglegen. Aber hier in der Wildnis muss man sich verteidigen können", wandte der Rabbi ein.

„Ja, das schon, aber meine beste Waffe ist das Gebet. Ich weiß, dass Jeshua bei mir ist."

Der Rabbi runzelte die Stirn. „Du weißt, dass auch wir das Gebet pflegen. Sanftmut und Demut sind die Grundtugenden in unserem Zusammensein."

„Das sind auch die Tugenden, die Jeshua auszeichneten und wir bemühen uns, ihm nachzueifern."

„Du warst also mit Jeshua von Nazareth, den du auch den Messias nennst, zusammen. Wie erklärst du dir diesen Anspruch, den er gestellt hat, Gottes Sohn zu sein. Das ist doch völlig abwegig. Er kam als Kind auf die Welt. Sein Vater war ein Zimmermann. Der Ewige ist so erhaben, so groß, so mächtig und so weise, wieso soll dieser Zimmermannssohn der Sohn des Ewigen sein?"

Simon spürte die Ehrfurcht, die dieser alte Rabbi vor dem Allmächtigen hatte.

„Sicher, wenn ich es nicht selbst erlebt und gehört hätte, diese vielen Beweise aus der Schrift: ‚eine Jungfrau wird schwanger werden', heißt es bei Jesaja. ‚Und sie wird einen Sohn gebären, dessen Name wird Immanuel sein.' Dies ist nur eine Erfüllung der Verheißungen, und ich kann dir ganz viele nennen. Dann war da die Stimme aus dem Himmel: ‚Dies ist mein geliebter Sohn, auf ihn sollt ihr hören'. Ich hätte es wohl kaum glauben können, wenn ich nicht dabei gewesen wäre. Nun aber hat mir der Herr selbst ganz deutlich gezeigt, dass nur durch ihn die Rettung und das Heil gekommen ist. Er hat von sich selbst gesagt, dass er die Tür zum Vater ist. Ja mehr noch, keiner kommt zum Vater, als nur durch ihn. Das ist vielleicht schwer zu verstehen, aber der Heilige Geist kann es auch dir zeigen. Das wünschte ich dir, denn du hast die Verantwortung für deine Brüder hier. Nicht die Gesetze können retten, und auch nicht die Werke. Allein der Glaube an Jeshua."

Der Rabbi runzelte die Stirn: „Glaubst du denn, dass die Hohenpriester heute wie auch damals nicht den richtigen Blick hatten?"

„Mit allem Respekt", erwiderte Simon, „aber die Hohenpriester sind ja heute von den Römern eingesetzt, sie sollten aber von Gott eingesetzt sein. Sie suchen ihre eigenen Vorteile und wollen sich bei den Römern lieb Kind machen. Der Herr selbst hat über sein Volk Tränen vergossen, weil sie ihn nicht verstanden hatten, ihn ablehnten, ja und schließlich seinen Tod beschlossen."

„Ja, und das war doch alles so sinnlos", wandte der Rabbi ein.

„Nein, durchaus nicht, einmal im Jahr musste doch am Versöhnungstag der Bock zur Versöhnung des Volkes geopfert werden, so schreibt es das Gesetz Moses vor. Aber das ist nicht mehr nötig …"

„Nicht mehr nötig?", fuhr der Rabbi ärgerlich dazwischen, „wieso nicht mehr nötig?"

„Weil Jeshua am Kreuz sein Blut vergossen hat und damit das wahre Passahlamm ist. Der Ewige, gelobt sei er, hat dieses Opfer als das endgültige Opfer angesehen. Wer also zu Jeshua gehört, steht unter dem Schutz seines Blutes, und das hat der Ewige für endgültig angenommen und gehört damit zu der Familie Jahwes."

„Du bist kühn!", bemerkte der Rabbi. „Aber immer noch gibt es die Opfer im Tempel."

„Wenn die Kämpfe um die liebliche Stadt und um das Heiligtum weitergehen, werden auch bald die Opfer aufhören. Die Römer sind nicht gewillt, einfach nur zu gewinnen. Sie müssen dem Kaiser in Rom etwas vorweisen. Sie brauchen einen Triumphzug, bei dem sie die Schätze und nicht zuletzt die Gefangenen präsentieren können. Also, denke ich, werden sie ganze Sache machen wollen. Sie haben keine Lust, eines Tages doch wieder von einem Makkabäer angegriffen zu werden. Ich fürchte, dass auch hier der Friede nicht mehr lange bleiben wird. Aber ich habe auch festgestellt, dass eure Lehre und euer Leben nicht weit entfernt ist, von dem was Jeshua gesagt hat."

„So?", der Rabbi hob die Augenbrauen. „Es war mal einer bei uns, das ist schon lange her. Er hieß, glaube ich, Johannes. Er ging dann in die Wüste an den Jordan, lebte nur von Heuschrecken und wildem Honig, so habe ich gehört."

„Ja, das ist richtig. Er war es, der in dem Geist des Elia, so wie er vom Propheten Maleachi vorausgesagt wurde, dem Messias vorausging. Er lebte ganz asketisch, so wie ihr auch und hat am Jordan getauft."

„Ja, ich habe davon gehört.", bestätigte der Rabbi. „Auch wir leben in Erwartung des Endes und der Ewigkeit. Die Engel sind uns Boten und Hilfen zugleich. Was müssen wir denn noch tun, um ewiges Leben zu haben?"

„Glaubt an Jeshua HaMashiach. Denn wer an ihn glaubt und getauft wird, hat schon das ewige Leben in sich."

Bedächtig wiegte der Rabbi das Haupt hin und her: „Es ist so einfach und doch so schwer."

„Wenn wir einem Kind sagen, dein Vater hat dich lieb, dann wird es das fest glauben", erwiderte Simon. „So sollen auch wir glauben, eben wie die kleinen Kinder."

Der Rabbi erhob sich zum Zeichen, dass die Unterredung beendet war. „Kann ich euch noch etwas Gutes tun?", fragte er nur.

Auch Simon erhob sich: „Das Einzige, was ich mir wünsche, dass ihr erkennt, dass ihr Jeshua braucht. Ich weiß, dass Simon Petrus alles aufschreiben will. Vielleicht bin ich kein guter Redner. Ich kann nur das bezeugen, was ich gesehen und erlebt habe."

„Gut, gut", wehrte der Rabbi ab, „wann wollt ihr weiter nach Masada? Ihr könnt noch einen zweiten Esel von uns mitnehmen. Dann kommt ihr schneller vorwärts."

„Ich danke ganz herzlich. Das hilft uns sehr. Wir werden uns dann morgen in aller Frühe auf den Weg machen." Simon verbeugte sich leicht und wandte sich zum Gehen. Der Rabbi legte seine Hand auf Simons Schulter und gab ihm den Reisesegen:

> *Der Herr segne dich mit allem Gutem*
> *Und er bewahre dich vor allem Bösen,*
> *und er erleuchte dein Herz mit der Einsicht,*
> *die zum Leben führt,*
> *und er begnade dich mit ewiger Erkenntnis,*
> *und erhebe sein huldvolles Angesicht*
> *für dich zum ewigen Frieden. ***

Der Rabbi nickte noch einmal und Simon trat aus dem kühlen Raum in die heiße Nachmittagssonne. Ihm kam es vor, als würde ihm ein Feuerofen geöffnet.

Nachdenklich schritt er in Richtung Töpferei und Wachturm. Er fuhr sich mit der Hand über das Gesicht. Wie schwer war es doch, den Menschen die Wichtigkeit und die Wahrheit des Reiches Gottes zu vermitteln.

---

*) aus: „Psalmen aus Qumran" von Klaus Berger, Quell-Verlag

Erfahrungen

Orly hatte sich genügend ausgeruht. Sie setzte sich auf, sah auf ihre Füße und staunte, dass die Salbe, die Zippora ihr darauf getan hatte, solch eine Wirkung hatte. Zu sehr lockte sie das Gewebe, das sie im Halbdämmer an der Wand des Zimmers gesehen hatte. Sie stand auf und betrachtete die feine Arbeit. Sie bekam Lust, das Schiffchen in die Hand zu nehmen und zwischen den Fäden hindurchzuführen. Da kam auch Zippora in das Zimmer, dass Orly zusammenfuhr wie ein ertapptes Schulkind.

„Entschuldige", stammelte sie, „ich hab so etwas Feines noch nicht gesehen. Ich hatte auch solch einen Webstuhl. Da hatte ich Lust bekommen ..."

„Das ist doch nicht schlimm", erwiderte Zippora freundlich. „Ich freue mich, dass du aufgestanden bist. Interessierst du dich für den Webstuhl? Ich zeige ihn dir gerne."

„Ja, danke!", Orlys Gesichtsfarbe wurde auf der Narbenseite dunkelrot. „Weißt du, ich habe zu Hause auch gewebt, aber da hatte ich eine ganz einfache Vorrichtung."

Zippora setzte sich neben Orly. „Schau", erklärte sie, „hier und dort werden die Fäden befestigt und hier ist das Weberschiffchen." Zippora bewegte das Schiffchen ganz sicher durch die Fäden, indem sie die beiden Latten, durch die Kettfäden gezogen waren, auf und zu hielt. – „Oh wie schön", rief Orly, „das ist ja ganz einfach. Darf ich es mal versuchen?"

„Ja, probier es nur. Wenn du eine andere Farbe einweben möchtest, so kannst ein zweites Schiffchen verwenden."

Orly ließ das Schiffchen zwischen den Fäden hindurchgleiten.

„So, und dann musst du mit diesem Kamm den Faden schön fest heranziehen", erklärte Zippora.

Voller Eifer war Orly bei der Sache, dass sie gar nicht bemerkte, dass ihre Mutter durch die offenstehende Tür sah.

„Ach, hier treibst du dich herum", rief Lea ärgerlich, „das nennst du Krankheit? Wir sollten weiter."

„Liebe Frau", sagte Zippora sanft, „Orly war tatsächlich krank. Ich bin glücklich, dass ihr meine Salbe so schnell geholfen hat. Aber mit Jaakov und Simon haben wir schon besprochen, dass dieser Ruhetag nicht nur für Orly, sondern für euch alle wichtig ist."

„So, habt ihr das besprochen?", meinte Lea spitz. „Warum werde ich nicht gefragt?"

„Der Sandsturm hat zunächst die Zeit verschoben. Zugegeben, er war die ideale Möglichkeit, die Pause zu rechtfertigen", erwiderte Zippora.

„Und was macht ihr jetzt hier?", wollte Lea wissen.

Orly hatte sich ein wenig hinter Zippora versteckt. Sie wusste, dass ihre Mutter es nicht gerne sah, wenn sie ohne Schleier bei fremden Leuten war.

„Ich erkläre deiner Tochter die Arbeit am Webstuhl", sagte Zippora schlicht.

„Das ist doch vergeudete Mühe. Wir haben keinen Webstuhl. Auf Masada gibt es so etwas sicherlich erst recht nicht." Lea sah jetzt Orly und fuhr missbilligend fort: „Du solltest besser deinen Schleier holen und dich wirklich ausruhen, damit wir dann morgen weitergehen können."

Zippora sprang Orly bei: „Lass doch den Schleier. Und hier ruhst du dich auch aus."

Lea mochte es nicht, wenn ihr widersprochen wurde, aber sie

wandte sich wieder zur Tür. „Ich werde mich ausruhen. Diese Hitze macht mir echt zu schaffen."

Orly fasste Zipporas Hand. „Danke", hauchte sie.

Zippora hatte Mitleid mit der jungen Frau. Sie wandte sich ihr wieder zu und ließ Orly eine ganze Weile die Webarbeit weiter führen. Sie staunte, mit wie viel Geschick Orly das Schiffchen führte, Sie hatte wirklich einen Sinn dafür und Orly freute sich an der Arbeit. Eine ganze Weile war in dem Raum nur das Klack-klack der Steine am Ende der Kettfäden zu hören.

„Wie geht es dir eigentlich, ich meine, wie geht es deiner Seele?", wagte Zippora zu fragen.

Orly hielt inne und sah Zippora groß an: „Meiner Seele, wie meinst du das?"

„Ich meine nur, du bist doch eine junge Frau und trotz deiner Behinderung voller Schaffenskraft. Deine Mutter spricht nicht gerade freundlich mit dir."

„Ach, ich habe mich daran gewöhnt. Trotzdem bin ich innerlich so froh. In der ersten Nacht haben wir Station in Bethanien gemacht. Da war eine alte Frau, Maria heißt sie, die hat mir von Jeshua erzählt. Meine Mutter war mit Rahel und Jaakov weiter gegangen, mitten in der Nacht."

„Warum sind sie denn weitergegangen, warum seid ihr nicht mitgegangen", wollte Zippora wissen.

„Es war ja schon dunkel und Simon, also unser Führer, meinte, es wäre zu gefährlich, durch unbekanntes Gelände zu laufen. Meine Mutter wollte aber nicht in dem Haus bleiben, weil sie nichts mit diesen Leuten des Weges zu tun haben wollte. Sie ist eine streng gläubige Zelotin." Orly machte eine Pause, weil sie sich die Situation wieder in Erinnerung rufen wollte. Zippora schwieg. Sie wollte Orly Zeit lassen und auch nicht in sie dringen.

„Früh am übernächsten Morgen sind wir ihnen aber wieder begegnet", fuhr Orly fort. „Sie hatten eine Rast gemacht, auch wohl um ein wenig zu schlafen. Im Schlaf hat dann eine Schlange die kleine Rahel gebissen, und sie ist dann gestorben."

„Ach, das kleine süße Mädelchen. Aber sie ist doch ganz lebendig!", warf Zippora ein.

„Ja, warte. Wir trafen also auf die Drei. Rahel lag am Boden, Jaakov kam uns mit hängenden Schultern und einem total verheulten Gesicht entgegen. Meine Mutter kehrte uns den Rücken zu."

Wieder machte Orly eine Pause. Dann fuhr sie fort: „Jaakov erzählte uns die Geschichte. Dann sagte Simon zu den Kindern, sie sollten mal zu dem Esel gehen und etwas zu essen holen. Inzwischen beugte er sich über Rahel und betete, dreimal, wie es auch von Elia bei der Witwe aus Zarpat erzählt wird, deren Sohn er wieder ins Leben zurückholte. Beim dritten Mal schlug die Kleine die Augen auf. Das war ein Wunder und Simon sagte nur, dass Jeshua das getan habe. Die Maria in Bethanien hat mir so etwas auch von ihrem Bruder erzählt, der schon vier Tage tot gewesen war, und den Jeshua wieder ins Leben zurück geholt hatte."

Zippora sah Orly unverwandt an: „Ja, Jaakov hat mir schon gestern Abend davon erzählt. Ich wollte das erst nicht glauben. Aber nun hast du es bestätigt. Wie wunderbar, so etwas wirklich zu erleben und an der kleinen Rahel zu sehen."

„Kennst du Jeshua?", fragte Orly.

„Nein, ich würde ihn gern kennen lernen", gab Zippora zu.

Orly nickte: „Ich auch. Ich hatte jetzt auf der Wanderung schon die Gelegenheit, mit Simon zu reden. Er ist nämlich einer seiner Jünger gewesen. Ich habe gesagt, dass Jeshua in mein Herz kommen soll. Seither fühle ich mich so geborgen und getragen. Ich kann es gar nicht beschreiben, wie."

Zippora sah die junge Frau an. Wirklich, das vernarbte Gesicht hatte eigentlich nichts Abstoßendes, weil ein innerer Friede von ihr ausging. Zippora seufzte.

Eine Weile arbeiteten die beiden Frauen an dem Webstuhl. Dann nahm Orly das Gespräch noch einmal auf: „Meine Mutter möchte mich immer verstecken. Sie schämt sich für mein Aussehen. Ich wäre gern verheiratet, aber wie soll das gehen, wenn ich nicht gefragt werde. Außerdem ist jetzt gerade in dem Sturm in Jerusalem meine Schwester verschwunden. Ich hätte sie gern gesucht, aber mein Bruder, der Eleazar Ben Yair, wollte, dass wir sofort die Stadt verlassen. So fühle ich mich für die Kinder verantwortlich. Da ich schon eine Weile bei meiner Schwester wohnte, vertrauen sie mir. Aber der kleine Joram will unbedingt seine Ima suchen. Ich hoffe sehr, dass sie mit anderen Gruppen nach Masada gegangen ist. Ich kann den kleinen Kerl ja verstehen. Er ist aber auch schnell abzulenken, so zum Beispiel ließ Simon ihn auf dem Esel reiten, was er natürlich gern hat. Simon kümmert sich mit viel Liebe um uns alle."

„Du bist eine tapfere Frau", bemerkte Zippora, „Gott segne dich!"

„Kannst du auch Wolle zu Fäden spinnen?", versuchte Orly das Gespräch in eine andere Richtung zu lenken.

„Ja, sicher", bestätigte Zippora.

„Kannst du mir das zeigen, wie man das macht? Ich würde es gerne lernen."

Zippora sprang auf, holte eine Spindel und eine Handvoll Schafswolle, hielt die Spindel mit der rechten Hand hoch und begann, aus der Schafwolle Fäden zu ziehen und die Spindel dabei zu drehen, dass die Fäden darauf gewickelt wurden.

„Siehst du, das ist ganz einfach", sagte sie.

„Ich glaube, das kann ich nicht. Mein linker Arm ist ja etwas kürzer."

„Probier es doch", ermunterte Zippora sie und hielt ihr die Spindel hin.

Orly nahm die Spindel und versuchte mit der linken Hand Fäden aus dem Wollbausch zu ziehen und dabei zu drehen. „Nein", sagte sie, „es geht nicht."

Die beiden Frauen waren so vertieft in ihre Arbeit, dass sie das Eintreten von Mirjam gar nicht bemerkt hatten.

„Oh, was macht ihr denn da?", fragte sie.

Orly und Zippora drehten sich um. Zippora lächelte freundlich: „Komm nur näher. Vielleicht kannst du ja die Spindel halten, dann kann Orly die Fäden mit der rechten Hand ziehen. Du musst nur die

Spindel fleißig drehen."

Mirjam trat zu den Beiden, sah interessiert darauf, wie Zippora die Spindel hielt und versuchte es dann selbst. Bald hatte Orly mit Mirjams Hilfe den Wollebausch zu Fäden versponnen.

„Das geht ja gut!", freute sich Zippora. „Ich schenke euch eine Spindel. Dann könnt ihr auf Masada euch selbst Garn herstellen!"

„Das ist aber eine gute Idee", meinte Orly und Mirjam nickte. „Danke", flüsterte sie.

Orly wunderte sich über sich selbst. Dies war nun schon die zweite Begegnung in wenigen Tagen, wo ihr fremde Menschen begegnet waren, die sie so akzeptierten, wie sie war.

„Es ist so schön, Menschen zu treffen, die Ruhe und Frieden ausstrahlen", sagte sie. „Wie ist das in eurer Gemeinschaft, die Frauen leben hier, die Männer dort und doch irgendwie zusammen."

„Ja, die Brüder haben ihre eigene Gemeinschaft und wir auch. Wir Frauen sind damit zufrieden. Wir haben unseren Besitz, das, was wir hatten, alles in die Gemeinschaft gegeben. Und wir werden ja auch versorgt. Die Brüder sind mit den Schriften beschäftigt und wir kümmern uns um das Äußere, wie die Kleidung, die wir anfertigen. Die Töpferei hat ein Bruder unter sich, die Schäferei, die Küche, das wird alles von den Brüdern geleitet. Wir sind Frauen von Brüdern, die hier eingetreten sind, als wir schon mit ihnen verheiratet waren. Daher sind ja auch Kinder hier."

„Ja, ich habe mit einigen von den Kindern die Ziegen gefüttert", bemerkte Mirjam. „Das war ganz lustig."

„Ich glaube aber, Orly", Zippora sah auf Orlys Füße, „du solltest dich wieder auf das Bett legen, damit du deine Füße noch ausruhst."

„Ja, das wäre gut", bestätigte Orly und erhob sich, wobei sie beim Auftreten etwas das Gesicht verzog.

„Es ist noch nicht ganz in Ordnung. Ich werde noch einmal meine Salbe auftragen, damit ihr morgen wirklich weiter gehen könnt", bestätigte Zippora und ging zu dem Regal, wo so allerhand Tiegel standen.

Lea war wieder in die ihnen zugewiesene Kammer gegangen. Sie legte sich auf das Bett. Diese Hitze machte ihr doch sehr zu schaffen. Ob es auf Masada auch so heiß war? Oder ob das nur an diesem Hamsin lag? Würde sie sich dran gewöhnen können? Noch einmal gingen ihr die Ereignisse der letzten Tage durch den Kopf, die überstürzte Flucht aus Jerusalem, die Begegnung in Bethanien, ihre Eigenmächtigkeit mit den Kindern in die Nacht zu laufen, Rahels Tod. Aber dann war sie ja wieder lebendig geworden, weil Simon gebetet hatte. Hatten die Rabbiner vielleicht doch nicht Recht, dass sie daran zweifelten, dass Jeshua Gottes Sohn ist? Simon war sich so sicher und er hatte schließlich fast drei Jahre mit dem Rabbi zusammen gelebt. Wo war er jetzt? Sie hätte ihn so gern gefragt. Sie war in ihrem Innern hin und her gerissen. Hatte dieser Jeshua auch Tote lebendig gemacht? Ja, er hatte viele Kranke geheilt, das erzählte man sich noch überall. Aber Lea war ihm nie begegnet. Sie bedauerte es jetzt.

Lea war eingeschlafen. Brütend lag die Hitze über der Siedlung. Mirjam, Rahel, Joram und Jaakov kamen ebenfalls in den Raum. Als sie die schlafende Großmutter sahen, setzten sie sich auf das andere Bett und unterhielten sich leise.

„Der eine Junge hat gesagt, dass es hier Löwen gibt", flüsterte Joram mit großen Augen.

„Ja, aber die kommen doch nicht hierhin", meinte Mirjam.

„Hu, ich hab aber Angst, wenn wir morgen weiter gehen", Joram zog sich die Decke über den Kopf.

„Brauchst keine Angst zu haben, ich habe einen Dolch", Jaakov zog zum Beweis das kleine Schwert hervor, das er immer bei sich hatte.

„Nein, Jaakov", protestierte Rahel, „du tust doch niemandem etwas. Auch nicht einem Löwen."

„Nein, mein Kleines, nur wenn dir jemand etwas tun will", Jaakov zog seine Schwester zu sich.

„Habt ihr die Kamele gesehen, die da draußen rumliefen", warf Mirjam ein, „die sahen so aus, als gehörten sie niemandem. Man müsste sich eins fangen. Dann könnten wir darauf reiten und wären

137

ganz schnell auf Masada."

„Na, ob man die einfach so einfangen kann?", bezweifelte Jaakov. „Sicherlich gehören sie irgendwelchen Beduinen. Ich habe mal gehört, dass die Weibchen oft ganz weit von den Zeltplätzen der Beduinen weglaufen, aber immer wieder dahin zurückkehren."

„Ja, das waren Weibchen, Ich hab gesehen, dass das eine Kamel ein ganz kleines bei sich hatte", bestätigte Mirjam.

„Ob es wohl Tante Orly morgen besser geht?", wollte Rahel wissen.

„Mit Sicherheit", Mirjam nickte, „ich habe vorhin mit ihr und der Zippora Wolle gesponnen."

Lea war wieder aufgewacht und hörte die Kinder leise sprechen. Sie verhielt sich aber ganz still, um ein wenig zu lauschen. Eigentlich konnte sie dankbar sein, dass ihr diese Enkelkinder geblieben waren. Aus dem Augenwinkel sah sie Rahel in ihrer vertrauten Art an Jaakov angelehnt. „Alle Tage sind vor dir, wie in einem Buch", dachte sie.

Sie seufzte, wodurch die Kinder auf sie aufmerksam wurden. Rahel hüpfte vom Bett und kam auf sie zu.

„Safta, wir dachten du schläfst", sagte sie und streichelte ihre Hand.

„Das hab ich auch, mein Kleines", Lea strich ihr über den schwarzen Lockenkopf.

„Hoffentlich haben wir dich nicht geweckt", meinte Jaakov.

„Nein, nein, aber du könntest dich draußen mal nach Simon umsehen und mit ihm für morgen früh die Verabredung treffen."

„Das mach ich, Safta", und damit war der Junge schon aus der Tür, froh, etwas Sinnvolles tun zu können. Er verschwieg, dass er schon längst mit Simon gesprochen hatte. Das Herumsitzen, das war nicht nach seinem Sinn. Er wäre sowieso lieber gleich losgegangen, als der Sandsturm aufgehört hatte. Er lief zum Wachturm. Dort fand er Tobias, der ihn diesmal gar nicht freundlich empfing.

„Was machst du hier?", fuhr der Jaakov an. „Bleib in deinem Zimmer."

„Was ist denn los? Ist dir eine Laus über die Leber gelaufen?", fragte der Junge.

„Mensch, frag nicht. Es sind neue Leute gekommen. Die haben nichts Gutes berichtet. Jerusalem steht kurz vor dem Fall. Wer weiß, ob die Römer dann nicht auch hierher kommen!", erklärte Tobias.

Jaakov erschrak. Wie sollte er seinen Leuten diese Nachricht vermitteln. Sie mussten so schnell wie möglich weiter.

„Weißt du, wo ich Simon finde?", fragte er dennoch.

„Den habe ich vorhin da draußen gesehen", Tobias wies in Richtung der judäischen Berge, die sich gegen die untergehende Sonne wie ein Scherenschnitt abzeichneten.

„Ja, und dann sah ich ihn mit den Ankömmlingen reden. Die sind bestimmt zum Rabbi gegangen."

Jaakov wollte sich umdrehen und in die angegebene Richtung laufen. Aber Tobias hielt ihn am Ärmel. „Nein Junge, da darfst du nicht hin, du bleibst hier. Ich versuche Simon zu finden."

Damit ging er in Richtung Skriptorium. Jaakov hockte sich in den Schatten des Tores am Wachturm, um auf seine Rückkehr zu warten. Er überlegte, was er ihn noch Wichtiges fragen könnte. Eigentlich hatten sie ja schon ausgemacht, dass sie sich am nächsten Morgen am Tor treffen würden.

Simon war aus der Siedlung hinausgegangen und hatte die Richtung der Höhle von Nathan eingeschlagen. Es war ein felsiges, dürres Gelände und der Sandsturm hatte seinen feinen Sand überall hin verteilt, wie Zucker über einem Kuchen. Er hatte sich an einen Stein gelehnt auf die Erde gesetzt, so, dass er den Blick über die Siedlung und auch über das Salzmeer schweifen lassen konnte. Er suchte die Nähe zu seinem Herrn.

„Herr, du mein Gott, du Ewiger, gelobt seist du! Wie hast du die Erde so vielseitig und schön gemacht. Nur wir Menschen haben immer nur alles zerstört. Wärest du, Jeshua nicht gekommen, uns deine Liebe zu zeigen, uns zu erretten, was würde nur aus uns werden.

Aber nun können wir ja Hoffnung haben. Herr, wie ist es doch so schwierig, den Menschen dein Heil mitzuteilen, dass sie überzeugt sind, dass sie dich brauchen, um ewiges Leben zu haben. Was mache ich falsch? Ich kann doch nur bezeugen, was ich mit dir erlebt habe. Bitte hilf mir, die rechten Worte zu finden und deine Liebe weiterzugeben."

Simon schwieg eine ganze Weile, horchte in sich hinein und auf das Flüstern der Wüste.

Die Verantwortung lastete schwer auf ihm. Er war es gewohnt, sich anzulehnen und sich führen zu lassen. Jetzt sollte er führen. Ob bei dieser kleinen Gruppe, die ihm anvertraut war, durch dieses Wunder der Auferweckung der kleinen Rahel wohl irgendein Fragen in Bewegung gesetzt worden war?

„Herr", begann er wieder, „ich bitte dich für die Kinder, aber auch für die Verschleierte und besonders für die alte Frau, die so herrisch tut, vielleicht auch nur verletzt ist, dass du ihnen begegnest, ihre Herzen für dich aufschließt, dass sie durch deine Gnade errettet werden."

Simon sah nach der Siedlung und wünschte allen darin lebenden überreichen Segen. Er ließ seinen Blick über das Salzmeer schweifen und dann in die Richtung, aus der sie gestern gekommen waren. Sein Auge blieb an einer Staubwolke hängen, die sich mehr und mehr auf die Siedlung zu bewegte. Was mochte das sein? Langsam konnte er erkennen, dass es zwei Reiter waren. Wollten sie zu der Siedlung der Essener oder wollten sie weiter? Ihm fiel die Begegnung in Bethanien mit den römischen Soldaten ein. Waren sie jetzt hierher gekommen, um Jaakov zu suchen? Simon erhob sich langsam und lehnte sich an den Felsen. Angestrengt sah er hinunter, auf die Reiter, die jetzt das Wachtor erreicht hatten. Nein, das waren keine römischen Soldaten. Simon hätte sie an dem Helm und dem Brustpanzer erkannt.

Er ging langsam den Weg hinunter zu der Siedlung. Er wollte doch wissen, wer die Neuankömmlinge waren, die in so schnellem Ritt daherkamen.

Simon trat durch die hintere Pforte in den Hof, und ging hinüber zu dem Wachturm, wo Tobias seinen Dienst versah. Er hörte das Pochen an das Tor und eine kräftige Stimme rief von außen: „Aufmachen!"

„Wer da?", hörte er Tobias hinunter rufen.

„Freunde aus Jerusalem! Josef Ben Ari und Menachem Ben Haakoz", kam die Antwort ziemlich kurzatmig.

Simon hörte, wie Tobias die Treppe hinab polterte und das Tor aufriss. Die beiden schienen also bekannt zu sein. Tobias führte die Pferde herein. Die beiden Männer waren schweißnass und staubig von dem langen Ritt und ziemlich aufgeregt, denn sie verlangten sofort den Rabbi sprechen zu dürfen.

Tobias riet ihnen, sich erst einmal zu erfrischen. Er würde inzwischen die Pferde versorgen und sehen, ob sie so schnell eine Audienz bei dem Rabbi bekämen. Damit führte er die Pferde am Halfter in den Hof, wo die Tiere untergebracht waren und meldete dem Rabbi die Ankunft der beiden Männer.

Simon trat aus dem Schatten, in dem er gestanden hatte und grüßte die Beiden mit einem: „Shalom Ihr kommt aus Jerusalem? Wie steht es um die Stadt und den Tempel?", fragte er.

„Ach da, sieh an, Simon der Zelot, der jetzt zu den Leuten des Weges gehört", wurde er begrüßt. „Du hast doch ganz in der Nähe des Essener Viertels gewohnt. Was machst du hier? Willst du dich hier in Sicherheit bringen?"

„Nein, nein, ich habe einen Auftrag. Der Sandsturm heute Morgen hat uns aufgehalten. Ich sollte eine kleine Gruppe, Verwandte von Eleazar Ben Yair nach Masada bringen."

„Ach so", war nur die Antwort und Simon schien es, dass die Zwei ihm etwas feindseliger gegenüber standen. Aber Simon hatte gelernt, sich nicht von Gefühlen leiten zu lassen, darum wagte er die Frage zu wiederholen. „Wie steht es um den Tempel und um Jerusalem?"

„Dein Eleazar hat uns diesen ganzen Schlamassel eingebrockt. Es ist schlimm. Jerusalem brennt, und das Heiligtum steht in Flammen, die Römer machen sich über die heiligen Geräte aus dem Tempel her. Ich habe gesehen, wie sie die goldene Menorah abschleppten. Alles ist dahin. Sie werden das Gold von den Steinen kratzen. Die Zeloten machen sich aus dem Staub und jeder, der in der Stadt bleibt, wird niedergemetzelt, dessen bin ich sicher."

„Das tut mir Leid", Simon war ehrlich betroffen. Dennoch dachte er an die Worte, die Jeshua einmal zu ihnen gesagt hatte, als die Jünger den Tempel rühmten: „Kein Stein wird auf dem anderen bleiben." Das war jetzt schon 40 Jahre her. Aber auch das hatte Simon gelernt, dass die Aussagen seines Herrn unweigerlich eintraten. Sollte er den beiden das sagen? Klang das nicht wie Besserwisserei?

„Leid, Leid!", höhnte der eine der beiden Männer. „Weißt du wie viel Leid in der Stadt ist? In der letzten Woche hat eine Frau sogar ihr eigenes Kind aufgegessen. Wo ist der Ewige? Hat er sein Volk ganz verlassen?"

„Seid ihr deswegen hier, um den Lehrer der Gerechtigkeit, den Rabbi, nach einem prophetischen Wort zu fragen?", wagte Simon die Nachfrage.

„Ach, was geht es dich an", sagte der andere mürrisch.

„Ich kann euch aber sagen, warum das alles geschieht. Ihr und besonders die Priester, allen voran die Hohenpriester, wollen nicht akzeptieren, dass Jeshua der verheißene Messias und Gottes Sohn ist." Simon wunderte sich selbst über seinen Mut.

„Komm", sagte der erste zu seinem Freund, „mit dem brauchen wir nicht zu reden. Die Hohenpriester haben schon recht, wenn sie sagen, dass diese Sekte nur unsere Seelen verführt." Er zog sein Kopftuch tiefer über das Gesicht. Aber Simon konnte den feind-seligen Blick dennoch erkennen.

Tobias kam um die Ecke und sagte den beiden Männern, dass der Rabbi sie nach dem Abendgebet sehen möchte.

Simon wandte sich ab. Er musste noch einmal über die Nachricht, dass der Tempel ein Opfer der Flammen war, nachdenken. Würden die Römer sich nun mit der Einnahme Jerusalems zufrieden geben? Wenn die Zeloten eine Weile auf Masada ausharren, würden sie doch irgendwann wieder versuchen, die Heilige Stadt in ihren Besitz zu bringen. Aber Simon wollte sich über die Zukunft keine Gedanken machen. Gott würde schon wissen, wie es weitergeht. Er hatte nur Schritte zu tun, die jetzt sein Auftrag waren. In Gedanken versunken ging er wieder der hinteren Pforte zu. Plötzlich stand Jaakov vor ihm.

„Simon, was wollten die beiden Männer, die da mit dem Pferd gekommen sind?", wollte er wissen.

„Ach mein Junge. Es ist nichts. Aber wir sollten morgen ganz früh aufbrechen. Kannst du das deiner Großmutter und Tante sagen? Es wird doch gehen?", erwiderte Simon.

„Nicht wahr, Jerusalem steht in Flammen und der Tempel auch!", Jaakov sah Simon fragend von unten an.

„Hast du gelauscht? Ja, es stimmt. So sagen jedenfalls die beiden Männer", bestätigte Simon.

„Dann kommt mein Vater auch bald nach Masada. Ich werd's der Großmutter sagen, dass wir morgen ganz früh aufbrechen." Damit verschwand er in Windeseile.

Simon sah ihm nach. Er konnte die Freude des Jungen verstehen, seinen Vater bald wieder zu sehen. Und doch hatte die Aussicht einen bitteren Beigeschmack.

Begegnungen in der Oase

Am nächsten Morgen, als die Dämmerung sich schon über dem moabitischen Gebirge ankündigte, konnte Simon die Söhne des Lichts beobachten, wie sie mit ehrfürchtigen Gebeten für die rituellen Waschungen zu den Mikwehs gingen.

Tobias brachte zwei Esel, auf denen Satteltaschen lagen.

„Zippora hat da einiges eingepackt", erklärte Tobias. „Deine Mitreisenden erwarten dich am Tor. Wir wünschen euch Shalom!"

Simon nahm die Esel am Zaum und führte sie durch das Tor hinaus. Draußen wartete schon die kleine Gruppe. Joram war gleich begeistert, als er die Esel sah und steuerte gleich auf einen der beiden zu. „Das ist mein Esel", verkündete er. Simon hob den kleinen Mann hinauf.

„Nu, und wer will auf dem anderen reiten?", fragte er.

„Orly", sagte Mirjam bestimmt.

„Nein, nein", wehrte Orly ab. „Lass nur die Kinder reiten. Meine Füße sind wieder ganz in Ordnung."

Sie hatte sich wieder den Schleier über das Gesicht gezogen, weil sie wusste, dass es ihrer Mutter nicht gefiel, wenn sie mit aufgedecktem Gesicht ging. Außerdem hielt der Schleier doch die direkten Sonnenstrahlen ab.

Simon hob Rahel auf den zweiten Esel und Lea warf ihr Bündel dem Esel auf den Rücken. So setzte sich die Gruppe in Bewegung Richtung Süden. Schon bald stieg die Sonne höher am Horizont. Dennoch war Orly erstaunt, dass ihr die Hitze so wenig ausmachte. Sie war ganz erfüllt von den Begegnungen. Voller Dankbarkeit und leichten Herzens schritt sie aus.

Das Salzmeer lag zu ihrer Linken, das judäische Gebirge erhob sich zu ihrer rechten Seite. Manchmal kam der Gebirgszug schroff und drohend nahe an die Küste, so dass sie sich einen schmalen Pfad zwischen Meer und Bergen suchen mussten. Die Esel trabten aber sicher vorwärts. Plötzlich blieb der vordere stehen. Orly versuchte zu entdecken, warum der Esel auf einmal stehen blieb.

„Große Tiere mit Hörnern!", rief Joram von vorne „Ima, Joram hat Angst."

Mit langen Schritten, war Simon bei ihm.

„Beruhige dich", sagte er besänftigend, „das sind Steinböcke. Die haben mehr Angst vor dir."

Tatsächlich stob ein ganzes Rudel von Steinböcken den Berghang hinauf. Bewundernd schauten sie hinterher.

„Oh, so wie die möchte ich auch den Berg hinaufspringen", meinte Mirjam.

„Kannst es ja mal versuchen", neckte Jaakov sie.

„Ja, das ist schon großartig, wie der Schöpfer jedes Tier besonders geschaffen hat", bestätigte Simon.

Nun strengte Joram sich an, Steinböcke zu sichten. Immer wieder ließ er die Augen die Berghänge hinauf schweifen und meinte jeder Bergzacken müsse ein Horn vom Steinbock sein. Aber nach einer Weile maulte er: „Die sind alle weggelaufen."

„Das sind eben ganz scheue Tiere", erklärte Simon. „Aber ich bin sicher, das waren nicht die letzten, die du gesehen hast."

Der Weg führte manchmal hinauf und manchmal mussten sie auch ein Wadi durchqueren. Das war sehr mühselig, weil die Ufer sehr steil und bröckelig waren.

Orly hing ihren Gedanken nach, die Gespräche und die Begegnungen und besonders ihre neue Liebe zu Jeshua beschäftigten sie.

Sie musste mehr über ihn erfahren. Wenn man nur etwas Schriftliches hätte! Dann wieder dachte sie an ihre Schwester Abigail. Die Frage quälte sie eine ganze Weile. Simon kam an ihre Seite.

„Nun, wie geht es mit den Füßen?", fragte er.

„Oh, danke, die Salbe hat wirklich gut geholfen. Ich bin so dankbar!", entgegnete Orly.

„Ja, wir dürfen jeden Tag neu danken, dass Jeshua und damit der Ewige uns beschützt!", bestätigte Simon. „Oder wem willst du dankbar sein?"

„Ja, natürlich", Orly sah Simon durch ihren Schleier von der Seite an. Konnte sie ihm ihre Sorgen sagen? Orly gab sich einen Ruck: „Ich habe solche Angst um meine Schwester. Was wird mit ihr geschehen sein? Was wird ihr Mann tun, wenn er erfährt, dass Abigail etwas zugestoßen ist. Wir wissen es ja nicht!"

„Genau," erwiderte Simon, „wir wissen es nicht. Aber der Höchste sieht alles. Er hat auch alles in seiner Hand, dessen bin ich sicher. Darum dürfen wir ihm vertrauen und sollten ihn bitten, uns Gewissheit und Ruhe in unser Herz zu schenken. Jeshua versteht unsere Ängste und Sorgen, denn er war ein Mensch wie wir. Aber nun ist er beim Vater und tritt für uns fürbittend ein."

Lea, die hinter ihnen gegangen war, mischte sich ein: „Als wenn das so einfach wäre. Der Ewige hat sich von uns abgewandt. Er sieht uns nicht. Er ist Gott und unerreichbar. Wie kannst du sagen, dass er uns versteht?!"

Simon wandte sich um und sah die steile Falte zwischen ihren Augen, die finster blickten.

Wie viel Liebe war nötig, um diese verbitterte Frau zu erreichen?

„Gott liebt jeden einzelnen Menschen. Jeshua ist nämlich auf Gottes Weisung auf diese Welt gekommen, um durch sein Opfer die Menschen zu retten."

„Und die vielen Opfer, die täglich im Tempel gebracht werden? So steht es doch auch in der Thora, seit dem Auszug aus Ägypten werden sie gebracht, ja, sie sind sogar vorgeschrieben!", unwillig erklärte Lea ihren Standpunkt.

„Ja, das ist richtig. Und doch, wenn der Tempel jetzt zerstört wird, gibt es keine Opfer mehr. Und wir brauchen sie auch nicht, denn Jeshua ist das eine Opfer, das ein für allemal Gültigkeit hat."

„Jeshua, du mit deinem Jeshua! Das sind doch Ammenmärchen. Ich halte mich an das, was die Priester sagen und was in der Thora steht." Damit war für Lea das Thema beendet.

Orly ärgerte sich, dass ihre Mutter sich so eingemischt hatte. Immer wollte sie es besser wissen. Aber für Orly waren die Erklärungen von Simon logisch. Sie wollte glauben.

Als hätte Simon ihre Gedanken erraten, raunte er ihr zu: „Glaube nur, und du wirst die Nähe Gottes erfahren."

Orly betete im Stillen: ‚Großer Gott, ich glaube, dass du mich hörst und dass du mich liebst. Ich bitte dich, mir die Unruhe über das Schicksal meiner Schwester Abigail von mir zu nehmen.' Orly horchte in sich hinein. War da eine Antwort? Als hätte Simon sie gehört sagte er nur: „Die Unruhe verschwindet, wenn du Jeshua die Ehre gibst und ihm gleich dankst, als hättest du schon bekommen, um was du bittest."

Orly blieb stehen und sah Simon an. Sie nickte: „Ja, du hast Recht. Ich will Gott danken, dass er alles gut macht und auch meine Schwester zu ihrer Familie zurückbringt."

Auch Lea musste immer an ihre Tochter Abigail denken. Aber ihre Gedanken waren voll Zorn, voll Zorn auf sich selbst, auf ihren Sohn Eleazar, der diesen, ihrer Meinung nach übereilten Befehl zum Abmarsch erteilt hatte, auf Simon, der sich nicht aus der Ruhe bringen ließ, und offensichtlich auch noch Orly eingewickelt hatte. Kein Wunder, wo sie sie doch sonst immer von der Öffentlichkeit fern gehalten hatte. Das dumme Ding hatte ja keine Ahnung, wie böse die Welt war. Sie ging mürrisch hinter der Gruppe her, während Jaakov und Mirjam aufmerksam hierhin und dorthin spähten, ob sie nicht noch etwas Neues und Aufregendes entdecken könnten.

Am späten Nachmittag erreichten sie eine kleine Oase.

„Dies müsste En Gedi sein", vermutete Simon.

„En Gedi? Hat hier nicht König David in einer Höhle gesessen, als er vor Saul geflohen war?", fragte Jaakov.

„Richtig, mein Junge. David hielt sich hier mit seinen Leuten versteckt. Und weißt du auch, was dann passierte?"

Jaakov überlegte: „Ich glaube, Saul kam in die Höhle, in der David war, um ... na ja, um seine Notdurft zu verrichten. Aber David hat ihm nur einen Zipfel von seinem Umhang abgeschnitten."

„Er hat ihn nicht getötet, obwohl seine Leute ihn dazu aufgefordert haben", ergänzte Mirjam.

„Genau!", bestätigte Simon. „Daran hat dann Saul erkannt, dass David ihm nichts Böses tun wollte und hat ihn dann nicht mehr verfolgt."

Sie gingen ein wenig weiter in die Schlucht hinein. Der Taleinschnitt war am Anfang mit Palmen bewachsen. Sträucher und Büsche standen hier, aber ihr Grün war schon grau und unansehnlich.

„Von hier aus ist es nicht mehr weit bis nach Masada. Lasst uns hier die Nacht verbringen", schlug Simon vor.

„Wenn es nicht mehr weit ist, warum gehen wir nicht gleich weiter", grummelte Lea.

„Ich halte es für besser, hier zu bleiben. Hier gibt es Wasser und die Nacht bricht schnell herein. Einen halben Tag brauchen wir sicher noch, um zu der Festung zu gelangen. So hat es mir wenigstens Jetro gesagt. Lasst uns dort drüben lagern."

Simon band die Esel an einen Baum, setzte die Kinder auf die Erde und nahm die Satteltaschen herunter. Er breitete seinen Mantel auf den warmen Stein und ließ Rahel und Joram sich setzen. Orly gab jedem Brot und Früchte, die Zippora ihnen eingepackt hatte.

Jaakov wollte lieber, so lange es hell war, die Schlucht hinaufsteigen.

„Bleib lieber hier", protestierte Lea. „Sonst kommt noch ein Löwe."

„Ach was", rief Jaakov unbekümmert und sprang von einem

Stein zum anderen weiter in die Höhe. Es dauerte aber nicht lange, da kam er wieder zurück.

„Na, hast du einen Löwen getroffen?", fragte Mirjam spitz.

„Nein, das nicht", Jaakov war ganz atemlos. „Stellt euch vor, nicht weit von hier lagert noch eine andere Familie, die aus Jerusalem geflohen ist. Sie sind auch auf dem Weg nach Masada!"

„Ach ja, kennst du sie denn? Hast du mit ihnen gesprochen?", wollte Lea wissen.

„Nein, ich weiß nicht. Ich bin nur ein wenig an sie herangeschlichen und hörte sie miteinander reden. Es sind fünf Kinder, zwei Frauen und ein Großvater. Ich habe gehört, wie der eine Junge Saba zu ihm sagte."

„Dann können wir uns doch zusammen tun und gemeinsam weitergehen", schlug Lea vor. Sie hätte gern Simon gesagt, dass er zurückgehen kann, nach Hause, nach Jerusalem oder sonst wohin.

„Ja, das ist eine gute Idee", stimmte Simon zu. „Ich werde mal mit den Leuten reden."

Zwischen den Zweigen konnten sie sehen, wie die andere Gruppe ein Feuer angezündet hatte. Simon überlegte, ebenfalls ein Feuer zu entfachen, verwarf aber gleich den Gedanken. Es war besser, sich mit den anderen an ein Feuer zu setzen.

„Komm Jaakov", sagte er, „wir gehen mal da rüber."

Jaakov führte Simon die Schlucht hinauf, bis zu der Stelle, wo das Feuer brannte und die Familie darum gelagert hatte.

Unter Simons Füßen knackte ein trockener Zweig, so dass die Gruppe aufmerkte und angestrengt in ihre Richtung schaute.

„Shalom", grüßte Simon, „ich nehme an, ihr seid auch auf dem Weg nach Masada."

Der alte Mann war aufgesprungen und sah in ihre Richtung.

Simon hatte gesehen, dass der Großvater ein kurzes Schwert, wie es die Sikarier hatten, an seiner Seite trug. Das bestätigte ihm, dass es auch Zeloten sein mussten. Der alte Mann sah Simon aber grimmig entgegen. Seine Hand fuhr sofort zu seinem Dolch, dass Simon auf ein Näherkommen verzichtete.

„Was wollt ihr?", wurde er unfreundlich begrüßt.

„Wir sind Zeloten, ich nehme an, wie ihr auf dem Weg nach Masada."

„Ich bin Jaakov Ben Eleazar, Ben Yair", mischte sich Jaakov ein. Simon staunte, mit welchem Selbstbewusstsein der Junge seine Stellung zu nutzen wusste. Der alte Mann war sofort besänftigt, und ließ die Hand sinken.

„Oh, das wusste ich nicht", beruhigte er sich. „Das ist natürlich etwas anderes. Seid uns willkommen. Es läuft so viel Gesindel herum. Da muss man aufpassen. Wie viele seid ihr denn?", wollte er wissen.

„Wir sind zwei Frauen, vier Kinder, und ich bin Simon, der zu ihrem Schutz die Gruppe führt", erläuterte Simon. „Wir wollten nicht auch noch ein Feuer anmachen, was natürlich besser ist, wegen der wilden Tiere."

„Ja kommt nur her zu uns", lud eine der Frauen Simon ein.

Simon und Jaakov gingen zurück und forderten Orly, Lea und die Kinder auf, mit ihnen zu der anderen Gruppe hinüber zu gehen. Rahel fasste die Hand ihres Bruders, ihr war es unheimlich, die unbekannte Gegend, die unbekannten Menschen, die ihnen interessiert entgegensahen.

Lea, stand sofort auf, und im Näherkommen erkannte sie ihre ehemalige Nachbarin.

„Tamara, da muss man durch die Wüste gehen, um dich zu treffen!", rief sie erfreut.

Tamara war aufgestanden und umarmte Lea.

„Shalom, wirklich, in Jerusalem haben wir uns so selten gesehen, obwohl wir Nachbarn waren! Du hattest ja nie Zeit, immer hattest du zu tun. Ich hatte oft den Eindruck, dass du gar nicht mit mir reden wolltest. Aber nun musst du ja Zeit haben. Wie schön, dass wir nun zusammen nach Masada gehen können! Hier, das ist meine Cousine Jemima, sie wohnte in einem anderen Stadtteil." Jemima, eine unscheinbare Frau, mit großen dunklen Augen, die ihr fast aus dem Kopf zu fallen schienen, nickte nur.

Lea fiel gleich wieder ein, warum sie den Kontakt mit Tamara gemieden hatte. Diese redete ja, ohne Luft zu holen.

„Ach wie süß, sind das deine Enkelkinderchen", Tamara beugte sich zu Rahel und fasste dann Jaakov ins Auge: „Du bist aber ein strammer Bursche. Wie alt bist du denn? Hast du schon deine Bar Mizwa gehabt?" Ohne eine Antwort abzuwarten wandte sie sich Mirjam und Joram zu: „Ach, und noch so ein goldiger Junge, wie heißt du denn und du bist ja deiner Großmutter wie aus dem Gesicht geschnitten. Und wer ist das da?", Tamara deutete auf Orly. „Habt ihr eine Aussätzige dabei? Das ist aber gar nicht gut. Das wird auf Masada sicher nicht geduldet."

Lea wurde ärgerlich: „Nein, sie ist nicht aussätzig. Das ist meine ältere Tochter, die sich vor der Sonne schützen muss."

Tamara sah Orly durchdringend an, zuckte die Schultern und wandte sich dann ab. Lea verzichtete darauf, ihrerseits so viele Fragen zu stellen.

„Ich hoffe, dass wir aber bald wieder nach Jerusalem zurück können!", fuhr Tamara fort.

„Da werden wir noch länger drauf warten müssen", warf der Großvater ein. „In Jerusalem brennt inzwischen jedes Haus. Ich bin sicher, dass der Überrest der Zeloten auch bald auf Masada sein wird."

„Ja, es steht eben nicht geschrieben, dass Gott, der Herr, Jerusalem erretten wird ...", wagte Lea zu bemerken.

„Jerusalem wird errettet werden, wenn sein Volk auf Gott und seinen Messias vertraut", antwortete Simon. „Aber sie haben den Messias verworfen und ihn ans Kreuz geliefert und nun müssen wir die Strafe dafür auf uns nehmen."

„Der Messias lässt auf sich warten", giftete Lea. „Er ist uns verheißen und sein Friedensreich. Was wir haben, ist nichts als Chaos." Sie wandte sich ab und sah sich um.

„Komm doch zu uns", forderte Tamara sie auf. Lea ließ sich aber nur widerwillig neben ihr nieder. Die Kinder hatten nicht auf das Ende der Diskussion gewartet. Sie hatten gleich Freundschaft miteinander geschlossen und begannen, sich gegenseitig ihre Erlebnisse zu erzählen. Jaakov erzählte von den Steinböcken, die sie gesehen hatten, von Qumran und von Rahels Tod und Wiederbelebung. Die anderen Kinder, zwei Jungen in Jaakovs Alter und drei Mädchen, die aber jünger waren, waren sehr beeindruckt. Um mithalten zu können, erzählten sie, dass sie hier in dem EnGedi-Tal ebenfalls schon Steinböcke gesehen hatten und Klippdachse und dass am Ende der Schlucht ein richtiger Wasserfall sei. Das beeindruckte Mirjam sehr und sie wünschte sich noch eine Weile hier bleiben zu können.

„Habt ihr denn meine Ima gesehen?", wollte Joram wissen.

„Warte nur", beschwichtigte Mirjam ihren kleinen Bruder, „vielleicht ist sie schon auf Masada. Unser Haus brannte und Männer kamen und haben unsere Ima mitgenommen, oder sie ist weggegangen, ich weiß es nicht. Ich hatte Angst und habe mich mit meinem Bruder in der Wäschetruhe versteckt. Meine Tante", sie deutete mit dem Kopf in Richtung von Orly, „kam und hat uns da herausgeholt. Dann hat uns Jaakov getroffen und wir sind zusammen aus Jerusalem geflohen. Unser Abba hatte schon alles vorbereitet."

Rahel war auf Jaakovs Schoß eingeschlafen. Auch Joram wurde von der Müdigkeit überwältigt und schlief ein, genauso wie die übrigen Kinder.

Simon hatte sich neben den Großvater gesetzt, der noch ein paar trockene Zweige auf das Feuer warf, während die Frauen zusammen saßen. Nur Orly saß etwas abseits, wie es ihre Gewohnheit war. Aber es machte ihr inzwischen nichts mehr aus. Sie sann über die Worte nach, die vorhin gefallen waren. ‚Jerusalem wird errettet werden'. Welcher Prophet hatte das nur gesagt? War das nicht zu der Zeit, als Hiskia König war und die Assyrer Jerusalem bedrängten? Aber jetzt? Hatte das denn heute noch seine Bedeutung?

Immerhin wurde Jerusalem auch damals gestürmt und der Tempel zerstört, zwar nicht zu der Zeit Hiskias. Nebukadnezar hatte Jerusalem erobert und das jüdische Volk gefangen weggeführt. Aber nach 70 Jahren konnte das Volk wieder heimkehren und der Tempel wurde wieder aufgebaut. Sollte sich jetzt die Geschichte wiederholen? Die Römer erobern Jerusalem und nach 70 Jahren würden sie wieder zurückkehren? Nein, Orly konnte nicht in die Zukunft blicken. Aber sie wusste, dass Gott ein gnädiger Gott ist, und dass das Vertrauen zu ihm immer belohnt wurde.

Orly lehnte sich an einen Baum und schloss die Augen. Sie versuchte, sich an die guten Begegnungen zu erinnern. Die Gedanken an die Zukunft, die sie bedrängen wollten, schob sie von sich. Die Zikaden sangen ihr nächtliches Lied. Ein leiser Lufthauch bewegte die dürren Blätter in den Büschen. Es schien darin voller Leben zu sein, denn ununterbrochen raschelte es mal hier, mal dort. Orly riss die Augen auf und versuchte, die Dunkelheit mit ihrem Blick zu durchdringen. Das niedrige Feuer warf nur unruhige Schatten hierhin und dorthin. Sie sah Simon bei dem alten Mann sitzen. Ob sie sich über die Lage in Jerusalem unterhielten? Zu gern wäre Orly aufgestanden und hätte sich näher zu ihnen gesetzt. Aber das gehörte sich nicht.

Irgendwann war Orly eingeschlafen. Sie wachte auf, weil ihre Füße kribbelten. Sie nahm das Salbentöpfchen, das ihr Zippora zugesteckt hatte, aus ihrer Rocktasche und begann, ihre Füße damit zu massieren. Oh, wie tat das gut! Sie schaute sich um. Das Feuer war fast heruntergebrannt. Simon saß dabei und beobachtete die Glut, stocherte ein wenig darin herum und warf ein paar Äste darauf. Sofort loderte eine kleine Flamme auf. Orly stand auf und ging zu ihm hinüber. Simon sah auf und nickte ihr zu, sie solle sich zu ihm setzen.

Eine Weile sahen beide in die Glut.

„Meinst du, dass Jerusalem gerettet wird?", begann Orly leise flüsternd.

„Ja, wenn Jeshua wiederkommt und sein Friedensreich aufrichtet", erwiderte Simon im gleichen Flüsterton.

„Wann wird das denn sein?"

„Den Zeitpunkt wusste noch nicht einmal Jeshua. Das weiß nur der Allmächtige. Aber wir sollen wachsam sein, sollen Gottes Gebote halten und uns in der Liebe üben, denn Gott ist die Liebe!"

„Wie schwer ist das doch", seufzte Orly. Sie dachte an ihre Abneigung ihrer Mutter gegenüber und fragte sich, wie sie diese überwinden sollte.

Als hätte Simon ihre Gedanken lesen können, fuhr er fort: „Ja es ist schwer, besonders wenn man so wie du, von der Mutter so versteckt und feindselig betrachtet wird. Das erzeugt innerlichen Groll, und eine bittere Wurzel will sich da einnisten. Aber mit Jeshuas Hilfe musst du sie herausreißen. Allein kannst du das nicht. Bitte Jeshua, bitte Gott, er gibt so gern!"

Orly nickte: „Bitte, Simon, hilf mir beten!"

Simon legte die Hand auf ihren Arm und betete: „Jeshua, du siehst die bittere Wurzel, die Orlys Herz zuschnürt. Hilf ihr, ihrer Mutter zu vergeben und schenke beiden ein liebevolles Miteinander. Danke Herr, dass wir nicht umsonst bitten, Amen!"

„Amen", hauchte Orly. Ja, sie wollte eine ganz neue Beziehung zu ihrer Mutter.

Orly sah sich um und fand alle schlafend.

„Hoffentlich kommt nicht wieder eine Schlange oder sonst ein böses Tier!", machte sie sich neue Sorgen.

„Deshalb haben wir ja hier ein Feuer gemacht. Außerdem stehen wir unter dem besonderen Schutz des Allerhöchsten."

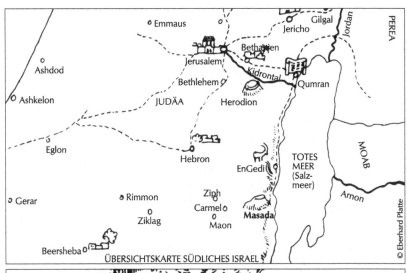

Emmaus

Gilgal
Jericho
Bethanien
Jerusalem
Kidrontal
Bethlehem Qumran
Ashdod
JUDÄA Herodion
Ashkelon

Eglon

Hebron
EnGedi TOTES
MEER
(Salz-
meer)
Gerar Rimmon Ziph
Carmel
Ziklag Maon **Masada**

Beersheba

PEREA

Jordan

MOAB

Arnon

ÜBERSICHTSKARTE SÜDLICHES ISRAEL

© Eberhard Platte

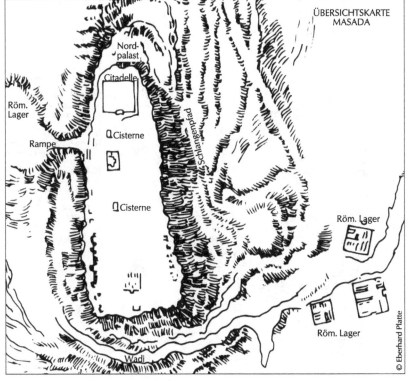

ÜBERSICHTSKARTE
MASADA

Nord-
palast
Citadelle
Röm.
Lager
Schlangenpfad
Rampe
Cisterne

Cisterne

Röm. Lager

Röm. Lager

Wadi

© Eberhard Platte

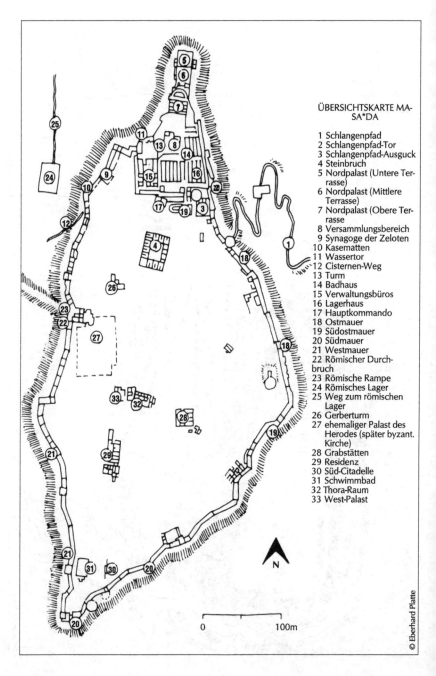

ÜBERSICHTSKARTE MA-
SA*DA

1 Schlangenpfad
2 Schlangenpfad-Tor
3 Schlangenpfad-Ausguck
4 Steinbruch
5 Nordpalast (Untere Ter-
  rasse)
6 Nordpalast (Mittlere
  Terrasse)
7 Nordpalast (Obere Ter-
  rasse
8 Versammlungsbereich
9 Synagoge der Zeloten
10 Kasematten
11 Wassertor
12 Cisternen-Weg
13 Turm
14 Badhaus
15 Verwaltungsbüros
16 Lagerhaus
17 Hauptkommando
18 Ostmauer
19 Südostmauer
20 Südmauer
21 Westmauer
22 Römischer Durch-
bruch
23 Römische Rampe
24 Römisches Lager
25 Weg zum römischen
   Lager
26 Gerberturm
27 ehemaliger Palast des
   Herodes (später byzant.
   Kirche)
28 Grabstätten
29 Residenz
30 Süd-Citadelle
31 Schwimmbad
32 Thora-Raum
33 West-Palast

N

0   100m

© Eberhard Platte

II. Die Festung

Ziel und Ankunft

Die Mondsichel hatte schon an Größe zugenommen und hing über dem Gebirge, wie ein goldenes Kleinod. Über dem Salzmeer war ein schmaler roter Streifen zu sehen, der sich in der schieferfarbenen Wasseroberfläche spiegelte. Er wurde allmählich immer breiter und stieg über dem moabitischen Gebirge auf.

„Es wird Tag", bemerkte Orly. „Was wird dieser Tag uns bringen?"

Simon spürte wieder Sorgen in ihrer Stimme und sagte nur: „Vertrau und glaube!"

Orly nickte. Sie stand auf, um zu sehen, ob sie etwas in den Satteltaschen für das Frühstück zusammenstellen konnte. Auch Lea war aufgewacht und hatte Orly und Simon durch halb geöffnete Augenschlitze beobachtet. Auch sie stand auf und ging zu Orly hinüber.

„Was hast du mit diesem zu reden?", wollte sie wissen. „Es schickt sich nicht, in der Öffentlichkeit mit einem Mann zu reden, mit dem du nicht verheiratet bist."

Orly drehte sich langsam um. Die böse Widerrede, die ihr eigentlich auf den Lippen lag, verwandelte sich aber in Freundlichkeit und Liebe.

„Mutter, guten Morgen", sagte sie nur, „hast du gut geschlafen? Heute werden wir nach Masada kommen. Hoffentlich treffen wir

Abigail wieder." Sie drehte sich um, sah die Palmen und die Blumen, die hier am Wasser blühten. In den Zweigen der Büsche huschten ganze Familien von Klippdachsen herum.

„Sieh nur, wie schön es hier ist", sagte Orly. Sie wunderte sich selbst, dass sie auf einmal so freundlich ihrer Mutter gegenüber sein konnte.

Lea sah sich um. Sie musste zugeben, dass Orly Recht hatte. Das Tal EnGedi war ein tiefer Einschnitt in die Felswand des sonst schroffen Gebirges. Ein Bach lief aus dem Tal heraus, der glucksend herabrieselte und das Tal bewässerte. An seinen Rändern grünte und blühte es. Sie hörte den Gesang der Vögel und das Gurren der Tauben.

„Es wird bald wieder heiß werden", bemerkte Lea nur. „Hast du etwas zum Essen gefunden?"

Orly holte ein paar geröstete Gerstenkörner und ein paar getrocknete Feigen aus den Satteltaschen. Die Kinder waren ebenfalls aufgestanden. Jaakov stand schon an dem kleinen Bach und hielt die Hände hinein. „Oh, ist das schön!", rief er. „Rahel komm zu mir!", rief er seine kleine Schwester. Rahel kam zu ihm gelaufen und hockte sich auf einen Stein und hielt gleich die Füßchen in das Wasser. Dann fiel ihr Blick auf die Büsche, in denen die Klippdachse offensichtlich ihr Spielchen trieben. Ganz atemlos flüsterte sie: „Schau mal Jaakov, die Tiere da, was sind das für welche?"

Jaakov sah sich um: „Ich glaube, das sind Klippdachse. Ich habe sie auch noch nie gesehen." Die beiden Geschwister beobachteten stumm die putzigen, pelzigen Tiere.

Mirjam und Joram kamen dazu und sofort huschten die kleinen Dachse in irgendwelche Höhlen. Nur ein ganz dicker blieb abwartend auf einem Ast liegen, sichernd, ob Gefahr drohte.

„Was macht ihr hier?", wollte Mirjam wissen.

„Wir beobachten kleine pelzige Tiere. Ich glaube, das sind Klippdachse", verkündete Jaakov mit gedämpfter Stimme. Auch Mirjam und Joram setzten sich zu den beiden und wollten nach den Klippdachsen sehen. Da kam ein Junge der anderen Familie mit einem

Stock und schlug auf den Busch, so dass der Dachs im Nu verschwunden war.

„Warum machst du das?", rief Mirjam.

„Da waren so niedliche, kleine Pelztiere. Jetzt sind sie weg", jammerte Rahel.

„Pelztiere?", wollte der Junge wissen, „Dann können wir welche fangen und uns einen warmen Pelz davon machen."

Der Junge mit dem Stock mochte etwa acht Jahre alt sein. Er schlug erneut auf den Busch und rief: „Na, kommt heraus. Vielleicht seid ihr zum Essen?!"

„Lass das", Jaakov war aufgestanden und nahm dem Jungen den Stock weg. „Das sind Geschöpfe Gottes und haben ein Recht zu leben!"

Irritiert sah der Junge Jaakov an. Dann drehte er sich um und ging zu seiner Familie.

„Hu, das kann ja lustig werden", meinte Mirjam. Auch sie gingen hinüber, wo am Abend das Feuer gebrannt hatte. Orly verteilte die Früchte und die gerösteten Körner.

„Ich möchte gern bis zum Ende der Schlucht hinauf steigen", Jaakovs Abenteurerlust kam wieder auf.

„Nein", befand Lea, „wenn die Gegend sicher ist, können wir sicher einen Ausflug mal hierhin unternehmen. Aber jetzt müssen wir sehen, dass wir hinauf nach Masada kommen."

Sie wollte noch Simon sagen, dass er nicht mehr gebraucht würde. Aber irgendwie verpasste sie den rechten Zeitpunkt oder wusste nicht, wie sie ihm das sagen sollte. Sie hatte auch beobachtet, dass Simon in dem alten Mann einen Verbündeten gefunden hatte.

Also schwieg sie.

Die Esel wurden wieder beladen und sie machten sich auf die Reise nach Süden. Wieder begleitete sie zur Linken das Salzmeer und zur Rechten die schroffen Berge. Dann wurde die Landschaft grau und kegelförmige Gebilde bedeckten das Tal zwischen Meer und Bergen.

Mirjam kam zu Jaakov: „Ob das da drüben Masada ist?" Sie wies auf ein Felsmassiv, das einzeln aus dem Tal heraus ragte. Die Spitze, die nach Norden wies, sah aus, wie der Bug eines Schiffes.

„Ja, das könnte sein", bestätigte Jaakov. „Frag doch Simon oder den Großvater."

Sie brauchte nicht mehr zu fragen. Der alte Mann wies mit dem Stock in die Richtung des Felsens: „Schaut, da drüben liegt Masada."

„Oh, schau mal, der Felsen glänzt ja da so auf der Seite!", rief Mirjam.

„Ja, das muss der Nordpalast sein, den Herodes sich gebaut hat. Er soll sehr prächtig sein und im Sommer nicht so heiß", bestätigte der Großvater.

Die Kinder jubelten und wollten gleich loslaufen. Aber Simon hielt sie zurück. „Wir bleiben schön zusammen," befand er. „Wir wissen nicht, auf welche Verhältnisse wir dort stoßen."

Der Schrei eines Adlers war zu hören. Sie standen still und sahen angestrengt in die Luft, aber es war nichts Besonderes zu sehen. Ein paar Vögel, die aussahen wie kleine Raben, flogen über ihren Köpfen. Da noch einmal der Ruf, wie der eines Adlers.

„Merkwürdig, ich meinte einen Adler gehört zu haben. Aber wahrscheinlich habe ich mich getäuscht", der Großvater schüttelte den Kopf.

Dennoch ging die Gruppe gleich schneller. Am Fuß des Felsens angekommen, schien ihnen aber der Berg viel zu hoch. Wie sollte man da hinauf kommen? Oben konnte man Mauern und Wehrtürme erkennen.

„Wir müssen uns zu erkennen geben, dass wir zu ihnen gehören", meinte Simon.

„Wir nehmen Orlys Schleier und binden ihn an einen Stock", schlug Jaakov vor.

„Das kommt überhaupt nicht infrage", protestierte Lea.

Tamara wollte gerade ihr Kopftuch losbinden als Jaakov rief: „Seht mal, da kommt jemand!"

Tatsächlich kam ein älterer Mann hinter einem Stein hervor. „Freund oder Feind?", fragte er und hielt sein Krummschwert hoch.

„Wir sind Freunde, Zeloten aus Jerusalem!", rief Simon zurück.

„Ach, wir haben schon gehört, dass ihr die Stadt nicht halten konntet. Da ist es nun aus mit der Ruhe."

„Ich bin Jaakov Ben Eleazar", Jaakov schob sich vor die Gruppe und baute sich vor dem Alten auf. Der bekam runde Augen und strich sich mit einem vielsagenden „Aha!" über den Bart.

„Es wäre gut, wenn du uns den Weg hinauf zeigst", bestimmte der Großvater.

„Gut gut, ich gehe voran. Der Weg ist ein wenig beschwerlich und nicht ohne Gefahren. Die Kinder dürfen nicht nach rechts oder links hüpfen, müssen immer auf dem Pfad bleiben. Die Esel solltet ihr allein laufen lassen, die finden den Weg am besten ohne geführt zu werden", erklärte der Alte und wandte sich zum Gehen.

Hinter dem Stein, hinter dem er hervor gekommen war, begann ein schmaler Pfad, der sich in vielen Windungen den Berg hinauf schraubte.

„Immer nur auf den Weg schauen, dann kann nicht viel passieren", bemerkte der Alte noch.

Orly konzentrierte sich auf den Weg. Sie sah nicht nach oben und nicht nach rechts und links. Einmal blieb sie stehen, um ein wenig zu verschnaufen und wagte den Blick abseits und sah in eine gähnende Tiefe. Orly wurde schwindlig und sie verstand, was der Alte gemeint hatte. Sofort lenkte sie ihre Blicke wieder auf den Weg. Die Sonne brannte unbarmherzig auf die Gruppe nieder und Tamara hörte nicht auf, ununterbrochen zu reden. Orly wunderte sich, wie man so viele Nichtigkeiten von sich geben konnte. Auf einmal schrie Tamara hinter ihnen auf: „Mein Fuß, mein Fuß, oh ich glaube ich kann nicht weiter gehen".

Die ganze Gruppe blieb stehen und die voran gegangen waren, sahen sich nach Tamara um. Diese bückte sich und rieb ihren Knöchel.

„Wir müssen aber weiter. Hier können wir nicht stehen bleiben", rief der Anführer von vorne.

Nachdem Tamara genügend Aufmerksamkeit erhalten hatte, rief

sie: „Ich glaube, es geht schon wieder." Damit ging sie aber noch langsamer als vorher. Jaakov wäre zu gerne hinauf gestürmt. Er war gespannt auf diese Festung, von der sein Vater ihm immer erzählt hatte. Er wollte sie entdecken und erobern. Aber er hielt Rahel fest an der Hand, damit sie nicht ausrutschte.

„Ist da oben unsere Ima?", wollte Joram wissen. Aber der alte Mann gab keine Antwort. Er war es nicht gewohnt, Kinder um sich zu haben. Lea mühte sich, Schritt zu halten. Sie wollte nicht zugeben, dass ihr die Hitze und der lange Weg Mühe gemacht hatte. Mühelos trabten die Esel mit dem Gepäck den Weg hinauf. Endlich kamen sie oben an und standen vor einem großen Tor, das mit einem Wachturm in eine Mauer eingelassen war. Die Mauer schien um den ganzen Berg herum gebaut zu sein. Der alte Mann schlug dreimal mit seinem Stock gegen das Tor. Da wurde eine kleine Tür, die in dem großen Tor eingelassen war, einen Spalt geöffnet.

„Nun mach schon auf. Jetzt kommt hoher Besuch aus Jerusalem", rief der Alte. Er schob seinen Stock in den Spalt, um die Tür ganz aufzudrücken.

Ein ebenfalls alter Mann mit vielen Narben im Gesicht, öffnete. Über sein Unterhemd hatte er sich so etwas wie eine Rüstung angezogen, die aber mehr so aussah, als hätte er sie einem Römer ausgezogen. Der Brustpanzer war etwas verbeult und der Schurz ging ihm bis zum Knie, was ihm ein etwas lächerliches Aussehen gab.

„Hoher Besuch aus Jerusalem?", röchelte er mit heiserer Stimme. „Hast du da nicht ein paar Lumpen aufgesammelt?"

Der Angesprochene gab dem Wächter einen Stoß mit seinem Stock vor den Panzer, dass dieser taumelte. „Mach dich nicht lustig. Hier ist die Vorhut denke ich mir. Der Sohn von Eleazar Ben Yair". Er zeigte auf Jaakov. Jaakov trat vor und nahm den Torwächter scharf ins Visier, dass dieser nun ehrerbietig dienerte.

„Oh, oh, das habe ich nicht gewusst, habe die Ehre! Natürlich kommt der Kronprinz in Begleitung."

„Ach, lass es gut sein", sagte Jaakov herablassend. „Wer bist du?"

„Ich bin Abner der große Kriegsheld. Von mir hat man schon in allen Landen gehört", prahlte der Wächter und lachte scheppernd. Jaakov stellte fest, dass er nur ein Auge hatte.

„Abner?", fragte Jaakov, „ist das dein richtiger Name?"

„Ach was, den hat er sich zugelegt", fiel der alte Mann, der sie den Berg hinauf geführt hatte, ein. „Ich bin Hilel und das ist Ari. Er möchte gern etwas größer sein, als er ist."

„Können wir nicht endlich mal sehen, wo unsere Quartiere sind!", rief Tamara von hinten.

„Ja, ja natürlich, das heißt, ehm", Ari kratzte sich am Bart, „ich weiß gar nicht, wie die Einteilung ist."

Nun schaltete sich Simon ein: „Am besten zeigt ihr uns die Möglichkeiten, die es hier gibt."

„Ja, ja, das ist eine gute Idee", Ari riss das kleine Tor ganz auf, das sich krächzend in den Angeln drehte, und ließ die Gruppe passieren, um anschließend das Tor wieder fest zu verriegeln. Sie gingen durch einen Durchgang. Auf der linken Seite war eine Kammer zu erkennen, sicher die Behausung für den Torwächter. Dann öffnete sich ein weiteres Tor und sie kamen auf einen großen Platz, von wo sich in alle Richtungen Wege abzeichneten. Die Mauer war tatsächlich, soweit man erkennen konnte, um das ganze Plateau gebaut. Hier und dort sah man Gebäude. Eines hob sich besonders hervor.

„Da drüben, das ist der Palast, den sich König Herodes gebaut hatte. Da ist wohl am meisten Platz. Ich denke wir gehen mal da rüber", befand Hilel und ohne weiteres Zögern schritt er voran. „Natürlich gibt es noch einen zweiten Palast, der ist an der Nordseite des Felsens, ein wahres Kunstwerk. Aber wer dort wohnen soll, wollen wir Eleazar überlassen, wenn er kommt."

„Das ist aber groß hier", staunte Joram. Mirjam hielt ihn fest an der Hand, dass er nicht gleich auf eigene Faust versuchte, seine Ima zu suchen. Orly klopfte das Herz bis zum Hals. Was würde jetzt auf sie zukommen. Hatte man hier genug Wasser? Gab es genug zu essen? Würde sie weiter für die Kinder sorgen müssen? Am besten wäre es, wenn Abigail wieder zu ihnen stieß. Eigentlich sehnte sie sich nach Ruhe, eine Ecke, ein kleines Zimmerchen, wie in ihrem

Heimatort, um ganz still für sich ihre Handarbeiten wieder aufzunehmen. Ohne Verantwortung für so vieles, was ihr einfach Angst machte.

Simon schien ihre Gedanken zu erraten. Er nickte ihr zu, als wolle er ihr Mut machen.

Tamara fing wieder an zu zetern: „Nun sind wir so lange gegangen und was sollen wir hier?! Nichts als Steine und diese Hitze. Hier sind wir der Sonne ja noch näher. Ich halte das nicht mehr aus!"

Aber niemand kümmerte sich darum. Jeder war gespannt auf das, was nun vor ihnen lag.

Da Jaakov direkt hinter Hilel her ging, hatte Rahel sich an Simon gehängt. Sie hatte seine Hand gefasst und schaute ihn von unten her an: „Nicht wahr, du bleibst doch bei uns?", meinte sie treuherzig.

Bei dem Blick des Kindes wurde es Simon ganz warm ums Herz. Er dachte an die Begebenheit, als Jeshua die Kinder gesegnet hatte.

„Ich weiß noch nicht", sagte er unsicher, „eigentlich ist hiermit mein Auftrag erfüllt. Hättest du denn gern, wenn ich noch bei euch bleibe?" Eigentlich war das eine überflüssige Frage. Seit Simon Rahel ins Leben zurückgeholt hatte, bestand zwischen ihnen eine besondere Beziehung.

Rahel nickte ernsthaft. „Du musst mir doch noch mehr von Jeshua erzählen", meinte sie.

„Da hast du natürlich recht", Simon hätte die Kleine am liebsten in den Arm genommen. Da Rahel unverwandt zu ihm aufschaute, stolperte sie und nun hatte Simon einen Grund sie schnell aufzufangen und auf den Arm zu nehmen. Rahel schlang die Ärmchen um seinen Hals. „Jeshua segne dich!", murmelte er.

Sie waren an dem Gebäude angekommen, das von außen, wie ein normales großes Gemäuer schien. Als sie aber den Innenhof betraten, verschlug es ihnen den Atem. Vor ihnen lag ein geräumiger Hof. Der Boden war mit wunderschönen Mosaiken belegt. Von hier hatten etliche Zimmer ihren Zugang. Wozu sollten die vielen Zimmer dienen? Sie gingen staunend weiter und kamen in den einen Gebäudeflügel, der nach Süden hin gebaut war. Von einem fast quadratischen Hof, gingen wiederum etliche Räume ab. Dann kam man in einen weiteren Vorhof, dessen Eingang mit zwei Säulen begrenzt war. Der Boden waren hier mit besonders schön farbigen Mosaiken belegt und die Wände so bemalt, dass man den Eindruck gewinnen konnte, dass alles aus Marmor gebaut war. Am Ende des Vorhofs, sah man in einen Saal, der durch drei Eingänge erreichbar war. Er war als Thronsaal erkennbar, denn es stand dort ein erhöhter, kunstvoll geschnitzter, mit Gold verzierter Stuhl, der von einem weißen Baldachin bedeckt wurde.

Tamara hatte als erste ihre Sprache wieder gefunden: „Das ist ja unerhört, was für eine Verschwendung! Ich möchte nicht wissen, wie viele Steuergelder von uns der Herodes hier verbraten hat!"

Die Zeloten lehnten eigentlich jeden Pomp ab. Lea schaute sich nur um, aber sie sagte nichts. Man merkte ihr nur an, dass ihr die Behausung missfiel.

Hilel kratzte sich am Kopf: „Ich weiß ja nicht, wie die Einteilung ist ..."

„Aber wir können auch nicht warten, bis alle Leute aus Jerusalem hier sind. Das kann noch lange dauern. Wir müssen uns also entscheiden für einfacher oder königlich", bemerkte Lea, indem sie das letzte verächtlich hinwarf.

„Ich hätte es gern königlich", rief Tamara. Das hätte ich mir denken können, dachte Lea, aber sie sagte nichts.

Simon schaltete sich ein: „Ich bin dafür, dass wir uns nicht so aufteilen, die einen hier die anderen da. Wir beziehen jetzt erst einmal die Zimmer in dem ersten Flügel."

Lea wäre es recht gewesen, etwas weiter weg von Tamara zu sein, dennoch war sie einverstanden.

„Hier geht es zu den Unterkünften, die früher von den Dienern und Sklaven bewohnt worden waren", damit wies Hilel auf einen Trakt, den sie als erstes betreten hatten. Die Zimmer waren klein und sehr einfach, vier Betten ein Tisch, das war alles.

„Schon besser", befand Lea knapp und teilte, ohne zu fragen, gleich ein: „Dies nehme ich erst einmal mit Jaakov und Rahel, das kann Orly mit Mirjam und Joram haben." Damit wies sie auf die nächste Tür. Sie sah Simon scharf an: „Du brauchst ja wohl keine Unterkunft. Dein Auftrag ist beendet."

„Oh nein", protestiert Hilel sofort, „ich dachte, wir bekämen endlich Unterstützung. Ari und ich sind hier sozusagen allein auf der Festung."

„Ach, sind hier nicht wenigstens zehn Mann, die diese Festung verteidigen?", schaltete sich der Großvater ein, der bislang am Ende der Gruppe gestanden hatte.

„Ja, nein, also es ist so, dass Ari das Tor bewacht und ich den Pfad der zur Festung hinauf führt. Dann gibt es da noch den einarmigen Josef und den verrückten Boshet."

Das ist ja eine feine Gesellschaft, dachte Lea.

Als hätte er ihre Gedanken erraten, fuhr er fort, wie zur Entschuldigung: „Es wurden eben alle Kräfte in Jerusalem gebraucht. Hier sind wir ziemlich sicher und können uns sehr gut verteidigen. Das werdet ihr noch erkennen, wenn ihr euch am Tag umsehen könnt."

„Ich bleibe erst einmal, bis sich die Lage geklärt hat und vielleicht die Kämpfer aus Jerusalem hierher gekommen sind", sagte Simon so bestimmt, dass es keiner Widerrede bedurfte. „Ich nehme das Wachzimmer am Eingang." Rahel drückte Simon ganz fest und wollte wieder auf den Boden gestellt werden.

Entschlossen nahm Lea sie an die Hand und bedeutete auch Jaakov durch einen Blick, dass er ihr folgen sollte. Orly seufzte. Sie nahm Joram auf den Arm und versuchte, beruhigend auf ihn einzureden, denn er wollte eigentlich gleich nach seiner Ima suchen.

„Das machen wir morgen, ja?", beschwichtigte sie ihn. „Dann schauen wir uns hier um!"

Hilel stand noch erwartungsvoll in dem Eingang.

„Gibt es noch etwas?", fragte Simon.

„Ja, äh, eigentlich ist heute Abend Erew Shabbat und bald werden drei Sterne am Himmel zu sehen sein ..."

Alle sahen sich betreten an. An Erew Shabbat, das ist der Abend, mit dem der Shabbat eigentlich beginnt, hatte niemand gedacht. Die

Zeloten hielten sich streng an die mosaischen Gesetze. Die Thora begann mit der Schöpfung, und da heißt es, ,es wurde Abend und es wurde Morgen, der erste Tag.' Deshalb begann für das Volk Israel seit jeher der Tag am Abend.

„Wie haltet ihr es denn?", wollte Simon wissen.

„Wir halten den Shabbat, selbstverständlich", erwiderte Hilel.

„Gut, können wir hier in dem Innenhof ein gemeinsames Mahl halten? Viel wird es nicht geben, aber wir können zusammen sein und das Wenige, was wir haben, können wir teilen", befand Simon.

„Oh es ist genügend da, die Kammern sind voll. Es waren nur keine Frauen hier, die etwas bereitet hätten", erklärte Hilel etwas verlegen.

„Nun, wenn dem so ist, so lass uns sehen, was es gibt. Dann wollen wir noch schnell ein Mahl bereiten!", sagte Lea und stemmte tatendurstig die Hände in die Hüfte. „Orly kann mir helfen, ihr anderen", damit zeigte sie auf Tamara, ihre Cousine und die Kinder, „mögt euch inzwischen im Quartier einrichten."

Hilel führte Lea und Orly in eine geräumige Küche, wo schon ein kleines Feuerchen in einem riesigen Herd brannte. Kupferne Pfannen und Töpfe hingen von der Decke herunter. Auf dem Tisch in der Mitte lag ein Huhn.

Hilel sah mit Wohlgefallen auf das Huhn und erläuterte: „Das habe ich heute morgen von den Leuten in EnGedi geholt. Als hätte ich gewusst, dass ihr heute kommt." Er grinste breit über das ganze Gesicht.

Das war sicher für die ganze Gesellschaft etwas wenig, aber man würde etwas daraus machen können. Getreide gab es in Mengen, ebenso wie Öl und getrocknete Kräuter, wie auch getrocknete Bohnen, Erbsen, und Linsen.

Lea sah alles an und schob die Ärmel hoch. Hier war etwas, was sie kannte. Sie gab Orly die Handmühle und Getreide und die beiden Frauen machten sich an die Arbeit. Bis zum Anbruch der Dunkelheit hatten sie ein Mahl zubereitet. Die Männer hatten ein paar Tische in den Innenhof gestellt und schnell sammelte sich die Gesellschaft und nahm auf den Bänken Platz.

Hilel hatte sogar zwei Öllampen aufgestellt, die Lea andächtig mit dem üblichen Segen entzündete. Alle sahen Hilel an und erwarteten, dass er das Brot und den Wein segnete.

Aber Simon stand wie selbstverständlich auf, nahm das Brot und den Wein, sprach den Segen und teilte in die Runde aus, zuerst den Männern und auch den Jungen, dann den Frauen und Mädchen. Er tat es so natürlich, dass selbst Lea keinen Einwand hatte.

„Eigentlich hätten wir ja vorher ein Reinigungsbad nehmen müssen. Aber so was gibt es hier sicherlich nicht. Gibt es hier überhaupt Wasser?", wollte Tamara wissen.

„Mehr als genug", bestätigte Hilel, „wir haben sechs Zisternen voll mit Wasser."

„Wie kommt denn das hierher? Gibt es eine Quelle?", Jaakov staunte.

„Nein, aber der König Herodes hat damals für alles gesorgt. Er hat ein ganz schlaues Wasserleitungsnetz gebaut."

„Das muss ich mir ansehen!", Jaakov war Feuer und Flamme.

„Aber morgen nicht, da ist Shabbat, da werden wir ruhen und dem Allmächtigen und Jeshua die Ehre geben, dass er uns auf dem Wege hierher so bewahrt hat", befand Simon.

„Wie redet der denn", flüsterte Tamara Lea zu. „Jeshua? Sag nur, der gehört zu dieser Sekte?"

Hatte Lea vorher selbst ihre Abneigung gegen Simon, ärgerte sie sich jetzt doch über die abfällige Bemerkung dieser Schwätzerin.

„Ja stell dir vor, unterwegs hat er sogar durch den Namen Jeshua unsere Rahel wieder lebendig gemacht. Die war nämlich tot. Eine Schlange hatte sie gebissen", flüsterte sie zurück.

Tamara verdrehte die Augen: „So, so, das soll ich glauben?!"

„Kannst ja die andern fragen", für Lea war das Gespräch beendet.

„Was denn, die Kinder soll ich fragen? Die glauben doch jedes Märchen. Oder vielleicht deine Tochter, deren Gesicht man nicht zu sehen bekommt. Wo ist sie eigentlich?", Tamara sah sich um.

„Sie isst in der Küche. Sie ist fremde Gesellschaft nicht gewohnt", erklärte Lea. Sie stand auf und ging hinaus. Diese Tamara ging ihr auf die Nerven. Ihr fiel auf, dass sie das erste Mal Simon verteidigt hatte. Sie wunderte sich über sich selbst.

Neue Anfänge

Orly saß auf der Steinbank vor der Tür. Sie hatte zu den schroffen Felsen hinübergeschaut, die in der untergehenden Abendsonne rot aufleuchteten. Nun hatte sich die Dunkelheit darüber ausgebreitet. Lea setzte sich neben sie.

„Ich glaube, ich muss die Kinder versorgen", Orly wollte aufstehen.

„Ja, gleich, bleib noch einen Augenblick", hielt ihre Mutter sie fest.

Orly gehorchte. Welche Vorhaltungen würden jetzt wieder kommen? Hatte sie sich wieder falsch verhalten? Orly sandte ein Stoßgebet zu Jeshua. Lea sah ihre Tochter an.

„Wir müssen hier zusammen halten", sagte sie nur.

Orly blieb der Mund offen stehen.

„Ja, das wollte ich dir sagen. Wir sind hier nicht in einer Stadt, wo man auf die andere Straßenseite gehen kann. Wir sind hier den anderen so nahe, dass man sich gegenseitig in den Topf gucken kann. Da ist ganz schnell Zank und Streit."

Orly wunderte sich. War es doch ihre Mutter, die mit ihr immer etwas zu zanken hatte.

Orly nickte nur.

„Verstecken kann ich dich hier auch nicht. Vielleicht ist es besser, um diesen ewigen Fragen nach dem Aussatz auszuweichen, wenn du gleich den Schleier weglegst."

Orly wandte sich ihrer Mutter erstaunt zu. Diese Töne hatte sie als letztes vermutet. Sie wagte dennoch den Einwand: „Ich habe mich so an den Schleier gewöhnt. Außerdem bietet er mir Schutz, auch vor der Sonne. Ich weiß nicht ..."

Orly war etwas verwirrt über das, was sie von ihrer Mutter hörte.

„Mutter, ich muss dir außerdem etwas sagen ..."

Nun war es Lea, die erstaunt ihren Kopf hob.

„Ich glaube an Jeshua, ich bitte dich, sag jetzt nichts. Er ist mir im Traum begegnet. Und seitdem ich ja gesagt habe, habe ich Frieden in meinem Herzen. Es macht mir auch nichts aus, wenn die Leute mich verächtlich ansehen. Ich weiß, dass er mich liebt, so wie ich bin. Ja und ich weiß, dass er auch dich liebt", fügte sie noch leise hinzu.

Lea hatte still zugehört. Dann sagte sie nur: „Das wird deinem Bruder und deinem Vater nicht gefallen. Wir eifern für den Herrn und du wendest dich von ihm ab?"

„Nein", protestierte Orly, „ich wende mich ihm ganz besonders zu."

Plötzlich war vom Wachtturm her Lärm zu hören. Ari, der Wächter blies das Horn. Was konnte das bedeuten?

„Wir reden noch darüber", schloss Lea und erhob sich, um in Richtung Tor zu spähen.

Sie sah nur die Fackel des Wächters, denn es war inzwischen Nacht geworden. Wer oder was mochte sich dort noch zutragen? Hilel kam aus dem Haus und rannte so schnell er konnte in Richtung Tor. Simon folgte ihm.

„Oh, oh, und ich habe nicht Wache gestanden am Fuß des Weges!" rief Hilel sich selbst anklagend.

„Was ist passiert?", rief Lea ihm hinterher.

„Ein Überfall, was weiß ich!", rief Simon über die Schulter zurück.

Orly schlug erschrocken die Hand vor den Mund. Waren sie auch hier nicht sicher? Was konnten sie tun? Sie hoffte, dass Ari oder Hilel ihnen irgendeine Anweisung gaben.

„Oh, Jeshua, hilf du uns bitte!", rief sie laut.

Lea schüttelte den Kopf. Bei der Dunkelheit konnte doch unmöglich jemand diesen steilen Weg heraufkommen. Auch Jaakov wollte zu dem

Tor hinüberrennen. Aber Lea hielt ihn zurück: „Du bleibst hier. Was wirst du schon helfen können?! Du kennst dich nicht aus. Am Ende stürzt du noch den Felsen hinunter."

Jaakov hielt inne. Seine Großmutter hatte ja Recht, auch wenn ihn die Neugier und der Kampfgeist in die Richtung trieb. Er stellte sich auf einen Stein, um besser sehen zu können.

„Mehr Fackeln! Ein Seil!", hörte man Simon rufen und damit verschwanden er und Ari hinter dem Tor. Sie warteten angespannt, dass dort etwas geschehen würde. Schließlich kamen ein paar Frauen, gefolgt von einigen Kindern. Also kein Überfall.

Orly flüsterte nur: „Danke, Herr!" Die übermäßige Spannung wich von ihr. Aber die Frauen, die da herauf kamen, waren sichtlich erregt. Sie schrieen und gestikulierten und rannten zurück zum Tor.

„Da muss etwas passiert sein", stellte Orly fest. „Jeshua, ich rufe dich an, bitte hilf! Du siehst sicherlich, was da geschehen ist, bitte hilf diesen Menschen!"

Jaakov sah zu Orly und dann zu seiner Großmutter. Aber die beiden sahen angestrengt in Richtung des Tores. Hatte seine Großmutter nicht bemerkt, dass Orly den Namen Jeshuas gerufen hatte?

Nach einer unerträglich langen Weile, kamen Hilel und Simon mit einem Bündel, das aussah wie ein Sack, durch das Tor. Aber beim näheren Hinsehen stellte Lea fest: „Das ist ja eine Frau!"

Die Haare waren aufgelöst und das Kleid zerrissen. Simon hatte sie unter den Schultern gepackt und Hilel unter den Kniekehlen. Sie kamen mit den Frauen herüber, wobei diese ununterbrochen schrieen und sich Sand auf das Haupt streuten.

Die Verunglückte war wohl auf dem schmalen Pfad ausgerutscht und abgestürzt.

Simon versuchte die Frauen zu beruhigen: „Seid stille, sie ist nicht tot."

Aber die Frauen hörten ihn gar nicht. Hilel und Simon trugen die Verunglückte in den Innenhof, wo sie sie auf eine Bank legten. Orly war mit Lea und Jaakov gefolgt.

„Oh, was für ein verfluchter Ort", jammerten die Frauen.

„Ihr hättet wahrlich auf den Morgen warten sollen", stellte Hilel fest. „Wer den Weg nicht kennt, geht ihn nicht bei Nacht."

„Es war ja noch hell, als wir anfingen, ihn zu besteigen, und wir wollten zum Erew Shabbat oben sein", verteidigten sich die Frauen.

„Aber es war so steil, und wir waren von dem Weg schon so erschöpft, dass wir nur langsam vorankamen. Und dann ist Ester ausgerutscht und abgestürzt."

Die ältere der Frauen warf sich über die Verunglückte und fing wieder heftig an zu weinen. „Oh Ester, meine Ester!", rief sie ein ums andere Mal. Simon schob sie beiseite.

„Wir müssen erst einmal die Wunden versorgen, nachschauen, ob nichts gebrochen ist. Wer kennt sich da ein wenig aus?", fragte er in die Runde.

„Ich habe von Zippora noch eine Salbe", meldete sich Orly, „die ist sehr gut für Wundheilung."

Die unscheinbare Jemima trat hinzu: „Da wir nicht wissen, ob bei ihr Knochen gebrochen sind, wäre es besser, wir lassen sie erst einmal hier liegen und werden morgen früh, wenn es hell geworden ist, die Sache betrachten. Vielleicht könnte über Nacht jemand bei ihr bleiben, damit sie sich nicht unnötig bewegt."

Sofort war eine Frau von den Neuankömmlingen bereit, bei Ester zu bleiben. Es wurden noch zwei Bänke dazu geschoben, damit eine größere Fläche entstand. Hilel holte Decken, mit denen sie die Verletzte umgaben, dass sie sich nicht weiter rühren konnte. Bis dahin hatte Ester noch keinen Laut von sich gegeben Nun aber öffnete sie die Lippen und hauchte nur: „Bitte Wasser!"

Die ältere Frau kniete sich neben Ester: „Mein Kind, gelobt sei der Ewige, du lebst!"

Lea war in die Küche gegangen und hatte einen Krug Wasser geholt. Sie flößten Ester einige Löffel Wasser ein, deren Gesicht sich für einen Moment dankbar erhellte.

„Lasst uns schlafen gehen", schlug Lea vor. „Wir sind doch alle zu sehr erschöpft."

Entschlossen nahm sie Rahel an die Hand und winkte auch Jaakov zu folgen. Orly hätte zu gern Simon noch gefragt, warum er nicht gleich um Heilung gebetet hatte. Sie musste aber diese Frage auf den nächsten Tag verschieben, denn auch Joram war schon halb auf Mirjams Arm eingeschlafen.

„Ich muss noch auf meinen Posten, damit so etwas nicht noch einmal passiert!", stellte Hilel fest, nahm eine Fackel aus der Halterung und verschwand in der Dunkelheit.

„Hoffentlich passiert ihm nichts", ängstigte sich Mirjam.

„Ich denke, er kennt sich aus", beruhigte Simon sie.

Am nächsten Morgen, als Orly aufstand und nach der Verunglückten sehen wollte, war diese schon aufgestanden. Ihre Begleiterin hatte es gar nicht bemerkt. Ester hatte etliche Schürfwunden und ein zerrissenes Kleid, aber sonst war sie wohlauf.

„Das ist ja wirklich ein Wunder", rief Orly. Sie reichte Ester ihr Salbentöpfchen, das sie so sehr gehütet hatte. Aber sie wusste, dass Ester es nun nötiger brauchte. Ester sah Orly erstaunt und dankbar an.

„Meinst du nicht, dass du es dringender brauchst als ich", fragte sie.

„Wieso meinst du?"

Dann bemerkte sie, wie Ester sie anstarrte.

„Ach so, du meinst wegen der Narben in meinem Gesicht. Die sind schon alt und die Salbe hilft da auch nicht mehr. Du kannst sie ruhig nehmen, sie hat mir an anderer Stelle sehr geholfen. Leider kann ich dir kein neues Kleid geben. Aber wenn du willst, kann ich versuchen, es zu flicken."

„Das wäre sehr nett von dir. Aber heute ist Shabbat, da muss ich mich mit dem Umschlagtuch begnügen."

Orly nickte: „Du kannst mir dein Kleid heute Abend geben, dann kannst du es morgen wieder anziehen." Damit wandte sie sich ab und ging zur Küche hinüber, wo sie hoffte, etwas zu trinken zu finden. Am Shabbat durfte kein Feuer gemacht werden. Aber vom gestrigen Abendessen war noch genügend übrig geblieben. Aber ob das reichte auch für die Neuankömmlinge? Doch darüber machte sich Orly keine Sorgen. Sie hatten schon in Jerusalem eine entbehrungsreiche Zeit gehabt, so dass schon ein paar geröstete Getreidekörner ausreichten, um den Hunger zu stillen. Außerdem waren die Vorräte, die Zippora ihnen in Qumran eingepackt hatte, noch längst nicht aufgebraucht. Orly schüttete sich aus dem Wasserkrug etwas in einen Becher, trank ihn in einem Zug aus. Sie überlegte, ob sie sich draußen der Sonne aussetzen sollte, um irgendwo an einem einsamen Ort, falls sie solchen überhaupt finden würde, noch einmal über alles nachzudenken. Aber lange währten diese Überlegungen nicht, denn Rahel und Joram kamen in die Küche: „Tante Orly, wir haben solchen Durst!"

Orly reichte ihnen einen Becher Wasser und ein Stück Brot, und wollte hinausgehen.

„Was machst du, Tante Orly?", wollte Rahel wissen.

„Kann ich jetzt meine Ima suchen? Sie muss doch hier sein", drängte Joram.

Orly nahm Joram auf den Arm. Sie bewunderte den kleinen Kerl, dass er zu jeder Zeit daran dachte, seine Mutter wieder zu finden.

„Nein, mein Kleiner", sagte sie zärtlich, „heute ist Shabbat, da beten wir nur und glauben ganz fest, dass der Ewige uns das gibt, was für uns richtig ist."

„Was ist denn richtig?", fragte Rahel und schaute treuherzig zu ihr auf.

„Kommt, wir gehen mal hinaus und entdecken mal, was richtig sein kann". Damit setzte sie Joram auf den Boden, nahmen die beiden Kinder an die Hand und verließ die Küche. Nicht weit von dem Palast war eine Anhöhe, wo sie sich auf einem Stein niederließen.

„Hier gibt es ja nur Steine", stellte Joram fest.

„Ja, aber schau mal, da drüben sehe ich einen Baum und dort auch einen. Und so weit ich sehen kann, ist um den ganzen Berg eine Mauer gezogen und ich sehe auch viele Türme."

„Und was ist jetzt richtig für uns?"

Orly wunderte sich über Rahels Frage. Sie hatte es nicht vergessen, wonach sie suchen wollten.

„Richtig ist doch im Moment, dass wir hier vor den Römern in Sicherheit sind", ließ sich eine männliche Stimme hinter ihnen vernehmen.

Orly fuhr herum. Simon hatte sie wohl auf der Anhöhe gesehen und war zu ihnen herüber gekommen.

„Darf ich mich zu euch setzen?", fragte Simon.

„Oh ja, erzähl uns noch Geschichten von Jeshua!", rief Rahel begeistert.

„Gerne, aber lasst uns doch dort drüben unter dem Dach des Palastes sitzen, dann sticht uns die Sonne nicht so sehr."

Die kleine Gruppe war einverstanden. Sie erhoben sich, um unter dem Vordach des Gebäudes Schutz vor der Sonne zu suchen.

„Erzähl uns, wie du ihn kennen gelernt hast!", bettelte Rahel und lehnte sich an Simons Knie.

„Ich war mit einem Trupp Kameraden unterwegs. Wir hatten hier und dort einen Hof ausgeraubt. Das waren meistens reiche Leute, die ihren großen Besitz oft dadurch vermehrt hatten, indem sie die Armen unterdrückt und ihnen alles weggenommen hatten, weil sie vielleicht ihre Schulden nicht bezahlen konnten. Wir kamen da an den Jordan bei Jericho und sahen, dass sich da viele Leute drängten. Es waren Reiche und Arme, Soldaten und Priester. Dann sahen wir einen im Wasser stehen, der hatte nur einen Schurz aus Ziegenfell um. Und er taufte die Leute, die ihre Sünden bekannten und gelobten, sich ändern zu wollen. Die Priester hat er allerdings abgewiesen."

„Warum das denn?", fragte Rahel treuherzig.

„Wohl weil er erkannt hatte, dass sie sich nicht aus ehrlichem Herzen bekehrten. Sie fragten auch Johannes, so hieß der, der da im Jordan taufte, ob er ein Prophet sei oder der Elia, der ja vor dem Messias kommen sollte, um ihn anzukündigen, oder ob er vielleicht der Messias selbst sei. Aber er hat alles abgestritten, er sei nur der Rufer in der Wüste, dass sie umkehren sollten zu dem lebendigen Gott."

Simon machte eine Pause, um sich die Szene noch einmal ins Gedächtnis zu rufen.

„Erzähl weiter", drängte Mirjam, die ebenfalls hinzugekommen war.

„Dann kam einer aus der Menge, legte seine Kleider ab und stieg zu Johannes in das Wasser. Johannes sagte nur: ‚Das ist das Lamm Gottes, das die Sünde der Welt wegnimmt'. Er wollte ihn erst nicht taufen. Er sagte nur, dass er selbst es nötig hätte, von ihm getauft zu werden. Aber der Mann bestand darauf, von Johannes getauft zu werden. Johannes tauchte ihn also unter, und als er wieder aus dem Wasser heraus kam, sahen wir etwas, das aussah wie eine Taube, die sich auf ihn setzte, und wir hörten eine Stimme, die sagte: ‚Du bist mein lieber Sohn, an dir habe ich Wohlgefallen.'"

Simon machte eine Pause und sah zum Himmel, als könne er dieses Erleben noch einmal sehen.

„Was geschah dann?", Mirjam war ganz atemlos.

„Es war Jeshua. Dann haben wir ihn gefragt, wo er wohnt. Er hat aber nur gesagt: ‚Kommt und seht'. Wir sind dann hinter ihm hergegangen. Es gingen noch mehr hinter ihm her. Aber er hat nur zwölf ausgewählt, die ständig bei ihm sein durften. Wir haben viele Wunder miterlebt ..."

„Erzähl uns doch eins!", bettelte Rahel.

„Einmal waren wir im Boot auf dem See Genezareth. Jeshua war nicht bei uns, er hatte uns voraus geschickt. Wir haben uns unglaublich angestrengt, aber der Wind kam uns entgegen. Wir mussten kräftig rudern, aber wir kamen anscheinend kein bisschen vorwärts und es war stockdunkel. Da kam eine weiße Gestalt über das Wasser gelaufen."

„Oh, da hätte ich aber Angst", gruselte Mirjam sich und hielt die Hand vor den Mund.

„Ja, wir haben uns auch gefürchtet und dachten, es sei ein Gespenst. Aber dann hörten wir die vertraute Stimme von Jeshua: ‚Fürchtet euch nicht, ich bin's.'"

„Wie, Jeshua konnte über das Wasser laufen?", staunte Mirjam.

„Da seid ihr aber froh gewesen, ihn zu sehen", stellte Orly fest.

„Und ob! Simon Petrus, einer unserer Brüder, der mit uns ging, war ganz mutig. Er sagte nur: ‚Herr wenn du es bist, dann sag, dass ich zu dir kommen soll.' Und der Herr sagte nur: ‚Komm!'. Und Petrus ist tatsächlich aus dem Boot gestiegen und ist zu ihm über das Wasser gelaufen. Aber auf einmal fing er an zu sinken, weil er auf die Wellen geschaut hatte. Aber Jeshua hat ihn sofort bei der Hand gegriffen, als er um Hilfe rief. Ja, und dann waren wir auf einmal am Ufer angekommen."

Jaakov kam herbei gelaufen: „Ich suche euch schon die ganze Zeit und da seid ihr alle hier."

„Komm", rief ihm Rahel zu, „Simon erzählt uns Geschichten von Jeshua."

Unschlüssig blieb Jaakov stehen. „Na, was gibt es denn?", fragte ihn Simon, „Magst du dich nicht zu uns setzen?"

„Ich würde viel lieber die Festung erkunden", erwiderte Jaakov. Der Entdeckerdrang war in dem Jungen erwacht.

„Kann das nicht warten bis morgen? Heute ist doch Shabbat, da sollen wir ruhen und uns auf den Höchsten konzentrieren."

„Ja, ich weiß", gab Jaakov kleinlaut zu. „Die Großmutter hat mir auch schon gesagt, dass ich mich auf die Stellen in der Thora konzentrieren soll, die ich bei meiner Bar Mizwa lesen soll. Aber hier werden wir ja sowieso keine Feier haben."

„Nun sei nicht so kleingläubig", ermunterte Orly ihn. „Der Herr kann auch darin Wunder tun!"

„Außerdem haben wir keinen Rabbi, und eine Thorarolle haben wir auch nicht!"

„Haben wir wohl!", meldete sich Ari, der hinzugetreten war, mit einem hintergründigen Grinsen.

„Ich dachte, du musst da vorne am Tor Wache halten", wunderte sich Simon.

„Ja, aber Hilel ist ja auf dem Vorposten. Wenn er etwas Verdächtiges sieht oder etwas Außergewöhnliches passiert, gibt er mir sofort eine Nachricht."

„So? Wie macht er das denn?", wollte Mirjam wissen.

„Er hat eine Pfeife, die klingt, als wenn ein Adler ruft!", erläuterte Ari.

„Ach, sieh mal an, das haben wir doch gehört, als wir uns dem Felsen näherten. Wie gut, dass das jetzt aufgeklärt ist", lächelte Orly.

„Und wo haben wir nun eine Thorarolle?", wollte Jaakov wissen.

„Wir haben eine kleine Synagoge, und da gibt es auch eine Thorarolle. Nur, wir haben noch keinen Priester", erläuterte Ari.

„Oh bitte, zeig uns die Synagoge," bettelte Jaakov.

„Ja, kommt mit", forderte Ari sie auf und wandte sich um. Die Gruppe sprang auf.

„Ich werde nicht mitgehen. Die Sonne macht mir Mühe. Ich schau mich ein wenig im Haus um", erläuterte Orly.

„Ich geh mit den anderen Kindern spielen", sagte Joram bestimmt und drehte sich um, um ins Haus zu laufen.

„Hoffentlich geht er jetzt nicht auf eigene Faust los, seine Ima zu suchen!", bemerkte Mirjam.

Aber sie folgte doch Ari und den anderen. Ari ging um das Palastgebäude herum auf die Mauer zu, die auch hier von Wachtürmen unterbrochen wurden. Plötzlich hörten sie aus der Ferne den Schrei des Adlers. Mirjam zuckte zusammen. Was würde jetzt kommen? Simon und auch Ari blieben stehen – da, ein zweiter Ruf. „Tut mir leid", sagte Ari, „ich muss zum Tor."

Jaakov schwankte zwischen Neugier auf Neuankömmlinge und dem Wunsch, die Synagoge in Augenschein zu nehmen. Simon bemerkte es und sagte nur: „Ich denke, du kannst ruhig zum Tor hinüber gehen, denn ohne Ari wollen wir ja nicht in das Gebetshaus gehen."

Während Jaakov Ari hinterherstürmte, setzten sich Rahel und Mirjam auf einen Stein. Sie sahen den schwarzen Vögeln zu, die über ihnen kreisten.

„Sieh mal", rief Mirjam, „die haben einen bunten Fleck unter den Flügeln.

Rahel sah hoch. „Oh ja, wie niedlich", rief sie und klatschte in die Hände. „Oh schau mal, da kommt einer auf uns zu!"

Einer der Rabenvögel hatte sich vor ihnen niedergelassen, sah die beiden mit schräg gelegtem Köpfchen an, hüpfte auf die Kinder zu und vollführte so etwas, wie eine Verbeugung. Die beiden Mädchen mussten lachen. Simon sah auf das Schauspiel und musste ebenfalls lächeln. Wie konnten sich Kinder doch an solch kleinen Dingen freuen.

Simon hielt sich die Hand zum Schutz gegen die Sonne und die hellen Steine über die Augen. Er spähte in Richtung des Tores, um zu entdecken, ob da etwas zu sehen war. Aber er konnte nichts ausmachen und ließ seinen Blick über das Gelände schweifen. Hinter ihm lag die Mauer, aber irgendwie schien es nicht einfach eine Mauer zu sein, denn die Wachtürme waren viereckig und die Mauer schloss sich direkt daran an. Simon ging auf die Mauer zu und stellte fest, dass es Kasemattenmauern waren, das heißt, es waren zwei Mauern mit einem gehörigen Abstand voneinander. Man konnte den Zwischenraum als Lagerraum nutzen, oder im Ernstfall mit Sand oder Steinen auffüllen, damit die Umfriedung eine noch bessere Widerstandsfestigkeit hatte. Oben schien es eine Art Umlauf zu geben.

„Simon!", rief Mirjam, „da kommt Jaakov angerannt!"

Simon drehte sich um. Tatsächlich kam Jaakov vom Tor herauf gerannt. Völlig außer Atem berichtete er: „Es sind zwei Reiter gekommen, sie müssen gleich hier sein."

Schon wurde am Tor laut gerufen und geschrieen: „Jerusalem, Jerusalem!" Hilel kam mit zwei Männern in zerrissenen Kleidern über den Platz. Das sah nicht nach einem Siegeszeichen, eher nach einer Niederlage aus. Simon eilte mit Mirjam, Jaakov und Rahel in die Richtung, um zu erkunden, was es Neues gab. Auch vom Palast kamen die gestern Angekommenen herbei.

„Was ist geschehen?", wurden die beiden Ankömmlinge bestürmt. „Habt ihr meine Verwandten gesehen, habt ihr Eleazar gesehen?" Die Fragen prasselten auf die Neuankömmlinge hernieder, ohne dass sie Antwort geben konnten.

„Ruhe", donnerte Simon dazwischen, dass erschrocken alle Köpfe herum fuhren.

„Wenn alle auf einmal fragen, werden wir gar nicht erfahren, was geschehen ist. Gebt den Beiden erst einmal etwas zu trinken und zu essen. Dann mögen sie der Reihe nach erzählen."

Hilel war dankbar, dass hier einer das Heft in die Hand nahm. Inzwischen waren auch der einarmige Josef und der verrückte Boshet aus irgendeiner Ecke her aufgetaucht.

„Jerusalem ist gefallen. Jerusalem, die liebliche, die Shechina ist dahin!", rief Boshet schon von fern.

„Sei doch ruhig", fauchte Hilel ihn an. Aber der eine der Angekommenen nickte nur traurig.

„Verrückte und Kinder sagen häufig die Wahrheit. Es ist tatsächlich so: Jerusalem ist gefallen. Die Römer haben uns überlistet und sie sind jetzt dabei, die Stadt einzunehmen. Sie stecken alles in Brand und rauben den Tempel aus. Sie lassen keinen Stein auf dem anderen, um an das Gold zu kommen, womit die Säulen und Tore im Tempel überzogen sind."

Tamara schrie laut auf und warf Staub in die Luft: „Was ist mit unseren Männern? Werden sie hierher kommen?", schrie sie schon wieder hysterisch.

„Eleazar hat uns beauftragt, euch diese Nachricht zu bringen und wir sollen Simon helfen, die Quartiere vorzubereiten. Wer ist denn dieser Simon?" Der größere der beiden schaute sich um. Sein Blick blieb auf Simon hängen. „Dich kenne ich nicht", sagte er, „du musst der Simon sein, den Eleazar gemeint hat."

Simon nickte nur: „Richtig, ich bin Simon, aber ich weiß nicht, was ich jetzt noch hier zu tun hätte", meinte er bescheiden.

„Oh gerade jetzt brauchen wir Männer. Denn die, die jetzt aus Jerusalem kommen, sind abgekämpft und müde, traurig und niedergeschlagen. Zudem sind viele verwundet. Wir müssen also unbedingt ein Haus herrichten, damit die Verwundeten versorgt werden können."

„Wir sind doch erst so wenige Familien, wann kommen denn die anderen?", wollte Tamara wissen.

„Sie sind hierher unterwegs."

„So lasst uns beginnen, auch wenn heute Shabbat ist", befand Simon. „Wir tun es unseren Brüdern und Schwestern zuliebe, die eine Bleibe brauchen."

„Ach, mein lieber Schimi, ach mein lieber Mann", fing nun Tamara wieder an zu heulen.

„Hör auf", schaltete sich Lea ein. „Wir wissen doch noch überhaupt nicht, wer verwundet, wer getötet, wer heil hier ankommen wird. Heulen können wir, wenn es Zeit dafür ist. Fürs erste hat Simon recht, wir müssen sehen, dass wir irgendetwas für die Kämpfer tun können."

Simon widerstrebte es eigentlich, hier die Führung zu übernehmen.

Aber Ari und Hilel hatten wichtige Aufgaben am Aufgang. Er sah sich also um, wer ihm helfen könnte.

Jaakov bot sich gleich an: „Ich kann dir sicher helfen."

Simon nickte: „Wir müssen erst einmal einen Plan machen."

Der einarmige Josef trat vor: „Ich habe zwar nur einen Arm. Aber ich kann euch zeigen, wo es hier Möglichkeiten gibt. Ich kenn mich hier aus."

„Das ist gut, danke", sagte Simon.

„Also in dem Gebäude dort drüben, das wie ein Palast aussieht, können einige wohnen. Vielleicht nehmen wir den Thronsaal als Unterbringung für die Verletzten und Kranken", sinnierte Simon.

„Also ich geh mal wieder auf meinen Posten. Ihr kommt hier ja allein zurecht", stellte Hilel fest und verschwand wieder in Richtung des Tores.

Josef bot sich an, Simon erst einmal das ganze Ausmaß der Festung zu zeigen. So machte er sich mit Simon und Jaakov auf den Weg. Lea blieb unschlüssig stehen. Wenn Männer etwas zu besprechen hatten, gehörte eine Frau nicht dazu. Aber Simon sah sie an und forderte sie auf: „Komm ruhig mit. Eine Frau sieht doch anders als wir Männer." Das waren Töne, die sie sonst nicht gehört hatte und so schloss sie sich den Männern an.

Orly hatte still den Dingen zugehört, die sich hier ereigneten. Was würde jetzt auf sie zukommen? Sie hoffte inständig, dass Abigail mit bei den Familien war, die in nächster Zeit nach Masada kommen würden. Würde Jochanan dann auch dabei sein? Würde sie bei ihren Eltern wieder ein Zuhause finden? Orly sah zu Mirjam hinüber, die still in die Ferne starrte. Welche Gedanken mochte sie haben? Und Joram, wo war dieser kleine Bursche eigentlich? Wollte der nicht mit den anderen Kindern spielen? Orly tadelte sich selbst, dass sie so an sich gedacht hatte und gar keinen Blick für die Kinder gehabt hatte.

„Weißt du, wo Joram ist?", fragte sie Mirjam, die erschrocken herumfuhr.

„Nein", sagte sie nach einer Weile des Überlegens, „vielleicht sollten wir nach ihm sehen?"

„Ja, komm. Gehst du mit uns mit?", fragte sie Rahel, die sofort aufsprang und Orlys Hand ergriff.

Der Anführer

Währenddessen hatten sich Simon mit Jaakov und Lea unter Führung von Josef aufgemacht, um das Gelände zu erkunden.

„Also, hier ist der große Palast. Wie ihr gesehen habt, gibt es da viele Zimmer. Etwas weiter gibt es noch ein paar Gebäude, die ähnlich mit einem Innenhof angelegt sind, von dem etliche Zimmer abgehen. Und hier", sie standen vor einem großen Gebäude, „also hier gibt es noch mehr Möglichkeiten, Leute unterzubringen." Sie betraten das Gebäude.

„Wozu braucht man denn so viele Räume zum Arbeiten. Der Herodes hat doch bestimmt nicht gearbeitet?", wollte Jaakov wissen.

„Doch mein Junge, ein König muss regieren, und zum Regieren braucht man viele Leute. Außerdem hatte König Herodes immer Angst, dass er umgebracht wird, und brauchte Soldaten um sich herum, die ihn beschützten", erläuterte Josef.

Jaakov kannte nur seinen Vater, wie er inmitten seiner Kameraden kämpfte oder mit ihnen Beratungen abhielt. Er schüttelte ungläubig den Kopf.

Lea staunte über die vielen Zimmer, die um einen Hof angeordnet waren und sogar noch ein zusätzliches angebautes Zimmer hatten. Auch hier war mit der Ausschmückung und Malerei nicht gespart worden. Sie gingen von Zimmer zu Zimmer, und Simon versuchte, alles in seinem Gedächtnis zu behalten. Als sie in das Sonnenlicht traten, bemerkte Jaakov weitere große Gebäude.

„Sind das alles Wohnhäuser?", staunte er.

„Nein, das sind die Vorratshäuser", erläuterte Josef. „Sie sind voll mit Vorräten. Herodes hatte sich auf eine längere Zeit des Aushaltens eingerichtet."

„Ich hoffe, dass wir nicht so lange hier aushalten müssen", bemerkte Lea.

„Das weiß der Ewige", bestätigte Josef.

„Und was ist dahinter?", wollte Jaakov wissen.

„Da drüben sind Empfangsräume und dahinter befindet sich der Winterpalast von dem König Herodes. Das ist ein Palast, ziemlich prunkvoll. Aber da kann man nicht wohnen."

„Dann brauchen wir auch gar nicht erst dorthin zu gehen", stellte Simon fest.

Inzwischen war vom Tor her wieder Lärm zu hören.

„Sollten das schon wieder Neue sein?", fragte Jaakov. Er hätte zu gerne zuerst den prunkvollen Palast, in dem man nicht wohnen konnte, angesehen. Aber dazu kam es nicht. Im Laufe des Tages bis zur Dunkelheit kamen etliche Frauen und Kinder. Sie kamen mit ihrem ganzen Hausrat, den sie retten konnten. Sie sammelten sich auf dem Platz gleich hinter dem Tor, der mehr wie ein Steinbruch aussah. Das gab ein Gedrängel und ein Rufen: „Wo sollen wir hin? Wer gibt uns einen Raum? Wo ist Eleazar?" Ari kam zu Simon.

„Bitte tu etwas, teil ein, mach, dass diese Leute irgendwie eine Bleibe finden!", flehte der ihn an.

Simon war zunächst ratlos und schickte ein Stossgebet zum Himmel: „Bitte Herr, zeig mir, was ich mit diesen Menschen machen soll!" Dann rief er in die Menge: „Hört her, bis Eleazar kommt, werde ich euch, soweit ich das überblicken kann, Raum zuweisen. Stellt euch nur so auf, dass ich erkennen kann, wer zu welcher Familie gehört."

Während die Familien sich ordneten, entstand wieder ein Rufen

„Eleazar, Eleazar!", kam der Ruf vom Tor herüber. Simon schaute hinüber. Wirklich da erschien der Anführer der Zeloten im Tor, hünenhaft, kraftvoll, trotz der Niederlage. Mit langen Schritten war er neben Simon. Jaakov sprang ihm freudig entgegen: „Abba!", rief er. Aber Eleazar nahm ihn nur kurz in den Arm: „Mein Sohn!", sagte er nur und ergriff das Wort mit erhobener Stimme:

„Meine lieben Freunde! Ich bin hierher geeilt, denen voraus, die wegen der Verletzten langsamer gehen müssen. Es sind noch viele Familien unterwegs. Aber ich bin hier, um euch zu sagen, dass die Sache nicht verloren ist. Die Römer haben jetzt einen Sieg errungen. Sie haben unser Heiligtum zerstört!"

Bei diesen Worten ging ein Aufschrei durch die Menge. Die Frauen fingen an zu weinen und zu schreien, als seien ihre Kinder ermordet worden.

„Aber uns werden sie nicht besiegen können. Hier oben sind wir sicher. Wir halten eine Weile aus, um neue Kräfte zu sammeln. Dann werden wir den Besatzern erneut das Leben schwer machen! Schon einmal wurde unser Volk so gedemütigt, als wir nach Babylon verschleppt wurden. Aber wir sind zurückgekehrt mit der Gnade des Allmächtigen!"

Simon sah Eleazar von der Seite an. Das Haar und der Bart waren zersaust. Tiefe Falten zeichneten sein Gesicht, ließen die Anstrengungen die Kämpfe und die Mühen der letzten Wochen erkennen.

„Es lebe Eleazar, es lebe Eleazar!", war es aus hundert Kehlen zu hören und übertönte das Weinen der Frauen.

Die Menschen brauchen jemanden, dem sie folgen können, dachte Simon. Wenn sie doch nur Jeshua nachfolgen wollten!

Eleazar hob die Hand und die Menge beruhigte sich.

„Vorerst will ich euch Raum zuweisen, damit jede Familie sich einrichten kann. Simon wird mir dabei helfen." Er wandte sich zu Simon. Der nickte nur. Er war froh, dass Eleazar jetzt selbst die Dinge in die Hand nahm, denn von dem kleinen Spaziergang hatte er noch keinen festen Plan fassen können. Aber Eleazar kannte sich offensichtlich aus, denn er bestimmte gleich. „Das Gebäude hinter mir wird für meine Familie und für die engere Führung gebraucht. Dort drüben ist der Palast des Herodes" er wies auf den Palast, in dem die Erstankömmlinge schon untergekommen waren, „dort gibt es viele Zimmer, da können etliche wohnen."

Er wandte sich an Simon. Der erschrak. Die stahlblauen Augen waren wie Pfeile. Aber Eleazar streckte ihm die Hand entgegen: „Simon, mein Freund, ich danke dir. Du hast meine Familie heil hierher gebracht. Ich hoffe, dass ich auch weiter auf deine Hilfe rechnen darf." Dabei wurde sein Blick weich und freundlich.

Wie im Reflex streckte auch Simon ihm die Hand hin: „Ja, natürlich, soweit ich kann, und mit des Herrn Hilfe."

Eleazar legte die Hand auf seine Schulter und mit der anderen Hand holte er Jaakov zu sich heran: „Mein Sohn, wie siehst du das?"

Bewundernd schaute Jaakov zu seinem Vater auf: „Abba, Simon hat Großartiges getan, er hat Rahel das Leben gerettet. Er kennt Jeshua!"

Das Gesicht Eleazars wurde wieder hart: „So, so", sagte er nur und Simon konnte nicht herausfinden, ob er damit die Nachricht von Rahels Errettung meinte oder die Mitteilung, dass er, Simon, zu Jeshua gehört.

„Habt ihr euch schon einen Überblick verschaffen können?", fragte er nur.

„Nein, nicht wirklich. Das Gelände scheint sehr groß. Wir waren gerade unterwegs, um uns die Möglichkeiten anzusehen", erklärte Simon.

„Abba, Abba", Rahel kam über den Platz gesprungen. Eleazar breitete die Arme aus, um sie aufzufangen. Mirjam kam mit Joram an der Hand, hinterher. Sie hatten den Lärm auf der anderen Seite des Plateaus gehört und kamen zum Tor gelaufen, weil sie erkannt hatten, dass etwas Besonderes geschehen sein musste. Orly zögerte, ebenfalls in die Richtung zu gehen. Im Grunde hatte sie Angst vor der Tatsache, dass die Sache der Zeloten verloren sein könnte. Einmal mehr wünschte sie sich in ihr Hinterzimmer, die Abgeschiedenheit. Aber dann fiel ihr auf, dass ihr eine neue Freiheit in Jeshua begegnet war. Die Angst, Menschen zu begegnen, ihre Blicke auf sich zu spüren, war gar nicht vorhanden.

Zögernd schritt sie in Richtung des Tores, wo sie die Menschenmenge sich drängen sah. Auf einem Stein erhöht stand ihr Bruder und neben sich Simon und Jaakov. Rahel hatte sich losgerissen und war davon gerannt in die Arme ihres Vaters. Mirjam und Joram sah sie hinterherrennen. Sicher würde Joram jetzt unter den Neuangekommenen seine Ima suchen und wirklich hörte sie ihn von ferne rufen: „Ima, Ima, wo bist du?"

Eleazar setzte Rahel auf den Boden, stieg von dem Stein, auf dem er gestanden hatte, herunter, ging auf Joram zu und hob ihn auf seine starken Arme. Orly staunte über die liebevolle Zuwendung, die der kampferprobte Mann für den kleinen Kerl hatte. Sie konnte aber nicht hören, was er ihm sagte. Aber offensichtlich, war der kleine Mann mit der Antwort nicht zufrieden, denn er strampelte sich frei, dass Eleazar ihn auf den Boden stellte, und Joram zu der Menschenmenge lief. Orly schnitt es ins Herz. Was war nur geschehen? Langsam ging sie auf Eleazar zu, blieb in einiger Entfernung vor ihm stehen und wartete, dass er sich ihr zuwandte. „Orly, meine Schwester", er ging einige Schritte auf sie zu, fuhr sich mit einer hilflosen Handbewegung durch die dunklen Locken.

„Kümmer dich um Joram", sagte er nur.

„Was ist mit Abigail?", fragte Orly unsicher.

„Wir wissen es nicht genau. Aber wir nehmen an, dass die Römer sie gefangen genommen haben. Sicherlich muss sie in irgendeinem römischen Haus als Sklavin dienen." Eleazar sagte das bedrückt mit gesenktem Kopf. Orly hatte den Eindruck, dass ihr der Boden unter den Füßen weggezogen würde. Ihr wurde schwindlig, und sie suchte irgendwo Halt. Simon sprang hinzu und fing sie auf. Im selben Moment schien sie sich zu fangen und eine höhere Macht ihr Kraft zu spenden. Sie murmelte nur: „Abigail, meine Schwester!"

Orly wandte sich nach Mirjam um. Sie hatte dabei gestanden und alles mitgehört. Langsam ging sie davon. Orly atmete tief durch. Wer brauchte sie jetzt am nötigsten? Mirjam war aus dem Holze der

Yairs geschnitzt. Aber Joram, in seiner Sehnsucht nach seiner Mutter, hatte nie die Hoffnung aufgegeben, sie wieder zu finden. Orly entschloss sich, als erstes Joram ihre Aufmerksamkeit zu widmen.

„Joram!", rief sie ihn, „Joram, komm, du wolltest mir doch vorhin etwas ganz Besonderes zeigen."

Eleazar nickte anerkennend. „Komm Simon, wir wollen uns nicht lange aufhalten. Wir haben wichtigere Dinge zu tun."

Simon wunderte sich, wie schnell Orly ihre Aufgabe erkannt und angenommen hatte. Er schickte ein Stoßgebot zum Himmel: „Herr, steh du ihr bei!", und folgte dann Eleazar.

Sicherlich hatte der Anführer der Zeloten andere Dinge gesehen, war nur knapp dem Gemetzel entronnen. Es war jetzt aber keine Zeit, um Fragen zu stellen. Eleazars Gesicht war hart wie ein Kiesel. Strenge Falten standen auf seiner Stirn. Schweißperlen tropften in seinen Bart, was sicher nicht nur von der Hitze, sondern von der übergroßen Anspannung und Anstrengung herrührte. Stumm schritten sie nebeneinander her in Richtung des Wachhauses.

In dem Torstübchen holte Eleazar einen Plan aus einem Tonkrug hervor, der auf Pergament aufgezeichnet war.

„Hier können wir uns orientieren, ohne das ganze Gelände abzugehen", er breitete sorgfältig das Pergament aus und erklärte: „Das sind die Pläne, die damals für Herodes gemacht wurden. Einiges ist später wieder geändert worden. Aber im Großen und Ganzen stimmt er noch." Die Drei beugten sich über den Plan. „Dies ist der Nordpalast", er deutete auf die Nordspitze des Felsens. „Der ist nur im Notfall zum Wohnen für Familien geeignet. Hier ist eine Therme, dort sind die Empfangsräume und dies sind die Vorratsräume, die auch gut gefüllt sind."

Simon nickte: „Hilel hat mir schon davon erzählt. Wir sind nur bis zu diesem Gebäude gekommen." Er wies auf das Gebäude, das sie gesehen hatten.

„Richtig, dieses Gebäude möchte ich für meine Familien und für den engeren Führungskreis und ihre Familien haben."

„Wird denn der übrige Raum reichen?", warf Simon ein.

„Also hier drüben sind noch zwei Gebäude und dort haben wir noch Möglichkeiten."

„Ich habe die Kasematten gesehen. Könnte man nicht in den Kasemattenmauern Wohnstätten einrichten. Davon gibt es ja offensichtlich genug", warf Simon ein.

Eleazar stand am Fenster und sah auf den Platz, wo die Frauen und Kinder auf eine Einweisung warteten. Er schüttelte den Kopf.

„Das dauert alles viel zu lange", gab er zu Bedenken. „Wir wissen ja noch gar nicht, wie viele wir sein werden."

„Abba, lass uns doch erst einmal die Familien unterbringen, die jetzt schon da sind", schlug Jaakov vor.

„Ich habe einen klugen Sohn. Du hast Recht. Also gehen wir ans Werk, belegen diese Häuser hier und den Palast dort. Alles Weitere findet sich im Laufe der Zeit." Eleazar rollte das Pergament sorgfältig wieder zusammen und steckte es wieder in den Krug.

Orly hatte Joram auf den Arm genommen, der sich wehrte. „Ima, ich will Ima suchen!", rief er immer wieder. Orly versuchte beruhigend auf ihn einzureden: „Ruhig mein Kleiner, deine Ima ist jetzt nicht dabei. Ich versteh dich ja. Wir werden jeden Tag am Tor sitzen und gucken, wer kommt. Vielleicht ist ja einmal auch die Ima dabei."

Joram wurde still. Ein Schluchzer entrang sich seiner Brust und endlich konnte er weinen. Die Tränen flossen, dass Orly am Hals ganz nass wurde. Rahel war hinter den Beiden hergelaufen. Sie hängte sich an Orly's Rock und versuchte Joram am Fuß zu streicheln, weil das das Einzige war, was sie erreichen konnte. Orly stand still, beugte sich herunter zu Rahel und setzte sich auf einen Stein, so dass Rahel Joram näher war. Der barg sein tränennasses Gesichtchen in Orlys Schleier.

„Joram, nicht weinen. Meine Ima ist doch auch nicht da", versuchte sie Joram zu trösten. Es dauerte eine Weile, bis Joram sich beruhigt hatte. Orly wiegte ihn hin und her. Sie hätte gern mit dem kleinen Kerlchen geweint. Alles schien so aussichtslos, so undurchsichtig.

Wo war Jochanan? Als hätte er ihre Gedanken erraten, fragte Joram: „Wo ist Abba?"

„Ich weiß es nicht, mein Kleiner. Aber weißt du, Eleazar ist nur ganz schnell voraus geritten und die anderen kommen hinterher. Dein Abba wird mit den anderen ganz sicherlich kommen." Orly sprach beruhigend, wenngleich auch ihr die Angst die Kehle zuschnüren wollte. Sie musste ihre ganze Willenskraft aufbringen, um die Stimme fest zu machen.

„So, und jetzt gehen wir zur Safta und berichten, was wir wissen, ja?", bestimmte Orly.

Rahel hatte die ganze Zeit an Orlys Knie gelehnt, vor ihnen gestanden. Mit ihren großen dunklen Augen sah sie Joram an. „Nicht wahr, Tante Orly, Jeshua weiß, wo Jorams Ima ist. Er kann sie auch zu uns bringen."

Sie sagte das mit einem solchen Ernst, dass Orly lächeln musste. Ihr Glaube war noch zu jung, um sich gleich auf die Hilfe Jeshuas zu besinnen. Aber Rahel hatte ihr besonderes Erlebnis mit Jeshua gehabt, und ihr Vertrauen war kindlich unerschütterlich.

Orly nickte: „Du hast Recht, Rahel. Jeshua weiß alles."

Damit stand sie auf. Jorams Tränen waren versiegt. Er hatte sich den Kummer von der Seele geweint, und mit dem Ärmel seines Hemdchens das Gesicht getrocknet.

„Gehen wir mal zum großen Meer?", fragte er, als wolle er neue Abenteuer erleben.

„Zum großen Meer?", fragte Orly, „was soll da sein?"

„Da hinten, komm mit", und schon zog er Orly mit fort. Hinter dem Palast, in dem sie untergebracht waren, verfolgten sie einen Pfad, der an weiteren Häusern vorbei zu einem merkwürdigen runden Bauwerk führte. Orly fragte sich, was das wohl sein könnte. Aber Joram zog sie weiter, dass Rahel kaum mitkommen konnte. Am südlichen Ende gelangten sie zu einer mit einer Mauer umfriedeten Einfassung. Durch ein Tor kamen sie zu einem großen Becken, das mit

Wasser gefüllt war. Treppen führten hinunter.

„Guck, das große Meer!", Joram zeigte stolz auf das ruhige Wasser, das in der Sonne wie ein Spiegel glänzte.

„Oh, das ist ja schön!", rief Rahel begeistert. Sie ging die ersten Stufen hinunter und hielt die Hand ins Wasser. War es eine Zisterne? Aber Zisternen waren eigentlich geschlossen und meistens gingen nicht so breite Stufen hinunter. Sollte das ein Bad sein? Orly hatte so etwas noch nie gesehen.

„Ja wirklich. Aber ihr geht mir nicht allein hier hin. Ich weiß nicht wie tief das ist." Als sie sich umdrehte, sah sie, dass in das Gemäuer auch Nischen eingelassen waren, sicherlich um die Kleider abzulegen. Sie musste erneut staunen, was Herodes hier angelegt hatte.

„Das ist wirklich wunderbar, was du entdeckt hast", lobte sie Joram. „Nun wollen wir aber zur Safta gehen und ihr die Neuigkeiten berichten."

Wie lieblich sind deine Wohnungen

Immer noch standen oder saßen die Neuankömmlinge in der glühenden Hitze auf dem Platz. Langsam machte sich Unmut breit: „Wo gibt es denn hier was zu trinken?" – „Was sollen wir denn hier" – „Wir sind hier abgeschnitten, in der Wüste. Gibt der Ewige uns Manna, wie damals zu Moses Zeiten?" – „Unsere Kinder haben Durst!" So schwirrten die Fragen und Anklagen durch die sirrende Nachmittagshitze.

Eleazar wusste genau, dass die Menschen nicht lange dort verbleiben konnten. Er ahnte den Unmut und kam mit langen Schritten zu den Wartenden zurück. Er hatte seinem Sohn Jaakov gesagt, dass er hinüber zu dem Palast laufen sollte, um denen, die dort schon das Quartier bezogen hatten, die Neuigkeiten anzusagen. Jaakov kam zur gleichen Zeit wie Orly mit den beiden Kindern an.

„Na, Jaakov, wie hat dein Vater entschieden?", empfing Orly ihn. „Gehen wir schnell zur Safta und besprechen dort, was zu tun ist".

Orly folgte ihm in das Zimmer, wo Lea sich auf das Bett gelegt hatte, um der größten Hitze zu entgehen. Sie erhob sich und legte das weiße Kopftuch wieder um ihre schütteren grauen Haare als Orly mit den Kindern eintrat.

„Was gibt es denn?", fragte sie etwas mürrisch.

„Abba ist da!", platzte Jaakov heraus, „und mit ihm noch viele andere!"

„Was?", nun war Lea hellwach. Sie schwang die Beine über die Bettkante und fuhr in ihre Sandalen. „Ist das wahr, Orly? Ist auch Abigail dabei? Und Yair und Jochanan?"

„Nein", bedauerte Orly, „Eleazar ist voraus geritten, um hier die Einweisung in die Quartiere zu leiten."

„Ich muss Eleazar sprechen", damit wollte Lea hinaus eilen. Aber Jaakov hielt sie fest.

„Safta bitte, Abba hat mich gebeten, dir zu sagen, dass wir, das heißt unsere Familie in einem anderen Haus wohnen sollen. Viel haben wir ja nicht mitzunehmen. Du kannst es schnell zusammen bringen. Wir helfen dir. Du wirst sehen, es ist viel schöner als hier", versicherte Jaakov.

„Schöner als hier? Es muss nur kühl sein. Aber vielleicht gewöhne ich mich ja an diese Hitze." Lea sammelte die wenige Habe zusammen. Auch Orly war in den Nebenraum gegangen, um das aufzunehmen, was ihr und den Kindern gehörte. Das war nicht so wenig, wie sie jetzt feststellte, denn Zippora hatte ihnen einiges eingepackt. Mirjam kam ins Zimmer.

„Wohin gehen wir?", fragte sie nur.

„Dieses Quartier ist für die Neuankömmlinge. Eleazar möchte, dass wir als Familie ein anderes Haus beziehen." Still nahm Mirjam Orly einige Sachen ab. Mit hängenden Schultern wandte sie sich der Tür zu. Orly spürte, wie sie stumm litt. Sie war ja auch erst ein kleines Mädchen von zehn Jahren. Niemals würde sie ihr die Mutter ersetzen können!

Sie hörten von draußen Stimmen näher kommen. Lea ging in den Vorhof und schon stand Eleazar vor ihr. „Ima", seufzte er nur und nahm sie in die Arme. Wie tat ihr das gut. Sie war sich sicher, dass ihr Sohn die Lage und alle Dinge überblickte und im Griff hatte.

„Geh schon mal mit Jaakov hinüber in das andere Haus. Ich

werde, wenn ich hier alles erledigt habe, gleich nachkommen", forderte Eleazar sie auf. Lea nickte, konnte sich aber nicht so einfach trennen. Zu lange hatte sie ihn nicht gesehen. Sie forschte in seinem Gesicht, der Bart zerzaust, die dunklen Locken mit grauen Fäden durchzogen, die Sorgenfalten tief eingeschnitten in das von der Sonne gegerbte Gesicht. Welch eine Last hatte er zu tragen! Eleazar schob sie von sich: „Geh nur, ich komme gleich!"

Alle Fragen mussten aufgeschoben werden.

Jaakov wartete am Eingang und führte die kleine Gruppe in das obere Haus.

Sie sahen sich in dem rechteckigen Hof um, von dem etliche Türen abgingen. Die Ausstattung war nicht ganz so luxuriös, wie in dem ersten Palast. Aber die Kühle des Innenhofs besänftigte Lea. Sie setzte sich auf eine Steinbank und wartete auf ihren Sohn.

Jaakov öffnete eine Tür nach der anderen. Alle Räume schienen gleich zu sein. Er ging in einen hinein und entdeckte an der Rückseite eine weitere Tür, die sich zu einem zweiten Raum öffnete. Die Zimmer waren einfach eingerichtet, aber es schien alles vorhanden zu sein, was man brauchte.

Orly hatte den Schleier abgenommen und legte ihn beiseite. Sie ging zu Mirjam und nahm sie in den Arm. Nach anfänglichem Widerstand lehnte sich Mirjam an Orly und fing an zu weinen.

„Wein du nur, das tut dir gut", Orly strich zärtlich über ihr Haar.

„Was gibt es denn da?", hörte sie hinter sich Lea rufen.

Orly drehte sich um. „Verzeih", sagte sie, „aber wir haben von Eleazar erfahren, dass Abigail von den Römern gefangen genommen worden ist."

Lea konnte diese Nachricht gar nicht erfassen. Sie war zu erschöpft und abgespannt, um sich vorzustellen, welches Schicksal ihre Tochter bei den Römern haben mochte.

„Ach, Abigail", hauchte sie nur und starrte zur Tür, als müsse sie jeden Augenblick dort herein kommen. Nach einer Weile fragte sie nur: „Wo ist mein Mann? Wo ist Jochanan?"

„Wir wissen es nicht", antwortete Jaakov. „Aber mein Abba weiß vielleicht mehr."

Lea schloss die Augen. Was würde sie noch alles aushalten müssen?

Schnelle Schritte kamen über den Felsen und näherten sich dem Eingang des Hauses. Eleazar betrat den Innenhof. Lea erhob sich und machte einen Schritt auf ihn zu.

„Was ist mit Abba? Was weißt du von Jochanan?", fragte sie bohrend.

„Jochanan kommt mit dem großen Trupp. Er kommt mit den Verletzten!"

„Ist er verletzt?"

„Nein, aber es musste auch ein Verantwortlicher diesen Trupp begleiten", erwiderte Eleazar.

„Ich will wissen, was mit deinem Vater ist!", Lea schrie es fast.

Beschwichtigend hob Eleazar die Hand: „Er ist ...", Orly spürte, wie schwer ihrem Bruder dieser Bericht fiel, „... er ist bei einem Ausfall in die Hände der Römer gefallen. Ich weiß, dass er lebt, genauso wie Abigail. Denn Jochanan hat sein Leben aufs Spiel gesetzt, um ihn und auch seine Frau aus dem Lager der Römer heraus zu bekommen. Aber es ist ihm leider misslungen. Fast wäre er selbst dabei in die Hände der Römer gefallen."

Lea ließ die Arme sinken und fiel zurück auf die Bank. Orly biss die Zähne aufeinander. Nun hatten sie den Tatbestand gehört. Aber sie weigerte sich, sich die Umstände genau vorzustellen. Mirjam weinte leise an ihrer Seite. Orly fragte sich, woher sie die Kraft hatte, stehen zu bleiben und nicht vor Schmerz hinzusinken. Konnte eine Familie so viel Unglück ertragen? Was hatte es nur für einen Sinn weiterzuleben? Merkwürdigerweise stand in ihr ein anderes Bild auf, das Bild eines leidenden, am Kreuz hängenden Mannes, der mit liebevollem Blick nur sagt: ‚Vertraue mir, ich mache alles neu.'

Jaakov kam von seiner Besichtigung zurück und merkte die angespannte Stimmung. Aber auch Eleazar wollte nicht länger im

Vergangenen hängen bleiben. Er hatte die Verantwortung nicht nur für seine Familie.

„Also, hier ist für die nächste Zeit unsere Bleibe. Jede Familie ein Zimmer, dahinter ist ja noch ein angehängter Raum. Das sollte erst einmal reichen. Da vorne ist ein einzelner Raum. Dort wird dann Simon wohnen."

Lea stand mühsam auf und schleppte sich in einen der Räume der offen stand. Es war ihr eigentlich egal. Eleazar trat zu ihr. „Mutter", sagte er, „ich habe inzwischen wieder eine Frau gefunden. Ich dachte, dass es nicht so einfach für dich ist, die Kinder zu versorgen. Nun werden auch die Verhältnisse sich etwas ändern. Wir werden zur Ruhe kommen und du wirst dich vielleicht mehr um die Kinder von Abigail kümmern wollen, oder?"

Lea hatte das Gefühl, dass ihr nun endgültig alle Kraft zu schwinden drohte. Diese Nachricht war einfach zu viel, oder war es nur die Hitze, die sie so in Mitleidenschaft zog? Lea setzte sich auf das Bett. Sie nickte nur. „Darum wird ein Mann Vater und Mutter verlassen, dass sie ein Fleisch seien!", murmelte sie nur.

„Wie bitte?", Eleazar hatte sie nicht verstanden.

„Ja, mein Sohn, es ist alles in Ordnung", Lea zog die Beine auf das Bett und drehte sich zur Wand.

„Nein, noch nicht ganz", erwiderte Eleazar zögernd. „Du kannst ruhig jetzt dort bleiben. Aber wenn ich meine Frau zu mir nehme, wäre es gut, wenn du den hinteren Raum für dich nimmst."

Lea richtete sich halb auf. Hatte sie nicht immer ihre Tochter Orly versteckt und in die hinterste Ecke verbannt? Wie war sie damit fertig geworden? Lea wurde eine ganz neue Sicht bewusst. Lea nickte und seufzte: „Es ist gut, dass du wieder eine Frau hast, gut auch für die Kinder. Ich glaube es ist besser, ich nehme gleich den Raum dahinter."

Damit erhob sie sich, nahm ihr Bündel und ging in den anderen Raum. Eleazar starrte ihr nach. So kannte er seine Mutter gar nicht. Sonst war sie immer etwas kämpferisch und jetzt so gleichgültig? Irgendetwas musste geschehen sein. Aber er hatte jetzt keine Zeit, um dies heraus zu finden. Er wandte sich um und stolperte fast über Orly, die hinter ihm stand. Er war etwas verwirrt, sie ohne Schleier zu sehen, aber er tat, als bemerkte er es nicht.

„Orly, also du nimmst die Zimmer dort. Bis Jochanan kommt ist es am besten, wenn du dich um die Kinder kümmerst. Sie scheinen ja Vertrauen zu dir zu haben", stellte er fest.

Orly meinte, dass der Boden unter ihr schwankte. Alles Blut schoss ihr in den Kopf, dass ihre Brandnarben feuerrot wurden. Jochanan würde kommen! Das Herz schlug ihr bis zum Hals und sie senkte den Kopf. Eleazar zog die Stirn kraus. „Ist dir nicht gut?", fragte er.

„Doch, doch. Es ist alles in Ordnung. Du hast Recht, die Kinder sind mir in dieser Zeit sehr lieb und wichtig geworden. Wenn mein Schwager da ist, kann ich ja vielleicht mit Mutter zusammen sein." Orly vermied es, Jochanans Namen auszusprechen. Sie fürchtete, dass ihre Stimme zittern würde.

„Das wird sich finden. Habe Mut, Mutter wird dir zur Seite stehen. Sie braucht auch eine Aufgabe."

Damit war für Eleazar die Angelegenheit erledigt. Er hatte anderes zu tun und eilte davon. Orly sank auf eine Steinbank. Hatte sie nicht früher immer geträumt, wie wunderbar es sein müsste, mit Jochanan zusammen zu sein. Und nun kam die Gelegenheit dazu, aber auf so andere Art und Weise, wie sie es gedacht hatte. ‚Mutter wird dir zur Seite stehen!' Ihr Bruder hatte eben keine Ahnung. Er war ein Mann des Krieges, ein Mann, der gewohnt war, Befehle zu erteilen, der Gehorsam gewohnt war. Was wusste er von zwischenmenschlichen Beziehungen. Hatte er überhaupt bemerkt, dass sie jetzt das erste Mal öffentlich und ohne Schleier vor ihm stand? Aber so wie er in früherer Zeit nicht darüber nachgedacht hatte, dass sie ihre Jugend in einem Hinterzimmer verbracht hatte, so war sie jetzt nur ein Steinchen, das man hin und her schieben konnte. Aber was würde sein, wenn Jochanan mit den Verletzten kommen würde? Wäre doch nur Maria oder Zippora hier. Orly sehnte sich danach, mit jemandem über ihre Ängste reden zu können. Wem konnte sie sich anvertrauen? Joram stand vor ihr, lehnte an ihrem Knie und schaute sie unverwandt an. Seine Kinderhand lag in ihrer. „Nicht weinen!", bettelte er, „Tante Orly traurig?"

„Nein, nein", Orly strich ihm über die Wange und lächelte ihm aufmunternd zu: „Wir werden das schon schaffen, wenn du mir hilfst! Außerdem kommt dein Abba ja auch bald."

Joram nickte ernsthaft „Meinst du, er bringt Ima mit?"

„Ich weiß nicht!" Entschlossen stand Orly auf, nahm Joram an die Hand und ging in das ihr zugewiesene Zimmer.

Simon war Eleazar gefolgt. „Ich möchte dir noch einmal die Möglichkeit der Unterbringung in den Kasemattenmauern nahe bringen. Ich habe vorhin dort drüben hinter die Mauer geschaut. Da gibt es genügend Platz, um Zimmer einzurichten", sagte er. Eleazar blieb stehen.

„Ja wirklich? Ich hatte das vorhin so weit weggeschoben, weil ich dachte, dass wir jetzt schnell Unterkünfte brauchten. Aber ich denke, das wäre sicher eine gute Möglichkeit. Gehen wir doch gleich einmal dort hin." Sie schritten über den Platz zur Kasemattenmauer.

Diese hatte einzelne Abschnitte. Es hatte sich dort schon einiges an Gerümpel angesammelt.

Aber bei näherem Besehen, konnte man auch etliches davon noch gebrauchen, da es wohl noch Reste von den Bauarbeiten aus der Zeit Herodes waren. Eleazar hob einen Balken hoch, darunter befanden sich Holzbretter. In einem anderen Bereich fanden sich Steine, die noch gut zur Verarbeitung geeignet waren.

„Das wird unsere nächste Aufgabe sein, hier in der Kasemattenmauer Zimmer für die Familien einzurichten. Das ist großartig!"

Simon nickte: „Was ist denn in den Wachtürmen?"

„Lass uns nachsehen", Eleazar stürmte die Treppe hinauf, Simon kam langsam hinterher.

Auf der Mauer war ein Umlauf, der von einem Turm zum anderen führte. Simon zählte 36 Türme. Auf der Seite, wo sie standen, war die Mauer direkt an den Felsen gebaut, der dort steil in den Abgrund fiel. Hier konnte sicher kein Feind die Festung erklimmen. Aber etwas weiter schimmerte ein weißer Felsen, der einen Anstieg vielleicht ermöglichte. Das Tal bis zu der nächsten Berggruppe war weit und man konnte die Aquäduktleitungen erkennen, die Herodes von dem nächsten Wadi hatte bauen lassen, um die Zisternen zu füllen.

„Uneinnehmbar!", stellte Eleazar fest.

„Jedenfalls von hier aus", stimmte Simon zu.

„Auf den anderen Seiten ist es noch steiler. Nur den Pfad, den man heraufkommt, da ist die einzige wunde Stelle."

„Nun gut, jetzt haben wir erst einmal die Aufgabe, die Familien unterzubringen."

„Wie viele, denkst du, werden es sein?", wollte Simon wissen.

„Leider weiß ich das noch nicht. Es werden sich vielleicht noch andere anhängen, die ebenfalls vor den Römern fliehen."

Jaakov kam vom Palast her gelaufen. „Abba, wie komm ich da hinauf?", rief er schon von weitem.

„Hier unten ist eine Treppe."

In Windeseile hatte Jaakov die Mauer erklommen. Für ihn war das Ganze ein großes Abenteuer.

„Haben die ersten Familien ihren Platz gefunden?", wollte Eleazar wissen.

Jaakov nickte: „Josef hat mir geholfen. Tamara war gleich am jammern, sie hätte zu wenig Platz. Aber Josef hat gar nicht darauf reagiert."

Eleazar war zufrieden. Der Tag neigte sich dem Ende zu. Rotgolden malte die untergehende Sonne bizarre Ornamente auf die Berge.

„Ich habe einen Bärenhunger", stellte Eleazar fest.

Sie stiegen wieder hinunter, um in der Palastküche nach etwas Essbarem zu sehen. Dort hatte sich Lea mit Orly schon nützlich gemacht und hatte ein Abendessen gerichtet.

In den nächsten Tagen kamen immer mehr Zeloten mit ihren Familien. Aber es waren nicht nur Zeloten, sondern auch Leviten und Priester. Eleazar und Simon hatten alle Hände voll zu tun, die Zimmer in den Kasematten herzurichten. Je mehr Familien kamen, umso mehr Hilfe war auch da. Jeder legte Hand an, um für alle eine Unterkunft zu schaffen, damit auch jede Familie ihr eigenes Reich haben konnte. Aus übrig gebliebenen Steinen wurden kleine Kochmulden gebaut und aus Brettern, die sie in den Kasematten fanden, entstanden Bettgestelle und Schränke. Als immer noch weitere Familien die Festung erreichten, wurden in die größeren Zimmer einfach Wände eingezogen. Schließlich mussten aus dem Steinbruch auch noch Steine ausgebrochen werden, um neue Häuser zu bauen. Dennoch fanden alle Platz.

Das Wiedersehen

Der Tag kam, als die Verwundeten den Pfad herauf getragen wurden. Nach dem Willen von Eleazar sollten sie in den Familien versorgt werden. Nur die Schwerverletzten sollten in dem ehemaligen Thronsaal des Herodes gemeinsam untergebracht werden. Er versprach sich davon schnellere Genesung.

Orly hatte ihr Versprechen Joram gegenüber wahr gemacht und jeden Tag, immer wenn neue Familien kamen, mit ihm am Tor gesessen. Sie spürte aber bei dem kleinen Kerl die Enttäuschung, wenn wieder seine Mutter nicht dabei war. Als es hieß, dass sein Vater käme, war er ganz aus dem Häuschen, sprang von einem Stein zum anderen, rannte zum Tor und wieder zurück. Am liebsten wäre er den Pfad hinunter gerannt. Aber die Enttäuschung war fast noch größer, als er sah, dass sein Vater als letzter den Pfad hinaufkam, abgekämpft, die Kleider zerrissen, schmutzig und schweißnass, denn er hatte immer wieder geholfen, die Verwundeten zu tragen.

Joram rannte zu ihm hin: „Abba, Abba, Wo ist Ima? Hast du sie nicht mitgebracht?"

Jochanan nahm seine letzten Kräfte zusammen und hob Joram hoch. Er drückte ihn fest an sich und Joram schlang seine Ärmchen um seinen Hals: „Jetzt bin ich ja erst einmal da und die Ima werden wir auch noch finden!"

Orly sah Jochanan an. Ihr schossen die Tränen in die Augen und sie war froh, dass sie den Schleier angelegt hatte. Schweißperlen standen ihm auf der Stirn, die Haare durchnässt und der Bart ungepflegt. War das der Mann, den sie einmal geliebt hatte? Aber eigentlich hatte sie ja nur eine Stimme geliebt. Welche Strapazen musste er gehabt haben?

Jochanan setzte Joram auf den Boden und sah Orly an. „Danke", sagte er nur schlicht, „ich denke, die Kinder waren bei dir in guter Obhut." Er steckte ihr die Hand entgegen. Zögernd schob auch sie ihre Hand vor, berührte die seine, um gleich wieder zurückzuzucken.

„Willkommen!", hauchte sie nur.

Joram achtete nicht auf diese kleine Begebenheit. Er ergriff seinen Vater bei der ausgestreckten Hand und zog ihn mit sich fort: „Abba, ich zeige dir, wo wir wohnen. Komm mit!"

„Wo ist Mirjam?", Jochanan hatte sich unter den Wartenden umgesehen und hatte seine Tochter nicht entdeckt.

„Sie ist bei Safta in der Küche", sprudelte Joram.

Jochanan war es zufrieden und ließ sich von Joram zu dem Haus ziehen.

Orly folgte langsam mit einigem Abstand. Was sollte jetzt werden? Wieder plagten sie Selbstzweifel. Würde sie mit ihrer Mutter im Frieden in einem Zimmer leben können? Sicher, ihre Mutter hatte sich verändert. Aber würde das auf Dauer so bleiben? Und dann war da noch die neue Frau von Eleazar. Immer mehr sah sich Orly wieder abgeschoben und fühlte sich überflüssig. „Ach, wäre ich doch nur gestorben!", seufzte sie.

„Warum?", fragte eine Stimme hinter ihr. Orly fuhr herum. Simon stand vor ihr.

„Ich gehe schon eine Weile hinter dir her", erklärte er. „Ich habe doch bemerkt, dass dich etwas bedrückt. Schon seit einiger Zeit habe ich dich beobachtet. Fehlt dir etwas?"

Orly schnappte nach Luft. Ihr lag schon eine abwehrende Antwort auf der Zunge.

„Nein, mir fehlt nichts", log sie. „Der Vater von Joram und Mirjam ist gekommen."

„Ja, ich hab's gesehen. Aber Jeshua hat mir gesagt, dass ich dir nachgehen soll."

Verwirrt sah Orly auf. Sie fühlte eine starke Zerrissenheit in sich. Sollte sie sich ihm anvertrauen? Er ist ein Mann, konnte er sie überhaupt verstehen? „Das ist nett", sagte sie nur kurz, „aber ich muss zu meiner Mutter in die Küche." Damit wandte sie sich ab und ging hinüber zu dem Palastgebäude.

Simon sah ihr nach. Wie konnte er ihr nur helfen? „Bitte Herr, zeige mir, wie ich ihr helfen kann!", betete er im Stillen.

Entdeckungen

Jaakov kam vom Tor angerannt: „Simon, hast du gesehen, mein Onkel ist jetzt auch da!"

„Ja, ich weiß", Simon drehte sich zu Jaakov. Ein Lächeln ging über sein Gesicht. Der Junge hatte sich schon sehr nützlich gemacht. Immer, wenn er Zeit fand, kam er zu Simon, um ihn nach der Thora und nach Jeshua zu fragen. Auch kleine handwerkliche Handgriffe hatte er ihm beigebracht, das was er selbst von Jeshua gelernt hatte.

„Bist du schon mal dort drüben gewesen?", wollte er wissen. Jaakov hatte noch viel zu entdecken. Er war ständig unterwegs, wenn ihn sein Vater nicht brauchte.

„Du meinst, dort bei den Vorratshäusern?", fragte Simon.

„Ja, und noch weiter. Dort ist ein noch schönerer Palast als der, wo die große Küche ist. Ich bin da heute gewesen, soll ich ihn dir zeigen?"

„Hatte nicht dein Vater gesagt, dass dort in dem Palast niemand etwas zu suchen hat?", gab Simon zu Bedenken.

„Ich habe ja auch nichts gesucht, nur geschaut. Der Herodes hat da eine Pracht bauen lassen. Die Treppen sind inwendig im Felsen, drei Terrassen übereinander, eine schöner als die andere", schwärmte Jaakov.

„Dennoch, das ist kein Spielplatz."

„Man kann da ganz weit ins Land und auf das Salzmeer sehen."

„Ja, ich weiß, ich bin da schon gewesen."

„Ach bitte, komm doch mit", bettelte Jaakov.

Eigentlich wollte Simon sich in eine stille Ecke zurückziehen, sich aussprechen mit seinem Herrn. Er hatte seinen Auftrag erfüllt. Er wollte zurück nach Jerusalem. Die Römer hatten da zwar die Herrschaft übernommen, aber die eigentliche Herrschaft hatte doch der Allmächtige in der Hand. Er würde am Ende der Zeit auf dem Ölberg erscheinen. War jetzt nicht schon das Ende der Zeit? Sollte dieses das Ende des jüdischen Volkes sein? Eleazar war der Ansicht, dass die Zeloten dazu ausersehen seien, die jüdischen Wurzeln wieder zu beleben. Aber Simon wusste, dass die Kraft des Messias und seine Verheißungen stärker sein würden. Hatte nicht Paulus schon so viele Menschen aus den Nationen durch die frohe Botschaft zu Nachfolgern des Messias gemacht? Simon hatte nur seiner kleinen ihm anvertrauten Gruppe die Kraft und die Herrlichkeit des Messias deutlich machen können. Die kleine Rahel, die mit liebevoller Vertrautheit an ihm hing. Jaakov, der mit seinen Fragen Simon immer wieder herausforderte. Orly, die immer wieder mit einer spröden Anhänglichkeit zu ihm kam und doch nicht zulassen konnte, dass er ihr etwas raten durfte. Die Forderungen, die Eleazar an ihn stellte, hätte er gerne beiseite geschoben und abgelehnt. In dieser Beziehung würde Simon lieber heute als morgen die Festung verlassen. Manchmal hatte Simon sogar den Eindruck, dass Eleazar ihn gegen die Rabbiner ausspielte, die mit dem ganzen Tross mitgekommen waren und nun versuchten, das Kommando zu führen. Und dann war da noch Lea, die den Rabbinern und Pharisäern gehorsam sein wollte und doch Simon und seine Lehre verteidigte, wenn er angegriffen wurde. Er wurde aus ihr nicht schlau.

Simon war gedankenverloren stehen geblieben. Jaakov zupfte ihn am Ärmel: „Bitte!"

Simon seufzte und fuhr mit der Hand durch die Luft, als wollte er die Gedanken verscheuchen: „Also gut", lenkte er ein, „ ich wollte sowieso mit dir noch reden. Das können wir ja auf dem Wege tun."

Sie gingen zwischen den Vorratshäusern die Straße hinauf.

„Meinst du, dass so viele Leute, wie wir jetzt sind, davon satt werden, was hier drin lagert?", Jaakov deutete nach rechts und links.

„Ja sicher. Ich bin mit deinem Vater einmal da drinnen gewesen, das ist eine unvorstellbare Menge. Und doch will ich dir eine Geschichte erzählen, die Jeshua uns gesagt hat. Da war ein reicher Kornbauer. Der hatte eine sehr gute Ernte und er sagte bei sich, ich will mir größere Lagerhäuser bauen und alles darin lagern. Dann kann ich die Hände in den Schoß legen und es mir gut gehen lassen. Und doch hat Gott gesagt, du bist ein Narr, heute Nacht noch fordere ich dein Leben von dir. Er hatte also nichts von seinem Reichtum."

Jaakov ging still neben Simon. Dann sah er auf: „Das heißt dann, dass wir uns auf nichts verlassen können."

„Richtig, wir sollen uns nur auf Gott verlassen. Er versorgt uns mit allem. Schau mal diese Rabenvögel. Sie waren schon immer hier. Ich weiß, dass die Kinder sie so gerne füttern. Aber als ihr nicht hier wart, wurden sie auch ernährt. Der himmlische Vater hat für sie gesorgt."

Sie waren an der oberen Terrasse angekommen. Im Halbrund war ein Balkon an der Felsspitze angelegt, der mit Säulen gekrönt war. Man konnte von hier weit über das Tote Meer sehen, das sich zur Rechten ausbreitete. Wie eine Schieferplatte lag es ruhig da.

„Kennst du das Buch des Propheten Ezechiel?", fragte Simon

„Ja, es kommt doch auch in der Parascha vor, wenn wir am Schabbat in der Thora lesen", bestätigte Jaakov.

„Sieh dir das Tote Meer an", Simon machte eine große Handbewegung über das Meer hin: „Das alles soll einmal nicht mehr tot sein. Es werden sogar Fische darin sein und Fischer werden ihre Netze auswerfen."

„Das steht im Propheten Ezechiel? Wie wird das sein und wann?", Jaakov war voller Bewunderung.

„Es wird ein Strom vom Altar des Tempels heraus fließen. Er strömt durch das Land bis in das Salzmeer und das Meer wird gesund werden. Nur die Lachen rundherum werden salzig bleiben."

„Wirklich? Aber wir haben doch gar keinen Tempel mehr. Jochanan hat gesagt, dass alles nur noch ein Trümmerhaufen ist."

„Es wird zu der bestimmten Zeit einen neuen Tempel geben. Aber eigentlich brauchen wir keinen Tempel mehr. Denn wer an Jeshua den Messias glaubt, der hat den Heiligen Geist in sich und ist somit selbst ein Tempel Gottes."

„Was erzählst du dem Jungen da für einen Unsinn!", eine barsche Stimme ließ die beiden herumfahren. Der Rabbiner Hannias war ihnen nachgegangen und hatte sie wohl belauscht.

Er hob die Hand, als wollte er Simon schlagen, blieb aber in einiger Entfernung stehen: „Ich werde das Eleazar berichten, dass du seinem Jungen solche Mär erzählst. Habt ihr nichts Vernünftiges zu tun, als hier herumzulungern?"

Jaakov stellte sich vor Simon. Aber Simon schob ihn beiseite. „Du kannst ruhig herkommen. Auch du brauchst den Messias, wenn du ewiges Leben haben willst."

Hannias bückte sich und hob einen Stein auf, um ihn nach Simon zu werfen. Aber Simon duckte sich, sodass der Stein über die Brüstung des Balkons polternd in den Abgrund fiel.

„Ich werde das meinem Vater sagen, dass du Simon umbringen wolltest!", rief Jaakov.

„Lass nur mein Junge", beschwichtigte Simon ihn. „Wenn Gott ihm die Vollmacht gibt, mich anzugreifen oder sogar umzubringen, so hat das sicher seine Berechtigung. Komm, gehen wir, es wird sowieso bald dunkel werden." Damit wandte sich Simon zum Gehen. Jaakov folgte ihm. Hannias blieb stehen. Wagte er nicht wegen Jaakov, Simon anzugreifen oder war da eine unsichtbare Hand, die ihn zurückhielt?

„Warte nur, du aussätzige Brut", murmelte er, „dich werde ich noch kriegen."

Jaakov und Simon gingen nun an der Außenseite der Lagerhäuser vorbei. Auf einmal blieb Jaakov stehen und hielt Simon am Ärmel fest: „Hast du das gehört?", flüsterte er leise.

Simon hielt inne und lauschte.

„Da war irgendein Geräusch, wie ein Schürfen. Sollen wir nachsehen?" Jaakov hielt sich nah an der Mauer und auch Simon hatte etwas gehört, war sich aber nicht sicher, ob nicht die Vögel diese Geräusche machten. Nein, es kam aus dem Innern dieses Hauses. Aber um diese Zeit wurden doch keine Vorräte ausgegeben. Eleazar hatte angeordnet, dass nur am Morgen und nur in bestimmten Mengen von den Vorräten ausgegeben werden sollte. War vielleicht doch noch eine Gruppe gekommen und es wurde noch etwas benötigt? Simon wusste aber, dass in diesem Lagerraum kein Getreide oder Öl gelagert wurde, sondern so spezielle Dinge wie getrocknete Datteln, Rosinen und Feigen. Inzwischen war auch die Sonne untergegangen und der Felsen hüllte sich in den Mantel der Nacht.

Gegen den nächtlichen Himmel konnten sie den sich weit aufblähenden Mantel des herbeieilenden Hannias erkennen. Er ging direkt auf das Gebäude zu und verschwand. War er in den anderen Gang abgebogen?. Jetzt waren Stimmen im Gebäude zu hören.

„Komm", Simon bedeute Jaakov, dass er nachsehen wollte, was da geschah.

Sie schlichen sich an die Eingangstür, die nur angelehnt war. Drinnen machten sich zwei Gestalten im Schein einer kümmerlichen Öllampe an den Krügen zu schaffen. Hannias stand davor und verdeckte die Tür.

Simon machte Jaakov ein Zeichen und die Beiden schlichen vor die Tür und machten sie mit einem lauten Knall zu.

Von innen war im ersten Moment nichts zu hören. Dann erhob sich ein Wutgeschrei: „Hab ich dir nicht gesagt, du sollst draußen sehen, dass niemand da ist."

„Ach was, sei ruhig, das war nur ein Luftzug." „Hast du niemanden gesehen?" „Nein, vorhin waren da oben Simon und Jaakov. Aber die habe ich verjagt." „Das sollen wir glauben? Jetzt sitzen wir in der Falle."

„Ich laufe schnell und hole meinen Vater", flüsterte Jaakov. Ehe Simon etwas erwidern konnte, war er schon davon. Simon überdachte seine Lage. Der Rabbiner war nicht gut auf ihn zu sprechen. Wenn er ihn jetzt hier herausließe, würde er vielleicht von seinen Angriffen verschont bleiben. Aber sofort verbot er sich diesen Gedanken. „Herr vergib mir, dass ich solches gedacht habe. Ich will diesem Hannias gar nicht gefallen, ich will nur dir gefallen. Du hast dich auch nicht vor diesen Pharisäern versteckt."

Jaakov fand seinen Vater bei einer Besprechung. Josef stand vor der Tür und hielt ihn auf.

„Wo willst du hin?"

„Ich will zu meinem Vater. Es ist wichtig!", protestierte Jaakov

„Die Unterredung ist sicherlich wichtiger, als das Spielzeug eines kleinen Jungen", erwiderte Josef.

Das machte Jaakov wütend: „Ich bin kein kleiner Junge und es geht auch gar nicht um mein Spielzeug. Lass mich los!"

Er wand sich aus dem Griff des Einarmigen und war schon an der Tür. Aber Josef stellte sich breitbeinig davor: „Wirst du wohl hier bleiben, du Lausebengel. Ich habe hier die Wache zu halten auf Befehl deines Vaters."

Da wurde die Tür von innen geöffnet, dass Josef sie im Kreuz spürte und zur Seite wich.

Eleazar kam heraus: „Was ist denn hier los. Habe ich dir nicht gesagt ..." Dann sah er seinen Sohn und zog ihn auf die Seite: „Junge, ich habe eine wichtige Besprechung mit den Priestern. Was gibt es denn?" Eleazar kannte seinen Sohn. Er war sich sicher, dass er ihn nicht unnötig stören würde.

„Vater", flüsterte Jaakov, noch etwas außer Atem, „ich war mit Simon oben auf der Terrasse, als wir zurückgingen kamen wir an den Vorratshäusern vorbei und haben dort Stimmen gehört. Dann kam Hannias und ging auch hinein. Wir haben sie gesehen, wie sie sich die Taschen voll gestopft haben."

„Ist das wahr?"

„Ich habe sie mit eigenen Augen gesehen. Und wir haben die Tür von außen zugemacht. Sie sitzen also da drin. Bitte komm und kläre du die Sache."

„Warte hier", Eleazar ging in den Raum zurück. Dort saßen die Priester um einen Tisch herum und sahen Eleazar entgegen.

„Ich habe schnell etwas zu erledigen", sagte er nur kurz. „Wartet hier." Damit war er schon aus der Tür. „Sieh zu, dass keiner von ihnen wegläuft. Ich bin gleich wieder da", wies er Josef an, der etwas verwirrt die Szene beobachtet hatte.

Eleazar nahm seinen Sohn beim Arm: „Komm wir müssen uns beeilen, damit die Priester nicht misstrauisch werden."

Die beiden liefen den Weg hinauf und trafen Simon vor der Tür an die Wand gelehnt.

Im Gebäude war es stiller geworden. Hatten die Räuber einen anderen Ausgang gefunden? Aber soweit Simon wusste, gab es nur diesen einen Zugang an der Nordseite.

„Sehen wir, was sich da tut", damit riss Eleazar die Tür auf. Vor ihnen stand Hannias mit zwei seiner Söhne. Außer einer kleinen Öllampe hatten sie nichts in den Händen.

Hannias ergriff sofort das Wort: „Eleazar, gut dass du kommst. Dieser unverschämte Verführer", damit deutete er auf Simon „versucht deinen Sohn von dem Gesetz und der Lehre Moses abzubringen."

„Was hat das mit dem zu tun, dass ihr euch hier in den Vorratskammern herumtreibt?", fragte Eleazar scharf.

„Meine Söhne haben hier nach Mäusen gesucht. Als ich sie hierher brachte, habe ich oben an der Terrasse zwei stehen sehen, obwohl du doch verboten hattest, dass sich da jemand aufhält. Da bin ich dahin gegangen und habe gehört, wie Simon zu deinem Sohn gesagt hat, dass nur der das ewige Leben bekommt, der zu diesem Gekreuzigten gehört."

Eleazar merkte, dass Hannias ihn nur von etwas ablenken wollte.

„Ich habe dich, Hannias, aber in der Besprechung mit den Priestern erwartet. Also schick deine Söhne nach Hause und komm mit.

Und du mein Sohn", er wandte sich an Jaakov, „geh zu Rahel. Du weißt doch, dass sie ohne dich nicht einschlafen kann."

Jaakov biss sich auf die Lippen. Er ärgerte sich über den glimpflichen Verlauf für Hannias. Er würde seinem Vater beweisen, dass diese Drei dort in der Vorratskammer nur etwas mitnehmen wollten, was ihnen nicht zustand.

„Ach Simon, willst du nicht bei der Besprechung dabei sein? Es geht um den Bau einer Synagoge", wandte sich Eleazar an Simon.

„Ich bringe nur meine Söhne zu unserem Quartier. Es ist ja schon dunkel geworden", erklärte Hannias und ging mit seinen Söhnen in eine andere Richtung.

„Der hat bestimmt etwas unter seinem Mantel, guck mal wie der sich da ausbeult", flüsterte Jaakov.

„Ach lass es gut sein. Wir müssen eine andere Lösung finden. Es gibt sowieso Unruhe, weil der eine oder andere sich benachteiligt fühlt. Was meinst du Simon. Irgendwie müssen wir eine bestimmte Abgabemenge für jede Familie nach der Anzahl der Personen machen. Wie Gott damals das Manna zuteilte und am Vortag zum Schabbat gibt es eben doppelte Ration, wie bei dem Manna in der Wüste. Wir wissen ja nicht, wie lange wir hier aushalten müssen, wie schnell wir unsere Kräfte wieder aufgebaut haben, um den Römern Jerusalem wieder zu entreißen."

Simon hätte gern Eleazar zugestimmt und wollte ihm auch sagen, dass für ihn die Zeit gekommen sei, seine eigenen Wege zu gehen, da drehte sich Eleazar zu ihm um: „Simon, du bist der Mann, den ich als Verwalter dafür einsetzen möchte." Simon verschlug es die Sprache. Er fühlte sich überrumpelt, wie damals in Jerusalem, als Dan zu ihm gekommen war, und ihm den Auftrag gab, die Familie von Eleazar hierher zu führen.

Er blieb stehen, während Eleazar ein Stück weiter ging, sich dann aber umdrehte und Simon die Hand hinstreckte: „Ich weiß, es kommt überraschend, aber ich brauche jemand, der zuverlässig und ehrlich ist."

„Du hast doch so viel Vertraute", erwiderte Simon, „ich bin für viele ein Ärgernis. Vorhin wollte Hannias mit Steinen nach mir werfen. Du kennst meine Ansicht und ich werde sie nicht ändern: ich gehöre zu dem Messias Jeshua und ich bin allein ihm gehorsam."

„Ja, ja, ich weiß, das soll dir auch nicht genommen werden. Ich hätte nur eine Bedingung."

Simon wusste gleich, dass er keine Bedingung akzeptieren würde. Er fragte dennoch: „Und die wäre?"

„Du behältst deine Lehre für dich, machst einfach nur diesen Dienst."

Simon schüttelte den Kopf: „Nein, das kann ich nicht. Such dir jemand anders. Ich wollte sowieso weiterziehen."

Nun war es Jaakov, der seinen Vater bestürmte: „Abba, das kannst du nicht zulassen, das würde Rahel ganz traurig machen." Dann wandte er sich an Simon: „Simon, bitte, bleib doch bei uns, wenigstens bis wir wieder nach Jerusalem können."

„Junge, wer weiß, wann das sein wird."

„Bitte Simon, überleg es dir noch einmal. Es sind doch jetzt bald die Feiertage. Die wollen wir doch zusammen erleben!"

Eleazar legte seine Hand auf Simons Arm: „Komm, wir werden einen Weg finden."

„Und du gehst jetzt auf dem schnellsten Wege zu Rahel!", Eleazar gab seinem Sohn einen Klaps auf die Schulter, der sich auf der Stelle umdrehte und zu dem Haus hinüber lief, in welchem die Familie Eleazars untergebracht war.

Den meine Seele liebt

O rly war in Gedanken versunken zu ihrer Mutter gegangen. Sie dachte darüber nach, was das heißen sollte, als Simon sagte ‚Jeshua hätte ihm gesagt, dass er ihr nachgehen sollte'. Hätte sie sich ihm anvertrauen sollen? Hätte sie nur den Mut gehabt, aber jetzt hatte sie die Gelegenheit verpasst. Sie betrat die Küche, die von Eleazar und seinen Leuten zu einer Backstube umfunktioniert worden war. Lea stand an dem steinernen Tisch mit beiden Armen in der Teigschüssel.

„Ah, Orly, wo warst du. Ich brauche dich. Komm, mahle mir noch schnell etwas Mehl."

Orly gehorchte und schüttete Körner auf die Mahlsteine und begann sie zu drehen.

„Jochanan ist gekommen", begann Lea das Gespräch.

„Ja", erwiderte Orly einsilbig, und steckte den Schleier in den Ausschnitt ihres Kleides.

„Tu doch endlich den Schleier weg, da kann man doch gar nicht richtig arbeiten", ermahnte Lea sie. Orly gehorchte, obwohl sie lieber ihr Gesicht verborgen hätte. So beugte sie sich tiefer über die Mahlsteine. Lea tat, als bemerkte sie nichts. Sie war mit ihrer Arbeit zufrieden und stellte die Backschüssel neben den großen Ofen.

„Wir müssen vorarbeiten, denn bald ist die Zeit der Feste und vorher will dein Bruder heiraten", sagte Lea, wie beiläufig.

„Das ist sicher gut für Rahel", Orly versuchte das ebenso beiläufig zu sagen. Aber ihre Stimme zitterte etwas, dass Lea sie ansah.

„Ist irgend etwas?"

„Nein", log Orly und senkte den Kopf noch tiefer über ihre Handmühle.

„Ich habe nachgedacht, Orly", Lea machte eine Pause, so dass Orly gezwungen war aufzusehen. „Es ist ja so, dass ich dir kein Zuhause mehr bieten kann. Außerdem bin ich alt; weiß ich, ob Yair noch einmal zurückkommt? Ja, und Abigail, was für ein Schicksal!"

Lea hielt inne und seufzte tief. Orly sah sich gezwungen, aufzustehen und ihre Mutter in den Arm zu nehmen. „Jetzt habe ich nur noch Eleazar und dich", fuhr Lea bekümmert fort. „Wer versorgt die Kinder von Abigail? Du bist die Richtige dafür, sie hängen an dir, du bist ..."

Orly hielt sich die Ohren zu: „Mutter, bitte hör auf. Ich kann doch nicht als Unverheiratete mit Jochanan in einem Zimmer wohnen."

„Wer sagt denn das? Du könntest doch die zweite Frau von Jochanan werden. Ich würde das schon einfädeln. Es ist doch nur wegen der Kinder. So schrecklich ist der Mann doch gar nicht!"

„Und Abigail, wenn sie wieder kommt?" Das war zu viel für Orly sie schüttelte den Kopf, nahm ihren Schleier und rannte aus der Backstube. Ach, was hätte sie darum gegeben, Jochanans Frau zu werden, damals vor zehn Jahren, als Abigail dem Mann ihrer Träume zugesprochen wurde. Jetzt kam Orly sich schon fast verwelkt vor, Jahre hindurch abgeschoben und versteckt, nur durch die besonderen Kriegszustände war sie aus der Versenkung aufgetaucht. Und nun sollte sie die Lücke füllen, damit die Kinder versorgt sind und der Schein gewahrt würde. Ja, auch damit sie selbst versorgt wäre. Würde Jochanan sie nicht vielleicht auch in das hinterste Zimmer verbannen, wer will schon mit einer so hässlichen Frau verheiratet sein! Orly rannte und wusste nicht wohin. Sie ließ sich auf einem Stein in der äußersten Ecke an der Mauer nieder, wo sie allein sein konnte. Hemmungslos fing sie an zu weinen, unaufhörlich flossen die Tränen. Zu viel hatte sich aufgestaut, die Wochen in Jerusalem, die Flucht und die Umstände hier auf der Festung. Orly fühlte sich eingeengt und ausgenutzt. Sie vergrub ihr Gesicht in ihren Armen, die sie auf ihre Knie gestützt hatte.

Sachte strich ein Lufthauch über ihre Haare. Der Schleier war ihr in den Nacken gerutscht. Sie hob den Kopf. War da jemand? Sie sah zum Nachthimmel auf, der seinen samtenen Mantel ausgebreitet hatte. Wie Edelsteine funkelten die Sterne, willkürlich hingeworfen und doch hatte jeder seine Bahn. Ihr war, als wollten sie zu ihr reden. Großer Gott, wie herrlich sind deine Werke, wie wunderbar hast du alles geschaffen. Die Tränen waren versiegt. Tief versunken in den Anblick hörte sie nicht die Schritte, die sich ihr näherten.

„Orly?", fragte flüsternd eine tiefe Stimme.

Orly fuhr herum. Diese Stimme kannte sie! Sie fing wieder an zu zittern. Konnte sie denn nicht allein sein? Sie versuchte aufzustehen, wollte davon laufen. Wie wild fing ihr Herz an zu pochen.

„Bleib doch. Ich habe dich gesucht". Es war Jochanan. Er setzte sich neben sie auf den warmen Stein. „Was machst du hier am Ende der Welt?"

„Ich, ich ...", fing Orly an zu stottern und versuchte, den Schleier wieder über ihr Gesicht zu ziehen, aber er hatte sich verdreht. Dabei war sie bemüht, ihm nicht ihr Gesicht zuzuwenden.

„Lass das doch. Es ist sowieso dunkel. Und außerdem brauchst du dich vor mir nicht zu verschleiern." Jochanans Stimme war sanft und tief. In Orlys Ohren begann ein Rauschen und sie meinte, dass Jochanan ihren Herzschlag hören müsste. Er hatte sich gebadet, denn er roch nicht mehr nach Schweiß wie bei der Ankunft. Seine Nähe verwirrte sie und sie versuchte erneut aufzustehen. „Ich muss die Kinder ins Bett bringen. Ich habe sie sowieso viel zu lange allein gelassen."

Aber Jochanan hielt sie an der Hand fest: „Ich habe schon die Kinder ins Bett gebracht. Joram hätte mich ja sowieso nicht gehen lassen. Es ist alles gut. Ich danke dir, dass du dich der Kinder so angenommen hast. Joram war ganz begeistert und auch Mirjam vertraut dir."

„Aber Joram hat immer nach seiner Ima gefragt. Weißt du etwas über Abigail?", Orly versuchte mit der Frage das Gespräch in eine neutralere Richtung zu führen und doch versagte ihr bei dieser Frage fast die Stimme.

Jochanan senkte den Kopf und schwieg. Orly spürte, dass sie die falsche Frage gestellt hatte: „Entschuldige bitte, ich wollte dir nicht wehtun."

„Nein, es ist ja auch deine Schwester. Du hast schon ein Recht, danach zu fragen."

Trotzdem schwieg er eine Weile. Dann, als müsse er sich dazu durchringen, fuhr er fort: „Abigail ist gefangen genommen worden, als Pfand für ihren und deinen Bruder Eleazar. Sie hätten gern auch Jaakov in ihrer Hand gehabt. Dafür haben sie seinen Vater Yair gefangen und gefoltert. Ich hätte mich ja zum Austausch zur Verfügung gestellt."

„Nein", entfuhr es Orly. Sie schlug sich, entsetzt, sich verraten zu haben, auf den Mund: „Ich meine, das ist ja furchtbar!"

„Ja", bestätigte Jochanan, „die Römer gehen nicht gerade zimperlich mit ihren Gefangenen um. Wenn sie Glück hat, bringen sie Abigail als Sklavin nach Rom."

„Das heißt, wir werden sie nicht wieder sehen?"

„Das weiß nur der Allmächtige", Jochanans Stimme klang resigniert.

Orly stand auf: „Ich muss noch meine Sachen aus deiner Wohnung holen. Ich ziehe dann wohl in das Zimmer zu meiner Mutter."

Jochanan war ebenfalls aufgestanden. „Orly, ich will dich nicht davonjagen. Du hast so viel für meine Kinder getan. Ich kann doch bei den Soldaten wohnen. Das bin ich gewohnt, das macht mir keine Mühe."

„Nein", sagte Orly bestimmt, „wenigstens der Vater sollte bei seinen Kindern sein."

Jochanan half ihr über die Steine und Klüfte hinweg, die sie vorher gar nicht bemerkt hatte. Die Berührung seiner Hand löste in Orly einen Sturm der Gefühle aus. Sie entzog ihm ihre Hand: „Ich kann schon allein." Prompt übersah sie einen Stein, rutschte davon ab und fiel der Länge nach hin. Sie versuchte, sich wieder aufzurappeln, aber es gelang nicht. Sie ärgerte sich über sich selbst, über ihre Ungeschicklichkeit, und dass sie nun zulassen musste, dass Jochanan sie hochhob und sie auf die Füße stellte.

„Na, wird es gehen?", fragte er besorgt. Orly spürte, wie ihr Knöchel anschwoll, biss aber die Zähne zusammen. „Ja, es geht schon, wenn ich mich auf deinen Arm stützen dürfte."

Aber sie kamen nur ganz langsam voran, denn der Fuß tat ihr weh. Ohne auf ihren Protest zu achten, nahm er sie einfach auf die Arme, „wie leicht du bist und doch so willensstark!"

Orly spürte seinen Atem an ihrem Hals. Sie wandte ihr Gesicht ab, weil eine Welle des Verlangens in ihr aufflammte, sich an ihn zu schmiegen. Sie fürchtete, dass er ihr wildes Herzklopfen spüren könnte.

„Wenn uns nun jemand sieht", der Kloß in ihrem Hals ließ nur ein Flüstern zu.

„Na und, ich würde doch jeden anderen, dem solch ein Missgeschick passiert, genauso heimtragen."

Das versetzte Orlys Sehnsüchten und Gefühlen einen ordentlichen Dämpfer. So ließ sie sich zu dem Haus tragen, wo Jochanan sie in dem Zimmer absetzte, wo auch schon Joram und Mirjam schliefen.

„Also erst einmal bleibst du hier, und ich gehe in ein anderes Quartier. Eleazar wird schon noch eine Bleibe für mich haben." Das sagte er so bestimmt, dass sie keine Widerrede mehr wagte. Damit verließ Jochanan den Raum.

Orly setzte sich auf das Bett und betastete ihren Knöchel. Er war tatsächlich schon dick. Wenn sie doch nur die Salbe von Zippora noch hätte. Aber die hatte sie ja vor einiger Zeit Ester gegeben. Sie hätte sie gleich zurückfordern sollen. Nun saß sie da, und ihre Gefühle spielten Karussell mit ihr. Im selben Moment musste sie sich selbst zur Ordnung rufen. Nur sie hatte diese Sehnsucht. Bei rechtem Überlegen, war er einfach nur pflichtbewusst und dankbar, dass sie die Kinder betreut hatte. Sie warf sich auf das Bett und schalt sich selbst eine alte Jungfer, die sich in Jugendträume verrannt hatte. Wenn sie doch nur jemand hätte, mit dem sie reden könnte. Hatte Simon nicht gesagt, sie könne zu jeder Zeit mit Gott reden. Nein, der Allerhöchste ist doch so erhaben, sollte er sich um so ein kleines Problem kümmern. Aber sein Sohn, Jeshua! Simon redete doch auch mit ihm.

„Herr", flüsterte Orly in ihre Kissen, „ich habe niemanden, mit dem ich reden kann. Du hast jetzt mein Unglück gesehen, kannst du meinen Fuß heilen? Bitte, lass mich erfahren, dass du lebst. Ja ich weiß, dass du lebst, du hast auch Rahel wieder aufgeweckt. So hilf doch auch mir. Lass mich morgen wieder laufen können. Und noch etwas: Ich liebe Jochanan und habe meine Liebe vergraben, als meine Schwester diesen Mann heiratete. Bitte vergib mir, wenn meine Liebe in meinem Herz neu erwacht ist. Schenke doch, dass auch Jochanan mir nicht nur dankbar ist, sondern ..." sie wagte es nicht auszusprechen oder zu hoffen, dass er ihre Liebe erwiderte. Mit einem Seufzer schloss sie mit „Amen". Orly war noch lange wach und starrte in die Dunkelheit. Sie lauschte auf das gleichmäßige Atmen der Kinder. Hin und her wälzte sie die Möglichkeiten und Unmöglichkeiten. Aber sie hatte das Gefühl, dass sich ihre Gedanken im Kreis drehten. Unruhig wälzte sie sich von einer Seite auf die andere. Sie versuchte, ihren Gedanken eine andere Richtung zu geben und sagte sich halblaut einen Psalm auf: ‚Der Herr ist mein Hirte, mir wird nichts mangeln.' – Mir wird nichts mangeln? Aber sie hatte doch Mangel! Vertraue Jeshua, hatte Simon gesagt, dann würde sie auch keinen Mangel haben. Mit einem Jeshua auf den Lippen schlief sie ein.

Das Los

Jochanan kam an den Räumen vorbei, wo Eleazar sein Arbeitszimmer hatte. Er hörte laute Stimmen, die sich eher nach einer hitzigen Auseinandersetzung, als nach einer Unterhaltung anhörten. Er blieb stehen. Er musste Eleazar fragen, wer ihm jetzt ein Quartier zuweisen könnte. Er zögerte und klopfte dann entschlossen an. Auf ein „Herein" betrat er den Raum. Die Köpfe der Anwesenden flogen herum, manche ärgerlich über die Störung der Sitzung. Beim flackernden Schein einer Fackel an der Wand saßen und standen einige Priester, Zeloten und Simon, den er nur kurz kennen gelernt hatte. Eleazar, der am Kopfende des Tisches stand, rief erfreut: „Ah, Jochanan, komm doch zu uns. Wir beraten gerade ein Problem. Vielleicht hast du noch eine Idee."

„Ich bin doch heute erst gekommen", wehrte Jochanan ab. „Worum geht es denn?"

„Wir haben die Vorräte in Augenschein genommen und sie sind recht umfassend. Aber wie wir jetzt die Lage überblicken, haben wir auch fast tausend Leute zu versorgen. Bislang hatten wir keine Regelung, die ist aber jetzt sehr nötig. Es kann nicht sein, dass jeder hingeht und sich aus den Vorräten holt, was er braucht. Ich habe also Simon hier als Verwalter vorgeschlagen, dass jeder eine gerechte Zuteilung bekommt."

Sofort setzte wieder ein Stimmengewirr ein: „Den wollen wir nicht", „Der verdirbt die Seelen unserer Kinder", „Wir wollen lieber Hannias", „Der ist wenigstens neutral!", „Kann man dieser Memme überhaupt trauen?"

Die Stimme kam Simon bekannt vor. Woher nur? Sie war ihm irgendwie in unguter Erinnerung. Er sah in die Richtung und erkannte in dem Mann mit dem wirren Bart und dem Kopfverband Dan, der zum engeren Befehlskreis von Eleazar gehörte. Simon spürte, dass von ihm nicht viel Gutes zu erwarten war.

Es bildeten sich Parteiungen mit dem für und wider. Jochanan hob die Hände. „Ich bin da wirklich überfragt. Ich kenne Simon ja gar nicht. Ich weiß nur, dass Eleazar viel von ihm hält, sonst hätte er ihm nicht seine Familie anvertraut. Habt ihr ihn denn selbst gefragt, ob er solch ein Amt überhaupt übernehmen möchte?"

„Nein", war die einstimmige Antwort.

„Simon, was sagst du dazu?", fragte nun Eleazar.

Simon überlegte lange, während alle Blicke auf ihn gerichtet waren: „Es wäre gut, wenn wir Jahwe befragen könnten", sagte er dann vorsichtig abwägend. Er hoffte, dass er von Jeshua eine andere Weisung bekommen würde.

„Gut, wir werfen das Los", ging Eleazar gleich darauf ein. Er war sich seiner Sache sicher.

„Die Lose Uri und Thumin sind im Tempel verloren gegangen, das solltest du doch wissen", grummelte Hannias.

„Nun dann machen wir uns eben welche. Hier sind ein paar Scherben, wir ritzen die Namen darauf ein und wer zuletzt übrig bleibt, ist von Gott bestimmt." Die Versammlung war einverstanden und jeder ritzte seinen Namen auf eine kleine Tonscherbe. Eleazar, der seinen Namen nicht mit aufgeschrieben hatte, sagte zu Jochanan: „Du kannst jetzt die Lose ziehen." Jochanan zog einen Namen nach dem anderen. Zum Schluss blieb die Scherbe mit Simons Namen übrig.

„Hab ich euch nicht gesagt, dass er der von Gott erwählte Mann ist", rief Eleazar triumphierend. Simon sah, wie sich einige Mienen verfinsterten, aber sie mussten sich dem Urteil fügen. Die Teilnehmer erhoben sich und gingen hinaus in die Nacht.

„Simon, bleib noch auf einen Augenblick", rief Eleazar Simon hinterher. Simon drehte sich um: „Was gibt es noch?"

„Wir wollen schnell die neue Lage besprechen und außerdem Jochanan über den Beschluss des Bethauses unterrichten", erläuterte Eleazar.

„Gibt es kein Bethaus hier oben? Na ja, ich glaube, Herodes war nicht einer der frömmsten Könige", stellte Jochanan fest.

„Doch, es gibt ein Bethaus oder eine Synagoge." Eleazar holte die Rolle mit den Aufzeichnungen hervor, die vorher im Torzimmer gelegen hatte. Er rollte sie auf dem Tisch aus und die drei beugten sich darüber.

„Also hier sind wir", er deutete auf einen Punkt auf der Karte. „Dies ist, sagen wir mal, der Palast von Herodes gewesen. Hier ist also der große Palast und um den ganzen Felsen zieht sich eine Kasemattenmauer, die wir jetzt für Wohnungen der Familien umfunktioniert haben. Und hier ...", er deutete auf einen Raum an der westlichen Mauer, „... hier gibt es eine kleine Synagoge oder Gebetshaus. Das ist natürlich nur für private Zwecke des Herodes gewesen, zu klein, für unsere große Gemeinschaft."

Jochanan nickte: „Und was habt ihr jetzt geplant?"

„Wir müssen den Raum vergrößern. Da sollen Sitzbänke hinein und der hintere Raum hier," Eleazar deutete auf ein Viereck an der Mauer, „hier könnte der Priester wohnen, ich meine der, der gerade den Dienst tut."

Jochanan starrte auf den Plan: „Das ist ja alles schön und gut. Haben denn alle Familien jetzt schon eine Bleibe?"

„Leider nicht. Wir müssen noch etwas Raum schaffen. Aber in zehn Tagen ist das Neujahrsfest. Und da verlangen die Priester, dass ein würdiger Gebetsraum geschaffen ist. Hier können wir auf etwas Vorhandenem aufbauen."

„Es sind auch genügend junge Männer hier, dass wir dieses Werk im Namen Jahwes in Angriff nehmen können", ergriff nun auch Simon das Wort.

„Verstehst du etwas davon?", Jochanan sah Simon fragend an.

„Simon hat sich hier schon verdient gemacht. Er hat von seinem Meister, der wohl ein guter Zimmermann war, einiges gelernt, was er hier schon einsetzen konnte." Eleazar war überzeugt, dass Simon ihnen auch weiter eine gute Hilfe sein würde.

„Also gut. Du, Eleazar, ich bin hundemüde. Wer kann mir jetzt noch einen Schlafplatz zuweisen. Ich kann nicht in unserem Zimmer wohnen. Orly hat sich den Fuß vertreten und ich habe sie zu den Kindern in das Zimmer getan."

Eleazar überlegte. Er hörte Simon wie selbstverständlich sagen: „Bei mir ist noch Platz. Wenn es dir recht ist, komm doch zu mir."

„Ach, und das wollte ich euch noch sagen, ich möchte noch vor dem Neujahrsfest meine Frau zu mir holen. Es ist ja so, dass von Neujahr bis Jom Kippur keiner heiraten darf, wegen der Fastenzeit. Aber ich will nicht mehr so lange warten."

„Ja, das verstehe ich", Jochanan nickte, „Na, denn gute Nacht!" Damit folgte er Simon.

Heimliche Ränke

Für Lea war es beschlossene Sache, dass Orly Jochanan heiratet. Sie würde mit Eleazar als Oberhaupt der Familie darüber reden müssen, denn Yair, ihr Mann, war ja gefangen bei den Römern. Lea verbot sich jede Träne, was ihr eine Aura der Härte gab. Aber sie war der Ansicht, dass ihre Trauer niemand etwas anging, das musste sie mit sich selbst ausmachen. Aber das Geschick ihrer Kinder und Enkelkinder lag ihr doch am Herzen. Orly hatte sich vorhin in der Backstube nicht eben erfreut gezeigt, Jochanan zu ehelichen. Aber danach wurde nicht gefragt. Sie selbst hatte einstmals Yair auch nicht aus Liebe geheiratet. Ihre Eltern hatten mit dem Rabbiner, der für die Vermittlung zuständig war, den Heiratspreis ausgemacht. Auch jetzt mussten sie wohl oder übel über den Rabbiner die Verhandlungen führen.

Lea hatte den ganzen Tag in der Backstube gestanden. Sie würde jetzt die Brote noch formen und backen. Vorsichtshalber sah sie im Ofen nach der Glut. Sie war noch so, dass sie getrost die Brote hineinschieben konnte. Dann nahm sie entschlossen die Schürze ab und wollte gerade die Backstube verlassen, als Tamara sich ihr in den Weg stellte.

„Na, wo ist denn dein Schleiertäubchen?", fragte Tamara scheinheilig.

„Wieso, wo soll sie sein?", Lea hatte das Gefühl, dass etwas Ungutes auf sie zukam.

„Ja, ja, tu nur nicht so. Sie trifft sich heimlich mit Männern. Braucht sie dafür ihren Schleier?"

Lea wurde ärgerlich: „Wenn du Jaakov oder Joram als Männer bezeichnest ..."

„Nein. Ich habe sie ganz hinten an der Mauer mit einem großen Mann gesehen. Als sie aufstanden, hat er sie sogar auf den Arm genommen. Er hat sie sogar in ihr Zimmer getragen! Ich hab es genau gesehen!" Tamara stellte sich vor Lea, die Arme verschränkt. Ihre Augen funkelten sensationslüstern.

„Ach lass mich doch in Ruhe! Hast du nichts Besseres zu tun, als den Leuten hinterher zu schnüffeln. Meine Tochter hat mir eine ganze Weile hier in der Backstube geholfen. Das vermisse ich von dir ganz und gar, lässt dich nur bedienen und hast Zeit, anderen aufzulauern." Lea drehte sich um und ließ Tamara stehen.

Trotzdem ärgerte sie sich über Orly. Sollte sie sich mit einem anderen Mann getroffen haben? Dann wäre ja ihre Reaktion vorhin durchaus glaubwürdig. Hatte Lea ihre Tochter so falsch eingeschätzt? Orly hatte ja eigentlich hier erst ihre Freiheit gefunden. Einmal mehr verfluchte sie das Schicksal, das sie und ihre Familie so aus der Bahn geworfen hatte. Umso wichtiger war es, dass sie die Dinge in die Hand nahm.

Es war schon stockfinstere Nacht und Lea musste aufpassen, dass sie den Weg nicht verfehlte. Sie ging hinauf, wo die Priester und Rabbiner ihre Wohnungen hatten. Auf dem Weg kamen ihr Zweifel, zu so später Stunde bei dem Kohen Achia anzuklopfen. Aber die Angelegenheit duldete keinen Aufschub.

Sie klopfte entschlossen an die Tür, die sogleich von Naemi, der Frau Achias geöffnet wurde. „Ach, du bist es, Lea," wurde sie empfangen, „Ich dachte, dass Achia käme."

„Ach ist dein Mann noch nicht da? Ich wollte ihn sprechen, wegen ..." Lea verstummte.

„Wegen was? Worum geht es denn? Sind es gute Neuigkeiten?"

Nach den vielen schlechten Nachrichten und Erlebnissen war Naemi nur noch an guten Nachrichten interessiert.

„Ach, ich komme dann am besten morgen wieder", Lea war enttäuscht und wandte sich zum Gehen. Da kam eine Gruppe Rabbiner heftig diskutierend vom oberen Palast herunter.

„Da kommen sie doch", rief Naemi, in der Hoffnung nun doch zu erfahren, warum Lea ihren Mann sprechen wollte. Aber Lea hatte es sich anders überlegt. Es war vielleicht doch besser, zuerst mit Eleazar zu sprechen. So sagte sie nur kurz ein „Gute Nacht" und eilte nach Hause. Aber Eleazar war nicht in seinem Zimmer. Nur vom Arbeitszimmer kamen noch Stimmen. Ihr Sohn hatte also noch eine Besprechung. Lea lauschte an der Tür. Sie hörte ihren Sohn und dann Jochanan und auch Simon reden. Sie überlegte eine Weile. Es war sicher nicht klug, jetzt vor Jochanan die Angelegenheit auszubreiten. Sie musste warten und die günstige Zeit abpassen. Da wurde die Tür aufgemacht, dass Lea in ihren Überlegungen erschrak. Jochanan und Simon kamen heraus.

„Oh Lea, so spät noch hier?," sprach Jochanan sie an.

„Ist es schon so spät?", versuchte Lea sich heraus zu winden, „Ich wollte zu meinem Sohn."

„Ja, geh nur hinein, er ist da drinnen", Jochanan hielt ihr die Tür und Lea schlüpfte hinein, froh nicht weiter nach ihrem Ansinnen gefragt zu werden.

Eleazar kehrte ihr den Rücken zu und beugte sich über eine Karte, die auf dem Tisch lag. Er hatte sie gar nicht bemerkt und fuhr hoch, als Lea ihn ansprach: „Eleazar, hast du einen Moment Zeit für mich?"

„Ja, natürlich, was gibt es denn?"

Lea kam näher. Wie abgespannt und müde ihr Sohn aussah! Hatte er überhaupt Zeit und Gedanken, um sich solcher Dinge anzunehmen? Aber Lea war es gewohnt, ihre Ziele anzupacken. „Du bist jetzt, wo dein Vater nicht da ist, das Oberhaupt der Familie," begann sie vorsichtig .

Eleazar runzelte die Stirn. Dennoch fuhr Lea fort: „Es ist ja so, dass Abigails Kinder versorgt sein müssen. Hat Jochanan dafür die nötige Zeit?"

„Ich dachte mir, dass du die Kinder zusammen mit Orly versorgst", Eleazar schien etwas ungehalten.

Aber Lea ließ sich nicht beirren: „Soweit die Zeit reicht, werden wir das auch tun. Andererseits müssen wir Sorge tragen, dass Orly versorgt ist. Es wäre doch gut, wenn sie Jochanan heiratet. Von Abigail müssen wir leider sagen, dass sie so gut wie tot ist. Und Mirjam und Joram haben Orly lieb gewonnen. Ich will auch nicht, dass Orly in böses Gerede kommt."

„So, wie kommt mein keusches Schleierschwesterchen denn in solch ein Gerede?"

„Tamara hat mich angesprochen. Sie hätte Orly mit einem fremden Mann hinten auf den Felsen gesehen."

„Ach ja? Hast du Orly danach gefragt?"

„Nein", gab Lea zu, „Ich habe sie vorhin in der Backstube nur darauf angesprochen, dass es für sie doch das Beste wäre, wenn sie Jochanan heiratet. Aber sie hat ganz merkwürdig darauf reagiert und ist davon gelaufen."

Jetzt war es heraus. Lea beobachtete Eleazar, auf dessen Gesicht sich tanzende Schatten durch das Flackern der Fackel abzeichneten.

„Wir müssten sicherlich in dieser Zeit auf den Brautpreis verzichten", versuchte Lea ihren Sohn weiter zu überzeugen. Aber Eleazar wischte mit der Hand durch die Luft.

„Mutter, darum geht es überhaupt nicht. Die Zeit, in der wir hier leben, ist böse. Aber vielleicht hast du Recht, und es ist das Beste für Orly und für Jochanan. Jochanan ist jetzt bei Simon mit im Zimmer, um Orly den Platz bei den Kindern zu lassen. Um allem Gerede vorzubeugen, wäre das schon eine gute Lösung. Wir wollen morgen mit dem Kohen reden."

Lea war überrascht und erfreut, dass Eleazar so schnell auf ihren Vorschlag einging.

„Gut, sprechen wir morgen mit dem Kohen. Dann gute Nacht!" Sie drehte sich um und ging zur Tür.

„Wir müssen aber auch mit Orly und Jochanan reden!", rief er ihr noch hinterher.

„Ja, rede du mit Jochanan, ich werde mit Orly reden!", Lea zog die Tür hinter sich ins Schloss. Sie war mit sich zufrieden, alles gut auf den Weg gebracht zu haben. Sie war sich sicher, dass Orly dem Diktat der Familie gehorsam sein würde.

Guter Rat ist teuer

Am nächsten Morgen stand Joram früh an Orlys Bett: „Tante Orly", jammerte der Kleine, „ich hab gar nicht geschlafen." Orly erschrak, hatte Joram mitbekommen, wie Jochanan sie in das Zimmer gebracht hatte?

„So? Willst du noch ein wenig bei mir ausruhen, es ist ja noch früh", sage Orly. Joram nickte und versuchte das Bett zu erklimmen. Orly half ihm. Das war es also, was er wollte. Seit er wusste, dass seine Ima nicht mehr kommen würde, suchte er die Nähe von Orly.

Schnell war er auch an ihrer Seite eingeschlafen.

Orly bewegte leicht ihren Fuß. Sollte Jeshua tatsächlich ihr Gebet erhört haben? Er tat fast gar nicht mehr weh. Sie blieb ruhig liegen und lauschte auf Jorams gleichmäßige Atemzüge. Konnte sie es wagen aufzustehen? Als sie gerade die Füße auf den Boden setzte, klopfte es und ohne eine Antwort abzuwarten, stand ihre Mutter im Zimmer. Orly legte den Finger auf den Mund und deutete auf Joram. Lea nickte und bedeutete Orly, dass sie draußen auf sie warten wolle.

Lea ließ sich im Innenhof auf einer Steinbank nieder und legte sich noch ihre Worte zurecht. Sie wartete eine Weile, drehte sich dann um, weil Orly immer noch nicht gekommen war. Schließlich sah sie sie aus dem Zimmer kommen, etwas unsicher und leicht hinkend.

„Was ist passiert?", fragte Lea besorgt. Sie wollte Orly nicht gleich mit harschen Worten begrüßen, was ihr eigentlich auf der Zunge lag. Die Aussage von Tamara hatte die Nacht über an Lea genagt. Aber vielleicht verhielt sich ja alles ganz anders.

Orly setzte sich neben ihre Mutter.

„Ich bin gestern Abend ganz weit dahinten gewesen, habe die Sterne beobachtet."

„Du warst mit einem Mann zusammen!", jetzt war Leas Stimme doch vorwurfsvoll.

„Ach ja? Woher weißt du das?"

„Hier bleibt nichts verborgen", Lea sah wütend vor sich auf den Steinboden. „Du streitest es nicht ab? Wer war es? Er hat dich sogar auf den Armen getragen, so wurde mir berichtet."

„Nein, ich streite nichts ab. Ich wollte fortlaufen, da habe ich mir den Fuß vertreten, sieh mal", Orly zog ein wenig ihr Kleid hoch und nun war sie froh, dass der Knöchel doch noch etwas dick war. Gott macht keine Fehler, dachte sie.

„Also, mit wem hast du dich getroffen?", bohrte Lea weiter.

„Ich habe mich nicht mit ihm getroffen, Jochanan hat mich gesucht!", sagte Orly trotzig.

Lea sah Orly an und war sofort besänftigt: „Es tut mir Leid, dass ich dich verdächtigt habe."

„Verdächtigt?", Orly sah ihre Mutter groß an. „Ach so, du hast gedacht, ich bin mit irgendeinem Mann dort verabredet gewesen. Mutter, jahrelang habt ihr mich in einem Hinterzimmer versteckt. Dann durfte ich mit nach Jerusalem und zum ersten Mal sah ich Menschen, und hörte nicht nur ihre Stimmen. Ja ich kannte meinen Bruder und meine Schwester, meinen Vater und dich. Aber es war doch etwas Anderes, Menschen zu begegnen, die ganz normal miteinander redeten. Abigail hat sehr darunter gelitten, dass ihr Mann so wenig da war. Jochanan kannte ich damals nur von der Stimme. Und nun kommt er mir so nahe ..."

„Orly, meine Tochter, es tut mir Leid. Es war nicht richtig. Kannst du mir vergeben?"

Orly sah erstaunt auf.

„Du bist erstaunt. Das kann ich verstehen, aber ich kann die Zeit nicht zurückdrehen. Alle diese schlimmen Dinge, die inzwischen geschehen sind, die Kämpfe um das Heiligtum, es ist verloren. Gibt es einen Propheten in unserer Mitte, der uns erklären kann, warum das so sein muss? Warum mussten wir Jerusalem verlassen? Warum müssen wir hier auf diesem Felsen zusammengepfercht hausen? Warum hat die Schlange Rahel gebissen, dass sie tot war."

„Halt", rief Orly, „Rahel war tot. Jeshua hat sie wieder lebendig gemacht. Vielleicht sollten wir Simon fragen, ob Jeshua irgendetwas gesagt hat, was in die Zukunft weist."

Lea schwieg eine Weile und sah vor sich hin. Nervös spielte sie mit den Bändern ihrer Bluse. Simon fragen! Lea war da nicht so überzeugt.

„Orly, ich habe etwas Wichtiges mit dir zu besprechen." Wieder schwieg sie eine Weile, als müsste sie sich zu etwas durchringen. Orly sah sie abwartend von der Seite an ...

„Dein Vater und ich, wir haben nicht immer richtig gehandelt. Und nun habe ich eine Bitte an dich, um die Ehre der Familie zu erhalten. Dein Bruder und ich sind der Meinung, dass es das Beste ist, wenn du und Jochanan, also wenn ihr heiratet."

Orly seufzte: „So etwas Ähnliches hast du mir schon gestern Abend gesagt. Hast du denn Jochanan gefragt, ob er das will? Ist es denn anstößig, wenn ich hier im Hause mit den Kindern und Jochanan wohne?"

„Es ist eben nicht viel Platz da. Ist dir Jochanan denn so abstoßend, dass du ihn nicht heiraten magst?"

Orly meinte, dass sich der Innenhof zu drehen anfing. Waren denn nicht alle Dinge auf den Kopf gestellt? „Ich dachte immer, dass ich so abstoßend bin, dass mich keiner heiraten will", murmelte sie.

„Ja, es stimmt, das war immer unsere Ansicht gewesen. Wir haben mit Jahwe gehadert, warum er dich so zugerichtet hat und haben dich versteckt."

„Mutter, ich will dir sagen, dass mir Jeshua begegnet ist. Es war in

Qumran, als ich im Fieber lag. Ganz deutlich habe ich ihn gesehen. Er hat zu mir nur gesagt, dass ich ihm folgen soll. Wenn er es nun für richtig hält, dass ich Jochanan heiraten soll, dann will ich das tun."

„Wir hätten schon längst dir einen Mann zuführen sollen. Die Liebe kommt dann schon mit der Zeit."

Orly wollte darauf nicht antworten. Dass sie Jochanan schon seit der Zeit ihrer Kindheit liebte, das war ihr ganz persönliches Geheimnis. Aber der Gedanke, diesem Mann wirklich bald anzugehören, ließ ihr Herz wild pochen. „Wenn Jochanan das ebenso sieht, das heißt, wenn er ein Ja dazu hat, so will ich das als Antwort Jahwes sehen."

Damit stand Orly auf. „Ich muss mich um die Kinder kümmern", entschuldigte sie sich und hinkte in ihr Zimmer.

Lea sah ihr versonnen hinterher. Alles stand zum Besten.

Lea ging wieder in ihr Zimmer und musste an dem Zimmer von Eleazar und den Kindern vorbei. Sie hörte, wie Rahel mit Jaakov lachte. Sie lauschte ein wenig an der Tür.

„Und dann führt der König seine kleine Prinzessin vorbei an den Wachen durch einen Gang in seine Gemächer, die ganz wunderschön mit Gemälden verziert sind. Sie treten auf den Balkon der mit Säulen umkränzt ist, von wo die Prinzessin einen herrlichen Blick über das Tal und das Salzmeer hat. Ein leichter Wind fächelt ihr Kühlung zu. Dann kommen die Sklaven und führen den König mit seiner Prinzessin über eine von außen unsichtbare Treppe in den Speisesaal, wo die herrlichsten Speisen auf dem Tisch stehen. Musiker spielen und sie lassen es sich gut gehen."

„Ganz allein?," hörte Lea Rahels piepsige Stimme

„Na vielleicht sind da noch ein paar Gäste."

„Erzähl weiter, nimmst du mich mal mit zu diesem Palast?"

‚Der Junge hat ja eine lebhafte Fantasie', dachte Lea und ging leise weiter in ihr Zimmer. Sie hatte die Tür noch nicht zugezogen, da wurde die Tür, vor der sie eben gestanden hatte geöffnet.

„Ah Mutter! Du bist schon auf?", rief Eleazar, „Kann ich eben zu dir in dein Zimmer kommen?"

„Ja, natürlich", Lea freute sich, ihren Sohn für sich zu haben. Eleazar folgte ihr und setzte sich auf einen Stuhl, den sie ihm hinstellte.

„Ich hatte gestern Abend ganz vergessen, dir zu sagen, dass ich beabsichtige, noch vor den Fastentagen meine Frau zu mir zu holen", begann er. „Es wäre gut, wenn wir morgen oder übermorgen zusammen einen Ausflug machen könnten. Dann kannst du sie ganz ungezwungen kennenlernen und die Kinder werden auch ihre Freude haben."

„Ach ja", Lea war wie vor den Kopf geschlagen. Er hatte ihr ja schon gleich am Anfang gesagt, dass er sich wieder eine Frau nehmen würde. Aber dass das jetzt so schnell sein sollte. „Wie heißt denn deine Frau und wo ist sie jetzt?", fragte Lea unsicher.

„Sie heißt Rut und ist eine Tochter aus der Familie der Kohen", das sagte Eleazar, weil er wusste, dass seine Mutter Wert auf eine standesgemäße Heirat legte. „Sie ist gestern mit den Verwundeten gekommen."

„Ach, ist sie verletzt?"

„Nein, sie hat die Verwundeten nur mit betreut."

„Ach so", Lea war sich unsicher, wie sie auf diese Neuigkeiten reagieren sollte und fragte nach einer Weile: „Ist ihre Familie auch mit hier?"

„Nein, ihre Eltern und auch ihr Mann sind bei dem Überfall der Römer in ihrem brennenden Haus ums Leben gekommen."

„Ach, das tut mir Leid. So ist sie eine Witwe? Wie alt ist sie denn und hat sie Kinder?" Lea konnte sich an die Familie Kohen nicht recht erinnern.

„Nein, sie hat keine Kinder und sie ist nur ein Jahr jünger als Orly."

Lea schnappte nach Luft. Zu viele Veränderungen auf einmal machten ihr Mühe.

Dennoch war sie sehr begierig, ihre neue Schwiegertochter kennenzulernen.

„Was hältst du von einem Familienausflug? Wir nehmen auch Orly, Jochanan, Mirjam und Joram mit." Lea hatte gleich den

Gedanken, auch Jochanan und Orly näher zu bringen.

„Die Kinder waren so begeistert von der Oase EnGedi."

„Ist das nicht zu weit?", wandte Eleazar ein.

„Wir könnten die beiden Esel mitnehmen. Den einen haben wir in Bethanien und den anderen in Qumran geschenkt bekommen."

„Eigentlich werden die Esel für die Arbeit gebraucht. Aber ich glaube, wir können einmal eine Ausnahme machen. Du kannst ja die Vorbereitungen treffen. Ich muss mich um das Bethaus und das Mikweh kümmern."

Damit war für Eleazar die Unterredung beendet. Er drehte sich um und verließ den Raum.

Lea war zufrieden. Irgendwie hatte sie das Gefühl, dass ihr die Familiengeschicke noch nicht entglitten waren.

Orly war wieder in ihr Zimmer gegangen. Sie versuchte tief durchzuatmen, aber ihr Herz wollte sich nicht beruhigen lassen. Sie hatte ihren schmerzenden Knöchel ganz vergessen. Ihre Gedanken kreisten nur um die Frage, ob es richtig war, die Frau von Jochanan zu werden oder eine Jüngerin Jeshuas zu sein. Ihr Herz wollte nur das Eine, Jochanan zu folgen. Aber was würde sein, wenn tatsächlich das Wunder geschähe und ihre Schwester Abigail wieder auftauchte? Würde sie mit ihr teilen wollen? Andererseits ist es für eine Frau fast unmöglich, allein das Leben zu bewältigen. Es wäre sicher das Beste für sie, zu heiraten und versorgt zu sein. Ihre Gedanken schwankten zwischen Wünschen und Vernunft. Sie sah sich um. Joram schlief noch tief und fest, und Mirjam schlief offensichtlich auch. Sie hatte sich zur Wand gedreht. Orly beschloss, Simon aufzusuchen. Sie musste unbedingt mit jemandem reden. Sie nahm ihren Schleier in die Hand, unschlüssig, ob sie ihr Gesicht bedecken sollte, legte sie ihn nur über ihre Haare. Und verließ das Zimmer. Sie eilte über den Innenhof zum Ausgang. Da stand plötzlich Jochanan vor ihr. Verwirrt sah Orly auf.

„Na, dein Fuß scheint ja keinen großen Schaden genommen zu

haben", sagte er freundlich. „Wo willst du denn so schnell hin?"

„Ich, ehm, ich wollte zu Simon. Weißt du, wo ich ihn finde?"

„So, zu Simon. Ich meine, er wollte zu den Vorratshäusern gehen."

„Hast du", Orly war sich unsicher, ob sie Jochanan das fragen sollte. Dann gab sie sich einen Ruck: „Hast du hier geschlafen?"

Jochanan nickte: „Simon ist ein sehr demütiger, freundlicher Mann."

„Ja, das ist er. Ich gehe dann mal", sagte Orly etwas unsicher. Insgeheim hoffte sie, dass Jochanan sie aufhalten würde. Aber er nickte nur, fragte aber: „Schlafen die Kinder noch?"

„Ja, als ich ging, schliefen sie noch", Orly drehte sich um und ging zum Ausgang.

Simon hatte sich gleich am nächsten Morgen an die Arbeit gemacht, um die Vorräte zu sichten. Sorgfältig zählte er die Krüge mit dem Korn, Öl und Wein, die speziellen Krüge mit Datteln, Feigen und Rosinen. Es war eine riesige Menge, und er würde wohl einige Tage damit beschäftigt sein. Er hatte sich in fester Absicht, die Priester mit einzubinden, die zwei Söhne des Hannias, Joannas und Joel, mit dazu geholt. Sie sollten ihm schreiben helfen. Simon war sich wohl bewusst, dass er damit ein Angriffspunkt für die Priesterschaft war. Aber er sagte sich, besser sie wissen, dass alles hier geordnet und mit rechten Dingen zuging, als dass hinten herum Misstrauen gesät wurde. Er hätte gern Jaakov dabei gehabt. Aber er war noch zu jung, und wurde auch an anderer Stelle gebraucht.

Simon war in der Kornkammer. Am Eingang hatte er einen Tisch aufstellen lassen, wo Joel schreiben sollte. Joannas sollte ihm zählen helfen. Orly lief von einer Kammer zur anderen, bis sie endlich Simon gefunden hatte. Sie war enttäuscht, ihn nicht allein anzutreffen.

„Orly, suchst du etwas? Kann ich dir helfen?", rief Simon ihr zu, als sie den Kopf in die Tür steckte, „oder brauchst du Korn?"

„Ach Simon, ich suchte dich. Ich wollte mit dir reden. Aber es hat

Zeit bis später." Orly wollte schon wieder umdrehen. Aber Simon sagte nur: „Weißt du, die beiden Jungs brauchen eine Pause. Das ist richtig anstrengend hier in diesen dunklen Lagerhallen. Na ihr zwei, wir machen heute Nachmittag weiter, wenn die Luft etwas kühler ist. Jetzt könnt ihr erst einmal gehen."

Joannas und Joel ließen sich das nicht zweimal sagen. In Windeseile waren sie davon.

„Gehen wir dort hinüber, da sind wir ungestört." Simon zeigte auf die Gebäude oberhalb der Lagerhallen. Da er aber an den vorigen Abend dachte, wo Hannias ihn mit Jaakov auf dem Balkon belauscht hatte, führte er Orly in den Innenhof des Badehauses. Die Überdachung hatte nicht viel Sonnenlicht zugelassen, so dass es hier angenehm kühl war. Orly staunte über die Wände mit den Fresken und das schwarz-weiße Pflaster, mit dem der Innenhof belegt war.

„Was ist denn das hier?", fragte sie und sah sich verwundert um.

„Das war wohl das Badehaus des Königs Herodes. Der hat eben an nichts gespart", erläuterte Simon. „Und nun, was gibt es so Wichtiges."

Nun ärgerte sich Orly über sich selbst, dass sie ohne Überlegung Simon aufgesucht hatte. Was sollte sie sagen? Dass sie Jochanan liebte, ihre Mutter sie gern mit ihm verheiratet hätte, aber nur, damit sie versorgt ist? Was sollte sie nur sagen? Sie hatte jemanden gesucht, dem sie sich anvertrauen konnte. Aber Simon war doch ein Mann! Würde er sie verstehen?

Simon hatte sich auf eine Steinbank gesetzt und wartete. Er schob mit seiner Sandale kleine Kieselsteine von weißen auf schwarze Felder und wieder zurück.

Orly war stehen geblieben, und sah auf die kleinen Sonnenflecken, die sich zwischen den Säulen auf das Pflaster malten. Wollte Simon denn nicht fragen, was sie zu ihm führte? Aber er wartete und schwieg.

Schließlich nahm sie allen Mut zusammen: „Simon, du weißt meine Geschichte. Ich bin es nicht gewohnt, mit den Menschen zu reden, schon gar nicht mit einem Mann. Aber ich habe ein Problem, von dem ich nicht weiß, wie ich es lösen soll." Sie machte eine Pause und Simon sah zu ihr auf. „Setz dich doch zu mir", sagte er nur freundlich.

„Nein, ich bin so unruhig, dass ich nicht sitzen kann." Dann fiel ihr ein, dass sie noch eine andere Frage stellen könnte, die unverfänglicher war.

„Ich wollte dich fragen, ob es nötig ist, dass ich mich taufen lasse. Ich meine, Jeshua hat sich taufen lassen ..." sie machte eine Pause.

Simon strich sich über den Bart und sah sie schräg von unten an. „War das deine Frage, die so wichtig ist? Da kann ich dir nur sagen, dass es für dein Heil nicht notwendig ist, sich taufen zu lassen. Sieh mal, als der Herr am Kreuz hing, da war er nicht allein. Er hing zwischen zwei richtigen Verbrechern. Der eine lästerte ihn, er solle doch vom Kreuz steigen und sie beide auch retten. Der andere hatte sehr wohl erkannt, dass er gesündigt hatte und hat den Herrn gebeten, ihm zu vergeben. Der Herr hat ihm zugesagt, dass er mit ihm zusammen im Paradies sein wird. Er konnte also nicht mehr getauft werden. Aber Jeshua hat auch gesagt: ‚Wer an den Sohn Gottes glaubt und getauft ist, der hat das ewige Leben'. Du hast also noch die Möglichkeit, dich taufen zu lassen. Aber ich sage dir gleich, es wird nicht einfacher für dich."

Nun setzte sich Orly doch zu Simon auf die Bank. „Würdest du mich taufen? Ich glaube doch, dass Jeshua der Sohn Gottes ist."

„Ja natürlich. Die Priester wollen sowieso ein Mikweh haben. Oder ich taufe dich draußen in dem Schwimmbad. Aber ganz ehrlich, Orly, war das deine wichtige Frage?"

Orly sah vor sich hin, dann überwand sie sich: „Nein, das war sie nicht. Seit meiner Jugend habe ich eine Stimme geliebt, die Stimme eines Mannes. Aber er war für mich unerreichbar, weil ich ja unsichtbar zu sein hatte. Dieser Mann wurde dann meiner Schwester Abigail verlobt", Orly machte eine Pause.

Simon betrachtete sie von der Seite und stellte fest, dass ihre unverletzte Gesichtshälfte wunderschön war. Das dunkelbraune, lange Haar war auf dieser Seite glatt zur anderen Seite gekämmt, damit man die verunstaltete Kopfseite nicht so sah. Der Schleier lag lose im Nacken und umspielte ihren schlanken Hals. Warum hatte diese Frau nur solch ein hartes Schicksal getroffen?

Simon konzentrierte sich wieder auf die Steinchen, die er über das Pflaster schob.

„Und nun?", fragte er nach einer Weile, als sie nicht weiter sprechen konnte, „Nun würdest du ihn heiraten, weil deine Schwester nicht mehr da ist?"

Orly nickte: „Meine Mutter hat mir das nahe gelegt, weil ich dann versorgt wäre. Was ist aber, wenn Abigail wieder auftaucht. Ich habe doch eigentlich nur eine Stimme geliebt, aber wie der Mann ist, weiß ich doch gar nicht."

Simon nickte: „Eigentlich ist es auch nicht rechtens, dass du deinen Schwager heiratest, solange nicht sicher ist, dass deine Schwester nicht mehr lebt."

Orly sah erschrocken auf. Konnte dieser Simon auch noch Gedanken lesen? Sie hatte sich selbst nicht eingestanden, dass solche bösen Gedanken sie beschlichen: Wenn Abigail tot wäre ... nein, nicht auszudenken. Lieber würde sie verzichten. Hatte sie nicht damals schon verzichtet?

„Du hast Recht, Simon. Ich wollte, dass meine Schwester lieber jetzt als morgen wieder bei uns ist. Ich habe nicht das Recht einen Mann zu heiraten, den ..." Orly stockte die Stimme. Warum hatte sie eigentlich nicht das Recht, einen Mann zu lieben?

„Orly, Du hast viel mehr, als einen Mann! Du hast erkannt, dass Jeshua dein Erlöser ist, Er will dich auch von deinen Sehnsüchten befreien. Er schenkt dir Frieden ins Herz. Einmal in seinem Reich wirst du mit an dem Hochzeitsmahl des Bräutigams teilnehmen. Der Bräutigam ist Jeshua, der seinen Blick auf dich gerichtet hat. Er hat dich lieb und hat Gutes für dich im Sinn. Vertraue ihm, er will dich führen und leiten."

Orlys Gedanken schossen wild in alle Richtungen, zu Jochanan, dann zu ihrer Mutter, zu Abigail. Auf einmal erinnerte sie sich an das schreckliche Erlebnis in Jerusalem, spürte den harten Griff des römischen Soldaten und stellte sich vor, wie ihre Schwester vergewaltigt wurde. Orly konnte nicht verhindern, dass Tränen über ihre Wangen rollten. Ihr Herz krampfte sich zusammen und die Panik des eigenen Erlebnisses wollte sie erneut ergreifen.

„Bitte, Simon", schluchzte sie, „bete für Abigail, dass ihr nicht solche Grausamkeiten angetan werden."

Simon legte seine Hand auf Orlys Arm. Bei der Berührung zuckte sie zusammen. Aber sie ließ es geschehen.

„Das will ich gerne tun. Aber du musst deine Ängste loslassen und musst Jeshua vertrauen. Er führt uns manchmal Wege, die wir nicht verstehen. Aber Gott macht keine Fehler. Ich konnte mir auch nicht vorstellen, noch einmal bei den Zeloten zu sein. Aber ich habe hier sicher meinen Auftrag."

„Was würdest du denn tun? Hast du nie Sehnsucht gehabt, zu heiraten, Familie zu haben?,"

„Oh doch! Als ich jung war, waren das auch meine Gedanken. Aber dann bin ich eben Jeshua begegnet, und dann hatte ich keine weiteren Wünsche mehr. Dann starb der Meister am Kreuz und wir dachten, nun ist alles zu Ende. Aber er ist ja auferstanden und hat uns Jüngern einen neuen Auftrag gegeben, die frohe Botschaft allen Menschen nahe zu bringen."

Versonnen sah Orly, wie die Sonnenschatten immer kleiner wurden und schließlich ganz verschwanden.

„Ich glaube ich muss gehen. Mirjam und Joram werden mich schon vermissen", Orly erhob sich. Auch Simon stand auf. „Siehst du", sagte er sanft, „du hast einen Auftrag. Dein Auftrag sind die Kinder von Abigail."

Orly nickte und ging nachdenklich zurück zu ihrem Quartier.

Simon sah ihr nach. Sie war doch eine bewundernswerte Frau. Diese Sanftmut, diese Weisheit, das konnte nur vom Höchsten kommen.

Jochanans Reise

Jochanan war zu Mirjam und Joram ins Zimmer geschlichen. Aber die beiden schliefen tief und fest. So zog er leise die Tür wieder hinter sich ins Schloss und ging hinüber in das Arbeitszimmer, wo er gestern Eleazar angetroffen hatte. In der Nacht hatte er unruhig geschlafen. Und immer wieder hatte ihm Abigail vor Augen gestanden. Hatte er sich vorher während der Kämpfe um Jerusalem seine Sehnsucht nach seiner Frau nicht eingestanden, so überfiel ihn jetzt die Sorge mit doppelter Wucht. Mirjam seine Tochter, noch so jung und doch konnte man an ihr das Ebenbild von Abigail schon erkennen, ein verschlossener Garten, der seine zukünftige Pracht noch entfalten würde. Jochanan konnte verstehen, dass Joram immer wieder nach seiner Ima fragte. Jochanan hatte sich in letzter Zeit immer wieder die Frage gestellt, ob er alles versucht hatte, Abigail zu finden und zurück zu bringen. Sein heimlicher Versuch, in das Lager der Römer zu dringen, hätte auch ihm fast das Leben gekostet, und er hatte der Lage der Zeloten schwer geschadet. Hätte nicht Eleazar eingegriffen, wäre noch Schlimmeres daraus entstanden. Nein, Jochanan hatte alles getan, was ihm zu Gebote stand, es sei denn, er gäbe sich selbst als Geisel. Dann hätten wenigstens die Kinder ihre Mutter wieder. Er musste mit Eleazar reden.

Jochanan klopfte an die Tür des Arbeitszimmers. Ein unwilliges Brummen ließ ihn zögern einzutreten. Aber sein Anliegen war ihm zu wichtig. So öffnete er entschlossen die Tür und trat ein. Eleazar sass am Schreibtisch, den Kopf in die rechte Hand gestützt, die Augen auf Pläne und Zahlen gerichtet. Er hob kurz die Augenbrauen: „Ach du bist es, mein Freund. Das trifft sich gut. Ich hatte etwas mit dir zu besprechen."

Elelazar schob die Pläne zur Seite, lehnte sich auf dem Stuhl etwas zurück und sah Jochanan scharf an. Jochanan war irritiert. Er kannte Eleazar zu gut, um nicht gleich herauszufinden, dass er einen ungewöhnlichen Plan hatte. Er pflegte sich dann den Bart in zwei Teile zu teilen und sie miteinander zu verschlingen. Wie oft hatten sie zusammen Pläne geschmiedet, wie oft zusammen im Kampf nebeneinander gestanden, einer den anderen deckend, wie oft sich gegenseitig angefeuert. Nur Jochanans Alleingang hatte Eleazar mit einem fürchterlichen Wutausbruch kommentiert. Jochanan hatte es hinterher verstanden, und sie hatten wieder Frieden miteinander geschlossen. Aber ihre Freundschaft hatte einen kleinen Riss erhalten. Würde Jochanan mit seinem Vorstoss, doch noch einmal den Versuch zu machen, Abigail zu suchen und zu befreien, nicht noch einmal die Freundschaft zu Eleazar belasten? Jochanan beschloss, erst einmal Eleazar reden zu lassen. Aber Eleazar tat sich schwer mit seinem Anliegen. Seine Mutter hatte ihm zugesetzt. Aber er war nicht überzeugt von der Idee, dass Orly versorgt sein müsste.

„Also es ist ja so", begann er zögernd, „dass deine Frau von den Römern gefangen genommen worden ist."

Jochanan zuckte zusammen und sah Eleazar fragend an.

„Es ist zu befürchten, dass Abigail nicht wieder kommt. Wir müssen sie für tot halten."

Abrupt stand Jochanan auf: „Das denkst du vielleicht. Aber ich weiß, dass sie lebt."

Mit diesem Ausbruch hatte Eleazar nicht gerechnet. „Nun, beruhige dich doch!", versuchte er Jochanan zu beschwichtigen. „Ich kann ja verstehen, dass dir der Gedanke noch Mühe macht. Ich habe

auch lange Zeit gebraucht, bis ich den Tod von meiner Frau ver-
kraftet habe. Aber das Leben geht weiter."

„Eleazar, du kannst das Eine nicht mit dem Anderen vergleichen",
empörte sich Jochanan. „Du wusstest, dass deine Frau tot ist. Ich
weiß, dass meine Frau lebt. Und ich werde sie finden. Ich werde sie
finden!", um diesen Willen zu unterstreichen, schlug er mit der Hand
auf den Tisch, dass Eleazar seinerseits zusammenzuckte. Er hob abwehrend die Hände und sah, dass sein Anliegen, bzw. das Anliegen
seiner Mutter, dahin schwand.

Jochanan lief erregt im Zimmer hin und her. Er schlug mit der
Faust in seine Hand: „Ich werde sie finden, ich werde sie finden!"

Eleazar war ebenfalls aufgestanden: „Ich bitte dich, Jochanan. Ich
brauche dich hier. Die Kinder brauchen dich!"

„Ach was, Orly ist eine wunderbare Frau. Die Kinder fühlen sich
bei ihr wohl. Ich bitte dich, lass mich gehen."

„Du hast selbst gesagt, dass Orly eine wunderbare Frau ist.
Warum arrangierst du dich nicht mit ihr?"

Jochanan sah seinen Freund gequält an. Er schüttelte den Kopf
und ließ sich auf einen Stuhl fallen.

Eleazar versuchte es noch einmal. „Als dein oberster Befehlshaber verbiete ich dir, die Festung zu verlassen, um Abigail zu suchen.
Geh in dich. Du hast mit deinem ersten Versuch, Abigail zu befreien,
mir schon genug Mühe gemacht." Eleazar versuchte, seinen Freund
mit Vernunft zu gewinnen. „Sieh mal, ich brauche dich, um die jungen heranwachsenden Kinder zu unterrichten. Wir müssen ihnen
das Feuer und die Liebe zu Jerusalem und zu unserem Gott und
Schöpfer nahe bringen. Sie müssen im Kampf und in der Kriegsführung unterwiesen werden. Irgendwann sind wir stark genug, um die
Römer aus unserer Stadt und unserem Land zu vertreiben."

Jochanan sah ein, dass er im Moment Eleazar für seinen Plan
nicht begeistern konnte. So nickte er nur.

„Jetzt habe ich allerdings doch einen anderen Auftrag für dich.
Ich hätte es gerne gesehen, wenn du Orly heiratest ..." Eleazar
machte eine Pause und sah Jochanan durchdringend an. Der zeigte

aber keine Regung. Sein Blick schien weit entfernt zu sein.

„Hast du gehört?", Eleazar beugte sich leicht vor.

„Ist jetzt die Zeit für solche Dinge?", Jochanan wirkte trotzig. „Ich dachte, wir wollen uns auf einen Ausfall vorbereiten. Außerdem, ich habe eine Frau und in unserem Gesetz steht, dass jeder Mann eine Frau haben soll. Es heißt doch ‚darum wird ein Mann Vater und Mutter verlassen und sie sollen ein Fleisch sein.'"

Eleazar spürte, dass seinem Freund die Treue zu Abigail sehr wichtig war. Er ließ das Thema fallen und sagte nur: „Du kannst ja noch mal darüber nachdenken. Inzwischen wäre es gut, wenn du dich in der Umgebung umschaust, ob du irgendwo Tauben erwerben kannst, die für die Opfer gebraucht werden. Vielleicht findest du ja auch zwei Widder. Wir haben ja bald Yom Kippur. Um die Leute zu beruhigen, wäre es gut, wenn sie hier die Gewohnheiten des Gesetzes erfüllen könnten."

Jochanan sah seinen Freund erstaunt an. „Ja dann. Das mach ich gern!" Er stand auf und wollte hinausgehen.

„Ich habe gesagt, in der Umgebung!", betonte Eleazar. Jochanan drehte sich um und nickte.

„Ich habe verstanden!", sagte er nur und ging hinaus.

Eleazar sah ihm nach. So einfach waren die Pläne seiner Mutter nicht. Er hielt auch nichts von Befehlen, jedenfalls nicht in dieser Beziehung. Die hob er sich lieber für wichtigere Dinge auf.

Jochanan ging über den Hof, um sich von Mirjam und Joram zu verabschieden. Dabei lief ihm Lea über den Weg, die gleich auf ihn zukam.

„Ach Jochanan, gut dass ich dich treffe. Kann ich dich einen Augenblick sprechen?"

Jochanan hatte das Gefühl, dass seine Schwiegermutter ihm aufgelauert hatte. Aber er wollte nicht unhöflich sein und bleib stehen: „Was gibt es denn?"

Lea sah den etwas gehetzten Ausdruck in Jochanans Augen. War jetzt der richtige Augenblick? Aber sie war gewillt, ihre Pläne so schnell wie möglich umzusetzten. Daher nahm sie ihn am Ärmel und zog ihn zu einer Bank: „Setzten wir uns doch!"

Jochanan zögerte: „Ich habe einen Auftrag von Eleazar. Ich wollte mich nur von den Kindern verabschieden."

Lea war verunsichert: „Du willst weg? Da wird Orly aber sehr traurig sein."

Jochanan stutzte: „Wieso Orly?"

„Ich meine natürlich, wenn du Orly wieder mit den Kindern allein lässt", versuchte Lea auszuweichen. „Die Kinder werden erst recht traurig sein."

„Es gibt noch viele wichtige Dinge zu erledigen. Und für die Allgemeinheit muss erst einmal die Familie zurückstehen. Ich bitte dich, kümmere dich mit um die Kinder."

Lea sah ihre Felle davon schwimmen. Sie legte die Hand auf Jochanans Arm. „Natürlich kümmere ich mich. Komm heil wieder. Der Ewige möge dich begleiten und schützen."

Jochanan nickte. „Danke," sagte er nur und eilte zu den Zimmern, die Orly mit den Kindern bewohnte.

Lea sah ihm hinterher. Wenigstens gab es kein Gerede, wenn Jochanan jetzt fortging. Gern hätte sie ja den Grund gewusst, aber sie hatte den Eindruck, dass er ihr sowieso nichts sagen wollte.

Orly war gerade dabei, Mirjam die Haare zu bürsten. Joram saß noch auf Orlys Bett und sprang gleich herunter, um seinem Vater entgegen zu laufen.

„Abba, da bist du ja endlich. Ich habe geträumt, dass du wieder weg bist." Der Kleine reckte die Ärmchen und Jochanan hob ihn auf den Arm

„Ja, mein Kleiner. Bist du ein Prophet? Ich muss tatsächlich noch einmal fort", Jochanan streichelte ihm über die Wange

„Ach, nein", protestierte Joram, „Ich wollte mit dir schwimmen gehen. Dahinten gibt es nämlich ein Schwimmbad. Aber Tante Orly lässt mich nicht dahin!"

„So? Dann ist das sicher richtig. Du musst Tante Orly gehorsam sein." Jochanan sah zu Orly, die mit dem Bürsten überhaupt nicht fertig wurde. Tatsächlich versetzte sie die Gegenwart Jochanans wieder in Unruhe. Er wandte sich ihr zu: „Was macht dein Fuß, kannst du laufen?"

Orly sah nicht auf: „Ja, ja, es ist nicht so schlimm. Ich muss ja nicht mehr diese Märsche machen wie auf dem Weg von Jerusalem hierher."

Wie schön doch ihre unverletzte Gesichtshälfte ist, dachte Jochanan. Sie hat sehr viel Ähnlichkeit mit Abigail, nur dass Orly sanfter ist. Aber Jochanan liebte die Wildheit seiner Abigail, ihr ungestümes Wesen, ihre Neugierde und Wissbegierde. Ach, er musste sie wieder finden!

Er drückte Joram an sich und setzte ihn auf den Boden: „So, vielleicht bringe ich euch etwas mit, ja?"

„Oh ja, bring bitte Ima mit!", rief Joram.

Mirjam sah auf. „Komm bald wieder!", sagte sie nur. Orly flatterten die Augenlider.

„Ja, shalom, Gott sei mit dir", sagte auch Orly und ärgerte sich, dass ihre Stimme ein wenig zitterte. Eigentlich sollte sie ja zufrieden sein, wenn Jochanan nicht in ihrer Nähe war. Sie würde ihr Verlangen bezähmen müssen. Würden diese Herzensstürme einmal enden? Waren sie denn verstummt, als Jochanan mit Abigail verheiratet und von Jotapata fortgegangen war? Sie würde darum beten müssen.

Jochanan konnte seinen Blick nicht von Mirjam und Orly losreißen. Er würde sie so im Gedächtnis behalten. Er drehte sich um und ging zur Tür.

„Wir könnten doch heute gemeinsam mit Jaakov und Rahel einen Besuch bei den Kindern von Tamara machen?", schlug Orly vor, um die Kinder auf andere Gedanken zu bringen.

„Ja, gehen wir zu Jaakov, der hat immer gute Ideen", stimmte Mirjam zu.

Hochzeitsvorbereitungen

Die Tage vergingen. Lea fand nicht die rechte Kraft, den Ausflug vorzubereiten, um den ihr Sohn sie gebeten hatte. Sie hatte dem Vorschlag zugestimmt, weil sie hoffte, die Familienbande knüpfen zu können. Aber Jochanan kam nicht so schnell wieder.

Dafür brachte Dan zusammen mit Schullam zwei Steinböcke, die sie im Wadi erlegt hatten. „Die sind für die Hochzeit von Eleazar", hatten sie verkündet. Die Vorbereitungen wurden getroffen, denn Eleazar wollte seine Rut noch vor der Fastenzeit, in der nach dem Gesetz nicht geheiratet werden durfte, zu sich nehmen. Die Verwundeten waren soweit genesen. Tamara hatte ihren Schimi wieder, und man hörte ihr Gezänk mit ihm über den ganzen Platz. In der allgemeinen Küche wurde gebacken und gekocht, was die Vorräte hergaben. Lea hatte alle Hände voll zu tun und konnte sich weiter nicht um ihre Enkelkinder kümmern.

Die Priester waren zufrieden, denn die Synagoge war fertig gestellt. Man hatte aus einem anderen Bau, den die Zeloten für nicht so wichtig ansahen, Steine herausgebrochen, um das Gebetshaus zu vergrößern. Auch die Säulen in der Palastvilla waren unnötig und so wurden sie dort abgebrochen, um sie in der Synagoge wieder aufzurichten. Rundherum wurden Sitzreihen angelegt, und ein besonderer Raum sollte der Aufbewahrungsort für die Schriftrollen dienen.

Jaakov hatte seine Erkundungen noch nicht beendet. Immer gab es noch etwas Neues zu entdecken. So war Rahel viel bei Orly. Sie war sehr still in letzter Zeit. Die Aussicht, nun bald eine neue Ima zu haben, bedrückte sie. Mit großen verträumten Augen sass sie häufig auf einem Mauervorsprung nahe der nördlichen Palastvilla und sah über das Salzmeer nach Norden, in die Richtung, aus der sie einmal gekommen waren, als suchte sie dort nach Erinnerungen. An solch einem Tag sass sie wieder an ihrem Lieblingsplatz und eine für sie fremde Frau näherte sich ihr. Rahel erschrak und wollte aufspringen, aber die Frau stand bereits direkt hinter ihr.

„Du bist Rahel, nicht wahr?", sagte diese freundlich.

Rahel nickte und sah die Frau von oben bis unten an. Sie war derb und keine besondere Schönheit. Ihr Haar hatte sie streng zurückgekämmt und in einem Knoten im Nacken zusammen gebunden und ein weißes Tuch darüber geschlungen. Das Kleid war einfach, und ihre Hände hatten schon viel Arbeit gesehen.

„Bist du nicht zu jung, um hier so allein zu sitzen? Wo ist dein Bruder?", fragte die Frau. Ihre Stimme war sanft und liebevoll.

„Jaakov? Ich weiß nicht, wo er ist. Er sucht wohl den Schatz von Herodes", erwiderte Rahel. Wenn ihr die Gestalt erst unheimlich vorkam, weil die Frau so plötzlich hinter ihr stand, so fasste sie jetzt doch Vertrauen.

„So? Den Schatz des Herodes? Gibt es den hier?"

„Weiß nicht", Rahel zuckte die Schultern.

„Darf ich mich zu dir setzen?"

Rahel rutschte auf ihrem Mauervorsprung ein wenig zur Seite.

„Weißt du, wer ich bin?", fragte die Frau und setzte sich neben sie. Rahel schüttelte den Kopf. Eigentlich hatte sie auch gar keine Lust, die Frau danach zu fragen. Sie wollte allein sein und an ihr wunderbares Erlebnis denken, das sie gehabt hatte, als sie gestorben war. Sie sehnte sich danach, noch einmal einen Blick in den Himmel tun zu dürfen und zu sehen, wie ihre Ima so glücklich dort war.

„Ich bin Rut und bald deine Ima!", sagte die Frau.

Rahel fuhr herum, dass Rut sie festhalten musste, damit sie nicht von ihrem Ausgucksitz herunter fiel.

Dieser feste Griff brachte Rahel in die Gegenwart. Sie sah Rut mit großen Augen an. Ihr Mund war offen stehen geblieben, unfähig etwas zu sagen.

„Meine Ima ist im Himmel. Ich habe sie bei Jeshua gesehen!"

„Ich weiß, dass deine Ima tot ist. Aber wie kannst du sie im Himmel gesehen haben?"

Rahel sah Rut groß an. Sie beschloss, sich wieder in ihr Schneckenhaus zurück zu ziehen.

Alle, denen sie ihre Geschichte erzählt hatte, hatten ihr doch nicht geglaubt.

„Weißt du", begann Rut vorsichtig „ich hatte eine Tochter, die war so alt wie du."

„Und wo ist sie jetzt?"

„Sie ist gestorben an einer schlimmen Krankheit."

„Ach, schade. Das tut mir Leid!", Rahel überlegte eine Weile „Wäre Jeshua da gewesen, hätte er sie gesund gemacht!"

„Jeshua? Meinst du den, von dem die Leute sagen, dass er Kranke heilen konnte, der aber am Kreuz gestorben ist?"

„Kann sein, da musst du Simon fragen."

„Rahel", erklang Jaakovs Stimme hinter ihnen

Rahel sah sich um: „Komm herunter", rief sie ihm zu und zu Rut gewandt: „Das ist mein Bruder Jaakov. Hast du deinen Schatz gefunden?"

Rahel und Rut standen auf und gingen Jaakov entgegen.

„Wer ist das?", wollte Jaakov wissen.

„Das ist unsere neue Ima. Abba hat doch vor ein paar Tagen erzählt, dass er wieder heiraten will."

„Shalom Jaakov. Ihr müsst nicht Ima zu mir sagen. Ich heiße Rut und es wäre schön, wenn wir gute Freunde sein könnten." Rut streckte Jaakov die Hand entgegen. Jaakov sah die Frau durchdringend an. Die Stimme ist freundlich und die Augen herzlich. Der

Junge nickte: „Wollen sehen", sagte er nur. Er hatte den Gedanken immer weit von sich geschoben, hatte nicht gedacht, dass er einmal Wirklichkeit werden würde. Nun stand diese Frau leibhaftig vor ihm. Konnte er denn nicht selbst auf seine Schwester aufpassen? Dass sein Vater wieder eine Frau haben wollte, wollte ihm nicht einleuchten. Er hatte ja schon für ihn so wenig Zeit. Wenn die erst einmal das Kommando übernahm, würde er vielleicht seine Ausflüge nicht mehr machen können: „Komm Rahel, Tante Orly wird sich Gedanken machen."

Er nahm Rahel an die Hand. Rut ging neben ihnen her: „Sagt doch eurer Tante Orly einen herzlichen Gruß. Ich würde sie gern kennen lernen."

„Sag ich ihr", nickte Jaakov und zog Rahel mit sich in das Haus.

„Warum bist du denn so grantig?", wollte Rahel wissen, „Die ist doch ganz nett."

„Ganz nett! Ja, aber es ist nicht unsere Ima! Du erinnerst dich nicht mehr an unsere Ima. Sie war zart und feinfühlend. Diese grob und ..."

„Von wem redet ihr?", Orly war unbemerkt hinter sie getreten und hatte das Gespräch halb mitbekommen.

Jaakov drehte sich um: „Ach nichts. Wir sollen dich grüßen von einer Rut. Die soll wohl unsere Ima werden. Sie will dich kennen lernen."

„Ach ja? Kommt doch mal zu mir", Orly setzte sich auf eine der Steinbänke im Atrium und zog die Kinder neben sich.

„Ihr seid eurer neuen Ima begegnet? Wie kam das?"

„Sie war auf einmal hinter mir. Ich glaube, sie hat absichtlich nach mir gesehen. Sie hat mich beobachtet", erklärte Rahel.

„Ja, und als ich Rahel holen wollte, da saßen die beiden einträchtig auf Rahels Platz, wo sie so gerne sitzt." Man merkte Jaakov an, dass ihm die Begegnung nicht behagte.

„Und? Hat sie sich gleich als eure neue Ima vorgestellt?"

„Ja, nein, nicht gleich."

„Aber später?"

„Ja, und da wäre ich fast von meinem Mauervorsprung gefallen, wenn sie mich nicht festgehalten hätte."

„Na wie gut, sonst wärst du jetzt vielleicht verletzt oder sogar tot", bemerkte Orly.

„Das wär doch nicht schlimm, dann wäre ich bei Ima und bei Jeshua", Rahel hatte einen kindlichen Glauben.

„Wir brauchen keine neue Ima. Ich kann selbst auf Rahel aufpassen. Und Abba hat sowieso viel zu viel zu tun. Er hat ja nicht einmal Zeit für uns." Jaakov hatte die Hände in seine Ärmel versteckt, keiner sollte sehen, dass er wütend die Fäuste ballte.

„Vielleicht siehst du es einmal von einer anderen Seite", meinte Orly. „Ich habe gehört, dass diese Rut ihren Mann bei dem Angriff der Römer auf Jerusalem verloren hat."

„Ja, und außerdem hatte sie eine Tochter, die aber krank war und gestorben ist", warf Rahel ein.

„Seht mal, da ist Rut doch bestimmt besonders traurig. Vielleicht erzählst du ihr, was du im Himmel gesehen hast. Vielleicht ist euer Vater ja auch mehr bei euch, wenn wieder ein normales Familienleben, soweit das hier möglich ist, sein kann. Und du Jaakov solltest ..."

Weiter kam Orly nicht. Jaakov war aufgesprungen: „Da kommt Simon. Ich muss mit ihm reden", und schon war er bei Simon, der ihn freundlich mit in sein Zimmer nahm.

Orly sah ihm nach. Vielleicht konnte Simon seinem jungen Freund Mut machen. Orly hatte sehr wohl die Ablehnung in Jaakovs Herzen gespürt.

Rahel sah ebenfalls hinter ihrem Bruder her: „Rut machte aber gar keinen traurigen Eindruck."

„Vielleicht kann sie ihre Traurigkeit gut verbergen, oder sie hat sich einfach gefreut, dich zu sehen." Orly erfasste selbst plötzlich eine große Traurigkeit, die sie sich selbst nicht erklären konnte. Immer wieder hatte sie gehofft, das Jochanan zurück käme, was sie sich aber nicht eingestehen wollte. Sie hatte doch den Wunsch abgelegt, Jochanan näher zu sein. Anfangs hatte sie sich gefreut, dass er von ihrem Bruder einen Auftrag erhalten hatte, der ihn weiter weg führte. Sie hatte gedacht, dass ihre Gedanken und Gefühlen abkühlen würden. Aber je länger er fortblieb, umso mehr stieg ein ungeahntes Verlangen in ihr auf.

In fünf Tagen war das Neujahrsfest und dann begann die Fastenzeit. Vorher sollte die Hochzeit sein. Insgeheim machte sie ihrer Mutter Vorwürfe, die sich nur mit den Hochzeitsvorbereitungen beschäftigte. Aber auch ihr Bruder kümmerte sich überhaupt nicht um die Kinder, die doch jetzt ganz besonderen Zuspruch brauchten. Als hätten ihre Gedanken ihn gerufen, kam Eleazar über den Innenhof.

„Na, habt ihr nichts zu tun, als euch auszuruhen?", fragte er gereizt.

„Eleazar", rief Orly. „Bleib doch eben stehen. Ich muss mit dir reden." Sie beugte sich zu Rahel: „Geh du doch mal zu Joram." Rahel sprang auf und lief in das Zimmer von Joram und Mirjam.

„Was gibt es denn? Ich habe viel zu tun!", Eleazar war etwas ungehalten.

„Lieber Bruder. So geht es nicht. Die Kinder brauchen ihre Zuwendung." Orly war aufgestanden.

„Dafür bekommen sie jetzt ja eine Mutter. Rut wird sich schon um sie kümmern."

„So einfach ist das aber nicht. Hat dich das Kriegsgeschäft so abgestumpft? Du hast deine Kinder überhaupt nicht auf eine neue Mutter vorbereitet. Willst du sie ihnen am Hochzeitstag präsentieren?"

„Was ihr Weiber nur für Sorgen habt. Das wird sich schon finden. Ich hab dafür keine Zeit."

Damit drehte er sich einfach um und ließ Orly stehen. Sie seufzte traurig. Sie stellte fest, dass sie ihren Bruder eigentlich gar nicht kannte. In ihren Gedanken und Vorstellungen war er der Held, dem alle folgten. Würde Rut da irgendetwas ändern können? War es für ihn nur eine Zweckehe, damit die Kinder versorgt waren? Orly erhob sich. Einmal mehr hätte sie gern mit Zippora darüber gesprochen. Ob sie sich einen Ausflug nach Qumran erlauben durfte? Aber sie verwarf den Gedanken gleich wieder. Nein. Ihr Platz war hier mindestens solange Jochanan nicht da war.

Jaakov war Simon gefolgt. Mißmutig saß er bei ihm, während Simon das Zimmer ein wenig aufräumte.

„Na, welche Laus ist dir denn über die Leber gelaufen?", Simon räumte ein paar Pergamentblätter zusammen.

„Ach, ich weiß auch nicht. Diese neue Frau von meinem Vater ...", Jaakov stieß mit dem Fuß gegen das Tischbein.

„Was ist mit der?"

„Mein Vater hat doch nur mal so nebenbei erwähnt, dass es gut wäre, wenn wir wieder eine Mutter hätten. Aber wir brauchen keine."

„Du meinst, du brauchst keine!"

„Ja, und Rahel braucht auch keine!"

„Aber dein Vater hat sich nun mal entschlossen, wieder zu heiraten. Eure Großmutter ist ja auch nicht mehr die Jüngste. Was ist denn gegen eine Frau einzuwenden, die euch ein wenig bemuttert. Kennst du sie denn?"

„Klar! Die war vorhin bei Rahel und hat versucht, sich bei ihr einzuschmeicheln."

„Mein lieber Freund. Die hat sicher einen Namen und es geziemt sich, dass du ein wenig mehr Respekt hast."

Jaakov warf den Kopf in den Nacken. Er war es gewohnt, von Simon freundliche Worte zu hören. Er forschte in seinem Gesicht, ob sich da etwas verändert hätte. Aber Simon sah so freundlich wie immer auf seinen jungen Freund.

„Gott ist ein Gott der Ordnungen. Er möchte, dass wir mit Respekt und Freundlichkeit miteinander umgehen. Das gilt für jeden Menschen."

Simon zog sich einen Stuhl heran und setzte sich Jaakov gegenüber.

„Ich kann ja verstehen, dass du etwas verärgert darüber bist, dass dein Vater dich nicht informiert hat. Aber Rut, so heißt ja wohl die

Frau, kann nun wirklich nichts dafür. Und bedenke doch einmal, muss dein Vater dich denn fragen? Versetze dich doch einmal in seine Lage, wenn du das kannst. Seit über einem Jahr ist er allein, deine Großmutter hat euch versorgt, während er sich um die Verteidigung Jerusalems gekümmert hat. Ihr habt ihn kaum zu Gesicht bekommen. Du bist darüber sehr selbständig geworden. Aber du bist immer noch sein Sohn, der ihm zu Gehorsam verpflichtet ist. Hier ist dein Vater wieder mit vielen Dingen beschäftigt, die Unterbringung und Versorgung der vielen Leute. Es scheint doch, dass Rut die Problematik erkannt hat, und nun selbst versucht, sich bei euch vorzustellen, ehe die Hochzeit stattfindet. Ich finde das doch sehr freundlich von ihr. Du solltest ihr ein wenig entgegenkommen."

Lange schwieg Jaakov. In seinem Kopf gingen die Gedanken durcheinander. Er dachte an seine zarte, liebevolle Mutter. Er hatte sich nie eingestanden, wie sehr er sie vermisste. Jetzt wo sein Vater sich mit einer anderen Frau verheiraten wollte, wurde ihm die Leere der letzten Zeit bewusst. Er hatte mit abenteuerlichen Ausflügen sich selbst getäuscht.

Auf einmal kamen dem Jungen die Tränen, die ihm unaufhaltsam über die Wangen liefen.

Ärgerlich wischte er sie mit dem Ärmel fort.

„Ich kann mir diese Frau nicht als meine Mutter vorstellen", schluchzte er.

„Nun, das brauchst du doch auch nicht. Deine Mutter ist jetzt in der himmlischen Welt."

Jaakov nickte „Rahel hat sie dort gesehen."

„Siehst du. Jeshua hat die kleine Rahel wieder zum Leben erweckt, damit sie dir zeigen kann, wie schön es im Himmel ist. Und nun überlege einmal. In gar nicht langer Zeit hast du Bar Mizwa. Dann bist du für dich selbst verantwortlich, in erster Linie vor Gott. Jeder sollte untadelig vor dem Schöpfer stehen. Dafür hat er uns die Gesetze gegeben, dass wir wissen, wie wir dem Allmächtigen gehorsam sein sollen. Leider ist unser Wesen durch die Sünde Adams verkehrt und wir sind unfähig, die Gesetze bis ins Kleinste zu befolgen. Und du weißt, wer nur eine Kleinigkeit außer Acht lässt, der wird vor dem ganzen Gesetz schuldig. Wer also die Gesetze nicht einhält, der ist vor Gott schuldig."

Jaakov sah Simon neugierig an. Seine Tränen waren versiegt. Der Rabbiner hatte ihm im Unterricht immer eingetrichtert, dass er alle Gesetze befolgen müsse, besonders die Shabbatgesetze. Jaakov ließ die vielen Male, die er erinnern konnte, wo er die Vorschriften nicht eingehalten hatte, an sich vorübergehen. Ach, da war so viel. Jaakov erkannte: Er war schuldig vor Gott.

„Ich – ich bin demnach schuldig vor Gott. Ich dachte immer, in Kriegszeiten ist das etwas anderes. Und dann meine ich eine Entschuldigung zu haben, weil doch meine Ima gestorben ist. Das muss doch Gott einsehen. Hat er denn mich und Rahel vergessen?"

„Nein, im Gegenteil", erwiderte Simon, „er hat dich sehr lieb. Durch Rahels Tod und Auferweckung hast du von Jeshua erfahren, der allein die Macht hat über den Tod. Er hat dir zeigen wollen, dass deine Ima bei ihm ist. Sie muss ihn gekannt und geliebt haben."

„Sie hat aber nie von ihm gesprochen." Nach einigem Überlegen setze Jaakov hinzu, „bis auf einmal, ja, jetzt erinnere ich mich, kurz vor ihrem Tod hat sie mir gesagt, ich solle auf Rahel aufpassen und wenn der Hirte mir begegnet, soll ich auf ihn hören." Jaakov sah Simon mit großen Augen an. „Meinst du, sie hat damit Jeshua gemeint? Als wir ohne euch in der Wüste unterwegs waren, ist uns auch ein Hirte begegnet. Er hat uns Wasser und zu Essen gegeben. Und er hat die gleichen Worte, wie meine Mutter gesagt: ‚Pass auf Rahel auf ...' Meinst du es könnte Jeshua gewesen sein?"

„Ja, ich kann es mir gut vorstellen. Das wollte ich dir gerade erklären. Niemand kann die Gesetze ganz befolgen, auch wenn er sich noch so viel Mühe gibt. Aber wenn du an Jeshua glaubst, dass er am Kreuz auch deine Schuld auf sich genommen hat, dann bist du frei."

„Was muss ich denn tun, um einmal bei meiner Ima im Himmel sein zu können?"

„Siehst du, so sind wir Menschen, wir wollen nichts geschenkt, wir wollen etwas tun, wir wollen die Ewigkeit verdienen. Aber sie wird uns geschenkt, einfach so, wenn wir an Jeshua als unseren Erlöser glauben."

Jaakov sah vor sich hin. Plötzlich kam ihm ein Gedanke: „Soll ich mich bei Rut entschuldigen?"

Simon legte seine Hand auf die von Jaakov: „Das finde ich eine gute Idee. Mach du den Anfang."

Jaakov erhob sich: „Danke Simon." Nach einer Weile meinte er: „Es wäre doch schön, wenn du uns mehr von Jeshua erzählen könntest."

„Ja, das wäre eine gute Idee. Ich weiß, dass deine Tante auch daran interessiert ist."

Jaakov grinste breit: „Na dann, shalom!" Er zog die Tür hinter sich zu.

Vergebung und Neuanfang

Die Gelegenheit bot sich Jaakov schneller als er dachte. Rut hatte beschlossen, die Dinge selbst in die Hand zu nehmen. Seit dem Tod ihres Mannes und ihrer Tochter hatte sie zu viel Dinge tun müssen, von denen sie vorher gedacht hatte, dass sie damit nicht fertig werden könnte. Rut mochte es auch nicht, lange Vergangenem und dem, was nicht zu verändern war, nachzutrauern. Sie war auf die Zukunft ausgerichtet. So hatte sie auch die Bekanntschaft mit Eleazars Kindern gesucht. Nun ging sie geradewegs auf das Haus zu, wo Eleazar gesagt hatte, dass er dort zu finden sei.

Als sie in das Atrium trat, sah sie, wie Eleazar gerade mit einer Frau sprach. Da diese keinen Schleier trug, konnte es eigentlich nicht seine Schwester sein. Von ihr hatte Eleazar erzählt, dass sie immer einen Schleier trüge, wegen der Narben in ihrem Gesicht.

Die Unterredung schien aber nicht erfreulich, denn Eleazar drehte sich abrupt um und verschwand in einem der angrenzenden Zimmer. Die Frau saß noch allein auf der Bank. Sie hatte Rut nicht bemerkt. Als sie aufstand, ging Rut über den Innenhof auf sie zu. Da erkannte sie, dass es doch Orly, die Schwester von Eleazar sein musste.

„Shalom", sagte sie nur und blieb stehen. Orly erschrak und wandte sich nach der Stimme um ...

„Shalom!" Die beiden Frauen sahen sich an, bis Rut das Schweigen brach.

„Du musst Orly, die Schwester von Eleazar, sein. Ich dachte du trägst einen Schleier."

„Ja, ich bin Eleazars Schwester Orly. Und wer bist du. Ich habe dich hier noch nie gesehen."

„Ich bin Rut, und wenn du die Schwester von Eleazar bist, dann werde ich bald deine Schwägerin sein. Ich war bisher bei den Verwundeten. Da werde ich aber nicht mehr gebraucht. Und da Eleazar bisher keine Zeit hatte, mich meiner neuen Familie vorzustellen, habe ich gedacht, dass es besser ist, wenn ich den Anfang mache."

„Das ist schön", sagte Orly, „setzt dich doch ein wenig zu mir und erzähl mir von dir."

Rut setzte sich zu ihr auf die Bank und sah sich ein wenig um.

„Wohnt ihr hier?", sie war unsicher, was sie sagen sollte. Sie hatte damit gerechnet, dass sie in der Schwester ihres zukünftigen Ehemannes ein verschrumpeltes, verschüchtertes, altjüngferliches Frauenzimmer vorfinden würde. Eleazar hatte sie immer nur am Rande erwähnt, so als wäre sie gar nicht existent. Aber hier begegnete sie einer zwar nicht mehr ganz jungen Frau, die ihr mit einem offenen Blick begegnete. Gewiss, die eine Gesichtshälfte war durch Narben entstellt, aber wie sie dort aufrecht auf der Bank sass, hatte sie doch eine Würde und Ausstrahlung.

„Ja, das war wohl so ein Palast von dem Herodes. Aber es ist sehr praktisch, weil alle Zimmer auf diesen Innenhof zugehen. Wir können als Familien je zwei Zimmer nutzen. Es ist alles sehr eng. Aber wer will schon Ansprüche stellen, in dieser Zeit!"

Rut nickte: „Da hast du Recht. Hoffentlich können wir bald wieder nach Jerusalem."

Orly sah Rut von der Seite an: „Meinst du? Was macht dich da so sicher?"

„Eleazar wird doch alles daran setzen, eine Truppe zusammen zu stellen, um die liebliche Stadt zurück zu erobern. Weißt du, ich bin da geboren. Meine Eltern sind in dem Haus umgekommen, als die

Römer die Stadt von der Nordseite her überrannt haben."

„Ach, das tut mir leid." Orly musste an das brennende Haus denken, aus dem sie mit den Kindern geflüchtet war. Nein, eigentlich hatte sie keine Sehnsucht an diesen Ort zurückzukehren.

„Ich habe gehört, dass du auch deinen Mann bei einem der Ausfallkämpfe verloren hast."

Rut nickte und sah still vor sich hin. Es schmerzte eigentlich immer noch. Ihr Mann war einer der Mutigsten gewesen und hatte sich den Römern entgegengeworfen. Orly liess ihr Zeit. Dann sagte sie: „Ich hatte nie einen Mann. Meine Mutter hat mich versteckt. Ich habe meine Jugend und meine Jungfräulichkeit in einem Hinterzimmer begraben. Bis, ja bis dieser Krieg alles durcheinander wirbelte. Ich wohnte dann bei meiner Schwester Abigail in Jerusalem. Ihr Mann ist Jochanan ..."

„Ah ja, den kenne ich. Er hat mir damals die furchtbare Nachricht gebracht. Er war sehr mitfühlend."

Orly seufzte. Begierig sog sie jedes Lob, das über Jochanan gesagt wurde, auf.

„Unsere Tochter, sie hieß auch Rahel, war schon vorher an einer Krankheit gestorben."

„Oh nein, dass war ja besonders schwer für dich", rief Orly voller Mitgefühl. „Weißt du, dass unsere Rahel jetzt auf der Flucht auch gestorben war?!"

„Nein, das kann nicht sein. Ich habe sie doch ganz lebendig gesehen!"

„Ja, unterwegs wurde sie von einer Schlange gebissen. Aber Simon – ich weiß nicht, ob du ihm schon begegnet bist –, er hat uns hierher begleitet. Er gehört zu den Leuten des Weges. Als er sah, dass Rahel tot war, hat er sich über sie gebeugt und hat zu Jeshua gerufen, und da ist sie tatsächlich wieder aufgewacht."

„Aufgewacht! Also hat sie nur geschlafen?!", wandte Rut ungläubig ein.

„Nein, ich war dabei, sie war wirklich tot und ist nun wirklich lebendig."

„Ja, dass sie lebendig ist, kann ich bestätigen. Sie ist ein hübsches aufgewecktes, kleines Mädchen!"

„Siehst du."

„Ein Mann von den Leuten des Weges? Was meinst du damit? Gehört er zu denen, die man in Antiochia Christen nennt?"

„Ja, er ist schon ein alter Mann. Er ist mit diesem Jeshua drei Jahre zusammen gewesen und kann alles so wunderbar erzählen, wie Gott ihn schon in den Büchern der Thora und in den Propheten angekündigt hat. Und erst mal, was er alles mit ihm in den drei Jahren erlebt hat. Vieles ist so unglaublich, aber es ist wirklich wahr!"

Rut sah Orly von der Seite an: „Gehörst du auch dazu?", fragte sie ungläubig.

„Ja, ich gehöre zu Jeshua. Ich glaube, dass er der Sohn Gottes ist!" sagte Orly schlicht.

„Weiß das dein Bruder?"

Orly schüttelte den Kopf: „Mein Bruder hat keine Zeit. Aber er war es, der Simon beauftragt hatte, uns hierher zu bringen. Da wird er doch wohl wissen, wem er da seine Familie anvertraut hat, oder?"

Rut war beeindruckt von Orlys Bekenntnis. Hatte sie dadurch die Sicherheit gewonnen, die ihr jetzt die Aura der Unantastbarkeit gab? „Ich würde auch gern diesen Simon einmal kennen lernen. Er ist doch noch hier?"

„Ja sicher. Wir sind häufig zusammen, und er erzählt uns von Jeshua und seinem neuen Bund. Du kannst da gerne mitkommen."

Orly spürte, dass sie hier eine Frau gefunden hatte, mit der sie reden konnte, deren Schicksalsschläge sie nicht gebeugt hatten, sondern stärker gemacht hatten. Auch Rut fand Gefallen an ihrer Schwägerin. Sie waren so im Gespräch vertieft, dass sie gar nicht bemerkten, dass Jaakov über den Hof kam.

Jaakov überlegte, ob er sich gleich seines Versprechens entledigen sollte und die beiden Frauen stören sollte. Er fand es befremdlich, dass die beiden so vertraut miteinander sprachen, als kennten sie sich schon Jahre. Nein, irgendetwas störte ihn an diesem Bild. Er wollte schon umdrehen, da sah Orly ihn. „Jaakov, wolltest du etwas von mir", rief Orly ihm zu, „Komm doch einmal her, ich möchte dir Rut vorstellen."

Jaakov blieb unschlüssig stehen: „Brauchst du nicht, kenn ich schon!", sagte er mürrisch.

„So? Nun komm Junge, was ist denn los mit dir?", Orly wunderte sich über Jaakov, den sie so nicht kannte.

„Lass ihn nur", meinte Rut. „Wir haben uns vorhin schon getroffen. Es ist nicht leicht für die Kinder, sich auf einmal an eine neue Mutter gewöhnen zu müssen. Eleazar ist sicherlich zu beschäftigt. Er hat eben die ganze Verantwortung hier."

Jaakov hob den Kopf. Hatte nicht so ähnlich auch Simon gesprochen? Hatte er nicht eben ein Versprechen gegeben, und sich bei Rut für sein Verhalten entschuldigen wollen? Er biss sich auf die Lippen.

„Ich wollte", begann er zögernd, „ich wollte mich eigentlich entschuldigen, dass ich vorhin so ungehörig zu dir gewesen bin." Nun war es geschehen. Froh, den Satz heraus gebracht zu haben, wollte er umdrehen und wegrennen. Aber Rut hielt ihm die Hand hin.

„Jaakov, ich versteh dich doch. Wir haben es alle nicht leicht. Lass uns doch wenigstens Freunde sein."

Jaakov sah Rut an. Er nickte. Wenn auch noch Widerhaken in seiner Seele waren, so schlug er doch in die ausgestreckte Hand ein.

„Shalom!", murmelte er nur und rannte dann hinaus. Er musste nachdenken. Vielleicht auf Rahel's Lieblingsplatz?

Eine ungeheure Entdeckung

Jaakov war wütend auf sich, auf seinen Vater, auf Rahel, die gleich mit Rut so vertraut war. Wäre nicht Rahel, auf die er versprochen hatte aufzupassen, dann würde er einfach weggehen. Er hatte doch schon alle Winkel erkundet! Er war zu den äußeren Zisternen hinunter gestiegen. Er hatte die hängende Palastvilla des Herodes ausgekundschaftet, die geheime Treppe, die zu den drei übereinanderliegenden Terrassen führte, eine schöner als die andere. Ohne nachzudenken ging er weiter bis zu der oberen Terrasse.

Von hier aus konnte man die Wüste, die Berge und das Tote Meer überblicken. Da, in dieser Richtung musste Jerusalem liegen. Er ließ seinen Blick schweifen Die Terrasse war wie ein großer Empfangssaal gestaltet. Säulen standen wie der Kranz einer Krone direkt an der Kante. Ob hier die Besucher empfangen wurden? Waren sie genehm, wurden sie in den Palast vorgelassen. Gedankenverloren stieg Jaakov die verborgene Treppe zur nächsten Terrasse hinunter. Diese war rund gestaltet und hatte zwei Säulenkränze. Hier war es auch zur Mittagszeit erstaunlich kühl, denn die Sonne konnte hier nicht hereinscheinen. Es war wie ein Lustgarten. Die untere Terrasse war quadratisch.

Gewaltige Stützmauern waren nötig gewesen, um diese Terrasse, die sonst wie ein Schwalbennest am Berg klebte, in ihrer Größe so zu bauen. Die Wände waren mit bemaltem Stuck versehen und halbe Stucksäulen klebten an der Felswand. Jaakov hatte sich das schon einige Male angesehen. Immer wieder war er davon fasziniert. Er war aber zu sehr Zelot, als dass er sich von dem verschwenderischen Prunk beeindrucken ließ.

Im Gegenteil. Manchmal überkam ihn eine Lust, alles dieses zu zerstören, weil doch Herodes nur ein Vasall Roms gewesen war und die Römer die Heilige Stadt zerstört hatten.

Am Ende der Treppe entdeckte er noch eine weitere Möglichkeit hinunter zu steigen. Hier war er noch nie gewesen. Sollte er nicht auch dort einmal nachsehen, was dort zu finden war? Es war doch immer gut, unbekanntes Gebiet zu erkunden. Wer weiß, wofür es einmal nötig war. Jaakov ging ein paar Stufen hinunter. Er fand es dort sehr finster. Er überlegte, ob er sich doch dieses Abenteuer für ein anderes Mal aufheben sollte, um dann eine Fackel oder wenigstens eine Öllampe dabei zu haben. Stand da nicht in der Nische am Beginn der Treppe ein Öllämpchen. Er kehrte noch einmal um und fand die Lampe, die zu seiner Verwunderung sogar Öl enthielt. Jetzt musste er sie nur zum Brennen bringen. Er fand am Rand der Terrasse einen Stein, der ihm geeignet erschien, schlug ihn gegen die Felswand und siehe, der Funken setzte den Docht der Öllampe in Brand. Ein wenig pochte ihm das Herz. Denn sein Vater hatte ihm verboten, diese Palastvilla zu betreten. Deine Augen sollen nicht verführt werden von dem Prunk, der da herrscht, hatte er gesagt. Zu was sollte ihn denn das hier verführen?

Jaakov war stolz, dass er nun ein Licht hatte, um auch das letzte Geheimnis dieses Palastes zu erforschen. Er trat wieder in den dunklen Gang und ging langsam die Treppe hinunter. Hier war die Luft irgendwie feucht und heiß und ihn schauderte, als er meinte, in der Tiefe Lachen zu hören. War er nicht allein? Er meinte nun am Ende der Treppe angekommen zu sein. Eine Tür versperrte ihm den Weg. Das Lachen hörte sich nun wie ein Gurren an. Vielleicht waren hier Tauben? Vorsichtig mit pochendem Herzen öffnete er die Tür. Er kam in einen Raum, auf einer Steinbank sah er Kleider verstreut liegen.

Darüber wunderte er sich sehr. Also war noch jemand hier. Wieder hörte er das Lachen, das ohne Zweifel von einer Frau kam. Und nun hörte er auch eine männliche Stimme, die ihm allerdings bekannt vorkam. Er versuchte, um die Ecke in den angrenzenden Raum zu sehen. Heißer Dampf, der in Nebelschwaden in dem Raum hing, ließ ihn nur verschwommen etwas erkennen. Ohne Zweifel, es waren zwei Personen, ein Mann und eine Frau, die da in lustvoller Umarmung sich auf dem Boden wälzten. Öllämpchen standen auf einigen Sockeln und tauchten das Bild in ein unwirkliches Licht. Jaakov meinte in einem bösen Traum zu sein. Er zwickte sich selbst ins Ohr, um sich der Wirklichkeit zu vergewissern. Langsam hatte er sich an den wabernden Dampf gewöhnt und zwinkerte mit den Augen. Wer war denn das, feuchtschimmernd von Schweiß, aus dem Bart tropfte das Nass und die Haare hingen wirr. Nein, das konnte nicht sein! War es sein eigener Vater, der vorgab, so viel zu tun zu haben? Und die Frau? Wer war die Schwarzhaarige, die sich da auf den Fliesen räkelte, als wäre es ein Seidenpolster. Nein, Rut war das nicht! Ja richtig, es musste Dalida sein, die man die Hure nannte. Er hatte sie schon häufiger an den Ecken stehen sehen. Mit ihren lüsternen, geschminkten Augen stellte sie den Männern nach. Oh pfui! Sein Vater war darauf reingefallen. Aber Jaakov entdeckte bei sich selbst Gefühle, die ihm bisher unbekannt waren, als er an die Wand gepresst stehen blieb und dem Paar zusah. Jaakov lief der Schweiß über den Rücken. Er schluckte. Er erinnerte sich, dass er seinen Vater heute noch nicht gesehen hatte. Wollte er denn nicht in ein paar Tagen Rut heiraten? Sollte deswegen niemand diesen Bereich der Festung betreten, damit keiner etwas von diesen heimlichen Begegnungen etwas erfuhr? Jaakov fühlte sich perönlich hintergangen und verletzt. Sein Herz pochte wie wild, dass er meinte, die Zwei müssten ihn hören. Aber sie waren so in ihre Liebesspiele vertieft, und waren sich wohl ganz sicher, dass sie hier keine Zuschauer hatten. Am liebsten hätte er laut geschrieen.

Eine innere Stimme sagte Jaakov, dass er den Rückzug antreten sollte. Er wandte sich um und stellte fest, dass seine Öllampe erloschen war. Er tastete sich an der Wand entlang. An einer Stelle war ein kleiner Mauervorsprung, den er vorher nicht bemerkt hatte. Er stieß mit dem Kopf dagegen.

„Au", entfuhr es ihm. Er hielt sich die Stirn und hielt einen Augenblick inne. Hatte man ihn bemerkt? Nein. Hinter sich hörte er Stöhnen, das aber anders klang als Schmerzgestöhn. Jaakov tastete sich weiter. Ihm war ganz übel. Endlich war er draußen. Jaakov sog tief die abendliche Luft ein. Er rannte die steinerne Treppe nach oben, als wären sämtliche Römer hinter ihm her. Endlich war er oben und hielt inne.

Er schämte sich und in seiner Kehle sass ein dicker Kloß. Er wusste nicht, was ihm am meisten weh tat: Dass sein Vater kurz vor der Hochzeit sich mit einer Hure vergnügte, oder dass er Augenzeuge geworden war, nur weil seine Neugier ihn getrieben hatte. Jaakov hatte keinen Blick mehr für die Schönheiten, die Herodes einstmals hier eingebaut hatte, die sicher alle zu seiner Lust entstanden waren.

Das Schlimme war, dass Jaakov niemandem etwas davon sagen durfte. Er musste dieses Erlebnis für sich behalten. Würde er seinem Vater noch gerade in Augen blicken können? Würde er Rut nicht nur mit einem Gedanken des Mitleids ansehen können?

An der oberen Terrasse setzte er sich auf den Mauervorsprung, wo Rahel immer so gerne saß. Er sah hinunter auf den schimmernden Spiegel des Salzmeeres. Der Mond war schon aufgegangen und die Nacht legte sich wie ein schwarzes Tuch über die Festung. Lange saß er dort, unschlüssig, wie er mit dem Erlebten umgehen sollte. Er dachte an Simon, ob der ihm etwas raten könnte? Er hatte so viel Lebensweisheit. Aber nein, niemand durfte etwas davon erfahren. Er erinnerte sich, dass sie vor kurzem über eine Begebenheit aus der Zeit der Vorväter gesprochen hatten. Ham hatte seinen Vater Noah nackt und betrunken gesehen und er hatte es seinen Brüdern erzählt. Dafür war er bestraft worden. Er hatte das nicht so ganz verstanden. Jetzt ging ihm auf, dass er fast in der gleichen Lage steckte. Nein, er würde niemandem etwas davon sagen.

Schweren Herzens erhob er sich und ging hinüber zu den Unterkünften, wo er Rahel traf, die auf ihn gewartet hatte.

„Jaakov, wo warst du? Du warst so lange fort", empfing sie ihn und hängte sich an seinen Hals.

„So?", sagte er nur gepresst und setzte sie auf das Bett. „Du musst aber jetzt schlafen, kleines Wolleflöckchen!"

„Was ist mit dir? Bist du traurig?", Rahel hatte seine bedrückte Stimmung bemerkt.

„Ein bisschen", antwortete Jaakov. „Ich habe an Ima gedacht!"

Rahel nickte ernsthaft: „Sei nicht traurig. Ich bin doch da. Und außerdem ist Rut sehr nett!"

Jaakov spürte einen Stich im Herzen. Am liebsten hätte er sich neben Rahel gelegt und hätte sich den Kummer von der Seele geweint. Aber er beherrschte sich.

Stattdessen umarmte er Rahel und gab ihr einen Kuss auf die Wange.

„Wir wollen Rut als freundliche Familie empfangen und ihr den Anfang leicht machen. Sie hat ja auch schon so viel Schweres miterlebt."

Rahel nickte und schlief gleich ein.

Schlechte Nachrichten

Drei Tage vor dem Neujahrsfest sollte die Hochzeit sein. Eleazar hatte den Rabbi Hannia zu sich bestellt. „Also, wir haben die Wünsche erfüllt", begann Eleazar. „Die Synagoge ist fertiggestellt und das Mikweh ist nach euren Wünschen ebenfalls schon für die Nutzung geöffnet."

„Ja, ja, wir sind sehr zufrieden, wenngleich das alles nichts ist, im Vergleich zu dem, was wir in Jerusalem hatten." Dabei schnäuzte Hannia sich, als würde er weinen. Sein hageres Gesicht wurde durch den langen, schütteren Bart noch länger und er sah wirklich ganz bekümmert aus.

„Mein lieber Freund, du weißt, dass daran im Moment nichts zu ändern ist. Das Heiligtum ist verloren, zerstört."

„Ja,ja, das ist alles eure Schuld. Wir hätten uns den Römern ergeben sollen." Nun vergoß Hannia wirklich ein paar Tränen.

„Das ist überhaupt nicht erwiesen, ob sie uns dann tatsächlich verschont hätten. Im Gegenteil, sie hätten uns alle gefangen genommen, unsere Frauen geschändet, unsere Kinder ermordet und uns im Triumphzug durch Rom ziehen lassen. Ach lassen wir das jetzt, es ist müßig darüber nachzudenken, was gewesen wäre wenn ..." Eleazar wurde ungehalten. Immer waren diese Geistlichen störrisch. „Ich habe dich wegen einer privaten Sache rufen lassen", fuhr er fort.

Der Rabbiner horchte auf und sah Eleazar mit tränennassen Augen, aber interessiert an.

Eleazar war aufgestanden und durchmaß das kleine Zimmer mit langen Schritten, wozu er nur vier in jede Richtung brauchte. Er blieb vor Hannia stehen: „Also ich werde heiraten. Die Kinder brauchen eine Mutter. Meine Mutter kann sich nicht mehr so kümmern."

Hannia nickte: „Ja, das verstehe ich. Deine Mutter war schon vor einiger Zeit bei uns, aber sie wollte Naemi nicht sagen, worum es geht. Außerdem ist es besser, eine Frau zu haben, als Dalida zu beschäftigen."

Eleazar fuhr herum. „Was willst du damit sagen?", sagte er schroff.

Hannia hob erschrocken abwehrend die Hände: „Nichts, nichts, ich meine nur, es ist doch besser, ich wollte nur sagen, jeder soll sein eigenes Gefäß haben."

Eleazar merkte, dass er sich fast verraten hätte. Oder ob Dalida geschwatzt hatte? Er war sich nicht sicher. Immerhin wäre es möglich, dass sie damit prahlen könnte, mit dem Anführer Liebesspiele gehabt zu haben. Nicht auszudenken! Eleazar bezwang seine Stimme und sagte nur sanft: „Ja, du hast Recht, und daher werde ich noch in diesem Monat vor den Festtagen Rut heiraten."

„Was? Das kannst du nicht machen! Wir haben uns drei Wochen Fasten und Trauerzeit ausgemacht. Danach ist das Neujahrsfest, dann sind die Fastentage bis Yom Kippur. Danach magst du heiraten. An Sukkoth hast du dann deine Frau, wie du es wünschst. – Rut? Ist das die Witwe, die bei den Verwundeten war? Das ist gut! Du bist auch Witwer. Über Brautpreis oder ähnlichem brauchen wir ja wohl nicht zu verhandeln, oder habt ihr schon einen Vertrag gemacht?"

Eleazar sah genervt auf seinen Schreibtisch. „Nein, das haben wir nicht. Und ich glaube, das ist in dieser Zeit wirklich nicht nötig. Also gut, ich akzeptiere die Zeit bis nach Yom Kippur. Es soll sowieso keine große Sache sein. Die übliche Zeremonie und vielleicht ein Festmahl für die ganze Gemeinde. Wir werden das schon hinkriegen."

Hannia nickte: „So ist es Recht. Hast du dir überlegt, wer Rut dir zuführen soll, ich meine, weil sie ja keine Eltern mehr hat."

„Es ist doch nur eine Zeremonie. Ich dachte, dass Simon dieses Amt übernehmen kann. Er ist einer der Ältesten hier."

„Simon?", Hannias Stimme wurde schrill. „ Den lass ja aus dem Spiel", wehrte Hannia ab, „der vertritt eine falsche Lehre. Ich weiß sowieso nicht, was du an dem hast. Oder bist du auch heimlich sein Anhänger?"

Eleazar ärgerte sich, dass ihm schon wieder etwas unterstellt wurde, was nun aber wirklich nicht stimmte. Er hatte wohl bemerkt, dass es Unruhe gab unter den Leuten, weil Simon immer wieder von Jeshua sprach. Aber niemand konnte ihm etwas vorwerfen. Er war geradlinig, gerecht und überaus freundlich. Andererseits hielt er kleine Versammlungen ab, so war es Eleazar zugetragen worden, an denen auch seine Schwester Orly, manchmal auch Jaakov und Rahel teilnahmen. Das musste sich ändern. Im Moment war er einfach nur froh, wenn seine Kinder zusammen und unter Orlys Aufsicht waren. Falsches hatte er auch noch nie gehört. Eleazar vermutete, dass die Rabbiner es einfach nicht gerne sahen, wenn nach ihrer Meinung Nichtstudierte aus der Thora vorlasen.

So ging er auf den Rabbi zu: „Nein, aber hast du einen anderen Vorschlag?"

Hannia überlegte. „Vielleicht dein Schwager Jochanan?"

„Der ist bislang noch nicht wieder gekommen. Ich hatte ihn beauftragt, für das Opfer zum Yom Kippur zu sorgen."

„Das ist zwar sehr schön. Aber meinst du, dass das eine gute Idee ist? Das Opfer wurde im Heiligtum gebracht. Es gibt kein Heiligtum mehr. Die Herrlichkeit Gottes ist ausgezogen. Wohin?" Hannia hob die Schultern: „Nein, ich bin der Meinung, erst wenn wir wieder den Tempel in Jerusalem haben, werden wir auch wieder die vorgeschriebenen Opfer bringen können."

Eleazar kaute auf seiner Unterlippe. Darüber hatte er mit den Rabbinern gar nicht gesprochen. Waren die Ankündigungen der Propheten Jesaja oder Jeremia nur für die Zeit der Wegführung durch die Babylonier gedacht, oder hatte der Allmächtige auch noch eine spätere Zeit gemeint? Eleazar kannte zwar die Thora, aber er hatte keine Zeit, sich darüber tiefere Gedanken zu machen, wie die Rabbinen, die den ganzen Tag nichts anderes taten, als in den Schriften zu studieren und sich darüber auszutauschen.

„Vielleicht hast du Recht. Bis zu dem Termin ist es ja noch ein bisschen hin. Bis dahin wird Jochanan doch sicher wieder hier sein. Wir können noch mal darüber reden." Eleazar nickte. Für ihn war die Unterredung beendet. Hannia verabschiedete sich mit einem knappen „Shalom!" und ging hinaus.

Er würde seiner Frau einige Neuigkeiten zu berichten haben! Er wusste zwar, dass daraus eine ganze Geschichte wurde, die überall in den Unterkünften herumgetragen wurde. Aber die Menschen mussten auch eine Beschäftigung haben, damit sie nicht auf noch dümmere Gedanken kamen.

Jaakov ging seinem Vater aus dem Weg. Trotzdem ertappte er sich dabei, dass er ihn heimlich beobachtete.

Aber Eleazar versenkte sich in Arbeit und Plänen. Er war viel in der Synagoge, die fertig gestellt werden musste. Jaakov hatte er in den Steinbruch geschickt, er solle helfen, Steine zu brechen, bzw. dahin zu bringen, wo noch weitere Unterkünfte gebaut wurden. Jaakov empfand es als Genugtuung, sich für die Gemeinschaft einzusetzen.

Abends sass er häufig mit Simon, Orly und Mirjam zusammen. Simon erzählte dann von den Wahrheiten der Thora und dem, was schon von Anbeginn über Jeshua darin geschrieben wurde, und welche Verheißungen der Thora sich schon erfüllt hatten.

Immer wieder hatte Jaakov einen Versuch gemacht, seiner Seele bei Simon Luft zu verschaffen, aber nie schien der richtige Augenblick da zu sein. Langsam trat die Erinnerung daran in den Hintergrund seines Denkens.

An solch einem Abend bei Simon hörten sie draußen ungewöhnliche Geräusche. Orly horchte auf. Es war, als wenn Lämmer ihr hungriges Mäh hören liessen. Aber es waren doch keine Schafe auf dem Felsen!

„Soll ich nachsehen?", fragte Jaakov. Sie saßen bei Simon im Zimmer zusammen. Da wurde auch schon die Tür aufgerissen.

„Ah, hier sitzt ihr", Jochanan stand in der Tür, fast so übermüdet und mitgenommen, wie damals, als er mit den Verwundeten aus Jerusalem gekommen war.

Mirjam sprang auf und flog ihm um den Hals: „Abba!"

Orly's Herz begann zu rasen. Wie gern wäre auch sie aufgesprungen. Damit keiner ihre Erregung sah, senkte sie den Kopf und flüsterte nur: „Shalom, Jochanan."

Simon stand auf: „Schön dass du wieder da bist. Dem Allmächtigen sei Dank, dass er dich bewahrt hat. Sicherlich willst du dich ausruhen. Wir können unsere Zusammenkunft beenden."

„Ja, natürlich", Orly stand sofort auf und wollte gehen.

Jochanan stellte sich ihr in den Weg: „Orly, danke, dass du für die Kinder ...!"

„Ist schon gut", flüsterte sie und huschte an ihm vorbei.

„Ich habe dir noch etwas zu berichten", rief er ihr hinterher.

„Morgen", rief sie nur zurück, „lass uns morgen reden."

Orly war nicht darauf vorbereitet, jetzt mit Jochanan zu reden. Sie musste ihre Gefühle erst in den Griff bekommen, dann würde sie gewappnet sein. Sie ging durch den Innenhof zum Tor hinaus. Hier sah sie, was Jochanan offensichtlich mitgebracht hatte. Da stand ein Käfig mit etlichen Tauben. In der Dunkelheit konnte sie nicht erkennen, wie viele es waren.

Ein Schaf und zwei Lämmer reckten ihre Nasen mit leisem Blöken dem Lichtschein entgegen. Der alte Josef stand dabei. Er hatte mit ein paar einfachen Seilen einen Verschlag abgesteckt, wo die Tiere erst einmal sein konnten.

Orly blieb stehen, um die kleinen Lämmer zu betrachten. Gerade hatte Simon davon gesprochen, dass damals, als das Volk noch in

Ägypten war, nachdem schreckliche Plagen den Pharao geärgert hatten, jede Familie der Israeliten ein Lamm oder ein Zicklein mit in sein Haus nehmen sollte. Und nach vier Tagen musste es geschlachtet werden und sein Blut an die Türpfosten der Häuser gestrichen werden. Solch ein unschuldiges Lamm musste sein Leben lassen, damit der Würgeengel an dem Haus vorbeiging. Aber Simon hatte auch gesagt, dass Jeshua für sie das Opferlamm ist.

Rahel würde ihre Freude an den Lämmchen haben.

Plötzlich stand Jochanan neben Orly.

„Warum weichst du mir aus, Orly," sagte er, „ich habe dir etwas Wichtiges mitzuteilen."

Orly drehte sich zu ihm um: „Was kann es Wichtigeres geben, als dass du heil wieder hier bist. Die Kinder, vor allem Joram, fragten jeden Tag nach dir." Ihre Stimme bebte leicht, obwohl sie versuchte, ihr die gebotene Festigkeit zu geben.

„Ich muss dir mitteilten, dass Abigail tot ist", Jochanans Stimme klang heiser.

„Nein!", Orly schlug die Hände vors Gesicht. „Das kann nicht sein? Warst du deswegen so lange fort?"

„Ja. Eleazar hatte mich geschickt, für die Feiertage etwas Besonderes zu besorgen: Tauben, damit das Opfer gebracht werden kann. Aber es ließ mir keine Ruhe. Eleazar wollte nicht, dass ich noch weiter forsche. Er hatte Angst, dass ich, wie beim ersten Mal in die Fänge der Römer geraten könnte, und er hätte mich dann nicht wieder heraushauen können. Aber ich musste gar nicht in die Nähe der Römer kommen."

„Willst du nicht zuerst Eleazar berichten?"

„Ja, aber zuerst wollte ich dir Bericht erstatten, wo und wie ich Abigail gefunden habe."

„Still, ich will es nicht hören", Orly drehte sich um und ging schnellen Schrittes in den Innenhof.

„Doch, du musst es hören. Ich fand sie in einem Gehöft in Bethanien. Ich war zu spät dort. Kurz vorher war eine römische Kohorte dort gewesen und hatte das ganze Gehöft verwüstet. Ich fand eine alte Frau, die du kennen musst. Sie heißt Maria!"

Orly fuhr herum: „Maria? Was ist mit Maria?"

„Sie lag im Sterben. Sie konnte mir aber mit letzter Kraft noch berichten, dass Abigail bei ihr Zuflucht gefunden hatte. Es war ihr gelungen, den römischen Schergen zu entkommen und war auf dem Weg nach Masada von Maria aufgenommen worden, die sie versteckt hatte. Nur war Abigail so ausgehungert und erschöpft, dass sie sich bei den Kranken, die dort auf dem Gehöft waren, angesteckt hatte. Als die römische Korhorte kam, war sie schon tot. Die Römer haben dann alles verwüstet und in Brand gesteckt. Maria hat dann nur gesagt, dass ich dir von Abigail sagen soll, dass Jeshua dich liebt, sie sei jetzt am Ziel und würde zu ihm gehen. Das habe ich nicht verstanden. Trotzdem musste ich dir das sagen."

Orly liefen die Tränen über das Gesicht. Ihre Schwester hatte noch Maria kennen gelernt und damit auch von Jeshua gehört.

„Danke", hauchte sie nur, drehte sich um und ging in ihr Zimmer. Schläfrig fragte Joram: „Tante Orly, warum weinst du? Ist was passiert?"

„Ach, ich dachte, du schläfst schon tief und fest", Orly zog Joram zu sich auf den Schoß.

„Komm, ich zeige dir etwas", flüsterte sie. Es tat ihr gut, den kleinen Kerl an sich zu drücken. Sie trug ihn in den Innenhof, der nach oben offen war.

„Schau mal da oben die vielen Sterne."

„Ach, Tante Orly, die sind doch immer da", sagte der Kleine schlaftrunken.

„Ja, sicher. Aber hast du sie schon mal richtig betrachtet? Sie funkeln heute besonders, findest du nicht? Und ich glaube, es ist ein Stern dazu gekommen."

„Das kann man doch gar nicht sehen", der Kleine versuchte die Sterne zu zählen.

„Da schau mal, was war das?" Orly hatte die Sternschnuppe auch gesehen.

„Der Ewige hat dir einen Wink vom Himmel gegeben. Weißt du,

deine Ima ist jetzt bei Jeshua. Er hat sich gefreut, deine Ima jetzt bei sich zu haben." Orly versuchte ihrer Stimme einen festen Klang zu geben und sie hoffte, dass Joram nicht bemerkte, dass ihr die Tränen über die Wangen liefen. Aber Joram spürte es.

„Ima ist nun bei Jeshua. Ich gehe auch dahin", sagte er fest und schlang seine Ärmchen um Orlys Hals. Jochanan kam über den Hof.

„Abba", rief Joram, „hast du die Sterne gesehen. Einer ist gerade vom Himmel gefallen."

Jochanan hob seinen Sohn auf den Arm: „Joram, mein Sohn, deine Ima kommt nicht wieder. Sie ist ..."

„Tante Orly sagt, sie ist im Himmel."

Jochanan sah auf Orly herunter, die zusammengesunken auf der Bank saß.

„Ja, so ist es", bestätigte er nur. „Nun musst du trotzdem schlafen. Morgen zeige ich dir etwas, was ich mitgebracht habe."

Jochanan trug den Kleinen wieder ins Zimmer und legte ihn auf sein Bett.

Die Mitteilung, dass ihre Mutter nicht mehr am Leben war, hatte Mirjam sehr geschmerzt, aber sie verschloss die Traurigkeit in ihrem Innern. Joram war erstaunlich schnell wieder fröhlich und half Mirjam fleißig, nach Futter zu suchen.

Lea hatte die Nachricht von dem Tod ihrer Tochter mit der ihr eigenen Härte entgegengenommen. Wieviel musste sie noch verkraften?

Orly hielt sich an der Hoffnung fest, dass ihre Schwester doch noch von Jeshua gehört hatte, und dass er sie in seiner Gnade zu sich gezogen hatte.

Orly wunderte sich nur, als Dalida plötzlich in ihrem Innenhof stand. Dalida, die Frau Dans, war allgemein als Hure bekannt. Sie kam um Jochanan ihr Beileid zu bekunden. Sie habe gehört, dass seine Frau nicht mehr am Leben sei. Dabei schielte sie unentwegt in die Richtung, wo Eleazar sein Amtszimmer hatte. Gleichzeitig hielt sie aber Jochanans Hände über Gebühr lange fest. Orly musste sich abwenden. Aber Jochanan machte sich los und entschuldigte sich, dass er mit dem Anführer noch etliches zu besprechen habe.

Als sie den Ausgang des Shabbats feierten, bei dem die Verheißung und die Freude auf den nächsten Shabbat im Mittelpunkt steht, hielt Lea es an der Zeit, Orly noch einmal auf die Heirat mit Jochanan anzusprechen.

„Nun wissen wir ja, dass Abigail nicht wiederkommt. Daher ist es nur recht und billig, wenn du Jochanan dein Jawort gibst", sagte sie in bestimmten Ton.

Orly sah ihre Mutter überrascht an: „Hast du denn mit Jochanan gesprochen? Ich habe den Eindruck, dass er noch sehr trauert."

Sie sah verstohlen zu ihm hinüber. Er sass auf einem kleinen Schemel, den Kopf in die Hand gestützt und sah unverwandt auf Mirjam. Orly musste sich eingestehen, dass Mirjam das Ebenbild ihrer Mutter war. Sie konnte ihn so gut verstehen und tief in ihrem Herzen spürte sie Mitleid mit diesem großen Mann, der so viel Grausames sicher schon gesehen hatte und doch an dem Verlust von Abigail fast zerbrach. An dem Tonfall ihrer Mutter konnte Orly erkennen, dass sie keine Wahl hatte. Es war nicht die Zeit, allein durch die Welt zu gehen. War es nicht immer ihr Wunsch gewesen, Jochanan zu gehören? Aber ihre Blickrichtung hatte sich verändert. Sie hatte Jeshua kennengelernt. Er hatte ihr gesagt, dass sie ihm nachfolgen sollte. War Nachfolge vielleicht auch in einer Ehe möglich?

Lea erhob sich. „Ich werde mit ihm reden", sagte sie bestimmt.

„Aber doch nicht jetzt!", protestierte Orly.

„Warum nicht, wann denn sonst?" Entschlossen ging sie zu Jochanan hinüber. Der hob den Kopf, aber sein Blick war in weite Ferne gerückt.

„Mein lieber Schwiegersohn. Ich muss mit dir reden. Vielleicht gehen wir ein wenig nach draußen?"

Jochanan erhob sich mühsam und ging hinter Lea her. Sein Gang war schleppend und müde. Orly sah hinter den beiden her und betete: ‚Lieber himmlischer Vater, du hast deinen Sohn zu uns auf die Erde geschickt, damit er unsere Sünden auf sich nimmt. Am Kreuz hat er alles gut gemacht, für uns, damit wir ewiges Leben haben.

Und du möchtest, dass wir uns freuen. Ich sehe aber, dass Jochanan so schwer an der Last trägt, den Kämpfen, dem Verlust vieler Kameraden und nun auch noch seine Frau. Mache ihn doch wieder froh und wenn ich etwas dazu beitragen kann, Herr, du Allmächtiger, so gebrauche mich. Amen'.

Orly empfand einen tiefen Frieden, jetzt, da sie sich zu diesem Schritt durchgerungen hatte. Ob Jochanan das ebenso sehen konnte? Sie saß ganz still, die Hände im Schoß gefaltet und wartete, dass Lea zurück kam.

Lea's Intrigen

Im Innenhof war niemand zu sehen. Der Mond stand als schmale Sichel schon hoch am Himmel. Jochanan lehnte sich an eine der Säulen, die Hände in den Ärmeln vergraben. Lea setzte sich neben ihn auf eine Steinbank.

„Kannst du dir vorstellen, worüber ich mit dir reden möchte?", begann sie das Gespräch.

„Nein, verehrte Ima", sagte Jochanan und suchte in Leas Gesicht etwas zu erraten.

„Ich weiß, wie sehr du um Abigail trauerst. Aber nun müssen wir uns den Tatsachen stellen. Und da ist es an der Zeit, dass deine Kinder wieder zu einer gewissen Ordnung kommen."

„Aber sie haben bei Orly doch die Ordnung, die du meinst, oder?", Jochanan wusste nicht recht, worauf seine Schwiegermutter hinaus wollte.

„Ja, das hast du richtig gesehen", sagte Lea, „und da wäre es doch gut, wenn du Orly zu deiner Frau nimmst. Gewiss, sie ist keine Schönheit, nicht wie Abigail, aber sie hat ein reines sanftmütiges Herz."

„Lea, du verlangst ...", Jochanan stiess sich von der Säule ab und begann im Innenhof auf und ab zu gehen, „du verlangst Unmögliches von mir. Ich bin Orly von Herzen dankbar, dass sie sich so liebevoll um die Kinder kümmert. Aber ich kann ihr kein Ehemann sein. Ich sehe so viele Jahre, die ich mit Abgail versäumt habe. Immer habe ich die Sache des Volkes, die Sache der Freiheit meiner Ehe vorgezogen."

„Ja, glaubst du denn, dass mir die Dinge leicht fallen. Das sieht vielleicht nach außen so aus. Aber ich habe Yair nun schon bald ein Jahr nicht gesehen. Werde ich ihn überhaupt wieder sehen? Der Allmächtige weiß es. Es sind keine guten Zeiten. Wir müssen uns den Herausforderungen stellen und mutig voran gehen, dann hilft uns der Ewige auch. Wenn wir nur im Gestern leben, werden wir traurig und ängstlich, so wie du jetzt."

Lange schwieg Jochanan. Dann sagte er: „Du hast recht Lea. Ich werde mit Orly sprechen. Lass mir nur noch ein wenig Zeit."

„So ist es recht." Lea wusste, dass es keinen Sinn hatte, weiter zu bohren. Sie musste den Dingen ihren Lauf lassen. Sie zog ihren Schal fester um die Schultern. Sie hatte gar nicht bemerkt, wie kühl es geworden war.

„Ich gehe schon mal zu Bett, gute Nacht Jochanan." Damit ging sie über den Hof in ihr Zimmer.

Die Kinder waren ganz begeistert von den kleinen Lämmchen, die sich auch willig streicheln ließen. Jochanan hatte bestimmt, dass Mirjam sich um sie kümmern sollte. Er hatte auch ein Muttertier mitgebracht, so dass die Kleinen noch bei der Mutter trinken konnten.

Rahel streichelte die kleinen Lämmer. Sie beobachtete das Mutterschaf, für das Mirjam Futter herbeischaffte. Mirjam fand in jeder Steinritze noch etwas Grünes, das sie dem Schaf brachte.

„Hast du gesehen, dass das Schaf genauso einen Fleck auf der Nase hat, wie das, das in Qumran in dem Pferch stand?", fragte Rahel, als Mirjam wieder zurückkam.

Mirjam streute die grünen Pflänzchen vor das Schaf und schaute es sich genauer an.

„Du hast recht, das hatte ich noch gar nicht gesehen. Ich glaube aber, das gibt es öfter."

„Meinst du? Vielleicht hat dein Abba es ja von dort mitgebracht."

Orly kam vorbei. Sie wunderte sich, wie viel Grünzeug Mirjam noch zusammenbrachte. Sie hatte selbst gar nicht so sehr darauf geachtet. Sie fand den ganzen Felsen eigentlich öde. An einigen Stellen war zwar guter Boden. Aber die Hitze hatte alles ausgedörrt und vertrocknet.

„Tante Orly, guck mal. Das Schaf hat genau so einen Fleck auf der Nase, wie das, was wir in Qumran gesehen haben", rief Rahel.

Orly blieb stehen und lächelte, als sie die Kleine bei den Lämmern hocken sah.

„So? Na, du musst es ja wissen. Ich habe die Schafe dort nicht gesehen", rief sie.

„Kannst du mal Onkel Jochanan fragen, wo er das Schaf her hat?", rief Rahel zurück.

„Mach ich, wenn ich ihn sehe." Damit ging Orly weiter. Für sie war die Sache von wenig Interesse. Aber für Rahel war es sehr wichtig. Sie stand auf und suchte ihren Onkel. Sie fand ihn bei dem Platz weit hinten, wo ein Übungsplatz für die jungen Männer eingerichtet werden sollte. Schon von weitem rief sie ihm zu: „Onkel Jochanan, Onkel Jochanan, ich muss dich was fragen!"

Jochanan mass gerade mit Schritten die Entfernung ab, wo man stehen musste, um sich im Pfeilschießen zu üben. Er hob kaum den Kopf. „Na Kleine, was gibt es denn so Wichtiges? Ich habe eigentlich keine Zeit."

Rahel pflanzte sich vor ihm auf, dass er nicht weiter gehen konnte: „Woher hast du das Schaf und die Lämmer?"

„Wieso fragst du? Das ist doch unwichtig. Ihr habt doch eure Freude daran."

„Schon, aber genau so ein Schaf war auch in Qumran. Hast du es von dort gekauft?"

Jochanan war verunsichert. Er sah die Kleine an, die da so herausfordernd vor ihm stand.

„Ja, nein, es ist von Qumran, ja."

„Hat man es dir geschenkt?"

„Nein, aber da war keiner, der die Tiere versorgt hat. Da habe ich sie mitgenommen. Bist du nun zufrieden?"

Ungläubig sah Rahel ihn von unten an. „Da war keiner?" Sie wandte sich um und ging langsam wieder zu den Lämmern. Als Orly von der Küche zurückkam, rief Rahel ihr zu: „Ich habe Onkel Jochanan gefragt. Die Lämmer und das Schaf sind aus Qumran. Er hat sie von dort mitgebracht, weil keiner da war, um sie zu versorgen!"

„So?", sagte Orly und blieb einen Augenblick stehen. Waren die Römer auch schon dort gewesen? Dann hätten sie doch bestimmt die Tiere mitgenommen und sich ein Schlachtfest gemacht. Und was war dann mit den Mönchen geschehen und hauptsächlich Zippora und den Frauen, was war mit ihnen? Sie würde Jochanan selbst fragen.

An den Tagen vor Rosh ha Shana wurde täglich das Gebet der Vergebung gesprochen.

Dann kam der Abend, an dem das Schofar über den Felsen scholl. Die Gemeinschaft versammelte sich in der Synagoge, die kaum Platz bot für alle, so dass etliche noch vor dem Eingang stehen mussten. Ein neues Jahr würde beginnen, was würde es beinhalten? Man wünschte sich gegenseitig, dass man im Buch des Lebens eingeschrieben sei. Simon nutzte die Zeit, immer wieder zu betonen, dass jeder im Buch des Lebens eingeschrieben ist, der an den Namen Jeshua als Sohn Gottes glaubt.

„Ihr fastet, und doch ist euer Herz nicht ganz bei dem Einen."

In den zehn Tagen bis zum Yom Kippur sollte jeder bedenken, was er im letzten Jahr getan hat, und um Vergebung bitten.

Häufig sah man zehn Männer zusammenstehen. Die Männer vertieften sich in das Studium der Thora. In fast allen Familien waren Tote zu beklagen und das Seufzen und Weinen hörte nicht auf.

Am Yom Kippur waren wieder alle versammelt. Es war der Tag

der Einkehr, wo alle vor dem Thron Gottes stehen und Hannia las aus der Thora die Worte, wie sie Mose einmal von Gott gegeben worden waren. Den ganzen Tag wurde gefastet und gebetet. Die Gemeinschaft verzichtete auf das damals vorgeschriebene Opfer, denn der Hohepriester konnte keinen Bock schlachten, um das Blut zur Versöhnung ins Allerheiligste zu tragen. Stellvertretend wurde nur die Hand auf das Schaf gelegt, das Jochanan mitgebracht hatte. Ihm wurden alle Sünden des Volkes aufgelegt und dann musste einer das Schaf in die Wüste führen. Erst als am Abend wieder das Schofarhorn geblasen wurde, löste sich die Stimmung. Orly hatte von Simon gelernt, dass alle diese Gewohnheiten nichts bringen, wenn die Menschen sich nicht zu Jeshua wenden. Daher war ihr Fasten und Beten von anderer, noch intensiverer Art, dass sich doch die Gemeinschaft für den Glauben an den Sohn Gottes öffnen möge.

Fünf Tage waren es nur bis zum Laubhüttenfest, und die waren mit sehr viel Arbeit gefüllt.

Rahel hüpfte vor Freude, als auf dem Felsen überall Laubhütten entstanden.

„Bauen wir auch so eine Hütte?", fragte sie Jaakov.

„Natürlich", beruhigte sie ihr Bruder. „Ich glaube, Onkel Jochanan baut uns eine. Dann können wir jeden Tag in der Hütte sitzen."

„Au fein!" Sie lief von einer Hütte zur anderen, die alle überaus einfach waren, denn sie sollten daran erinnern, dass das Volk Israel, als es aus Ägypten auszog, ebenfalls in einfachen Hütten gewohnt hatte. Der Unterschied war nur, dass die Zeloten hier auf der Festung auch nur sehr bescheidene Wohnungen hatten. Aber das Aufstellung der Hütten bereitete schon Freude und war eine willkommene Abwechslung. Jede Familie versuchte, ihrer Hütte eine persönliche Note zu geben.

Ein paar junge Männer waren dafür bis nach EnGedi gelaufen und hatten dort in der Oase Palmblätter geschnitten, um die Hütten damit zu bedecken. Es mussten noch die Sterne dadurch zu sehen sein. Nur der Lulav, den man zu den Gebeten mit in die Synagoge nehmen sollte, machte ihnen Kopfzerbrechen. Palmwedel, Bachweidenzweige und Myrtenzweige wurden im Tal EnGedi gefunden. Aber wo sollte man den vorgeschriebenen Etrog hernehmen? Ari hatte ebenfalls im Tal von EnGedi einen Zitronenbaum entdeckt. Die Priester waren einverstanden, die Zitronen als Symbol zu nehmen. Morgens gingen die Männer mit diesem Strauß zum Morgengebet und schüttelten den Lulav in alle Himmelsrichtungen, den Blick nach Jerusalem gerichtet.

Sieben Tage feierten sie. Die Kinder hatten besonderen Spaß, in der Hütte zu sitzen, zu essen und zu schlafen.

Am fünften Tag sollte die Hochzeit von Eleazar und Rut gefeiert werden.

Eine ungewöhliche Hochzeit

Am Tag der Hochzeit ging Rut in das Mikweh zu den rituellen Waschungen. Orly begleitete sie, da für sie nach den Tagen der Unreinheit die rituelle Waschung ebenfalls dran war. Die Zeloten hatten das bereits vorhandene Mikweh erweitert, eine Seite war für die Frauen und die andere Seite für die Männer bestimmt. Das Becken war mit Wasser gefüllt, und beständig floss ein kleines Rinnsal aus einer Zisterne, die in den Regenzeiten mit Wasser gefüllt wurde, in diese Mikwehbecken. Die Rabbiner hatten streng darauf bestanden, dass die Becken mit fließendem Wasser versorgt wurden, und wenn es auch nur ein paar Tropfen waren, die in das stehende Wasser zuflossen.

„Ach, wenn doch meine Mutter dies noch miterleben könnte", seufzte Rut. Sie tauchte einmal in dem kalten Wasser unter, das ihr in der Hitze des Tages aber als herrliche Erfrischung erschien.

„Wie steht es eigentlich mit euch?", fragte sie Orly unvermittelt.

Orly war verwirrt: „Wieso mit uns, wen meinst du damit?"

„Ach ich dachte, du wärest mit Jochanan verlobt. Warum heiraten wir nicht am gleichen Tag?"

„Das war so eine Idee meiner Mutter. Aber Jochanan hat mich nicht gefragt. Ich war nun achtundzwanzig Jahre ohne Mann. Ich glaube, ich brauche auch zukünftig keinen."

„Das seh ich aber anders. Es ist gut, in einer Familie zu sein, so hat es der Schöpfer einmal bestimmt. Es ist nicht gut, wenn der Mann allein bleibt und Jochanan ist allein. Wäre es nicht besser, du bemühst dich, ihn aus seinen trübsinnigen Gedanken herauszuholen?"

Orly trocknete sich ab und zog ihre Kleider wieder an. „Hast du mit meiner Mutter darüber gesprochen?"

„Ja, ich gebe zu, dass ich mit deiner Mutter gesprochen habe. Ich denke, es wäre doch wirklich das Beste für euch beide." Auch Rut hatte sich wieder angezogen und gemeinsam gingen sie hinüber zu ihrem Haus. Sie kamen an der Behausung von Dalida vorbei, die ihnen dreist entgegensah. Sie sass in der Sonne und hatte ihr langes, schwarzes Haar nach hinten gebürstet. Sie sass leicht zurückgelehnt, hatte das Kleid hochgeschürzt, so dass man ihre braunen Beine sehen konnte und der Ausschnitt ihres Kleides bedeckte nur sehr dürftig ihren Busen. Rut rümpfte die Nase und wollte vorbeigehen. Aber Orly blieb stehen. „Shalom Dalida. Hast du keine Angst, dass du einen Sonnenbrand bekommst?", fragte sie.

Dalida war erstaunt über die freundliche Ansprache. Die Frauen der Gemeinschaft pflegten sie zu meiden. Sie setzte sich auf, gab sich aber keine Mühe ihren Ausschnitt zu korrigieren. „Du hast Recht, es wird etwas heiss. Mir war nur so kalt dort in meiner Hütte."

„Du meinst wohl, dass du hier den Männern einen Blickfang gibst", stichelte Rut.

„Lass nur", Orly legte beruhigend die Hand auf Ruts Arm. „Du weißt, dass eine Hure einmal etwas besonders Gutes für unser Volk getan hat."

„So? Ich lese nicht in den Schriften. Das ist doch den Priestern vorbehalten."

„Nun, ich sag es dir. Als unser Volk die Wüstenwanderung beendet hatte, sollten sie Jericho einnehmen. Die Hure Rahab hat damals die Kundschafter unseres Volkes versteckt und wurde deshalb bei der Eroberung Jerichos verschont. Sie heiratete später in den Stamm Juda ein."

Dalida lachte kurz auf: „Na, dann habe ich ja noch Aussichten!"

„Ja, sie wurde dadurch sogar eine Stammmutter von Jeshua und den solltest du kennen, denn er kann dich von deiner Sünde befreien."

„Wir hatten doch gerade Yom Kippur. Das reicht doch für ein Jahr", meinte Dalida.

„Siehst du, du musst ein Jahr warten, bis dir deine Sünden bedeckt werden. Aber zu Jeshua könntest du zu jeder Zeit kommen, Stell dir vor, der deckt die Sünden nicht nur zu, er vergibt sie sogar ganz und gar!", sagte Orly.

„Ja, danke, ich werde dich fragen, wenn es so weit ist." Damit stand Dalida auf. Sie musterte Rut von oben bis unten, sagte aber kein Wort und verschwand dann in ihrem Haus.

„Was gibst du dich mit so einer Person ab?", wollte Rut wissen. „Und woher weißt du das alles?"

„In der Zeit, als ich zu Hause in meinem Hinterzimmer gesessen habe, kam immer ein Rabbi und hat meinen Bruder unterrichtet. Da habe ich viel gehört und mir gemerkt. Noch mehr lerne ich jetzt bei Simon. Er weiß so viel."

„Die Leute sagen, dass du etwas mit ihm hast."

„So? Sagen das die Leute? Glaubst du ihnen denn?"

„Nein, eigentlich nicht. Aber vielleicht wäre es besser, wenn Simon seine Unterrichtsstunden öffentlich macht. Ich meine an einem Platz, wo alle zuhören können. Dann können die Leute doch hören, ob es richtig oder falsch ist."

„Das ist eine gute Idee. Ich werde mit Simon darüber sprechen."

Die Verlobten hatten seit dem Morgen gefastet und sich zum Gebet zurückgezogen.

Eleazar, der von diesen rabbinischen Vorschriften eigentlich nicht viel hielt, war jetzt bemüht, seine Ernsthaftigkeit in der Synagoge bei jedem Gebet unter Beweis zu stellen. Da die Trauung nun auf einen Donnerstag fiel, an dem die Thora aus dem Schrank geholt wurde, stand ihm ein Abschnitt zum Vorlesen zu. Das Mittagsgebet sprachen die Eheleute noch getrennt. Es sollte noch einmal an den Versöhnungstag erinnern, dass sie geheiligt in die Ehe gingen.

Vor der Synagoge war eine Chuppa aufgestellt, vier Stangen, an dem ein Gebetsschal befestigt war. Es war der Gebetsschal, den Rut gerettet hatte und den sie vor Jahren ihrem ersten Mann zur Hochzeit geschenkt hatte.

Lea führte Rut zu dem Platz und Jochanan hatte die Aufgabe, Eleazar seiner Braut zuzuführen. Orly hatte Rut aus ihren begrenzten Mitteln ein wunderchönes Kleid angefertigt.

Orly freute sich, dass sie Rut als Patin dienen durfte. Eleazar hatte darauf bestanden, dass Simon ihm als Pate zur Seite stand. Hilel schenkte Wein in einen Becher und reichte ihn Simon, der den Becher Eleazar gab. Er trank daraus einen Schluck und gab ihn dann Orly, die ihn dann Rut reichte, die nun ebenfalls einen Schluck daraus nahm. Nun würden sie zukünftig aus einem Becher trinken. Ein Zeuge, es war Ari, der Torwächter, trat hinzu und hielt Eleazar einen Ring hin, den dieser Rut an den Zeigefinger steckte. Eleazar sprach die alte traditionelle Formel: „Mit diesem Ring bist du mir anvertraut nach dem Gesetz Mose und Israel."

Jaakov stand unmittelbar neben Simon und blinzelte zu seinem Vater. Er hatte doch noch die Gelegenheit gefunden, mit Simon über sein Erlebnis in dem privaten Dampfbad des Palastes zu reden. Simon hatte ihm geraten, sich selbst und auch seinem Vater zu vergeben, und er hatte die Zeit zwischen Rosh ha Shana und Yom Kippur dazu genutzt, sich über die Vergebung klar zu werden, die ihm in erster Linie in Jeshua angeboten war. Hatte Jeshua ihm vergeben, so wollte er auch seinem Vater vergeben. Dennoch stand ihm immer wieder dieses Bild vor Augen und er betete oft, dass Jeshua es ihm doch wegnehmen möge. Simon nickte Jaakov zu, als er seinen starren Blick bemerkte. Rahel drückte Jaakovs Hand: „Sieh mal, Rut lächelt und Abba freut sich auch."

Jaakov ließ seinen Blick über die Menge schweifen. Weit hinten sah er, wonach er Ausschau hielt: Dalida, geschminkt und in einem

Kleid, das alle Männerblicke auf sich zog. Ob sie das wohl aus einem der Palastschränke genommen hatte? Schnell wandte Jaakov den Blick wieder ab.

Eleazar und Rut gingen gemeinsam in einen Raum neben der Synagoge und kamen nach einer guten halben Stunde zurück. Inzwischen wurden Psalmen gesungen. Welche besondere Verheißung hatten nur die gesungenen Worte aus dem Buch Jeremia ‚So spricht der Herr: An diesem Ort, von dem ihr sagt, er ist wüst, ohne Menschen und Vieh, in den Stätten Judas und auf den Gassen Jerusalems, die so verwüstet sind, dass niemand darin ist, weder Mensch noch Vieh, wird man dennoch wieder hören den Jubel der Freude und Wonne, die Stimme des Bräutigams und der Braut.'

„Gesegnet seist du, oh Herr, der du Bräutigam mit der Braut freuen lässt!"

Wieder reichte Simon den Becher Wein Eleazar und Rut. Der Becher wurde vor den Fuß von Eleazar gestellt und er zertrat ihn. Rahel starrte vor Entsetzen auf den zerbrochenen Becher. „Warum hat Abba das gemacht?", fragte sie leise.

Jaakov wusste auch keine Antwort und sah zu Simon auf, der die Frage auch gehört haben musste.

Simon sah auf die beiden Kinder: „Ich glaube, das war mit den Rabbinern so ausgemacht. Bedenkt mal den Psalm 137. Da heißt es doch: ‚Vergesse ich dich Jerusalem, so verdorre meine Rechte. Meine Zunge soll an meinem Gaumen kleben, wenn ich deiner nicht gedenke, wenn ich nicht lasse Jerusalem meine höchste Freude sein!' Solange wir nicht in Jerusalem sein können, wird auch unsere Freude unvollständig sein. Darum wurde der Becher zerbrochen. Verstehst du das?"

„Nunmehr tauschen wir die Rollen", verkündete Eleazar. War es ausgemacht oder eine plötzliche Eingebung. Aber er nahm Jochanan bei der Hand und stellte ihn unter die Chuppa. Gleichzeitig nahm Rut Orly bei der Hand und führte sie unter die Chuppa.

„Jetzt seid ihr dran", sagte sie lächelnd.

„Aber, wir sind doch gar nicht vorbereitet", protestierte Orly.

Aber ehe sie sich's versah, stand sie neben Jochanan, und Joram klatschte in die Hände, während Mirjams anfängliches Erstaunen zu einem breiten Grinsen wurde.

„Juhu, eine Doppelhochzeit!", rief Rahel.

Orly wusste nicht, wohin sie sehen sollte. Sie war froh, dass man ihre Augen nicht sehen konnte, weil sie ihren Schleier trug. Ihr Herz schlug ihr bis zum Hals. Sie fühlte sich überrumpelt. Da fühlte sie, wie Jochanan nach ihrer Hand tastete. „Vergib mir bitte, aber lass es jetzt geschehen", flüsterte er. Er drückte ihre Hand und eine Welle der Zuneigung durchströmte sie. Alles, was sie sich einmal ausgemalt hatte, war nur Traum. Jetzt war es Wirklichkeit. Sie schloss die Augen und betete nur: „Bitte Jeshua, sei du bei uns und segne uns".

Hannia sprach die Trauformel und legte seine Hand auf die Hände von Orly und Jochanan.

„Macht Onkel Jochanan auch einen Becher kaputt?", fragte Rahel ihren Bruder.

„Ich glaube schon", flüsterte er. Eleazar und Rut hatten nun die Patenschaft für das Brautpaar übernommen und auch Jochanan bekam, als sie den Wein getrunken hatten, den Becher vor den Fuß gestellt, den er dann zertrat.

Rahel starrte immer noch auf den zerbrochenen Becher, während alle Umstehenden zu den Brautpaaren strömten, um ihnen Glück und Segen zu wünschen.

Joram riss sich von Mirjams Hand los und stürmte zu Jochanan und Orly: „Abba, ich habe eine neue Ima!", rief er freudestrahlend. Für Mirjam kam diese Verbindung zu plötzlich. Lea trat an ihre Seite. „Na, willst du nicht auch gratulieren?", fragte sie.

„Ich weiß nicht, warum hat denn keiner was gesagt."

„Hast du Orly denn nicht gern?", fragte Lea.

„Doch, aber ich komme mir etwas überfahren vor."

„Sieh mal", Lea deutete auf Orly, „Orly winkt dir zu. Geh nur, mein Kind."

Zögernd ging Mirjam zu Orly und ihrem Vater. Artig gab sie ihm die Hand und stürzte sich dann in Orlys Arme. Schluchzend stammelte sie: „Ich habe mir das so sehr gewünscht. Nun kommt es ein wenig überraschend."

„Ja, mein großes Mädchen", Orly streichelte ihr über die Haare. „Beruhige dich. Auch für mich war es überraschend. Aber es ist alles gut. Wir reden heute Abend noch darüber."

Orly drückte Mirjam fest an sich. Im Wirbel ihrer eigenen Gefühle konnte sie das Mädchen so gut verstehen.

„Komm", sagte Jaakov zu seiner kleinen Schwester, „wir wollen auch gratulieren."

Hand in Hand gingen sie hinüber. Die Umstehenden bildeten eine Gasse, um die beiden hindurch gehen zu lassen. Eleazar hob Rahel auf den Arm und küsste sie auf die Wange und reichte sie dann Rut.

„Das ist das schönste Geschenk, das du mir geben kannst", sagte sie und herzte die Kleine unter dem Jubel der Gemeinde.

Jaakov stand vor seinem Vater. Aber wovor er sich gefürchtet hatte, dass er in diesem Augenblick Hass oder Abneigung empfinden würde, trat nicht ein. Im Gegenteil. Er konnte von Herzen seinem Vater Glück wünschen und auch Rut seine Hochachtung zeigen.

Rut wandte sich Orly zu und umarmte sie.

„Hat das meine Mutter eingefädelt?", wollte Orly wissen.

„Wie auch immer, es ist bestimmt gut so. Alle bösen Gerüchte sind damit aus der Welt."

Orly sah zu Jochanan hinüber. Aber der fasste schon mit an, Tische und Bänke aufzustellen. Lea hatte mit einigen anderen Frauen aus bescheidenen Mitteln ein vorzügliches Hochzeitsmahl bereitet. Eleazar hatte sogar erlaubt, dass von dem Wein ausgeschenkt werden durfte. Orly beobachtete, wie Dalida Jochanans Nähe suchte. Aufreizend stand sie neben ihm, aber er ließ sie einfach stehen.

Bis zum letzten Tag von Sukkoth war die Gesellschaft fröhlicher Stimmung.

Am Abend des Hochzeitstages brachte Orly Joram zu Bett. Er hatte die Ärmchen um ihren Hals geschlungen, sah zum Himmel, wo schon die Sternenschar sich versammelt hatte. „Ob meine Ima jetzt wohl zuguckt?", fragte er leise.

„Ganz bestimmt", versicherte Orly.

„Und sie wird sich freuen, dass ihr kleiner, großer Joram glücklich ist", kam eine Stimme hinter ihnen.

Orly drehte sich um und sah, dass Jochanan ihnen gefolgt war. „Komm, gib ihn mir, er wird doch langsam zu schwer", sagte er. Orly gab ihm Joram und der liess sich willig von seinem Vater ins Bett tragen. „Gute Nacht, mein Kleiner", sagte Jochanan und Orly strich ihm noch einmal über das erhitzte Gesichtchen.

Draußen blieben die beiden stehen. Jeder erwartete vom anderen, dass er etwas sagen würde. Jochanan ergriff zuerst das Wort: „Liebe Orly, du weißt, wie dankbar ich dir bin, dass du mit den Kindern so gut zurecht kommst. Wir sind nun vor Gott und der Gemeinde ein Ehepaar. Aber ich verspreche dir, dass ich dich nicht anrühren werde, wenn du es nicht willst. Ich denke, es ist nur besser so, damit du nicht ins Gerede kommst."

Orly nickte. Orly schlug das Herz bis zum Hals. Sie hätte sich zu gern in seine Arme geworfen, und doch empfand sie es als wohltuend, dass Jochanan jetzt keine Forderungen an sie stellte. Sie musste sich selbst erst über ihre Gefühle im Klaren werden. Sie hatte zu lange im Versteck gelebt, als dass sie die menschlichen Abgründe begreifen konnte, womit man sich beschäftigte. Was für ein Gerede war das? Sie erinnerte sich an das Gespräch mit Rut, die ihr erzählt hatte, dass ihre Besuche bei Simon nicht verborgen geblieben waren. Warum auch? Jeder konnte dazu kommen, wer wollte.

Orly reichte Jochanan die Hand. „Danke", sagte sie nur. Nach einer Weile, als sie nebeneinander zum Festplatz hinüber gingen, sagte sie: „Wie hast du den Mut gefunden, dich mit mir zu verbinden? Immerhin rühmen alle auch meine Hässlichkeit. Und das ist ja Tatsache."

„Orly, dein Gesicht ist vielleicht entstellt, aber dein Herz ist wie reines Gold. Nur glaube ich, dass ich dir kein guter Ehemann bin. Ich habe gedacht, dass ich erst einmal bei Simon bleibe."

Orly blieb stehen. „Ja, gönnen wir uns noch etwas Zeit. Aber es ist besser, wenn du bei den Kindern wohnst. In dem hinteren Zimmer, wo ich arbeite, können wir noch ein Bett aufstellen. Dort werde ich schlafen."

Jochanan nahm ihre Hand und küsste sie: „Danke für dein Verständnis."

Gemeinsam gingen sie zu den anderen, die in fröhlicher Stimmung begonnen hatten zu tanzen.

Das Fest der Thorafreude

Am letzten Tag von Sukkoth war das besondere Freudenfest, Freude über die Thora, die dem Volk durch Mose gegeben worden war.

Orly sass in der Sukkah und sann darüber nach, ob wohl Jeshua auch in so einer Sukkah gesessen hatte. Da kam Rahel hereingestürmt: „Tante Orly, komm mal schnell. Es kommt eine Wolke!"

Eine Wolke! Ja, es wurde traditionell am letzten Tag des Festes für Regen gebetet, aber dass so schnell das Gebet erhört wurde und dann in dieser heißen Gegend! Das war doch höchst unwahrscheinlich. Aber sicher. Gott hatte alle Mittel, so etwas zu tun.

Orly stand also auf und folgte der aufgeregten Rahel nach draußen. Tatsächlich eine Wolke schraubte sich vom Salzmeer immer höher, aber was war das? Das war doch keine Wolke, wie sie sonst zu sehen war!

Simon trat zu ihr. „Das sind Störche, die die günstigen Winde suchen. Sie sind vom hohen Norden und fliegen in den tiefen Süden, Ägypten vielleicht oder noch weiter", erklärte er.

Auch Jaakov hatte die Vögel gesehen und kam herübergerannt: „Simon, was ist das?"

„Ich habe die Schwärme schon häufiger gesehen", Simon legte die Hand über die Augen.

„Die Störche und auch die Kraniche machen oben in Galiläa Rast, bevor sie auf die weitere Reise gehen. Ich glaube, sie machen das schon seit Jahrtausenden so. Der Schöpfer hat ihnen das so eingepflanzt, dass sie um diese Zeit in wärmere Gefilde fliegen sollen."

„Kommen die denn auch wieder?", Rahel musste sich setzen, weil ihr fast schwindlig wurde, wenn sie so nach oben sah.

„Ja, wenn es Frühjahr wird, vor dem Passahfest, kommen sie vom Süden zurück und fliegen in den Norden."

Rahel legte sich auf den Boden, um die Vögel besser beobachten zu können. Die hatten lange Beine und weite Schwingen und einen langen Hals und einen langen Schnabel. Sie hatte diese Vögel noch nie gesehen. Im Laufe der nächsten Tage und Wochen kamen noch viele Schwärme, einige flogen still, andere machten ein großes Geschrei. Immer, wenn sie eine bestimmte Höhe erreicht hatten, formierten sie sich zu einem riesigen V, wobei der vorderste Vogel, nach einer Weile nach hinten wechselte und ein anderer die Führung übernahm. Aber bald war ihr Anblick zur Gewohnheit geworden und kaum einer blieb stehen, um dem Schwarm nachzusehen.

Über Nacht war der erste Regen gekommen. Mit einem gewaltigen Donnerschlag und Gewitter hatte er sich angekündigt. Orly war aufgewacht und hörte ein leises Rauschen. Als sie den Kopf zur Tür herausstreckte, kam es ihr wie ein Wunder vor. „Joram, Mirjam", rief sie ins Zimmer, „es regnet!"

Joram war sofort aufgesprungen. Mit lautem Juhu war er hinausgestürmt. Aus allen Hütten kamen die Kinder und freuten sich an dem Nass. Orly sah über das Plateau. Es bildeten sich schon kleine Pfützen und was war das? Schimmerte es dort auf dem Feld nicht grün? Noch aus der Zeit Herodes war ein Feld mit Erde frei gehalten worden. Aber Orly hatte sich nicht vorstellen können, dass dort etwas wachsen könnte. Voller Spannung ging sie hinüber und meinte unter dem Regen etwas wachsen sehen zu können.

Lea gesellte sich zu Orly. „Ist es nicht ein Wunder? Hier auf diesem Felsen wächst tatsächlich etwas!"

Orly nickte. Orly hatte ihrer Mutter vergeben, dass sie ihr die Kindheit und Jugend geraubt hatte. Auch, dass sie die Überraschungshochzeit mit Jochanan arrangiert hatte, hatte sie ihr vergeben, zumal Jochanan sie nicht weiter berührte. Orly schlief in ihrem Webraum und die Kinder waren zufrieden, ihren Abba bei sich zu haben. Es würde ihr nicht weiter helfen, wenn sie ihrer Mutter weiter gram gewesen wäre. Simon hatte ihr erklärt, dass Jeshua das von ihr erwartete: ‚Vergebt einander, so wird auch euch vergeben'.

„Viel Zeit nimmt sich Jochanan ja nicht für dich", bemerkte Lea und sah hinüber zu den Stellungen, wo Jochanan die Jugend in der Kriegsführung unterrichtete. Man hörte ihn brüllen: „Auf, Stellung, Lanze, Speer hier, Bogenschützen da!"

Orly und Lea sahen hinüber. Jochanan hatte einen Stab in der Hand und schlug damit, immer wenn er ein Komando gab, auf den Felsen. Die Jungen hatten aber offensichtlich ihren Spass, oder war es der Regen, der ihnen die Stunde der Übung Freude machte?

„Bogenschützen hier aufstellen!", bellte Jochanan.

Durch den Regen konnten sie doch unmöglich die aufgestellten Scheiben erkennen!

„Höher halten, zielen, los!"

Zehn Pfeile sausten in eine Richtung. Einem der Jungen war der Pfeil auf der Sehne hängen geblieben. Sofort bekam er einen Schlag mit dem Stab und musste seinen Schuss nachholen. Orly staunte. Sie zog ihr Tuch fester um die Schultern. Nein, diesen Mann kannte sie eigentlich nicht. Sie spürte, dass sie weit entfernt war von ihren Träumen.

„War Jochanan immer so?", fragte sie ihre Mutter.

„Ich weiß es nicht", Lea hob die Schultern.

Lea hatte sich ihr Schultertuch über den Kopf gezogen. Sie verstand die kleineren Kinder, die durch den Regen tanzten. Nach der fast unerträglichen Hitze, war das Nass nur zu willkommen.

Der Turm

Am Nachmittag hatte der Regen wieder aufgehört. Jaakov ging zu dem Turm hinüber, der oberhalb des Terrassenpalastes stand. Er wollte Ausschau halten, ob er entdecken konnte, ob die Wasserleitung, die Herodes einmal hatte anlegen lassen, tatsächlich Wasser führte.

Aviel, der Sohn von Tamara und Schimi war bei ihm. Die beiden hatten sich angefreundet. Aviel war nur zwei Monate jünger als Jaakov.

„Meinst du, wir dürfen hier auf den Turm?", fragte Aviel unsicher, während sie die Stiegen hinauf kletterten.

„Warum denn nicht. Wir tun doch nichts Böses!", entgegenete Jaakov.

„Aber dein Vater hat doch verboten, dass wir hier spielen."

„Wir spielen ja nicht. Wir sammeln wichtige Informationen!" sagte Jaakov wichtig.

Sie waren auf dem obersten Söller angekommen und spähten durch die Mauerschlitze.

„Ich seh nur graue Felsen da drüben", sagte Aviel

„Ja, du hast Recht. Von hier sieht man nicht viel. Man müsste auf das Dach!" Jaakov sah nach oben und entdeckte eine Luke.

Auch Aviel hatte sie entdeckt. „Wie kommen wir denn dahin?"

„Ich habe im untersten Stock eine Leiter gesehen. Die können wir doch holen!"

„Ach nein, das ist doch viel zu gefährlich."

„Wenn's dir zu gefährlich ist, kannst du ja hier bleiben. Ich hol die Leiter." Damit ging Jaakov wieder hinunter. Es dauerte eine Weile, bis Jaakov mit der Leiter die Treppe herauf kam. Als Aviel seinen Freund unter der Last heraufstöhnen hörte, eilte er ihm entgegen und fasste mit an. „Aber ich geh da nicht mit rauf!", sagte er nur.

„Ist ja gut." Gemeinsam stellten sie die Leiter an die Mauer, und Jaakov kletterte hinauf. Die Luke war ganz leicht aufzudrücken, nur dass ihm ein Schwall Wasser entgegenkam und sich ihm und auch Aviel, der unten an der Leiter stand, über den Kopf ergoß. Fast hätte Jaakov das Gleichgewicht verloren. Er konnte sich gerade noch an dem Balken der Lukenöffnung festhalten.

„Oh Mann, pass doch auf", schimpfte Aviel. „Meine Mutter wird mich wieder auszanken!"

„War doch keine Absicht!", entschuldigte sich Jaakov. „Wir sagen einfach, dass wir im Regen waren!"

„Der war heute Morgen!", Aviel versuchte das Nass aus den Haaren zu schütteln. Als er wieder nach oben sah, konnte er gerade noch sehen, wie Jaakov durch die Luke verschwand.

„Siehst du was?", rief er nach oben. Aber Jaakov schien ihn nicht zu hören. Er hörte nur, wie er da oben herumstapfte. Dann erschien sein Gesicht in der Luke. „Komm doch auch herauf. Es ist unglaublich. Das Wasser stürzt den Wadi herunter und man sieht, wie es die Rinnen entlang fließt."

„Wo fließt es denn hin?", rief Aviel rauf.

„In die Zisternen natürlich!", Jaakovs Kopf verschwand wieder. Nach einer Weile kamen seine Beine durch die Luke.

„Halt die Leiter fest", rief Jaakov hinunter. Aviel strengte sich an und Jaakov stieg langsam die Sprossen wieder hinab. Dabei bemerkte er aber nicht, dass sein Obergewand sich an dem oberen Holm festgehakt hatte. Als er die nächste Sprosse übersah, riss das Kleidungsstück mit einem hässlichen Geräusch. Vor Schreck sah er nicht auf die Stufen und fiel das restliche Stück hart auf den Boden.

„Oh Mann, dass mir das passieren musste!", schimpfte er.

Aviel liess vor Schreck die Leiter los, die mit lautem Knall auf den Boden fiel.

„Jaakov!", rief er und beugte sich über den Freund, „Ist was passiert. Bist du heil?"

Jaakov brummte und bewegte seine Arme und Hände. Dann versuchte er aufzustehen. Aviel half ihm dabei. „Geht schon! Nichts gebrochen! Glück gehabt!"

„Das hätte auch schief gehen können. Lass uns nur schnell hier wegkommen."

„Und die Leiter? Die muss wieder nach unten!"

„Ach lass die doch. Meinst du das merkt einer?"

Jaakov versuchte, die Leiter aufzurichten. Verzog aber das Gesicht. Ein paar blaue Flecke hatte er bestimmt. Die Schulter tat ihm ganz schön weh.Er sah an sich herunter. Nass, das Gewand mit einem gehörigen Riss und Staub bedeckt. Nein, seinem Vater oder Onkel Jochanan durfte er so nicht unter die Augen kommen. Er zog das Obergewand aus und legte es zusammen. Sie ließen die Leiter stehen, wo sie war, und stiegen hinunter. Im untersten Geschoss tippte Jaakov Aviel an und winkte ihm, in die Kammer zu sehen. Aviel sah hinein und bekam grosse Augen. Der ganze Raum war mit Waffen voll gestopft, Lanzen an der Wand, Kisten voll mit Pfeilen und Schwertern.

„Meinst du, dein Vater weiß davon?", fragte Aviel

„Weiß nicht!", Jaakov zuckte die Achseln. „Aber ich werde es ihm sagen. Lass uns jetzt gehen!"

„Wir müssten uns erst ein wenig trocknen", meinte Aviel.

„Aber wie und wo?", Jaakov überlegte. „Ich weiß, wir gehen zu Simon."

„Meine Mutter hat aber verboten, dass ich zu Simon gehe!", protestierte Aviel.

„Warum das denn? Das ist ein feiner Mann! Und er hat sehr viel Verständnis. Ich habe dir doch erzählt, dass er sogar Tote aufwecken kann! Außerdem brauchst du deiner Mutter doch nicht zu sagen, dass wir bei ihm unsere Kleider getrocknet haben!"

Die beiden schlichen an den Lagerhäusern entlang. „He, was schleicht ihr denn hier herum?", kam eine Stimme hinter ihnen. Die Beiden drehten sich mit einem Ruck um. Es war Dan. „Ha, da sieh an, das Früchtchen vom Chef. Ihr seht ja lecker aus. Wo habt ihr euch denn rumgetrieben?!" Er packte die beiden unsanft am Arm, dass Jaakov aufschrie.

„Auch noch eine Heulsuse. Wird Zeit, dass du in die Schule von Jochanan kommst, anstatt hier herumzuschnüffeln. Also raus mit der Sprache: Wo wart ihr?"

„Wir, wir waren auf dem Turm!", gestand Aviel, was ihm von Jaakov einen wütenden Blick einbrachte.

„Wir wollten nur sehen, wo das Wasser herkommt und wohin es fließt!"

„So, und das soll ich euch glauben, so wie ihr ausseht", Dan machte ein grimmiges Gesicht.

„Wieso nicht. Ich war auf dem Dach. Von da hat man einen sehr guten Blick. Beim Öffnen der Luke ist uns ein Schwall Wasser entgegengekommen. Darum sind wir so nass!"

„Na gut. Ich will es euch glauben", knurrte Dan. „Aber in dem Turm habt ihr nichts mehr zu suchen, ist das klar?"

Aviel nickte und auch Jaakov senkte den Kopf, um endlich dem Griff von Dan zu entgehen.

„Ich werde dort nachsehen. Ist irgendetwas anders, werde ich mit euren Vätern reden!"

Simon kam aus dem Lagerhaus um die Ecke.

„Na, haben die Burschen etwas ausgefressen?", fragte er nur

„Misch dich nicht ein. Jeder muss seine Arbeit machen!", erwiderte Dan und ging in Richtung Turm.

„Was ist denn passiert, dass er so wütend ist?", wollte Simon wissen. „Na, ich seh schon. Ihr seht ja wirklich abenteuerlich aus. Kommt erst mal mit."

Simon ging den beiden voran in sein Zimmer. Jaakov zeigte ihm den Riss in seinem Obergewand. „Das ist mir passiert, als ich im Turm die Leiter wieder heruntersteigen wollte. Da bin ich am Holm hängen geblieben. Und außerdem stand Wasser auf dem Dach und als ich die Luke aufmachte, ist es über uns gekommen."

„Wo wart ihr denn?"

„Na, auf dem Turm! Von da kann man sehr gut in das Tal gucken!", erklärte Jaakov.

„Und was wolltest du dort sehen?"

„Na, wo das Wasser, wenn es regnet, herkommt und wo es hinfließt!"

„Ja, das ist ja wirklich interessant", Simon freute sich eigentlich über den Wissensdurst der Jungen.

„Diese Wasserleitungen, die Herodes hat bauen lassen, führen direkt in die unteren Zisternen. Und wenn du gesehen hättest, wie das Wasser den Wadi herunterstürzt, da können wir doch bei zugucken, wie die Zisternen bald wieder randvoll sind!" Jaakovs Rede wurde immer schneller, als müsste er das reißende Wasser nachmachen.

„Ja, Herodes hat die Leitungen gebaut. Aber regnen lässt es Gott. Er tut die Himmelsschleusen auf und gibt das, was wir brauchen. Wir sollten ihm dankbar sein!"

Simon besah sich Jaakovs Obergewand. „Also, dass kann nur Orly wieder in Ordnung bringen. Wenn es trocken ist, wirst du zu ihr gehen und sie darum bitten."

Jaakov nickte. Er hockte auf der Bank bei dem Fenster, das Simon am Morgen bei dem Regen mit einem Sack etwas zugehängt hatte. Jaakov lugte unter dem Sack hervor nach draußen. „Oh seht doch bloß mal ein Regenbogen vor einer schwarzen Wolkenwand!"

Simon und Aviel traten vor die Tür. „Tatsächlich, wunderbar! Schau ihn dir an!" Simon legte die Hand auf Aviels Schulter: „Das ist das Zeichen des Bundes Gottes mit uns Menschen. Er hat verheißen, dass, wenn er den Bogen in die Wolken stellt, er ihn ansehen will und seines Bundes gedenken will, den er damals mit unserem Urahn

Noah schloss. Ihr kennt doch die Geschichte von Noah und der Arche!"

„Ja, aber erzähl sie uns noch mal!", Jaakov war zu den beiden getreten.

Liebevoll sah Simon auf die beiden Burschen und dann hob er die Augen auf den Regenbogen, der immer intensiver zu werden schien.

„Also gut." Die Drei ließen sich auf der Schwelle des Eingangs nieder, und Simon begann: „Es war zu einer Zeit, als die Menschen auf der Erde dem Allmächtigen absolut nicht gehorchen wollten. Sie taten alles Böse, wozu Satan sie verführte, bis Gott beschloss, alle Lebewesen auf der Erde zu vernichten."

„Nur Noah tat, was Gott gefiel", warf Aviel ein.

„Richtig. Deshalb hat Gott Noah den Auftrag gegeben, eine Arche zu bauen und hat ihm die Maße und das Aussehen genau vorgegeben. Nun müsst ihr euch vorstellen. Bis gestern hatte es hier ja auch nicht geregnet. Hättet ihr euch an Rosh ha-Shana vorstellen können, dass so viel Wasser herunter kommen könnte?"

„Oh nein, es war ja nur heiß hier!"

„Seht ihr! Und die Leute, die sahen, wie Noah diese Arche baute, was werden die gelacht haben und den armen Noah verspottet haben. Aber Noah hat geglaubt, was Gott ihm sagte. Er baute also diesen Kasten, den er von außen und innen mit Pech bestrichen hatte. Er hatte drei Stockwerke, war also riesengroß, denn er sollte ..."

„... von jedem Tier ein Paar mit in die Arche nehmen!", rief Aviel dazwischen.

„Richtig, und die Arche hatte nur ein Fenster und eine Tür. Und als es so weit war, dass es regnen sollte, befahl Gott dem Noah, dass er mit seiner Frau, seinen drei Söhnen und deren Frauen und mit allen Tieren, Würmer, Elefanten, Vögel – von jedem ein Paar – mit in die Arche nehmen sollte. Gott hat dann hinter ihm abgeschlossen. Was meint ihr, war Gott mit in der Arche oder war er draußen?"

Aviel überlegte angestrengt: „Bestimmt war er draußen. Er musste doch die Schleusen aufmachen, damit es regnen kann."

„Was meinst du Jaakov?"

„Ich weiß nicht. Aber ich hätte Angst, in so einer großen Kiste mit den vielen Tieren. Das muss doch gestunken haben. Und laut war es bestimmt auch!"

„Ja, es steht nicht in der Thora. Aber ich könnte mir vorstellen, dass Gott einen Engel mit in die Arche geschickt hat. Und dann hat es geregnet. Wisst ihr, wie lange?"

„40 Tage und Nächte", antwortete Jaakov. „Simon, ich habe gesehen, wie das Wasser den Wadi heruntergestürzt kommt, da kann man sich das richtig vorstellen, wie das gewesen sein muss."

„Richtig. Nach den 40 Tagen hat Noah noch eine längere Zeit gewartet. Aber er hat schon gemerkt, dass der Regen aufgehört hatte. Dann hat er einen Raben aus dem Fenster fliegen lassen. Danach eine Taube, aber die kam wieder zu ihm, weil wohl noch zu viel Wasser auf der Erde war. Nach sieben Tagen hat Noah die Taube noch einmal herausgelassen und da brachte sie am Abend ein Olivenblatt zu ihm. Und als noch einmal sieben Tage vergangen waren, ist Noah aus der Arche gegangen und er hat gesehen, dass die Wasser sich verlaufen hatten. Und was hat er dann gemacht?"

„Er hat ein Freudenfest gefeiert."

„Ja, das denke ich auch. Aber als erstes hat er Gott einen Altar gebaut und ihm gedankt!"

„Richtig, und da hat Gott mit Noah den Bund geschlossen und hat ihm verheißen, dass von nun an nicht mehr aufhören sollen Saat und Ernte, Frost und Hitze!"

„Und als Zeichen hat er dann den Regenbogen gemacht! Schau mal, auf der einen Seite ist er ganz blass geworden. Und auf der anderen Seite sieht er aus, als wenn er ins Salzmeer eintaucht." Jaakov war ganz begeistert.

Aviel sah Simon unverwandt an. „Stimmt etwas nicht?", fragte Simon ihn.

„Doch. Du hast die Geschichte so erzählt, wie sie Hannia auch erzählt, nur irgendwie schöner."

Simon runzelte die Stirn und sah Aviel in die hellblauen Augen „Na, dann ist doch alles gut!", bemerkte er.

„Ja, aber der Rabbi und meine Ima sagen, dass du alles falsch erzählst, und dass nichts stimmt, was du sagst."

„So? Sagen sie das. Nun kannst du ihnen ja sagen, dass das ein Irrtum ist."

Aviel erhob sich: „Ich muss nach Hause. Shalom Simon, shalom Jaakov, wir sehen uns morgen beim Unterricht." Damit lief er davon.

„Jetzt muss ich wohl zu Tante Orly", stellte Jaakov fest.

„Das brauchst du nicht. Da kommt sie gerade!"

Orly kam über den Innenhof auf sie zu. „Ist das nicht herrlich, dieser Regen!", rief sie schon von ferne.

„Ja, Simon hat uns gerade die Geschichte von Noah und dem Regenbogen erzählt."

„Das ist aber schön! Ich wollte dich fragen Simon, ob du weißt, wo die Packtaschen hingekommen sind, die Zippora uns damals mitgegeben hat."

„Die habe ich gut verstaut. Man könnte sie vielleicht noch einmal gebrauchen. Brauchst du sie denn?"

„Eigentlich brauch ich sie nicht. Aber ich kann mich erinnern, dass da noch ein paar Päckchen drin waren, von denen ich dachte, dass wir das hier sowieso niemals brauchen können."

„Weißt du denn, was das war?"

„Zippora hatte mir gesagt, dass sie mir Samen eingepackt hätte. Nun könnte ich den doch da draußen aussäen. Einen Versuch kann man ja machen."

„Ja, da hast du Recht. Ich werde morgen gleich nachsehen."

„Das ist nett. Und du Jaakov, willst du nicht nach Hause zu Rahel? Sie fragt die ganze Zeit nach dir!"

„Doch, ich komme jetzt. Ich habe da nur noch eine Frage", Jaakov druckste verlegen etwas herum.

„An mich? Was hast du denn?"

Jaakov holte sein Obergewand. „Ich bin da irgendwo hängen geblieben. Kannst du das wieder flicken?", treuherzig sah Jaakov Orly an.

Orly besah sich den Schaden: „Das ist ja ein ordentlicher Riss.

Aber ich will es versuchen. Nun komm!", Sie wandte sich Simon zu: „Shalom und einen schönen Abend." Damit ging sie mit Jaakov über den Innenhof zurück.

In den nächsten Tagen regnete es noch ein paar Mal, und das Nass tat schon seine fruchtbare Wirkung. Simon hatte die Samensäckchen gefunden, die er damals bei ihrer Ankunft achtlos in die hinterste Ecke verbannt hatte. Orly verteilte die Samenkörner auf dem Boden, und jeden Morgen war ihr erster Gang zu dem kleinen Feld, um zu sehen, ob etwas zu sprießen anfinge. Eleazar hatte sie beobachtet und machte sich über sie lustig: „Na, hörst du das Gras wachsen?"

Aber Orly ließ sich nicht beirren. Auch Simon machte ihr Mut: „Jeder Ackermann freut sich auf die köstliche Frucht, du säst, aber das Gedeihen gibt allein der Allmächtige."

Auch Lea begleitete ihre Tochter manchmal. An solch einem Morgen, als sie an dem Feldrand standen, sagte Lea zu ihr: „Weißt du, dass dein Bruder wieder Vater wird?"

Orly sah ihre Mutter von der Seite an: „Ja, ich weiß es. Warum auch nicht. Hat Rut dir das gesagt?"

„Ja", Lea seufzte „schade, dass Yair das nicht mitbekommt."

Orly nickte. Nach einer Weile fuhr Lea fort: „Und, wie steht es mit dir?"

Orly drehte sich zu Lea um und sah ihr ins Gesicht: „Mutter, ich habe beschlossen, für die Kinder da zu sein. Ich möchte Gott gehorsam sein."

„Du wärest Gott gehorsam, wenn du das tust, was die Familie von dir erwartet."

„Aber Jochanan ist sehr freundlich und zurückhaltend. Wir sind verheiratet. Aber ..."

„Aber? Hast du dich ihm etwa verweigert? Das gehört sich nicht!", Lea sah ihre Tochter streng an.

„Nein, so ist es nicht. Am Hochzeitstag hat Jochanan mir gesagt, dass er selbst noch eine Weile braucht. Er hat den Tod von Abigail noch nicht überwunden. Außerdem möchte er sich der Unterweisung der jungen Leute widmen. Am liebsten würde er Joram schon in die Kriegsschule nehmen. Wenn ich etwas sage, dass ich das für zu früh halte, dann antwortet er, dass ich mich da nicht einmischen sollte", Orly seufzte.

„Ach, ist das so? Das tut mir Leid!"

„Orly, sag mir, wieso du die Sticheleien der Frauen aushältst, oder hörst du das nicht?" Lea sah über den Acker hinüber zu einer Gruppe Frauen, die schwatzend beieinander standen.

„Doch, ich höre das schon. Aber ich weiß, dass Jeshua mich liebt. Das ist mir genug."

Lea wand ihren Schal um ihr Handgelenk und wickelte ihn wieder ab. „Sag mal", begann sie zögernd, „ist eigentlich zwischen uns alles gesagt?"

„Mutter, es gibt nichts mehr zu sagen. Ich vergebe dir, weil du es damals sicher gut mit mir gemeint hast. Ich vergebe auch Jochanan. Vielleicht hat ihn der Verlust von Abigail so tief getroffen. Er ist wohl dankbar, dass ich mich um die Kinder kümmere, weil er ja auch häufiger nicht da ist, und doch ist da eine Kluft. Und es ist gut so. Ich lade dich ein, heute Abend mit zu Simon zu kommen. Bald wird das Fest der Lichter sein. Jeshua ist das Licht der Welt."

Lea nickte: „Ich weiß noch nicht, aber ich überleg es mir!" Damit ging Lea hinüber zum Küchentrakt.

Orly ging zurück in ihr Zimmer. Sie hatte wieder damit begonnen zu weben. Material hatte sie genug in der Zitadelle gefunden. Mirjam hatte ihr geholfen, die Spindel zu drehen und das Garn herzustellen. Orly war zufrieden, dass sie bei solcher Arbeit ihren Gedanken nachhängen konnte. Mehr und mehr wurden ihre Gedanken von Jeshua geprägt.

Gefährliche Ausflüge

Simon saß in dem kleinen Büro, das er sich eingerichtet hatte. Er war mit Eleazar und den Ältesten überein gekommen, nur zwei Stunden am Morgen die Lagerhallen zu öffnen und den Familien genaue Zuteilungen zu geben. Die Leute bezahlten mit den Münzen, die noch in Jerusalem geprägt worden waren. Er wunderte sich zwar, dass so wenig gefordert wurde, aber er forschte nicht weiter nach, weil er dachte, dass die Leute ziemlich sparsam waren.

Eines Tages erschien Dan bei ihm. Finster blickte er sich in der Halle um, stieß mit dem Fuß gegen einen Krug: „Was ist denn da drin?", wollte er wissen.

„Hier in diesen Krügen ist Gerste", erklärte Simon.

Dan grunzte: „Und in der Halle nebenan?"

„Wenn es dich interessiert, ich kann es dir zeigen." Simon hatte nicht die Absicht, sich provozieren zu lassen.

„Ach was, ich nehm mir einfach, was ich brauch!", damit schnappte Dan sich das Schlüsselbund.

Ganz ruhig ging Simon zur Tür und stellte sich ihm in den Weg: „Nein, Dan. Dies hier gehört der Allgemeinheit. Ich habe die Verantwortung. Ich gebe dir, was du brauchst und zwar so viel, wie die Familie pro Kopf braucht. Ich bin da für Gerechtigkeit. Also gib mir den Schlüssel wieder zurück."

„Ach, hier holt sich doch jeder nach seinem eigenen Gutdünken. Hast du die Familien registriert? Weißt du denn, wieviel Leute in den jeweiligen Familien sind? He? Ich hab doch gesehen, dass diese hässliche Schleierzicke mehr von dir bekommt. Familie vom Chef? Das ich nicht lache! Du hast was mit der! Sie ist doch fast jeden Abend bei dir!"

Simon verschlug es die Sprache. Wurde er denn bespitzelt? Er holte tief Luft, ehe er antwortete: „Mit solchen Anschuldigungen gebe ich mich nicht ab. Ich weiß, dass auch die Familie von Eleazar den gleichen Anteil bekommt, wie jeder andere auch. Ich wundere mich nur, dass du heute zum ersten Mal hier auftauchst und von deiner Familie auch sonst noch niemand hier war!"

„Ja, das möchtest du wohl wissen, du kleine Krämerseele!", damit kam er an Simon nah heran und hauchte ihm ins Gesicht, dass Simon fast von dem Knoblauchgeruch umgefallen wäre.

„Aha, ihr habt also andere Quellen", Simon hielt sich die Hand vor die Nase.

„Ja, das möchtest du wohl wissen, was?", Dan ließ das Schlüsselbund um seinen Finger kreisen.

„Die Städtchen ringsherum haben immer noch etwas zu bieten. Da kann man sich einfach so bedienen und muss nicht bezahlen, wie hier bei dir. Aber das brauch ich ja auch nicht. Ich werde mich jetzt einfach bedienen!" Damit wollte er zur Tür hinaus, die aber plötzlich von einer großen Gestalt verdeckt war.

„Dan, was machst du denn hier? Musst du für deine Frau einkaufen? Ich habe gehört, dass sie dir weggelaufen ist?!" Eleazar musterte Dan und sah dann zu Simon. Eleazar kannte seinen Kampfgenossen zu gut und wie er über Simon dachte, als dass er die Situation nicht erkannte.

„Was geht hier vor? Ist irgendetwas nicht in Ordung, Simon?"

„Doch doch, es ist alles in Ordnung. Dan wollte etwas aus der anderen Lagerhalle, und ich bat ihn, schon mal den Schlüssel zu nehmen, weil ich hier noch etwas zu erledigen hatte."

Im gleichen Moment ärgerte sich Simon über sich selbst. Nein, er wollte diesem Dan nichts anhängen, aber die Wahrheit hatte er nun auch nicht gesprochen. Wozu deckte er eigentlich den, der ihm doch offensichtlich Steine in den Weg legen wollte. Simon dachte an das Gleichnis, das der Herr ihnen damals erzählt hatte, von dem Verwalter, der das Gut seines Herrn veruntreut hatte und dann bei den Schuldnern die Schuldscheine ändern ließ, damit er wenigstens bei diesen im guten Licht dastand.

„Na gut, Simon, komm doch bitte gleich mal zu mir. Ich muss etwas mit dir besprechen!", damit drehte Eleazar sich um und ging hinaus.

Dan warf Simon den Schlüsselbund zu: „Glaub ja nicht, dass du hier etwas bist. Ich werde dich beobachten, und man wird mir schon berichten, was du hier und in deinem Zimmer treibst."

Simon zuckte die Schultern. Was er damit wohl meinte? Er war sich im Klaren darüber, dass Dan ihn zu seinem Feind erklärt hatte. Simon schloss die Tür hinter sich ab, als Dan gegangen war. Als erstes ging er zu dem Aussichtsturm an der Westmauer, stieg hinauf und breitete seine Arme aus. „Herr, es tut mir leid. Ich war nicht wahrhaftig. Ich weiß auch nicht, warum ich gerade diesen Mann gedeckt habe, obwohl er mir doch schaden wollte. Ich befehle ihn in deine Hände und bitte für mein Handeln um Vergebung. Herr, ich sehe, dass ich hier auf verlorenem Posten stehe. Wie gern hätte ich, dass du mir einen anderen Auftrag gibst. Aber ich will dir gehorsam sein und auf deine Weisung hören." Simon horchte in den Wind, der leise um den Felsen strich. Nur noch vereinzelt waren Wolken am Himmel zu sehen und es sah so aus, als ob hier niemals ein Regentröpfchen ankommen würde. Und doch konnte man einen grünen Schimmer dort drüben über den Bergen und auch hier auf dem Plateau erahnen. Oder war es nur eine Täuschung? Der Allmächtige wollte neues Leben schenken. Hatte Er denn nicht schon zwei Seelen errettet? „Danke Abba", rief Simon und er wusste, dass er nicht allein war. „Danke, dass du bei mir bist. Ich vertraue dir!"

Sprach Gott nicht durch die Natur, so redete er vielleicht durch Menschen. Simon stieg den Turm hinab, um Eleazar zu treffen.

Er überquerte den Innenhof und betrat das Arbeitszimmer. Eleazar sass an seinem Tisch und hatte den Kopf in die Hand gestützt. Er sah auf, als Simon das Zimmer betrat:

„Ah, gut dass du kommst", rief er und erhob sich, und ging um den Tisch herum auf Simon zu.

Simon war unweit der Tür stehen geblieben. Irgendwie hatte er den Eindruck, dass Unheil auf ihn zukam.

„Ich habe gehört, dass du hier Unruhe stiftest!" Eleazar hatte sich auf der Ecke des Tisches niedergelassen. Simon schwieg. Er wartete auf eine nähere Erklärung.

„Mir wurde zugetragen, dass du geheime Sitzungen abhältst, in denen Geister beschworen werden. Du würdest sogar meinen Sohn und meine Schwester auf diese Weise beeinflussen. Was sagst du zu diesen Anschuldigungen?"

Simon verschlug es die Sprache. Steckte dieser Dan dahinter? Aufgrund von zwei Zeugenaussagen konnte er verurteilt werden. War es seinem Herrn nicht ebenso ergangen? Wie schnell waren zwei falsche Zeugen aufzutreiben! Aber Simon erinnerte sich an die Worte Jeshuas ‚Haben sie mich verurteilt, wird es euch nicht besser gehen!'

Ganz ruhig sagte er daher: „Ich weiß nicht, woher du diese Information hast. Aber hast du auch deine Schwester und deinen Sohn nach dem Wahrheitsgehalt gefragt? Ja, es stimmt, dass sie zu mir kommen und wir miteinander reden. Aber Geister beschwören wir nicht. Im Gegenteil, wir unterhalten uns über die Dinge, die schon in der Thora berichtet werden. Ich erzähle ihnen von meinen Erlebnissen, die ich in der Zeit meiner Wanderung mit Jeshua hatte. Sicherlich ist den Rabbinern das ein Dorn im Auge. Aber ich berichte der Wahrheit getreu. Wie du weißt, hat es dem Allmächtigen gefallen, deine kleine Tochter Rahel auf der Wanderung hierher durch einen Schlangenbiss zu töten. Dies geschah aber sicher, damit die Größe und Herrlichkeit des Namens Jeshuas offenbar wird, indem er sie aus der Umarmung des Todes wieder in das Leben freigab. Rahel ist, wie du bestätigen wirst, seither ein anderes Kind geworden."

„Schon gut, schon gut", Eleazar war aufgestanden und hatte sich wieder auf seinen Stuhl gesetzt. „Ich wollte nur von dir hören, was es mit den geheimen Sitzungen auf sich hat."

„Du bist herzlich eingeladen, heute Abend dazu zu kommen", sagte Simon. „Dann kannst du dich überzeugen, dass nichts geheim ist."

„Nein, dafür habe ich keine Zeit. Aber ich möchte dich doch bitten, wenigstens in der Öffentlichkeit diesen Namen Jeshua nicht zu gebrauchen."

„Nun gut, aber versprechen kann ich dir das nicht!", Simon war enttäuscht und ging zur Tür.

Dort wandte er sich noch einmal um: „Übrigens, auch du brauchst Jeshua, sonst hast du hier einen schweren Stand!"

Eleazar wollte ihm noch zurufen, dass Simon ihn damit in Ruhe lassen sollte. Aber die Tür war schon ins Schloss gefallen.

Simon ging nachdenklich zu seinem Zimmer. Hätte er nicht einfach die wahre Sachlage erklären sollen? Vielleicht hätte er sogar Eleazar fragen sollen, ob er von den Raubzügen einiger Zeloten wusste. Aber das kam ihm doch zu merkwürdig vor. Er stolperte fast über Jaakov, der bei ihm auf der Schwelle zu seinem Zimmer saß.

„Was machst du denn hier?", Simon überlegte, ob er irgendetwas vergessen hatte. Aber für die abendliche Zusammenkunft war es eigentlich noch zu früh. Hatte der Junge wieder etwas ausgefressen?

Jaakov stand auf: „Simon, ich möchte weg", stammelte er.

„Nu, nu, was bringt dich denn auf einmal unter die Abenteurer? Komm erst mal rein. Ich mach uns einen Tee, oder?", Simon bugsierte Jaakov in sein kleines Zimmer, wo er ihn auf die Bank am Fenster drückte.

Jaakov ließ den Kopf hängen. Er sah zu, wie Simon einen Kessel Wasser über dem Herdloch aufhing. Simon drehte sich zu ihm um. „Nun, was gibt es?"

„Ach, es ist alles so trostlos. Mein Vater hat heraus bekommen, dass wir neulich auf dem Turm waren. Er hat wohl Orly dabei gesehen, wie sie mein Hemd geflickt hat. Das ist übrigens toll geworden!" Jaakov hob den Kopf und stand auf. „Schau mal, kannst du was sehen?"

Simon betrachtete das Gewand, das Jaakov anhatte und schüttelte den Kopf. „Ist es das, welches zerrissen war?" Jaakov nickte.

„Wirklich, man sieht nichts. Orly ist schon eine Künstlerin. Und da hat dein Vater sich drüber aufgeregt?"

„Nein, aber er wollte wissen, wie das passiert ist, und da mir so schnell keine Lüge einfiel, habe ich die Wahrheit gesagt!"

„Ja und? Das war doch das Beste, was du tun konntest."

„Von wegen! Er hat mir eine ordentliche Tracht Prügel gegeben und hat mit mir geschimpft, ich solle nicht überall herumschnüffeln. Ich wäre noch nicht reif, um alles zu verstehen. Da musste ich an dieses Erlebnis dort im Dampfbad im unteren Palast denken. Für wie klein hält er mich eigentlich. Am liebsten hätte ich ihm ein paar passende Dinge unter die Nase gehalten!" Trotzig saß Jaakov auf seinem Platz.

„Das hast du aber nicht, nicht wahr, mein Junge! Du hattest die Erinnerung an Jeshua abgegeben!" Simon nahm aus einem Säckchen getrocknete Minzblätter, warf sie in eine Kanne und goss heißes Wasser darüber.

„,Du sollst Vater und Mutter ehren, damit es dir wohl gehe und du lange lebst auf Erden!' So sagt es Gottes Wort. Dein Vater wird schon einen Grund haben, dass du nicht überall hineinschaust. Siehst du, deine Seele war verletzt, weil du gesehen hast, was dir nicht gut tat. Zum Glück, weiß dein Vater das nicht. Aber hier in dem Turm hättet ihr euch ernsthaft verletzen können." Simon goss Tee in zwei Tassen, und der wohlige Duft der Minze erfüllte den Raum.

„Ja, weißt du, was ich da aber auch noch entdeckt habe?" Auf einmal war Jaakov ganz wach und begeistert: „Als ich die Leiter holte, habe ich in einem Raum Kisten gesehen, die voll mit Waffen sind, Pfeile, Pfeilspitzen. Schwerter, Lanzen, alles mögliche!"

„So?", Simon hob die Augenbrauen „Und wer weiß noch davon? Hast du das deinem Freund Aviel gesagt?"

„Nee, doch, ich war zu sehr mit der Leiter beschäftigt und nachher mit meinem Hemd und wir waren doch patschnass!" Jaakov schlürfte das heiße Getränk: „Aber ich hab ihm das gezeigt!"

„Ja, gut, und wer weiß jetzt noch davon? Ich meine, du müsstest das deinem Vater sagen!"

„Das ist es ja gerade! Als ich das mit dem Hemd und der Aussicht auf demTurm berichtete, hab ich auch erzählt, dass ich da unten im Turm diese vielen Waffen gesehen habe. Deshalb habe ich wohl die Tracht Prügel bekommen."

Simon überlegte. Das gab eigentlich keinen Sinn. Jaakov hatte die Waffen entdeckt. Wenn das ein Geheimnis sein sollte, wäre es besser, sie so zu deponieren, dass niemand sie entdecken konnte.

„Sicher waren die Waffen noch aus der Zeit des Herodes", sinnierte Simon. „Jedermann wusste ja, dass der zu seiner Regierungszeit in ständiger Angst um sein Leben und seine Existenz war. Erst recht als ihm gesagt worden war, dass ein neuer König geboren worden war. Weißt du, damals kamen einige Gelehrte, solche, die sich auf die Schriften und auf die Sterndeutung verstanden zu Herodes und fragten nach dem neugeborenen König. Da hatte es Herodes mit der Angst zu tun bekommen!"

„War das damals, als Jeshua geboren worden war?", Jaakov hing förmlich an Simons Lippen.

„Richtig! Die Weisen sollten dem Herodes anschließend berichten, wo er das Kind findet, damit er es auch anbeten könnte. Aber die Gelehrten nahmen einen anderen Weg nach Hause ins Morgenland, weil ein Engel ihnen gesagt hatte, dass Herodes Böses im Sinn hat. Vor lauter Wut hatte er damals alle Knaben in Bethlehem bis zu einem Alter von 2 Jahren umbringen lassen."

Jaakov schauderte. Er hatte in der Zeit, wo sie in Jerusalem unter der Belagerung lagen, schon einiges mitbekommen. Aber kleine unschuldige Kinder ermorden! Er hatte erfahren, dass im Krieg manches möglich ist.

„Aber Jeshua hat er nicht erwischt, nicht wahr?"

„Nein", bestätigte Simon „der Allmächtige hatte Josef und Maria, den Eltern des Kindes, durch einen Engel sagen lassen, dass sie bis zum Tod von Herodes nach Ägypten gehen sollten."

„Warum hatte der Herodes denn solche Angst?"

„Weißt du, er war eben kein Jude, er war ein Abkomme Edoms, das heißt Esaus. Esau war zwar der Erstgeborene von Isaak, aber er hatte sein Erstgeburtsrecht hergegeben, weil er Hunger hatte und Jaakov, dein Namensvetter, ein leckeres Linsengericht gekocht hatte."

„Einfach so, nur weil er Hunger hatte? Na, so dumm will ich nicht sein", warf Jaakov ein.

„Ja und später", fuhr Simon fort „als Isaak alt und fast blind war, hatte Jaakov den Segen für den Erstgeborenen für sich erschlichen. Da ging nicht alles mit rechten Dingen zu."

„Erzähl mir das noch einmal", bettelte Jaakov. „Wir haben die Geschichte gerade bei Hannia durchgenommen, aber bei dir ist alles viel spannender!"

Simon schüttelte den Kopf: „Ihr könnt auch nicht genug kriegen von den Geschichten. Aber sie sind wahr und es ist gut, wenn ihr euch dafür interessiert." Simon goss noch eine Tasse Tee ein. Dann fuhr er fort: „Weißt du, eigentlich hatte der Ewige Jaakov ja schon vor der Geburt dafür bestimmt, dass er der Stammvater unseres Volkes werden sollte. Esau und Jaakov waren Zwillinge und haben sich schon im Leib von Rebecca gezankt. Es kam als Erstes der Esau heraus und dann der Jaakov. Aber der Jaakov hielt sich mit der Hand an der Ferse von seinem Bruder fest, deshalb der Name, Jaakov Fersenhalter."

„Aber ich wurde doch nach unserem Stammvater genannt, oder?", wollte Jaakov wissen.

„Ja, das nehme ich mal an. Jaakov blieb gern zu Hause bei seiner Mutter, und Esau ging gern übers Feld und hat Hirsche und Rehe gejagt."

„Das war doch nicht verkehrt?", warf Jaakov ein.

„Nein, grundsätzlich nicht. Nur muss man bedenken, dass Isaak, sein Vater, ein reicher Mann war. Er hatte Viehherden genug von seinem Vater Abraham geerbt. Es war für ihn also die reine Lust gewesen, Wildbret zu erjagen. Nun ja, wie es also später dazu kam, dass der Vater seine Söhne segnen sollte, wollte er vorher von Esau noch ein Wildbret zubereitet haben."

„Ach so, hat der das auch so gern gehabt", fragte Jaakov.

„Das nehme ich mal an. Er liebte seinen Sohn Esau und der machte sich gleich auf den Weg. Das hatte dann Rebecca mitbekommen und hatte zu Jaakov, ihrem Lieblingssohn, gesagt, er sollte ihr ein Ziegenböckchen aus der Herde holen. Sie hat das dann so zubereitet, wie sie wusste, dass es ihrem Mann gut schmeckt und hat den Jaakov mit den Kleidern von Esau ausgestattet, und hat dem Jaakov Fell von dem Ziegenböcken über die Arme gelegt, weil Esau ja behaart war, und Jaakov nicht. So hat sie ihn dann, mit dem Essen zu seinem Vater geschickt."

„Und der hat nichts gemerkt?", Jaakov konnte sich das von seinem Vater gar nicht vorstellen.

„Ja, das muss wohl so gewesen sein. Der Jaakov hat nach Esau gerochen, weil er ja dessen Kleider anhatte, und beim Betasten seiner Hände hat er auch nichts Auffälliges gefunden. Nur die Stimme kam ihm vor, als sei es eben Jaakov. So hat er also den Jaakov gesegnet, und als dann Esau später mit dem Hirschragout kam, was er bereitet hatte, da war kein Segen mehr vorhanden. Du kannst dir vorstellen, dass er ganz schön wütend auf seinen Bruder war. Er wollte ihn sogar umbringen. Weißt du, wie es weiterging?"

Jaakov überlegte nicht lange: „Jaakov ist geflohen und hat sich von der Verwandschaft seiner Mutter eine Frau geholt."

„Richtig, das ist nun wieder eine andere Geschichte. Aber die Feindschaft ist zwischen den Völkern geblieben. Deshalb ist es so erstaunlich, dass dieser Edomiter Herodes auf den Thron von Juda kam. Aber das ist alles Gottes Führung. Trotzdem kann man nicht abstreiten, dass er in seiner Regierung einiges tat, was dem Volk gefiel."

„Was soll das denn gewesen sein?", Jaakov fiel nichts ein, was jemandem gefallen würde, zumal er doch den Messias beinahe umgebracht hätte.

„Er hat zum Beispiel den Tempel so großartig ausbauen und verschönern lassen. Das war nur, um das Volk zu beruhigen. Aber er hatte sogar Angst vor seiner eigenen Familie, weshalb er seine eigenen Söhne und auch seine Frau hat umbringen lassen."

Auf einmal flog die Tür zum Zimmer auf, dass es nur so krachte. Die Beiden fuhren erschrocken herum. Klirrend fiel eine Tasse zu Boden. Eleazar stand im Zimmer.

„Hier bist du also!", brüllte er. „Lässt dir Märchen auftischen. Komm sofort her!"

Mit zwei Schritten war er bei Jaakov, zerrte ihn von der Bank hoch und wollte ihn am Arm zur Tür hinaus bugsieren.

„Wir haben uns keine Märchen erzählt. Simon hat mir die Geschichte von Jaakov und Esau erzählt." Jaakov hing jämmerlich zappelnd an der festen Hand Eleazars.

„Was ist los?", wollte Simon wissen. „Der Junge hat nichts Unrechtes getan."

„Woher willst du das wissen? Er hat mir nur die halbe Wahrheit gesagt. Wo hast du die Waffen hingetan? He, sag es mir!"

„Abba, bitte lass mich los", jammerte Jaakov. „Ich weiss gar nicht, wovon du redest!"

„Bitte, lass den Jungen los, Eleazar", Simon trat Eleazar in den Weg. „Es wird sich sicher aufklären lassen."

„Halt dich da raus! Was weißt du denn schon?", Eleazar wischte Simon zur Seite. Dennoch liess er den Jungen los.

„Worum geht es denn? Jaakov hat mir erzählt, dass er dort in dem Turm eine Kammer mit Kisten voller Waffen gefunden hat. Er hat mir das gerade eben gesagt, weshalb wir uns über den König Herodes und seine Abstammung unterhalten haben."

Eleazar sah Simon durchdringend an. Dann ging sein Blick zu Jaakov, der sich den Arm rieb.

„Ich war eben bei dem Turm", erklärte Eleazar etwas ruhiger „Es war alles verschlossen. Hast du den Schlüssel hier oder versteckt?"

„Nein, Abba. Als ich dort war, das war gleich nach dem ersten großen Regen, da war der Turm nicht verschlossen. Sonst hätten wir ja nicht hinein gekonnt."

„Komm mit, wir werden nachsehen!", Eleazar war wütend und packte seinen Sohn wieder am Arm, um ihn mitzuziehen.

„Abba, ich komme ja mit, aber lass mich los, in Jeshuas Namen!" Eleazar liess augenblicklich Jaakov los und sah ihn verwirrt an. „Was hast du gesagt? Egal, gehen wir, du kannst auch mitkommen, Simon!"

Jaakov war schon aus der Tür und rannte über den Hof und hinaus zu dem Turm, der sich gegen den abendlichen Nachthimmel abzeichnete. Eleazar lief hinter ihm her. Einen kurzen Augenblick überlegte Simon, ob er folgen sollte. Dann setzte auch er sich in Bewegung. Es wird sich alles aufklären, dachte er. In ihm klangen noch die Worte des Jungen nach ‚Lass mich los, in Jeshuas Namen'. Simon betete, während er den Beiden hinterher lief. Still betete er: ‚Danke, dass du gleich eingegriffen hast. Gib, dass der Schlüssel gefunden wird und sich die ganze Sache aufklärt.'

Jaakov war zuerst bei dem Turm und wollte die Tür öffnen, aber sie war verschlossen.

Keuchend kam Eleazar hinterher und rief: „Ich hab dir doch gesagt, dass die Tür abgeschlossen ist."

„Aber als wir hier waren, war die Tür nicht verschlossen, und ich kann mich auch nicht an einen Schlüssel erinnern, der draußen oder drinnen gesteckt haben soll."

Ärgerlich brummte Eleazar: „Wo soll er denn nun sein? Wieso ist denn jetzt abgeschlossen, he?"

„Ich weiß es nicht, Abba. Vielleicht ist er inzwischen gefunden worden, oder es hat jemand einen gemacht?"

Simon war inzwischen bei ihnen. Auf dem Weg war ihm eingefallen, dass die beiden Rabbisöhne vor einiger Zeit sehr geheimnisvoll miteinander getuschelt hatten.

„Eleazar, du weißt doch, dass die beiden Rabbisöhne bei mir im Lager etwas geholfen haben. Die hatten in letzter Zeit irgendetwas ausgeheckt. Ich hörte sie von einem Schlüssel reden. Ich hatte nur gedacht, dass sie die Schlüssel zu den Lagerräumen meinten, weshalb ich sie besonders unter Aufsicht und Verschluss hielt. Vielleicht hatten sie aber den Schlüssel hier von dieser Tür gemeint."

„Hm, das kann natürlich sein. Aber ich muss mich vergewissern, dass die Waffen sich dort noch befinden. Jochanan ist der Ausbilder, er müsste doch auch davon wissen."

Während die Drei im Schatten der Mauer standen und überlegten, was zu tun sei, hörten sie auf einmal das Geräusch von Schritten, die sich unbekümmert näherten. Eleazar drückte sich mit Jaakov ganz nahe an die Wand. Simon duckte sich hinter einem Mauervorsprung. Es kamen mindestens drei Leute den Pfad herauf und hielten direkt auf den Turm zu.

„Meinst du, dass wir auch ungestört sind?", fragte die Stimme eines Halbwüchsigen in die Dunkelheit.

„Mach dir keine Sorgen. Eleazar hat zu tun und Simon hält seine Märchenstunde, wo ja Jaakov der beste Zuhörer ist, haha!" Die Stimme war tief und rau. Simon kannte diese Stimme. Hatte er nicht erst vor kurzem Bekanntschaft mit dem gemacht, der da sprach?

Er versuchte mit Zeichen Eleazar etwas mitzuteilen. Aber der schien auch die Stimme erkannt zu haben. Es musste Dan sein. Die Drei kamen näher und erreichten gerade die Tür, als Eleazar aus dem Schatten trat und sich vor die Tür stellte.

„Ach, wen haben wir denn hier? Ich bin sehr beschäftigt mit sehr wichtigen Dingen." Eleazar konnte nur mühsam seine Stimme beherrschen: „Habt ihr den Schlüssel, Dan, Joel, Joannas? Was wollt ihr hier?"

Verblüfft blieben die Drei stehen. „Wir, wir", fing Joel an zu stottern.

„Halt's Maul", fuhr ihn Dan an, „ich rede hier!"

„Nun, da bin ich aber gespannt", Eleazar verschränkte die Arme über der Brust und füllte den Türrahmen voll aus.

„Wir wollten uns den Nachthimmel von der Turmspitze aus ansehen. Dein Sohn war ja vor einiger Zeit auch hier und hat sich die

Wasserströme angesehen. Ist es verboten, den Jungens den Sternenhimmel zu erklären?"

Simon war erstaunt, Dan so sanftmütig zu sehen. Er kannte ihn nur als einen Mann, der ihn bedrängte und ihm Befehle gab. Vor Eleazar schien er aber Respekt zu haben, oder hatte er etwas anderes zu verbergen? Warum hatte er sich ausgerechnet die beiden Söhne des Hannia mitgenommen, die er doch selbst bei sich in der Lagerhalle beschäftigte. Simon kam die Lage sehr undurchsichtig vor. Aber er verhielt sich ruhig.

Eleazar trat zur Seite und forderte Dan auf: „Nun, dann schließ auf. Die Sterne zu beobachten von einer höheren Warte ist ja auch eine gute Idee. Komm Jaakov, komm Simon."

Simon und Jaakov traten aus dem Dunkel in das Halbdämmer, was Dan sichtlich unruhig machte. „Wenn alle da oben stehen wollen, bricht das Dach sicherlich zusammen. Kommt ihr zwei", sagte er dann zu Joel und Joannas, „wir können ja ein anderes Mal hinauf gehen." Damit wollte er kehrt machen und davon gehen. Aber Eleazar hielt ihn am Ärmel fest. „Erst machst du hier die Tür auf, du bist ja sicher nicht ohne Schlüssel hierher gekommen, oder?"

„Wie, ist die Tür verschlossen? Die war doch immer offen!", log Dan.

Eleazar rüttelte an der Tür, sie war verschlossen. „Ich glaube dir nicht! Wie wolltet ihr denn auf das Dach kommen. Habt ihr eine Leiter mit?"

„Das brauchen wir doch nicht", schaltete sich Joannas ein. „Da oben steht eine Leiter!"

„Ach ja, und woher wisst ihr das?"

Verlegen sah Joannas zu Joel.

„Also seid ihr nicht das erste Mal hier. Ihr habt schon alles ausgekundschaftet. Was habt ihr denn noch so Interessantes gefunden? Raus mit der Sprache."

Simon sah, wie Dan Joannas auf den Fuß trat. Er sollte wohl nichts sagen. Die ganze Geschichte war doch mehr als faul.

Eleazar ging auf Dan zu und fasste ihn am Arm, dabei fiel etwas

Blankes auf die Erde. Eleazar bückte sich: „Sieh da, ein Schlüssel!" Er warf Simon den Schlüssel zu. „Probier mal, ob das der Schlüssel von dieser Tür ist." Inzwischen hielt er Dan fest am Arm. Der versuchte sich loszumachen: „Was soll das hier. Ich bin doch kein Verbrecher. Lass mich los!"

„Der Schlüssel passt", rief Simon. Knarrend sprang die Tür auf. Dan machte sich los und mit finsterem Blick sah er zu Jaakov. „Dein sauberer Sohn hatte den Schlüssel verloren. Ich habe ihn gefunden und an mich genommen", versuchte Dan sich heraus zu reden.

„Dann wäre es ja selbstverständlich gewesen, ihn mir abzugeben oder?", Eleazar sah ihn drohend an. „Nun, wir werden sehen. Ihr könnt also hinauf auf das Dach."

Eleazar blieb im Türrahmen stehen um Dan mit den Priestersöhnen vorbei zu lassen. Aber die machten keine Anstalten, hinauf zu gehen. Sie machten kehrt und riefen: „Ein ander Mal!", und gingen davon.

„Was meint ihr, was er hier wollte", fragte Eleazar.

„Wenn Jaakov wirklich Waffen hier gesehen hat, hat er es darauf abgesehen", mutmaßte Simon. „Er war vor einiger Zeit bei mir und hat mir zu Verstehen gegeben, dass er nicht nötig hätte, sich bei mir Getreide oder Öl zu holen. Er wüsste andere Quellen."

„Geht er hinaus und besorgt sich draußen in der Umgebung das Nötige? Dann braucht er natürlich Waffen." Eleazar drehte sich um und ging in das untere Turmzimmer. Simon und Jaakov folgten ihm. „Jaakov, sieh dir das hier an. Wie du vor einiger Zeit hier warst, sah alles so aus, oder fehlt etwas?"

Jaakov sah sich um. „Ich habe mich damals nicht so genau umgesehen, weil ich ja die Leiter brauchte, die hier vor dem Raum stand. Trotzdem meine ich, dass die Kisten voller waren. Die Kiste mit den Pfeilen lief sogar über. Aber vielleicht hat ja Jochanan was gebraucht für seinen Unterricht."

„Hm, nun das werde ich herausfinden. Gehen wir jetzt erst mal." Eleazar drehte sich um und nahm Simon den Schlüssel ab und verschloss dann sorgfältig die Außentür.

„Geh jetzt nach Hause", befahl er seinem Sohn. „Ich werde lieber gleich der Sache auf den Grund gehen."

Simon und Jaakov gingen gemeinsam zu ihrem Quartier. „Er hätte sich wenigstens bei mir entschuldigen können", maulte Jaakov.

„Ach lass nur, vergib deinem Vater trotzdem, damit du selbst Frieden hast", Simon legte den Arm um die Schulter seines jungen Freundes. „Dein Vater hat eben viel Verantwortung."

Wachsende Liebe

Orly hatte den ganzen Tag an ihrer Webarbeit gesessen. Man konnte schon erkennen, dass es ein Vorhang mit Cherubinen werden sollte. Er sollte zum Tempelweihefest in der Synagoge aufgehängt werden. Mirjam sass bei ihr und half ihr, die verschiedenen Farbgarne zu ordnen.

„Wie hast du das nur ausgehalten, Orly, immer in einem Zimmer zu sitzen und gar nicht mit anderen reden zu können", wollte Mirjam wissen.

Es dauerte eine Weile, bis Orly ihr antworten konnte, weil sie gerade eine schwierige Stelle zu überwinden hatte: „Man gewöhnt sich an alles. Außerdem war das gar nicht so schlimm, wenigstens wenn ich jetzt hinterher so darüber nachdenke. Oft kam deine Mama, meine Schwester Abigail zu mir. Sie hatte immer viel zu erzählen, und ich war eigentlich glücklich, nicht viel reden zu müssen. Ich musste niemanden bedienen, was Abigail häufig als Aufgabe zufiel. Ich konnte meinen Gedanken nachhängen, mir Muster ausdenken für Kleider und Wandbehänge."

„So wie dieser Vorhang", fiel Mirjam ihr ins Wort, „er ist schon jetzt wunderschön, fast ein Abbild von dem Vorhang im Tempel."

„Hast du ihn denn mal gesehen?", fragte Orly

„Nein, da durften die einfachen Leute und schon lange keine

Frauen hin. Aber ich stelle ihn mir so schön vor!"

„Du hast Recht. Nur die Priester durften in den inneren Tempelbezirk. Aber weißt du, Simon hat gesagt, dass jeder Mensch jetzt einfach so zu Gott kommen kann, seit Jeshua HaMashiach unser Volk besucht hat. Als er am Kreuz starb, ist der Vorhang im Tempel, hinter dem das Allerheiligste verborgen war, von oben nach unten zerrissen. Das hat der Allmächtige selbst getan, und das Allerheiligste im Tempel war frei sichtbar. Wenn wir an Jeshua als den Sohn Gottes glauben, dürfen wir ganz freimütig zu Gott kommen, wie zu unserem Vater."

Mirjam drehte sich um, als könnte sie jemand hören: „Ach Orly, zu meinem Vater gehe ich nicht so gern, er ist so hart zu mir und oft auch ungerecht. Ich darf nicht vor die Tür, nicht mit anderen Mädchen reden. Er sperrt mich regelrecht ein, Joram darf sich allen Unsinn erlauben und wenn etwas schief geht, bekomme ich meistens noch die Schuld."

„Mein liebes Mädchen", Orly zog Mirjam an sich. „Ich kann dir nur Mut machen. In ein paar Jahren siehst du alles ganz anders. Unser himmlischer Vater ist voll Liebe auch zu dir. Ich weiß, dein Vater hat sich verändert, seit er von der letzten Reise zurück ist. Der Verlust von seiner Frau hat ihn vielleicht so hart getroffen. Es wäre besser gewesen, er hätte nicht nachgeforscht und es wäre für uns alle ein Hoffnungsschimmer geblieben."

„Aber dann hättest du ihn nicht geheiratet, nicht wahr?"

„Ach, mein Mädchen. Manchmal muss man sich den Bedingungen der Familie unterordnen."

Orly konzentrierte sich wieder auf ihre Webarbeit. Plötzlich war im Nebenraum ein wütendes Geschrei zu hören. Mirjam und Orly stürzten gleichzeitig nach nebenan.

Da sass Rahel auf dem Boden und Joram schwang ein hölzernes Krummschwert über ihrem Kopf. Rahel hielt die Arme über ihren Kopf und schrie erbärmlich.

„Ich schlachte alle Römer ab!", rief Joram grimmig

„Joram!", Orly sprang auf den Kleinen zu und versuchte, ihm das

Krummschwert zu entwenden: „Joram, hör auf, du machst Rahel ja Angst!"

„Die Römer sollen Angst bekommen!", rief der Kleine wichtig. Orly konnte ihm das Holz abnehmen, und nun fing er an zu schreien „Das ist meins, gib es mir wieder, das hat mein Abba mir gemacht."

Orly hielt inne. Die Wut in Jorams Augen erstaunte sie doch. „In Ordnung", sagte sie, „bis dein Vater kommt, bleibt das Ding bei mir und du kannst draußen im Innenhof spielen."

„Komm, Rahel, wir schauen mal, was die Großmutter macht", damit nahm Mirjam Rahel an die Hand und die beiden gingen hinaus. Orly wandte sich wieder ihrer Arbeit zu. Sie musste sich beeilen, denn bis zum Tempelweihefest waren es nur noch ein paar Tage. Orly dachte über Jorams Worte nach. Es traf sie doch tief, dass der Kleine in den Tagen der Flucht und auch danach so viel Vertrauen zu ihr hatte und jetzt auf einmal sich offensichtlich so veränderte.

Auch wenn es ihr schwer fiel, sie musste mit Jochanan reden. Sie vertiefte sich wieder in ihre Arbeit und bemerkte nicht, dass Jochanan in der Tür stand. Er sah ihr eine ganze Weile zu, ehe er sich räusperte. Erschrocken fuhr Orly herum. „Jochanan, hast du mich erschreckt!", rief sie.

„Du bist allein? Wo sind die Kinder?" Er wirkte müde und abgespannt.

„Mirjam ist mit Rahel zur Großmutter in die Küche gegangen und Joram wird wohl draußen spielen."

Jochanan trat näher und bemerkte das Holzschwert, das Orly Joram abgenommen hatte.

Orly sah seinen Blick und gab Jochanan das Schwert. „Hier, nimm es in Verwahrung. Ich musste es Joram abnehmen, weil ich Angst hatte, dass er Rahel damit etwas antut."

Jochanan nahm das Spielzeug und fuhr mit den Fingern über das glatte Holz. „Ist es nicht schön?", wollte er wissen.

„Schön? Es ist sehr schön. Aber du solltest dem Jungen auch beibringen, dass er damit nicht auf Menschen losgeht."

„Wie sollten die Jungen denn lernen, wie der Krieg aussieht. Aber du hast recht, ich bin nicht sehr glücklich in der Erziehung. Mirjam hat Angst vor mir."

„Ich verstehe, dass du das Mädchen behüten willst. Aber indem man sie einsperrt, werden sie nicht lebenstüchtig."

„Wie kommt es denn, dass du lebenstüchtig bist. Du warst doch auch in deiner Jugend eingesperrt?"

Orly starrte ihn an. Was sollte das heißen? Wollte Jochanan seine Tochter so behandeln, wie sie ihre Jugend erlebt hatte?

„Jeder Mensch ist anders", versuchte Orly vorsichtig zu erklären. „Ich habe in der Zeit viel gelernt."

Jochanan schwieg. Er schien mit seinen Gedanken ganz woanders zu sein. Er saß auf dem kleinen Schemel, auf dem sonst Mirjam saß, wenn sie Orly half, die Fäden zu entwirren. Er ließ die Schultern hängen und starrte auf Orlys Hände, die das Weberschiffchen hielten. Auf einmal erfüllte Orly ein Gefühl des Mitleids. Sie hätte ihn gern in den Arm genommen und ihn getröstet, wie sie es manchmal mit Mirjam tat.

„Bist du immer noch so traurig, dass Abigail nicht mehr da ist?"

Jochanan nickte. „Abigail hatte die Kinder erzogen. Ich war ja nie da. Ich habe so viel versäumt. Und nun mache ich wieder alles falsch."

Orly legte das Weberschiffchen beiseite. „Jochanan, vertraue dich doch Jeshua an. Er kann dir helfen."

Jochanan sah auf: „Ich bin ein Kriegsmann, Orly. Ich glaube, ich tauge nicht mehr zu einem normalen Leben. Es ist sicher besser, wenn ich weggehe und dir die Kinder überlasse."

„Jochanan, was redest du denn da? Das kannst du den Kindern nicht antun. Wir könnten es doch gemeinsam versuchen."

Schnell wandte Orly den Blick von ihm ab. Wann würde er bereit sein, sie als seine Gehilfin zu sehen? Was hatte sie da nur gesagt? Gemeinsam versuchen?

Jochanan stand auf und trat hinter Orly. „Bitte Orly. Ich habe schreckliche Träume. Ich kann nachts nicht schlafen. Da willst du es mit mir versuchen?"

Orly spürte Jochanans Atem in ihrem Nacken und ein Schauer durchlief sie. Wenn er jetzt die Hände auf meine Schulter legt, dann weiß ich, dass es von dir kommt, Jeshua, betete sie leise.

Ganz zögernd und sanft, so als könnte er etwas zerbrechen, legte er seine Hände auf ihre Schultern: „ Willst du mich denn?"

Orly durchfuhren ungeahnte Gefühle. Sollte es wirklich so sein? „Willst du mich denn. Du weißt, wie die Leute von mir reden. Eben wolltest du fort und nun bist du anderen Sinnes? Überlege doch, was du willst."

Jochanan kam um sie herum und kniete vor ihr nieder: „Bitte Orly, ich habe nicht gewagt, dich zu fragen. Was die Leute sagen, ist mir egal. Aber bitte hilf mir aus meiner Dunkelheit."

Sanft strich Orly ihm über das Haar. „Ja", sagte sie mit zitternder Stimme, „mit Jeshuas Hilfe will ich dir helfen."

Jochanan erhob sich und zog sie zu sich heran, dass ihr ganz schwindelig wurde.

„Orly, wenn ich bleibe, bitte gib mir eine Möglichkeit, ich brauche dich!"

„Ja, bitte, bleib nur hier, geh nicht fort. Alles wird gut!", flüsterte sie atemlos.

Jochanan hielt sich an Orly fest, wie ein Ertrinkender.

„Bitte Jochanan, lass mich los. Wir können heute Abend darüber reden. Außerdem, was sollen die Kinder denken, wenn sie plötzlich hier herein kommen. Jetzt muss ich sehen, dass ich den Vorhang fertig bekomme." Orly machte sich von ihm los und setzte sich auf die Bank vor die Webarbeit. Jochanan liess die Arme hängen. Er nickte: „Du hast Recht. Bitte lass mich nicht zu lange warten." Er besah sich das Webstück. „Das Muster ist übrigens wunderschön. Wenn ich noch einmal unterwegs bin, werde ich sehen, ob ich dir Gold und Silberfäden mitbringen kann."

„Das wäre wunderschön", Orly sah zu ihm auf, und als sie sah, dass er traurig dastand, fügte sie hinzu: „Jochanan, ich liebte dich schon, als du noch nicht mit Abigail verlobt warst. Erst liebte ich nur deine Stimme, weil ich nichts anderes kannte, denn ich war ja im

Zimmer nebenan, wenn du mit Eleazar gesprochen hast. Jetzt liebe ich dich, weil du mein Mann bist."

„Ist das wahr? Orly, ich brauche dich so sehr", Jochanan war vor ihr auf die Knie gegangen.

„Komm heute Abend, wenn die Kinder schlafen. Dann können wir das Werk betrachten."

Jochanan erhob sich. Gerade im rechten Moment, als Joram hereingestürmt kam.

„Orly Ima," rief er, „gib mir mein Schwert wieder. Ich brauche das!"

Orly drehte sich zu ihm um, aber Jochanan ergriff das Wort: „So? Wofür brauchst du es denn?"

Überrascht schaute der Kleine auf. Er hatte nicht damit gerechnet, seinen Vater hier zu treffen. Er rannte auf Jochanan zu und bettelte: „Wir wollen Römer spielen und ich brauche unbedingt noch ein Schild. Bitte, Abba, mach mir ein Schild!"

„So, so, einen Schild brauchst du. Da will ich doch mal sehen, was sich da machen lässt. Aber du darfst mit dem Schwert niemanden bedrohen, schon lange nicht kleine Mädchen."

„Aber die Römer haben das doch auch gemacht!"

„So? Woher weißt du das?"

„Hat mir einer der Jungen erzählt", meinte Joram wichtig.

Jochanan nahm Joram auf den Arm und wollte hinaus gehen. „Mein Schwert!", rief Joram.

Orly nahm es und gab es Jochanan. „Jetzt sehen wir erst mal, ob wir ein Schild machen können."

Am Abend, als die Kinder schon schliefen, klopfte Jochanan bei Orly an. Orly hatte sich beeilt, den Vorhang fertig zu stellen und eilte zur Tür.

„Komm herein", sagte sie, „der Vorhang ist fertig."

Orly hatte nur kleine Öllämpchen aufgestellt und sich ein schlichtes Kleid angezogen.

Jochanan besah sich das fertige Stück und sah dann Orly an, die es vermied, Jochanan anzusehen. „Du bist wunderbar. Ich meine, deine innere Schönheit ist mehr wert als der Makel in deinem Gesicht."

Wie hatte Orly sich nach einem Augenblick gesehnt, wo Jochanan ihr näher kam, und nun blieb er dort stehen. Orly sah verlegen auf den Boden und hob einen Faden auf, den sie dort entdeckt hatte. „Entschuldige, aber es ist noch nicht sehr ordentlich hier. Ich wollte einfach nur fertig werden", stammelte sie.

Jochanan trat auf sie zu und nahm sie zärtlich in die Arme. „Du bist mir anvertraut worden. Ich wollte dir Zeit lassen."

„Das hast du doch getan."

„Ja, aber jetzt hast du mir deine Liebe gestanden. Nun wollen wir uns aneinander freuen, wie es im Hohen Lied heißt."

Damit hob Jochanan Orly hoch und legte sie auf das Bett. Er küsste ihre Narbe, ihren Hals und fuhr mit den Fingerspitzen über ihren Körper. Orly überfiel eine ungeahnte Schwäche. Sie schlang ihre Arme um seinen Nacken, und sie fanden sich in völliger Übereinstimmung.

Verbotene Wege

Von diesem Tag an veränderte sich Jochanans Stimmung. Er hatte wohl die Jungen zu unterrichten. Aber er nutzte jede freie Zeit, um bei Orly vorbei zu schauen, um ihre Webkunst zu bewundern. Orly hatte nicht geahnt, dass ihre Liebe doch noch zu einer solchen Erfüllung kommen sollte.

Täglich dankte sie Jeshua für sein Eingreifen und seine große Güte. Jochanan verbot ihr auch nicht, Simon zu besuchen. Manchmal gingen sie sogar zusammen, um bei Simon hereinzuschauen.

Einen Tag vor dem Tempelweihefest rief Eleazar Jochanan zu sich. „Na, mein Lieber", begann er das Gespräch, „hast du es doch nicht bereut, dass wir euch überrumpelt haben?"

„Zuerst war ich dir richtig böse. Aber nun", Jochanan sah ihn freimütig an, „nun haben wir einen Weg gefunden, danke."

„Ja, manchmal muss man euch zu eurem Glück zwingen. Jedenfalls sehe ich, dass sich der Abstand zwischen euch Beiden verringert hat."

„Orly ist eine tüchtige Frau, wie sie in Sprüchen beschrieben wird. Und auch sonst, ich lerne sie jetzt gerade erst richtig kennen."

Nach einer Weile sah er Eleazar offen an: „Aber das war doch sicher nicht dein Anliegen."

Eleazar stand auf und kam um den Schreibtisch herum, um Jochanan näher zu sein.

„Mir ist aufgefallen", erklärte er, „dass unser Freund Dan etwas verbirgt. Irgendetwas führt er im Schilde. Es wäre mir lieb, wenn du dich der Sache einmal annimmst und dem alten Haudegen auf die Finger schaust."

„Ja, ich habe auch bemerkt, dass er immer gut versorgt ist und in seinem Haus es ordentlich nach Knoblauch und Gewürzen, die wir hier nicht haben, duftet. Vielleicht unternimmt er heimliche Einkaufstouren."

„Jochanan, ich möchte mit dir, wie in früheren Zeiten meine Pläne besprechen. Ich habe schon vor, die Römer ein wenig zu ärgern, nur damit sie wissen, wir sind noch da und nicht eingeschlafen. Aber es würde mir nicht in den Kram passen, wenn meine Leute sich selbständig machten und meine Pläne des gezielten Angriffs untergraben, nur weil sie meinen, sich etwas extra herausnehmen zu müssen."

Jochanan nickte: „Was denkst du, was ich dabei tun soll."

„Du könntest doch so tun, als wolltest du mit ihnen eine Sache machen, damit wir wissen, ob meine Befürchtung richtig ist. Ist ein Streifzug geplant, könntest du dich ihnen anschließen."

„Gut, ich werde sehen, was ich tun kann."

„Ich muss dir noch sagen", fing Eleazar noch einmal an und zwirbelte seine beiden Barthälften nach rechts und links, „dass ich Dan kürzlich am Turm oben überrascht habe. Es lagern dort Waffen, aber es fehlten schon welche. Er kam übrigens mit den Hanniasöhnen. Sie wollten Sterne beobachten. Dass ich nicht lache! Sicherlich wollten sie sich mit weiteren Waffen versorgen."

„Woher willst du das wissen. Warum erfahre ich denn jetzt erst von diesen Waffen?"

„Ehrlich gesagt, hat Jaakov diesen Schatz im Turm entdeckt, als er auf dem Dach dort war. Er hat es mir aber nicht sogleich gesagt. Wir müssen uns selbst den Vorwurf machen, nicht alles genau untersucht zu haben. Nun wüsste ich aber doch gern, wer noch von diesen Waffen weiß. Versuch es einfach herauszufinden. Du bist der Ausbilder."

Jochanan nickte und erhob sich, um sich zu verabschieden. Eigentlich mochte er Dan nicht sonderlich. Hoffentlich würde der nicht misstrauisch, weil ja jeder wusste, dass er mit Eleazar befreundet war. Er ging hinüber zu Orly, um ihr die Dinge zu erklären.

Orly war gerade mit dem zweiten Vorhang fertig geworden, als Jochanan bei ihr herein kam.

„Oh, wie ist der schön geworden", bewunderte er das Kunstwerk.

„Zur Ehre Gottes", sagte sie und sah Jochanan erwartungsvoll an. Er nahm ihr Gesicht in beide Hände küsste sie zärtlich, dann immer ungestümer, hob sie hoch und wollte sie auf das Bett legen. „Nein, bitte nicht, bitte lass mich los. Ich muss die Vorhänge gleich zu Hannia bringen, damit sie für morgen auch aufgehängt werden können."

Jochanan stellte sie widerwillig wieder auf die Füße. „Nun gut, aber nur dieses Mal."

Orly holte tief Luft. Ihr Herz klopfte wie wild und sie schwankte zwischen Sehnsucht und Pflicht. Nein, jetzt hatte die Pflicht Vorrang. „Bitte pass auf dich auf", sagte sie nur und küsste ihn auf die Nasenspitze.

Jochanan ging über den Hof hinaus und zu den Wohnungen nahe bei dem Eingangstor, wo Dan wohnte. Er klopfte dort und Dan trat vor die Tür.

„Ah Jochanan, shalom, was verschafft mir die Ehre?", empfing er Jochanan.

„Ich habe gehört, dass du einen Streifzug vorhast", sagte Jochanan ganz unbefangen.

„So? Wer hat dir das gesagt?", Dan sah Jochanan misstrauisch von unten an.

„Das tut doch nichts zur Sache. Ich habe nur meiner Frau versprochen ihr einige Sachen, Gold und Silberfäden, vielleicht auch einen hübschen Schmuck zu besorgen. Es wäre nur gut, wenn keiner etwas davon mitbekommt, dass ...“

Dan, der schnell überlegt hatte, welchen Vorteil es hatte, wenn Jochanan mit auf seiner Seite wäre, erläuterte nur: „Weißt du, wir sitzen nicht gern und warten, dass etwas passiert. Es ist viel lustiger, die römischen Vorposten ein wenig zu kitzeln.“

Hatte Eleazar also doch Recht. Dennoch war Jochanan erstaunt, dass er so schnell und so vertraut mit einbezogen wurde.

„Heute Nacht wollen wir einen Ausfall machen. Wir brauchen nur noch ein paar Waffen.“

Daher wehte also der Wind. „Die Ausbildungswaffen kann ich euch aber nicht geben“, versuchte Jochanan sich heraus zu winden.

„Die brauchen wir doch auch nicht“, Dan trat dicht an Jochanan heran. „Oben im Turm sind jede Menge Waffen gelagert. Du als Ausbilder kannst da doch sicher ohne weiteres dran.“

Jochanan überlegte. Wenn Eleazar wollte, dass er die Machenschaften im Auge behielt, war es sicher gut, auf die Idee von Dan einzugehen. Jochanan nickte: „Wieviel brauchen wir denn?“

„Zehn Schwerter wären sicherlich genug. Ich habe meins noch, und du wirst sicherlich dein eigenes nehmen wollen.“

„Der Turm ist doch gar nicht abgeschlossen.“

„Doch, wir haben ihn abgeschlossen.“

„Na, dann können wir ja mit dem Schlüssel auch hinein.“

„Eben nicht.“

Jochanan hob die Augenbrauen. „Wir sind überrascht worden. Als wir zu dem Turm kamen, waren Eleazar, Jaakov und dieser Simon dort!“, fuhr Dan fort. „Wir haben so getan, als wollten wir die Sterne vom Turm aus beobachten, aber den Schlüssel haben sie uns abgenommen. Ich glaube dieser Jaakov, der schnüffelt überall herum und hat sicher seinem Vater erzählt, dass in der einen Kammer Waffen sind.“

„Das ist aber sehr dumm, ohne Waffen können wir nicht auf Beutezug gehen. Gibt es nicht noch einen zweiten Schlüssel?“

„Nein, es dauert eine Weile, bis ich einen zweiten Schlüssel angefertigt habe", gab Dan kleinlaut zu.

„Das war aber sehr töricht, nicht gleich einen zweiten Schlüssel zu machen. Es war doch klar, dass irgendwann die Waffen dort entdeckt würden."

„Ach wir schaffen das auch so. Ich habe da so meine Technik die Tür aufzuhebeln."

„Probieren wir es gleich. Ich glaube nicht, dass Eleazar so schnell jemanden für die Bewachung gefunden hat."

Die beiden Männer schlichen sich im Schatten der Lagerhäuser zu dem Turm.

„Da steht einer", flüsterte Dan.

„Ja, aber ich habe noch eine bessere Idee", Jochanan löste sich aus dem Schatten und ging geradewegs auf den Wächter zu.

„Shalom, Josef", hörte Dan Jochanan sagen. „Hast du einen Schlüssel für den Turm hier, ich habe meinen vergessen. Ich wollte mich für den Unterricht der Jungen morgen früh vorbereiten und schon einmal die Waffen, die wir morgen benutzen wollen, holen."

„Ja, ja Jochanan, ich schließ dir gleich auf. Das ist ja so ein guter Dienst, den du da tust!"

Dan hörte, wie der Schlüssel im Schloss knirschte und die Tür knarrend aufging. Kurze Zeit später kam Jochanan mit zehn Schwertern unter dem Arm.

„Soll ich dir helfen?", fragte Josef, „Aber ich kann hier nicht weg!"

„Nein, es geht schon", rief Jochanan. Er hatte die Schwerter in seinen Mantel gewickelt und trug doch schwer an dem Bündel. Unten am Lagerhaus nahm Dan ihm die Hälfte ab.

„Es war ganz leicht, den Wächter zu überwinden", lachte Jochanan.

Ein wenig mulmig war ihm schon bei dem Gedanken, dass er sich diesem hinterhältigen Dan ausgeliefert sah. Aber nun musste er das Spiel mitmachen, um Dan auf frischer Tat zu erleben.

„Gut, wo treffen wir uns?", fragte er Dan.

„Ich wäre dafür, wegen der Dunkelheit nicht den Schlangenpfad zu nehmen, sondern den Weg am Nordwesthang, so haben wir es die letzten Male gehalten."

„Alles klar! Sagen wir um Mitternacht!"

Jochanan wunderte sich, dass alles so schnell abgelaufen war.

Dan rieb sich die Hände. Er hatte Jochanan für seine Sache gewinnen können. Wenn er merkte, dass dieser doch nur seine Vorhaben aushorchen wollte, würde eben ein kleiner Unfall passieren.

Rut sah von ihrer Näharbeit auf, als Eleazar das Zimmer betrat. Er ging zu ihr hinüber, streichelte ihr über das dunkelbraune Haar, das zu einem festen Zopf geflochten ihr über die Schulter fiel, und küsste sie leicht auf die Wange.

„Hast du Jaakov gesehen", fragte sie. „Ich habe Sorge um ihn, oder war er immer so verschlossen."

„Nun, du musst bedenken," antwortete Eleazar, „dass der Junge, während der Zeit in Jerusalem sehr eigenständig war. Ich war meist bei den Kämpfern auf der Mauer, und meine Mutter hatte kaum die Möglichkeit, ihn im Zaum zu halten. Er ist sehr selbständig und sehr aufmerksam. Ihm entgeht so schnell nichts. Jetzt hatte er mir gestanden, dass er vor kurzem in diesem Turm war und ganz viele Waffen gesehen hatte. Als wir jetzt dort waren, meinte er, dass sicher etliche Waffen fehlten. Wer könnte denn außer Jochanan Waffen entnehmen?"

„Ja, da wirst du wohl einen Wächter vor die Tür stellen müssen", sagte sie.

„Das ist schon geschehen. Ich habe übrigens Jochanan den Auftrag erteilt, dass er mal ein Auge auf Dan hat. Da habe ich den Eindruck, dass der eigene Wege geht."

„Hast du Jochanan wieder fortgeschickt? Das wird Orly aber nicht freuen."

„Ach, die beiden sind noch in der Eingewöhnungszeit", Eleazar grinste. „Ganz im Gegensatz zu uns." Damit zog er Rut an sich und streichelte die sanfte Wölbung ihres Bauches.

Rut machte sich von ihm los: „Das siehst du falsch. Sie sind in der Phase des ersten Verliebtseins. Da möchte man den anderen nicht loslassen."

„So? Meinst du? Meine Schwester ist anders als die meisten Frauen. Dadurch, dass sie so lange nicht am allgemeinen Leben teilgenommen hat, hat sie eine sehr tiefgründige Einsicht und Weisheit." Eleazar lehnte sich auf dem Polster ein wenig zurück und beobachtete seine Frau.

Rut ging zu der Kochstelle. „Ich habe dir ein Linsengericht gekocht. Hast du nicht Hunger?" Sie hängte den Topf an einen Haken und schürte noch einmal das Feuer.

„Ja, da freue ich mich drauf. Ich denke, Rahel ist nebenan bei Orly. Ich kann sie ja holen."

Damit stand Eleazar auf und ging hinüber, um Rahel zu holen.

Er war jetzt häuslicher geworden, verbrachte Zeit mit Rut, besprach viele Dinge mit ihr, und sie war ihm in manchem ein guter Ratgeber. Rut wusste, dass Eleazar und Jochanan einmal gute Freunde gewesen waren. Sollte sich das geändert haben? War ihr Eingreifen bei ihrer Hochzeit daran schuld?

Gedankenverloren rührte Rut in der Suppe.

Rahel hatte zu Orlys Füßen auf dem Schemelchen gesessen und hatte zugesehen, wie Orly die Fäden abschnitt, die an dem fertigen Vorhang noch überhingen, als Eleazar herein kam.

„Abba", rief sie und sprang auf, „guck doch mal, wie schön der Vorhang geworden ist."

Eleazar nahm Rahel auf den Arm. „Ja, Orly ist eine Künstlerin, nicht wahr? Aber jetzt hat Ima etwas zu essen fertig und ich wollte dich holen."

Orly nickte: „Das ist fein. Ich muss jetzt schnell die Vorhänge hinauf zu Hannia bringen." Sie legte den Vorhang zusammen und wollte zur Tür hinaus, als Jochanan ihr entgegen kam.

„Oh, Eleazar, gut, dass du hier bist. Du hattest tatsächlich Recht mit deiner Annahme. Dan macht wirklich solche Streifzüge, um die Römer zu kitzeln, wie er sagt. Ich habe ihm zehn Schwerter gegeben, werde natürlich mitgehen."

„Was denn, jetzt, diese Nacht?", fragte Orly entsetzt.

„Ja, mein Schatz. Morgen bin ich wieder zurück und bringe dir etwas Schönes mit."

„Nein, bitte bleib hier. Bitte Eleazar, das kannst du nicht zulassen", Orlys Stimme zitterte beängstigend.

„Nanu, mein Schwesterherz, was ist mit dir. Jochanan geht im Auftrag der Gemeinschaft, da müssen eigene Wünsche zurückstehen", wehrte Eleazar ab. ‚Wie recht doch seine Frau gehabt hatte', dachte er.

„Schicke doch jemanden anderes." Orly warf sich Jochanan an den Hals. „Bitte geh nicht", bettelte sie.

Jochanan versuchte sich loszumachen. „Ich bin doch morgen zum Tempelweihefest wieder zurück, ich verspreche es dir."

Zum ersten Mal erfuhr Orly, was es heißt, den geliebten Menschen in ein Abenteuer ziehen zu lassen. Es war ja kein Krieg, oder doch? Sie raffte die Vorhänge und stürmte hinaus. Tränen verschleierten ihr den Blick. Was hatte ihr Bruder nur wieder für scheußliche Ideen? Gab es nicht genug Männer auf dem Felsen? Aber es gab eben nur einen Jochanan, einen, auf den man sich verlassen konnte. Orly blieb stehen. Sie sah zum Himmel, wo sonst die Sterne ihre Bahn zogen. Aber was war das? Alles war grau. Das Grau wurde immer dichter, dass sie den Weg kaum erkennen konnte. „Herr, du siehst meine Angst. Hast du deshalb die Wolke geschickt, dass Jochanan nicht fortgeht? Wie groß bist du und so zu loben. Ich preise dich. Oh wie wunderbar ist doch dein Wort, wo es heißt: ‚Ehe sie bitten, hast du schon erhört!'"

Vorsichtig setzte sie einen Fuß vor den anderen. Die Richtung musste doch stimmen. Richtig, da war das Haus von Haania. Joannas und Joel traten gerade heraus. Sie bemerkten Orly nicht: „Ha, wie freue ich mich auf das Abenteuer", sagte Joel.

„Ich mich auch. Aber man sieht ja die Hand nicht vor Augen!"

„Ist euer Vater zu Hause?", fragte Orly aus dem Nebel heraus.

Die beiden Burschen fuhren erschreckt herum: „Wer ist da?"

„Ich bin Orly. Ich bringe die Vorhänge, die für morgen in der Synagoge aufgehängt werden sollen."

„Ach so, ich dachte schon, da wäre ein Geist", brummte Joannas. „Hier ist die Tür, geh nur hinein."

Orly betrat den kleinen Raum, wo die Familie des Rabbis wohnte. Hannia kam ihr entgegen. „Ah, meine Liebe, wie schön, dass du es noch geschafft hast. Leg die Vorhänge nur dorthin."

Orly sah sich um, konnte aber keinen geeigneten Platz finden. Hannia nahm ihr die Vorhänge ab und legte sie auf das ungemachte Bett. „Meine Frau ist gerade unpässlich, da muss ich alles selbst machen", entschuldigte er sich.

„Ja, dann gehe ich gleich wieder, shalom". Sie drehte sich um und stand im selben Augenblick vor der Tür. Der Nebel schien noch dichter geworden zu sein. Sie fühlte sich unsicher, weil sie so etwas noch nie hier oben erlebt hatte. Orly war versucht, nach Jochanan zu rufen. Aber würde er sie hören? Waren Joannas und Joel vielleicht noch in der Nähe. Aber so sehr sie sich anstrengte, sie konnte nichts hören und erst recht nichts sehen. Sollte sie zurück zu Hannia gehen? Aber dort war ja noch nicht einmal ein Platz für Vorhänge gewesen, geschweige denn, dass sie sich irgenswo hinsetzten konnte. Außerdem war seine Frau unpässlich, weshalb es unschicklich wäre, bei dem Rabbi zu sitzen. Orly versuchte einige Schritte zu machen, blieb dann aber doch verunsichert stehen. Wie war es nur möglich, dass auf einmal und so plötzlich solch ein Nebel aufkam? Dann fiel ihr ein, dass Jochanan ja heute Nacht noch bei diesem Ausflug mitmachen wollte. Nun war sie sich ganz sicher, dass Gott diesen Nebel geschickt hatte, damit diese Expedition nicht stattfinden konnte. Orly zog es vor, sich auf einen Stein zu setzen, in der Hoffnung, dass der Nebel sich so schnell auflöste, wie er gekommen war. Sie zog ihr Schultertuch fester zusammen. Sie hatte vorher gar nicht bemerkt, wie kühl es am Abend wurde. Sie fröstelte und sehnte sich nach Jochanans Nähe. Wie sehr wünschte sie sich, dass er sie in seine starken Arme nahm und sie nach Hause führte.

Bei dem Gedanken, wie sich ihr Leben so plötzlich verändert hatte, wurde ihr wieder warm ums Herz. Plötzlich hörte sie in unmittelbarer Nähe ein Geräusch, als wenn jemand schwer atmete. War da noch jemand? „Hallo!", rief sie in die weiße Watte.

„Hallo?", kam die Antwort. „Ist da jemand?"

Orly stand auf: „Wer ist da?"

Langsam löste sich eine Gestalt aus dem Nebel und stand unmittelbar vor ihr. Es war Dan.

„Ach, was macht denn das Schleiertäubchen hier bei dem Rabbi vor der Tür?", krächzte er. „Macht der Rabbi nicht auf, oder warst du zu einem Schäferstündchen hier?"

„Was erlaubst du dir?", fauchte Orly, „ich bin verheiratet und bin dir keine Rechenschaft schuldig."

„Beruhige dich mal, war doch nicht so gemeint. Vielleicht wolltest du ja den Rabbi auch überzeugen, dass er an Jeshua glauben sollte." Dan lachte rau und fing an zu husten. „Ach dieser verdammte Nebel. Hast du Joel und Joannas gesehen?"

„Ja, als ich kam, da fing der Nebel gerade an, kamen sie hier aus der Wohnung. Aber wohin sie gegangen sind, weiß ich nicht", gab Orly zur Antwort. Auch wenn sie Dans merkwürdige Art nicht mochte, wollte sie doch nicht unhöflich sein. Ihr lag schon auf der Zunge, dass bei dem Nebel die Expedition wohl nicht stattfinden könnte. Aber sie biss sich schnell auf die Lippen. Dan musste nicht wissen, dass Jochanan ihr alles erzählt hatte, und dass sie ganz gegen diese Unternehmung war.

„Wo diese Buschen sich nur wieder herumtreiben?", Dan schüttelte unwillig den Kopf. Dann trat er einen Schritt auf Orly zu, fasste sie am Kinn und hob ihr Gesicht ein wenig hoch: „Was nur dieser Jochanan an solch einem Monster findet", murmelte er.

Orly schlug ihm auf die Hand und drehte sich um: „Lass mich ja in Ruhe!", zischte sie und wollte fortlaufen. Dabei stolperte sie und wäre fast hingefallen, aber ein paar Arme fingen sie auf. Orly überfiel eine Welle der Angst. „Jeshua, hilf mir", rief sie laut.

„Er ist schon da", sagte eine tiefe ruhige Stimme. Es war Simon. „Was machst du denn hier?"

„Oh Simon, ich war bei Hannia, um die Vorhänge für die Synagoge abzugeben. Aber der Nebel hat mich überrascht. Ich konnte nichts mehr sehen und hoffte, dass jemand vorbei kommt."

„Da hast du aber Glück."

„Nein, dich schickt der Himmel, Simon."

„Hältst du Selbstgespräche oder ist jemand bei dir?"

„Dan war hier und suchte wohl die Hanniasöhne." Orly sah sich um, aber es war niemand mehr da. „Den hat wohl der Nebel verschluckt. Wo gehst du hin Simon, nimmst du mich mit nach Hause?"

„Ja, natürlich." Damit nahm Simon Orly am Arm und vorsichtig gingen sie gemeinsam den Weg bis zu ihrem Haus. Unterwegs erzählte sie ihm die Begegnung mit Dan, und dass Jochanan in dieser Nacht einen Ausflug machen wollte.

„Da hat der Herr ja rechtzeitig den Nebel geschickt. Auch wenn es ein Auftrag von Eleazar ist, ist das doch eine gefährliche Sache. Die Römer haben das ganze Land besetzt. Wenn wir uns hier zu sehr hervortun, werden sie hierher kommen und versuchen, uns zu vernichten."

„Das siehst du aber zu schwarz. Wer könnte denn hier diese Festung schon einnehmen?", erwiderte Orly.

„Ich wäre mir da nicht so sicher. Sicher sind wir nur in Jeshua. Aber die Herzen der Menschen hier sind ja wie die Festung selbst."

„Ja, da magst du Recht haben. Ich bin nur froh, dass ich zu Jeshua gefunden habe. Ich kann mit Hiob sagen: ‚Ich weiß, dass mein Erlöser lebt!'"

„Ich spreche fast jeden an, der zu mir in das Lagerhaus kommt, um Vorräte einzukaufen, aber sie hören gar nicht zu. Sie sagen, was sie haben wollen, nehmen ihre Sachen und verschwinden wieder. Vielleicht reden sie sogar hinter meinem Rücken."

„Das stimmt, Simon. Es wird geredet, dass Eleazar dich fortschicken sollte."

„Ich werde deinen Bruder um meine Entlassung bitten."

Orly drehte sich abrupt zu Simon um: „Nein Simon, du kannst uns hier doch nicht im Stich lassen. Meine Mutter hat sich verändert, Rahel, Mirjam, Jaakov und auch Jochanan ist auf dem Weg. Und dass Eleazar dich hier haben will, zeigt doch, dass er den Gedanken, ewiges Heil in Jeshua zu haben nicht ganz ablehnt, wie es die Rabbiner tun. Er kann sich nur nicht offen bekennen, weil er der Kommandant ist."

„Wenn er sich bekennen würde, würden viele andere nachfolgen, glaub es mir", gab Simon zu bedenken.

Inzwischen waren sie an ihrem Haus angekommen.

„Du solltest trotzdem mit Eleazar reden", machte Orly ihm Mut.

Die Unternehmung, die Dan geplant hatte, wurde verschoben. „Lass uns erst das Tempelweihefest feiern. Dann können wir immer noch die Römer kitzeln." Hatte Jochanan vorgeschlagen. Der Nebel hielt sich bis zur Mitte des nächsten Tages. Dann kam ein Wind auf, der die Wolken vertrieb. Am Vorabend zu dem Tempelweihefest versammelte sich die Gemeinde, um des Ereignisses zu gedenken, das nun schon mehr als hundert Jahre zurück lag aber immer noch als das Symbol der Befreiung gesehen wurde. Auch bei den Zeloten war die Hoffnung groß, dass sie eines Tages die Besatzung der Römer abschütteln könnten und nach den Verheißungen Gottes ihr Land wieder selbst in Besitz nehmen und verwalten könnten.

Eleazar nahm den Auftakt des Festes, an dem zwei Lampen entzündet wurden, zum Anlass, der Gemeinschaft eine Ansprache zu halten.

„Liebe Freunde, Mitstreiter und Kämpfer. Wir feiern heute den Beginn des Hanukkafestes.

Wie ihr wisst, hat Judas Makkabäus damals das Heiligtum von den Unreinheiten, die Antiochus Epiphanas dort aufstellen ließ, gereinigt. Und ihr wisst auch, dass unsere Väter damals nicht genug geweihtes Öl gehabt haben, um die Menorah zu entzünden. Dennoch wagten sie es, und der Allmächtige hat das Wunder getan, dass trotzdem die Lampen acht Tage lang brannten, ohne zu erlöschen, bis geweihtes Öl wieder zur Verfügung stand. Deshalb feiern auch wir noch dieses Tempelweihefest, indem wir jeden Tag ein weiteres Licht hinzufügen. Unser Tempel ist im Moment zerstört, aber wir werden Jerusalem zurückerobern. Wir werden den Tempel wieder aufbauen." Ein lauter Jubel erhob sich.

„Freunde, wir müssen die Sache überlegt angehen. Wir müssen uns ertüchtigen, dass wir nicht müde und schlaff werden."

„Darum müssen wir hinaus und kämpfen!", rief einer aus der Menge.

„Langsam, wir dürfen die Römer nicht einfach so hier und da überfallen. Sondern wir müssen unsere Kräfte sammeln, um sie in einer entscheidenden Schlacht schlagen zu können", erläuterte Eleazar.

„Ist denn kein Prophet in unserer Mitte, den wir befragen können, ob der Ewige das will und mit uns kämpfen will?"

„Ja, lasst uns einen Propheten fragen!", war das einhellige Gemurmel.

„Ist ein Prophet da, so trete er vor!", rief Eleazar.

Aber niemand wollte eine Voraussage machen.

„Simon soll den Herrn befragen!", rief Dan, denn er hoffte, dass er mit seiner Aussage sich blamiert und ins Abseits stellt, dass die Gemeinschaft ihn ausschließen würde.

„Simon, den Träumer, hahaha, ja lasst ihn vor. Vielleicht erzählt er uns einen seiner Träume von heute Nacht." Die Menge nahm die Situation nicht ernst. Sie lachten und spotteten über Simon, der tatsächlich vortrat.

„Ich habe heute Nacht keinen Traum gehabt", sagte er ganz ruhig. „Ich habe auch keine besondere Weisung, die ich euch geben könnte. Es ist ja so, dass seit dem Propheten Maleachi kein prophetisches Wort mehr an unser Volk ergangen ist. Schon Jesaja und Jeremia hatten verkündet, dass wenn ihr euch nicht an die Weisungen Gottes haltet, er euch unter die Völker zerstreuen würde. Er tat es damals, als das jüdische Volk nach Balylon verschleppt wurde.

Nach 70 Jahren hatte der Herrscher Kyros verfügt, dass wir in das uns von Gott verheißene Land zurückkehren dürften und auch der Tempel wieder aufgerichtet werden konnte. Aber haben wir denn bis zum heutigen Zeitpunkt alle Gebote Gottes gehalten? Kein Mensch kann das. Daher hat Gott seinen Sohn gesandt, der sich für uns hingegeben hat. Durch sein Blut ..."

„Aufhören, aufhören!", riefen einige aus der Menge. „Wenn er nicht sagen kann, was in Zukunft geschehen wird, wollen wir gar nichts von ihm hören." – „Schmeißt den doch den Felsen runter, der bringt nur Unruhe!"

„Genug", rief Eleazar dazwischen. „Wir wollen uns auf einen Ausfall konzentrieren und brauchen dafür alle Kräfte und einen klaren Kopf. Hitzköpfe sind hier fehl am Platz. Am besten ist, wenn wir eine Abordnung zusammenstellen, die bei den Beduinen Einkäufe tätigen und in Erfahrung bringen, wie die Lage im Land ist, was die Römer vorhaben, ob sie wieder einen Landpfleger eingesetzt haben und so weiter. Ich brauche dafür vertrauensvolle Leute, die sich nicht in kleine Kämpfe verwickeln lassen und möglichst nicht so bekannt sind wie zum Beispiel Jochanan!"

Orly, die in der Menge neben Rut und Lea stand, seufzte tief. „Danke!", flüsterte sie.

Rut sah sich nach ihr um. Orly nickte: „Ich wollte nicht, dass Jochanan wieder fortgeht. Er hat genug mit der Ausbildung zu tun." Rut lächelte und drückte ihrer Schwägerin die Hand.

„Wir brauchen keinen Ausfall, wir brauchen einen Einfall!", rief eine Frau aus den hintersten Reihen. Alle drehten sich nach ihr um. Es war Hannah, eine stämmige Frau von etwa vierzig Jahren. „Ja, seht euch nur um, ihr Frauen wisst es ebenso gut wie ich, die Zisterne neben dem Turm ist fast leer und auch die obere Zisterne ist zwar groß, aber auch sie wird bald leer sein, wenn nichts geschieht."

„Du hast Recht Hannah", bestätigte Eleazar. „Wir haben also genug zu tun. Ich werde mich um die Sache kümmern."

Wasserprobleme

Die Menge verlief sich langsam. Manche standen noch in kleinen Grüppchen zusammen. Die Frauen diskutierten das Wasserproblem und die Männer dachten über den geplanten Ausfall nach. Eleazar ging mit Jochanan, Simon und Jaakov in sein Dienstzimmer.

„Freunde, das Wasserproblem ist wichtiger als der Ausfall", begann er. „Jaakov, wir gehen nach den Festtagen zusammen zu den unteren Zisternen und sehen, wie viel Wasser sich dort schon gesammelt hat und hauptsächlich wie der Weg dorthin beschaffen ist."

„Ich bin den Weg schon mal gegangen", behauptete Jaakov. „Er ist ganz schön gefährlich. Vielleicht könnte eine Ziege darauf gehen."

„Ich hatte gedacht, dass wir die zwei Esel als Wasserträger benutzen. Jedenfalls hat Josef das so gesagt, der ist ja schon lange hier. Wir müssten nur entsprechende Krüge für die Packtaschen haben."

„Wie ist es mit den Ledereimern?", wollte Simon wissen.

„Davon haben wir nur eine geringe Zahl, während Menachem allezeit neue Krüge herstellen kann."

„Wir wollen erst die Wege ansehen." Jochanan wollte sich nicht an Planungen beteiligen, die man nicht vorher absehen konnte.

Jeden Tag wurde nun eine weitere Lampe auf dem Leuchter angezündet und man gedachte der großartigen Taten des Judas Makkabäus und an das Lichterwunder. Rahel saß Simon zu Füssen und wollte wissen, ob Jeshua auch das Tempelweihefest gefeiert hat.

„Ja sicher, meine Kleine", Simon lächelte sie an. „Ich erinnere mich genau. Es war Winter, wie jetzt, nur dass in Jerusalem der Winter anders aussieht, kalt, regnerisch und stürmisch einfach ungemütlich. Wir waren in der Halle Salomos. Das ist eine riesige lange Halle mit ganz vielen Säulen. Da kamen die Pharisäer zu unserem Meister. Sie bedrängten ihn, sie nicht weiter im Ungewissen zu lassen, sondern ihnen frei heraus zu sagen, ob er der erwartete Messias sei." Simon machte eine Pause, als wollte er sich die Szene wieder ins Gedächtnis zurückrufen.

„Und", drängte Rahel, „hat er es ihnen gesagt."

„Er hat nur gesagt, dass er es ihnen schon so oft gesagt habe und sie es doch nicht glaubten. Er sagte: Ich tue so viel im Namen meines Vaters und die Taten beweisen, wer ich bin. Aber ihr gehört nicht zu meiner Herde, wie ich euch schon gesagt habe, und darum glaubt ihr mir nicht. Meine Schafe hören meine Stimme. Ich kenne sie und sie folgen mir und ich gebe ihnen das ewige Leben."

„Die beiden Lämmchen hören auch schon von weitem, wenn Mirjam sie ruft, dann kommen sie angesprungen", warf Rahel ein.

„Siehst du, so hören wir auch auf die Stimme von Jeshua."

Rahel sah in die Flamme des kleinen Leuchters: „Du Simon, hörst du immer die Stimme von Jeshua?"

„Wie meinst du das?"

„Ich strenge mich manchmal so sehr an, aber ich höre nichts."

„Meinst du, du müsstest seine Stimme so hören, wie du jetzt meine hörst?"

Rahel nickte ernsthaft und ein wenig traurig. Simon strich ihr über den wuscheligen Haarschopf. „Hab keine Angst, meine Kleine. Jeshua hört dich, wenn du zu ihm rufst. Und wenn du so keine Antwort hörst, dann erinnere dich an das, was er dir einmal gesagt hat, als du ihm das erste Mal begegnet bist, weißt du das noch?"

Rahel lächelte und strahlte Simon an: „Ja, er hat gesagt ..."

Simon legte den Finger auf den Mund: „Du musst es mir nicht sagen, du musst dich nur fest an Jeshua halten. Er wird dir die Wege zeigen."

„Ja, das will ich tun", Rahels Augen leuchteten. Sie sprang auf und lief zu Jaakov, der gerade über den Hof kam.

„Jaakov, bist du auch ein Schaf von Jeshua?", rief sie.

Jaakov wusste nicht, was sie damit meinte und neckte sie: „Du bist vielleicht ein Schäfchen, mein Lämmchen bist du." Damit nahm er sie wie eine Feder auf den Arm und wirbelte sie herum. „Jaakov, bitte lass mich runter. Mir wird ja ganz schwindelig!", rief sie.

Jaakov setzte sie wieder auf den Boden, und sah seine Schwester mit ausgestrecktem Arm an. „Du musst mal ein bisschen mehr essen, damit du auch einmal Wasser von der Zisterne holen kannst."

„Wenn ich groß bin, bringe ich dir auch Wasser. Jetzt gebe ich dir nur Lebenswasser."

„Was gibst du mir?", Jaakov sah sie verwundert an.

„Lebenswasser. Das sagt Simon. Lebenswasser ist das, was er von Jeshua weiß", bestätigte sie, „ich meine das, was mir Jeshua gibt, das gebe ich dir weiter."

„Ach so. Ich muss weiter. Ich muss nämlich erkunden, wieviel Wasser schon in den unteren Zisternen ist."

„Kann ich mitkommen?", bettelte Rahel.

„Nein, das ist viel zu gefährlich." Damit wandte Jaakov sich ab und ging zum Tor hinaus, der eigentlich zum Schlangenpfad führte. Aber hier hatte er schon einmal den Anschluss zu einem schmalen Pfad gefunden, der am Felsen entlang führte, unterhalb des Nordpalastes herging, und auf der Westseite zu den Zisternen führte. Jaakov musste sehr aufpassen, denn der Pfad war mehr ein Steig, der an manchen Stellen so schmal war, dass gerade sein Fuss dort Platz hatte. Er schob sich langsam Schritt um Schritt vorwärts, bis er an der ersten Zisterne angelangt war. Er staunte über das Viadukt und die Rinnen, die am Fels entlang führten, die Herodes damals hatte schlagen lassen, und wo das Wasser vom Wadi direkt in eines der

Löcher im Felsen geführt wurde. Er spähte durch das Loch in den Innenraum, konnte aber nicht erkennen, wie viel Wasser nun darinnen war. Er ärgerte sich, dass er nicht daran gedacht hatte, irgendetwas mitzunehmen, womit er hätte die Tiefe abmessen können. Er nahm einen kleinen Stein und warf ihn in das Loch und er hörte ein Geräusch, wie der Stein auf das Wasser aufplumpste. Es war also offensichtlich viel Wasser drin.

Vorsichtig kroch er wieder zurück. Er musste sich beeilen, und den Rückweg antreten, denn die Sonne war schon fast hinter den Felsen verschwunden. Er wusste, dass die Dunkelheit schnell herein brach, wenn erst einmal die Sonne ganz verschwunden war. Bis aufs äußerste konzentriert versuchte er doch so schnell wie möglich die gefährlichen Abgründe unterhalb des Palastes zu überwinden. Schweiß brach ihm aus und seine Knie fingen an zu zittern. Er hielt einen Augenblick inne. Er musste es schaffen. Seine Finger krallten sich am Felsen fest. ‚Ich habe bisher alles geschafft', dachte er, ‚ich werde auch jetzt den Rückweg rechtzeitig zuwege bringen.'

Er sah nach oben, wo der Himmel noch hell leuchtete, von dem Palast aber nichts zu sehen war. Vorsichtig bewegte er sich seitwärts, als plötzlich ein Stückchen Felsen unter ihm wegbrach. Er verlor den Halt und landete etwas tiefer auf einem Vorsprung.

Glück gehabt, dachte er. Im gleichen Augenblick meinte er aber Rahels Stimme zu hören: ‚Du hast kein Glück gehabt, Jeshua hat dich gehalten.' War Rahel hier in der Nähe?

„Rahel?", rief Jaakov nach oben. Aber da war nur das Pfeifen des Windes, der um die Felsen wehte und immer heftiger zu werden schien. War es nicht vorher windstill gewesen? Die Sonne war nun ganz verschwunden und die Dunkelheit breitete sich über dem Felsen aus. ‚Ich werde nicht weiter gehen können', überlegte Jaakov. ‚Das wird ein böses Nachspiel haben.' Sein Vater hatte ihm ja verboten, allein auf Erkundungstour zu gehen. Er war wieder nicht gehorsam gewesen. Jaakov kauerte sich an den Felsen. Wie kalt es doch wurde, wenn die Sonne nicht mehr schien. Was sollte er nur machen? Rufen nützte sicher nichts. Rahel hatte er zwar gesagt, dass er nach den Zisternen sehen wollte

Es war die Frage, wann er zuhause vermisst wurde. Rut hatte sich schon öfter beschwert, dass er so viel unterwegs war. Trotzdem, er konnte jetzt nicht weiter, er musste den Morgen abwarten. Gemütlich war es hier ja eigentlich nicht. Bei dem Gedanken, hier die Nacht zu verbringen, schauderte ihm ein wenig. Er sah sich nach rechts und links um. War da nicht so etwas, wie eine Nische in der Felswand? Vorsichtig tastend schob er sich vorwärts. Tatsächlich! Die Nische war sogar sehr geräumig. Gut so!

Plötzlich hörte er über sich verhaltene Stimmen. Sollten sie doch schon nach ihm suchen?

Das konnten doch nur solche sein, die ihn suchten. Wer ging schon bei stockfinsterer Nacht am Felsen? Er wollte schon rufen, als ihm die Stimmen merkwürdig vorkamen.

Der erste hatte eine Fackel bei sich und die Gruppe schien sich sehr sicher zu sein, dass niemand sie hörte, denn der Erste rief nach hinten: „Das wird ein guter Fang. Gut dass wir den Jochanan abgehängt haben!"

Jaakov konnte sich daraus keinen Reim machen. Der Schein der Fackel erhellte kurz sein Versteck und automatisch hielt er den Arm vor das Gesicht. Aber die Gruppe hatte es eilig. Sie rannte vorüber. Hatte er sechzehn Sandalen gezählt? Also schienen es acht Männer zu sein, genau konnte Jaakov sie nicht sehen. Als sie vorbei waren, spähte er vorsichtig aus seiner Nische. Gegen den Nachthimmel hoben sich drei Gestalten ab. Die Stimme, die so laut gerufen hatte, wem gehörte sie nur? Sie kam ihm doch bekannt vor! Richtig, das musste Dan sein. Was war das nur für ein Fang, den sie machen wollten, wobei Jochanan abgehängt war? Im ersten Moment hatte Jaakov den Drang, den Männern zu folgen. Es hätte ihn zu sehr interessiert, wohin sie gingen. Aber dann wurde ihm bewusst, dass er sich wahrscheinlich mit solch einer Aktion noch mehr Ärger einhandeln würde. Er setzte sich auf den Boden, überlegte, was er tun könnte. Aber wie er seine Lage auch bedachte, im Moment schien sie ihm auswegslos. Immerhin hatte ihm das Vorbeihetzen der Männer gezeigt, dass es doch einen bequemeren Weg geben musste, als den, den er auf dem Hinweg genommen hatte. Trotzdem wagte Jaakov nicht ohne Licht sich noch auf den Rückweg zu machen. Er musste bis zum Morgen warten. Er machte sich so klein er konnte und zog die Füsse unter sein Obergewand.

Ihm fiel ein, dass Simon ihm sicher raten würde, zu Jeshua zu beten. Es wollten ihm aber keine Gebete einfallen, so sprach er leise den Psalm, den Rahel so oft aufsagte: „Du Herr bist mein Hirte, mir wird nichts mangeln, du weidest mich auf grünen Auen und führst mich zum frischen Wasser."

Jaakov machte eine Pause. Tränen wollten in ihm aufsteigen, als er an Rahels reines Stimmchen dachte. Er sollte auf sie aufpassen, doch manchmal hatte er das Gefühl, dass sie auf ihn aufpasste. Er sagte noch einmal die gleichen Worte vor sich her. Bis hierher hatten sie gestimmt, aber er hatte jetzt kein Wasser und auch nichts zu essen. Dann dachte er aber an die Zeit in der Wüste, auf dem Weg hierher, wie ein Hirte sie versorgt hatte. „Du bist bei mir auch im Tal des Todesschattens", betete er weiter, und auf einmal hatte er das Gefühl, dass sich ein Arm um ihn legte. Er lehnte den Kopf an den Felsen und schlief ein.

Rut füllte die Teller von Rahel und Eleazar mit Gerstensuppe.

„Wo ist denn wieder unser Forschungsfachmann?", wollte Eleazar wissen, nahm ein Stück Brot und sprach den Segen darüber.

„Wer soll das wissen. Du lässt ihm ja jede Freiheit", Rut hatte sich auch einen Teller gefüllt und setzte sich zu ihnen.

„Jaakov guckt nach, wieviel Wasser in den Zisternen ist," meinte Rahel wichtig.

Eleazar liess den Löffel klirrend in den Teller fallen. „Was hast du da gesagt?"

Rahel hatte sich so erschreckt, dass sie anfing zu weinen. Rut zog sie an sich und strich ihr beruhigend über die Wange. „Hat Jaakov das gesagt?", fragte sie sanft, während Eleazar aufgesprungen war und im Zimmer hin und her lief. „Das kann doch wohl nicht wahr sein. Ich habe ihm ausdrücklich verboten, allein zu den Zisternen zu gehen!", schimpfte er.

„Nun beruhige dich doch, mein Lieber. Er ist ein vernünftiger Junge. Hast du nicht erst kürzlich zu mir gesagt, dass du ihm vertraust. Vielleicht ist er ja nur hier oben zu der großen Zisterne gegangen."

„Da braucht er ja gar nicht nachzusehen. Da geht ihr Frauen ja wenigstens einmal am Tag hin, um Wasser zu holen. Er ist bestimmt zu den unteren Zisternen. Und jetzt ist es schon dunkel. Wenn ihm nur nichts passiert ist."

Nun fing Rahel erst recht an zu weinen, weil sie sich gleich vorstellte, dass ihr Bruder an den Felsen abgestürzt sei. „Bitte, Abba, wir müssen ihn suchen", bettelte sie unter Tränen.

„Nein, das werden wir nicht", wehrte Eleazar barsch ab. „Wenn er nicht abgestürzt ist, muss er seine Lektion lernen. Morgen früh, bei Anbruch des Tages können wir nachschauen."

Eleazar wollte nicht zugeben, dass auch er am liebsten gleich losgelaufen wäre. In diesem Augenblick spürte er das Band zu seinem Sohn, erkannte, dass er den Jungen viel zu wenig an die Hand genommen hatte, um ihn in wichtigen Dingen zu unterweisen.

„Ich bin im Arbeitszimmer!", knurrte er nur und verschwand.

„Komm mein Mädchen, du musst ins Bett", Rut wollte Rahel ermuntern. Aber die Kleine liess sich nicht beruhigen. „Ich bleibe vor der Tür sitzen, bis Jaakov wieder kommt. Ich weiß, dass er kommt. Ich muss auf ihn warten." Alles Zureden half nichts. Rahel setzte sich vor die Tür und schaute unververwandt zum Eingang des Hofes. Simon kam vorbei und sah sie dort sitzen. „Na, kleine Rahel, was machst du denn hier vor der Tür. Es ist zu kalt am Abend. Du solltest hineingehen. Solltest du nicht schon längst im Bettchen sein?"

„Ich muss auf Jaakov warten", entgegnete das Kind.

„Was ist mit Jaakov? Ist er nicht zu Hause?" – „Nein, er ist zu den Zisternen gegangen um nachzusehen, wie viel Wasser da drinnen ist. Nun habe ich Angst, weil er noch nicht wieder da ist."

„Das ist allerdings wieder mal so ein Jaakov-Abenteuer", Simon setzte sich zu Rahel. „Aber du weißt doch, wer ihn jetzt beschützen kann, oder?" Rahel nickte: „Jeshua".

„Siehst du, wir müssen ihn nur darum bitten." Aber Rahel schluchzte nur: „Hilfst du mir Simon?" Simon nickte und legte den Arm um Rahel, die vor Kälte zitterte.

„Abba, lieber Vater im Himmel, wir sorgen uns um Jaakov. Du hast ihn lieb wie deinen eigenen Sohn, und du siehst ihn, wo er jetzt ist. Bitte beschütze ihn und bringe ihn heil wieder zu uns zurück." Rahel hatte sich an Simon angelehnt. Sie seufzte und war eingeschlafen. Simon hob sie auf und brachte sie zu Rut.

„Oh danke Simon", flüsterte sie. „Leg sie hier auf das Bett." Simon legte sie hin, und Rut deckte sie vorsichtig zu.

„Sie ist ja wirklich nur ein Flöckchen, wie Jaakov sie immer nennt", bemerkte Simon.

„Ja, sie lebt nur für ihren Bruder. Sie hängen wie die Kletten zusammen. Nicht auszudenken, wenn dem Jungen etwas passiert." Rut seufzte bekümmert.

„Du musst vertrauen", beruhigte Simon. „Jaakov ist zwar ein neugieriger Abenteurer, aber doch hat er Verstand. Außerdem haben wir einen Wächter über ihn bestellt."

„Eleazar ist ziemlich wütend auf ihn", bemerkte Rut.

„Das kann ich mir schon vorstellen. Aber das vergeht auch wieder. Warten wir erst einmal den morgigen Tag ab." Rut nickte geistesabwesend.

„Na, ich geh dann mal, shalom!" Simon zog leise die Tür hinter sich zu. Aber er verbrachte die Nacht auf den Knien.

Jaakov war in der kleinen Nische fest eingeschlafen. Er träumte davon, dass die Salzhäufchen am Fusse des Felsen lauter Zelte waren. Buntes Leben wirbelte dazwischen, Stimmengewirr, blitzende Waffen und ja, es waren Römer, Jaakov konnte sie deutlich erkennen in ihren Rüstungen, den ledernen Brustpanzern, den Helmen, manche mit Federbüschen, wie Hahnenkämme. Jaakov sah Reiter auf ihren Pferden, wie sie herankamen, die Lanzen gesenkt, den Schild in der Hand. Einige Römer begannen, den Felsen zu ihm herauf zu klettern, den Dolch zwischen den Zähnen. Immer näher kamen sie. Einer war schon fast bei Jaakov. Er konnte den Lederhelm sehen, darunter ein pickeliges Gesicht. „Wir haben den Sohn von Eleazar!", rief der laut hinter sich und streckte die Hand nach ihm aus. Jaakov wollte schreien, aufstehen und davonlaufen, da wachte er auf. Alles nur ein Spuk? Jaakov versuchte aufzustehen, aber seine Füsse waren taub und davonlaufen konnte er auch nicht, denn hinter ihm war der Fels. Die Erhebungen in der Ebene sahen wirklich aus, als seien es runde Zelte. Der aufkommende Wind täuschte das Stimmengewirr vor.

Jaakov rieb seine Füsse und versuchte sich zu strecken. Endlich war wieder Leben in seinen Füßen, und er konnte aufstehen. Von Osten her dämmerte der neue Tag herauf. So lange hatte er hier gesessen?! Er konnte sich vorstellen, wie sein Vater reagiert hatte, als er nicht nach Hause kam. Eigentlich hatte er ihm ja ausdrücklich eigene Erkundungstouren verboten. Er hatte aber auch nie Zeit, mit Jaakov zusammen etwas zu unternehmen. Für einen Moment kam ihm der Gedanke, überhaupt nicht zurückzukehren. Aber nein, was würde Rahel sagen, sein kleines Flöckchen. Sie wäre untröstlich, das wusste er. Der Tag zog zwar herauf, aber eine Wolkenbank über dem Salzmeer verbarg die Sonne. Er musste noch ein wenig warten, bis er den Rückweg antreten konnte. Den Rückweg, wo war er? Musste er wieder nach oben klettern? Ach nein, jetzt erinnerte er sich: Gestern Abend war er ein Stück abgerutscht und hier vor der kleinen Nische gelandet. Jaakov sah sich um. So klein war die Nische gar nicht, es war schon eher eine kleine Höhle. Er krabbelte heraus und sah sich nach beiden Seiten um. Waren denn nicht hier die Männer in zügigem Tempo vorbeigegangen? Tatsächlich, und der Weg war viel bequemer, als der, den er gestern herunter gekommen war. Vorsichtig bewegte er sich vorwärts. Es schien ihm fast zu einfach, hier zu gehen. Würde der Weg vielleicht in eine Schlucht, in einen Abgrund führen? Die Wolkenwand über dem moabitischen Gebirge schien immer höher zu steigen. Statt dass die Sonne den Tag erhellte, verdunkelten schwarze Wolken den Himmel. Das war ein untrügliches Zeichen, dass es ein Gewitter geben würde, und Jaakov wusste, dass es bald regnen würde. Er musste unbedingt bis dahin das Plateau erreicht haben. Schritt um Schritt arbeitete er sich vorwärts. Der Wind wurde heftiger, er pfiff um die Felsen und riss an seinem Hemd, dass er sich an der Felswand festhalten musste. „Jeshua, bitte hilf mir!", flehte er. „Wenn ich hier herauskomme, will ich dir nachfolgen!" Augenblicklich trat eine solche Stille ein, dass Jaakov darüber erschrocken war. Aber da der Weg so breit zu bleiben schien, schritt er schneller aus. Er wunderte sich nur, dass der Pfad in die westliche Richtung führte. Wurde er doch in die Irre geführt? Warum hatte er nicht früher diesen Weg entdeckt? Wo würde er ankommen? Aber der Pfad ging stetig bergauf. Er sah nach oben und erkannte Umrisse der Kasemattenmauer, aber auch das drohende Unwetter. Gab es hier einen Zugang, den er bisher noch nicht entdeckt hatte?

Der Pfad endete in einer Nische. Tatsächlich, dort musste so etwas sein, ganz versteckt entdeckte er den Eingang. Als er die Tür öffnen wollte, setzte der Sturm mit doppelter Kraft wieder ein. Da wurde auch schon das Tor von innen aufgerissen.

„Jaakov, mein Sohn!", Eleazar wollte sich gerade aufmachen, seinen Sohn zu suchen, da lief er ihm in die Arme.

„Abba, oh Abba, vergib mir", stammelte Jaakov, „ich war ungehorsam, ich hatte solche Angst!"

„Still, mein Sohn!", Eleazar nahm Jaakov in den Arm, er spürte, wie Jaakov zitterte und die Tränen, die er tapfer vorher zurückgedrängt hatte, nun über sein Gesicht liefen. Hinter Eleazar waren noch Jochanan, Ari, Schimon und Simon.

„Gelobt sei der Ewige", rief einer und alle antworteten: „Amen". Eleazar dankte den Männern und trug seinen Sohn nach Hause. Rahel kam ihnen entgegen.

„Ich wusste es, ich wusste es!", rief sie ein ums andere Mal „Jeshua hat dir seine Engel geschickt".

Jaakov musste lächeln. Seine kleine Schwester hatte so einen festen Glauben.

Als Eleazar Jaakov im Haus abgesetzt hatte, setzte draußen ein solches Unwetter ein, dass Rahel erschreckt ihr Gesichtchen in den Falten von Ruts Rock verbarg. Auch Rut war die Erleichterung, dass Jaakov wieder da war, anzusehen. Sie setzte Rahel zu Jaakov auf das Bett, und die beiden umschlangen sich, als hätten sie sich Jahre nicht gesehen.

Eleazar sah die beiden an, wollte lächeln, setzte aber doch eine strenge Miene auf.

„Mein lieber Sohn", begann er, musste aber gleich eine Pause machen, weil ein harter Donnerschlag die Wände erzittern ließ.

„Ich weiß, Abba, ich habe nicht recht gehandelt. Ich hätte nicht allein gehen sollen", Jaakov war sichtlich zerknirscht.

„Ich kann mir vorstellen, dass es da draußen nicht eben gemütlich war. Das soll dir eine Lehre sein. Nun ruh dich erst einmal aus. Später kannst du berichten, was du gesehen hast." Eleazar setzte sich auf einen Stuhl. Rut hatte Hafersuppe gekocht und reichte Jaakov eine Schale. Der nahm sie begierig. Erst jetzt merkte er, dass er seit dem gestrigen Morgen nichts mehr gegessen hatte.

„Jaakov, ich hatte solche Angst um dich", Rahel kuschelte sich nah an ihren Bruder.

Wieder erhellte ein Blitz den Raum und kurz darauf grollte der Donner. Dann hörte man, wie in stetigem Rauschen der Regen niederging.

„Jetzt werden bestimmt die Zisternen da unten voll", bemerkte Jaakov.

Es klopfte und Jochanan steckte den Kopf zur Tür herein. „Darf ich reinkommen?"

„Ja, ja, komm nur!", Eleazar winkte seinem Freund. „Gibt es noch etwas?"

„Wir sind ja so froh, dass Jaakov wieder da ist", freute sich Jochanan. „Aber Dan und einige andere sind fort. Sie wollten mich ja eigentlich mit auf Beutezug nehmen. Ich habe ihnen die Waffen besorgt, und nun sind sie allein gegangen."

„Ha, die hab ich gesehen!", rief Jaakov.

Alle Köpfe flogen herum und sahen Jaakov an.

„Ja, ich habe sie gesehen. Ich war bei den unteren Zisternen, konnte aber nicht richtig hineinschauen. Ich habe einen Stein genommen und an dem Aufschlag im Wasser konnte ich abmessen, dass die Zisternen noch nicht ganz voll sind. Dann wollte ich zurückgehen, aber es wurde schnell dunkel. Ich war einfach zu spät losgegangen. Plötzlich bin ich auf einen lockeren Stein getreten und rutschte ab und landete einige Meter tiefer auf einem Felsvorsprung, wie ich dachte. Wie ich da so sass, hörte ich auf einmal Stimmen und sah eine Fackel und jemand sagte, dass sie einen guten Fang machen wollten und Jochanan abgehängt hätten. Ich wusste nicht, was das zu bedeuten hat. Erst wollte ich rufen, weil ich dachte, dass ihr nach mir sucht. Aber dann erkannte ich die Stimme von Dan und von Joannas und Joel. Da bin ich lieber still gewesen, denn ich weiß, dass die mir nicht wohlgesonnen sind."

„Da hörst du es", sagte Jochanan, mit dem Blick auf Eleazar. „Dieser Dan führt uns nur hinters Licht."

„Nun wir werden sehen. Jedenfalls hat er keinen gemütlichen Ausflug", bemerkte Eleazar. „ Wenn er nicht aufpasst und durch den Wadi geht, kann er leicht von den Wassermassen weggespült werden."

Rut schlug die Hand vor den Mund: „Das wäre ja schrecklich!"

„Ich habe Dan ausdrücklich gesagt, dass wir nur gemeinsame Aktionen starten wollen."

Eleazar ging schnellen Schrittes im Raum auf und ab und zwirbelte dabei seinen Bart zu zwei Hälften.

„Wie dem auch sei. Jetzt muss unser Anliegen das Wasser sein. Die oberen Zisternen müssen gefüllt werden und da brauchen wir alle Kräfte. Jochanan du gehst mit Jaakov zusammen noch einmal zu den unteren Zisternen und machst einen Plan, wie wir das bewerkstelligen können. Jaakov mag sich noch ein wenig ausruhen. Denn der Fels ist nach dem Regen sowieso noch rutschig."

Simon kam herein und meldete, dass die beiden Hanniajungen, die ihm in den Lagerhäusern helfen sollten, nicht gekommen seien. „Sie sind auch nicht zu Hause", erklärte er.

„Die sind mit Dan unterwegs", erläuterte Jaakov. „Ich habe sie an ihren Stimmen erkannt, als ich bei den Zisternen war."

„Willst du sie zurückholen?", fragte Simon zu Eleazar gewandt.

„Nein, auf keinen Fall. Wir werden sie hier erwarten. Ich bin sicher, dass sie von allein zurückkommen werden."

„Lassen wir doch Jaakov ein wenig schlafen", bemerkte Rut.

„Ich bleib bei Jaakov", bestimmte Rahel. „Ich muss auf ihn aufpassen, dass er nicht wieder wegläuft."

„Nein mein Flöckchen, ich bleibe hier bei dir, versprochen." Damit legte Jaakov sich auf das Bett und Rut legte ihm eine Decke über. Schnell war er eingeschlafen.

Rahel saß bei ihm und flüsterte ganz leise: „Danke Jeshua, dass du mir meinen Bruder wiedergegeben hast."

Neue Erkenntnisse

Jochanan teilte die Männer in Gruppen ein, denn ihm war bewusst, dass die Arbeit nicht an einem Tag zu bewältigen war. Als der Felsen wieder abgetrocknet war, stieg er mit Jaakov noch einmal zu den Zisternen hinunter.

„Ich bin erst den oberen Weg gegangen. Als ich dann fast abgestürzt war, habe ich einen viel besseren Weg gefunden. Gehen wir doch hier entlang", schlug Jaakov vor.

Jochanan war einverstanden. Sie fanden, dass hier gut ein Esel gehen konnte. An einer Stelle war der obere Fels durch den Regen etwas abgerutscht. Aber die Brocken konnten schnell beiseite geschafft werden. Es gab vier Zisternen, die weiter oben lagen und acht Öffnungen in der unteren Region. Noch immer rauschte das Wasser über das Aquädukt, das Herodes hatte bauen lassen, in die Rinnen, die am Fels geschlagen waren und zu den Öffnungen der Zisternen führten.

„Die da unten habe ich gar nicht gesehen", meinte Jaakov. „Sieh nur Jochanan, wie das Wasser schon an den ersten Öffnungen vorbeiströmt. Sicherlich sind die schon voll."

„Das denke ich auch. Sehen wir mal in dieser Zisterne hier nach. Die Öffnung ist ja nicht gerade groß. Aber wir werden schon hinein kommen. Geh du mal zuerst", forderte Jochanan Jaakov auf. Der hatte keine Mühe in die Öffnung hinein zu kommen. Zur Sicherheit hatten sie einen Span mitgenommen, den Jochanan nun dem Jungen reichte, um selbst durch die Öffnung hinein zu gelangen. An der Wand war eine Treppe, die aber schon bis zu den letzten drei Stufen mit Wasser bedeckt war.

„Unglaublich", staunte Jaakov. „Die ist ja riesig!"

„Und alles ist fein verputzt", bestätigte Jochanan. Er hielt den brennenden Span in die Höhe, dass sich die Flamme in dem Wasser spiegelte.

„Wolltest du sehen, ob Herodes hier auch noch Wandgemälde anbringen ließ", witzelte Jaakov.

„Nein, aber sieh mal, bis dahin ist schon mal das Wasser gestiegen." Jochanan zeigte auf einen Rand an der Wand, der fast auf gleicher Höhe der Öffnung lag.

Sie wollten gerade wieder ans Tageslicht steigen, als sie draußen Schritte und Stimmen hörten. Jochanan legte den Finger auf den Mund und die beiden duckten sich auf der Treppe. Es mussten mehrere Männer sein, die da vorbei gingen. Kurz darauf hielten die Schritte inne und sie hörten einen sagen: „Dort ist ein guter Platz, da können wir unsere Beute verstecken. Wir holen sie dann nach und nach, damit keiner Verdacht schöpft. Ha, ha, das war doch ein guter Fang, was Jungs?!"

„Was nützt mir das, wenn ich nicht die Rüstung anziehen darf, die ich dem Römer abgenommen habe?", fragte einer.

„Ach, die Zeit kommt auch noch!" – „Und was sagen wir, wo Joel geblieben ist?" – „Er hat eben nicht auf mich gehört. Wir können froh sein, dass wir nicht alle in dem Wadi bei dem Regenguss und dem Wasserschwall umgekommen sind!"

Jochanan und Jaakov sahen sich an. Das war ohne Zweifel die Gruppe, die mit Dan unterwegs gewesen war. Die Schritte entfernten sich und Jochanan lugte aus der Zisterne heraus. Nein, es war keiner mehr da. Hier wollten sie ihre Beute verstecken? Ja, wo denn? In einer Zisterne? Gab es noch eine höher gelegene? Aber vielleicht war das gar keine Zisterne, sondern nur eine Höhle, die sie als Versteck nutzten? Jaakov und Jochanan sahen sich um. Dort drüben musste es sein. Bis dahin ging auch nicht die Wasserrinne. Jochanan sah in die Öffnung und konnte im Schein der Flamme etliche Gegenstände liegen sehen, die sorgfältig in einzelne Haufen verteilt waren. Jaakov stieg in die Höhle. „Schau mal Jochanan", rief er. „Was für eine tolle Rüstung. Der Panzer besteht aus lauter kleinen Silberplättchen. Das war sicher ein vornehmer Römer."

„Das sieht so aus. Wenn das man keinen Ärger gibt. Lassen wir die Sachen lieber liegen. Wir müssen uns um das Notwendige kümmern." Sie untersuchten noch die anderen Zisternen, fanden kleinere und größere und alle waren schon gut mit Wasser gefüllt.

„Dank sei dem Ewigen, der uns mit so viel Wasser versorgt", sagte Jochanan.

„Ja, aber besser noch ist das lebendige Wasser, das uns Jeshua gibt", bemerkte Jaakov. Jochanan sah den Jungen verblüfft an. „Hast du das von Simon? Orly sagt auch solche Sachen."

„Ich weiß es selbst", behauptete Jaakov. „Ich habe es erfahren, als ich ganz allein in der Nacht hier am Felsen saß. Ich hatte aber auch noch einen Traum."

„So? Was hast du denn geträumt?" Die beiden hatten den Rückweg wieder angetreten und liefen hintereinander her. Diesmal ging Jaakov vorweg. Er blieb stehen und sah über das Tal vor ihnen. „Siehst du diese kleinen Hügelchen, hier unten? Rahel sagt immer, dass sie wie hingerieselte Mehlhaufen aussehen."

Jochanan sah über das Gelände. „Ein bisschen stimmt es ja auch", meinte Jochanan.

„Ich habe aber geträumt, dass das ein Zeltlager der Römer ist. Ich sah auch die einfachen Soldaten in ihren Rüstungen und die Centurien mit ihren Federbüschen auf den Helmen. Die kamen auf den Felsen zu und kletterten daran zu mir hoch. Sie hatten ihren Dolch zwischen den Zähnen und sahen ganz grimmig aus. Ich bekam Angst und wollte schreien, da bin ich aufgewacht." Jaakov erlebte die Schreckensnacht noch einmal, und er musste sich am Felsen festhalten, um nicht abzustürzen.

Jochanan sah seinen Neffen betroffen an: „Hoffentlich war es wirklich nur ein Traum!"

Als sie zurückkamen, berichteten sie von ihren Erkundungen. Simon war gerade bei Eleazar, um mit ihm die Bestände und die Einteilung zu besprechen. Als Jochanan von den Rückkehrern berichtete, horchte Simon auf. „Sind dann meine Mitarbeiter wieder zurück? Hannia tut ja so, als würde ich sie im Lagerhaus verstecken. Dabei fehlen sie mir selber."

„Ja, gesehen haben wir sie nicht, wir waren gerade in der einen Zisterne. Wir hörten nur Stimmen und dann irgendetwas, das so klang, als wenn der Joel nicht gehorsam gewesen wäre", erläuterte Jochanan.

„Kein Wunder, wenn sie noch nicht einmal ihrem Vater gehorsam sind und der nicht weiß, wo seine Söhne sich rumtreiben. Aber woraus schließt du das?"

„Ja, genau gesehen haben wir sie ja nicht. Wir hörten nur ihre Stimmen und wie einer fragte, was sie wegen Joel sagen sollten. Worauf wohl Dan antwortete, dass sie froh sein könnten, dass sie nicht alle bei dem Regenguss in dem Wadi umgekommen sind."

Plötzlich flog die Tür auf und Hannia kam herein gestürmt, seine Frau Thirza mit verweintem Gesicht dicht hinter ihm.

„Ich verlange eine Aufklärung", rief er aufgebracht mit hochrotem Kopf. „Du bist mir der richtige Anführer! Hast deine Leute nicht im Griff! Wo ist Joel, wo ist mein Sohn?"

„Moment mal, da verwechselst du wohl etwas!", rief Simon dazwischen.

„Halt du dich da raus", zischte der Rabbi.

„Wer hat seine Leute nicht im Griff? Kann ich bitte erfahren, was hier vor sich geht?" Eleazar war ziemlich verärgert aufgesprungen.

„Unser Joel", jammerte Thirza dazwischen. Ununterbrochen warf sie Staub in die Luft, wodurch sie noch zerzauster und verwahrloster aussah, „unser Joel, er ist nicht zurückgekommen. Dieser Dan hat die Kinder verführt für seine Abenteuer und nun", die Frau des Rabbi schniefte hörbar und ihre Stimme überschlug sich.

„Was nun?", Eleazar merkte, dass das Ehepaar vor ihm mit der Situation nicht fertig wurde.

„Wie wir hörten, muss wohl Joel bei dem Gewitter in dem Wadi umgekommen sein", bemerkte Jochanan.

„Woher weißt du das? Warst am Ende noch dabei und hast dem Jungen nicht geholfen?", Hannia stürzte jetzt auf Jochanan zu. Der hob die Hände: „Nein, nein, wir waren zur Kontrolle der Zisternen unterwegs und hörten Männer den Weg vom Wadi kommen. Sie unterhielten sich, woraus wir schlossen, dass Joel nicht mehr bei ihnen war. Gesehen haben wir sie nicht."

Thirza nahm erneut Staub von der Erde und warf sich diesen über den Kopf. „Mein Joel, wer gibt mir meinen Joel wieder?", jammerte sie.

„Ich wünsche, dass dieser Dan zur Rechenschaft gezogen wird", verlangte Hannia und schlug mit der Faust auf den Tisch.

„Ja, das ist recht und billig. Wir werden morgen in der Frühe eine Versammlung abhalten. Ich beauftrage dich, Hannia, die Familienoberhäupter dazu zusammenzurufen!" Eleazar war entschlossen, den unkontrollierten Ausflügen ein Ende zu machen.

Am nächsten Morgen versammelten sich die Männer auf dem Platz vor der Synagoge.

Vorsorglich hatte Eleazar Dan selbst eingeladen, damit es nicht schon vorher zu unnötigen Diskussionen zwischen Hannia und Dan kam. Der war sich allerdings keiner Schuld bewusst, und dachte, dass Eleazar nun selbst die Ausflüge organisieren würde oder ihn damit offiziell beauftragen würde.

Eleazar ergriff das Wort und sagte: „ Dan, dir wird vorgeworfen, dich unerlaubt vom Lager entfernt zu haben, andere auch dazu angestiftet zu haben und deine Aufsichtspflicht ihnen gegenüber verletzt zu haben. Was sagst du dazu?"

Dan war überrascht, auf der Anklagebank zu sitzen. Aber so leicht ließ er sich nicht beirren.

„Gibt es ein Dekret, das das unerlaubte Entfernen von diesem Felsen unter Strafe stellt? Ich kenne keins!" Herausfordernd sah er in die Runde. „Sogar Jochanan hat mich unterstützt, indem er mir Waffen besorgte. Es ist doch so, dass die Römer denken, wir hätten uns zu Ruhe begeben. Ha, wo ist denn unser Kampfgeist? Einen Anführer haben wir, der nichts mehr wagt! Wählt mich zum Anführer, ich bringe euch Knoblauch und Fleisch. Wir reißen es den Römern aus den Zähnen!" Zustimmendes Gemurmel ging durch die Menge.

Eleazar hob die Hand: „Freunde, wollt ihr das wirklich? Dan hat seine Leute nicht vollzählig wieder mitgebracht. Joel ist in den Fluten des Wadi, bei dem Wolkenbruch vor einigen Tagen umgekommen. Er ist verantwortlich für seinen Tod! Die Unternehmung war ungeplant und total unnötig."

„Warum planst du denn keinen Ausfall mit uns." – „Wir wollen auch nicht nur müßig sitzen!"

„Dan hat recht, man muss die Römer erinnern, dass wir noch da sind!" – „Wir wollen auch mal wieder etwas anderes zwischen den Zähnen haben als dieses Getreide." Die Stimmen aus der Menge schwirrten durcheinander.

Wieder hob Eleazar die Hand: „Genug. Jetzt ist nicht die Zeit, Ausfälle zu planen, sondern wir sitzen hier zu Gericht darüber, was mit dem geschieht, der den Tod eines unserer Kinder zu verantworten hat."

„Das war ein Unfall", ließ sich jetzt Dan hören. „Joannas war dabei, er kann es bezeugen!"

„Joannas ist der Bruder, den sollte man nicht befragen. Wer war noch dabei?", wollte Eleazar wissen. Dan schwieg, er wollte nicht seine Mitkumpanen anschwärzen.

„Es geht hier um ein glaubhaftes Zeugnis. Nenn die, die mit dir gegangen sind", bohrte Eleazar.

Jehu, der Jäger, trat vor: „Ich bekenne, dass ich dabei war. Wir waren eigentlich zu spät losgegangen und gingen Richtung Westen durch das Wadi. Als wir merkten, dass es nicht richtig Tag wurde, bemerkten wir die drohende Wolkenwand hinter uns. Bald darauf brach auch schon das Gewitter los. Wir wollten uns unter Sträuchern schützen, aber ich sagte, dass wir nach oben klettern müssten. Ich kenne diese Sturzfluten, die auf einmal durch das Wadi strömen. Ich kletterte also gleich weiter nach oben, einige folgten mir, Joannas und Joel hatten aber Angst vor den gewaltigen Donnerschlägen und wollten sich lieber eine Höhle suchen. Dan hat ihnen zugerufen, sie sollten zu uns kommen. Es kostete einige Überredung bis sie endlich nachkamen. Da kam auch schon die befürchtete Flutwelle, Joel verlor den Halt und stürzte hinunter. Dan konnte Joannas gerade am Hemd packen und zu uns nach oben ziehen. So war es", endete Jehu und zu Hannias gewandt: „Möge der Ewige seiner Seele gnädig sein!"

Es entstand eine minutenlange Stille. Dann erhob Eleazar wieder das Wort: „Wie ihr seht, sind solche unkontrollierten Ausfälle nicht immer von Segen. Außerdem ist es nicht richtig, dass einige solche Ausflüge unternehmen und sich dann auch noch mit der Beute brüsten.

Unsere Gemeinschaft muss für alle da sein, sonst gibt es bald untereinander Streit und Totschlag. Unsere Ausrichtung muss der Feind von außen sein. Da haben wir im Moment noch etwas anderes zu tun. Die Zisternen hier oben sind fast leer, die unteren sind aber schon gut gefüllt. Wir müssen alle Kräfte anstrengen, damit unsere Frauen wieder genügend Wasser schöpfen können. Jochanan, ich beauftrage dich, die Kräfte einzuteilen, damit sofort mit dem Transport des Wassers und dem Befüllen der oberen Zisternen begonnen wird. Am Purimfest wollen wir die Arbeit geschafft haben."

Damit entließ Eleazar die Versammlung

Die Kinder schliefen schon in ihren Betten, da saß Jochanan noch neben Orly in ihrem Arbeitszimmer. Sie arbeitete an einer Decke, die sie für das Baby von Rut und Eleazar anfertigen wollte. Jochanan erzählte Orly von seinen Erlebnissen mit Jaakov und von der Versammlung, während sie die Nadel durch die Decke fahren liess, um Stickereien darauf anzubringen.

„Das könnte auch ein Vorhang für Schawuot geben", bemerkte Jochanan. „Was du da alles drauf stickst. Ich erkenne schon Granatäpfel und Oliven und hier sind Weintrauben, wie schön!" Orly lächelte. Es machte sie glücklich, wenn ihr Mann bei ihr saß. Mehr noch, wenn er erkannte, dass sie es verstand, schöne Dinge anzufertigen.

„Ach ja, wie gern würde ich auch für unser Kind so etwas schaffen", seufzte sie.

„Der Ewige wird die richtige Zeit dafür wissen. Ich liebe dich auch so. Außerdem ...", Jochnan machte eine Pause.

Orly sah ihn durchdringend an: „Was außerdem?"

„Jaakov hatte einen Traum. Vielleicht hatte er nichts zu bedeuten. Aber er sah die Römer hierher kommen, und sie wollten uns überfallen. Was wird dann aus uns, aus dir und dem Kind?"

„Ach mein Lieber", sie strich ihm über das Haar und zog ihn liebevoll am Bart. „Der Allmächtige wird für uns sorgen. Wir müssen Jeshua vertrauen."

Sie legte ihre Stickarbeit fort und richtete sich auf: „Ich möchte dir den Beweis meiner Liebe schenken."

Auch Jochanan war aufgestanden. Er nahm sie zärtlich in die Arme. „Woher nimmst du nur diese Stärke?", seufzte er. „Ich bin hin- und hergerissen. Ich sehe die Verantwortung."

„Du warst doch immer ein Held. Seit Abigail tot ist, bist du häufig so verzagt. Vertraue dich Jeshua an. Glaube mir, er hilft dir!"

„Orly, du weißt, dass ich Abigail sehr geliebt habe. Nun liebe ich dich, und es ist mir unerträglich, dass dir etwas zustößt oder unseren Kindern."

„Das verstehe ich doch, mein Lieber. Aber es ist nicht gut, mit Angst auf das Zukünftige zu sehen. Jeshua hat gesagt, dass er bei uns sein will, bis die Welt einmal zu Ende geht."

„Woran merke ich denn das?"

„Ich werde für dich beten, dass Jeshua dir ganz persönlich sagt, dass du ihm vertrauen sollst."

„Jaakov ist ein feiner Junge. Er hat so viel Mut. Ich möchte, dass unser Kind auch einmal mit so viel Mut und Zuversicht leben kann."

„Das bestimmen nicht wir, der Ewige wacht darüber. Aber ich vertraue ihm. Übrigens hat auch Jaakov sein Leben Jeshua gegeben."

„Das sollte er aber nicht den Rabbinern sagen. Die sind ja der Meinung, dass damit die Gesetze des Ewigen verletzt würden und solche Leute gesteinigt werden müssten."

„Siehst du, es ist gerade umgekehrt. Jeder der glaubt, dass Jeshua der Sohn Gottes ist, hat ewiges Leben."

Jochanan schwieg eine Weile.

„Das Leben besteht nicht nur aus Kämpfen, Essen, Trinken, Lieben", dabei zog Orly sein Gesicht zu sich heran und küsste ihn, „das richtige Leben kommt erst, wenn wir bei unserem Vater im Himmel sein können." Sie setzten sich auf das Bett.

„Himmel, Hölle, wer kann das schon begreifen. Ich bin doch nur ein Soldat, ein Zelot von der üblen Sorte."

„Wie kannst du das nur sagen. Du bist der mir anvertraute Geliebte."

„Es kann so viel passieren. Hab ich dir übrigens erzählt, dass Joel bei dem letzten Ausflug, den Dan mit einigen Leuten gemacht hat, ertrunken ist?"

„Was?", fragte Orly entsetzt, „war das auf dem Ausflug, den du eigentlich mitmachen solltest."

„Ja, aber dann wäre dieses Unglück sicher nicht passiert!", meinte Jochanan bekümmert.

„Wie ist es denn geschehen?", wollte Orly wissen.

„Sie waren in dem Wadi, als dieser wolkenbruchartige Regen herunterkam. Dan hatte wohl den übrigen gesagt, sie sollten schnell einen Weg nach oben suchen. Aber Joel hatte das wohl nicht für nötig befunden, jedenfalls sagte Jehu, der Jäger das so, und da ist ein Riesenschwall Wasser den Wadi heruntergekommen und hat den Joel mitgerissen."

„Das ist ja ganz schrecklich. Da tut mir aber Thirza leid. Einen Sohn zu verlieren, das ist nicht leicht!"

„Verstehst du nun, dass meine Ängste begründet sind!"

„Ja, ich verstehe dich, aber wir dürfen nicht zulassen, dass die Angst uns gefangen nimmt, sondern wir müssen Gott vertrauen, dass er alles gut macht."

„Ich wünschte mir, dass ich das Vertrauen habe", flüsterte Jochanan.

Jochanan zog Orly ganz nah an sich. „Ich liebe dich," flüsterte sie.

„Ich liebe dich auch, kleines Monster", gab er zurück und bedeckte ihre Narbe mit Küssen.

„Dein Monster", lachte sie leise und kuschelte sich ganz eng an ihn.

Purim

Jochanan und Ari organisierten die Helfer für den Wassertransport. Die beiden Esel bekamen lederne Eimer angehängt. Sie gingen erstaunlich willig den Weg, als hätten sie ihr Leben lang nichts anderes getan. An den unteren Zisternen wurde eine Kette gebildet, wo mit Krügen das Wasser geschöpft wurde und dann die Eimer der Esel gefüllt wurden. Das dauerte eine ganze Weile, denn die Esel brauchten Pausen, genauso wie die Jungen, die die Esel führten. Das Wasser wurde dann in die Zisternen auf dem Felsplateau entleert. Es schien, als wollten sich diese Zisternen niemals füllen. Zwischendurch mussten sie auch ein paar Tage den Transport einstellen, weil noch einmal kräftige Regengüsse die Wege unpassierbar machten. Dennoch betrachteten sie den Regen als wahren Segen, denn so bekamen die unteren Zisternen neues Wasser. Endlich, kurz vor dem Purimfest, war die obere riesige Zisterne gefüllt.

Orly war gerade auf dem Weg, um Wasser zu schöpfen und freute sich, dass sie gar nicht weit die Treppe hinunter gehen musste. Mirjam begleitete sie. Jochanan sah sie kommen, nahm Orly den Krug ab und ging für sie hinunter. „Gib mal den Krug", sagte er. „Ich muss da unten selbst nachsehen, wie der Wasserstand ist."

„Ich bin doch nicht krank", protestierte Orly lachend. Aber sie ließ es geschehen.

Damit ging Jochanan hinunter und schöpfte den Krug voll mit Wasser. Auch Mirjam ging hinunter und füllte ihren Krug. „Das ist ja wunderbar!", staunte sie, beim Anblick der gefüllten Zisterne. Gemeinsam gingen sie wieder zurück.

„Morgen ist Purim", bemerkte Orly. „Joram freut sich schon darauf."

„Ich bin froh, dass wir diese Arbeit noch geschafft haben", freute sich Jochanan.

„Ich habe für die Kinder schon kleine Geschenke gemacht", sagte Orly.

„Oh, die Safta hat auch einiges bereitet," bemerkte Mirjam. „Dann können wir ja ganz vielen Freude machen."

Joram kam den Dreien entgegen gelaufen: „Abba, ich brauche noch etwas, womit ich Krach machen kann."

„Krach machen? Das machst du doch den ganzen Tag", lachte Jochanan.

„Gar nicht!", protestierte Joram. „Aber morgen am Purimfest muss man doch Krach machen!"

„So? Wann willst du denn Krach machen?"– „Immer, wenn der Name Haman vorgelesen wird. Der war nämlich ganz böse."

„So, so!", Jochanan nahm den Kleinen auf die Schultern, weil er merkte, dass er nicht recht mit ihnen mitkam und Orly übernahm den Wasserkrug. „Weißt du denn die ganze Geschichte?"

„Nee, die habe ich vergessen. Aber meine Spielkameraden haben schon was zum Lärm machen, und ich will auch Lärm machen."

„Also gut, jetzt werden wir einmal sehen, womit man ordentlich Lärm machen kann, und dann hörst du gut zu, wenn dir Mirjam die Geschichte von Ester, Mordechai und Haman erzählt."

„Kann ich dann schon dabei Krach machen?"

Jochanan setzte Joram am Eingang des Innenhofes ihres Hauses ab.

„Warte hier auf mich. Ich komme gleich wieder! Ich will sehen, was ich für dein Krachmachen finde." Damit ging Jochanan mit Orly und Mirjam ins Haus.

Joram blieb vor der Tür sitzen und liess den Sand durch die Hände rieseln. Dann warf er kleine Steinchen in die Luft und freute sich, wenn er sie wieder auffangen konnte.

Jochanan kam mit zwei Hölzern zurück und setzte sich neben seinen Sohn. Der sah sich die Hölzer an. „Da kann man doch keinen Krach mit machen", beschwerte er sich.

„Warte doch erst einmal ab, du kannst so lange das Stöckchen hier halten", beruhigte ihn Jochanan. „Sieh mal, ich schnitze hier jetzt kleine Kerben ein." Damit nahm er sein Messer und fing an, das größere Holzstück zu bearbeiten. Eine Kerbe nach der anderen entstand, bis die eine Seite aussah, als hätte sie Stacheln. „So, jetzt gib mal das Stöckchen." Joram sah seinem Vater aufmerksam zu, als er mit dem Stock über die Stacheln des Holzes fuhr und ein schnarrendes Geräusch zu hören war.

„Juhu! Ich habe auch einen Krachmacher!", rief Joram erfreut, riss das Holz an sich und ratschte darauf, dass Mirjam und Orly gleichzeitig aus dem Haus kamen: „Wer macht denn hier so einen schrecklichen Lärm?", rief Mirjam. Das freute Joram noch mehr, und er tanzte mit seinem Instrument über den Innenhof. Lea kam von der Küche und hielt sich die Ohren zu. Joram stürmte gleich zu ihr hin „Safta, guck mal, ich hab einen Krachmacher!"

„Du bist ein Krachmacher", rief Lea etwas ungehalten. „Das kann ja lustig werden, wenn morgen Esters Geschichte erzählt wird!"

Und so war es auch. Am Vorabend zum Purimfest wurde das Buch Ester in der Versammlung der Synagoge vorgelesen und immer wenn der Name Haman fiel, der das jüdische Volk, das in Persien in der Verbannung lebte, vernichten wollte, ließen die Kinder ihre Lärminstrumente hören.

Am Abend, als Rut Rahel in ihr Bett legte und Jaakov noch zu Simon hinüber gehen wollte, protestierte die Kleine: „Bitte Jaakov, können wir nicht noch Ester und Mordechai spielen?"

„Nee, wir haben ja keinen König und auch keinen Haman", wehrte sich Jaakov.

„Ach bitte, vielleicht kann Abba der König sein und Rut spielt Haman", bettelte Rahel.

Es klopfte und Simon kam herein. „Ach, ich komme ungelegen", meinte er.

„Nein, nein, komm doch Simon, wir spielen Ester. Du kannst der König sein, Abba ist ja doch zu beschäftigt." Rahel wusste auf ihre unnachahmlich liebenswerte Art die Mitspieler einzuteilen.

„Ich wollte doch nur fragen, ob wir heute Abend fortfahren wollen in unseren Lektionen. Aber das hier ist ja auch eine Lektion." Simon musste wieder daran denken, wie Jeshua die Kinder gesegnet hatte und, wie es in dem Psalmwort hiess, dass Gott sich aus dem Mund von Kindern einen Lobpreis zubereitet hatte.

„Was muss ich machen?", fragte er daher, als wüsste er nichts von der Geschichte.

Rahel sprang auf: „Du musst nur hier sitzen und bist einfach König." Simon musste lächeln. „Das ist ja einfach", meinte er.

Rahel überlegte kurz, dann schob sie Rut auf die andere Seite und gab ihr Anweisung: „Du bist Haman und gehst zum König und lässt den Erlass unterschreiben."

Rut liess sich auf das Spiel ein, kam zu Simon und machte viele Verbeugungen. Sie hatte ein Tuch in der Hand, das sie wie eine Rolle aufgewickelt hatte, und legte das Simon vor.

Der tat, als hätte er einen Siegelring und drückte den auf das Tuch, dann ging sie rückwärts wieder zurück.

„Wir müssen noch einen Ausrufer haben", überlegte Rahel.

„Ach, der König kann doch das auch lesen", meinte Jaakov. Alle waren einverstanden und Simon rollte das Tuch auf und sagte: „Hiermit bestimme ich, dass alle, die nicht mein Standbild ehren und es anbeten, getötet werden!"

„Ja, ja, das ist gut!", freute sich Rahel und klatschte in die Hände.

„Ich werde mich aber nicht vor dem Standbild niederknien!", warf Jaakov ein, der den Mordechai spielte.

„Ha, das melde ich dem König!", rief gleich Rut als Hamann.

„Und ich lade euch zum Essen ein!" Alle Köpfe flogen herum und starrten zur Tür, wo Lea mit einer Schüssel voll süßem Gebäck stand. Aber Rahels Spieleifer liess jetzt keine Unterbrechung zu. „Das ist doch noch nicht dran", beschwerte sie sich. „Jetzt muss der König einen Tag sagen, wann alle Juden getötet werden sollen. „Aber Safta, du kannst ja zusehen, dann haben wir Zuschauer, das ist noch feiner!"

Lea liess sich darauf ein, stellte die Schüssel auf den Tisch und setzte sich auf die Bank.

Rahel sah Simon erwartungsvoll an. Der überlegte, nahm zwei Strohhalme und erklärte: „Dies sind jetzt die Lose", warf sie vor sich auf den Boden und rief mit erhobener Stimme:

„Am dreizehnten des ersten Monats ist der festbestimmte Tag. Alle Boten sollen es in den Povinzen verkündigen."

Rahel ging zu Jaakov: „Du musst jetzt ganz doll traurig sein!" Aber Jaakov konnte sich ein Grinsen nicht verkneifen. Er fand die ganze Geschichte belustigend. „Nicht so lachen, hu hu, macht man da!" Nun mussten alle lachen, und Rahel fing fast an zu weinen.

„Mach nur weiter, kleine Rahel. Du machst das wunderbar. Das sollten wir allen Kindern hier zeigen!", ermunterte Lea sie.

„Also gut, lass uns ernst sein. Komm Flöckchen, ich mach auch richtig mit!", Jaakov tat, als würde er sein Gewand einreißen und Asche auf den Kopf streuen und zog die Mundwinkel herunter.

Rahel war zufrieden und hatte gleich für Lea einen Auftrag: „Safta, kannst du mal den Boten spielen. Ich kann doch als Königin nicht nach draußen gehen."

Lea ging also zu Jaakov: „Mordechai, die Königin lässt dich fragen, warum du so traurig bist."

„Sage der Königin, dass der König einen Erlass gegeben hat, dass alle Juden im Land am dreizehnten des ersten Monats umgebracht werden sollen. Du als Königin solltest für dein Volk beim König um Gnade bitten."

Lea ging wieder zu Rahel und berichtete ihr, was sie gehört hatte.

Nun war Rahel traurig, sie ging hin und her und rief immer wieder: „Was mach ich nur, was mach ich nur?"

„Ich muss zum König, ich weiß, ich lade ihn mit Haman zusammen zum Essen ein."

Hoch erhobenen Hauptes ging das kleine Persönchen zu Simon und legte sich vor ihm auf die Erde.

„Was wünschest du?", fragte der ganz erhaben.

„Ich möchte meine königliche Hoheit zum Essen einladen, zusammen mit Haman!"

Simon nickte nur. Die Tür öffnete sich wieder und ganz leise kam Mirjam herein.

„Wie schön, dass du kommst. Ich finde, dass Mirjam den Haman spielen sollte", befand Rut.

„Ja, das ist eine gute Idee", stimmte Rahel zu „Du bist gerade zum Essen eingeladen."

„So? Was gibt es denn?", fragte Mirjam interessiert. „Ich meine, was spielt ihr denn?"

„Wir spielen Ester, und du bist jetzt der Haman!", erläuterte Rut. Mirjam zog ein Gesicht, „Ich möchte viel lieber Ester sein", meinte sie. „Aber gut, ist ja egal. Was muss ich machen?" – „Du kommst hier zu mir", erklärte Rahel, „und der König kommt auch."

Simon stand auf und schritt würdevoll zu Rahel, die mit einer Handbewegung den beiden zeigte, dass sie sich auf dem Bett niederlassen sollten. Rahel klatschte in die Hände und sah ihre Großmutter herausfordernd an. „Ach, ich bin dran!", rief sie und nahm die Schüssel mit dem Gebäck und stellte sie vor Rahel hin. Sie nahm die Schüssel und hielt sie Simon und Mirjam hin. „Hm lecker", stellte Mirjam fest. „Ich bin ja nur Haman im Spiel." Sie langte noch einmal in die Schüssel.

„He, du isst ja alles auf!", protestierte Jaakov, „Typisch Haman!"

„Morgen lade ich euch noch einmal ein", erklärte Rahel

„Das finde ich sehr nett von dir, Königin Ester", sagte Mirjam.

„Simon, was kommt denn jetzt?", Rahel hatte den Faden der Geschichte verloren.

„Also, ich König Ahasveros kann nicht schlafen und lese in alten Dokumenten und da steht, dass Mordechai mich vor einem Mordanschlag bewahrt hat."

„Ach ja, und dann kommt der Haman, der sich schon auf das nächste Essen bei Ester freut."

„Genau, also ich bin doch der Haman, ich komme jetzt zum König", Mirjam hatte Gefallen an dem Spiel.

„Was tut man einem Mann, der dem König Gutes getan hat?", fragte nun Simon.

„Oh, den setzt man auf ein Pferd, gibt ihm schöne Kleider und lässt vor ihm ausrufen: ‚Dies ist der Mann, der dem König Gutes tut.'"

„Damit meint der König ja mich!", Mirjam tat sehr stolz.

Aber Simon sagte: „Hol schnell Mordechai und gib ihm ein schönes Gewand, setze ihn auf mein Pferd und lass vor ihm ausrufen, wie du gesagt hast." Mirjam drehte sich um und ging wütend weg.

Eleazar steckte den Kopf zur Tür herein: „Na, was macht ihr denn hier?" Er sah die Schüssel mit dem Gebäck auf dem Tisch stehen, „Oh Purimgebäck, hm!" Er langte in die Schüssel. Nun war bei den Mitspielern die Luft raus, und alle stürzten sich auf das süße Gebäck.

„Wir haben Ester gespielt, aber wir waren noch nicht fertig", beschwerte sich Rahel.

Jaakov steckte sich gerade einen Keks in den Mund und meinte: „Wir waren fast fertig, das Volk wird gerettet, genau wie wir!"

„Ja, meine Lieben, so ist das, aber nun muss ich euch euren Ahasveros entführen. Ich brauche Simon für wichtige Gespräche", erklärte Eleazar indem er noch eins von dem Gebäck in den Mund steckte. „Ich hoffe, du hast dich auch gestärkt", sagte er zu Simon.

Der nickte und wollte aufstehen. Aber Rahel war auf seinen Schoss geklettert, um besser an die Gebäckschüssel heran zu kommen.

„Komm Rahel", sagte Lea, „lass Simon gehen, ich denke du musst sowieso ins Bett."

Rahel wollte protestieren, aber Rut nahm sie liebevoll auf den Arm.

Simon ging mit Eleazar zu dessen Arbeitszimmer, wo schon Jochanan wartete.

„Wir müssen etwas unternehmen", begann Eleazar. „Es gibt Unruhe unter den Leuten. Das Plateau ist eng, und die Behausungen sind auch nicht gerade komforabel. Dan hat wohl mit einer Truppe einiges zuwege gebracht, die sich nun leider damit brüstet, dass sie Dinge haben, die andere neidisch machen."

„Für den Preis von Joels Leben", warf Jochanan ein.

„Na, ich glaube, der wird so schnell nicht wieder auf Tour gehen", bemerkte Simon.

Simon fragte sich, was er zu dieser Sache sagen sollte. Jeshua hatte Streitigkeiten immer hart abgekanzelt. Er hatte die bedingungslose Liebe gepredigt und gelebt. War es nicht genug, dass er die Aufsicht über die Vorratslager hatte? Das fiel ihm schon schwer, weil er versuchte, Gerechtigkeit walten zu lassen, den Familien nach der Zahl ihrer Glieder zu geben. Auch wenn sie einen Betrag dafür bezahlten, musste er doch mit den Vorräten haushalten. Außerdem hatte er bemerkt, dass den Familien das Geld ausging.

„Wir sollten eine allgemeine Versammlung einberufen", meinte Jochanan.

„Die Männer haben doch alle etwas gelernt, bis auf die Rabbiner. Lass sie doch in ihren Berufen arbeiten, und dann sollen sie dafür auch Lohn bekommen", warf Simon ein. „Ich merke, dass den Leuten das Geld ausgeht."

„Dann müssen wir eben welches machen. Ich habe gesehen, dass es hier eine Prägepresse gibt. Wenn man die silbernen Becher, die unten im Nordpalast aufbewahrt werden, einschmilzt, kann man daraus doch Münzen machen", schlug Eleazar vor.

„Ja, aber das Geld, das wir eingenommen haben, muss wieder in den Umlauf kommen," gab Simon zu bedenken.

„Gut, wir werden trotzdem eine Versammlung einberufen und mit den Männern die Lage besprechen, sagen wir nach dem Shabbat."

Jochanan und Simon nickten und verabschiedeten sich. Simon

ging hinauf auf den westlichen Turm. Er musste allein sein, um mit seinem Herrn reden zu können. Rahels Esterspiel ging ihm noch einmal durch den Kopf. Die Gedanken daran machten ihn richtig froh. Wie ernsthaft sie doch die Rollen verteilt hatte und spielte! Aber seine Gedanken gingen auch zu der Unterredung mit Eleazar. Simon breitete seine Sorgen vor Jeshua aus. Lange saß er still an die Wand des Turms gelehnt, eine Antwort erwartend. Der Wind wehte sacht und Simon sah zum Himmelszelt hinauf, sah die Sterne der Milchstraße, die unendliche Weite, und doch spürte er die Nähe seines Meisters.

„Was habe ich nur erreicht?", flüsterte er. „Wäre ich doch nur zu Johannes nach Kleinasien gegangen!"

Der Wind drehte, und er hörte ganz deutlich die Stimme seines Herrn: „Sei getrost, fürchte dich nicht, ich habe alles bedacht. Frage nicht, was du erreicht hast, sondern sei getreu in dieser Aufgabe, so wirst du sehen, was ich getan habe."

„Meister, ich habe Sehnsucht, dich zu sehen!"

„Du wirst mich bald sehen, bezeuge nur weiter, was du bei mir gelernt hast!"

„Nichts anderes will ich tun!", Simon streckte die Hände aus, als könnte er den Herrn fassen. Er erhob sich und fühlte sich wundersam gestärkt. Der Wind wurde stärker, wechselte von einer Richtung in die andere und erstarb dann. Noch einmal hob Simon anbetend die Hände. „Ich liebe dich, ich lobe dich, ich preise dich, ich bete dich an!"

Simon stieg vom Turm herunter und ging zu seinem Zimmer. Jochanan stand im Innenhof, als hätte er auf ihn gewartet.

„Gute Nacht", sagte Simon und wollte in sein Zimmer gehen. Aber Jochanan hielt ihn zurück. „Ich habe dich da oben auf dem Turm beobachtet. War noch jemand bei dir? Du hast doch mit jemandem gesprochen?"

Simon sah Jochanan etwas verwirrt an: „Ja, ich habe mit meinem Herrn gesprochen."

„Du sprichst mit ihm so, wie wir beide jetzt miteinander reden?" wollte Jochanan wissen.

„Ja, so ist es."

„Kann man einfach so mit Gott reden? Ich meine, dass wohl Mose damals mit Gott reden konnte. Nun haben wir die Psalmen und die Gebete, die die Rabbiner sprechen, aber so persönlich? Kann ich das auch?"

„Ja, das kannst du auch", versicherte Simon, „wenn du anerkennst, dass Jeshua der Sohn Gottes ist und er in dein Leben kommen soll, dann kannst du genauso mit ihm reden. Orly kennt Jeshua auch auf diese Weise!"

„Ja, ich weiß, und ich möchte das auch haben!"

„Dann komm zu mir." Simon öffnete die Tür und liess Jochanan eintreten. Die beiden knieten sich hin und Simon sprach Jochanan vor und Jochanan wiederholte die Worte:

„Ich glaube, dass Jeshua der wahre Sohn Gottes ist, und dass Er für meine Schuld am Kreuz gestorben ist, dass er auferstanden ist und nun für mich beim Vater einsteht."

Jochanan und Simon erhoben sich. Simon umarmte seinen gefundenen und erlösten Bruder. Jochanan sagte nur: „Wie fühle ich mich so leicht! Aber ich glaube, ich muss noch viel lernen."

„Der Heilige Geist wird dich in allem unterweisen." Jochanan ging glücklich nach Hause. Aber auch Simon hatte ein Herz voller Dankbarkeit und ging wieder auf die Knie, um Jeshua die Ehre zu geben.

Die Luft wurde wieder milder, und Orly freute sich, dass auf ihrem Feld, auf dem sie etwas ausgesät hatte, schon Frucht zu sehen war.

An einem Abend, als sie den Shabbat verabschiedet hatten, rief Eleazar die Männer zusammen.

„Es ist ein offenes Geheimnis, dass sich hier einige Privilegien herausnehmen, ohne dass das abgesprochen ist. Wenn ihr meint, dass wir hier auf einer Insel bzw. auf einem Felsen sitzen, wo uns niemand etwas anhaben kann, dann stimmt das nur zum Teil."

Sofort erhob sich unwilliges Gemurmel. Aber Eleazar streckte die Hand aus, um Ruhe in die Menge zu bringen.

„Wir haben Wohnungen für euch geschaffen, die große Zisterne ist gefüllt, es gibt genügend zu essen..."

„Aber kein Gemüse, keinen Knoblauch!", wurde er wieder aus der Menge unterbrochen.

„Ihr benehmt euch wie die Israeliten, als sie aus Ägypten flohen und auf der Wüstenwanderung waren. Dabei hatten sie nur Manna zu essen. Ihr habt reichlich Korn."

„Weit und breit ist kein Römer zu sehen. Zum Passahfest wollen wir Lämmchen schlachten", rief Jehu der Jäger.

„Zum Passahfest werdet ihr Lämmchen schlachten, das verspreche ich euch! Aber inzwischen müsst ihr eure Arbeit tun."

„Gib uns Arbeit. Oder sollen wir deiner Schwester helfen, die drei Grasbüschel zu ernten?" Dan, der von den Anschuldigungen, etwas an dem Tod von Joel verantworten zu müssen, freigesprochen worden war, war wieder Anführer derer, die an allem etwas auszusetzen hatten. Mit seiner Bemerkung erntete er allgemeines Gelächter.

„Wir wollen nach Jerusalem, wir wollen kämpfen, die Römer müssen weg!", rief er mehr in die Menge als zu Eleazar. Allgemein zustimmendes Gemurmel.

„Gut, Dan, du willst ja immer die Dinge in die Hand nehmen. Ich beauftrage dich, herauszufinden, welche Möglichkeiten bestehen, wo die Römer ihre Lager und Festungen haben. Ich will über alles Bericht erstattet bekommen!" Eleazar machte eine Pause. Dann fuhr er fort: „Du magst dir zwei, drei Begleiter aussuchen. Ihr übrigen kümmert euch um die Waffen, die Ausbildung der Jünglinge. Außerdem, in der Töpferei braucht Menachem Hilfe. In der Küche und Bäckerei sollte nicht alles an meiner Mutter hängen bleiben. In der Gerberei müssen dringend die Felle aufgearbeitet werden, die wohl noch von Herodes Zeiten dort liegen. Ich wünsche, dass sich jeder seine Arbeit gewissenhaft vornimmt."

Damit war für Eleazar die Versammlung aufgelöst. Lea kam zu ihrem Sohn.

„Was hast du dir denn dabei gedacht? Soll ich nichts mehr tun?", fragte sie vorwurfsvoll.

„Ima, hast du nicht immer gestöhnt, dass dir das alles zu viel ist? Jetzt habe ich dir Entlastung schaffen wollen, nun ist es auch nicht richtig?", verteidigte sich Eleazar.

„Wenn da niemand die Oberaufsicht führt, geht alles drunter und drüber. Außerdem müssen bald die ungesäuerten Brote gebacken werden. Die Häuser müssen geputzt werden!", zählte Lea auf.

„Siehst du, da hast du doch genug zu tun, oder? Überlasse die Bäckerei den Bäckern. Du kannst doch Rut zur Hand gehen. Du musst nicht mehr für alle zuständig sein", versuchte Eleazar seine Mutter zu beruhigen.

Lea nickte. Im Grunde hatte ihr Sohn Recht. Orly war versorgt, bald würde sie sich um ein neues Enkelkind kümmern müssen. Trotzdem fühlte sie sich irgendwie abgeschoben. Er hätte wenigstens seine Entscheidung mit ihr besprechen können. Langsam ging sie zu ihrem Zimmer.

Pessahbesuch

Die Sonne erwärmte die Felsen zusehends. In einer Ecke standen zwei Mandelbäumchen, die schon ihre Blüten abgeworfen hatten und nun üppige Fruchtansätze zeigten. Dan war von seinen Erkundigungen noch nicht zurück, da klopften zwei Wanderer an das Tor. Ari, der Torwächter, spähte aus der kleinen Luke und sah zwei junge Burschen, der eine trug ein Lamm auf den Schultern, der andere hatte ein Paket auf dem Arm. Der Kleidung nach mussten es Mönche von den Essenern sein.

„Was wollt ihr?", fragte Ari, nicht eben freundlich.

„Wir wollen zu Simon, dem Mann des Weges. Ist er noch hier?", fragte der Größere der beiden.

„Ja, er ist noch hier. Kommt erst mal herein. Ich nehme mal an, dass ihr keine Spione seid. Was soll ich denn Simon sagen?"

„Sag, dass Tobias von den Essenern hier ist."

Das Tor ächzte in den Angeln. „Ihr könnt euch hier im Schatten ausruhen." Ari deutete auf die Bank in dem Torbogen. Er ging in seine Klause und kam mit einem Krug Wasser, zwei Bechern und einer Schale für das Lamm zurück. „Hier, ihr habt sicher Durst", meinte er und stellte alles neben Tobias auf die Bank. Dann verschwand er.

Er fand Simon in der ersten Lagerhalle, wo dieser gerade dabei war, Jaakov einen Sack Gerste auf die Schulter zu laden. „So, sag deiner Safta einen schönen Gruß!"

„Simon", rief Ari in die Halle, „da ist Besuch für dich gekommen."

„Besuch für mich? Wer soll das denn sein?", fragte Simon erstaunt.

„Zwei Burschen, der eine heißt Tobias von den Essenern!" erläuterte Ari.

„Was, Tobias?" Jaakov hätte fast den Sack fallen lassen. „Wo ist er?"

„Unten am Tor. Aber er hat nach Simon gefragt."

Aber Jaakov hatte schon den Sack abgestellt. „Hol ich später!", rief er noch und sauste davon.

„Kennt der den auch?", fragte Ari kopfschüttelnd. „Diese Jugend!"

„Ja, wir haben auf dem Weg hierher bei den Essenern einen Tag Pause gemacht. Aber dass der Tobias hier jetzt auftaucht, verwundert mich doch sehr. Na, da wollen wir mal sehen." Er schloss das Lagerhaus ab und ging mit Ari hinunter zum Tor.

Jaakov hatte die Besucher schon erreicht, die im Schatten des Tores sich ausruhten.

„Tobias, bist du es wirklich!", rief er erfreut.

Tobias stand auf und umarmte den Jungen herzlich: „Das ist schön, dich gleich zu sehen! Wann willst du eigentlich mal ein bisschen wachsen?" Er hielt Jaakov ein wenig von sich fern und sah ihn von oben bis unten an.

„Ach, das kommt noch!", lachte Jaakov.

Inzwischen war Ari mit Simon ebenfalls am Tor angekommen.

„Ah, Tobias, schön dich hier zu sehen, willkommen", begrüßte Simon ihn.

„Shalom, Simon, dies hier ist Jakobus. Er war wie ich Novize und ist mit mir zusammen in den Orden aufgenommen worden."

„Willkommen! Was treibt euch hierher? Wie geht es Zippora, deiner Mutter und den übrigen Ordensbrüdern?"

„Kurz nachdem ihr weitergezogen seid, kam jemand aus Jerusalem und brachte uns eine Schriftrolle, die ein gewisser Markus geschrieben haben soll und die von Petrus diktiert worden waren. Sie enthielt Einzelheiten von dem, was du mir damals erzählt hattest. Ich habe die Schriftrolle abgeschrieben und wollte dir eine davon bringen."

„Das ist ja unglaublich!", rief Simon mit zitternder Stimme. „Bitte kommt mit zu mir in mein Zimmer, da können wir sie uns anschauen. Tobias, dass du da gleich an mich gedacht hast!"

„Habt ihr das Lämmchen für Pessach mitgebracht?", wollte Jaakov wissen.

„Ja, wenn ihr Platz für uns habt, würden wir gern mit euch zusammen das Passahfest feiern!", nickte Jakobus.

„Fein, das wird ja ein richtiges Fest!", Jaakov lief schon voraus, „Das muss ich unbedingt Orly erzählen!"

Tobias nahm sorgfältig sein Paket wieder auf den Arm, und Jakobus nahm das Lamm auf die Schulter. Unterwegs kamen ihnen Naemi und Tamara entgegen.

„Simon, was ist, wir müssen noch bei dir einkaufen!", riefen sie Simon zu.

„Geht nur schon hin, ich komme gleich", entgegnete er und zu Tobias gewandt: „Man hat mir die Aufsicht über die Lagerhäuser übertragen."

„Ja, habt ihr denn genug? Wie viele Leute sind hier oben eigentlich?"

„Ich glaube so an die tausend!"

Tobias bekam runde Augen. Inzwischen waren sie bei dem Haus angekommen, wo Simon sein Zimmer hatte. Mirjam kam gerade über den Hof.

„Sieh mal, da kommt die Hüterin der Schäfchen", neckte Jaakov sie. Mirjam blieb stehen. Langsam kam ihr die Erinnerung an den kurzen Aufenthalt in Qumran und den jungen Torwächter. Sie schlug die Augen nieder und wollte schnell vorbei gehen. Aber Simon sagte freundlich: „Komm Mirjam, du kannst das Lamm mit zu deinen Schäfchen tun, dann ist es nicht so einsam." Jakobus legte das Lamm in Mirjams Arm. Eine leise Röte überzog ihr Gesicht.

Simon ließ die Besucher eintreten, bot ihnen eine Schüssel mit Wasser an, um Hände und Füße waschen zu können.

„Du kannst mal deinem Vater berichten, dass wir Besuch bekommen haben", sagte Simon zu Jaakov. „Vielleicht will er als das Oberhaupt selbst die Ankömmlinge begrüßen."

„Ja, das ist eine gute Idee. Aber vorher muss ich den Sack Gerste, den ich vorhin bei dir stehen gelassen habe, zur Safta bringen, sonst ist sie ärgerlich mit mir."

„Ja natürlich", und zu seinen Gästen gewandt, „bitte, ruht euch ein wenig aus. Nachher werden wir Zeit zum Erzählen haben." Damit ging Simon mit Jaakov zurück zum Lagerhaus. Jaakov sprang wie ein Zicklein vorweg. „Willst du mal einem alten Mann nicht so davon laufen!", rief Simon hinter ihm her. „Du musst doch auf mich warten!"

Aber Jaakov hatte es eilig. Am Lagerhaus traf er auf Tamara und Naomi. „Na endlich!", stöhnte Tamara. „Wo bleibt denn der Alte."

„Bin schon da, ein wenig mehr Respekt wäre ja wohl angebracht!" Simon schnaufte etwas, schloss die Halle auf und lud Jaakov den Gerstensack auf die Schulter.

„Bis nachher, ich darf doch kommen?" Ohne eine Antwort abzuwarten, war er schon davon.

„Und womit kann ich euch dienen?", fragte Simon die beiden Frauen. Die hatten es jetzt aber gar nicht mehr eilig. Viel mehr waren sie an Neuigkeiten interessiert, denn davon gab es auf Masada nicht so viele. Wer denn die beiden jungen Männer seien, die sie haben kommen sehen, wollten sie wissen, und was sie denn hier wollten. Aber Simon gab sich einsilbig über seinen Besuch. Sie würden alles zu gegebener Zeit erfahren, sollten nur jetzt die Wünsche sagen, denn er wolle seine Besucher nicht so lange warten lassen. Pikiert zogen die beiden mit ihren Körben nach Hause, und Simon verschloss die Halle wieder sorgfältig. So schnell, wie Simon wieder an seiner Behausung war, war auch Jaakov bei ihm, atemlos rief er: „Mein Abba lässt dir sagen, dass du mit den beiden Besuchern zu ihm herüber kommen sollst."

„So, so, jetzt gleich? Da schauen wir doch mal, wie weit unser Besuch dazu bereit ist."

Aber Tobias und Jakobus waren gleich bereit, mitzugehen. Sie hatten sich schon immer gewünscht, den Anführer der Zeloten kennenzulernen. Simon war ein wenig enttäuscht. Er hätte sich gern gleich mit der Schriftrolle befasst. Die musste nun warten. Tobias wickelte noch eine zweite Rolle aus, und ging mit Jakobus hinter Jaakov und Simon her.

Eleazar kam den Ankömmlingen entgegen und streckte ihnen herzlich die Hände entgegen: „Shalom und willkommen auf Masada. Wir sind ja sozusagen Nachbarn!", Eleazar lachte dröhnend. „Ihr seid aus Qumran. Wer von euch beiden ist denn Tobias? Mein Sohn hat mir von euch und eurer Gemeinschaft erzählt. Wie geht es dort, haben die Römer euch noch nicht entdeckt?"

„Also ich bin Tobias, und dies hier ist mein Mitbruder Jakobus!" erläuterte Tobias. „Allerdings haben uns die Römer entdeckt und haben unser Anwesen dem Erdboden gleich gemacht. Einige Brüder sind umgebracht worden. Wir hatten vorher erfahren, dass die Römer alle Unruhenester ausheben wollten. Wir konnten die Schriftrollen in den umliegenden Höhlen verstecken. Jakobus und ich haben eine Zeitlang in einer schwer zugänglichen Höhle ausgehalten. Aber jetzt ging uns das Wasser und die Nahrung aus."

„Oh, das tut mir leid, habt ihr eine Ahnung, ob die Römer die Absicht haben, auch nach Masada zu kommen?"

„Das könnte ich mir vorstellen. Aber die Festung ist ja wirklich gut gesichert. Ich hörte, dass einige von euren Leuten in der Umgebung Unruhe stiften. Das werden die Besatzer sich nicht lange gefallen lassen."

„Was ist mit dem Rabbi und Nathan und den übrigen Brüdern?", wollte Simon wissen.

„Alle Brüder, die noch in den Höhlen wohnten, haben sich in alle Himmelsrichtungen zerstreut. Der Rabbi und die Frauen sind umgebracht worden, sie lebten ja unten in dem Zentrum."

„Oh nein, da wird Orly, wenn sie das hört, besonders traurig sein", sagte Jaakov.

„Und nun, wo wollt ihr hingehen?", wollte Eleazar wissen.

„Wir wissen es noch nicht genau. Wir wären froh, wenn wir eine Weile bei euch bleiben könnten. Wir könnten uns bei euch nützlich machen", erläuterte Tobias.

„Oh ja, bleib bei uns!", freute sich Jaakov.

„Langsam Junge!", Eleazar zog die Stirn Falten. „Auf zwei Esser mehr kommt es zwar nicht an. Aber noch eine Ideologie kann ich hier nicht gebrauchen!"

„Das wollen wir auch nicht. Wir leben nach dem Gesetz Mose. Hier, wir haben eine Rolle des Tenach mitgebracht, sozusagen als Gastgeschenk." Tobias legte vorsichtig die Rolle auf den Tisch. Eleazar fuhr mit den Fingern über den leinenen Mantel der Rolle. Solch ein Schriftstück war eine Kostbarbeit. Die Schriftrolle, die die Rabbiner zum Shabbat aus dem Schrank nahmen, und aus der vorgelesen wurde, war schon sehr alt und brüchig. Die Gastfreundschaft erforderte es auch, dass man Fremde nicht fortschickte, zumal das Fest der ungesäuerten Brote in Kürze bevor stand.

„Ich danke euch im Namen der Gemeinschaft", sagte Eleazar. „Wir werden sehen, wo wir euch unterbringen."

„Ich habe schon beengter gehaust. Die beiden stellen keine großen Ansprüche. Wenn es dir recht ist, können sie bei mir wohnen", lud Simon die Wanderer ein.

„Das ist schön. Danke Simon, alles Weitere wird sich finden lassen." Damit war die Audienz bei Eleazar beendet. Simon ging mit seinen Gästen über den Hof.

„Ich kann euch doch mal hier alles zeigen", schlug Jaakov vor.

„Ja, das ist eine gute Idee", meinte auch Simon und so gingen sie hinaus zu den Unterkünften in der Kasemattenmauer, zu der Synagoge und zum Westpalast. Die beiden Neuankömmlinge staunten über die große Festung und wie sie gesichert war und welcher Reichtum immer noch aus der Zeit des Herodes zu sehen war. Auf dem Weg zur Zisterne kam ihnen Orly entgegen.

„Orly, sieh mal, wer hier zu Besuch gekommen ist", rief Jaakov von weitem.

Orly blieb stehen und sah der kleinen Gruppe skeptisch entgegen.

„Ist das die Verschleierte, die damals nicht mehr laufen konnte?" fragte Tobias ungläubig. „Sie ist ja gar nicht so hässlich, wie ihr gesagt habt!"

Tatsächlich sah Orly, wie sie so leicht und anmutig daher kam, gar nicht so gebrechlich aus wie damals, als sie in Qumran Einkehr gehalten hatten. Der Schleier fehlte und die Sonne hatte ihre Haut bronzefarben gemacht, wodurch die dicke Narbe auf der linken Seite nicht mehr so auffällig erschien.

„Shalom", grüßte sie. „Oh, Gäste aus Qumran? Wie schön! Können wir eure Gastfreundschaft erwidern? Wie geht es Zippora?"

Simon gab es einen Stich, dass Orly gleich nach der Frau fragte, von der Tobias nun berichten musste, dass sie nicht mehr unter den Lebenden war.

„Ach", traurig senkte Orly den Kopf, „ich hatte mir so gewünscht, dass ich meine Wohltäterin noch einmal treffe. Was ist geschehen?"

„Die Römer ...", hob Tobias an. Aber Orly schüttelte den Kopf. „Nein, ich will es lieber doch nicht wissen."

Langsam wollte auch sie eine gewisse Angst beschleichen. Wie viel hatten die Römer schon zerstört? Aber Simon nahm sie am Arm „Paulus hat einmal gesagt, dass denen, die Gott lieben, alle Dinge zum Besten sein müssen."

„Wie soll man das verstehen können. Da sehe ich nun wirklich nichts Gutes drin, dass Zippora und sicher nicht nur sie allein, getötet worden sind."

„Du hast recht, Orly", versuchte Simon sie zu trösten. „Jetzt kannst du es noch nicht erkennenn. Das ist genauso mit deinen Webarbeiten. Du hast das Ganze schon in deinem Plan, aber wenn wir dein Werk am Anfang oder wenn die Hälfte erst fertig ist, betrachten, so können wir nichts darauf erkennen. Gott hat alles in seiner Hand und er hat einen Plan, den er ausführt. Wir Menschen sehen das nicht, meinen sogar, dass alles zu ungerecht ist, aber am Ende stellen wir fest, alles hat der Ewige gut gemacht."

Orly nickte. Sie wandte sich an Tobias und Jakobus: „Bleibt ihr zum Passahfest? Ihr solltet unsere Gäste sein!"

„Danke, Orly! Simon hat uns schon ein Quartier angeboten. Wir nehmen auch gern die Einladung zum Fest an."

„Das ist schön, bis dann!", damit eilte sie davon. Die Männer sahen ihr hinterher.

„Man kann gar nicht glauben, dass das die scheue, fußkranke Frau ist, die damals bei uns in Qumran war", meinte Tobias.

Die Vier setzten ihren Rundgang fort, aber Tobias Gedanken hingen weiter an seiner Mutter Zippora und seinem Vater, den er ebenfalls verloren hatte. Wie sicher war doch hier die Festung. Man hätte sich rechtzeitig auf die Flucht machen sollen. Aber sein Vater, der oberste Rabbi, hatte es nicht gewollt. ‚Wir tun niemandem etwas Böses', hatte er gesagt, ‚verehren nur den Ewigen und warten auf das Kommen des Messias.' Wie wenig hatte er Recht behalten.

Es kam der Tag, an dem der Sederabend der Ordnung gefeiert wurde. In allen Unterkünften hatten die Frauen alles aufs peinlichste gesäubert, dass kein Krümel Sauerteig mehr irgendwo zu finden war. Lea war ihrer Schwiegertochter zur Hand gegangen, und auch Orly hatte zusammen mit Mirjam ihr Haus geputzt. Die Familien hatten aber beschlossen, zusammen das Fest zu begehen. So hatte Jochanan Tische und Bänke im Innenhof aufgestellt, weil da am meisten Platz war. So saßen dann 12 Personen um den Tisch, der festlich gedeckt war. Eleazar, als das Oberhaupt der Familie, übernahm den Vorsitz. Er hatte ein weißes Gewand an. Aber er machte eher eine unglückliche Figur. Darum bat er Simon, als den Ältesten, neben ihm Platz zu nehmen. Simon freute sich über diese Ehre und hoffte, die Gelegenheit zu bekommen, seinen Messias zu bezeugen. Vor ihm stand der große Sederteller, auf dem in der Mitte, eingewickelt in ein Tuch, drei Matzen lagen. Rundherum waren kleine Tonschüsselchen angeordnet. In einem war Salzwasser, das die

Tränen des Volkes Israel symbolisierte, die sie weinten in der ägyptischen Knechtschaft. Dann lag da ein Lammknochen und ein Schüsselchen mit einem süßen Brei aus Äpfeln, Rosinen, Nüssen und Honig, das an den Mörtel erinnerte, mit dem die Israeliten die Ziegel brennen mussten. In ihrem kleinen Gärtchen hatte Orly Meerrettich, Salat und Petersilie gezogen, welche nun auf dem Teller zur Geltung kamen und ein gekochtes Taubenei, statt des Hühnereis, das an das Ende des Tempeldienstes erinnerte. An jedem Platz stand ein Becher.

Rut erhob sich und zündete zwei Kerzen an und sprach den Lichtersegen darüber.

Eleazar schenkte allen aus einem Krug in den ersten Becher, dem Becher der Befreiung, ein. Er sprach den Segen darüber, womit das Sedermahl eröffnet war. Alle leerten den Becher, der auch gleich wieder gefüllt wurde. Dann wurde eine Schüssel mit Wasser herumgereicht, und jeder tauchte seine Hände hinein. Nun nahm Eleazar ein Büschel von der Petersilie, tauchte sie in das Salzwasser, während er die Begebenheit des Volkes Israel erzählte, wie sie in Ägypten unterdrückt wurden und harte Fronarbeit leisten mussten. Alle nahmen von der Petersilie und tauchten sie in das Salzwasser. Wiederum sprach der Hausherr einen Segen, ehe das Kraut gegessen wurde.

Nun sahen die Kinder ganz gespannt auf Eleazar, denn nun wurde der mittlere Matzen, gebrochen. Eine Hälfte davon, den man den Afikoman nennt, musste versteckt werden. Später wenn er gesucht werden durfte, wollte Joram der Erste sein, denn der Finder bekam ein Geschenk. Eleazar hielt den halben Matzen hoch und machte es so geschickt mit dem Verstecken, dass Joram nichts mitbekommen hatte.

Er sah sich um, suchte auf dem Tisch und unter dem Tisch.

Alle sahen gespannt auf Joram, der diesmal die Fragen stellen sollte. Er hatte so geübt, nur keinen Fehler zu machen, aber er war mit anderen Dingen beschäftigt.

Orly stubste ihn an und nickte ihm aufmunternd zu: „Du wolltest fragen, warum wir das Pessah Seder feiern", flüsterte sie ihm ins Ohr. Da hellte sich sein Gesichtchen auf. Er sprang von der Bank und rannte zu Mirjam: „Warum unterscheidet sich diese Nacht von allen anderen?", piepste er.

Mirjam antwortete ihm gehörig: „In allen anderen Nächten essen wir gesäuertes oder ungesäuertes Brot, in dieser Nacht nur Matze."

Er ging weiter zu Jaakov. Er grinste, als Joram ihn mit seinen dunklen Augen ansah und dieselbe Frage stellte, dabei suchend aber immer den Blick auf dem Tisch schweifen ließ.

„In allen anderen Nächten essen wir irgendwelches grünes Gemüse, in dieser Nacht nur bittere Kräuter", antwortete Jaakov.

Als er zu Rahel kam, merkte er, dass sie auf einen bestimmten Punkt, hinter einer dicken Schüssel starrte. Ob da der Afikoman lag? Joram lugte um die Schüssel herum, konnte aber nichts entdecken.

„An diesem Abend haben wir ein Festmahl", trompetete Rahel, ehe Joram seine Frage stellen konnte.

„Du weißt, wo er ist", maulte Joram.

„Was, wer?"Rahel sah ihn mit großen Augen an. Sie war mit ihren Gedanken konzentriert bei ihrer Antwort gewesen.

„Na, der Afikoman!" – „Nein, ich weiß es nicht!"

„Komm, Joram setz dich wieder, alle haben Hunger", Jochanan hob seinen Sohn wieder auf seinen Platz.

Der Hausvater erhob den Becher und alle taten es ihm nach. Und dann wurde die Geschichte erzählt, wie Jakob und seine Söhne mit ihren Familien nach Ägypten gekommen waren und wie sie 400 Jahre dort wohnten, wie sie aber zum Schluss von dem Pharao wie Sklaven behandelt worden waren und das Volk zu Gott schrie, er möge sich ihrer erbarmen. Dann sandte er Mose, der mit seinem Bruder Aaron zum Pharao gehen musste, um die Freilassung des Volkes zu erwirken. Aber der Pharao wollte nicht, und so schickte Gott etliche Plagen nach Ägypten. Nun wurden die Plagen aufgezählt und jeder wiederholte die Plagen und tauchte den kleinen Finger in den Becher und ließ einen Tropfen Wein auf den Teller fallen. An dieser Übung hatte Joram Gefallen, Er steckte gleich die ganze Hand hinein, was Lea mit einem strafenden Blick quittierte. Orly beugte sich zu ihm hinter und flüsterte: „Nicht so viel, nur ein Tropfen!" Er hatte aber schon einen kleinen See auf seinem Teller und fing an, ihn mit dem Finger zu verteilen. Orly nahm ihn auf den Schoß und flüsterte ihm etwas ins Ohr. Er sah sich in der Runde um. Aber außer Saftas tadelnden Blick, konnte er nur amüsiertes Grinsen erkennen. Er leckte sich die Finger ab und hörte zu, was gesagt wurde. Alle anderen wiederholten das, was Eleazar vorsagte: „Blut, Frösche, Stechmücken, Fliegen, Viehpest".

„Was ist Viehpest?", wollte Joram jetzt wissen.

„Nachher", flüsterte Orly, „nachher."

‚Nachher' überlegte Joram war Viehpest? Ob das Lamm, das Jakobus mitgebracht hatte und das geschlachtet worden war, so etwas war?

An Joram rauschten die Worte vorbei, auch als aus der Thora vorgelesen wurde, war er nicht bei der Sache.

Der Hausherr las von dem Blut des Lammes, das an die Türpfosten gestrichen worden war, damit der Würgeengel die Erstgeburt der Israeliten verschonte, während alle Erstgeburt der Ägypter umgebracht wurde. „So wie das Blut des Passahlammes an die Türpfosten gestrichen wurde, so muss das Blut des Messias an unsere Herzenstür gestrichen werden", verkündete Simon.

Tobias horchte auf und sah zu Eleazar hinüber. Hatte er nicht zugehört oder waren alle jetzt von der neuen Lehre des Messias überzeugt? Aber Eleazar hob abwehrend die Hand.

„Das ist Auffassungssache", knurrte er nur.

Es wurde weiter die Geschichte aus der Thora vorgelesen und Joram wurde es schon langweilig. Dann wurde ein Lied gesungen, und der zweite Becher Wein wurde ausgetrunken.

Eleazar segnete den oberen Matzen und verteilte ihn in kleinen Stücken an die Anwesenden. Nun wurde die Schüssel herumgereicht mit dem geriebenen Meerrettich, und jeder nahm sich etwas auf sein Matzenstück. Joram hatte sich ordentlich aufgetan und steckte es in den Mund. Im gleichen Moment fiel es aber wieder heraus, und er hielt sich die Hand vor den Mund: „Hu, ist das eine Plage?", jaulte er. Alle mussten lachen. Der Rettich war tatsächlich so scharf, dass allen die Tränen kamen. Nun kam der Brei dran. Da langte Joram ordentlich zu, denn der war süß und saftig. Danach brachten Rut und Orly das gebratene Lamm und Reis auf den Tisch. Orly war es, als hätte sie nie etwas besseres gegessen. An ihrer Seite ihr Mann, rechts von ihr Joram. Mirjam, die mit gesenktem Kopf am Tisch saß, schloss sich daran an. Orly überlegte, ob es ihr wohl nicht gut ginge, dass sie so still war und überhaupt nicht aufblicken mochte. Ihr gegenüber saßen Lea und Rut, daneben Rahel und Jaakov. Die beiden Besucher Tobias und Jakobus saßen am unteren Ende. Aber Orly fiel auch auf, dass Jakobus immer in die Richtung von Mirjam sah. Orly schob die Gedanken beiseite und freute sich über die Gemeinschaft in der Familie. Wann würden sie wieder in Jerusalem das Passahfest feiern? Wie sah es dort jetzt aus? Sie ließ ihre Blicke über die Anwesenden schweifen und blieb an Rut hängen. Rut sah glücklich aus. Sie hatte ein weites Gewand an, so dass der Bauch gut verdeckt war. Orly seufzte, wann würde sie selbst ein Kind unter dem Herzen tragen? Gottes Wege sind nicht unsere Wege, hatte Simon ihr gesagt. Ja, sicherlich hatte der Ewige einen besseren Plan.

Dan war mit guten Dingen, die für das Passahmahl nötig waren, wiedergekommen. Er hatte eigentlich nur gute Nachrichten mitgebracht. Die Römer hatten zwar Jerusalem zerstört, und waren nun damit beschäftigt, ihre Herrschaft über Jadäa und Samaria zu festigen. Ein neuer Statthalter war eingesetzt worden, den die Zeloten nur zu gut aus den Kämpfen um Jerusalem kannten. Es war ein hervorragender Feldherr und doch überaus grausam. Die Römer schienen sich überhaupt nicht um ihren kleinen Schlupfwinkel, die Festung Masada, kümmern zu wollen. Orly war es sehr recht, wenngleich die Unterbringung der einzelnen Familien sehr beengt war. Wer das Glück hatte, im Westpalast eine Ecke erwischt zu haben, hatte es wesentlich besser als die, die in den Kasemattenunterkünften ihr Zuhause hatten.

Auch Eleazar schien solche Gedanken zu haben. Er blickte

plötzlich auf und sah seine Schwester an. Jochanan bemerkte ihre Blicke. „Was ist mit dir", fragte er.

„Ach, ich dachte nur gerade darüber nach, wie es hier weitergehen mag. Erst kürzlich hat mir Thirza ihr Leid geklagt, dass alles so eng ist", antwortete Orly.

„Mach dir doch heute keine Sorgen darum", beruhigte Jochanan sie.

„Richtig", bestätigte Simon, der mitbekommen hatte, worüber die beiden sprachen. „Jeder Tag hat doch seine eigene Plage und heute erinnern wir uns an das, was der Herr Großes an uns getan hat."

„Haben wir heute auch eine Plage?", wollte Joram wissen. „Ist das Viehpest hier? Die schmeckt aber gut!" Er kaute gerade an einem Stück Fleisch. Ihm schmeckte es.

„Nein, mein Junge, das ist ein Lamm gewesen, und Viehpest ist eine Krankheit, die Tiere bekommen können. Dann sind sie aber ungenießbar und können nicht mehr gegessen werden. Dieses Lamm war ganz ohne Fehler."

Orly fiel auf, dass Mirjam nichts von dem Fleisch aß. Sicherlich dachte sie an die Lämmchen, die sie bisher zu versorgen hatte. Orly lächelte ihr verständnisvoll zu.

Nach dem Essen durften die Kinder nach dem Afikoman suchen. Joram suchte auf dem Tisch, wo Eleazar und Simon saßen, aber da war nichts zu finden. Rahel war auch aufgestanden und fand gleich den halben Matzen, den ihr Vater hinter sich auf eine Steinbank in die Ecke gelegt hatte.

„Ich hab ihn", rief sie triumphierend.

„Oh, ich wollte ihn doch finden!", maulte Joram.

Rahel ging zu ihm. „Hier," sagte sie, „hier hast du ihn". Sie hielt Joram den Matzen hin und setzte sich wieder auf ihren Platz. Joram war beschämt und brachte den Matzen zu seinem Onkel .

„Du bekommst ein Geschenk von mir", sagte er, „und Rahel

bekommt auch eins, einverstanden?" Joram nickte und strahlte Rahel an, als hätte er das für sie erbeten.

Eleazar teilte den Matzen und gab jedem ein Stück davon.

Dann wurde der dritte Becher Wein getrunken. Der Hausherr hob seinen Becher und sprach den Segen darüber, aber Simon dachte an den Abend mit Jeshua, als er gesagt hatte, dies ist das Blut des neuen Bundes.

Eleazar meinte, dass Rahel nun draußen nachsehen sollte, ob Elia gekommen sei. Für ihn war extra ein Platz am Tisch gedeckt und ein besonders schöner Pokal, den sie im Palast gefunden hatten, mit Wein gefüllt worden. Rahel lief an den Eingang des Hofes, kam aber schnell wieder zurück. „Hu, ist das dunkel da draußen", rief sie und lief zu ihrem Vater.

Sie sah ihn mit ihren großen Augen an: „Da draußen ist niemand!"

Simon strich ihr über den Kopf: „Das kann ja auch nicht, denn er war schon da! Es war Johannes der Täufer, der im Geiste Elias die Menschen zur Umkehr rief."

Eleazar zog die Stirn in Falten. „Es wäre gut, wenn du dem Kind keine Märchen erzählst."

„So ist es aber, auch wenn du es nicht glauben magst", erläuterte Simon sanft.

Ehe es zu einem Streitgespräch kommen konnte, stimmten Jochanan und Orly ein Loblied an und alle fielen ein. Dann wurde auch der vierte Becher, der Becher des Lobpreises, geleert und man sang die Psalmen, die von der Flucht aus Ägypten und der Wanderung durch die Wüste berichteten.

Am Ende erhoben sich alle: die Frauen, um die Kinder schlafen zu legen, die Männer, um zu diskutieren.

„Was soll dieser Unsinn, den du den Kindern erzählst", raunzte Eleazar Simon an.

Simon war verwundert, weil der Zelotenanführer ihm zuerst den Ehrenplatz bei dieser Familienfeier gegeben hatte und ihm nun Vorwürfe machte. Was hatte ihn denn jetzt gestört? „Ich erzähle keinen Unsinn", verteidigte sich Simon. „Ich habe solch eine Sederfeier mit unserem Herrn und Messias selbst erlebt. Er hat, genau wie wir, sich an die Tradition gehalten und nur einzelne Teile vertieft."

„Warum lehren die Rabbiner das denn nicht?", fragte Eleazar gereizt.

„Weil sie den Anspruch des Messias ablehnen."

„Wir in Qumran denken auch, dass es zwei Messiasse geben muss", mischte sich Tobias ein, „einer, der aus der menschlichen Linie Josefs kommt, der war schon da. Und einer, der aus der Linie Davids kommt, und der muss noch kommen."

„Täuscht euch nicht. Jeshua hat gesagt, dass er selbst wiederkommt. Es gibt nur den einen Messias, und wer bis dahin nicht an ihn als den wahren Sohn Gottes glaubt, der ist verloren. Er wird die Herrlichkeit nicht sehen!"

„Ach, alles Unsinn", wehrte Eleazar ab. „Wir haben auch Wichtigeres zu tun. Jochanan, wir müssen unser weiteres Vorgehen besprechen."

„Ja, das ist recht", stimmte Simon zu. „Ich habe auch mit Tobias und Jakobus einiges zu bereden. Morgen beim Pessahfest wollen wir dem Rabbi bzw. der Synagoge die neue Thorarolle übergeben, die Tobias mitgebracht hat. Du weißt doch, dass du dann einen Abschnitt aus dem Buch Mose vorlesen sollst."

„Ja, ja, das ist ja erst morgen." Simon ging mit Tobias und Jakobus in sein Zimmer. Er war ganz aufgeregt, das Buch des Markus endlich in Augenschein nehmen zu können. Es war die richtige Stunde, sich in das Buch zu vertiefen. Beim Schein von zwei Öllampen saßen die Drei über das aufgerollte Buch gebeugt. Simon klopfte das Herz, war hier doch niedergeschrieben, was er mit Jeshua, seinem Herrn, erlebt hatte. Er fuhr mit dem Lesefinger über die Zeilen. Als er an die Stelle kam, wo das letzte Sedermahl beschrieben wurde, las er laut seinen Zimmergenossen vor. „So war es", endete er.

„Wusste er denn, wer ihn verraten würde?", wollte Jakobus wissen.

„Natürlich, er wusste einfach alles. Er konnte sogar unsere Gedanken lesen. Er ist eben Gott!" Simon lehnte sich zurück, in Gedanken an alle die wunderbaren Begebenheiten.

Noch lange unterhielten sie sich über Jeshua und sein Wiederkommen.

Ausfälle und Einfälle

Währenddessen saßen Eleazar und Jochanan zusammen und überlegten, was als nächstes zu tun sei. „Wenn es stimmt, dass die Römer dort in Judäa und Samaria ihre Herrschaft festigen, so haben sie ihr Augenmerk nicht so fest auf den Süden gerichtet. Wir könnten also von hier aus das Land wieder in Besitz nehmen. Vielleicht fangen wir hier mit Arad und weiter südlich mit Beersheba an. Hier gibt es noch viele Möglichkeiten, die Bevölkerung für unsere Sache zu gewinnen."

„Ja, und außerdem", überlegte Jochanan, „könnten wir uns so mit frischem Fleisch versorgen. Ich weiß, dass die Bewohner von Beersheba große Herden haben. Die Gerstenernte steht bevor, da könnten wir uns auch einen Anteil nehmen."

„Ich weiß nur nicht, ob dort nicht eine Kohorte der Römer die Städte bewacht."

„Das ließe sich doch herausfinden. Dan hat sicherlich nur sein Augenmerk auf Jerusalem und dessen Umgebung gerichtet."

„Willst du, Jochanan, nach den Festtagen einmal die Erkundungen einziehen?"

„Ja, das will ich wohl machen!"

„Was denkst du, die Leute sind unruhig, wollen hier heraus."

„Darum müssen wir etwas tun, sonst bringt Dan eine Schar hinter sich und du hast keine Macht mehr. Schlimmer noch, du hast es nicht mehr in der Hand, inwieweit angegriffen werden soll, und was kluger Weise gelassen wird."

„Ja, du hast Recht", Eleazar klopfte seinem Freund auf die Schulter. „Hauptsache wir halten zusammen."

Am nächsten Tag war ein hoher Feiertag, und Hannias strahlte glücklich, als er die neue Thorarolle der Versammlung vorstellte. Beim Lesen der Parascha stand Jaakov rechts neben seinem Vater, der ein kleines Stück lesen durfte. Jaakov sah, wie sein Vater sich mühte, den Text zu lesen. Er fuhr dabei mit dem silbernen Lesefinger über das kostbare Pergament. Als die beiden sich wieder setzten und andere die nächsten Textabschnitte lasen, flüsterte Eleazar seinem Sohn zu: „Demnächst musst du lesen! Im nächsten Monat ist deine Bar Mizwa. Hannias hat sich aber schon beschwert, dass du nur sehr unregelmäßig zu den Unterrichtsstunden kommst."

„Ach Abba, das ist so langweilig bei Hannias. Ich kenne die Geschichten, und bei Simon ist alles viel lustiger und viel interessanter."

„Trotzdem möchte ich, dass du deinen Pflichten nachkommst."

Damit war für Eleazar die Unterredung beendet. Jaakov biss sich auf die Unterlippe. Sein Vater hatte so endgültig gesprochen, dass er keine Widerrede mehr wagte.

Am Ende der Woche der ungesäuerten Brote wurde eine Trauerfeier in der Synagoge abgehalten. Es wurde ein Loch in den Boden gegraben und nachdem Hannias den Kaddish gesprochen hatte, wurde die alte Thorarolle in die Erde gelegt.

Zur gleichen Zeit brach Jochanan zu seinen Erkundungen auf. Orly war das gar nicht recht. Aber sie wusste, dass sie gegen die Bestimmungen ihres Bruders nicht rebellieren durfte. So verweilte sie mehr denn je in ihrem Arbeitszimmer. Sie zog Mirjam mehr zu sich, um sie in der Kunst des Webens zu unterweisen. Sie merkte aber auch, dass Mirjam mehr und mehr unaufmerksam wurde, immer wieder hinaus wollte. Mit einem gewissen Unbehagen sah sie, dass Jakobus ihre Nähe suchte und auch dem Mädchen diese Nähe nicht unangenehm zu sein schien. Jakobus war ein stiller, in sich gekehrter, junger Mann. Aber Mirjam war doch noch ein Kind. Orly beschloss, Jakobus zur Rede zu stellen.

Eines Morgens, als der Tag wieder brütend heiß über dem Felsen lag, kam Orly eine Idee. Sie rief Mirjam zu sich und fragte: „Was hältst du davon, wenn wir einen Ausflug nach EnGedi machen? Ich könnte mir vorstellen, dass es am Wasserfall etwas kühler ist. Wir könnten doch auch Jaakov, Rahel und Joram mitnehmen. Frag doch gleich Jaakov, ob er auch mitkommt. Rut wird sicherlich der Marsch zu beschwerlich sein."

Mirjam strahlte: „Das ist fein, können auch Tobias und Jakobus mitkommen?"

„Ja, natürlich, das soll mir recht sein", stimmte Orly zu. Sie hatte gehofft, dass Mirjam den Vorschlag machen würde.

Alle waren gleich einverstanden. Als Lea davon hörte, sagte sie gleich: „Mich lasst bitte hier, das ist mir zu anstrengend." Eleazar erlaubte ihnen sogar, einen Esel mitzunehmen, falls Rahel oder Joram zu müde würden.

Schnell waren früh am nächsten Morgen ein paar Brote und geröstete Körner, Rosinenkuchen und ein Wasserschlauch zusammengepackt, und die kleine Gruppe wanderte den Schlangenpfad hinunter und schlug den Weg nach EnGedi ein. Jaakov ging vorweg, froh, dass er wieder etwas Neues entdecken durfte. Rahel und Joram durften auf dem Esel reiten, den Tobias am Zaum führte. Mirjam ging still neben Jakobus, während Orly den Schluss machte. Am späteren Morgen kamen sie in der Oase EnGedi an. Wie waren hier die Palmen und die Bäume so schattig und grün! Orly genoss den Anblick, und die Frische der Luft. Turteltauben gurrten, und verschiedene unbekannte Geräusche ließ sie hierhin und dahin schauen.

„Ich will runter, da ist ein Klippdachs. Ich will ihn fangen!", rief Joram. Tobias hob die beiden Kinder von dem Grauen. Sogleich rannte Joram in die Richtung, wo er einen Klippdachs gesehen hatte. Aber der hatte sich längst versteckt. Joram war enttäuscht.

„Gehen wir doch weiter hinauf", schlug Jaakov vor. „Dort oben sind bestimmt Steinböcke."

Tatsächlich, je weiter sie die Schlucht hinauf gingen, waren wunderbare Dinge zu entdecken. Dort eine ganze Familie Klippdachse, die aber bei Rahels und Jorams Begeisterungsrufen sofort weghuschten. An einem Baum hing ein Nest, vor dem ein blauschillernder Vogel mit langem gebogenen Schnabel mit schnellem Flügelschlag flog.

„Schaut mal, wie schön der ist, Der füttert sicher gerade seine Jungen", meinte Jakobus und blieb vor dem Baum stehen.

„Wie hat doch der Schöpfer alles so schön gemacht", bestätigte staunend Mirjam.

„Der Vogel hat ein Nest gefunden, für sich und seine Jungen", zitierte Jakobus und sah Mirjam durchdringend an. Sie wandte sich um und sah in Orlys prüfende Augen. Mirjam senkte den Kopf, und Orly nahm sie in die Arme.

Jaakov war vorausgesprungen und hielt seinen Blick auf die Kimme der umliegenden Berge. „Schaut nur, da oben ist ein ganzes Rudel Steinböcke. Hätte ich Pfeil und Bogen mit, würde ich uns glatt einen herunterschießen."

„Es ist gut, dass du so etwas nicht dabei hast. Wir wollen doch nicht auf Jagd gehen", sagte Tobias lachend.

Sie stiegen die Schlucht weiter hinauf, wobei Tobias und Jakobus den Kleinen helfen mussten, denn die Steine waren manchmal viel zu hoch. Auch Orly hatte ihre Mühe, aber sie sagte nichts. Sie freute sich an den wunderschönen Kapernblüten, die vereinzelt noch zwischen den Felsfugen hervorsprossten. Hoch türmten sich die Felswände rechts und links. Und immer wieder mussten sie den Bach durchwaten, der von dem Wasserfall am Ende der Schlucht gespeist wurde. Schon von weitem konnte man ihn hören. An einer Stelle, wo der Bach in ein Becken rauschte und dort zu einem kleinen See geworden war, machten sie Rast. Joram und Rahel zogen ihre Kleider aus und plantschten in dem kühlen Wasser, Orly hatte sich unter dem Felsen niedergelassen und hielt die Füsse ins Wasser. Tat das gut!

„Hier ist es gut sein", verkündete Tobias und hob die Satteltasche von dem Grautier.

„Ich steig noch ein wenig höher", verkündete Jaakov.

„Ja, aber pass auf dich auf", rief Orly ihm hinterher. Der Junge musste doch immer etwas erkunden. Auch Mirjam wollte noch ein wenig weiter bis zum Wasserfall. Das war für Orly die Gelegenheit, Jakobus auf Mirjam anzusprechen. „Wie ich sehe", begann sie vorsichtig, „hast du ein Auge auf Mirjam geworfen."

„Sie ist ein wunderschönes Mädchen", bestätigte der junge Novize.

„Aber sie ist noch viel zu jung für dich. Willst du so lange auf sie warten? Ich habe sehr wohl bemerkt, dass auch du Mirjam nicht gleichgültig bist. Aber sie ist noch in der Entwicklung, da kann sich schnell alles ändern. Was hast du zukünftig vor?"

„Um ehrlich zu sein, wollen wir nach Schawuot weiter ziehen. Wohin weiß ich noch nicht. Aber ich würde gern Mirjam mitnehmen."

„Das kommt überhaupt nicht in Frage!", entrüstete sich Orly. „Außerdem würde ihr Vater das nie zulassen. Nein, das schlag dir aus dem Kopf."

Betrübt starrte Jakobus auf die gegenüberliegende Felswand. Auf einmal verengten sich seine Augen.

„Sieh mal da drüben", er zeigte auf ein dunkles Loch hoch oben im Felsen.

Orly sah angestrengt nach oben. Was sollte da sein? Doch, jetzt bewegte sich da etwas. Etwas blitzte in der Sonne. Sollte Jaakov schon bis da oben geklettert sein? Das war doch nicht möglich. Aber was hatte er denn an sich, dass die Sonne es so widerspiegeln ließ?

„Was mag das sein?", fragte sie unsicher. Tobias und Jakobus sahen angestrengt auf die Felswand. Da, jetzt blitzte wieder etwas in der Sonne, jetzt zwei und drei.

„Da oben sind Leute von uns oder Römer," stellte Tobias fest. „Ich werde mal nach Jaakov und Mirjam Ausschau halten. Es ist besser wir bleiben zusammen."

„Ich komme mit", sagte Jakobus bestimmt und war schon voran gestiegen. Er brauchte nicht lange, denn Mirjam hatte sich unweit ihrer Wasserstelle auf einen Stein gesetzt und warf kleine Steinchen in den Bach.

„Wo ist Jaakov hingegangen?", wollte Tobias wissen. Mirjam zuckte die Schulter und wies in die Richtung zum Wasserfall.

„Bitte komm mit", Jakobus wollte sie an der Hand hochziehen.

„Was ist denn los? Es ist doch so schön hier!", protestierte sie.

„Ich weiß nur nicht, wie lange es noch schön ist. Da drüben lauern Leute. Ich weiß nicht, ob sie uns gut gesinnt sind." Mirjam hob den Kopf. Tatsächlich ganz oben in der gegenüberliegenden Felswand bei dem schwarzen Loch waren Gestalten zu sehen.

„Ist das da drüben die Höhle, in der David sich mit seinen Leuten vor König Saul versteckt hatte?", fragte sie unschuldig.

Jakobus sah ebenfalls hinauf. „Das könnte sein. Ich weiß es nicht genau. Aber wenn David mit seinen Leuten dort ein Versteck hatte, dann ist die Höhle ziemlich groß und es könnten leicht mehr Soldaten dort sein, als man jetzt so sehen kann."

„Wenn sie uns entdeckt haben, meinst du, sie kommen dann herunter?" Mirjam fing trotz der Hitze an zu zittern.

„Das kann sein. Deshalb sollten wir zusammen bleiben."

Mirjam nickte und folgte Jakobus, der ihr immer wieder die Hand hinhielt, damit sie nicht ausrutschte. Orly hatte Rahel und Joram aus dem Wasser geholt, was nur unter großem Protest geschah. Sie hatte sie mit Rosinenkuchen und Feigen gelockt, und nun saßen sie schon wieder angezogen neben Orly. Sie machte sich Vorwürfe, dass sie den Ausflug nicht besser geplant hatte. Aber konnte sie denn wissen, dass die Römer sich schon in dieser Gegend blicken ließen? Dan hatte doch gesagt, dass sie sich auf den Norden, auf Judäa und Samaria konzentrierten. Was nun, wenn sie sich auch schon im Süden ausbreiteten, nach Beersheba, wo doch Jochanan nach neuen Kontakten in ihrem Volk suchen wollte. Aber vielleicht waren das da oben gar keine römischen Soldaten. Konnte es nicht sein, dass Dan sich dort einen Schlupfwinkel angelegt hatte? Wo blieb nur dieser

Jaakov! Er brachte sie noch zur Verzweiflung. Vorsichtshalber packte sie alle ausgebreiteten Sachen in die Satteltaschen. Die Freude an dem Ausflug wollte in Panik umschlagen. ‚Nur jetzt einen kühlen Kopf bewahren', rief sie sich selbst zur Ordnung.

Rahel hatte Orlys Unruhe bemerkt. „Warum beten wir nicht, wenn du solche Angst hast?", fragte sie in ihrer kindlichen Einfalt.

„Du hast recht, meine Kleine", stimmte Orly ihr zu, und ohne weiteres Überlegen betete sie: „Oh, Vater im Himmel, du hast gesagt, dass wir dich anrufen sollen in der Not. Ich möchte dich preisen, weil du uns hier siehst, und du alles in deinen Händen hast."

„Bitte, schick doch Jaakov wieder her zu uns!", murmelte Rahel schlicht.

Im selben Moment entstand ein Geraschel in den Bambusbüschen ihnen gegenüber, dass Orly die Hand vor den Mund hielt, um nicht zu schreien. Aber es waren nur Jaakov und Tobias.

„Habt ihr mich erschreckt!", tadelte sie die Beiden, die da fröhlich zwischen den Büschen hervorkamen.

„Die da oben sind harmlos", erklärte Jaakov. „ Ich bin auf ein paar Meter an sie herangekommen. Sie haben mich nicht bemerkt. Es sind Leute von uns, die wohl nur eine Rast machen."

„Hast du denn jemand erkannt, dass du so genau weißt, dass es Leute von uns sind?", wollte Orly wissen.

„Ich habe nur einen erkannt und das genügte mir. Es war Dan!"

„Ach so. Konntest du uns von da oben hier sehen?" wollte Jakobus wissen.

„Nein, das liegt hier so versteckt, dass man nichts sehen konnte. Aber man hörte das Geschrei von Rahel und Joram. Das ist ja wie ein Amphitheater hier."

„Deshalb ist also da einer aus der Höhle herausgekommen!", bemerkte Tobias.

„Wie dem auch sei. Sie haben etwas bemerkt. Und wir wissen, dass dieser Dan immer noch nicht das tut, was vom Kommandanten befohlen ist. Er geht immer noch eigene Wege", stellte Orly fest. Ihr war die Freude an dem Ausflug vergangen. Auf einmal hatte sie das

Gefühl, dass überall Gefahren lauerten. Sie drängte zum Aufbruch. Joram und Rahel maulten. Sie wollten so gerne bleiben.

„Nein", sagte Orly bestimmt, „ich habe Rut auch gesagt, dass wir heute abend wieder zurück sind. Wir haben auf dem Weg bis hierher schon so viel Zeit gebraucht."

Sie beluden den Esel, der geduldig am Weg stehengeblieben war, und die Sträucher, die er finden konnte, abgegrast hatte. Vorsichtig stiegen sie den Steig wieder hinunter. Auf der anderen Seite, wo die Höhle war, war niemand mehr zu sehen. Es kam Orly wie ein Spuk vor. Trotzdem schritten sie zügig aus, als sie die Oase in der Talsohle erreicht hatten. Rahel und Joram durften wieder auf dem Esel reiten. Mirjam ging neben Orly hinter dem Esel her, während Jaakov den beiden Novizen von Dan erzählte.

Vorsichtig versuchte Orly ein Gespräch: „Hat es dir trotzdem gefallen?" Mirjam ging stumm neben ihr her. „Mein Mädchen", begann Orly wieder, „ich habe bemerkt, dass du Jakobus sehr magst. Er scheint ja auch dir sehr gewogen zu sein ..."

„Orly-Ima, ich liebe ihn." Mirjam hatte es nur ganz leise gesagt. Orly blieb stehen. „Ach mein Liebes. Zuerst wollte ich sagen, was weißt du als Zehnjährige von Liebe. Aber ich war auch in deinem Alter sehr verliebt, aber nur in eine Stimme, denn ich durfte ja aus meinem Zimmer nicht heraus."

„Ich darf ihn sehen, und ich will mit ihm gehen", sagte das junge Mädchen fest.

„Das darfst du deinem Vater nicht antun." Orly war stehengeblieben und sah Mirjam fest an. Sie war wirklich schon jetzt sehr schön, wirklich ein Abbild von Abigail, ihrer Mutter. „Bitte Mirjam, warte, bis du reif genug bist, solch eine Entscheidung zu treffen. Ich habe sehr lange gewartet, eigentlich ohne Hoffnung, dass ich den Mann, den ich liebte, heiraten könnte."

„Aber nun ist er doch dein Mann. Warum soll ich so lange warten?" Sie waren weiter gegangen.

„Du weißt, dass die beiden, Tobias und Jakobus nach Schawuot weiterziehen möchten?"

„Ja, und ich gehe mit", sagte Mirjam fest entschlossen.

Orly schüttelte den Kopf: „Dein Vater wird es nicht erlauben, noch ist er derjenige, der über dein Leben bestimmt."

Mirjam schwieg. Orly konnte sie so gut verstehen. Aber in welch unsichere Zukunft würde sie mit Jakobus gehen? Nein, das konnte auch sie nicht für gut heißen. Sie würde mit Jochanan darüber reden müssen. Schweigend gingen sie nebeneinander her und erreichten den Schlangenpfad noch vor dem Untergang der Sonne. Hilel, der Pfadwächter, empfing sie mit der Nachricht, dass Jochanan auch wieder zurückgekehrt sei. „Jochanan ist in der Mittagsstunde gekommen", berichtete er. „Ich habe ihm gesagt, dass ihr heute einen Ausflug nach EnGedi macht."

Hilel stieß einen Schrei aus, der wie der eines Adlers klang. Dann führte er die kleine Gruppe sicher den Pfad hinauf, der jetzt schon im Schatten lag.

Jochanan empfing sie oben am Tor mit grimmiger Miene.

„Wisst ihr nicht, wie gefährlich das ist? Das Gebiet hier wimmelt nur so von Spionen. Ihr hättet in ihre Hände fallen können." Orly hörte daraus nur seine Sorge und beruhigte ihn: „Es war so heiß hier, und da haben wir gedacht, dass es schön wäre, einmal einen Tag in EnGedi zu verbringen. Außerdem haben wir oben in den Felsen, wahrscheinlich war das die Davidshöhle, Dan gesehen."

Nun verfinsterte sich sein Gesicht noch mehr: „Dieser alte Fuchs macht uns nur Ärger."

Joram sprang zu Jochanan. „Abba, es war so schön da. Wir haben Klippdachse gesehen und Steinböcke, und wir haben gebadet", sprudelte der Kleine vor Begeisterung.

„Nun ja, ihr seid ja wieder da und hattet ja auch offensichtlich Schutz mitgenommen." Damit sah er zu Tobias und Jakobus. Er hob Joram auf den Arm und trug ihn nach Hause.

Am Abend, als Orly und Jochanan allein waren, erzählte er ihr, dass sie eine römische Kohorte bei Arad aufgebracht hatten. Aber die Bewohner von Arad hatten immer noch Angst vor den Römern und wollten sich nicht mit ihnen zusammen tun.

„Ich hatte den Eindruck, dass sie auch Angst vor uns hatten. Ich weiß nicht, was Dan inzwischen überall für Unheil angerichtet hat. Er hat nicht eingekauft, sondern einfach genommen, was er haben wollte. In Beersheba war es dasselbe. Da haben wir zuerst einige Römer belauscht, die da an ihrem Lagerfeuer saßen und ihr Lammfleisch brieten.

Ich hätte gern Jaakov dabei gehabt. Ich verstehe ihre Sprache nicht so gut. Aber das habe ich verstanden, dass sie ärgerlich sind über uns, die Zeloten, weil wir ihnen immer wieder das Beste wegschnappten. Das kann doch nur Dan mit seinen Kumpanen sein."

„Ja, sicher", erwiderte Orly. „Was denkst du zu tun. Wäre es nicht besser, wenn man Dan hier in den Turm legt?"

„Das würde einen Aufstand geben. Besser wäre vielleicht, wenn man ihn an offiziellen Zügen beteiligt."

„Hast du schon mit Eleazar gesprochen?"

„Ja, er ist da meiner Meinung." Jochanan schwieg. Er überlegte, wie ein solch offizieller Zug aussehen könnte.

„Ich muss mit dir über etwas anderes reden", begann Orly vorsichtig.

„Hm", Jochanan war mit seinen Gedanken ganz woanders.

„Es geht um deine Tochter", Orly fragte sich, ob es richtig sei, mit ihm darüber zu sprechen. Aber nun hatte sie angefangen.

„Um Mirjam?", Jochanan hob den Kopf und sah sie an. „Was ist mit ihr?"

„Tobias und Jakobus wollen nach dem Wochenfest weiter ziehen. Mirjam möchte mit ihnen gehen!" Nun war es gesagt. Jochanan reagierte prompt. Er sprang auf und rannte im Zimmer auf und ab. „Das hast du jetzt von deinem Ausflug. Da wird ein unschuldiges Kind verführt. Was hast du dir dabei gedacht?" Das war das erste Mal, dass Jochanan so scharf mit Orly sprach. Sie sah ihn groß an und sagte nur: „Ich wollte den Kindern eine Freude machen, und ich wollte heraus finden, ob das, was ich beobachtet hatte, stimmte."

„Und, was hast du nun herausgefunden?", fuhr er sie an.

„Ich habe herausgefunden, dass die beiden sich mögen. Ich habe aber deiner Tochter gleich gesagt, dass sie noch zu jung ist, zu heiraten und mit einem Mann mitzugehen."

„Nein! Das kommt überhaupt nicht in Frage. Ich werde sie in den Turm legen. Sie ist doch noch ein Kind mit ihren elf Jahren. Ich will solch einen Gedanken überhaupt nicht hören!"

„Jochanan, ich bin doch deiner Meinung", versuchte Orly ihn zu besänftigen.

„Ich werde dafür sorgen, dass die beiden Burschen morgen Masada verlassen", entschlossen rannte er aus dem Zimmer. Bekümmert blieb Orly zurück. Mirjam würde sehr traurig sein. Aber sie musste Jochanan Recht geben. So wartete sie, dass er zurück käme.

Nach einer ganzen Weile, die Lampen waren schon fast erloschen, kam er wieder.

„Ich habe mit Eleazar gesprochen. Es ist ausgemacht, dass die beiden morgen die Festung verlassen." Er ließ sich auf das Bett fallen. Orly seufzte und setzte sich neben ihn.

„Kann es sein, dass du eifersüchtig auf diesen jungen Mann bist?", fragte sie.

Jochanan sah sie an. „Wie kommst du darauf. Ich habe nur Sorge um meine Tochter! Was kann denn dieser Jüngling schon außer lesen und schreiben? Kann er eine Waffe führen, um sich und sein Haus zu verteidigen? Kann er eine Familie ernähren? Nichts dergleichen!"

„Lesen und schreiben ist schon viel! Aber du hast ja recht. Nun komm leg dich schlafen. Morgen werde ich mit Mirjam reden."

Jochanan löschte die Lampen endgültig und war schnell eingeschlafen. Orly lag noch lange wach. Sie konnte Mirjam so gut verstehen! Aber es war wirklich besser so, dass Tobias und Jakobus Masada verließen.

Am nächsten Tag rief Eleazar Tobias und Jakobus zu sich und verkündete ihnen, dass sie bis zum Mittag Masada verlassen müssten.

„Ihr seid aus einem anderen Holz. Hier brauchen wir wehrtüchtige Männer, die auch mit anpacken können."

„Anpacken können wir, das mussten wir in Qumran auch. Nur eine Waffe führen, das können wir nicht", verteidigten sich die jungen Männer.

Die Beiden gingen zu Simon, und nahmen von ihm Abschied. „Die Markusrolle lassen wir dir hier", sagte Tobias. „Aber es ist Zeit, dass wir weiterziehen. Willst du nicht mit uns gehen? Bist du hier am richtigen Platz?"

„Ich habe keine andere Weisung von meinem Herrn, als dass ich hier sein soll. Wo wollt ihr denn hin?", wollte Simon wissen.

„Genau wissen wir es noch nicht. Vielleicht gehen wir nach Ashkelon und schiffen uns dort ein, um nach Antiochia zu fahren," meinte Tobias.

„Um ehrlich zu sein, Eleazar will uns los sein. Sicher weil ich Gefallen an der Tochter von Jochanan gefunden habe", überlegte Jakobus.

„Ja, da kann was dran sein", bestätigte Simon. „Nun, ihr werdet euren Weg machen. Wir haben so viel über Jeshua gesprochen, ich habe euch bezeugt, dass er der Sohn Gottes ist. Folgt ihm nach! Ich habe gehört, dass in Antiochia sich schon Gemeinden gebildet haben, die Christen genannt werden."

Sie umarmten sich und die beiden Novizen gingen hinaus. Jaakov kam ihnen entgegen.

„Wollt ihr fort?", fragte er, als er sie mit dem Bündel unter dem Arm sah.

„Ja, wir waren lang genug eure Gäste. Es ist Zeit, dass wir gehen, shalom, Jaakov und pass auf dich auf!" Tobias umarmte seinen jungen Freund.

„Wo geht ihr hin?", wollte Jaakov wissen.

„Genau wissen wir es noch nicht. Aber überbringe doch Mirjam meine herzlichen Grüße. Ich werde sie wissen lassen, wo ich bin, und warte auf sie, und sollten es Jahre sein!" Auch Jakobus umarmte seinen neu gewonnenen Freund. „Ach, bringe auch Orly meinen

Gruß. Ich danke ihr für ihre Offenheit und ihr Feingefühl."

Damit wandten sie sich dem Tor zu und schritten den Pfad hinunter. Jaakov sah ihnen hinterher und lief dann zu Orly, die er in ihrem Arbeitszimer zusammen mit Mirjam antraf.

„Ich soll euch von Tobias und Jakobus grüßen. Sie sind weitergezogen!", verkündete er.

Mirjam sah ihn mit großen Augen an: „Einfach so? Ohne sich zu verabschieden?"

Mirjam sprang auf und wollte zur Tür. „Die sind doch längst den Schlangenpfad hinunter. Da brauchst du nicht hinterher zu laufen. Außerdem schickt sich das nicht für ein junges Mädchen", bemerkte Jaakov.

„Lass sie in Ruhe", tadelte Orly ihn. „Komm mein Mädchen, glaube mir, es ist besser so. Du behältst sie in Erinnerung von unserem schönen Tag, den wir gestern zusammen hatten." Mirjam brach in heftiges Schluchzen aus und Orly nahm sie sanft in die Arme. „Mädchen!", sagte Jaakov verächtlich und ging aus dem Zimmer.

An einem Shabbat wurde die BarMizwa von Jaakov gefeiert. Er war dreizehn Jahre alt geworden und somit nun erwachsen und für sein Leben selbst verantwortlich. Vorschriftsmäßig legte er sich die Gebetsriemen an den Arm und die Hand, wie es im Gesetzbuch Mose vorgeschrieben war: „Du sollst dir mein Gebot an deine Hand und auf deine Stirn schreiben". So wurde auch der Kopfbund angelegt und Eleazar legte ihm den Gebetsschal über. Dann durfte Jaakov die Thorarolle aus dem Schrank holen, und er musste vor der versammelten Gemeinde einen Abschnitt der Parascha vorlesen. Jaakov entledigte sich seiner Aufgabe überlegen, aber ohne Herz. Dennoch war sein Vater stolz auf ihn. Rut hatte zuhause eine kleine Festfeier hergerichtet, aus den Dingen, die ihnen zur Verfügung standen. Und wieder sass die ganze Familie beisammen.

„Nun kann ich doch den nächsten Ausfall mitmachen", verkündete Jaakov.

„Wir wollen sehen", antwortete sein Vater ausweichend.

Der nächste Ausfall sollte aber schneller erfolgen als gedacht. Ein Bote kam aus Arad geritten und berichtete, dass dort in der Umgebung Unruhen aufgeflammt seien und die Zeloten zur Hilfe kommen sollten. So kam es, dass schon am nächsten Morgen eine Schar von sechs Männern – der alte Abdi, der Jäger Jehu, Schimi, Kfir, der junge Löwe, und Eliab, ein Sohn des Gerbers – zusammengestellt war, die sich dieser Sache annehmen sollte. Unten am Fuss des Felsens hatten die Zeloten einen Unterstand für ein paar Pferde, Maultiere und Kamele.

Perez, der die Tiere versorgte, begrüßte sie mit besorgtem Gesicht: „Der Bote, der gestern kam, hatte ein lahmendes Pferd. Ich musste ihm eins von unseren geben."

„Das ist nicht gut", bemerkte Jochanan, der die kleine Schar anführte. „Aber Jaakov mag ein Maultier reiten. Er ist sowieso noch nicht so groß gewachsen."

Das gab Jaakov einen Stich. Es wurmte ihn selbst, dass er noch nicht so groß war. Aber Simon hatte ihm Mut gemacht. Die großen Männer wachsen an Gestalt, hatte er gesagt, die kleinen zuerst im Kopf. Dann hatte er ihm den Reisesegen mitgegeben. Perez half ihm in den Sattel des Maultiers.

„War denn der Bote vertrauenswürdig?", fragte Jochanan noch. „Nicht, dass du irgend einem nichtsnutzigen Gesindel aufgesessen bist, der nur ein besseres Pferd brauchte."

„Nein, nein", versicherte Perez „da kannst du dich drauf verlassen!"

Jaakov kam schnell mit seinem Reittier zurecht und ritt fröhlich an Jochanans Seite.

Jochanan gab ihm die Anweisung, sich immer nah an seiner Seite zu halten und ja nichts Eigenständiges zu unternehmen.

Arad war schnell erreicht und es stellte sich heraus, dass einige Männer sich über die Gerstenernte hergemacht hatten und auch von den Bauern dort einige Ställe geplündert hatten. Hühner, Gänse und auch einige Lämmer waren mitgenommen worden.

„Habt ihr sie gesehen? Wie sahen sie aus?", befragte Jochanan die Bauern.

„Nein, gesehen haben wir niemand. Ich hörte in der Nacht das Geschrei der Gänse, was aber schnell verstummte", berichtete ein Bauer. „Ja, weil sie ihnen den Hals umgedreht haben", fiel ein anderer ein. „Bis wir aber heraus kamen, waren sie schon über alle Berge. Wer hat euch eigentlich geholt?", wollte er wissen. „Das waren doch sicher Leute von euch. Ist es nicht genug, dass die Besatzer alles mitnehmen. Ihr seid doch nicht besser!", schimpfte der Bauer.

„Merkwürdig, es kam einer eurer Leute zu uns, und wollte Hilfe von uns", erwiderte Jochanan. „Wo liegt denn die nächste Einheit der Römer?"

„Da drüben", der Bauer zeigte in Richtung Süden. „Aber wenn wir feststellen, dass eure Leute uns auch noch berauben, dann legen wir uns auf die Lauer und werden uns wehren!"

„Ach ja, wenn die Römer kommen, wehrt ihr euch nicht!", meinte Jochanan sarkastisch.

„Die sind stärker. Außerdem haben die hier das Sagen. Da kann man nichts machen."

Jochanan beriet sich mit seinen Leuten und sie ritten in die Richtung, die der Bauer gezeigt hatte, wo die Römer ihr Lager aufgeschlagen hatten. Schon bald erkannten sie an einer Rauchsäule, dass sie in ihre Nähe gekommen waren. Jochanan befahl, dass alle absitzen sollten. Er wollte sich mit Jaakov näher anschleichen, während die anderen bei den Tieren bleiben sollten. Jaakov stellte sich sehr geschickt an, so dass Jochanan keine weiteren Anweisungen geben musste.

„Von hier haben wir einen guten Blick", flüsterte er. Es waren an die 20 Zelte, die geordnet um einen Mittelpunkt aufgestellt waren.

„Ich schleich mich noch ein bisschen näher heran, vielleicht kann ich etwas hören", flüsterte Jaakov zurück. Ehe Jochanan widersprechen konnte, war der Junge schon, sich hinter jedem Stein versteckend, weiter gekrochen.

Er konnte drei römische Soldaten sehen, die sich ganz unbeobachtet fühlten. Sie brieten sich gerade ein Tier am offenen Feuer, von dem Jaakov nicht sagen konnte, was es sein sollte. Es duftete aber verführerisch herüber, dass ihm das Wasser im Mund zusammen lief. Die drei Männer waren damit beschäftigt, das Tier an einem Spieß zu drehen.

„Ha, das wird uns gut tun", meinte der Eine, der eine dicke rote Nase hatte. „Gibt es denn noch Wein in dem Schlauch?"

„Wir können uns freuen, wenn wir Wasser haben. In dieser Gluthitze tut dir der Wein sowieso nicht gut", nörgelte ein Spitznasiger, der im Gras lag und an einem Grashalm kaute und dabei den Spieß drehte.

„Lass ihn, du bist auch nicht besser, der eine braucht Wein, der andere ein Weib und beides ist nicht verfügbar", sagte der Dritte, der daneben stand und sich auf einen Stock stützte.

„Wartet erst einmal, bis wir diesen Halunken von Zeloten da oben auf Masada einheizen. Hoffentlich können wir kurzen Prozess machen. Ich habe keine Lust, mich in der brütenden Hitze lange aufzuhalten. Da gibt es ja noch nicht einmal Wasser."

„Hat denn Silva schon bekannt gegeben, wann und wie er gegen die da oben losziehen will?", wollte der Weinliebhaber wissen.

„Nee, ich weiß nicht", der Stehende wandte sich an den Nörgler „kannst nicht mal ein bisschen anheizen, wie lange sollen wir denn darauf warten, bis wir etwas zwischen die Zähne bekommen?" Damit vesetzte er dem Nörgler einen Tritt mit der Fußspitze, dass der aus seiner bequemen Haltung auffuhr und sich beeilte, die Glut zum Lodern zu bringen.

Der, der offensichtlich das Sagen hatte, schnauzte nur: „Ich geh jetzt mal hinter den Busch, und dann seid ihr wohl bald mal fertig!"

Jaakov bekam einen Riesenschrecken und duckte sich noch tiefer hinter den Stein. Aber der Hauptmann ging in die andere Richtung. Vorsichtig kroch der Junge wieder zurück zu Jochanan. Schweigend und geräuschlos krochen sie zurück zu den Tieren und den Kameraden. Als sie sich aufrichteten, saßen sie auf und ritten ein Stück von dem Lager fort, ehe sie erneut anhielten und Jochanan Jaakov fragte, was er in Erfahrung bringen konnte.

„Ich habe nur drei Soldaten gesehen, von denen der eine der Hauptmann zu sein schien", erklärte Jaakov. „Sie brieten etwas am Feuer, was aber nicht wie ein Lamm aussah."

„Das war bestimmt ein Wildschwein, davon gibt es einige in dieser Gegend. Das ist nur etwas für Heiden. Unser Gott hat schon gewusst, warum er uns das Schwein verboten hat. Aber was hast du sonst noch in Erfahrung bringen können."

Jaakov berichtete, was er gehört hatte, dass die Römer beabsichtigten, unter Silva Masada zu stürmen.

„Ich habe es befürchtet. Nun gut, wir müssen doppelt aufmerksam sein."

Als sie an Nomadenzelten vorbei kamen, kauften sie Eier, drei Hühner und einen Hahn. „Was wollen wir denn mit dem Hahn?", wollte Jaakov wissen.

Der alte Abdi beugte sich zu Jaakov herunter: „Das ist doch klar, zu einer Henne gehört ein Hahn und dann gibt's Kinder!" Er kicherte leise.

Fürs erste hatten sie genug gesehen und gehört. Sie kehrten nach Masada zurück und erstatteten Eleazar Bericht. Jaakov war stolz, dass er einen wichtigen Beitrag hatte leisten können und meinte, dass er doch schon ein paar Zentimeter gewachsen sein müsse.

Eleazar war besorgt. Er stellte doppelte Wachposten auf die Mauern und ließ sich jeden Abend alle Beobachtungen berichten. Eines Mittags meldete der Posten am Nordpalast, dass eine Abteilung römischer Soldaten heran kam. Sie umrundeten den Felsen, sahen sich nach allen Seiten um und waren dann wieder fort.

„Das waren sicher solche, die die Gegebenheiten erkunden sollten", mutmaßte Eleazar.

„Na, wenn die wirklich kommen sollten und wollen den Felsen herauf, werden wir ihnen schon einen schönen Empfang bereiten," war sich Josef, der Einarmige, sicher. Aber es geschah weiter nichts.

Das Wochenfest

Es kam Schawuot, das Wochenfest, an dem dafür gedankt wurde, dass genau 50 Tage nach dem Auszug aus Ägypten Gott den Israeliten die Gesetzestafeln gab. Außerdem wurden zwei Erstlingsbrote, die Orly als Ergebnis von der mageren Ernte auf ihrem kleinen Feld gebacken hatte, als Dankopfer zur Synagoge getragen. Es war nicht die Vielfalt, die sonst zum Tempel gebracht worden war. Deshalb hatte Orly tatsächlich fünf Tafeln bestickt, auf denen Ähren, Weintrauben, Granatäpfel, Feigen und Oliven zu sehen waren. Die Mädchen hatten Tänze eingeübt, die aufgeführt wurden, und allmählich wurde die Stimmung immer ausgelassener.

Nur Mirjam konnte sich nicht freuen. Sie saß bei Orly im Zimmer und träumte vor sich hin.

„Du solltest mit den anderen jungen Mädchen draußen tanzen, statt hier herum zu sitzen", bemerkte Orly.

„Das ist nichts für mich", seufzte Mirjam leise. „Du hast doch auch nicht an so etwas mitgemacht."

„Das war doch ganz etwas anderes", wehrte Orly ab. „Du solltest dir die Gedanken an Jakobus aus dem Kopf schlagen. Es macht dich nur trübsinnig. Vertraue Jeshua, dass er das für dich tut, was für dich das Beste ist. Wenn das Beste für dich Jakobus ist, dann wird die Zeit kommen, wo du bei ihm sein darfst. Jetzt aber solltest du unter die jungen Leute."

Widerwillig erhob sich Mirjam. Sie würde doch keine Freude haben. Sie ging zu den Tanzenden und setzte sich an den Rand und sah ihnen zu. Die Trommeln hatten einen schnellen Rhythmus, den die Zimbeln unterstrichen. Einer blies auf einer kleinen Flöte die Melodie. Lea gesellte sich zu ihr.

„Na, Mirjam, willst du nicht auch mitmachen?", fragte sie.

Mirjam wäre lieber allein gewesen. Aber es gehörte sich nicht, der Großmutter den Rücken zuzukehren. „Nein, ich hab keine Lust", antwortete sie einsilbig.

„Ich bin alt", sagte Lea, „aber du bist jung und hast keine Lust, mit den anderen zu tanzen? Du bist doch nicht krank?"

„Safta, das verstehst du nicht", sagte Mirjam gequält.

„Oh doch, ich verstehe, dass du Liebeskummer hast, und da wird man auch krank von."

Mirjam sah ihre Großmutter groß an: „Safta, der Saba ist schon so lange weg, hast du auch manchmal ...", Mirjam stockte. Sie konnte sich nicht vorstellen, dass man in dem Alter auch Liebeskummer haben könnte.

„Ja, mein Kind, es ist anders, und doch möchte ich so gern, dass Yair, ich meine deinen Saba, bei mir wäre."

Mirjam sah ihre Großmutter an und streichelte ihre Hand. „Du hast doch uns."

„Das ist nicht dasselbe", Lea sah versonnen auf die Tanzenden.

Mirjam legte den Arm um den Hals der Großmutter. Da kam Jaakov vorbei. „Hei Mirjam, komm tanzen." Er nahm sie einfach an der Hand und riss sie hoch, und schon war sie mitten im Auf und Ab der jungen Menschen, die im Kreis sich an den Händen fassten und Hora tanzten. Lea musste lächeln. Wie gern hatte sie damals so mit Yair getanzt. Aber diese Zeiten waren vorbei. Sie fühlte sich einsamer denn je. Nur ihre heimlichen Gespräche mit Simon, in denen sie sich über das Kommende und die Wiederkunft Jeshuas unterhielten, gaben ihr immer wieder neuen Mut. Langsam war in ihr der Entschluss gereift, dass sie ihr weiteres Leben mit Jeshua leben wollte und sie sich taufen lassen müsste. Ob Orly das auch so sah? Ihre Tochter hatte ihr immer wieder versichert, dass sie ihr vergeben hatte. Aber Lea meinte, dass sie sich selbst das nicht vergeben konnte, ihre Tochter wie eine Gefangene behandelt zu haben. Simon hatte ihr zwar gesagt, dass, wenn sie ihre Schuld vor Jeshua bekannt und bereut hatte, der Allmächtige ihr vergeben hätte. Dennoch nagte diese dunkle Zeit an ihr. Plötzlich schreckte Lea aus ihren Gedanken auf. Eleazar kam schnellen Schrittes auf sie zu:

„Ima, komm schnell, Rut hat Wehen, du musst ihr helfen", rief er ihr in verhaltenem Ton zu.

Schnell stand sie auf. „Es ist doch noch zu früh! Sollen wir nicht besser Hadassa rufen?", fragte sie besorgt. Lea, die sich noch gut an die Geburt ihrer Enkelin erinnern konnte, bei der ihre Schwiegertochter gestorben war, wollte nicht die alleinige Verantwortung tragen.

„Ja", stimmte Eleazar zu, „ich hole sie."

Lea ging hinüber und fand Rut stöhnend und nass geschwitzt auf ihrem Bett. Orly war bei ihr und legte feuchte Lappen auf ihre Stirn.

„Komm, steh auf", sage Lea im festem Ton, „dann hast du's leichter. Wie lange geht das schon?"

„Es hat heute morgen schon angefangen. Jetzt sind die Wehen immer häufiger", erklärte Rut mit zitternder Stimme, als gerade wieder eine Pause war. Gehorsam stand sie auf und ging ein paar Schritte, um sich gleich wieder in Schmerzen zu krümmen. Orly fing sie auf und hielt sie fest unter den Armen.

Hadassa kam herein. Resolut befahl sie Lea: „Mach heißes Wasser." Lea ging zum Herd und schürte das Feuer und hing den Kessel mit dem Wasser darüber.

Orly hatte sich mit Rut auf das Bett gesetzt und hielt sie weiter fest im Arm, während Hadassa ihre Beine anstellte. Eine neue Wehe erfasste Rut, dass sie laut aufschrie. Orly betete laut: „Herr, hilf Rut, ihr Kind zur Welt zu bringen." Hadassa drehte sich um, um gerade im rechten Moment das Neugeborene aufzufangen. „Na, da hat es aber jemand eilig! Es ist ein Junge!"

„Gepriesen sei der Herr!", rief Orly erleichtert. Auch Lea kam herzu. Hadassa band die Nabelschnur ab, hielt das Neugeborene an den Beinen hoch, dass es schrie, und legte Lea das Kind in den Arm. „Hier, reib es mit Salz ab, du kennst das ja!" Dann kümmerte sie sich um Rut, die schweißgebadet aber glücklich lächelnd entspannt immer noch in Orlys Armen lag. „Ja, gepriesen sei der Herr!", murmelte sie.

„Ein echter Eleazar! Immer mit dem Kopf vorweg. Konnte die Zeit nicht abwarten!", sagte Lea und legte den nun sauberen und frisch gewickelten Säugling in Ruts Arme. „Es ist alles dran!"

Orly empfand den Schmerz und das Glück als sei sie selbst es, die geboren hatte. Und doch emfand sie es als Makel, und sehnte sich danach, Jochanan ein Kind zu schenken. Aber Gott macht keine Fehler, zur richtigen Zeit würde auch sie Mutter werden, wie damals Hannah, die den Samuel erbeten hatte.

Lea ging hinaus, um ihrem Sohn die freudige Nachricht zu bringen. „Wie soll er denn heißen?", wollte sie wissen.

Eleazar strich sich über den Bart und grinste breit: „Er soll Yair heißen, wie sein Großvater."

Da strahlte Lea: „Das ist gut!", nickte sie.

Acht Tage nach der Geburt wurde das Kind in die Synagoge gebracht und beschnitten, so wie es Vorschrift war. Lea bedauerte nur, dass Yair seinen Enkel bei der Prozedur nicht auf dem Schoss halten konnte. Würde er überhaupt seine Enkel noch einmal sehen? Aber mit dem neuen Erdenbürger hatte sie wenigstens neue Aufgaben. So fühlte sie sich nicht mehr so nutzlos.

Auch Rahel war ganz begeistert von ihrem neuen Bruder. Stundenlang konnte sie an seiner Wiege sitzen, die Ashib, der Zimmermann, für ihn angefertigt hatte. „Du sollst so wie Jaakov werden", redete sie ihm zu, und wenn er schrie, sang sie ihm leise Psalmen, die sie wusste. Dann wurde der Kleine ganz still.

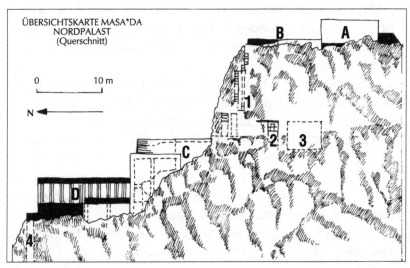

ÜBERSICHTSKARTE MASA*DA
NORDPALAST
(Querschnitt)

0   10 m

N ←

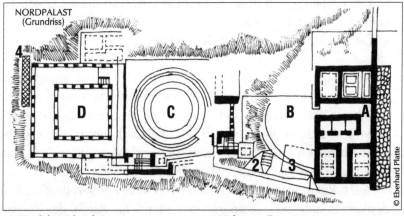

NORDPALAST
(Grundriss)

© Eberhard Platte

A Königliche Wohnanlage
B Halbkreisförmige obere Terrasse
C Mittlere Terrasse
D Untere Terrasse (Säulenhalle)

1 Verborgene Treppe
2 Bad
3 Cisterne
4 Stützmauer

III. Die Belagerung

Der Aufmarsch

Yair wuchs heran, und von einem Überfall der Römer wurde nicht mehr gesprochen. Die Wachen wurden wieder abgezogen und nur noch vereinzelt aufgestellt. Stattdessen unternahmen die Männer der Festung unter der Leitung von Eleazar Streifzüge ins Land. Dan schien sich unterzuordnen und sie machten reiche Beute, selbst bei ihren Landsleuten, aber besonders bei den Römern, die in verschiedenen Lagern zur Aufrechterhaltung der Ordnung stationiert waren. Doch eines Tages kam Jaakov von seinem Streifzug vom nördlichen Palast aufgeregt zu seinem Vater.

„Abba, Abba, komm mit, das musst du sehen!", rief er und nötigte Eleazar mitzukommen. Nebeneinander standen Vater und Sohn auf der obersten Plattform und sahen aus der Ferne eine riesige Karawane herankommen. Sie wirbelte ordentlich Staub auf, wodurch sie nicht erkennen konnten, was das sein sollte.

„Hol Jochanan, er muss das sehen!", befahl Eleazar und sah angestrengt in die Richtung.

Jaakov sauste los, um gleich darauf mit Jochanan wieder zu erscheinen. Inzwischen konnte man erkennen, dass es römische Soldaten sein mussten, denn sie schritten geordnet in Reihen daher, die Schilde vor sich, die Lanzen sahen wie ein Wald aus.

„Jetzt ist es so weit", murmelte Eleazar. „Sie kommen, um uns zu vernichten. Ha, das soll ihnen nicht gelingen!"

„Jochanan, du trommelst alle Männer im wehrfähigen Alter zusammen", befahl Eleazar entschlossen. „Wir werden eine Strategie entwickeln, wie wir ihnen einen hübschen Empfang bereiten."

„Jaakov, du bleibst hier auf dem Posten. Ich schicke dir Aviel als Läufer, der soll mir deine Beobachtungen berichten!"

Eleazar und Jochanan entfernten sich. Nach kurzer Zeit kam Jaakovs Freund Aviel.

„Guck mal da", sagte Jaakov und zeigte auf den sich heranwälzenden Schild- und Speerwald.

Aviel bekam große Augen. „Ui", machte er, „sind das Römer?"

„Ja, was sonst. Ich habe das schon vor Jahren von ihnen erfahren, dass sie uns den Garaus machen wollen. Aber es wird ihnen nicht gelingen", freute sich Jaakov. Für ihn war das ein aufregendes Abenteuer. Immer näher kamen die Soldaten. Vor dem Felsen teilten sie sich in zwei Abteilungen. Ein Mann in einer prächtigen Rüstung auf einem geschmückten Pferd, erteilte Befehle. Jaakov wunderte sich, wie gut er alles verstehen konnte. „Abteilungen halt", brüllte dieser, es musste der Hauptmann sein. „Lauf schnell zu meinem Vater und berichte, was du gesehen hast." Aviel sauste los, eigentlich mehr aus Angst vor der Masse der Kriegsleute, die da auf den Felsen zugekommen war.

Er fand Eleazar auf dem Platz vor der Synagoge, wo Jochanan die Männer versammelt hatte. Eleazar hob die Hand, damit die aufgescheuchte Menge zur Ruhe kam.

„Freunde", rief er, „nun kommt das auf uns zu, was wir nicht für möglich gehalten haben. Die Römer stehen bald am Fusse unserer Festung und werden versuchen sie zu stürmen. An allen Türmen halten wir uns bereit, jeden, der versucht den Fuss an den Felsen zu stellen, abzuschießen. Im Steinbruch sind noch genügend Steine. Die kräftigen Frauen und jeder Mann, der noch kann, bringen Steine und Pfleile zu den einzelnen Stationen. Außerdem wollen wir gekochtes Öl bereit halten. Wir werden uns nicht unterkriegen lassen."

Es erhob sich ein Geschrei, das mehr nach Kampfeslust klang.

Aviel drängelte sich durch die Menschen, um zu Eleazar zu kommen. Aber überall war ein Hindernis. Endlich hatte er es geschafft und stand neben dem Anführer. Der bemerkte ihn und beugte sich zu ihm hinunter: „Na, Aviel, was gibt es denn?"

Atemlos vor Aufregung berichtete der Junge: „Sie sind schon bis zu uns gekommen. Einer auf einem geschmückten Pferd hat Befehle gerufen. Ich glaube, die sind gleich oben!"

„Nu, nu, mein Junge so schnell geht das nicht", beruhigte er Aviel. Dann richtete Eleazar sich auf und befahl: „So wie wir die Wachen aufgestellt hatten, so werden wir uns auf den Mauern verteilen. Jeder sucht sich aus seiner Familie oder benachbarten Familie Läufer, und Zuträger und ist selbst verantwortlich. Den Südteil brauchen wir wohl nicht so dicht zu besetzten, denn der ist wirklich uneinnehmbar."

Aviel bewunderte Eleazar, der so überlegen die Anweisungen gab. Er sah zu ihm auf, wie er mit wehendem Bart auf dem erhobenen Stein stand. Eleazar stieg herunter und sah Aviel immer noch dort stehen: „Nun Aviel, lauf wieder zu Jaakov und halte mich auf dem Laufenden." Aviel fühlte sich geehrt und sauste davon.

Die Posten verteilten sich auf den Mauern. Der Schlangenpfad wurde doppelt gesichert, denn hier war das gefährlichste Einfallstor. Hillel, der Pfadwächter, war mit Perez schon am Vormittag zur Festung hinaufgestiegen. Die Tiere hatten sie bei einem Beduinen untergebracht.

Aviel stand wieder neben Jaakov, der sich auf der Mauer niedergelassen hatte. Wie konnte sein Freund nur so ruhig da sitzen?! Aviel spähte in das Tal und sein Herz pochte gewaltig, als er die Menge Menschen wahrnahm, die unaufhörlich heranströmte. Die meisten verteilten sich am westlichen Teil des Felsens, denn dort war die breiteste Fläche.

„Wo ist der mit dem schönen Pferd und mit der glänzenden Rüstung?", wollte Aviel wissen.

„Der ist mit zwei Hauptleuten weitergeritten, da rechts rum," erwiderte Jaakov ruhig.

„Wie kannst du das wissen und woher weißt du, dass das Hauptleute waren?"

„Ich habe gehört, was gesagt wurde, und Hauptleute erkennt man an ihrem Federbusch auf ihrem Helm", erläuterte Jaakov. Angestrengt schaute er auf die Soldaten. Es war die 10. Legion. Jaakov erkannte sie von der Zeit in Jerusalem an ihren Fahnen und Wimpeln, die sie mit sich führten.

„Aviel, du musst noch einmal zu meinem Vater. Sag ihm, dass es die 10. Legion ist, und dass sie hier ihr Lager aufschlagen." Aber Aviel musste nicht mehr loslaufen. Eleazar kam selbst, um sich ein Bild der Lage zu machen. Plötzlich stand er bei den Jungen, so dass Aviel einen gewaltigen Schrecken bekam.

„Jaakov, was hast du beobachtet und wie ist die Lage?"

Jaakov stand auf. „Ich kann sie nicht zählen, Abba, aber es müssen tausende sein! An den Wimpeln und Fahnen meine ich, die 10. Legion zu erkennen."

„Da magst du recht haben. Die sind für ihre Brutalität bekannt, aber es sind gekaufte Söldner, das macht den Unterschied!" Eleazar fasste sein Schwert an der Seite fester.

„Hast du erkannt, wer der Anführer ist?"

„Nein, das konnte ich von hier oben nicht sehen. Es war einer mit einer schönen Rüstung und auf einem rassigen Rappen. Meinst du, dass General Flavius Silva selbst diese Legion leitet?"

„Wer weiß denn schon, was die in Rom ausgeklügelt haben. Wir müssen uns nur für alles rüsten! Komm, du sollst mein Waffenträger sein und Aviel mag unser Läufer sein."

Aviel strahlte, bei der Aussicht, dass er für Eleazar persönlich zuständig sein sollte.

Das Felsplateau glich binnen Kürze der Betriebsamkeit eines Ameisenhaufens. In Windeseile hatte sich die Nachricht herumgesprochen, dass die Römer mit einem riesigen Aufgebot sich dem Felsen näherten. Eleazar hatte mit seinen hauptverantwortlichen

Leuten vorher öfter die Möglichkeiten durchdacht, dass die Festung gestürmt werden könnte. So wusste jeder, was er zu tun hatte. Auch Orly und Mirjam waren eingebunden, genauso wie Lea und Simon.

Simon war sich sicher, dass nun bald das Ende nahe war und sein Herr und Messias zurückkehren würde, um sein Königreich aufzurichten. Da er keine andere Weisung hatte, war er geblieben und stärkte nun seine kleine Schar, die sich zu ihrem Glauben an Jeshua bekannten.

Simon wachte mehr denn je darüber, dass die Vorräte gerecht eingeteilt wurden, und Lea wurde wieder in der allgemeinen Küche gebraucht, denn jeder Mann im wehrfähigen Alter wurde auf die Mauer beordert. Orly und Mirjam gingen Lea zur Hand und verteilten Essen an die Mannschaft.

Schon am nächsten Tag sahen die Zeloten, wie der General seine Soldaten in Stellung brachte und den Befehl zur Erstürmung des Felsens gab. Schallendes Gelächter fiel von oben auf sie herab, denn es sah zu lustig aus, wie sie versuchten, in ihren schweren Rüstungen die Felswand herauf zu klettern, die Waffen geschultert. Nur die Soldaten, die versuchten den Schlangenpfad zu erklimmen, kamen etwas weiter, wurden aber von einem Pfeil- und Steinregen empfangen, dass gleich etliche die Schlucht hinunter stürzten und leblos unten liegen blieben. Der General musste einsehen, dass er so nichts ausrichten konnte, denn er brach das Unternehmen ab. Stattdessen sahen die Kämpfer auf den Mauern und Türmen, wie unten Soldaten eingeteilt wurden. Sie bekamen offensichtlich Sklaven zur Seite und nun begannen sie, einen Wall aufzuschütten, der wohl um den ganzen Felsen herum angelegt werden sollte. Einige andere mussten Vierecke abmessen und auch darum Wälle aufschütten. Interessiert beobachteten die Zeloten das Gewimmel da unten. Immer wieder wurden Befehle erteilt, und die Sklaven wurden ordentlich geknüppelt, dass sie schneller arbeiten sollten. Schon nach zwei Tagen war auf der westlichen Seite ein großes Viereck entstanden. Zelte wurden darin aufgestellt, in deren Mitte ein besonders prächtiges Zelt aufgerichtet worden war.

Jaakov, der alles ganz genau beobachtete, erklärte seinem Freund Aviel: „Siehst du, das große prächtige Zelt, das ist bestimmt für den General."

„Die vielen anderen Leute, müssen die sich die anderen Zelte teilen?"

„Sicherlich, ich habe gesehen, dass sie rundherum solche Vierecke aufgeworfen haben. Da stehen überall solche Zelte."

Die Zeloten beobachteten die Arbeiten halb belustigt. Dan war dafür, ihnen schon mal ein paar kleine Begrüßungssalven zu schicken. Aber Eleazar wollte seine Waffen gezielt einsetzen. Er durchschaute noch nicht ganz, was dieses Aufgebot und die Zeltstädte zu bedeuten hatten.

„Sicherlich wollten sie uns belagern und warten, bis wir verhungert sind", mutmaßte er.

„Da können sie lange warten. Eher verhungern und vor allem verdursten die da unten", entgegnete Jochanan. „Sie müssen so viele Leute versorgen, vor allem müssen sie Wasser, viel Wasser herbei bringen, ob sie das lange durchhalten?", zweifelte er.

„Also, was ich gesehen habe, sie haben genug Sklaven mitgebracht. Ich sah heute schon eine ganze Karawane in Richtung En-Gedi marschieren", entgegnete Eleazar.

„Hast du gesehen, dass sie die Aquädukte, die unsere Zisternen versorgten, zertrümmert haben und die Steine für ihre Mauern da verwendet haben?"

„Ja, ich habe es gesehen. Aber von den unteren Zisternen können wir sowieso bei der Beobachtung kein Wasser mehr herauf schaffen. Also ist das egal!"

Sie bemerkten, dass sogar auf der gegenüberliegenden südlichen Felsspitze ein Lager errichtet wurde, obwohl eine sehr tiefe Schlucht die beiden Felsmassive voneinander trennten. Aber man konnte wohl von dort auf das Plateau von Masada sehen. Eleazar befahl daher, dass die Kinder das große Schwimmbad nutzen durften. Das sollte den Römern zeigen, wie viel Wasser sie zur Verfügung hatten. Es verfehlte offensichtlich nicht seine Wirkung. Die Beobachter, die von der anderen Seite herüber starrten, wurden weniger. Außerdem war die Entfernung zu weit, als dass von dort drüben Geschosse herüber kommen konnten.

„Sie scheuen keine Mühen, auf so einem hohen Berg einen Posten einzurichten", bemerkte Jochanan. Er war mit Eleazar auf seinem Rundgang zu den einzelnen Posten und Wachtürmen, um den Stand der Wachen und den Vorrat an möglichen Waffen zu kontrollieren.

„Die haben genug Sklaven. Was meinst du, was das für Leute sind?" Jehu lehnte an der Wand des Turmes und hatte das gegenüberliegende Lager fest im Blick.

„Wenn mich nicht alles täuscht, sind das unsere Leute, die da die Knochenarbeit leisten müssen", brummte Eleazar.

„Ganz schön viel Aufwand. Für ein paar hundert Leute hier setzen sie tausende ein." Jochanan schüttelte den Kopf.

„Vielleicht meinen sie ja, sie könnten uns aushungern oder verdursten lassen, ha! Haben eben nicht damit gerechnet, dass wir hier lange aushalten können. Aber so eine Riesentruppe zu versorgen, wie die da mitgebracht haben, das kostet schon einiges", war sich Jehu sicher.

„Wobei die Legionäre sicher alles bekommen, weil man sie ja bei Laune halten muss, aber unsere Leute, die da als Sklaven geknechtet werden, werden sicher wenig oder nichts bekommen", Eleazar sah wütend in den Abgrund hinunter, wo Legionäre die Arbeiter mit Schlägen und Flüchen anzutreiben versuchten.

„Das ist ja wie zu den Zeiten, als unser Volk in Ägypten die Sklavenarbeit verrichten musste", bemerkte bedauernd Jochanan. „Jetzt brauchen wir nur einen Mose."

„Jehu, pass schön auf, wer ist dein Läufer?", fragte Eleazar.

„Mein Sohn David, da kommt er schon und bringt mir schöne runde Steine. Sieh nur, auf den ist Verlass!", freute sich Jehu.

„Das ist gut. Sollte irgendetwas ungewöhnlich sein, gib mir sofort Meldung!" Damit gingen Eleazar und Jochanan weiter.

Am nächsten Posten trafen sie auf Dan. Dan war unzufrieden. „Meint ihr, hier bekäme ich Arbeit! Ich will auf einen anderen Posten. Ich will die da unten abschiessen. Hier tut sich bestimmt nichts."

„Wo tut sich denn etwas nach deiner Ansicht?" Eleazar mochte den Hitzkopf nicht.

„Ich denke mal, dass die versuchen werden, den Schlangenpfad zu stürmen", meinte Dan.

„Du weißt auch, dass sie das am Anfang versucht haben, und damit gescheitert sind. Irgendetwas anderes werden sie sich ausdenken. Und wenn sie nur darauf aus sind, uns auszuhungern." Jochanan blickte in das Tal, wo das Lager des Heerführers war. Da war eine gewisse Unruhe zu sehen. Soldaten standen Spalier und der Kommandant trat vor sein Zelt. Er hinkte, als er auf den Felsen zuging, gefolgt von einer Abordnung Soldaten. Seine Rüstung glänzte in der Sonne, den Helm mit dem Federbusch hatte er unter dem Arm.

„Nanu, was will der denn jetzt?"

„Jemanden herausfordern, wie damals Goliath."

Silva setzte den Helm auf und hinkte mühsam eine kleine Rampe empor zu einem Podest. Er sah den Felsen hinauf und rief mit heiserer Stimme: „Eleazar Ben Yair!"

Eleazar machte eine Handbewegung und sofort standen Jochanan und Dan rechts und links von ihm, den Pfeil auf dem Bogen im Anschlag. Eleazar trat ein Stück vor an den Rand der Mauer. „Was willst du?", rief er hinunter. Er musste sich noch nicht einmal anstrengen, um verstanden zu werden.

„Lass uns verhandeln", rief Silva zurück. „Ihr seid eingekesselt. Keiner kann heraus und auch keiner herein."

„Na und?", entgegenete Eleazar.

„Wir werden euch verhungern lassen, oder eher noch verdursten!", Silva grinste.

Eleazar lachte: „Sieh mal", damit nahm er einen Schlauch Wasser, den Dan neben sich hatte und schüttete ihn über die Mauer aus.

„Wir haben genug! Da könnt ihr lange warten!"

Selbst auf die Entfernung konnte man sehen, wie der General unter der Hitze litt. Er machte kehrt und die Soldaten umgaben ihn mit einer Wand aus ihren Schilden.

„Sie wollen uns fürchten lehren, wir werden sie das Fürchten lehren!", murmelte Eleazar, wie zu sich selbst.

„Ich hätte ihn von hier aus abschiessen können!", behauptete Dan. Eleazar sah ihn mit einem langen Blick an und wandte sich um.

„Warum kann dieser Mensch nicht vernünftig denken?", Eleazar schüttelte den Kopf.

„Er meint, weil man ihn so gut verstehen kann auf die Entfernung, würden unsere Pfeile ihn auch von hier aus treffen können. Unlogisch ist das nicht. Ist der Anführer tot, werden sie kopflos und ziehen vielleicht ab", sinnierte Jochanan.

„Das mag für Philister oder andere gelten. Für Römer gilt das nicht, und wenn Kaiser Titus selbst aus Rom kommen müsste. Die haben zu viel schon in das Unternehmen hinein gesteckt. Sie würden ihr Gesicht verlieren, wenn sie hier mit einer Niederlage wieder abziehen müssten."

Joram kam über den Platz gerannt: „Abba, darf ich mit den Römern kämpfen?", rief er von weitem.

Jochanan hob ihn auf den Arm: „Du dummer kleiner Junge, für dich ist das hier immer noch Spiel, was?"

„Ich bin nicht mehr klein, ich kann schon dein Schwert halten," damit versuchte er sich des Schwertes zu bemächtigen, das Jochanan am Gürtel hing, das aber im selben Moment klirrend zu Boden fiel.

„Joram, jetzt ist Schluss! Geh zur Ima, ich will dich hier nicht auf dem Platz und schon lange nicht auf der Mauer sehen, hast du verstanden!" Jochanan wurde ärgerlich und schob seinen Kleinen energisch in Richtung der Versorgungsküche. Joram war beleidigt: „Ima ist gar nicht da", maulte er, ging aber doch zurück.

Neue Aufträge und Erkenntnisse

Orly war in aller Eile zum Lagerhaus gegangen, um ein paar fehlende Dinge zu besorgen. Sie fand Simon allein und im Gebet. Vorsichtig trat sie ein und wartete bis Simon sie bemerkte. Simon erhob sich und kam auf Orly zu.

„Orly, wie schön, dass du kommst. Ich muss mit dir reden", sagte Simon mit gedämpfter Stimme.

„Was gibt es, was beunruhigt dich?", fragte Orly unsicher.

„Ich habe Weisung von Jeshua, nicht von hier wegzugehen, und doch werde ich diesen Felsen verlassen."

„Wie soll ich das verstehen? Du meinst doch nicht ...?", Orly sah ihn mit großen Augen an.

„Was geschehen wird, weiß ich jetzt noch nicht. Aber ich möchte dich bitten, die Markusrolle an dich zu nehmen und die kleine Schar, die erkannt hat, dass Jeshua ihr Messias ist, in deine Obhut zu nehmen. Du wirst mit einigen überleben!"

Orly war verwirrt. Warum sagte Simon so etwas? Waren sie nicht alle in einem Boot. Es war doch unwahrscheinlich, dass die Römer Masada stürmen könnten. Sie waren gewohnt zu haushalten, und die Bestände ließen eine lange Belagerungszeit zu. Dennoch nickte sie, und sie nahm sich vor, Jeshua zu bitten, Simon in ihrer Mitte zu lassen. Sie sagte ihm, was sie für die Küche benötigte, und ging dann nachdenklich zurück. Ohne Zweifel hatte Simon einen besonderen Draht zu Jeshua. Aber er hatte auch immer gesagt, dass Jeshua wiederkäme und er in Jerusalem auf ihn warten wolle. Das passte doch nicht mit den Befürchtungen zusammen, die Simon angedeutet hatte. Jochanan kam ihr entgegen. „Na, so nachdenklich?", sprach er sie an.

Orly hatte gar nicht auf den Weg geachtet und war ganz mechanisch zu ihrer Behausung gegangen. Sie sah auf, und ein Lächeln huschte über ihr Gesicht.

„Shalom, Jochanan", grüßte sie ihn. „Dich zu sehen tröstet mich. Ist alles in Ordnung und ruhig?"

„Hab keine Angst, meine Liebe. Mit uns ist der Herr!", beruhigte er sie.

„Das ist es nicht. Vor einiger Zeit, ich glaube, es sind schon zwei Jahre her, als Jaakov allein zu den unteren Zisternen geklettert ist, hast du mir von seinem Traum erzählt", sinnierte Orly. Jochanan nickte: „Ja, ich erinnere mich."

„Wir hatten die Gefahr weit von uns geschoben, und nun ist sie so wirklich, dass mir ganz bange wird."

„Ich weiß noch, dass ich selbst damals von dem Traum ziemlich beunruhigt war. Du hast recht, jetzt ist es wirklich so gekommen. Und das macht dich jetzt so nachdenklich?"

„Eigentlich nicht nur das. Ich war eben bei Simon. Er sprach genauso undeutlich, wie damals Jaakov. Ich soll die Markusrolle an mich nehmen, wenn er nicht mehr ist, und auf die kleine Schar aufpassen. Was meint er nur damit? Er ist zwar alt, aber doch so kräftig und gesund!"

„Du hast doch gesagt, dass er manchmal Zukünftiges vorhersehen kann", warf Jochanan ein. „Vielleicht hat er von Jeshua eine Weisung bekommen."

Orly schüttelte den Kopf: „Er meinte, er hätte Weisung, den Felsen nicht zu verlassen und doch wäre er bald nicht mehr da, das gibt doch keinen Sinn!"

Jaakov kam von seinem Posten herüber gerannt: „Jochanan", rief er von weitem, „das musst du sehen! Ich hole gerade meinen Vater!"

Jochanan sah dem Jungen hinterher: „Was er nun wohl wieder entdeckt hat? Manchmal finde ich es ja schon beunruhigend, mit welchem Scharfsinn Jaakov manches beobachtet und sieht."

„Ich muss noch zur Küche hinüber, meine Mutter wartet auf die Kräuter", damit eilte Orly in Richtung Gemeinschaftsküche.

Jochanan ging langsamen Schrittes zum westlichen Turm, von wo Jaakov gekommen war. Er erklomm die Treppe und dann am Ende die Leiter, um vom Dach in die Richtung des Hauptlagers der Römer zu spähen. Außer, dass viele Soldaten und offensichtlich Sklaven durcheinander liefen, war da eine gewisse Geschäftigkeit zu erkennen. Aber was war der Grund? Jochanan trat näher an die Brüstung. Was hatte das alles zu bedeuten? Dann sah er, dass die Sklaven immer wieder Eimer mit Sand und Geröll vollluden und zum Felsen trugen. Das ging nicht ohne Flüche vonseiten der römischen Soldaten ab, die die Sklaven ordentlich mit Peitschen traktierten. Wollten sie das Tal aufschütten? Da hätten sie aber viel zu tun!

Inzwischen waren auch Eleazar und Jaakov auf dem Turm angekommen.

„Was soll das werden?", fragte Jochanan.

„Ich habe gehört, wie der Kommandant seinen Hauptleuten erklärt hat, dass sie hier eine Rampe bauen wollen", erklärte Jaakov. „Man kann ja hier oben so gut wie alles verstehen."

„Eine Rampe?", fragte Jochanan ungläubig.

„Ja, da haben sie sich was ausgedacht", überlegte Eleazar. „An dieser Stelle ist ja der Felsen nicht ganz so schroff, wie an den anderen Seiten."

„Ja, und ich denke mal, dass sie eine Rampe brauchen, um ihre gefürchteten Rammen, wie zum Beispiel den Widderkopf einsetzen zu können", warf Jochanan ein. „Das haben wir in Jerusalem genügend auskosten dürfen."

„Aber das dauert doch Jahre!", gab Jaakov zu bedenken.

„Da täuscht du dich mein Junge. In Jerusalem haben die so etwas in ein paar Wochen fertig gebracht", entgegnete Eleazar.

„Wir müssen sie davon abhalten", meinte Jaakov. Ihm wurde doch ein wenig mulmig. Außerdem stand ihm seit einiger Zeit wieder der Traum vor Augen, und der hatte sehr viel mit der jetzigen Realität zu tun.

„Mal sehen, was wir tun können. Vielleicht ist es nur ein Ablenkungsmanöver, um uns von der Aufmerksamkeit über die Ostseite und dem Schlangenpfad abzulenken. Vielleicht sollen wir hier alle Kräfte zusammenziehen. Es ist doch einfach zu unwahrscheinlich, so etwas zu planen. Bleib du schön auf deinem Posten, Jaakov, keine Alleingänge, hörst du, und wenn du etwas bemerkst, so schick Aviel. Wo ist der eigentlich?"

„Der hatte Hunger und wollte sich etwas zu essen holen", erklärte Jaakov.

„So so. Du hast eben auch deinen Posten verlassen, weil du mir etwas mitteilen wolltest. Aber es ist ja wohl klar, dass wir alle Aufmerksamkeit von allen zu jeder Zeit brauchen."

„Jawohl, Herr General", salutierte Jaakov.

Eleazar und Jochanan stiegen von dem Turm wieder herunter. Auf dem Weg erwägten die beiden das Für und Wider eines Angriffs auf die Leute, die da an der Rampe bauten. Sie entschieden sich, am nächsten Morgen gezielte Salven von Pfeilen auf die Arbeitenden und auf die sie Befehlenden zu unternehmen.

Rut war dabei, den kleinen Yair zu stillen und saß bequem in einem Sessel, der mit Schafsfellen ausgelegt war. Lea war gerade bei ihr. Sie war müde, denn seit die Männer zum Schutz auf die Mauern und Türme berufen worden waren, musste sie wieder die Gemeinschaftsküche übernehmen. Dennoch kam sie gern nach getaner Arbeit noch zu ihrer Schwiegertochter, um ja die Entwicklung ihres kleinen Enkel mitzubekommen. Rut gab ihn Lea, der nun satt und zufrieden in ihrem Schoß lag. Lea freute sich an seinem runden pausbäckigen Gesichtchen, aus dem sie die Züge ihres Mannes zu erkennen glaubte. Lea sah erschöpft und alt aus. Das eisgraue Haar wurde von einem kunstvoll geschlungenen Tuch bedeckt. Aber sie hielt sich immer noch aufrecht.

„Wunderbar bist du gemacht", murmelte Lea. „Ach, wenn du doch Frieden und Freude erleben möchtest!"

„Frieden wird es wohl erst einmal nicht geben", polterte Eleazar, der gerade zur Tür herein kam, dass Lea zusammenzuckte und der Kleine auf ihrem Schoss aufwachte und das Gesichtchen zu einem Weinen verzog.

„Eleazar, musst du denn immer so hereinplatzen?", tadelte Lea ihren Sohn. „Siehst du, nun hast du Yair aufgeweckt."

„Ach, das muss er aushalten. Es kommen noch ganz andere Zeiten auf ihn zu, glaube mir", Eleazar nahm seinen Sohn auf den Arm und hielt ihn in die Höhe. „Aber für dich werden wir für eine bessere Welt kämpfen." Yair juchzte, denn nichts liebte er mehr, als von seinem Vater in die Luft geworfen zu werden.

„Eleazar, bitte lass doch Yair schlafen, er hat doch gerade erst getrunken", tadelte Rut ihn.

„Komm setz dich, du solltest auch etwas essen."

Eleazar gab den Kleinen wieder seiner Mutter auf den Schoss, der aber die Ärmchen nach seinem Vater ausstreckte. „Ach wenn doch Jaakov auch so begierig nach seinem Vater gewesen wäre!", bedauerte Eleazar.

„Das war er auch, du hast es nur vergessen, und du hattest nie Zeit für ihn", erinnerte Lea ihren Sohn.

„Dafür habe ich einen der schlauesten Söhne, die man sich denken kann. Stellt euch vor, über die Entfernung hat er von den Römern gehört, was sie vorhaben!" Eleazar war sichtlich stolz auf seinen Ältesten.

„Und, was hat er gehört?", wollten Rut und Lea fast gleichzeitig wissen.

„So wie es aussieht, wollen die Römer an der Westseite von Masada eine Rampe bauen, wo sie dann ihre Rammen hochfahren können, um uns hier in die Töpfe zu gucken."

„Was? Eine Rampe? Hat das Jaakov gehört?", Lea war schockiert.

Rut war pragmatischer: „Meinst du nicht, dass das seiner eigenen Idee entspringt? Das sind doch Hirngespinste!"

Eleazar sah in die verglimmende Glut in der Feuerstelle. „Hm, ich wünschte mir sehr, dass du recht hast. Frauen haben eben ein anderes Einfühlungsvermögen. Wir wollen dennoch wachsam sein."

„Wachsam sein, ist immer gut. Oder habt ihr schon Schritte beschlossen?", fragte Rut misstrauisch.

„Wir werden morgen früh, den Arbeitstrupp mit einer Bogensalve empfangen", erklärte Eleazar.

„Das will ich morgen sehen!", warf Lea ein. „Aber jetzt werde ich mich schlafen legen. Gute Nacht!"

Lea ging hinüber in ihr kleines Zimmer, während Eleazar und Rut beieinander saßen, den kleinen Yair auf Rut's Schoß. „Wo ist denn Rahel?", wollte Eleazar wissen.

„Ich denke sie kommt gleich. Sie wird wohl wieder bei Orly und Mirjam sein." Rut sah ihren Mann von der Seite an, wie er geistesabwesend in die Lampe schaute. Seine Backenknochen traten selbst unter dem Bart deutlich hervor und sie konnte sehen, wie er die Muskeln anspannte.

„Was macht dir Sorgen? Ist etwas nicht in Ordnung?", wagte sie ihn zu fragen.

„Doch doch, wir haben alles im Griff", wehrte Eleazar ab. Dann sprang er auf und ging mit den Worten: „Ich muss noch eben zu Simon!", aus der Tür.

Rut spürte, dass ihrem Mann die Verantwortung für die Menschen auf der Festung schwer wurde. Orly würde sagen ‚Vertrau auf Jeshua'. Rut musste lächeln, dass ihr solch ein Wort ihrer Freundin und Schwägerin als erstes einfiel. Hatten denn nicht ihre Väter, ja überhaupt ihr Volk immer auf Gott vertraut. Nein, es gab sehr viele Zeiten, wo das Volk Israel eigene Wege gegangen war. Aber immer, wenn es besonders eng wurde, dann hatten sie den Gott ihrer Väter um Hilfe angerufen, und er hatte sich ihrer erbarmt. Warum sollte er sich denn diesmal nicht erbarmen? Rut legte Yair in seine Wiege.

Sie wird wohl bald zu klein sein, dachte sie. Dann nahm sie ihr Umschlagtuch und ging hinüber zu Orly.

Orly saß in ihrem Arbeitszimmer, Mirjam auf einem Schemel daneben und Rahel auf einem kleinen Fußbänkchen vor ihr. Mirjam war mit ihren zwölf Jahren schon eine Schönheit. Sie hatte die braunen Haare in Flechten um den Kopf gelegt. Ihre großen dunklen Augen sahen aber immer ein wenig traurig aus. Ganz anders Rahel, die in ihrer Lebendigkeit kaum still sitzen konnte und begierig das aufnahm, was Orly ihnen erzählte. Sie sprach gerade von der Moabiterin Rut, die ihrer Schwiegermutter nach Israel gefolgt war, und einen Löser heiraten konnte.

„Und stellt euch vor, diese Rut ist die Urgroßmutter von unserem König David geworden", endete Orly ihre Erzählung.

„Oh, da kommt ja unsere Rut", rief Rahel, indem sie aufsprang und ihr entgegen lief.

„Ich dachte, du solltest dich schlafen legen", Rut nahm Rahel in den Arm.

„Och, es war gerade so spannend", meinte die Kleine.

„Aber unsere Geschichte ist doch jetzt zu Ende", erklärte Orly.

„Das glaube ich nicht. Ich weiß nämlich, wie sie weitergeht," behauptete Rahel, „am Schluss ist nämlich Jeshua als wahrer König geboren!"

„Aber die ganze Geschichte können wir heute nicht mehr hören, da brauchen wir ja Tage, um sie uns zu erzählen. Wir müssen uns ja auch noch etwas für morgen aufheben. Geh du nur jetzt schlafen!", versuchte Orly ihre kleine Nichte zu besänftigen.

„Nun gut, gute Nacht!", damit schlang sie ihre Ärmchen um Orlys Hals, gab auch Rut einen Kuss auf die Wange und verschwand. Auch Mirjam erhob sich, still und zurückhaltend und ging in das angrenzende Zimmer.

So war Rut mit Orly allein. „Setz dich doch!", forderte Orly ihre Schwägerin auf.

Sie setzte sich auf das Bett, denn der Schemel und das Fußbänkchen waren ihr zu niedrig.

„Du siehst so bekümmert aus, kann ich dir helfen?", fragte Orly besorgt.

„Ich wollte dich fragen, wie du das siehst. Es ist doch so, dass wir das von Gott erwählte Volk sind", begann Rut.

Orly schaute interessiert ihre Schwägerin an: „Ja, so lesen wir es in der Thora."

„Aber wir haben uns nicht immer so verhalten, oder?"

Orly wusste nicht, worauf Rut hinaus wollte, und wartete einfach ab, was Rut ihr zu sagen hatte.

„Also, wir als sein Volk haben häufig nicht das getan, was Gott von uns erwartete, und dann ging es uns schlecht."

Orly nickte und Rut fuhr fort: „Aber wenn es uns schlecht ging, dann hat Gott sich unser erbarmt und hat eingegriffen und uns geholfen, ist das richtig?"

„Ja, soweit ich weiß, steht im Buch der Richter so einiges davon. Aber wir müssen Gott schon darum bitten, dass er uns heraus hilft. Worauf willst du hinaus? Denkst du, dass wir in einer solchen Lage sind?" Rut nickte.

„Jaakov hat beobachtet oder gehört, dass die Römer eine Rampe bauen wollen, um ihre Rammen nutzen zu können. Das könnte doch bedeuten, dass wir bald nicht mehr hier so fröhlich sitzen können."

„Nun sieh mal nicht gleich ganz schwarz. Es gibt immer einen Weg aus der Dunkelheit. Vertrau auf Jeshua oder bete einfach den Psalm des Hirten."

„Genau das habe ich gedacht, dass du das sagen wirst. Orly, bitte, wenn mir etwas zustößt, kümmer dich um Yair!"

Orly blickte erstaunt auf. Zuerst war es Simon, der sie bat, seine kostbare Markusrolle zu hüten, nun ihre Schwägerin, dass sie sich um den kleinen Yair kümmern soll.

„Meine Liebe, wir sitzen hier alle in einem Boot. Ich bin sicher, dass Gott eine Lösung für uns hat. Er wird doch nicht zulassen, dass sein Volk ganz vernichtet wird. Wie kommst du nur darauf?"

„Ich weiß gar nicht, warum du so zuversichtlich sein kannst. Auf jeden Fall möchte ich an der Seite von Eleazar sterben. Noch einmal werde ich es nicht fertig bringen, allein zu bleiben." Bekümmert sah Rut in die Flamme der Öllampe, die Orly angezündet hatte.

„Ja, das kann ich verstehen, du hast schon viel Leid erlebt. Aber sieh doch nur meine Mutter, was hat sie schon alles erleben müssen."

„Lea ist so hart."

„Das meinst du nur. Seit sie Jeshua kennt, hat sie sich sehr verändert", sagte Orly sanft.

„Du musst es ja besser wissen. Du hast ja auch nicht viel Freude in deiner Jugend erlebt."

„Kommt es denn darauf an? Wichtig ist doch das, was jetzt ist. Wir dürfen Buße tun und wissen, es wird uns vergeben. Wenn wir unseren Mitmenschen vergeben, wird der Allmächtige uns auch vergeben. Und ich habe meiner Mutter vergeben!"

„Du bist eine starke Frau! Danke, du hast mir wieder Mut gemacht." Rut erhob sich und umarmte Orly und ging hinaus.

Orly sass eine Weile tief in Gedanken versunken vor ihrer Webarbeit. Nein, sie wollte auch nicht mehr ohne Jochanan leben. Mehr denn je sehnte sie sich nach seiner Nähe, nach seinen starken Armen, und doch war er so verletzlich. Sie stand auf und starrte auf die Tür. Sollte sie hier auf ihn warten oder ihn suchen? Aber wo? Ihr fiel das Hohe Lied ein, wie Schulamit nach ihrem Geliebten suchte und von den Nachtwächtern aufgegriffen wurde. Ich bin liebeskrank, wie Schulamit, dachte sie. „Bitte Jeshua, schicke mir Jochanan", flüsterte sie. Sie hatte jemanden, dem sie noch mehr vertraute: Jeshua.

Im selben Moment wurde ganz leise die Tür geöffnet. Jochanan kam herein. Orly sprang auf. „Ach Jochanan", rief sie mit gedämpfter Stimme und fiel ihm um den Hals.

„Was ist?", fragte er verwirrt. „Ich kam so leise, weil ich dachte du schläfst schon."

„Wie kann ich schlafen, ohne dich!"

„Was ist los? Hat Joram sich wieder ungebührlich benommen?"

Jochanan streichelte über Orlys Haar. Er spürte, dass sie zitterte: „Du zitterst ja, dabei ist es so heiß!"

„Ach, mein Geliebter, wie brauche ich dich. Bitte, verlass mich nicht!", flüsterte sie.

Jochanan hob sie hoch und legte sie auf das Bett. „Wer redet denn davon. Hier kommt keiner weg, meine Taube. Willst du mir sagen, was dich so beunruhigt?" Sie lagen eng aneinander geschmiegt und Orly erzählte ihm von Simon und von Rut.

Als sie geendet hatte, war die Lampe erloschen. „Wo bleibt dein Vertrauen auf Jeshua? Hat er nicht alles in seiner Hand?", fragte er.

Sie nickte: „Du hast recht, Jeshua wird schon wissen, was das zu bedeuten hat." Mit einem Seufzer schlief sie ein.

Am nächsten Morgen stellte Eleazar zwanzig Bogenschützen auf die Mauer an der Westseite. Auf seinen Befehl sollten sie auf die Arbeitenden und die Soldaten schiessen. Die Sklaven hatten schon Schutt und Geröll in Karren herangefahren. Eleazar sah, wie Silva aus seinem Zelt herausgehinkt kam, ein Junge, er mochte in Jaakovs Alter sein, folgte ihm. Jochanan an der Seite Eleazars beobachtete, wie die beiden zu dem Podest gingen, von dem aus der General mit Eleazar zu reden pflegte.

„Da kommt der alte Hinkefuss!", bemerkte Jochanan.

Lea kam auf die Mauer. „Geh wieder runter", fauchte Elezar ärgerlich. „Das hier ist nichts für Frauen!"

„Ich habe gesagt, dass ich sehen will, was hier passiert. Du kannst mir das nicht verbieten."

„Ima, bitte", sagte Elezar sanfter. „Geh wieder an deine Arbeit, dies hier ist unsere Arbeit."

Da hörten sie die schnarrende Stimme von General Silva herauf schallen: „He, Eleazar, was hast du für ein Aufgebot da oben, willst du auf deine eigenen Leute schiessen?!"

Die Sonne schien auf seinen silbernene Panzer, er hatte Beinschienen und Armschienen an und nur der Schurz über seinen Schenkeln ließ ihn nicht ganz wie einen Käfer aussehen.

Eleazar reizte eine verächtliche Antwort.

„Was soll das Aufgebot von so viel Soldaten, eine ganze Legion, um einen Floh zu fangen?"

„Wir werden euch einheizen!", rief der General zurück. Er beugte sich zu dem Knaben, der davon lief und gleich darauf bei der Gruppe von Sklaven war, um einem von ihnen wohl einen Auftrag zu geben. Der ging mit dem Jungen zu dem General hinüber. Er hatte nur einen Schurz an und sah sehr abgezehrt aus, aber seine Haltung war die eines Königs.

Lea schlug die Hand vor den Mund. „Es ist Yair!", rief sie verhalten. Sie musste sich an ihrem Sohn festhalten. Atemlos sah sie, wie der Junge ihren Mann zu dem Befehlshaber führte.

„Siehst du hier!", rief Silva hinauf. „Dies sind alles deine Leute. Du kannst sie abschiessen. Es sind noch viele bei uns! Nur zu!"

Eleazar mahlte mit den Backenknochen. Lea warf sich an ihn: „Du kannst doch nicht deinen Vater umbringen!" Sie zitterte am ganzen Leib. Noch lieber wäre sie hinunter gesprungen. Yair, so nah und doch so fern!

„Ergebt euch. Kommt herunter. Es geschieht euch nichts. Ich verbürge mich dafür!"

„Nein, Eleazar, glaub ihm nicht", hörten sie Yair tiefe sonore Stimme. Ein Soldat, der hinter der kleinen Gruppe auf dem Podest stand, sprang hinauf und zog Yair mit einer Peitsche über den bloßen Rücken. Lea schrie auf. „Haltet aus!", rief Yair noch einmal und quittierte dafür einen zweiten Schlag mit der Peitsche.

Lea wandte sich ab, sie wankte die Stufen hinunter, das war zu viel. Tränen liefen über ihr faltiges Gesicht. Sie hätte nicht gedacht, dass sie ihren Mann da sehen würde und schon lange nicht auf diese Weise. Was war das? Zur Mauer herauf schallte das „Schma Israel". Yair, ganz eindeutig war das seine Stimme. Lea hielt inne. Yair hatte das alte Bekenntnis angestimmt und die übrigen Juden fielen ein. Leas Brust hob sich. Das war die Zusage für sie persönlich: „Höre Israel, Gott ist einer, es ist kein anderer Gott!" Sollte sie umkehren? Nein, sie konnte ihrem Mann nicht helfen. Aber sie spürte, wie er ihr geholfen hatte. So halsstarrig, wie das Volk Israel war, so würden sie auch dieses Mal die Prüfung bestehen, mit Gottes Hilfe. Lea ging festen Schrittes weiter zu der allgemeinen Küche. Sie war sich sicher, dass sie Yair wiedersehen würde.

Eleazar gab Befehl die Bogen sinken zu lassen.

„Dieser alte Fuchs", bemerkte Jochanan. „Stellt unsere Leute dort in die erste Reihe." Auch ihm rannen die Schweißperlen über die Stirn.

„Morgen treffen wir uns hier wieder!", rief der General hinauf. „Mein Angebot gilt!" Damit stelzte er wieder hinunter, umgeben von seinen Soldaten. Seine Hand lag auf dem Jungen und es sah so aus, als ob er ihn als Stock benutzte.

„Hat er denn jemals sein Versprechen gehalten?", wollte Schimi wissen, der Eleazar am nächsten stand.

„Hm, hab ich noch nicht gehört", brummte Eleazar. „Jedenfalls will ich das den Leuten freistellen. Die meisten werden ja die Ansprache gehört haben."

„Ich bleibe!", rief Schimi gleich. „Ich auch!", „Ich auch!", tönte es von allen Seiten.

„Trotzdem halten wir heute eine Versammlung ab. Es müssen alle informiert sein. Da kommt gerade Jaakov, der kann an allen Posten die Nachricht überbringen."

Jaakov stand vor seinem Vater: „Abba, du wirst doch auf solch ein unanständiges Angebot nicht eingehen."

„Ha, ha, mein Sohn!", rief Eleazar stolz, „er ist eben von meinem Holz!" Dann zu Jaakov gewandt fuhr er fort: „Wenn drei Sterne am Himmel stehen, treffen wir uns bei der Synagoge. Sag es bitte allen, die auf den Posten stehen, und die andere Arbeiten verrichten, na eben allen!"

Jaakov ging los, um die Nachricht in alle Familien, zu allen Posten und Stellen zu tragen, wo gearbeitet wurde.

Am Abend, als die drei Sterne am Nachthimel zu sehen waren, stand die Gemeinde der Zeloten dicht gedrängt vor der Synagoge.

Eleazar stand auf einem erhöhten Stein und hob die Hand, um sich Gehör zu verschaffen, denn das Gemurmel war groß. Jeder hatte etwas gehört, aber die Meinungen gingen weit auseinander.

„Freunde", begann der Anführer, „ich habe euch hierher bestellt, um euch das Angebot der Römer mitzuteilen. Sie haben uns freien Abzug versprochen, wenn wir uns freiwillig ergeben."

„Das kann ich mir denken", rief Dan „die haben ja ein größeres Problem als wir. So viele Leute, wie da unten mit Essen und Trinken versorgt werden müssen! Da haben die keine Lust, lange auszuhalten."

„Warum heizen wir denen denn nicht ordentlich ein?"

„Die richtige Hitze kommt ja erst noch. Wir stehen erst am Anfang des Sommers!"

„Was bauen die denn da unten?"

Das Stimmengewirr wurde immer größer. Eleazar hob wieder die Hand: „Soweit ich das erkennen kann, wollen sie eine Rampe bauen, um dann mit ihren Rammen unsere Mauern zum Einsturz zu bringen."

„Na, das kann ja lange dauern!", meinte einer.

„Wollen die die Berge abtragen und hier anbauen?"

„Freunde", ließ sich wieder Eleazar hören. „Es ist so, dass diese dreckige Arbeit von unseren Leuten, unseren Brüdern, Vätern, Neffen, ja sogar Großvätern unter strenger Aufsicht der römischen Soldaten getan werden muss! Ich stelle mir vor, dass unsere Vorväter in Ägypten nicht anders behandelt worden sind."

„So lasst uns doch ihr Joch erleichtern und uns ergeben!", rief Achia der Priester dazwischen.

Ein Sturm der Entrüstung schlug hoch: Verräter, Abtrünniger, Ausreißer, Überläufer und ähnliches wurde ihm an den Kopf geworfen, dass Eleazar wieder einschreiten musste.

„Nein, Freunde, so wollen wir nicht miteinander umgehen! Ich möchte es jedem freistellen. Ich kann verstehen, dass manch einem die Lage hier zu unübersichtlich wird. Ich für meinen Teil werde mich niemals ergeben, niemals. Und ich möchte auch nicht meine Frau und meine Kinder in der Sklaverei wissen. Wie die Römer ihre Sklaven behandeln, konnten wir heute mit eigenen Augen sehen. Es soll also jedem freigestellt werden! Besprecht das mit euren Familien!"

Die Versammlung löste sich nur langsam auf. Die Emotionen schlugen hoch. Als die Posten von der Westmauer berichteten, dass die jüdischen Sklaven das „Schma Israel" angestimmt hatten, nahmen sie es als Ermutigung. Nein, sie würden sich niemals beugen!

Nur Achia schlich nach Hause. Er war fest entschlossen, sich und seine Familie, seine Frau und seine drei Töchter, in Sicherheit zu bringen. Einem Priester würden sie sicher sowieso nichts antun. Er machte sich einen Stab, an den er seinen Tallit als Friedenszeichen befestigte, und forderte seine Frau Naemi auf, ein paar Habseligkeiten zusammenzutragen. Heimlich ging er mit ihr und seinen minderjährigen Töchtern den Schlangenpfad hinunter.

Jaakov war zu Simon gegangen. So lange hatte er seinen Großvater nicht mehr gesehen. Fast war die Erinnerung an ihn verblasst. Doch als er ihn heute dort unten hatte stehen sehen, war es ihm, als hätte er gestern erst mit ihm zusammen den Shabbat gefeiert. Wie hatte er sich doch bei ihm immer so sicher und aufgehoben gefühlt, und nun war er dort in der Gewalt ihrer Feinde. Jaakov hätte zu gern etwas unternommen, um ihn da heraus zu bringen. Aber ihm fiel beim besten Willen nichts ein, wie er das bewerkstelligen konnte.

Als er bei Simon eintrat, sah dieser von seiner Rolle auf, in der er studiert hatte.

„Na, Jaakov, was führt dich zu mir. Wollen wir ein wenig in der Schrift studieren?"

Jaakov setze sich zu Simon an den Tisch. „Nein, heute nicht", war die Antwort des Jungen.

Simon sah ihn durchdringend an: „Was ist passiert? Dich beschäftigt doch etwas?"

Jaakov stieß mit dem Fuß nach dem Schemel, der unter dem Tisch stand.

„Was machst du? Ist er dir im Weg?", Simon kannte seinen jungen

Freund zu gut, als dass er nicht merkte, dass ihn irgendetwas ganz besonders beschäftigte.

„Ich wollte", stieß er hervor, „wenn ich könnte, die Römer abschlachten, umbringen." Dabei machte er eine Handbewegung als wollte er jemandem den Hals zudrehen. „Sollen sie doch werden wie eine Raddistel, die man ausreißt und ins Feuer wirft."

„Ja, das wünschen wir uns alle. Aber von dir höre ich solche Verwünschungen das erste Mal."

„Warst du heute auf der Mauer?", wollte Jaakov wissen.

„Nein, ich bekomme nur das mit, was mir von denen erzählt wird, die bei mir etwas holen. Ich bin sozusagen eingesperrt oder ausgesperrt, wie man das sieht."

„Macht dir das nichts aus? Jedenfalls war der General, Silva heißt er ja wohl, heute wieder auf dem Posten und hat uns aufgefordert, dass wir uns ergeben sollen. Dann hat er meinen Großvater – meinen Saba! – zu sich zitiert. Er war einer von den Brigaden, die an dieser Rampe in vorderster Reihe bauen müssen. Brutal haben sie ihn geschlagen, aber er ist aufrecht stehen geblieben."

Simon schüttelte den Kopf: „So? Dein Großvater? Er ist hier so nah? Weiß es deine Großmutter?"

„Sie war mit auf der Mauer und hat ihn gesehen. Sie ist ganz durcheinander gewesen, als sie die Treppe runterstieg. Simon, warum macht Gott das? Das kann doch kein Mensch aushalten!"

Simon merkte, dass sein junger Freund völlig aufgewühlt war. Er legte ihm die Hand auf die Schulter und sagte beruhigend: „Mein lieber Jaakov. Ich verstehe, dass diese Situation dich jetzt so berührt. Sieh nur auf das Ende! Jeshua hat es schon gesagt, es werden schlimme Zeiten kommen, aber dann wird er wiederkommen und sein Reich aufrichten. Hier sieh, da steht es auch", damit rollte er die Schrift auf und kam zu der Stelle und las:

„Wenn ihr von Kriegen und Kriegsgerüchten hört, so lasst euch dadurch nicht ängstigen. Das muss so kommen, bedeutet aber noch nicht das Ende."

Ganz leise war Lea in den Raum getreten und sah auf die beiden, wie sie über die Schriftrolle gebeugt halblaut den Text lasen.

„Wann wird das sein?", fragte sie dazwischen. Simon und Jaakov fuhren herum.

„Hast du uns erschreckt, Safta!"

„Oder kennst du die Worte? Hier steht nämlich fast genau dasselbe! Wir wollten das auch von Jeshua wissen. Komm setz dich doch zu uns. Hast du den Schmerz überwunden, deinen Mann dort unten in der Gewalt der Römer zu sehen. Dein Enkel hätte wohl gern seinen Großvater da unten herausgehauen."

Lea setzte sich zu Jaakov auf die Bank und strich ihm über das Haar, eine Geste, die Jaakov überraschte. Er kannte seine Großmutter nur kühl und abweisend. Er wandte sich ihr zu und umschlang ihren Hals: „Jeshua wird uns helfen, nicht wahr?!"

„Ja, mein Junge, ganz sicher!", flüsterte Lea mit fast erstickter Stimme.

„Wer bis an das Ende ausharrt, der wird gerettet werden", zitierte Simon aus der Schriftrolle. Es klopfte, und auf das „Herein!" von Simon steckte Orly den Kopf zur Tür herein: „Ach, hier seid ihr!"

„Komm nur. Wir haben keine geheime Besprechung, wie es vielleicht aussehen könnte", lud Simon Orly ein. Er bot ihr einen Stuhl an, den er heranrückte.

„Ich komme gerade von Rut. Der kleine Yair scheint Fieber zu haben. Er schreit und ist ganz heiß. Simon, ich wollte dich bitten, dass du hinüber gehst und über ihm betest. Rut ist schon ganz verzweifelt!"

„Wenn das so ist, lasst uns doch jetzt zusammen für den kleinen Yair beten. Jeshua hat uns verheißen, wo zwei oder drei in meinem Namen zusammen sind, da will er mitten unter uns sein." Lea, Orly und Jaakov waren einverstanden. So beteten sie inbrünstig für Yair, dass Jeshua ihn doch anrühren möchte, und den kleinen Kerl wieder gesund mache. Aber auch für den Großvater Yair riefen sie Gott an und stärkten sich in dem Vertrauen, dass der Allmächtige ihnen die Bitten gewähren möchte.

Dann gingen Lea und Orly. Simon hielt Jaakov noch fest: „Ich bitte dich, unternimm nichts auf eigene Faust. Das ist niemals gut. Übrigens habe ich vom Herrn, dass du die gute Nachricht von dem Erlösungswerk Jeshuas weitertragen sollst. Ich weiß noch nicht, wie das geschehen soll. Aber ich bin der festen Überzeugung, dass sich dir zu gegebener Zeit die Türen öffnen werden." Simon legte dem Jungen die Hand auf und segnete ihn.

Verwirrt ging Jaakov nach Hause.

Am nächsten Tag ging es Yair besser. Er hatte tief und fest geschlafen, und das Fieber war von ihm gewichen. Rahel saß an seiner Wiege und schaukelte ihn ein wenig. „Das hat Jeshua gemacht!", kommentierte sie die Genesung ihres kleinen Bruders, und das sagte sie auch jedem, der sich nach Yair erkundigte.

Sie stellten aber auch fest, dass Achia mit seiner Familie nicht mehr da war. Hannia kam aufgeregt zu Eleazar und gab ihm Bericht, dass er wohl gestern Abend mit Achia gesprochen hätte, er ihm aber abgeraten hätte, die Festung zu verlassen.

„Was wird nur mit den Mädchen geschehen?", jammerte Hannia. „Da sind so viele Soldaten, glaubst du, dass sie die Mädchen in Ruhe lassen? Sie werden sich über sie hermachen, ehe Silva davon etwas bemerkt. Oh, welch eine Unvernunft!"

Auch Eleazar hatte seine Bedenken und schüttelte den Kopf: „Jetzt kann ich auch nichts mehr machen. Du hättest gleich zu mir kommen sollen!", warf er Hannia vor.

„Ich dachte doch nicht, dass er so dumm ist. Ich habe ihm gesagt, dass Einzelne niemals solch einen Schutz genießen." Der Rabbi war betrübt und knetete seine Hände mit den kurzen Fingern. „Kannst du denn gar nichts machen?"

„Ich fürchte, nein!", Eleazar schnallte sich sein Kurzschwert um. „Ich muss auf meinen Rundgang." Damit ging er und traf sich mit Jochanan. Hannia ging schweren Schrittes zur Synagoge.

„Hannia war eben bei mir. Achia ist gestern Abend mit seiner

Familie zu den Römern übergelaufen", berichtete Eleazar seinem Freund. Der blieb stehen. „Allein? Nur er und seine Frauen, ich meine, seine Frau und seine drei Töchter? Die sind doch noch minderjährig!"

„Ja, vielleicht hat er gedacht, dass die Römer sich nicht an Minderjährigen vergreifen. Er hat wohl auch die Lockungen von Silva gestern ernst genommen."

Nun war es an Jochanan den Kopf zu schütteln. „Wir werden sicher eine Kostprobe von Silvas Freundlichkeit zu sehen, mindestens zu hören bekommen", vermutete er.

„Warten wir's ab. Was wird der Tropf denen erzählen können. Sicher nichts, was die da unten nicht schon wissen. Vielleicht gar nicht schlecht. Dann kann denen mal der Mut sinken, wenn sie hören, dass wir genügend Wasser und Vorräte haben, um Monate ja sogar Jahre auszuhalten. Eher werden ihm seine Legionäre einen Aufstand machen."

Jochanan sollte recht behalten. Die Sonne war gerade über den Bergen von Moab aufgegangen und begann ihre glühende Laufbahn, da hörten die Zeloten, wie bei den römischen Lagern auf der Ostseite tumultartiges Geschrei entstand. Der Posten auf der Seite schickte nach Eleazar, er solle kommen. Sofort eilten Eleazar und Jochanan zu dem Posten und sahen mit einigem Vergnügen, wie die römischen Söldner offensichtlich einen Aufstand anzettelten und die Centurios durch Befehle und mit Knüppeln versuchten, die Lage wieder in den Griff zu bekommen.

„Entweder haben sie zu wenig zu essen oder zu trinken bekommen und machen einen Aufstand, oder es ist ihnen zu heiß geworden", mutmaßte Jochanan.

„Nein, sieh doch mal. Die Soldaten sehen doch alle gleich aus. Aber dazwischen sind bunte Farben. Kannst du das erkennen. Da wird doch so ein roter Farbklecks, der aussieht wie ein Kleid zwischen den Soldaten hin- und hergerissen", Eleazar hielt sich die Hand über die Augen.

„So ein rotes Kleid hatte gestern doch Naemi an", bemerkte Jehu, der an dieser Stelle die Wache hielt. Dann bemerkten sie aber, dass die Soldaten sich um drei Mädchen prügelten, die von einigen von ihnen festgehalten wurden. Daneben wand sich Achia in dem festen Griff zweier Soldaten. Er schrie offensichtlich und gestikulierte heftig. Wegen der Entfernung, im Gegensatz zu der westlichen Seite, wo die Felsen der gegenüberliegenden Seite einen Schalltrichter bildeten, war hier kein Wort zu verstehen.

„Das muss Achia mit seinen Frauen sein. Vielleicht haben die Soldaten hier das Versprechen von ihrem General noch nicht vernommen", überlegte Jochanan.

„Ach glaubst du das? Ich denke, dass dieses Versprechen, allen, die sich freiwillig ergeben, auch freies Geleit zu geben, eine von den vielen Lügen sind." Eleazar lief unruhig auf der Mauer hin und her.

„Was machen wir? Wir können ihn doch nicht so in den Fängen der Soldaten lassen?" Jochanan konnte sich nur zu gut vorstellen, was da unten vor sich ging.

„Was hast du dir denn gedacht? Achia ist aus freiem Antrieb dorthin gegangen. Die Soldaten haben lange keine Frau mehr gehabt, da nehmen sie alles was ihnen in die Finger kommt. Habe ich nicht so etwas vorhergesagt?", Eleazar sah bitter auf die Szene.

„Können wir nicht eine Salve Pfeile in ihre Mitte schicken, damit sie abgelenkt werden und Achia sich vielleicht absetzen kann?", mischte sich Jehu ein.

„Vielleicht noch ein paar Steine dazu, dass sie abgelenkt werden", überlegte auch Jochanan.

Eleazar beauftragte David, den Sohn von Jehu, der hier als Läufer engesetzt war, ein paar Männer mit Pfeil und Bogen herzubeordern.

„Steine liegen schon genug auf der Mauer", bemerkte David noch bevor er lossauste, um Verstärkung zu holen. In kürzester Zeit hatte er fünf Männer mit Pfeil und Bogen zusammen, die sich auf der Mauer versammelten.

„Schießt nicht auf die Männer mit den Mädchen, sondern nur rundherum", gab Eleazar die Anweisung. Er hatte selbst seinen Pfeil und Bogen in die Hand genommen, genauso wie Jochanan. Der gab das Kommando, und schon flogen acht Pfeile in das Lager, rund um die kämpfenden Legionäre. Eine Salve dicker Steinbrocken polterte hinterher, so dass die Soldaten erschrocken nach oben schauten, die Frauen losließen und zu ihren Waffen stürzten. Ohne Sinn und Verstand versuchten sie, Pfeile in die Höhe zu schiessen, was ihnen gründlich misslang. Der Hauptmann des Lagers versuchte durch Befehl Ordnung in die Abwehr zu bringen, aber in dem Durcheinander hörte niemand auf ihn. Einige Soldaten waren von den Pfeilen der Zeloten getroffen worden und rannten zu ihrem Zelt. Es war so lächerlich, wie die Soldaten dort durcheinander liefen, dass die Zeloten gleich noch eine Salve auf das Lager losließen.

„Die rennen ja wie bei Gideons Überfall! Vielleicht lassen sie ja den Priester und seine Familie frei!", schmunzelte Eleazar. „Hoffentlich erkennt Achia unsere Absicht und macht sich mit seinen Frauen aus dem Staub."

Tatsächlich sahen sie, wie der kleine Priester wild gestikulierend seine Töchter zu sich zog und mit seiner Frau aus der Umwallung entkam. Um ihm Deckung zu geben, schickten die Zeloten eine nächste Ladung Steine in das Lager. Oben standen die Zeloten und gaben ihnen Schutz, indem sie Pfeil und Bogen für die Soldaten unten sichtbar auf sie gerichtet hielten. Noch nie hatte Eleazar den kleinen Priester so schnell den Berg hinauf rennen sehen, so dass seine Frau und seine Töchter kaum mitkamen. Schnaufend kamen sie oben an. Die Mädchen zitterten am ganzen Leib und Naemi, seine Frau, schluchzte und weinte unaufhörlich.

„Hör endlich auf", fuhr Achia sie an.

„Hätte Eleazar nicht eingegriffen, wären wir Gefangene und die Mädchen entehrt", schluchzte sie ein ums andere Mal.

Inzwischen waren Eleazar und Jochanan bei ihnen. „Das ist ja gerade noch mal gut gegangen", stellte Eleazar fest. „Hattest du wirklich dem Reden von Silva geglaubt? Nun siehst du, was geschehen wird, wenn wir uns denen ergeben!"

„Zuerst waren sie noch ganz freundlich", sagte Achia kleinlaut.

„So? Zuerst, und wie hat sich das ausgewirkt?", wollte Jochanan wissen.

„Als wir unten ankamen, wollten wir zum General. Man brachte uns zu dem Zelt des Hauptmanns. Es war aber noch nicht richtig hell. Der Soldat, der uns dorthin brachte, hat wohl seinen Kameraden gesagt, dass wir gekommen sind. Als die Sonne aufging, wollten sie uns zum General bringen, aber da sind die Soldaten über uns hergefallen. Hättet ihr nicht eingegriffen, wir wären sicherlich gelyncht worden."

„Und wir wären vergewaltigt worden!", jammerte Naemi.

„Dabei sind das doch noch Kinder!", beschwerte sich Achia.

„Du siehst, dass da keine Rücksicht drauf genommen wird! So geht jetzt an eure Posten. Jeder hat hier seine Arbeit zu tun!"

Froh, noch einmal entkommen zu sein, trieb Achia seine Familie zu ihrer Behausung „Und dass ihr mit niemandem darüber sprecht!", wies er sie noch an. Aber das war eine unnötige Anweisung, denn ihre Flucht und Wiederkehr hatte schnell die Runde gemacht und Naemi wurde nicht müde, ihre schlimmen Erlebnisse und Erfahrungen in den schrecklichsten Farben zu schildern. Mit jeder neuen Erzählung wurde das Geschehnis grausamer.

Als Orly und Jochanan am Abend die Ereignisse des Tages besprachen meinte Jochanan: „Ich hoffe nicht, dass Silva nun noch auf andere hofft, die uns von der Stange gehen. Er hat jedenfalls die Bauarbeiten an der Rampe ordentlich voran getrieben."

„Jetzt wissen wir aber auch, was uns blüht, wenn die Römer tatsächlich den Felsen stürmen", gab Orly zu bedenken.

„Da kannst du sicher sein, dass man uns in Käfigen zur Ausstellung nach Rom führen wird, als die Gefangenen des letzten Widerstands."

„Möge der Ewige uns davor bewahren. Ach Jochanan, manchmal überkommt mich eine große Furcht!", Orly lehnte sich an Jochanan.

„Na, na, wo bleibt dein Vertrauen auf Jeshua?", Jochanan strich ihr über das Haar und die Narbe: „Es kommt mir so vor, als würde die Narbe kleiner?"

Orly setzte sich auf: „Ist das so? Ach, was hat das schon für eine Bedeutung. Ich habe nur Sorge um die Kinder!" Sie kuschelte sich in seinen Arm, und er bedeckte sie mit Küssen.

„Wenn wir nur zusammen bleiben, dann ist alles gut!", flüsterte sie und gab sich seiner Umarmung hin.

Überraschende Begegnung

Jaakov war noch lange auf seinem Posten am Nordpalast. Er versuchte mit den Augen alles zu erspähen, was ungewöhnlich war. Er hatte das unbehagliche Gefühl, dass noch irgendetwas auf ihn zukam. Zur Sicherheit hatte er sein kleines Schwert in der Hand. Im Lager der Römer wurde wohl noch gespielt, er hörte die Soldaten johlen und es kam ihm vor, als wenn Kiesel auf der Erde rollten. Aber ein anderes unbestimmtes Geräusch nahm noch mehr seine Aufmerksamkeit in Anspruch. Es hörte sich so an, als wenn jemand den Felsen erkletterte. Ganz unregelmäßig, sichernd und wieder näher, waren die Geräusche. Jaakov legte sich auf den Bauch, seine Waffe fest im Griff und spähte über die Felskante. Tatsächlich, da kam ein einzelner Mann die Felswand heraufgeklettert. Immer wieder suchte er sich einen festen Halt auf einem Felsvorsprung und krallte sich mit den Fingern am Gestein fest. Jaakov suchte die Gegend unter ihm ab, aber er schien allein zu sein. Dennoch musste er sehr vorsichtig sein. Aviel hatte er schon nach Hause geschickt. Er konnte also niemanden zur Verstärkung anfordern. Als der Kletterer wieder nach oben sah, um sich einen neuen Haltepunkt zu suchen, sah er direkt in die Augen von Jaakov. Jaakov sah, dass der Kletterer nicht älter als er sein konnte.

„Halt!", rief er mit gedämpfter Stimme hinunter, „Verschwinde, oder ich muss dich runtertreiben!" Damit hob er sein Schwert und hielt es dem Knaben über den Kopf.

Der war nicht wenig erschrocken, hielt sich aber tapfer fest, dass er nicht abstürzte. „Bitte lass mich!", raunte er mit gleicher gedämpfter Stimme, „Ich gehöre zu euch!"

„Unsinn, du bist ein Spion!"

„Nein, ich bin ein Gefangener, lass mich zu dir kommen."

Jaakov überlegte kurz und sage dann: „Gut, komm herauf." Er meinte, dass er mit dem schon fertig würde. Als der Junge bei Jaakov oben war, stellte es sich heraus, dass der einen Kopf größer war, als er selbst. Sie standen sich gegenüber und sahen einander von oben bis unten an. Jaakov meinte den Jungen schon einmal gesehen zu haben, aber wo? „Warum machst du diesen gefährlich Ausflug oder bist du getürmt?", wollte Jaakov wissen. „Wer weiß davon, dass du hier herauf geklettert bist. Ich hätte dich abschlachten können."

„Ich musste es riskieren. Heute ist der günstigste Zeitpunkt, denn im Lager ist eine Fuhre Wein angekommen, der General hat Geburtstag. Die Soldaten spielen und trinken, und auch der General ist schon fast betrunken. Lass uns woanders hingehen. Gibt es hier ein Versteck?" Der Junge sah sich um. Jaakov wurde es mulmig. Wollte der ihn tatsächlich hier aushorchen. Trotzdem hatte er das unbedingte Gefühl, dass der Junge ehrlich war. Sollte er sich so täuschen? Jetzt fiel ihm auch ein, wo er ihn schon gesehen hatte! War es nicht der Junge, auf den sich der General gestützt hatte, als wäre es sein Stock?

„Was willst du, und wie heißt du, wer bist du?", Jaakov hielt sein Schwert drohend vor sich.

„Ich heiße Ruven. Wir wollten aus Jerusalem fliehen und sind in eine Falle geraten. Man hat uns gefangen genommen. Wir konnten noch von Glück sagen, dass sie uns nicht gleich umgebracht haben. Nun muss ich dem General zu Willen sein. Wenn der erfährt, dass ich mich abgesetzt habe, werden das meine Mutter und Brüder zu spüren bekommen. Der General benutzt mich, um die anderen gefügig zu halten. Ich weiß wirklich nicht, wie ich aus dieser Schere heraus kommen soll. Ich habe dich schon lange beobachtet. Du bist immer hier auf diesem Posten, stimmt's? Wenn der General unterwegs ist, seine Truppen zu befehlen, dann muss ich meistens neben ihm gehen und ihn stützen, weil ihm sein Bein weh tut. Aber manchmal soll ich auch bleiben und muss vor seinem Zelt sitzen. Da habe ich eben nichts anderes zu tun, als den Felsen hinauf und hinunter zu gucken. Der Palast da hat es mir angetan, den wollte ich mir aus der Nähe ansehen. Ich hatte gehofft, dass du schon fort bist. Aber nun hast du mich erwischt. Sag mir doch deinen Namen."

Jaakov betrachtete Ruven aus zusammengekniffenen Augen. „Ich heiße Jaakov", sagte er gepresst. „Wenn du nicht gleich wieder hinunterkletterst, ist die Dunkelheit da und du wirst keinen Stein mehr erkennen und abstürzen."

„Dann werde ich bis zum Morgen hier bleiben. So wie da unten dem Wein zugesprochen wird, haben die alle morgen einen dicken Kopf. Da merkt es sicher keiner, dass ich nicht da bin."

Plötzlich war hinter ihnen ein Geräusch, so dass sie beide herumfuhren. Ehe sie sahen, wer da kam, fuhr Ruven ein Pfeil durch den linken Arm, dass er mit einem erstickten Schrei zu Boden sank.

„Abba!", rief Jaakov, als er sah, wer aus dem Hinterhalt geschossen hatte. Eleazar trat hinter einer Säule auf der unteren Galerie des Palastes hervor, und funkelte seinen Sohn an: „Was treibst du hier und warum bist du nicht zur rechten Zeit bei mir? Wer ist das? Was will der? Wo kommt der her?"

Eleazar kam näher. Er bebte vor Wut und mochte seinen Zorn seinem Sohn gegenüber nicht verbergen.

Er machte Anstalten, den fremden Jungen am Arm zu packen und ihn den Felsen hinunter zu stürzen.

„Bitte, Abba", warf sich Jaakov dazwischen, „ich kann dir alles erklären!" Eleazar drehte sich zu seinem Sohn um schnaubte: „Da bin ich aber gespannt!"

Ruven jammerte leise und hielt sich den Arm: „Es ist alles meine Schuld, es tut mir leid. Ich bin hier herauf geklettert." – „So? Doch wohl nicht allein, wo sind deine Kumpanen?"

Ruven hob abwehrend die rechte Hand. „Allein, ich war allein! Ich bin einer von euch, ein Gefangener! Ich habe hier Jaakov von unten schon eine Weile gesehen und heute feiern die da unten, da hab ich es gewagt." Ruven sank zusammen. Der Schmerz überwältigte ihn. „Bitte!", stöhnte er nur noch, ehe ihm die Sinne versagten. Unschlüssig stand Eleazar über den Jungen gebeugt. „Wir müssen ihm helfen", bettelte Jaakov, „so kann er doch nicht zurück, bitte Abba!" Vorsichtig zog Eleazar die Pfeilspitze aus Ruvens Arm, der mit einem kleinen Schrei endgültig in Ohnmacht sank.

„Nun gut, es ist besser so!" Eleazar hob ihn auf den Arm und trug ihn durch den dunklen Treppengang des Palastes hinauf und legte ihn im Badehaus auf eine steinerne Liege.

„Hol Orly oder Rut", befahl er seinem Sohn, der besorgt hinter seinem Vater hergangen war. Eine feine Blutspur zeichnete ihren Weg. Jaakov rannte davon, während Eleazar sein Obergewand ausgezogen hatte, um es dem Jungen unter den Kopf zu legen. Ein Stück von dem Ärmel riss er einfach ab und versuchte damit, das Blut, das aus der Wunde sickerte, zu stillen.

In seinem Innern ärgerte sich Eleazar über seinen Sohn, der ihn doch immer wieder in solche unmöglichen Situationen brachte. Wenn dieser Eindringling hier verblutete, war es auch nicht schlimm. Warum machte er solch einen unsinnigen Ausflug!

Eleazar horchte auf. Der Junge schien zu phantasieren: „Ima", flüsterte er, „ich hab es gut gemeint. Bitte vergib mir. Ich wollte dir helfen, Ima, hilf mir!" Er sprach also aramäisch, eine Sprache, die den Römern fremd war, und er hatte also eine Mutter, sonst würde er nicht nach ihr rufen! Eleazar ging ins Badehaus und nässte den abgerissenen Ärmelzipfel und drückte ihn auf die Wunde. „Ima, gib mir zu trinken!", stöhnte der Verwundete. Eleazar sah sich um. Da drüben im Caldarium war ein Tonkrug. Er holte ihn herbei und versuchte, dem Jungen ein wenig Wasser einzuflössen. Er war aber zu ungeschickt und goss ihm eine Ladung über das Gesicht, was den Jungen aber sichtlich entkrampfte. Wo blieb denn nur Jaakov mit Orly! Ein bisschen erinnerte der Junge ihn an seinen Sohn. Der würde wohl auch solch ein Abenteuer eingehen. Er beugte sich über das Gesicht des Jungen: „Gleich wird dir Hilfe!" Er dachte dabei an Simon. Vielleicht würde Jaakov ja auch ihn mitbringen. Da hörte er schon eilige Schritte um die Ecke kommen. Tatsächlich lief Jaakov vorweg und hinter ihm kamen Simon und Orly. Orly hatte einige Linnentücher mitgebracht. Im Laufen hatte Jaakov ihnen die Geschichte erzählt. Nun stand er atemlos neben seinem Vater. „Er ist doch nicht tot?", fragte er besorgt.

„Nein, aber er hat wohl einiges Blut verloren!" Eleazar erhob sich, um Orly und Simon Platz zu machen.

Orly beugte sich über den Jungen und nahm den blutdurchtränkten Lappen von seiner Schulter. Simon hob den Tonkrug an, der auf der Erde stand. „Hol doch mal ein bisschen Wasser", wies er Jaakov an, und zu Eleazar sagte er nur, dass Jochanan auf ihn warte.

Eleazar war froh, dem weiteren Geschehen aus dem Weg zu gehen und ging mit einem kurzen Kopfnicken.

Orly säuberte und verband die Wunde neu, während der Junge duldend dalag. „Meinst du, dass es ein Kundschafter ist?", fragte sie Simon, während er ihr zur Hand ging.

„So wie er aussieht, ist es ein jüdischer Junge. Sicher einer der Gefangenen", mutmaßte Simon.

„Ja, das hat er mir so erzählt", warf Jaakov ein, der mit einem Krug frischen Wassers dazu kam. „Er heißt Ruven und muss in der Nähe von General Silva sein. Er müsse ihm zu Willen sein, hat er gesagt, was auch immer das bedeuten mag!"

„Natürlich hast du von solch sündigem Leben keine Ahnung. Wenn der Junge nun dem Silva entwischt ist, hat er doch Glück gehabt." Simon hatte sich neben den Jungen gekniet und seine Hand auf seine Schulter gelegt.

„Wenn er nicht wieder zurückkäme, hat er mir gesagt, müssten es seine Mutter und seine Brüder büßen." „Ja, das ist schlimm. Was ihn nur dazu gebracht hat, dieses Abenteuer einzugehen, wissen wir nicht." „Ich hätte das vielleicht auch gemacht", unterbrach Jaakov Simon.

„Psst, kommt lasst uns Jeshua um Hilfe anflehen!" Alle Drei knieten nun neben dem Verwundeten und Simon betete: „Jeshua, unser Helfer, Retter und Heiler, rühre doch diesen Jungen an, dass ihn das Fieber verlässt. Schliesse du die Wunde mit deiner heilenden Hand, dass er seiner Mutter wieder geschenkt wird."

Es war inzwischen Nacht geworden und Simon erbot sich, bei dem Jungen zu bleiben.

So gingen Orly und Jaakov nach Hause. „Meinst du, dass Jeshua ihn heilen wird?", fragte Jaakov ängstlich auf dem Weg.

„Das weiß ich nicht. Aber er wird sicherlich das Richtige für ihn tun." Orly legte ihren Arm um Jaakov. „Es ist sicher alles ein wenig viel für dich, nicht wahr?"

Als Jaakov nach Hause kam, wartete sein Vater noch auf ihn.

„Mein lieber Sohn", begann er. „Du bringst mich doch immer wieder in die schlimmsten Situationen. Was meinst du, wie schnell es sich herum gesprochen hat, dass ein Fremder unseren Felsen erklettern konnte. Auch wenn er nun kein Kundschafter ist, wie du behauptest, besteht nun die Möglichkeit, dass noch andere dieses Unterfangen versuchen werden. Wir müssen erhöhte Wachsamkeit üben. Du hättest ihn sofort zurückstossen müssen."

Jaakov wollte etwas erwidern, aber sein Vater ließ es nicht zu. Unruhig schritt er im Zimmer auf und ab. Nervös fuhr er sich durch das Haar und baute sich drohend vor seinem Sohn auf: „Was meinst du wohl, wie andere darauf warten, dass wir einen Fehler machen! Und hier hast du einen Fehler gemacht, eindeutig! Ich werde selbst den Knaben hinunter bringen müssen. Am besten wäre es, er würde den Blutverlust nicht überleben, um niemandem berichten zu können, was er für eine Heldentat vollbracht hat. Ach, du nichtsnutziger Bengel!" Eleazar hob die Hand, als wolle er seinen Sohn schlagen, ließ sie aber wieder sinken, als er sah, wie Jaakov schuldbewusst vor ihm kauerte.

„Abba, es tut mir Leid", stammelte er kleinlaut. „Aber hätte ich da nicht noch gesessen, wäre Ruven zu uns vorgedrungen und hätte wirklich etwas auskundschaften können! Aber er ist einer von uns, ich meine, er ist ein jüdischer Gefangener, der in der Nähe des Generals leben muss."

Eleazars Augen verengten sich. „Hat er das gesagt? Nun er spricht aramäisch, vielleicht kann er uns noch einen Nutzen bringen!" Eleazar entspannte sich. „Auf jeden Fall wirst du ab sofort im Steinbruch arbeiten und dafür sorgen, dass genügend Steine auf den Posten sein werden, ist das klar?"

Jaakov sah seinen Vater mit großen Augen an. Er war strafversetzt! Nur langsam wurde ihm bewusst, dass er damit eine Möglichkeit hatte, sich auch unbemerkt abzusetzen und sich um Ruven zu kümmern. Eleazar ließ seinen Sohn allein und wartete gar nicht erst die Antwort ab.

An den Pforten des Himmels

In den nächsten Tagen arbeitete Jaakov im Steinbruch und immer, wenn er einen Korb Steine wegzutragen hatte, nutzte er die Gelegenheit, im Badehaus vorbeizusehen. Simon wechselte sich mit Orly in der Pflege und der Bewachung des Verwundeten ab. Dann blieb er auch eine Weile, so dass Simon seinen Verpflichtungen im Lagerhaus nachkommen konnte.

„Du siehst müde aus", sagte Ruven, der sich sichtlich erholte.

„Ich arbeite ja auch im Steinbruch und das ist ziemlich anstrengend. Ich kann mich nicht so ausruhen, wie du!", Jaakov kauerte sich auf den Steinboden.

„Ich würde dir gerne helfen, glaub es mir. Jetzt werden die ja sicher entdeckt haben, dass ich fort bin. Meine Mutter wird sich Sorgen machen, wenn man ihr das überhaupt sagt."

„Am ersten Tag nach deinem Verschwinden habe ich nur gehört, dass die Wachleute die Sklaven besonders hart angetrieben haben. Das kann natürlich auch an dem Kater liegen, den sie vom Abend und von dem Gelage hatten. Wieviel Geschwister hast du eigentlich?"

„Ich habe noch eine ältere Schwester, die aber als Sklavin nach Rom verkauft wurde!"

„Das ist ja schrecklich!"

„Dann hatte ich noch zwei Brüder, Perez und Hewit, aber ich weiß nicht, wo sie geblieben sind. Ich glaube, sie müssen da an der Rampe mitbauen. Meine Mutter versteht sich auf Heilkunde, weshalb man uns auf diesen Feldzug mitgenommen hat. Wir konnten uns immer nur heimlich sehen. Sie wurde zum General nur gerufen, wenn ich weg war."

„Wie ist denn der General? Ich kenne ihn noch von der Belagerung in Jerusalem. Da war er zu seinen Leuten sehr hart."

„Das kann man wohl sagen. Launisch ist er. Als ihm klar wurde, dass er euch nicht sogleich stürmen konnte, da war er besonders wütend, hat mit Gegenständen um sich geworfen und seine Hauptleute mit Befehlen attackiert, die sie sofort umzusetzen hatten. Und erst als da ein Abgesandter aus Rom kam!" Ruven machte eine Pause um seine Position zu verändern.

„Es kam ein Abgesandter aus Rom?"

„Ja, ein richtiger Schnösel, aufgeputzt mit Ringen an allen Fingern und zehn Meter gegen den Wind stank der nach Parfüm. Hat sich über alles aufgeregt, über die bescheidenen Betten, die lahme Bedienung, das einfache Essen, jeder wünschte sich, dass er wieder nach Rom abdampft."

„Und ist er gegangen?"

„Ja, inzwischen ist er weg. Der hat den General aber auf die Idee mit der Rampe gebracht!"

„Aha! Das war sicher ein hinterhältiger Schachzug, dafür auch noch unsere Leute einzusetzen. Die wissen genau, dass wir nicht auf unser Fleisch und Blut schießen."

„Ja sicher, und der Schnösel ist dann wieder fort, um in Rom die Notwendigkeit zu erkären, dass hier der Widder eingesetzt werden muss."

„Was? Dieses riesige Teil? Wie wollen die den denn hierher bringen?"

„Das weiß ich doch nicht! Vielleicht zerlegen und hier wieder zusammensetzen, genug Sklaven sind doch hier vorhanden!"

Jaakov erhob sich: „Woher weißt du das alles?"

„Ich war doch immer in der Nähe des Generals. Der dachte nur, dass ich ihre Sprache nicht verstehe! Aber ich habe alles mitbekommen!"

Simon kam um die Ecke: „So Jaakov, geh nach Hause, es ist Shabbat!"

Jaakov nickte, grüßte mit: „Shabbat schalom!", und verschwand.

„Shabbat!", seufzte Ruven, „Wie lange habe ich nicht mehr den Shabbat genossen!"

„Nun gut, setz dich, wir beide feiern jetzt Shabbat!" Dabei holte Simon aus dem Umhang seines Obergewandes einen Brotfladen und einen kleinen Krug Wein hervor. In den weiten Taschen hatte er noch einen kleinen Becher und ein winziges Schälchen Salz, das er vorsichtig auf die steinerne Bank stellte.

Simon legte dem Jungen seine Hand auf und segnete ihn: „Gott lasse dich werden wie Ephraim und Manasse!"

Tränen tropften Simon auf die Hand. „Wie lange ist das her, dass mein Vater mich so gesegnet hat!"

„Die Engel sind bei uns!", sagte Simon gerührt, „Aber noch mehr, Jeshua unser Erlöser! Weißt du, dass du ihm deine schnelle Heilung zu verdanken hast?"

Ruven wischte sich mit dem Ärmel die Tränen ab und sah den alten Mann erstaunt an: „Wer ist Jeshua?"

„Jeshua ist der Sohn Gottes. Er ist zwar von den Römern ans Kreuz genagelt worden, aber es war Gottes Wille, dass das so geschieht. Nach drei Tagen ist er auferstanden und er lebt und wird wiederkommen, um sein Reich aufzurichten. Jeder, der an ihn glaubt, wird gerettet werden und wird ewiges Leben haben. Ich habe in seinem Namen dir die Hand aufgelegt, und er hat dich geheilt."

„Ist das wahr? Dann will ich auch an ihn glauben. Warum hat uns das noch nie jemand gesagt?"

„Vielleicht bist du noch nie jemandem begegnet, der ihn kennt."

„Kennst du ihn denn?"

„Ich bin drei Jahre mit ihm von Stadt zu Stadt und über Land gezogen und habe ganz in seiner Nähe gelebt!"

Ruven sah den alten Mann interessiert an. In der Nähe Gottes zu sein? Konnte er sich das vorstellen? In seinem Bewusstsein war nur die aufbrausende Härte des Generals. Ganz dunkel konnte er sich an seinen Vater erinnern. Das war ein Kapitel in seinem Leben, das für ihn mit viel Licht und Liebe durchzogen war, aber auch mit ständiger Angst, mit Hunger und Not, bis Jerusalem fiel und die ganze Familie in Gefangenschaft geraten war. Aber von seinem Vater war jede Spur verloren. Nun begegnete er diesem alten Mann, und Ruven fühlte sich so seltsam zu ihm hingezogen.

Simon hatte aus dem Krug Wein in den Becher geschüttet und stand auf: „Gelobt seist du Ewiger, unser Gott, König der Welt", zitierte er den Shabbatsegen, „der uns durch seine Thora geheiligt, an uns Wohlgefallen gefunden und uns seinen heiligen Shabbat in Liebe und Wohlgefallen zugeteilt hat." Er hob den Becher und zitierte weiter: „Gelobt seist du Ewiger, unser Gott und König der Welt, der du uns das Gewächs des Weinstocks geschenkt hast." Er nahm einen Schluck aus dem Becher und reichte ihn Ruven, der ebenfalls aus dem Becher trank. Dann brach Simon ein Stück Brot ab, streute ein wenig Salz darauf und sprach den Segen darüber: „Gelobt seist du Ewiger, unser Gott, König der Welt, der du uns das Brot aus der Erde wachsen lässt. Gelobt seist du Jeshua, der du das Brot des Lebens bist!" Er aß und gab auch Ruven davon. So feierten die beiden einen ungewöhnlichen Shabbat. Der Junge bekam glänzende Augen und flüsterte nur: „Wenn doch meine Mutter und meine Brüder das erleben könnten!" Dann sah er Simon offen an: „Was muss ich tun, um hier wieder herauszukommen. Noch mehr, was muss ich tun, um von deinem Jeshua errettet zu weden?"

„Bekenne deine Fehler und Sünden, leg alles Jeshua hin und bitte ihn um Vergebung."

Da verdunkelte sich sein Gesichtsausdruck: „Ich habe den General häufig bestohlen, weil meine Mutter und meine Brüder nur ganz wenig zu essen bekamen und bei den Soldaten war immer genügend da. Dann habe ich gelogen und gesagt, dass die Rabenvögel so frech sind oder der Wachposten sich was genommen hat. Meinst du, dass mir das vergeben werden kann?"

Simon hob die Augenbrauen: „Ja sicher, es wäre nur gut, wenn du das wieder gutmachen könntest. Dafür müsstest du nur zurück!"

Ruven sah Simon erschreckt an und sank in sich zusammen: „Ich dachte, ich könnte hier bleiben! Ja, ich muss hier bleiben. Der General bringt mich um, so lange, wie ich jetzt schon weg bin."

„Und welche Zukunft erhoffst du dir hier? Wir sitzen alle in einem Boot, und das ist dem Untergang geweiht."

„Und warum bist noch hier? Du siehst nicht aus, als wenn du noch mit der Waffe in der Hand kämpfen würdest", stellte Ruven fest.

„Ja, da hast du recht. Ich habe hier den Auftrag, die Vorräte der Lagerhäuser zu verteilen,"

„Habt ihr denn so viel?", wollte der Junge wissen.

„Es ist genug für einige Jahre!", behauptete Simon. Ruven machte große Augen. Plötzlich kam Jaakov um die Ecke gerannt. „Ihr sollt sofort zu meinem Vater kommen", rief er und drängte die beiden mitzukommen. Seelenruhig räumte Simon die Sachen zusammen und folgte den beiden Jungen. Irgendetwas wird sich Eleazar ausgedacht haben.

Jaakov wählte einen Weg zwischen den Lagerhäusern, um so wenig wie möglich von anderen gesehen zu werden. Er hatte Ruven seinen eigenen Umhang übergelegt und marschierte zielstrebig zu dem Arbeitsraum, wo Eleazar schon auf die beiden wartete. Auch Jochanan war dabei, der die Tür sorgfältig hinter Simon schloss.

„Ich hoffe, dass euch niemand gesehen hat", begann Eleazar und setzte sich auf den Stuhl hinter dem gewaltigen Tisch, der diesmal aufgeräumt ziemlich nackt dastand.

„Nun, mein Junge, wie heißt du noch mal?" – „Ruven" – „Gut, Ruven. Du hast Jaakov erzählt, dass du Bursche bei dem General bist. Wie bist du zu dieser Ehre gekommen?"

„Ob das eine Ehre ist, weiß ich nicht. Das Leben in seiner Nähe ist sehr mühsam. Man ist häufig der Fußabtreter, wenn er seine

Launen hat, oder wenn er zu viel getrunken hat."

„Bei den Besprechungen, er hat doch sicher Beratungen mit seinen Offizieren und Zenturionen, schickt er dich da weg, oder bist du dabei?"

„Meistens schickt er mich weg. Dann muss ich etwas holen oder seine Stiefel blank putzen. Das muss ich sowieso dreimal am Tag."
Weil Simon dabei stand, hatte Ruven Vertrauen, obwohl ihm der Vater von Jaakov fast so Furcht einflössend vorkam, wie der General. Das lag aber sicher daran, dass er auf ihn geschossen hatte. Der andere Mann, der sich jetzt in die Befragung einschaltete, kam ihm freundlicher vor.

Jochanan lehnte sich vor: „Hast du mitbekommen, dass Silva uns aufgefordert hat, wir sollten uns ergeben, wir hätten freies Geleit?"

„Ja sicher, das solltet ihr aber auf keinen Fall glauben!", Ruven rollte mit den Augen. „Darüber haben die Legionäre sich schon lustig gemacht und davon geträumt, jeden einzelnen von euch wie Tauben von der Wand zu schießen. Ich habe nur gehört, wie der General zu seinem ersten Offizier gesagt hat, dass in Rom keine jüdischen Sklaven mehr gebraucht werden. Die würden nur Brot fressen und Unruhe stiften."

„Hm, so, so!", machte Eleazar.

„Meine Mutter muss ab und zu den General massieren, wenn er wieder schlecht geschlafen hat. Da hat er sich einmal darüber lustig gemacht, dass ihr nicht auf die eigenen Leute schießt. Besser könnte er es nicht haben. Es sind genug jüdische Gefangenen dabei, die in der ersten Reihe arbeiten können. Das wäre der beste Schutzwall für die Legionäre und die Baumeister." Jaakov wunderte sich, was der Junge so wusste. Eleazar knirschte mit den Zähnen.

„Du kannst jetzt gehen", sagte er zu Ruven.

„Wohin soll ich denn gehen. Ich kann doch nicht wieder da runter!"

„Wenn du einverstanden bist, nehme ich den Jungen eine Weile zu mir, bis eine Lösung gefunden ist", bot Simon sich an.

Eleazar nickte und stützte den Kopf in die Hand. „Jochanan, bleib du noch hier", bat er seinen Freund, während Simon mit Jaakov und Ruven den Raum verließen.

„Wir müssen diesen Schutzwall durchbrechen, unbedingt!", murmelte Eleazar. Jochanan wartete ab. Er fürchtete sich vor dem unvermeidlichen Befehl.

„Wir müssen denen zeigen, dass sie nicht so ohne weiteres diese Rampe da uns vor die Nase stellen können. Wir müssen die Deckung durchbrechen, auch wenn wir unsere eigenen Leute damit umbringen."

„Gibt es nicht noch eine andere Lösung?", fragte Jochanan zaghaft. „Die römischen Legionäre sind es nicht gewohnt, in der Hitze zu arbeiten und zu kämpfen, schon lange nicht in dieser Wüstengegend. Vielleicht reiben sie sich von allein auf."

„Du meinst, wie damals bei Gideon? Nein, das glaube ich nicht. Wir müssen ihnen ein deutliches Zeichen geben, dass wir es nicht dulden werden, diesen Turm da vor die Nase gesetzt zu bekommen. Hast du gesehen? Der erste Abschnitt ist schon fertig. Ich kenne diese Türme. Komm, wir wollen uns mit unseren Leuten beraten."

Sie gingen hinaus und wurden von einem wilden Tumult überrascht, der vor dem Innenhof am Eingang zu Simons Zimmer sich aufgebaut hatte.

„Verräter!", war da zu hören, „Gib den Kundschafter raus!" Dan machte sich zum Sprecher der kleinen Gruppe. „Wir wissen, dass er von den Römern geschickt ist. Gib ihn heraus, der muss bezahlen!"

Simon versuchte verzweifelt, sich vor Ruven zu stellen und die Menge zu beruhigen.

„Jeshua hat uns diesen jungen Mann hier geschickt, um uns wertvolle Dinge mitzuteilen", rief er. „Versündigt euch nicht an dem Jungen. Er ist ein Jude, wie wir."

„So?", höhnte Dan. „Ist er denn vom Himmel gefallen, wie dein Jeshua, von dem du uns weismachen willst, dass er Gottes Sohn ist, he?", Dan bückte sich nach einem Stein.

„Ihr werdet niemals Frieden finden, wenn ihr den Sohn Gottes verleugnet. Schon in der Schöpfung wird von ihm berichtet und auch Mose hatte ihn angekündigt. Zu allen Zeiten war er gegenwärtig. Zum Schluss aber ist er sichtbar uns Menschen erschienen, um euch Erlösung von euren Sünden zu bringen. Aber ihr seid halsstarrig und daher werdet ihr auch hier den Untergang finden!" Er hatte das letzte Wort noch nicht gesprochen, da flog der erste Stein, direkt Simon an den Kopf.

„Auch das nützt euch nichts mehr, lasst euch versöhnen mit Gott!", rief Simon während eine Blutspur über sein Gesicht lief. Aber die Menge ließ sich nicht aufhalten, Steine flogen, so dass Simon zusammensackte und vor der Tür liegen blieb.

Mit langen Schritten kam Eleazar auf die Menge zu, teilte sie mit mächtigen Armen und schrie: „Seid ihr verrückt geworden! Unser Feind ist da draußen! Und ihr bringt unsere Leute um!"

„Der Feind ist mitten unter uns! Der hat doch nur Unsinniges geredet und einen Schnüffler hier eingeschmuggelt! Heraus mit ihm, wir wollen ihn über die Mauer zu seinem Herrn bringen!"

„Nein!", schrie Eleasar, „Nein! Fort mit euch! Ist das eure Shabbatruhe? Der Ewige wird euch strafen."

Auf die Shabbatruhe hingewiesen, wurde die Menge ruhiger. Einer nach dem anderen wandte sich zum Gehen. Jeder behauptete, er habe keinen Stein aufgenommen. Angezogen von dem Lärm kam Orly über den Innenhof gelaufen. Rahel hing ihr am Rockzipfel. Jaakov hatte sich mit Ruven in Simons Zimmer geflüchtet. Vorsichtig öffnete er sie und sah Simon blutüberströmt davor liegen.

„Simon", rief er entsetzt und beugte sich zu ihm hinunter. Auch Orly beugte sich über ihn.

„Simon, verlass uns nicht, bitte!", flehte sie.

„Wir müssen Jeshua anrufen. Orly, mach doch etwas!", jammerte Rahel.

Mit brechender Stimme flüsterte Simon: „Es ist alles gut. Ich habe den Kampf gekämpft. Ich gehe nach Hause. Vergib, oh Herr, den Menschen, die dich nicht erkennen wollen, und hilf denen, die dich suchen!" Damit fiel sein Kopf zur Seite, und er hauchte sein Leben aus.

Rahel fing an zu weinen: „Orly, warum kannst du ihn denn nicht zurück holen!" Aber Orly schüttelte den Kopf. Sie hatte sich auf das Pflaster gesetzt und Simons Kopf in ihren Schoß genommen, aber ihre Augen waren leer, und sie hatte das unbedingte Gefühl, dass sie jetzt die Verantwortung übernehmen musste.

„Komm", sagte Jochanan, „diese Aufrührer werden zur Verantwortung gezogen."

Orly legte Simons Kopf vorsichtig auf das Pflaster und lehnte sich an Jochanan, der sie liebevoll in den Arm nahm. „Nein, Jochanan," sagte sie, „Simon wird es nicht wollen, lass sie gehen, sie werden allein mit der Last fertig werden müssen."

„Ruven soll in Simons Zimmer bleiben, bis wir eine Lösung für ihn finden. Und du Jaakov gehst jetzt und rufst die Männer zum Havdalagebet zusammen." Eleazar war sich bewusst, dass er sich mit dem Tod von Simon nicht lange aufhalten durfte. Er musste seine Befehle geben, ehe ihm die Dinge entglitten.

Zu Jochanan sagte er nur: „Was denkst du, schaffen wir es, zu zweit Simon erst einmal dahinten in den Baderaum zu schaffen? Im Moment fällt mir keine bessere Lösung ein."

Jochanan nickte. So nahm einer den Leichnam unter den Armen auf und einer unter den Knien. Jochanan wunderte sich, wie leicht sich der Körper anfühlte. Sie legten ihn auf eine der steinernen Liegen im Badehaus.

„Eigentlich dürfen wir jetzt nicht in die Synagoge", meinte Jochanan, „Wir haben uns an dem Toten verunreinigt."

„Wir halten die Versammlung vor der Synagoge ab", wischte Eleazar das Argument weg, „Wir haben nicht so viel Zeit."

Als die beiden dorthin kamen, war der Platz vor der Synagoge schon gut gefüllt. Aber Simon's Tod hatte sich noch nicht herum gesprochen. Alle Männer waren anwesend, bis auf die Verteidigungsposten, die auf den Mauern und Türmen Wache hielten.

Eleazar stellte sich auf einen Stein und sah auf finster blickende Männer.

„Wir sitzen hier und tun nichts", rief einer aus der Menge, „und lassen die Römer da seelenruhig ihre Rampe bauen. Sollen wir zugucken, wie die uns bald hier hereinspringen?"

Eleazar hob die Hand: „Freunde, ihr habt recht. Die bisherige Überlegung war, dass die Legionäre irgendwann meutern würden, wenn wir uns nur ruhig verhalten. Die Hitze der Wüste sind sie nicht gewohnt. Sie stellen unsere Väter und Brüder vor ihre Legionäre. Aber wir wissen auch, dass unsere Väter lieber mit uns in den Tod gehen, als für die Römer ein Schutzschild zu sein. Morgen in der Frühe, wenn der Herr uns Gnade gibt, werden wir angreifen und denen da einen ordentlichen Denkzettel verpassen. Ich wünsche, dass alle, ausnahmslos auf den Posten sind und wenn das Schofarhorn ertönt, werden wir angreifen!"

Endlich konnten die Verteidiger etwas tun. Allgemein zustimmendes Gemurmel.

„Jeder weiß, was er noch auf seinem Posten braucht. Ihr habt noch Zeit, das Nötige dorthin zu schaffen. Hauptangriffspunkt ist die Westseite, ist das klar?"

Die Sonne war längst untergegangen, als in der Synagoge von Hannia der Havdalasegen gesprochen wurde und der Shabbat damit sein Ende nahm. Keiner wusste, wie der nächste Shabbat aussehen würde. Jeder hoffte, dass sie mit dem Angriff sich ein wenig Luft verschaffen konnten.

Orly hatte Rahel mit sich in ihr Arbeitszimmer genommen. Das Mädchen schluchzte heftig und wollte Orly überhaupt nicht loslassen. Orly hätte gern auch ihren Tränen freien Lauf gelassen. Aber ihr war es, als hätte sich eine Hand auf sie gelegt. So nah war der Tod und doch überhaupt nicht fremd. Ja, er war ihr wie ein Freund, der einfach ihren Freund in ein anderes Land geführt hatte.

Sie wiegte leise Rahel in ihrem Arm: „Weine nur meine Kleine", flüsterte sie, „das tut dir gut! Aber du weißt ja, dass wir ihn wiedersehen werden, weil wir zu Jeshua gehören."

Mirjam kam ins Zimmer. Sie hatte einen ganz anderen Gesichtsausdruck, froh und glücklich. Erstaunt sah Orly sie an. Aber Mirjam hielt inne, als sie Rahel so weinen sah: „Was ist geschehen?" wollte sie wissen.

„Sie haben Simon umgebracht", sagte Orly tonlos.

Mirjam schlug die Hand vor den Mund: „Wie die Römer?"

„Nein, unsere Leute. Er hat einen Sklaven von den Römern, einen Juden, der es fertig gebracht hat, den Felsen zu erklimmen, beschützen wollen. Die Leute dachten, es wäre einer, der uns auskundschaften wollte und haben Steine auf ihn geworfen. Simon hat einen Stein an die Schläfe bekommen."

„Konntest du ihn denn nicht wieder zurückbringen, wie er damals Rahel wieder zum Leben zurück gebracht hat?"

Orly schüttelte den Kopf: „Ich hatte den Eindruck, dass er gerne nach Hause gegangen ist."

„Ach", Mirjam sass ganz versunken und ihr Blick schweifte in die Ferne. Sie hielt ein winziges Stück Pergament in der Hand, strich es glatt und faltete es wieder zusammen.

„Aber als du herein kamst, hast du so glücklich ausgesehen." Orly sah das junge Mädchen an. Wie schön sie war! Orly wartete, dass Mirjam etwas sagte. Aber sie schien mit ihren Gedanken weit weg zu sein. Das Pergament flatterte zu Boden und ehe Mirjam es aufheben konnte, hatte Rahel es schon genommen. „Ein Nachricht bestimmt", sagte sie und sah auf die Schriftzeichen.

„Gib her!" rief Mirjam, aber sie lächelte. „Es ist von Jakobus!"

„Ach ja? Konntest du es lesen?", fragte Orly. „Wie ist denn die Nachricht hierher gekommen?"

„Uriel, der Taubenwärter hat sie mir gegeben. Eine Taube hatte das Pergament am Fuss und er meinte, dass mein Name darauf stünde. Kannst du es mir vorlesen, Orly?"

„Es wird Zeit, dass du selbst das Lesen beherrschst. Aber ich lese dir gerne vor, zeig mal her!" Mirjam reichte ihr das kleine Stückchen Pergament. Orly hatte Mühe die kleine Schrift zu entziffern. „Mirjam, warte auf dich in Antiochia, Jakobus!"

Mirjam sprang auf. „Steht das da wirklich?"

Orly buchstabierte noch einmal: „‚Mirjam, warte auf dich in Antiochia, Jakobus.' Kein Zweifel, es ist eine Nachricht von Jakobus!" Sie reichte Mirjam die Nachricht, die damit durch das Zimmer tanzte, plötzlich aber inne hielt. Rahel sah ihre Cousine betroffen an. „Du tanzt, wo doch gerade Simon umgebracht wurde!", sagte sie vorwurfsvoll.

Mirjam beugte sich zu Rahel: „Entschuldige bitte, ich vergaß es." Dann fiel sie auf den Schemel und war ganz niedergeschlagen: „Wie komme ich nach Antiochia? Das ist ja ganz unmöglich! Hier kommt ja keiner raus!" Nun war es an ihr, in Tränen auszubrechen.

Orly seufzte: „Bei Gott ist nichts unmöglich. Du musst Vertrauen haben!"

„Ach Orly, das fällt mir so schwer!", schluchzte sie. Orly legte einen Arm um sie.

So fand Jochanan die Drei. „Was ist denn hier los?", verwundert sah er von einem zum anderen. Mirjam ließ das kleine Stückchen Pergament schnell in ihrem Ärmel verschwinden.

„Wir haben über den Tod von Simon getrauert," sagte Orly schnell. Auf keinen Fall durfte Jochanan etwas von der Nachricht erfahren. „Du siehst auch nicht gerade freundlich aus!"

Orly sah ihren Mann an. Jochanan nickte. „Wir mussten eine Entscheidung treffen, die uns nicht leicht fällt. Aber wir müssen etwas unternehmen, bevor die Römer die Rampe unter unseren Augen fertig gestellt haben. Morgen in der Frühe greifen wir an."

Entsetzt sah Orly auf: „Mein Bruder hat befohlen auf seinen Vater zu schießen?"

„Ja, es bleibt uns nichts anderes übrig. Sie werden sowieso umkommen. Im Moment dienen sie den Römern als Schutzschild. Aber später werden sie von den Besatzern sicherlich hingemordet, weil sie ihnen nicht mehr nützlich sein können, sondern nur noch Last sind. Der Junge, der hier eingedrungen ist, hat uns das bestätigt. Da ist es doch besser, wenn wir genau zielen und unseren Lieben den Todesstoss geben, als das, was die Römer mit ihnen machen würden."

Orly nickte. Aber ihr Herz wurde ihr schwer. Gab es denn keine andere Möglichkeit? Simon war nicht mehr, der sicherlich Jeshua um Lösungen hätte bitten können. Was hatte Simon ihr gesagt, bevor er starb? ‚Nun bist du dran!'

„Ich gehe noch, um den entsprechenden Leuten den Befehl zu erläutern", damit ging Jochanan hinaus. Auch Mirjam ging in das angrenzende Zimmer, um die Nachricht von Jakobus immer wieder vor sich hinzulegen, zu glätten, zu streichen und zu küssen.

Orly hatte sich vor das Bett gekniet und wusste nicht, wie sie beten sollte. Ganz von selbst kamen ihr die Worte: „Herr, du mein Gott, der du bist von Ewigkeit zu Ewigkeit. Danke, für deinen Sohn Jeshua, den du uns gesandt hast, um uns zu erretten, zu erlösen von aller Schuld und Sünde. Danke für Simon, der uns diese Wundertat bezeugt hat. Nun ist er dort, wo er immer sein wollte, bei dir. Aber wir sind hier in großer Not, Herr sieh doch, die Feinde wollen uns bestürmen. Sie benutzen unsere Väter und Brüder als Schutzschilde, um diese Rampe zu bauen. Was soll aus uns werden? Bitte sende deine Engel und verwirre die Feinde, dass sie fliehen."

Orly wartete und horchte auf eine Antwort. Darüber schlief sie ein. Im Traum sah sie Jeshua auf sich zukommen. Sie hatte ihn ja schon einmal in Qumran gesehen, sie wusste einfach, dass er es war. Er nahm sie an die Hand und führte sie die Rampe hinunter. Sie hatte ein Kind auf dem Arm und zwei an ihrem Rock hängen. Zwei Kinder gingen hinter ihnen her. Aber sie konnte nicht sehen, wer diese Kinder waren. Eine alte Frau ging an Jeshuas Seite. Dann meinte sie in Jerusalem zu sein, und sie war mit Jeshua allein. Sie wollte ihn um Schutz für die Kinder bitten, aber er legte nur den Finger auf den Mund und sagte nur, ‚Ich weiß alles, sei nur still. Diese Stunde gehört nur uns!' Er hob die Hand und sie meinte, durch das Loch darin in ein herrliches Licht zu schauen. Sie erwachte. War es Wirklichkeit? Sollte sie wirklich diese verhasste Rampe hinunter gehen? Aber der Traum war so real, dass sie sich ganz beruhigt auf ihr Bett legte. Jeshua war da. Er war ihr zum zweiten Mal begegnet und sie verstand, dass sie ihm vertrauen sollte.

Die Rampe

Am nächsten Morgen, die Morgenröte lag noch über den Bergen Moabs, nahmen die Zeloten auf der Mauer Aufstellung. Die ganze Nacht war an der Rampe im Schein von tausenden Fackeln gearbeitet worden. Es war, als wenn die Römer jetzt dieses Bauwerk fertig stellen wollten. Sie hatten große Stämme herangeschafft, dem Bau einen festen Halt zu geben. Die Aufseher standen dabei und befehligten die Sklaven und die Legionäre.

Letztere ließen die Juden spüren, dass sie nur Sklaven waren. Die Aufseher standen mit dem Rücken zum Felsen und schrien ihre Befehle und Flüche, dass es durch das Tal hallte.

Eleazar hob die Hand und es ertönte das Schofarhorn. Im gleichen Moment flogen hundert Pfeile auf einmal auf die Arbeitenden. Die Aufseher brachen zuerst zusammen. Wer nicht schwer getroffen war, versuchte die Schräge hinunter zu fliehen, es war ein wildes Durcheinander von Schreien, Flüchen, Rennen und Schubsen. Die Zeloten auf der Mauer brachen in ein triumphierendes Gejohle aus. Gleich sandten die Angreifer eine neue Salve hinterher, um jeden Zweifel auszuschließen, dass diese Attacke nur ein kleines Zwischenspiel war.

Aber Eleazar wusste, dass er damit einen kleinen Aufschub erreicht hatte, aber nicht mehr. Erwartungsgemäß erschien Silva nach einer Weile, umgeben von seiner Leibwache auf dem Podest und rief hinauf:

„He, Eleazar, zeig dich!" Nach einer Weile: „Was glaubt ihr, wie viel Juden ich euch noch vorwerfen kann? Ich hab genug davon! Ihr schlachtet eure eigenen Leute ab. Ha, ha! Das soll mir recht sein! Irgendwann geht euch die Puste aus, und wir werden euch klein machen. Einzeln werden wir euch zerstückeln und den Geiern zum Fraß vorwerfen. Ihr verdient es ja nicht anders." Er machte eine Pause und wartete wohl auf Antwort.

„Ich gebe euch eine letzte Frist. Kommt herunter von eurem Schwalbenkuckucksnest, dann habt ihr freies Geleit. Andernfalls wird es mir ein Vergnügen bereiten, dir persönlich einzeln die Knochen aus dem Leib zu ziehen!"

Eleazar stand mit seinen Getreuen auf dem Turm: „Muss man sich dieses Gemähre noch lange anhören?" Jehu, der neben ihm stand, hatte große Lust, dem General eins auszuwischen.

Eleazar nickte. „Ein Denkzettel wäre nicht schlecht", meinte er. Sofort gab Jochanan den Zeloten auf der Mauer ein Zeichen, das Schofar ertönte und hundert Pfeile flogen in Richtung des Podestes. In Windeseile hatte die Leibgarde ihre Schilde so über dem General erhoben, dass es wie ein riesiger Schildkrötenpanzer aussah. Die Pfeile prallten darauf wie Wassertropfen ab.

„Das Schofar hat sie gewarnt. Sie sind gut gedrillt", bemerkte Eleazar. Dann mussten sie zusehen, wie dieser Schildkrötenpanzer aus ledernen Schilden vom Podest herunter und in das Lager von Silva sich davon machte. „Das nenn ich eine Leistung!", musste Jochanan lobend anerkennen.

Immerhin hatten sie durch ihre Aktion bewirkt, dass an diesem und dem nächsten Tag nicht weiter an der Rampe gebaut wurde. Dann aber leuchteten des Nachts wieder die tausenden von Fackeln, und man hatte den Eindruck, dass sie mit noch mehr Energie an dem Bau arbeiteten.

Lea hatte während des Angriffes bei Orly im Zimmer gesessen.

Sie wollte auf keinen Fall irgendetwas davon mitbekommen. Langsam hatte sie den Eindruck, dass ihr Sohn von Sinnen war. Orly beruhigte sie: „Ima, du musst Eleazar doch recht geben, dass er so vorgeht. Natürlich tut es weh, sich vorzustellen, dass dort vielleicht unser Vater gerade gearbeitet hat. Und doch können wir uns doch nicht alles gefallen lassen."

„Ach, lass mich in Ruhe", wehrte Lea ab.

„Hinunter zu den Römern können wir auch nicht gehen. Du hörst ja, was Naemi erzählt hat. Komm, lass uns den Frauen in der Küche helfen, damit unsere Wächter und Kämpfer gut versorgt sind."

„Was machen wir, wenn die Römer es tatsächlich schaffen, hier herauf zu kommen? Ich vermisse Simon so. Er hatte so etwas Beruhigendes und wusste immer, was zu tun war."

Lea nahm ihr Umschlagtuch und folgte ihrer Tochter.

„Ja,", erwiderte Orly, „mir fehlt er auch, obwohl ich in der Nacht als er starb einen Traum gehabt habe, dass alles gut wird."

„Was, wirklich, erzähl mir doch, was du geträumt hast!"

Eigentlich wollte Orly niemandem etwas von dem Traum erzählen. Sie blieb stehen und sah zu den Mauern hinauf. Erwartungsvoll sah Lea sie an. „Nun?" fragte sie.

Orly seufzte: „Ich, ich träumte, dass ich in Jerusalem bin."

„Ja, ja, davon träume ich auch", fiel ihr Lea ins Wort. Orly sah ihre Mutter an. Dann zuckte sie die Schultern und ging weiter. Es war wohl nicht die Zeit, Träume mitzuteilen, schon lange nicht ihrer Mutter.

Von der Mauer hörten sie das Gejohle der Männer. Sie hatten wohl einen Erfolg errungen. „Ist das nun ein Erfolg, den man so bejubeln muss, die eigenen Leute umzubringen?", fragte Lea bekümmert.

„Schau mal da drüben", Orly wollte Leas Aufmerksamkeit ablenken. „Sieh nur, wie der kleine Joram sich mit den Steinen abmüht. Er möchte so gern schnell groß werden, um auch auf der Mauer stehen zu können."

„Ja, er ist ein echter Zelot!"

In der nächsten Zeit versuchten die Zeloten immer wieder, mit gezielten Aktionen die Bauarbeiten zu stören. Aber sie mussten bald feststellen, dass das für die Römer nicht mehr als kleine Nadelstiche waren. Die Rampe wuchs näher und näher an die Mauerkrone heran. Aber etliche Meter unterhalb der Mauer machten die Römer eine Plattform, die sie mit Steinen befestigten. Dann kam der Moment, den die Zeloten mit Schrecken beobachteten. Mit ungeheurer Kraftanstrengung vieler Sklaven und Legionäre zogen sie einen gewaltigen Turm die Rampe hoch. Er war mit Eisenplatten beschlagen, wodurch das Gestell noch mehr Gewicht erhielt. Er hatte drei Plattformen, wovon die oberste die Mauerkrone überragte. Die Zeloten versuchten mit allen Mitteln, das Unterfangen zu verhindern, indem sie Salven von Pfeilen und Steinen abschossen und Bäche von heißem Öl auf die Sklaven gossen. Aber Silva hatte nicht umsonst so viele Kavassen zu diesem Feldzug mitgenommen. Wo einer ausfiel, war sofort ein anderer zur Stelle. Von der oberen Plattform des Turms schossen nun römische Soldaten in das Lager der Zeloten.

In aller Eile hatte Eleazar befohlen, die Wohnungen an dieser Seite der Kasemattenmauer zu räumen. An anderer Stelle musste man noch enger zusammenrücken. Auch das Zimmer, in dem Simon gewohnt hatte, wurde gebraucht. Ruven, der Eindringling, wurde wie ein Gefangener in der Gerberei festgehalten. Jaakov hatte sich ein wenig mit ihm angefreundet, brachte ihm zu trinken und zu essen, aber er hielt sich nie lange bei ihm auf, weil er von allen Seiten beobachtet wurde. Die Gerberei lag in der Westseite der Kasemattenmauer, und Ruven konnte das Stampfen der römischen Arbeiter hören und spüren.

An einem Abend hatte Jaakov von seinem Vater einen anderen Auftrag erhalten. So erbot sich Rut, dem Jungen die Essensration zu bringen. Sie war entsetzt, dass der Junge in dieser stinkigen Gerberei sein musste, wenn auch seit einiger Zeit keine Felle mehr verarbeitet wurden. „Ruven, wie geht es dir?", fragte sie mitleidig.

„Ach, es ist nicht schön hier. Aber da unten ist es auf andere Art und Weise widerlich. Aber bitte sag mir, wie es draußen aussieht. Könntest du ein gutes Wort für mich bei Eleazar einlegen. Ich könnte euch nützlich sein."

Rut überlegte. Eigentlich hatte er recht, und ein junger Bursche, der fähig war, Felsen zu erklimmen, konnte sicherlich auch Steine schleppen. Sie nickte. „Ich will mit Eleazar sprechen. Es ist nicht gut, hier herum zu sitzen."

„Du hast gesehen, dass ich Jude bin. Ich gehöre zu euch. Außerdem kann ich mit der Steinschleuder umgehen, wie damals David!", ereiferte sich Ruven.

„So? Das musst du erst einmal zeigen!"

„Wenn du mich heraus lässt, dann kann ich es dir beweisen. Ich habe meine Schleuder immer dabei und Steine gibt es ja wohl genug."

Rut musste lächeln und liess Ruven vor die Tür treten. Er bückte sich und hob einen Stein auf, legte ihn in seine Schleuder liess sie ein paar Mal über seinen Kopf kreisen, ehe er losließ. Der Stein traf eine Taube im Flug und fiel Eleazar vor die Füsse, als er auf dem Weg vom Columbarium zum Backhaus war. Verdutzt schaute er auf die Taube und hob sie auf. Sie war von einem kleinen Stein getroffen. Er sah in die Richtung, von wo der Stein gekommen war und sah Rut mit Ruven vor der Gerberei stehen. Zuerst wollte er zornig den Jungen zurechtweisen. Aber er musste doch anerkennen, dass der Bursche ein guter Schütze war.

Rut kam ihrem Mann zuvor: „Hast du gewusst, dass Ruven solch guter Schütze ist? Wir sollten ihn mit zu uns nehmen. Er versteht sich doch so gut mit Jaakov. Er kann uns doch noch nützlich sein."

Eleazar nickte: „Nun denn, komm mit."

Von da an durfte Ruven mit Jaakov zusammen den Beobachtungsposten versehen, Steine schleppen und Botendienste tun. Die beiden waren wie Brüder, und Ruven stand unter dem besonderen Schutz von Eleazar. Von einigen Zeloten wurde er allerdings auch kritisch beobachtet. Aber darum kümmerte er sich nicht. Er wiegte gern den kleinen Yair auf seinem Schoss, und er hatte seinen Spass daran, Rahel von Gräueltaten der Römer zu erzählen, weil sie sich dann die Ohren zuhielt oder fortlief. Aber am liebsten stand er mit auf der Mauer und warf seine Steinschleuder, die jedes Mal einen Treffer und Jubel hervorrief. Schon bald hieß er nicht mehr Ruven sondern David.

Mit viel Mühe hatten die Römer Katapulte auf den Turm gebracht, mit denen sie nun in das Lager der Zeloten schossen. Das machte das Leben auf der Festung sehr mühselig, weil die Belagerten sich nicht mehr so frei bewegen konnten. Die Kämpfer auf der Westseite der Mauer mussten ständig in Deckung gehen. Tagsüber durfte niemand mehr einfach nur von hier nach dort gehen, sondern die Versorgung, die Beziehungen und die Absprachen mussten in der Dunkelheit geschehen.

Es verging kein Morgen und kein Abend, wo die Zeloten sich versammelten, um den Ewigen um seinen Beistand zu bitten. Sie waren sich gewiss, dass sie der Belalgerung standhalten würden, und irgendwann die Römer einsehen mussten, dass die Festung nicht einnehmbar war. Bis zu dem Tag, als es den Römern gelang, einen Rammbock in dem Turm aufzuhängen. Das war ein langer, dicker Balken, der an der Spitze einen eisernen Widderkopf hatte und von mehreren Legionären in einer Aufhängung hin und her geschwungen werden konnte.

Beim Abendgebet ergriff Eleazar das Wort und ermutigte seine Leute: „Liebe Freunde", sagte er, „ihr habt gesehen, wie da draußen der Turm jetzt einen eisernen Widder bekommen hat. Damit werden sie versuchen, unsere Mauern zum Einsturz zu bringen. Aber wir werden ihnen dieses Vorhaben nicht zu leicht machen. Im unteren Palast sind Holzbalken, die dort nicht benötigt werden. Wir werden sie dort abbauen und eine zweite Mauer hinter die erste bauen. Sie muss so dick sein, wie die vordere Kasemattenmauer, die wir dann mir Sand und Steinen ausfüllen. Da sollen sie mal sehen, wie sie sich die Zähne daran ausbeißen."

Eleazars Vorschlag fand allgemeine Zustimmung. Noch in der

Nacht machten sie sich daran, Holzbalken aus dem unteren Palast auszubrechen und eine zweite und dritte Palisade zu errichten, die sie dann mit Steinen und Schutt auffüllten.

Seite an Seite hatten Jaakov und Ruven im Steinbruch gearbeitet, Steine und Schutt gebrochen und auf Schubkarren zu der neuen Mauer gebracht. Völlig erschöpft ließen sie sich neben der neuen Mauer nieder.

„Meinst du, dass das reichen wird?", fragte Ruven unsicher.

„Natürlich, was denkst du denn!", antwortete Jaakov. Er war überzeugt davon, dass sie der Übermacht der Römer standhalten würden. „Schau mal, die Römer werden versuchen, die erste Mauer zu durchbrechen. Das wird ihnen verhältnismäßig leicht gelingen. Sie werden sich freuen und sich ihres Sieges sicher sein. Dann werden sie eine Siegesfeier abhalten und am nächsten Tag wollen sie die Festung stürmen. Aber da sind dann wir und die zweite Mauer. Da werden sie sich die Zähne dran ausbeißen."

„Ach ich wollte, du hättest recht!", Ruven war sich da nicht so sicher.

Die beiden lagen nebeneinander auf dem Felsen und sahen zum Sternenhimmel hinauf.

„Was macht dich eigentlich so gelassen?", wollte Ruven wissen.

„Ich habe dir doch von Jeshua erzählt. Er wird uns hier beschützen. Ich frage ihn immer, was ich tun soll."

„Und? Was hat er dir gesagt, was du jetzt tun sollst?"

„Er hat gesagt, dass wir uns schlafen legen sollen", Jaakov erhob sich.

„Kann man sich einfach so schlafen legen? Glaubst du an solch Hirngespinste?", Ruven hatte sich ebenfalls erhoben. Sie gingen zusammen zu ihrem Quartier.

„Das sind keine Hirngespinste", wehrte sich Jaakov. Er blieb stehen und hielt Ruven am Arm fest. „Ich wollte, dass dir Jeshua genauso begegnet wie mir, damit du weißt, dass er der Messias, der

Heilige Gottes ist. Ich werde dafür beten!"

Ruven machte sich los. „Ja, ja, in Ordnung, beten kannst du ja. Ich glaub dran, wenn wir hier heil heraus kommen."

Verheißung und Niederlage

Orly hatte sich auf ihr Bett gelegt. Ihr war schwindlig und übel. Sicherlich hatte sie sich übernommen. Den ganzen Tag und die halbe Nacht hatte sie den Arbeitenden und Kämpfenden Wasser gereicht, war zur Zisterne gelaufen, hatte Wasser geschöpft, wofür sie bei der großen Zisterne schon ein ganzes Stück hinunter steigen musste. Aber es war immer noch genügend Wasser da. Ihr taten die Arme und der Rücken weh. Sie schloss die Augen, um sich von den quälenden Gedanken abzulenken, die sie zu bedrängen drohten.

Wieder kam ihr der Traum in den Sinn und noch einmal, wie zur Bestätigung sah sie sich in Jerusalem – oder war es doch ein anderer Ort? – Sie war in einem Garten, der von üppigen Blütenranken umgeben war. Es kam ihr eine Lichtgestalt entgegen und sie wusste, dass es Jeshua war. Sie fiel ihm zu Füssen und wollte für ihre Mutter, für Jaakov und Rahel, für Mirjam und Joram und für Ruven um seinen Segen bitten. Aber Jeshua hob sie nur auf und legte den Finger auf den Mund, und sie sah das Wundmal an seiner Hand. Da wusste sie, dass alles gut werden würde und sie ihn allein anbeten sollte.

Orly schlief ruhig, ganz tief und fest, als Jochanan in ihr Zimmer kam. Er strich ihr über das Haar und über die Narbe in ihrem Gesicht. Lange betrachtete er sie im fahlen Licht der winzigen Öllampe, die in einer Nische stand. Nein er konnte es nicht ertragen, noch einmal einen Menschen zu verlieren, den er liebte. Er würde kämpfen, bis zum letzten Blutstropfen. Aber welche Zukunft würden sie haben? Eleazar hatte mit ihm die Lage besprochen. Er rechnete damit, dass die zweite Mauer standhielt und die Belagerer einsehen mussten, dass sie diese Festung nicht einnehmen konnten. Nur ganz nebenbei hatte er in Erwägung gezogen, dass, wenn es wider Erwarten den Römern doch gelingen sollte, die Festung zu stürmen, dann wollte er die Kameraden überzeugen, dem Vorbild der Bewohner von Gamla zu folgen. Als es keine andere Möglichkeit mehr gab, hatten sie miteinander Selbstmord begangen. Jochanan mochte an solch eine Möglichkeit gar nicht denken.

Orly seufzte im Schlaf und die Öllampe war erloschen. Jochanan legte sich neben seine Frau und legte seinen Arm schützend um sie. Sie ließ es geschehen und schmiegte sich im Schlaf an ihn.

Orly erwachte, als die Dunkelheit noch nicht gewichen war. Erstaunt blinzelte sie Jochanan an. War ihr Traum gar kein Traum? Hatte sie sich so in die Gegenwart Jeshuas versetzt gefühlt und war doch in Wirklichkeit in den Armen ihres Mannes? Orly rieselte ein Schauer über den Rücken. Konnte sie Wirklichkeit und Traum nicht mehr unterscheiden? Sie versuchte, sich vorsichtig aus Jochanans Armen zu winden, aber es gelang ihr nicht. Jochanan wachte auf und sah sie besorgt an, versuchte sie noch fester an sich zu ziehen. Nein, ihr Traum war kein Traum, sie war Jeshua wirklich begegnet. Aber welche Bedeutung mochte das haben?

„Ich liebe dich", flüsterte Jochanan. „Ich liebe dich so sehr."

„Ja, mein Liebster, ich liebe dich auch. Ich weiß, dass alles gut wird." Dass sie im Traum Jeshua gesehen hatte, sagte sie ihm nicht. Sie stand auf und zündete einen Span an der letzten Glut der kleinen Feuerstelle an, um damit die Öllampe wieder zum Leben zu erwecken.

Jochanan setzte sich auf: „Das wird heute ein harter Tag. Ich denke, dass sich heute etwas entscheidet."

Orly drehte sich zu ihm um: „Ist das nur eine Ahnung von dir, oder was macht dich da so sicher?"

Jochanan zuckte die Achseln: „Vielleicht nur eine Ahnung. Jedenfalls wird es bei den Römern eine ziemliche Enttäuschung geben, wenn sie merken, dass sie mit dem Durchbruch der ersten Mauer nicht weiter kommen." Jochanan musste lächeln, bei dem Gedanken, wie der General Silva da unten auf die Meldung des Erfolges wartete, um den Befehl für die endgültige Schlacht zu geben, seine Mannen aber nur dem nächsten Hindernis gegenüber standen.

Jochanan stand auf „Ich muss gehen. Ich will mit Eleazar noch einmal die zweite Mauer überprüfen. Ach übrigens, wir mussten auch von deinem Acker Erde abtragen. Sie eignete sich am besten zur Festigung von Schutt und Steinen."

„Ach wirklich? Das ist schade. Nun ja, Gott wird uns versorgen." Wie hatte sie sich gemüht, den kleinen Acker zu bebauen. Aber jetzt war sowieso keine Zeit für Säen und Ernten.

Jochanan schüttete das Wasser, das ihm Orly hingestellt hatte, hinunter, steckte die Mandeln, die sie ihm in einem Schüsselchen hinhielt, in seine Tasche, und wollte zur Tür.

Im letzten Moment hielt er inne, drehte sich um, nahm sie in den Arm und küsste sie.

„Kümmer dich um die Kinder und bete!", sagte er, drehte sich um und die Tür fiel hinter ihm ins Schloss.

Verwirrt ließ sie sich auf einen Stuhl fallen. Was hatte das zu bedeuten? Wieder überkam sie der Schwindel und eine merkwürdige Übelkeit. Sie hatte sich wirklich zuviel zugemutet. Sie musste auch etwas essen. Sie hatte nie Zeit gehabt, sich nur um die anderen gesorgt. Sie goss sich einen Becher Wasser ein und trank ihn in kleinen Schlucken. Aber schon nach einer kleinen Weile, hatte sie das Gefühl, erbrechen zu müssen. Sie legte sich wieder auf das Bett. Sie würde doch nicht krank werden?! Das war das, was sie am allerwenigsten jetzt gebrauchen konnte. ‚Kümmer dich um die Kinder und bete!' hatte Jochanan gesagt. Orly schloss die Augen und betete inbrünstig zu dem Schöpfer Himmels und der Erde, zu dem Vater

Jeshuas. Hatte er nicht selbst gesagt, dass man ihn anrufen sollte, in Tagen der Not und hatte er nicht sein Eingreifen verheißen? Sie wollte ihm fest vertrauen und Jeshua, der doch jetzt bei seinem Vater war. Hatte er ihr nicht in der Nacht die Gewissheit gegeben, dass alles gut werden würde?

Die Tür wurde aufgestoßen. Erschreckt fuhr Orly hoch. War sie eingeschlafen? Lea trat herein, und mit ihr fiel der Strahl der Morgensonne hell ins Zimmer.

„Orly, was ist dir? Steh auf! Wir müssen Brot austeilen und Wasser holen!", rief ihre Mutter vorwurfsvoll.

Orly stand auf und musste sich am Stuhl festhalten. „Oh, entschuldige. Ich habe verschlafen. Es war gestern so ein harter Tag."

Lea sah ihre Tochter beunruhigt an. „Du bist ja ganz bleich. Du solltest etwas essen. Hier sieh mal, ich hab dir ein paar getrocknete Trauben mitgebracht."

„Nein danke", wehrte Orly ab „das ist lieb von dir, aber ich glaub, davon wird mir nur übel. Es tut mir leid, aber ich glaub ich bin krank."

„Ist dir auch schwindlig?", wollte Lea wissen. Orly nickte: „Aber es geht schon. Geh nur schon, ich komme gleich."

„Du bist nicht krank", stellte Lea fest, „du bist nur schwanger! Das ist zwar nicht die günstigste Zeit, aber ich freue mich auf mein neues Enkelkind." Damit nahm sie Orly in den Arm: „So lange habe ich darauf gewartet. Aber Gott macht keine Fehler!"

Ungläubig sah Orly ihre Mutter an. Schwanger! Sie bekam ein Kind, ein Kind von Jochanan. Das erklärte alles! Aber sie wusste nicht, ob sie weinen oder in Jubel ausbrechen sollte. Dann dachte sie wieder an die Begegnung mit Jeshua. Hatte er nicht gesagt, dass alles gut würde? Sie wollte sich daran festhalten.

„Du darfst nicht so viel schleppen wie gestern!", sagte Lea sanft und Orly tat es gut, von ihrer Mutter verstanden zu werden.

„Komm, ich mach dir einen Minzaufguss. Ich habe noch ein paar Minzpflänzchen in einer Ecke. Dann geht es dir schnell besser." Lea ließ Orly allein, um gleich darauf mit ein paar Stängel Minze zurückzukommen. Orly hatte Wasser in einen Kessel gefüllt und das Feuer wieder angefacht. Schnell war der Tee bereitet und köstlicher Minzduft zog durch das Zimmer.

Mirjam kam herein. „Hm, duftet das hier gut", sagte sie und sah dann von Orly zu ihrer Großmutter: „Was ist, man fragt nach euch?"

„Ja, wir kommen!", Entschlossen stand Orly auf. „Es wäre gut, wenn du dich um Joram und Rahel kümmerst."

„Nein, Mirjam, du kommst mit mir", sagte Lea bestimmt. „Orly hat sich gestern etwas zu viel zugemutet. Sie muss sich ein wenig ausruhen und wird sich heute um die Kinder kümmern."

Freudestrahlend folgte Mirjam ihrer Großmutter. Sie hatte sich immer schon gewünscht, mit draußen sein zu dürfen, statt Rahel und Joram zu hüten. Joram wollte auch nicht immer auf sie hören, weshalb sie sich oft überfordert fühlte.

Orly fügte sich halb widerwillig: „Nun gut, der keine Yair kann dann auch bei mir sein. Dann ist Rut frei für die Hilfe bei euch."

Lea gab ihrer Enkeltochter Anweisungen, dass sie sich ja nicht in die Nähe der umkämpften Mauer begeben und so gut wie möglich immer hinter schützenden Mauern laufen solle, wenn sie Wasser oder Brot zu den Kämpfenden bringen musste.

Inzwischen hatten die Zeloten fast alle Kräfte an der Westseite des Felsens zusammengezogen. Eleazar hatte Anweisung gegeben, dass nur an den wirklich wichtigen Stellen, wie dem Aufgang vom Schlangenpfad Wachposten stehen sollten.

Eleazar stand neben Jochanan auf dem äußersten Turm auf der Westseite.

„Sie werden versuchen, mit dem Widder die Mauer zum Einsturz zu bringen", mutmaßte Jochanan.

„Ja, aber unsere Leute werden kaum den Kopf über die Brüstung heben können. Sieh mal, wie die Bogenschützen auf der oberen Plattform den unteren Männern, die die Ramme bewegen müssen, Schutz geben," anwortete Eleazar besorgt.

„Aber unsere Leute lassen nichts unversucht. Sie wehren sich tapfer."

„Ach, da kommt der Kommandant! Mal sehen, was er heute zu sagen hat. Feuerpause?"

Eleazar hob die Hand, um seinen Leuten ein Zeichen zu geben, dass auch sie den Beschuss unterbrechen sollten.

Silva trat, umringt von seiner Leibwache auf das Podest und schrie hinauf: „Eleazar, warum willst du das Blut deiner Männer auf dem Gewissen haben? Euer Dasein zählt keinen Tag mehr! Ergebt euch!"

Eleazar zeigte mit dem Daumen nach unten und ein Hagel von Pfeilen und Steinen flog auf die Eroberer. Mit grässlichem Schreien stürzten sie von dem Gerüst in die Tiefe. Die nächste Salve traf die Legionäre an der Ramme. Auch sie konnten dem Angriff nicht standhalten. Es dauerte nun eine Weile, bis Kämpfer nachgerückt waren, die aber nun mit aller Härte zum Angriff übergingen und mit Pfeilen und Katapulten, mit denen sie Steine in die Festung schossen, die Zeloten in die Deckung zwangen. Ununterbrochen hämmerte nun der Widderkopf gegen die Mauer, die allmählich zu bröckeln begann. Einige der Zeloten wurden von Pfeilen getroffen und es war gut, dass Orly und Rut sich um die Verletzten kümmern konnten. Als die Mittagssonne schon über den Zenit hinaus war, brach die äußere Mauer zusammen. Die Zeloten hatten sich längst hinter die zweite, in der vorherigen Nacht gebauten Mauer zurückgezogen. So erstarb der Jubel der Römer sehr schnell, als sie merkten, dass sie zwar eine Mauer gebrochen, aber noch lange keinen Durchbruch geschafft hatten.

Zufrieden sah Eleazar auf das Durcheinander, das auf der Rampe entstand, bis Silva mit seinen Befehlen wieder Ordnung in seine Truppen brachte.

„Ha, jetzt klettert er selbst auf das Gerüst, um sich die Sache anzusehen. Na, das soll er machen. So schnell geben wir uns nicht geschlagen!", versicherte Jochanan.

Wieder erfolgte ein erbitterter Angriff vonseiten der Zeloten, sodass der General durch seine Leibwache geschützt werden musste. Dann schien aber Silva den Angriff abzubrechen, denn er gab offensichtlich Befehl, dass alle sich in ihr Lager zurückziehen sollten.

Würde er aufgeben?

Eleazar und Jochanan überpüften mit Jehu, Josef, Schimi und Ehud noch einmal die Konstruktion der zweiten Mauer. Die Stöße der Ramme würden die Steine, den Schutt und die Erde, alles was sie zwischen die beiden Mauern verfüllt hatten, nur noch fester stampfen.

Sie gingen hinüber in das große Gebäude, wo die meisten Familien untergebracht waren. Hier hatte man auch die Verletzten hingebracht. Erstaunlicher Weise war niemand ernstlich zu Schaden gekommen.

Eleazar nahm Rut an die Hand. „Komm", sagte er. „Der morgige Tag wird anstrengend genug. Wo ist Orly?"

„Sie kümmert sich heute um die Kinder und ist schon mit ihnen zu Hause", Rut seufzte. Was würde der morgige Tag bringen? Forschend sah sie ihren Mann an. Er sah müde und abgespannt aus und spürte, wie ihm die Last der Verantwortung schwer auf den Schultern lag. Sie nahm sein Gesicht in beide Hände, zog ihn zu sich und küsste ihn. Aber Eleazar wehrte ab.

„Vertrau auf den Ewigen", ermunterte sie ihn.

„Ja, wenn er nicht eingreift, sind wir doch verloren", antwortete er müde.

„Komm, Yair und Rahel werden schon auf uns warten", Rut wollte sich jetzt nicht düsteren Gedanken hingeben. Es musste getan werden, was vor die Hand kam.

Orly hatte auf Jochanan sehnsüchtig gewartet. Das Stampfen der Ramme machte sie ganz unruhig, denn es war den Frauen und Kindern verboten, in die Nähe der umkämpften Mauer zu kommen. Die jungen Burschen, wie Jaakov, Ruven, Aviel, Johannes und Daniel mussten die Kämpfer mit Wasser, Essen und auch Kampfmaterial versorgen.

Orly versuchte Joram gerade davon zu überzeugen, dass er noch zu klein war, um solch einen Dienst zu tun, als Jochanan herein kam.

„Jochanan, wie schön, dass du da bist. Wie geht es dir, bist du unverletzt?", wollte sie wissen.

Er nahm sie flüchtig in den Arm. „Ja, ja, ich bin unverletzt", erwiderte er. „Aber die erste Mauer ist gefallen. Sie haben eine Bresche geschlagen. Das Gute ist, dass die zweite Mauer erst mal einen Stopp gesetzt hat. Aber sie werden morgen weiterstürmen."

„Aber die Mauer wird doch Stand halten, oder?", fragte Orly unsicher.

„Natürlich! Im Gegenteil, wenn die Ramme dagegen stößt, wird das, was wir dahineingefüllt haben, nur umso fester. Du wirst sehen, da kommen sie nicht durch."

Er nahm sie in den Arm, und sie ließ es geschehen. Sie fühlte sich sicher in seiner Gegenwart.

Joram drängte sich zwischen sie. Nun wollte er auch zu seinem Vater. „Abba, Orly-Ima lässt mich nicht mit Jaakov Wasser austeilen. Ich bin doch schon so groß!", beschwerte er sich.

Jochanan beugte sich zu ihm hinunter. „Du bist schon sehr groß, aber für diese Arbeit noch nicht groß genug. Außerdem ist es sehr gefährlich da draußen, und ich möchte meinen kleinen Helden noch zum großen Helden heranwachsen sehen."

„Dann will ich jetzt auf dir reiten", forderte der kleine Mann und Jochanan tat ihm den Gefallen, hob ihn auf die Schultern, und Joram versuchte sich als Kavallerist. Aber da wollte Jochanan nicht mitspielen und hob ihn wieder herunter und redete ihm ins Gewissen, dass er ja nicht in die Nähe des Kampfgebietes kommen solle und Mirjam gehorsam sein sollte. Schmollend ging er an Jochanans Hand.

Orly überlegte, wie sie ihrem Mann die Nachricht sagen sollte, dass sie ein Kind erwartete.

Aber jetzt schien nicht der richtige Zeitpunkt.

„Ich habe die Aufsicht an der Mauer in der zweiten Nachtwache", eröffnete Jochanan ihr.

„Ich werde auf dich warten", versicherte sie ihm und drückte fest seine Hand.

„Ja, so wie gestern. Du hast so fest geschlafen!"

„Nein, diesmal schlafe ich nicht ein. Ich muss dir etwas Wichtiges sagen."

Er sah sie an und nickte: „Das kannst du nicht jetzt sagen?"

Sie lächelte vor sich hin und schüttelte den Kopf.

„Orly, du musst wissen, ich liebe dich. Der Prediger Salomo hat schon gesagt: ‚Jedes Ding hat seine Zeit, Zeit des Krieges und Zeit des Friedens. Es gibt Zeiten des Festhaltens und Zeiten des Loslassens, Zeit des Geborenwerdens und Zeit des Sterbens, Zeit des Krieges und des Friedens, Zeit zum Reden und Zeit zum Schweigen.' Gott der Allmächtige hat alles in seiner Hand."

Orly wandte sich Jochanan zu. Seine Worte waren ihr wie Liebkosungen. Er streichelte ihre Wange und ging zu der Mauer hinüber, die wie ein unüberwindbares Bollwerk sich so in die Kasemattenmauer einfügte, als sei sie schon immer da gewesen.

Entschlossen nahm Orly Joram an die Hand und schritt ihrem Quartier zu. Als der Kleine eingeschlafen war, forderte sie Mirjam auf: „Pack doch ein paar Sachen zusammen. Ich weiß nicht, was geschehen wird. Aber ich möchte bereit sein."

„Wollen wir fliehen oder uns ergeben?", fragte Mirjam ängstlich.

„Mein liebes Mädel, tu einfach, was ich dir sage. Es ist gut, sein Haus bestellt zu haben."

Damit machte sich Orly daran, ein paar Habseligkeiten zusammenzupacken und die Markusrolle, sorgfältig in ein Tuch gewickelt, zu unterst in ihr Büdel zu schnüren.

Sie wartete auf Jochanan. Aber die Zeit zog sich hin, weit über die zweite Nachtwache hinaus. Längst musste die dritte Nachtwache angefangen haben. Orly hatte keine Ruhe. Sie füllte das Öllämpchen neu mit Öl, ging im Zimmer auf und ab, sah zur Tür hinaus, aber Jochanan zeigte sich nicht. Voll Unruhe setzte sie sich auf das Bett, dann auf den Schemel, um dann wieder auf und ab zu gehen. Es musste etwas vorgefallen sein! Sollte sie zur Mauerbresche hinauf gehen und nachsehen? Nein! Das würde Jochanan sicher nicht wollen. Sie knetete ihre Hände. Dann fiel ihr der erlösende Gedanke ein. Sie fiel auf ihre Knie und betete inbrünstig zu Jeshua.

Ganz leise tat sich die Tür auf. Jochanan war sich bewusst, dass er viel zu spät kam. Er fand seine Frau auf den Knien vor dem Bett und sie hörte es noch nicht einmal, dass er eintrat. Er kniete sich neben sie und wartete. Da sah sie auf: „Jochanan! Ich war so in Sorge. Aber nun bist du da! Ich preise dich Jeshua, ich danke dir!" Tränen rannen ihr über das Gesicht. „Ich schäme mich, dass ich Jeshua nicht vertraut habe."

„Nun, ich glaube, deine Nerven sind etwas gereizt. Ich musste mit Schimi zusammen eine kleine Ausbesserungsarbeit erledigen. Aber ich dachte nicht, dass das so lange dauert."

Sie strich ihm über den Bart und sah ihm in die Augen: „So lange haben wir gewartet, dass der Herr uns ein Kind schenkt. Nun, ist es soweit. Ich glaube ich bin schwanger!"

Nun war es gesagt, und sie wartete gespannt, was Jochanan dazu sagen würde. Aber er schwieg.

„Warum sagst du nichts?", sie umklammerte seine Hand.

Jochanan mahlte mit den Zähnen. Er sah sie an und nahm nun ihre Hand: „Ich wollte, dass unser Kind in besseren Zeiten geboren und aufwachsen könnte. Aber der Prophet Jesaja hat gesagt, dass ein Überrest davon kommt. Wie groß ist der Überrest? Ist unser Kind die Hoffnung für unser Volk?"

Orly war erstaunt über die Gedanken ihres Mannes. Sie sah ihn groß an. Warum war sie nur so unruhig gewesen? „Jeshua hat gesagt, dass alles gut wird! Aber ich weiß nicht, wie das aussieht. Wir müssen uns auf seine Weisung verlassen."

„So ist es, meine Liebe. Alles wird gut!" Er hob sie auf und legte sie auf das Bett und legte schützend den Arm um sie. Sie fielen beide in einen unruhigen Erschöpfungsschlaf.

Schon sehr früh am Morgen war Jochanan wieder auf den Beinen und strebte der Mauer zu. Genauso früh hatte Silva wohl Befehl zum Sturm gegeben, denn der Widderkopf der Ramme liess schon bald seine furchtbaren Stösse hören. Aber wie erwartet, konnte er nichts ausrichten. Im Gegenteil, die Füllung des Baues verfestigte sich, und die Zeloten dachten schon, dass sie auch diesen Tag mit Genugtuung beenden könnten. Plötzlich aber flogen Brandpfeile von dem Belagerungsturm herüber. Die Zeloten mussten in Deckung gehen. Der Wind wehte von Westen her und die Flammen fraßen sich in die Holzkonstruktion der zweiten Mauer. Das konnte gefährlich werden. Eleazar gab Anweisung, dass eine Kette gebildet wurde, um Wasser vom Schwimmbad zur Mauer zu transportieren. Dann schlug plötzlich der Wind um und wehte von der entgegensetzten Richtung, den Angreifern direkt ins Gesicht und erfasste auch die Holzteile des Belagerungsturms. Die Zeloten jubelten und hielten es für ein Zeichen des Höchsten, dass er ihnen zu Hilfe eilte.

Aber der Jubel währte nicht lange, da schlug der Wind wieder um, und das Feuer fraß sich erneut in die Holzbalken. So viel die Zeloten auch Wasser schöpften, um die Brandherde zu löschen, es gelang ihnen nicht. Bis zum Abend waren die Balken vernichtet, und die Ramme tat ihr übriges. Aber da die Dunkelheit schon hereinbrach, zog Silva seine Soldaten und Legionäre ab.

„Morgen kommen wir wieder, und dann seid ihr des Todes!", rief er spöttisch zu der Festung hinauf.

„Morgen gibt es ein Schlachtfest", grölten seine Soldaten, „bei Zeus und allen Göttern!"

Die Ansprache

Die Zeloten sammelten sich bedrückt auf dem Platz, der einmal Orlys Acker gewesen war. Bei der Synagoge war es zu heiß, denn immer noch glühte die zweite Mauer, die sie gebaut und nun die Römer in Brand gesteckt hatten. Dicht gedrängt warteten alle auf ein Wort ihres Anführers. Eleazar hatte die Niederlage kommen sehen, als er feststellte, wie das Feuer den Holzaufbau erfasste.

Man brachte ihm einen Stein, auf den er sich stellen konnte, damit alle ihn sahen. Die Stimmung war sehr gedrückt und jeder hoffte, dass Eleazar erneut eine gute Idee hatte, um dem Unvermeidlichen zu entgehen. An allen möglichen Stellen hatte Silva Wachen aufstellen lassen. An Flucht war also nicht zu denken. Naemi fing schon an zu weinen: „Jetzt fallen wir in die Hände dieser Barbaren. Hat denn der Allmächtige uns ganz verlassen?" Unwilliges Gemurmel der Umstehenden brachte sie aber zum Schweigen.

Eleazar blickte über seine Mannen hin. Kampflos würden sie sich nicht abschlachten lassen. Und die Frauen, die Kinder? Welche Hoffnung hatten sie? Sollte ihr Leben in der Sklaverei enden? Würden sie vielleicht in Ketten durch Judäa und durch Rom geschleppt werden, ganz abgesehen von Folterungen und Schändungen! Die Verantwortung lastete Eleazar schwer auf dem Herzen. Hatte Gott sie tatsächlich verlassen? Hatte er selbst recht daran getan, die Aufforderungen des römischen Generals, sich zu ergeben, in den Wind zu schlagen, ja sogar verächtlich solch ein Ansinnen von sich zu weisen?

Eleazar hob die Hand, um sich Gehör zu verschaffen:

„Ihr tapferen Männer", hob er an, „lange schon ist es für uns eine beschlossene Sache, uns weder von den Römern, noch sonst jemand – außer Gott –, zu Untertanen machen zu lassen. Allein Gott ist der einzige, wahre und rechtmäßige Herr über die Menschen. Nun ist es jedoch soweit, dass wir den Entschluss in die Tat umsetzen müssen.

Früher schon wollten wir nicht die Knechte der Römer sein. Da wäre es doch jetzt eine Schande, wenn wir uns jetzt als unfreiwillige Knechte quälen lassen. Ja, damit müssen wir rechnen, wenn wir nun den Römern in die Hände fallen. Wir haben uns ja schon in Jerusalem und anderen Städten gegen ihre Herrschaft zur Wehr gesetzt und sind somit die letzten, die sie zu bekämpfen haben. Aber meiner Ansicht nach würdigt uns Gott einer besonderen Gnade, wenn er uns ruhmreich in Freiheit das Leben enden lässt. Es ist uns und euch sicherlich klar, dass wir uns morgen in der Macht des Feindes befinden. Aber noch können wir uns frei entscheiden, mit unseren Liebsten eines ruhmvollen Todes zu sterben. Haben wir jemals den Höchsten befragt, was seine Absicht ist? Waren wir Juden nicht sein Lieblingsvolk. Aber wir haben uns darauf etwas eingebildet, ihm aber nicht die gebührende Ehre gegeben. Haben nicht die Propheten zu allen Zeiten vorhergesagt, dass Gott sein Volk vernichten und in die Zerstreuung schicken wollte. Sollten wir als einzige von den Juden überleben und unsere Freiheit retten. Sind wir denn keine Sünder vor dem Herrn und haben wir nicht genauso gefrevelt? Nun seid ihr Zeugen, wie Gott unsere eitlen Hoffnungen Lügen straft. Ja, wie das Feuer zuerst unsere Mauer in Brand setzte, der Wind dann aber drehte und den Feinden ins Gesicht blies, da dachten wir, Gott hätte ein Einsehen und schickte uns seine Hilfe. Aber dann schlug der Wind wieder um und das Feuer fraß sich in die Holzbalken. Es war kein Zufall, Gott hat es so gefügt! "

Ein Aufschrei ging durch die Menge: „Ja, wir haben gesündigt, Gott sei uns gnädig!"

„Wäre doch nur Simon hier", flüsterte Orly zu Lea, die neben ihr stand. „Er würde ihnen schon sagen, dass es daran liegt, dass sie Jeshua nicht anerkennen wollen."

„Ja, Kind", entgegenete Lea, „aber sie wollen doch nicht hören!"

„Ach wären wir doch schon in Jerusalem gestorben, bevor die heilige Stadt von dem Feind zerstört wurde", rief einer.

„Und das geweihte Heiligtum, unser Tempel wurde so frevelhaft vernichtet. Die Römer hätten den Tod verdient!"

Eleazar hob wieder die Hand: „Ihr habt recht! Wir hätten die Feinde gern kämpfend besiegt. Sollen wir jetzt tatenlos warten, bis sie morgen kommen, um uns alle niederzumachen? Ja, jeder wird versuchen, seine Haut so teuer wie möglich zu verkaufen. Aber unsere Frauen und Kinder? Nicht unseren Feinden wollen wir den Triumph gönnen, sondern uns Gottes Gnade anbefehlen. Ohne, dass sie geschändet werden, sollen unsere Frauen durch unsere eigene Hand sterben, genauso unsere Kinder, damit sie nicht in Knechtschaft geraten. Danach wollen wir selbst einander den Liebesdienst des Todes tun. – Wir wollen es aus freiem Willen als Denkmal für unsere Freiheit tun."

„Freiheit!", rief es aus der Menge.

„Ja, Freiheit!"

Aber Eleazar fuhr fort: „Dies ist mein Plan: Wir wollen unsere persönliche Habe vorher im Feuer verbrennen und dann die Festung in Brand stecken. Die Römer werden sich sicherlich ärgern, wenn sie morgen nur unsere Leichen vorfinden werden. Nur die Nahrung wollen wir ihnen lassen. Daran können sie erkennen, dass wir nicht dem Hunger zum Opfer fielen, sondern, dass wir von Anfang an den Tod der Knechtschaft vorzogen!"

Wieder entstand eine Unruhe in der Menge. Einige wollten nach Hause, um so schnell wie möglich ihren Lieben den Liebesdienst zu tun. Andere aber zögerten und mochten sich nicht überwinden ihre Liebsten selbst umzubringen.

„Du verlangst Unmögliches von uns", beschwerten sie sich.

Aber Naemi und ihre Töchter hatten mit ihrem Erlebnis bei den Römern schon genug erlebt. „Lieber jetzt hier sterben, als in die Hand der Feinde zu fallen!", rief Naemi.

Eleazar, der seine Leute nur zu gut kannte versicherte: „Wollen wir als Feiglinge oder Memmen weiter leben. Können wir es ertragen, mit ansehen zu müssen, wie unsere Frauen geschändet und Jünglinge mit vielen Qualen misshandelt werden? Lasst uns Erbarmen mit uns selbst und mit unseren Frauen und Kindern haben, solange wir darüber noch frei entscheiden können. Wir hätten schon lange vorher den Forderungen der Römer nachgeben und uns ergeben können. Aber wir haben dem widerstanden. Zum einen hätten wir gern Rache geübt, wegen ihrer Gräueltat an der lieblichen Stadt und dem geweihten Tempel. Doch nein – solange diese Hände noch frei sind, das Schwert zu halten, sollen sie uns den besten Dienst erweisen. Ungeknechtet von den Feinden wollen wir sterben und als freie Männer mit Weib und Kind aus dem Leben scheiden. Beeilen wir uns daher, ihnen die Freude, uns gefangen zu nehmen, zunichte zu machen und ihnen stattdessen den grausigen Anblick unserer Leichen und das Staunen über unsere Kühnheit zu hinterlassen!"

Nunmehr stürzten alle zu ihren Quartieren. Sie waren frei in ihrem Entschluss lieber den Tod herbeizuführen, als in der Knechtschaft zu enden. Überall in den Häusern wurde in den kleinen Feuerstellen das verbrannt, was ihnen als Besitz geblieben war, und das war nicht viel. Dann nahmen sie ihre Kinder und Frauen in den Arm, ein letzter Kuss und sie vollzogen den Dolchstoss, dass sie in den Tod dahinsanken.

„Komm, Ima", sagte Orly bestimmt und nahm ihre Mutter am Arm.

„Was hast du vor, wo willst du hin?", Lea war hin und hergerissen von dem Anliegen ihres Sohnes. Sollte jetzt alles zu Ende sein? Nein, den Römern wollte sie auf keinen Fall in die Hände fallen. Was blieb ihnen also anderes übrig, als sich selbst dem Tod zu überantworten! Was sagte denn Jeshua dazu? Waren sie zu diesem Schritt berechtigt? War es nicht Gott, der Allmächtige, der das Leben gab und dem allein das Recht zustand, es auch wieder zu nehmen?.

Orly hastete zu ihrem Quartier, ihre Mutter mit sich ziehend. „Bitte, Ima, frag jetzt nicht. Aber ich habe von Jeshua eine andere Weisung, und ich folge ihm!"

„Ja?", kam Leas zweifelhafte Frage, „Was ist das für eine Weisung? Sagst du es mir?"

Aber Orly schwieg, bis sie zu Hause angekommen waren.

„Ich werde mich nicht in den Tod hingeben!", sagte Orly leise, als sie die Tür hinter sich geschlossen hatte. „Wir machen es jetzt so, wie mein Bruder es gesagt hat. Wir verbrennen alles, was uns gehört, nehmen nur ein paar Kleinigkeiten mit. Ich habe mich schon bei Jaakov erkundigt, wo ein gutes Versteck ist. Die Kinder kommen mit uns. Glaube mir, Jeshua wird uns führen!"

Jochanan kam herein und sah, wie seine Familie dabei war, den Anweisungen Eleazars Folge zu leisten. Er nahm Orly in den Arm. Aber sie machte sich von ihm los.

„Bitte Jochanan, ich gehe einen anderen Weg", sagte sie, „Jeshua hat mir andere Weisungen gegeben. Ich weiss, dass er uns beschützen wird. Wenn es dir möglich ist, komm zu unserem Versteck. Jaakov weiss, wo es ist."

Jochanan hielt Orly ein Stück von sich entfernt und sah ihr in die Augen. Er las darin ihren festen Willen. Er nickte: „Ich muss zu Eleazar. Wenn es möglich ist, komme ich zu euch. Der Ewige möge euch beschützen!" Damit liess er sie los und stürmte in die Nacht hinaus.

Orly begann, ihre Webarbeiten, alle Wolle und ihre Kleider in der kleinen Feuerstelle, in der noch ein wenig Glut war, zu verbrennen. „Tu das auch mit deinen Sachen!", forderte sie Lea auf. Lea war wie gelähmt. Sie konnte es kaum fassen, dass ihre Tochter einfach alles ins Feuer warf, was ihr sonst so wichtig war. Orly sah ihre Mutter an. War sie so alt geworden oder hatte die Situation sie so geschockt? „Ich hole die Kinder", sagte Orly bestimmt. Lea nickte und beeilte sich, auch ihre wenigen Habseligkeiten zu verbrennen.

Orly holte Yair aus dem Bett, wickelte ihn in ein Tuch und nahm dann auch Rahel, Joram an die Hand. Mirjam folgte ihr ohne zu fragen. Jaakov saß schon am Tor „Kommt schnell, ich zeige euch den Weg zu der unterirdischen Wasserleitung. Dort können wir uns verstecken.

„Wo ist Ruven?", fragte Orly

„Lass ihn", erwiderte Jaakov. „Er möchte lieber mit seiner neuen Familie sterben, als diesem General Silva unter die Augen zu kommen. Ich kann mir schon vorstellen, dass es mit ihm dann nicht so gut ginge."

Jaakov führte sie zu ihrem Versteck und Orly gab Anweisung, dass jeder, so er es konnte, schlafen oder beten solle. Lea konzentrierte sich auf das Lied des Hirten, um nicht an das Schreckliche denken zu müssen, was jetzt unter den Zeloten geschah.

Inzwischen hatten sich die führenden Männer bei Eleazar versammelt.

„Jeder ist für seine Familie zuständig.", verkündete er. „Aber wir müssen sicher gehen, dass unsere Lieben überhaupt alle wirklich tot sind. Deshalb wollen wir als die letzten von Haus zu Haus gehen und wo es nötig ist, den Todesstoss vollenden. Dann wollen wir uns gegenseitig den Liebesdienst tun, dass wir im Tod mit unseren Lieben vereint sind. Wir wollen Lose ziehen, wer dann der Letzte ist, um sich selbst, wie einstmals Saul, in das Schwert zu stürzen."

Die Männer waren einverstanden und nahmen Tonscherben, worauf jeder seinen Namen ritzte: Jochanan, Eleazar, Ashib der Zimmermann, Asa der Gerber, Joktam der Bäcker, Dan der Kämpfer, Jehu der Jäger, Ehu der Schmied, Menachem der Töpfer und Perez der Pferdepfleger. Die Scherben wurden in die Mitte geworfen und jeder nahm sich eine Scherbe zurück. Dann gingen sie auseinander zu ihren Familien.

Als Eleazar nach Hause kam, fand er nur Ruven vor.

„Bitte mein Herr", bettelte er, „lasst mich mit euch sterben. Ich fürchte mich, dem General Silva unter die Augen zu kommen. Er wird mich gewiss in Stücke zerreissen."

Eleazar achtete nicht auf ihn. Er schritt durch die Räume, fand in der Feuerstelle das, was offensichtlich seine Frau verbrannt hatte. Aber sonst fand er niemanden.

„Wo ist meine Familie?", schrie Eleazar.

„Deine Frau hat mir nur gesagt, dass sie auf dich auf der Terrasse des Nordpalastes wartet:"

„Junge, warum sagst du das nicht gleich. Wir dürfen keine Zeit verlieren. So komm mit!"

Eleazar stürmte zum Nordpalast, hastete die steinerne verborgene Treppe hinunter und sah sie an der Brüstung stehen.

„Rut, meine liebe Rut", er nahm seine Frau in den Arm, küsste und liebkoste sie. „Nun werden wir vereint in der Ewigkeit sein. Kein Leid, keine Folter, nichts soll dir geschehen, der Tod wird uns wie der Engel der Erlösung erscheinen."

Plötzlich hielt er inne. „Wo sind die Kinder?", fragte er um sich schauend.

„Jaakov kümmert sich um die Kinder!", flüsterte sie mit erstickter Stimme.

„Guter Junge!", bemerkte Eleazar, „Er ist wirklich schon erwachsen."

„Bitte Herr, ich bin noch da!", jammerte Ruven. Eleazar hatte ihn ganz vergessen.

Er drehte sich um und hob das Schwert, das im selben Moment dem tapferen Jungen durchs Herz fuhr und er lächelnd niedersank. Dann wandte er sich seiner Frau zu, umarmte sie noch einmal und nahm nun den Dolch, um auch ihrem Leben ein Ende zu machen.

Als er sich umdrehte, um nach oben zu stürmen, kam ihm schon Dan entgegen.

„Wir haben überall nachgeschaut, alle sind schon dem Hades nahe. Nur wir zehn sind noch übrig. Ich habe die Aufgabe, dir den Liebesdienst zu tun. Gern wäre ich selbst der Anführer gewesen. Mit mir hätte sicher dieses Trauerspiel nicht statt gefunden. Aber du wolltest es ja so!" Damit rammte er Eleazar sein Schwert in die Brust, dass er sein Leben aushauchte.

„So jetzt zu dem anderen, Jochanan! Der wird mir nicht entgehen!"

Dan rannte zu dem festen Gebäude, wo die Familie Eleazars gewohnt hatte. Jochanan trat ihm entgegen.

„Ha, habe ich dich!", zischte Dan.

„Das Los hat mich bestimmt, der Letzte zu sein", sagte Jochanan ganz ruhig.

„Ja, das hast du dir so zurecht gelegt! Dann wirst du Memme, du Feigling, dich absetzen und dich den Römern anbiedern, wie es dieser Josephus Flavius getan hat. Nein, so nicht!" Damit packte er Jochanan am Bart und wollte ihm den Dolch zwischen die Rippen stoßen. Aber Jochanan war einen Schritt schneller gewesen, packte den Arm von Dan, der den Dolch führte und zwang ihn zu Boden. Die beiden rangen miteinander und wälzten sich am Boden. „Hast dich wohl mit deiner Narbenschönheit verabredet", höhnte Dan.

„Ich weiß gar nicht, wo sie sind", keuchte Jochanan.

„Gleich weißt du es, denn dann bist du im Hades!" Damit stieß Dan Jochanan den Dolch zwischen die Rippen, dass er aufjaulte. Der nahm aber noch einmal alle Kräfte zusammen. „Ich gehe nicht allein, du gehst mit," und stieß nun seinerseits Dan seinen Dolch zwischen die Rippen, dass diesem alle Kräfte entschwanden und er entseelt am Boden lag.

Jaakov war noch einmal zurückgekehrt, um Jochanan ihr Versteck mitzuteilen. So wurde der Junge Zeuge dieses letzten Kampfes. Er schlich zurück in das Versteck, setzte sich auf den Boden und legte den Kopf auf seine Arme, die die Knie umschlangen. Orly setzte sich neben ihn.

„Es tut mir leid", flüsterte sie, „ich hätte dich nicht gehen lassen dürfen."

Es dauerte eine ganze Weile, bis Jaakov sich gefasst hatte. Er hätte sich gern den Kummer von der Seele geweint, aber es wollten ihm keine Tränen kommen.

„Was machen wir nur hier? Sollten wir nicht mit unseren Vätern sterben?", fragte er unsicher. „Ich hab gesehen ...", begann er nach einer Weile, stockte aber wieder.

Orly strich ihm über den Kopf: „Hilft es dir, wenn du es mir sagst?"

„Jochanan ..." begann er wieder und ließ wieder den Kopf sinken. Orly wartete. Nach einer Weile fuhr er fort: „Dan hat Jochanan umgebracht. Sie haben miteinander gekämpft, aber Jochanan konnte auch Dan noch töten. Dieser Hund, diese falsche Schlange!", empörte sich Jaakov. „Pssst", machte Orly, „liebe deine Feinde, sagt uns Jeshua!" Aber ihr wurde in dem Moment bewusst, was es heisst, dem Feind zu vergeben. Sie war wieder allein, ohne Jochanan. „Oh, mein Geliebter", flüsterte sie „und du hattest Sorge um unser Kind. Wie recht du hattest."

Aber der Gedanke an das Kind, das sie unter dem Herzen trug, gab ihr wieder neuen Mut.

Sie warf sich auf die Knie und flehte zu dem Gott, der alles sieht, dass auch Jaakov und ihre Mutter das Licht der Erlösung sehen möchten. Lea saß auf dem Boden und hatte Yair auf dem Arm. Rahel schmiegte sich an ihre Seite und Joram hielt sich an Mirjam fest.

„Es ist, wie auf unserer Flucht aus Jerusalem, nur dass jetzt noch Yair bei uns ist", stellte Lea fest.

„Ja, lasst uns versuchen zu schlafen, wir haben morgen einen anstrengenden Tag vor uns", ermutigte Orly sie. ‚Es ist wie auf unserer Flucht aus Jerusalem', dachte sie, , und doch ist alles anders. Damals hatten Jaakov und auch Lea die Dinge in der Hand. Jetzt fühle ich mich für alle verantwortlich. Jeshua, ich vertraue dir, dass du mich recht führst!', betete sie für sich.

Eine unheimliche Stille breitete sich über dem Plateau aus. Die Nacht deckte gnädig das schreckliche Geschehen zu. Zögernd stieg der Morgen herauf. Die römischen Truppen machten sich fertig, wie sie meinten, für die letzte Schlacht. Mit Wutgeheul stürmten sie die Rampe herauf, erklommen ihren Angriffsturm und erwarteten erbitterten Widerstand von der Festung her. Da alles still blieb, glaubten sie an einen Hinterhalt und ließen einmal den Widderkopf gegen die verkohlte Mauer stossen. Ein Funkenregen kam herab, aber sonst blieb alles still. Als sich der Staub der verkohlten Holzwände gelegt hatte, konnten sie einen Blick auf das dahinter liegende Plateau werfen. Aber sie sahen niemand. Ein Bote brachte die Erkenntnis zu Silva, der ungeduldig auf den Ausgang der Kämpfe wartete.

Ungläubig erschien er selbst auf der Rampe und dann auf dem Turm.

„Worauf wartet ihr, ihr Feiglinge?", rief er, „Los, stürmen!"

Leitern wurden hergebracht und angelegt und noch zögernd unter den strengen Augen ihres Generals erklommen sie die Mauern und setzten ihren Fuss in die Festung. Hinter Mauervorsprüngen sichernd schlichen sie vorwärts, aber kein Widerstand regte sich. Niemand war zu sehen. Schliesslich wurden sie immer mutiger, sahen in die Synagoge, nichts. Über allem hing ein unbestimmter Brandgeruch, aber das schrieben sie der abgebrannten Holzmauer zu. Bis einer der Soldaten in eines der Unterkünfte hinein sah und vor Schreck zurückfuhr, dass er dem Nachfolgenden auf den Fuss trat.

„Was ist denn", knurrte der.

„Sieh doch", machte er seinem Kameraden Platz. Nun sah auch er in die primitive Behausung und sah die Familie, drei Kinder friedlich nebeneinander, als schliefen sie, den Mann und die Frau eng umschlungen, aber sie rührten sich nicht. Der Legionäre rührte den Mann an, kalt! Dann sah er den Dolcheinstich. „Tot!", murmelte er.

Ihre Kameraden hatten die gleiche schreckliche Entdeckung gemacht.

Einer rief zum Turm hinüber: „Tot, sie sind alle tot!"

Silva hörte es, wie das Echo höhnisch diesen Ruf von der Felswand zurückwarf, als würden die Zeloten selbst ein Gelächter anstimmen. Silva überkam ein Schauder. Er kletterte, so schnell er konnte, den Turm hinunter und auf der Leiter hinauf, um in die Festung zu gelangen. Er wollte diese Widerspenstigen besiegen! Sollten sie ihn auf solch eine Art und Weise besiegt haben? Er knirschte mit den Zähnen. Seine Offiziere kamen ihm entgegen: „Hier entlang!", rief der erste. Er führte ihn die verborgene Treppe hinunter in die Rotunde. Da lag er, Eleazar, neben seiner Frau, daneben ein Knabe. Silva drehte ihn um. „Ruven!", entfuhr es ihm. Mit einem Tritt beförderte er den Toten ein Stück von sich weg. Silva ballte die Fäuste. O ja, er hätte sie alle an den Galgen bringen wollen, Ach, das wäre ja noch viel zu freundlich gewesen! Den Löwen vorwerfen, oder in Gladiatorenkämpfen sich gegenseitig umbringen sehen, ha, das wäre Genugtuung gewesen! Silva wandte sich und stieg schwerfälig die Treppe wieder hinauf. Da kam schon ein anderer Offizier gelaufen: „General, General, komm schnell. Da sind zwei Frauen und ein paar Kinder, die können dir berichten, was sich hier zugetragen hat!"

Auf dem Platz nahe dem Ausgang zum Schlangenpfad stand hoch aufgerichtet eine Frau. Sie hatte ein kleines Kind auf dem Arm, zwei hingen ihr am Rock und zwei umrahmten eine Alte, die dahinter stand.

Silva ging zu der Gruppe hinüber, die von den Soldaten umringt wurde.

Orly sah dem General ohne Scheu entgegen. Eine Aura der Hoheit umgab sie, so dass keiner wagte, sie anzurühren. Als Silva näher kam, verneigte sie sich leicht und erklärte:

„Dies ist der Überrest der tapferen Zeloten. Der General möge meine Kühnheit verzeihen, aber ich möchte ihm sagen, dass die Männer und Frauen es vorgezogen haben, freiwillig in den Tod zu gehen, als in Gefangenschaft und Knechtschaft, unfrei ihr Leben zu beenden. Die Frauen fürchteten mehr die Schande als den Tod und wollten auch ihre Kinder nicht der Willkür eurer Soldaten überlassen.

Der General hat gesiegt und die Festung gehört euch. Nur unsere persönliche Habe haben wir verbrannt. Aber die Vorratskammern sind voll, genauso wie die Zisternen. Nun erbitte ich für mich und die Kinder bei mir, uns freien Abgang zu gewähren. Von uns ist keine Gefahr zu erwarten."

General Silva war erschüttert. Die ganze Belagerung, der ganze Aufwand, er war zunichte gemacht worden. Nichts konnte er in Rom vorweisen! Dennoch musste er sich eine gewisse Bewunderung für den Mut der Zeloten eingestehen. Aber auch dieser Frau musste er Anerkennung entgegenbringen, dass sie den Mut hatte, ihm so entgegenzutreten.

„Woher soll ich wissen, dass du die Wahrheit sagst, dass nicht irgendwo noch heimlich ein Widerstandsnest sich versteckt hat?", versuchte er noch seine Würde zu wahren.

„Ich kann nur das sagen, was in dieser Nacht besprochen wurde und Befehl war. Die letzten zehn Tapferen haben ausgelost, wer zum Schluss, wenn alle den Tod gefunden haben, wem den Todesstoss geben soll", erläuterte Orly.

Silva wandte sich ab. Was sollte er mit zwei Frauen und fünf Kindern anfangen.

„Geht!", sagte er erst leise, „geht!" Dann lauter: „Mein Offizier wird euch hinuntergeleiten!"

Auf einmal stieß ein Esel sein durchdringendes Geschrei aus.

„Da, nimm den Esel mit. Geh mir aus den Augen!"

Mit einem Kopfnicken befahl er seinem ersten Offizier, die Gruppe den Schlangenpfad hinunterzugeleiten.

„Ach, hier", damit zog er einen Ring ab und hielt ihn Orly hin, „damit kannst du dich ausweisen, dass du ungehindert gehen kannst."

Orly verbeugte sich bis zur Erde und drehte sich um, Lea und die Kinder folgten ihr. Jaakov war das erste Mal froh, dass er noch nicht so groß gewachsen war. Er nahm Rahel an die Hand, im Arm hatte er in ein Tuch eingewickelt, die Markusrolle. Ein Soldat führte ihnen den schreienden Esel zu. Sicheren Schrittes ging Orly den Pfad hinab, als hätte sie täglich nichts anderes getan.

Silva sah ihr hinterher. Der Offizier ging vorweg, dann die kleine Gruppe mit dem Esel und ein Soldat ging hinterher. Silva überlegte, wer da aus seiner Truppe ohne seinen Befehl die Sicherung nach hinten tat. Er würde ihn, wenn er wieder herauf kam, zur Rechenschaft ziehen. Aber nach einer ganzen Weile kam nur sein Offizier wieder herauf.

„Wo ist der andere, der euch gefolgt ist?", wollte Silva wissen.

„Welcher andere, General? Ich war allein. Ich habe niemanden gesehen!"

Silva schüttelte den Kopf. Es war Zeit, dass er diesen Ort verließ. Die Hitze war ihm sicher zu Kopf gestiegen.

Epilog

*E*ster entzündet die Shabbatkerzen und spricht den Lichtersegen. Rechts und links stehen ihre bald erwachsenen Töchter. Zur Feier des Tages sind auch Uriels Eltern gekommen.

Die Töchter Olivia und Kezia richten den Tisch, decken die Shabbatbrote zu und stellen die Weinflasche zurecht.

„Ich freu mich so, dass Michael wiederkommt!", bemerkt Kezia, die jüngere der beiden Schwestern.

„Ach ich finde, er ist ziemlich langweilig geworden. Immer erzählt er dieselben Sachen, und fragt man ihn mal nach wirklich interessanten Dingen, zum Beispiel nach den Palästinensern, die bei ihm am Checkpoint durch wollen, dann erzählt er nichts."

„Meinst du, er bleibt jetzt zu Hause?", fragt Kezia.

„Ach was, der wird jetzt, wo er das Militär hinter sich hat, sicher eine Zeit nach Indien gehen, das machen doch alle!" Olivia hat sich erkundigt, denn bald ist auch sie mit der Schule fertig und wird dann ebenfalls ihren zweijährigen Militärdienst ableisten. Sie hat nicht so recht Lust dazu. Aber diese Pflicht hat jeder in dem kleinen Land.

„Seid ihr fertig?", ruft Ester aus der Küche, „Die Männer kommen gleich aus der Synagoge!"

Ester holt das Shabbatessen aus dem Ofen. Wie freut sie sich auf diesen Erew Shabbat, wo ihr Großer wieder zu Hause ist! Schon kommen Uriel mit Michael und Großvater Josef zur Tür herein. „Shabbat shalom!", grüßen sie.

Man wäscht sich die Hände und setzt sich zu Tisch. Froher Stimmung versichert Uriel, dass die Engel aus der Synagoge mitgekommen sind. Er segnet Michael und Ester und spricht den Segen über ihre Töchter. Dann zitiert Uriel seiner Frau das Lob der tüchtigen Hausfrau. Er segnet Wein und Brot und verteilt beides am Tisch, zuerst den Männern dem Alter nach und dann den Frauen dem Alter nach. Dann wird das Festessen aufgetragen. Re'ut, die Frau von Josef, Uriels Mutter, ist schon sehr betagt, und Josef muss ihr beim Essen helfen. Allen schmeckt es hervorragend.

„Na, mein lieber Michael", beginnt Josef das Gespräch, „was machst du denn jetzt mit deiner freien Zeit. Gehst du ins Ausland?"

Michael hat gerade ein Hühnerbein in den Mund geschoben und kann nicht antworten. Gespannt sehen ihn die Mädchen an.

„Du wirst doch sicher erst mal bei uns bleiben", Ester fürchtet sich insgeheim vor der Antwort. In der Zeit, als ihr Großer beim Militär war, hatte sie Sorgen – aber ins Ausland ..., nicht auszudenken!"

Michael lässt sich Zeit, und Uriel bemüht sich um Ablenkung: „Nun lass ihn doch erst einmal essen. Er ist ja noch gar nicht richtig angekommen. Er wird uns schon rechtzeitig sagen, was er jetzt machen will."

Michael wischt sich mit der Serviette den Mund ab: „Ich habe es euch lange nicht sagen können. Aber nun ist es wirklich an der Zeit: Ich habe mich zu zehn Jahren Dienst verpflichtet und will meine Offizierslaufbahn weiter führen."

„Was?", mit lautem Knall lässt Josef sein Besteck auf den Teller fallen. Alle sehen Michael entsetzt an.

Ester kommen die Tränen: „Aber du hast doch jetzt Urlaub!"

„Ja, ich habe eine Woche Urlaub", bestätigt Michael.

„Eine Woche?"

„Was hat er gesagt?", fragt Re'ut

„Der Michael will Soldat bleiben!", ruft ihr Mann in ihr Ohr. „Junge, meinst du nicht, dass wir genug fürs Vaterland getan haben?

Im Libanon brodelt es, da gibt es in Kürze Krieg. Willst du deine Eltern unglücklich machen?"

„Ich kann nicht anders, Saba. Ich habe es mir lange überlegt. Ich kann beim Militär eine gute Ausbildung bekommen, da kann man später was mit anfangen", versucht Michael sich zu verteidigen.

„Reicht es denn nicht, dass du jedes Jahr für vier Wochen zur Reserveübung eingezogen wirst?", fragt Uriel.

„Es ist ein Unterschied, ob man als Soldat im unteren Rang oder im höheren Rang eingezogen wird. Außerdem haben wir bei unserer Vereidigung gelobt ‚Niemals wieder soll Masada fallen'. Was meint ihr wohl, was das zu bedeuten hat. Israel ist Masada, und wir werden uns nicht noch einmal abschlachten lassen wie damals in den KZs in Warschau!"

Die Stimmung ist dahin, denkt Michael, da kann ich auch das andere noch erklären: „Außerdem habe ich einen Kameraden. Er ist messianischer Jude. Er ist die Liebe in Person."

„Sag bloß nicht, dass du schwul bist!", kichert Kezia.

„Kezia!", Mutters Stimme ist vorwurfsvoll.

„Nein, das bin ich nicht", erläutert Michael, „Aber ich habe erkannt, dass Jeshua der uns verheißene Messias ist und ich mich zu ihm bekennen will."

Der Großvater springt auf: „Komm, Mutter, das ist zu viel. Wir gehen!"

„Warum denn?", wehrt sich Re'ut, „Wir haben den Nachtisch doch noch nicht gegessen. Nicht wahr, Ester, du hast doch wieder deinen köstlichen Nachtisch gemacht? Und außerdem haben wir noch kein einziges Shabbatlied gesungen."

„Michael, hast du dir alles gut überlegt?", versucht Uriel die Wogen zu glätten. „Komm, Ester, bring den Nachtisch, und dann lass uns über alles noch einmal reden."

Michael schiebt den Teller beiseite und holt eine kleine Bibel aus der Tasche. Er schlägt die Sprüche auf und liest: „Wer ist in den Himmel emporgestiegen und wieder herab gekommen? Wer hat den Wind in seine Fäuste gesammelt, wer die Wasser in ein Tuch gebunden? Wer hat die Enden der Erde festgestellt? Wie heißt er und wie heißt sein Sohn? Weißt du es etwa? Weißt du es, Saba?", fragt er und sieht den Großvater an.

„Außerdem hat schon Mose vorhergesagt, dass Gott einen Propheten wie ihn schicken will und das ist eindeutig Jeshua! Ich habe das Neue Testament der Christen gelesen. Es ist voll von Hinweisen auf die Thora, auf die Propheten. Man kann das Neue Testament gar nicht verstehen, wenn man nicht die alten Schriften kennt. Darum bin ich überzeugt, dass Jeshua unser Messias ist. Er wird ein zweites Mal auf die Erde kommen, aber nur, um die Menschen zu richten. Es ist gut, dann von seiner Gnade errettet zu sein."

Josef sitzt zusammengesunken in seinem Lehnsessel: „Es waren Christen, die uns im Namen Jeshua in die Ghettos und in die Konzentrationslager gebracht haben, deine Vorfahren schändlich mordeten und verbrannten."

„Ja, Saba, es waren Menschen – und Menschen irren. Sie werden der gerechten Strafe zugeführt, aber ich möchte von der Vergebung leben. Für mich bleibt es ein heiliger Schwur: ‚Nie wieder soll Masada fallen, nie wieder soll Israel fallen!'"

Erklärungen

Abba: Vater

Afikoman: ein bestimmter Teil ungesäuerten Brotes, der zuerst versteckt, später beim Sederabend gegessen wird

Amphitheater: Rundtheater der Antike mit guter Akustik

Antiochus Epiphanes: Seleukidenherrscher, der das jüdische Volk unterdrückte 167 v.Chr. und von den Makkabäern besiegt wurde

Bar Mizwa: Feier zur Religionsmündigkeit eines Jungen. Er wird damit in die Gemeinschaft aufgenommen

Chuppah: Baldachin unter dem das Hochzeitsgelöbnis stattfindet

Chanukka: Tempelweihefest

Columbarium: Taubenschlag auch altrömische Grabkammer zur Unterbringung von Urnen

Etrog: große Zitrusfrucht

Ezechiel: Hesekiel

Hamsin: heißer Steppenwind aus dem Süden

Habdalah: Segensgebet für den scheidenden Shabbat

Hora: israelischer Volkstanz

Ima: Mutter

Jeshua HaMashiach: jüdische Bezeichnung für Jesus Christus

Josephus Flavius: jüdischer Geschichtsschreiber, ursprünglich Jude, lief zu den Römern über. Bekannte Werke: ‚Jüdische Altertümer' und ‚Geschichte des Jüdischen Krieges'

Kaddish: Lobpreisgebet, das zum Begräbnis gesprochen wird

Kasematten: Geschützstand unter gepanzerter Decke, auch als Lagerraum gebräuchlich

Kavassen: Diener, Sklaven

Kohen: Priester

Kohorte: römische Truppeneinheit von 500 bis 1.000 Mann

Lulaw: Pflanzenstrauß zum Laubhüttenfest. Er besteht aus einem Palmenzweig, drei Myrtenzweigen, zwei Bachweidenzweigen und dem Etrog (s.d.)

Makkabäus: jüdischer Freiheitskämpfer gegen Antiochus Epiphanes

Menorah: siebenarmiger Leuchter

Mikwe: Ritualbad

Nabatäer: antikes Volk mit der Hauptstadt Petra im heutigen Jordanien

Novize: Kandidat in der Erprobungszeit

Parascha: Lesung des Wochenabschnitts, 3 Kapitel aus den 5 Büchern Mose und ein Kapitel aus den Propheten

Pessah: jüdisches Fest zur Erinnerung an den Auszug der Israeliten aus Ägypten

Purim: Fest der Befreiung, geht auf das Buch Esther zurück

Rosh HaShana: jüdisches Neujahrsfest (2. Mose 12,2)

Saba: Großvater

Safta: Großmutter

Schawuot: auch Wochenfest genannt, erste Gesetzgebung am Sinai 2. Mose 19 und 20, Ausgießung des Heiligen Geistes, Apg. 2 ff

Schirmakazie: Akazie mit ausladendem Laubdach

Sch'ma Israel: Höre Israel, jüdisches Glaubensbekenntnis

Schofarhorn: Signalhorn, meist aus Widderoder Kuduhorn

Sederabend: Abend der Ordnung, Vorabend zum Passahfest

Sikarier: Messerstecher oder Dolchträger, gehörten zu den Zeloten

Sukka: Laubhütte, bei der das Dach meist aus Palmzweigen besteht, damit man die Sterne noch sehen kann

Sukkoth: Laubhüttenfest zur Erinnerung an die Wüstenwanderung des Volkes Israel. Es ist eines der vorgeschriebenen Feste, das 7 Tage dauert (3. Mose 23,42-43)

Tallit: Gebetsschal

Tamariske: Sträucher der Salzsteppen

Tenach: das Alte Testament

Tiffilin: Gebetsriemen

Wadi: ausgetrockneter Flusslauf in einem Trockental

Yom Kippur: Versöhnungstag (3. Mose 23,26 - 32)

Zikaden: Insekten, deren Männchen artspezifische Zirplaute hervorbringen

Bibeltexte wurden aus der NeÜ bibel heute (Christliche Verlagsgesellschaft Dillenburg) entnommen.

Qumranfelsen, Foto © E. Platte

Oase und Wasserfall EnGedi, Foto © E. Platte

Masada, Nordpalast Modell, Foto © Wikimedia

Masada, Nordpalast, Foto © Wikimedia